LES ENCHANTEURS

Du même auteur
chez le même éditeur

Trilogie Lloyd Hopkins
Lune sanglante
À cause de la nuit
La Colline aux suicidés

Quatuor de Los Angeles
Le Dahlia noir
Le Grand Nulle Part
L.A. Confidential
White Jazz

Trilogie Underworld USA
American Tabloid
American Death Trip
Underworld USA

Quintette de Los Angeles
Perfidia
La tempête qui vient

Autres romans
Brown's Requiem
Clandestin
Un tueur sur la route
Extorsion
Panique générale

Nouvelles
Dick Contino's Blues

Autres textes
Ma part d'ombre
Moisson noire 2003 (anthologie sous la direction de James Ellroy)
Destination morgue
Tijuana mon amour
Crimes en série
La Malédiction Hilliker
Reporter criminel

JAMES ELLROY

LES ENCHANTEURS

Traduit de l'anglais (États-Unis) par
Sophie Aslanides et Séverine Weiss

Collection fondée par François Guérif

RIVAGES/NOIR

Retrouvez l'ensemble des parutions
des Éditions Payot & Rivages sur

payot-rivages.fr

Ouvrage publié sous la direction de François Guérif

Crédits de couverture
(de gauche à droite et de haut en bas) :

Marilyn Monroe/Archivio GBB/Alamy
Daryl F. Gates, George Brich/AP Images
Patricia Kennedy Lawford, Magite Historic/Alamy
Natasha Lytess, J.R. Eyerman/The LIFE Picture Collection/Shutterstock
U.S. Attorney General Robert Kennedy, Glasshouse Images/Alamy
Roddy McDowall/Getty Images
Lois Nettleton/Getty Images
Carole Landis, The Hollywood Archive/Alamy
William H. Parker/Getty Images
Fred Otash/Getty Images

Titre original : *The Enchanters*

THE LOSERS CLUB

Croisement Beverly/La Cienega

Lieu branché des

ENCHANTEURS

Avril 1962

À François Guérif

Éternel, que je ne sois pas confondu quand je t'invoque.
Que les méchants soient confondus,
Qu'ils descendent en silence au séjour des morts !

Psaumes 31 : 17[1]

1. Bible Louis Segond. (*Toutes les notes sont des traductrices.*)

Les termes et abréviations utilisés par les services de la police de Los Angeles figurent dans le glossaire en fin d'ouvrage.

NOTE CONFIDENTIELLE

De : Ltn. J. T. Meadows, Jr. /#294883
Service des troubles à l'ordre public et du renseignement (PDID)
Département de la police de Los Angeles

À : Ancien chef Daryl F. Gates
Dana Point, Californie
(par télécopie sécurisée)

Objet : Surveillance du service commémoratif de Fred Otash & remarques connexes sur les événements de l'été 1962 (comme évoqué précédemment)

10/10/1992

Monsieur,

La cérémonie a eu lieu hier matin à Forest Lawn, à Glendale. Étant donné votre récente célébrité dans les médias (et votre retraite forcée avant l'heure), je comprends votre réticence à y assister en personne. Étant donné la participation de mon père aux événements de l'été 1962 – en plus de la vôtre –, je suis honoré que vous m'ayez désigné comme votre observateur de confiance et choisi pour rédiger le compte rendu qui suit.

Quarante-trois personnes étaient présentes au cimetière. Un prêtre libanais a lu un passage du Nouveau Testament et évoqué la « vie haute en couleur de ce franc-tireur de Freddy O. ». Morty Bendish, ami du défunt et ancien scribouillard du *Mirror-News*, a déclaré au présentateur des informations de Channel 5 Tony Valdez qu'il avait « écrit le boniment du prêtre, que Freddy lui-même lui avait dicté ». Il convient de noter que M. Bendish était un informateur corrompu du LAPD lors des événements de l'été 1962.

Le « boniment » en question était un petit couplet biographique aseptisé concernant feu M. Otash. Il évoquait sa carrière au sein du LAPD entre 1945 et 1953 et son « règne » ultérieur en tant que « Roi incontesté des Privés de Hollywood ». Ce « boniment » ne comportait aucune mention du rôle qu'a joué M. Otash comme rançonneur à son compte, fouille-merde pour torchons à scandale, tueur sans scrupules, maître chanteur d'époux adultères, drogueur de chevaux de course, indic du chef William H. Parker, fournisseur de femmes et de came pour le président John F. Kennedy, et agent provocateur pour le procureur général Robert F. Kennedy, au moment de l'opération combinée LAPD/Département de la Justice de l'été 1962. Le prêtre a complété le « boniment » de M. Bendish en chantant les louanges de M. Otash, à la fois comme le « Cerbère ayant tenu Hollywood en Otage » et un « exemple à suivre pour tous les membres de la communauté libano-américaine ». Plusieurs proches du défunt ont ri franchement à l'énoncé de cette péroraison.

Concernant les personnes présentes :

La plupart étaient des voisins de M. Otash aux Park Wellington Apartments, accompagnés de trois ex-agents de l'ancienne agence de privés Otash : Phil Irwin, Robbie Molette « le Rongeur » et Nathaniel Denkins dit « Nasty Nat », qui a longtemps animé *Nasty Nat's Soul Patrol* sur Radio KBLK. Irwin, Molette et Denkins n'ont joué qu'un rôle secondaire dans les événements de l'été 1962, mais plusieurs individus que l'on pourrait qualifier d'« acteurs majeurs » étaient également présents à la cérémonie. Il s'agissait :

Des deux membres encore vivants du « Hat Squad » du LAPD, les sergents à la retraite Harry Crowder et Clarence « Red » Stromwall ;

Du procureur adjoint Edgar Chacón, enquêteur du Département de la Justice à l'été 1962, à l'époque de Robert F. Kennedy ;

De Roddy McDowall, célèbre acteur de télévision et de cinéma, ainsi que réalisateur « d'avant-garde » de films pornos homosexuels ;

D'Eddie Fisher, crooner/animateur de boîte de nuit, qui a assisté à la cérémonie en compagnie de Bo Belinsky, ancien meilleur lanceur des Ligues majeures. M. Fisher est le quatrième mari de l'actrice Elizabeth Taylor. Il convient de noter que M. Otash et M. Belinsky ont fait chanter Miss Taylor pour qu'elle divorce au cours de l'été 1962 ;

De l'actrice de télévision et de théâtre Lois Nettleton, qui a assisté à la cérémonie aux côtés de Patricia Kennedy Lawford, sœur de John et Robert Kennedy et ex-épouse de feu l'acteur Peter Lawford. Les deux femmes semblaient être des amies de longue date. Elles ont quitté la cérémonie en limousine avec chauffeur. J'ai suivi la voiture jusqu'à l'église Sainte-Vibiana au centre de L.A. Elles ont allumé des cierges, vraisemblablement pour Freddy Otash, et ont demandé à la limo de les conduire non loin de là au Pacific Dining Car. Je les ai surveillées depuis le bar. Elles se sont saoulées et ont porté des toasts à Freddy Otash. À un moment, Miss Nettleton a dit : « On aurait dû l'aimer davantage. »

En conclusion :

Je considère qu'il est peu probable que la mort de Freddy Otash contribue à relancer les rumeurs de collusion entre le LAPD et le Département de la Justice qui ont fleuri et donné lieu à tant de spéculations il y a trente ans. Ce mélange unique de stars de cinéma, d'hommes politiques de premier plan, d'un élément corrompu de Hollywood et d'un demi-monde criminel et malveillant a quasiment disparu de la conscience du public, et la plupart des parties prenantes les plus connues ou tristement célèbres sont aujourd'hui mortes ou ont personnellement intérêt à garder le silence. Freddy Otash était le seul à connaître toute l'histoire, et à présent lui aussi est mort. Et je doute vraiment qu'il ait laissé derrière lui une quelconque preuve incriminante et/ou des comptes rendus écrits. Et puis, élément capital : Vous y étiez cet été-là, monsieur. Vous savez très bien que Freddy lui-même était le plus coupable dans toute cette affaire, et avait de ce fait le plus à perdre en conservant des documents diffamatoires.

Respectueusement,
Ltn. J. T. Meadows, Jr./#294883/PDID

PREMIÈRE PARTIE

LES APPÂTS

(4 août 1962)

1

(LOS ANGELES, 20 H 23, SAMEDI 4/8/1962)

Le précipice faisait vingt-cinq mètres. La falaise était en terre meuble, sans prise pour les pieds. On a traîné le merdeux jusqu'au bord et on lui a montré la vue.

La Pasadena Freeway, direction le sud. Pile au nord de la sortie Chavez Ravine et du centre de L.A. Des voitures tout le temps, défilant à plus de 100 à l'heure.

Le merdeux en question était Richard Douglas Danforth/Américain blanc/environ 36 ans. Pas de casier, pas d'avis de recherche, pas de mandat d'arrêt. Un type sinistre avec les cheveux en banane et une chemise Sir Guy.

Je lui tenais le bras droit. Max Herman le gauche. Red Stromwall l'a forcé à baisser la tête et à regarder la vue.

Freddy O. et le Hat Squad. C'est reparti pour un tour. Bill Parker dit : « Vas-y, saute. » On dit : « À quelle hauteur ? » Ce soir, le programme, c'est enlèvement.

Harry Crowder et Eddie Benson surveillaient le suspect numéro 2. Ils l'ont coincé, collé contre leur bagnole banalisée. Ils lui ont servi les menaces, le bruit des voitures, le panorama. Son nom : Morris Hershel « Buzzy » Stein/Américain blanc/42 ans. Répertorié comme obsédé sexuel depuis 1938. Violeur à répétition et gros groin fouisseur psychopathe. Danforth et Stein avaient été achetés et payés. Cet enlèvement était un aller simple vers la chambre à gaz.

Notre mission était totalement véreuse et gérée à l'impro. Pour résumer :

Une actrice de films de série B nommée Gwen Perloff s'est fait enlever par des gros bras. Le jour même, en fin de matinée. Elle vivait dans un immeuble de rupins près du Strip. Trois hommes l'ont harponnée sur le trottoir. Ils portaient des masques de Fidel Castro. Plusieurs témoins les ont vus. Ils ont fait monter la fille dans un véhicule garé en double file et ont foncé vers le sud. Ledit véhicule était une Dodge de 1958, ou une Chevrolet Nomad de 1956. Miss Perloff joue les seconds rôles dans des films d'horreur et ceux où l'on se trémousse sur des danses à la mode. Esclave sous contrat de la 20th Century-Fox. Le Strip se trouve dans le secteur du comté. Les hommes du shérif de L.A. ont chopé l'appel, *mais*…

Darryl Zanuck, le roi de la Fox, a été rencardé. Une inconnue l'a appelé. Elle a balancé Danforth et Stein et révélé l'emplacement de l'une de leurs deux planques à filles. Zanuck a appelé son grand pote, Bill Parker. Le chef Bill a fauché cette histoire d'enlèvement au shérif. Il a envoyé Freddy et les Hats dans une baraque près de la 6ᵉ et de Dunsmuir. On a pincé Danforth et Stein. Ils avaient planqué Perloff ailleurs. Danforth et Stein ont refusé de dire où. Stein a dit qu'il y avait trois autres ravisseurs toujours dans la nature. C'était eux qui avaient fait le coup, pas Richie et lui. Et puis Stein l'a bouclée. Harry et Eddie l'ont cogné avec des gants lestés de plomb. Stein a continué à la fermer. Danforth idem. C'est ça qui a rendu nécessaire la Menace de Mort et le Show du Précipice.

Je lui tenais le bras droit. Max le gauche. Red Stromwall l'a forcé à baisser la tête et à mater la vue.

Max a dit : *Où est la fille ?* Red a dit : *Crache le morceau ou tu voles.* Harry, Eddie et Pervdog Stein se tenaient à trois mètres du précipice.

C'était le mois-d'août-à-L.A., chaud et humide. Max et Red transpiraient dans leur chemise et leur veste de costard. Danforth gigotait et se tortillait. Les talons enfoncés dans le sol, il se débattait. Des mottes de terre ont glissé de la falaise. La putain de chute se profilait à l'horizon.

J'ai maté Max et Red. Ils avaient l'air impatients. J'ai serré plus fort le bras de Danforth. Son corps s'est arcbouté. Ma main s'engourdissait. Mes jambes flanchaient. Max et Red mesuraient 1,93 mètre, pour 108 kilos. *Leurs* jambes flanchaient.

Red a dit : « Tu nous fatigues, Richie. On peut pas continuer comme ça toute la nuit. Dis-nous où est la fille, qu'on puisse se tirer d'ici. »

Danforth a ricané et craché sur les chaussures de Red. Il a dit : « Je m'amuse bien. »

J'ai mis mon poing américain et je lui ai filé un coup dans les reins. Il a réprimé un cri et enfoncé ses talons dans le sol. J'ai regardé en bas. Les voitures défilaient et se doublaient – à toute allure, sans répit.

Max a soupiré. Red a soupiré. Max a dit : « Balance-le, Freddy. »

Ils l'ont lâché. J'ai poussé Danforth de la falaise. Il a marché sur l'air pendant une fraction de seconde. « *C'est un coup monté* », il a réussi à lancer. Je l'ai entendu heurter le toit d'une voiture. J'ai entendu des freins crisser. J'ai entendu des roues lui passer sur le corps. Des phares l'ont éclairé de partout. Une grosse Cadillac criarde l'a traîné contre une glissière de sécurité et lui a arraché les pieds.

2

(LOS ANGELES, 22 H 09, SAMEDI 4/8/1962)

On a foncé en mode code 3 jusque dans la Valley. Les voitures de patrouille du shérif nous ont doublés. On les a suivies en file indienne avec nos deux bagnoles. J'étais avec Max et Red. Harry et Eddie étaient en pole position.

On a laissé Buzzy Stein au Bureau des inspecteurs du commissariat de Highland Park. Buzzy a assisté à la chute et balancé une piaule à otages à Encino. Gwen Perloff était gardée au chaud dans une garçonnière vide non loin de Woodman. Ces crétins de Fidel Castro la planquaient dans un placard à balais. Max a appelé le principal enquêteur du shérif. Il a géré l'opération depuis le poste de West Hollywood.

« Motel Mike » Bayless. Un flic fanfaron et un abruti fini. Il a fait sauter quatre latinos au Don José Motel, en 1950. Son tableau de chasse lui est monté à la tête. Sa femme et ses enfants l'appelaient « Motel Mike ». Il a appelé son chien Motel Mike Junior.

Six voitures du shérif nous ont doublés. La Ventura Freeway n'était que hurlements de sirènes et gyrophares. Ça sentait le conflit entre services. Bill Parker pique le boulot du shérif Pete Pitchess dans son comté. Parker et Pitchess étaient des lèche-bottes du monde du cinéma. Parker est sorti des clous pour Darryl F. Zanuck. Pitchess surjoue le sauvetage. Le vieux Zanuck saute régulièrement Gwen Perloff. C'est ça, la clé du conflit.

Max m'a passé sa flasque. J'ai gobé deux pilules. Ça a balayé d'un coup mes seize jours d'abstinence.

Une décharge m'a traversé le corps. Mon cerveau a fait des étincelles. Je me suis rejoué le show du précipice. Danforth hurlant « C'est un coup monté. » Le rapt n'a pas été réglo. L'affaire Marie « The Body » McDonald m'a fait « coucou tu te souviens ? ».

On est au début de l'année 1957. Marie file un mauvais coton. Les studios l'envoient bouler. Son petit numéro dans les boîtes de nuit fait un bide. Elle manigance une histoire d'enlèvement bidon. Elle raconte que des tarlouzes sadiques l'ont enlevée et balancée près de Palm Springs. Elle a arraché quelques gros titres avant que ça fasse *pschitt*.

Mon cerveau en ébullition s'est concentré sur Buzzy Stein. Il a révélé l'endroit de la planque. Il n'a *pas* balancé les types déguisés en Castro. Il a dit que c'était *eux* qui avaient chopé Gwen Perloff. Les immatriculations des véhicules des témoins oculaires ne collaient pas avec…

Max a interrompu mes cogitations. « Danforth a essayé de s'enfuir. Il s'est trompé de chemin et il est tombé de la falaise. C'est ce que j'ai raconté au Chef par téléphone après avoir parlé à Mike Bayless. Il a envoyé des gars du Bureau des enquêtes sur les accidents pour nettoyer tout ça. Le Chef sait très bien ce qu'il en est, mais il préfère notre version des faits. »

Red a ri. « Motel Mike est un baratineur. Il a placé des armes exprès sur les Mex qu'il a fait sauter. Tu veux la fin de l'histoire ? C'était des cambrioleurs à la noix. Ils avaient tapé dans la caisse et piqué quelques magazines à chattes dans un kiosque de revues pornos avant de foutre le camp. »

J'ai allumé une cigarette. « Il y a un truc que je ne pige pas. Bayless bosse avec les BITES – la Brigade d'Information des

Traqueurs d'Élite du Shérif –, et on sait tous que Pete Pitchess est complètement obsédé par le renseignement. »

Max a dit : « Ben ouais. Alors qu'est-ce que Bayless fabrique, à courir après les appels pour enlèvement de la brigade de West Hollywood ? »

J'ai mimé une branlette. Deux autres voitures du shérif nous ont dépassés en trombe. On a suivi Harry et Eddie quand ils ont mis leur clignotant et obliqué vers la voie la plus à droite. On a pris la sortie Woodman et tourné vers le nord.

Ventura Boulevard nous a ralentis. On a brûlé un feu rouge et atteint le quartier résidentiel d'Encino. Les sirènes hurlaient dans tous les sens quelque part au nord-est. On a grillé plein de stops et rattrapé une série de bagnoles du shérif. On les a suivies dans une ruelle orientée nord. Une allée étroite, carrément trop étroite. On a tamponné des poubelles avec nos pare-chocs et projeté des cochonneries dans les airs.

La ruelle débouchait sur Saticoy Street. Une impression de déjà-vu m'a foudroyé. Je savais que j'étais déjà venu là. Les fils électriques de mon cerveau ont grésillé. Impossible de retrouver le contexte. Cet été-là se noyait dans une brume de drogue et d'alcool.

Les bagnoles du shérif ont obliqué vers l'est. Nos deux voitures de police les ont suivies à la trace.

L'environnement s'est dégradé. Les ranchs ont cédé la place à des immeubles d'habitation. Des clubs échangistes sordides. Des thurnes où grenouiller. Des piaules d'appoint pour les hôtesses de l'air. Des apparts pour pédés et des pied-à-terre miteux pour femmes entretenues.

Et puis *ça* :

Huit voitures du shérif massées devant le Tiki-Torch Village.

On a fait une embardée et un freinage-dérapage. Six adjoints en uniforme barraient l'entrée côté rue. Avec des fusils à pompe. Des torches tiki gigantesques encadraient le portail en fer forgé. Il faisait une chaleur de gueux dans la vallée de San Fernando. Les torches lâchaient du propane. Ça puait. Le ciel pesait sur nous, explosif.

Les Hats et Freddy O. On est là pour observer. On a tué un gars et coffré un autre. Le LAPD est arrivé tôt. Le shérif, en retard. Regardons-les sauver la fille.

On est sortis de nos voitures banalisées et on s'est mêlés à la foule. Max et Harry ont fait circuler leurs flasques. Les Hats et Freddy O. ont commencé à se sentir en forme. Eddie a fait du gringue à une hôtesse de la Pan Am et a obtenu son numéro. Une hôtesse de la Mexicali m'a dit qu'il y avait de l'ambiance au Tiki-Torch Village. Son copilote bourré l'a confirmé. Il a dit que quatre tocards du shérif étaient à l'intérieur du complexe à l'instant même. Une histoire de starlette enlevée.

Quelqu'un a crié : « Aucun suspect à l'intérieur. »

Quelqu'un a crié : « On l'a trouvée. »

J'ai grimpé sur le pare-chocs arrière d'une voiture de patrouille du shérif. Ça m'a permis de tout bien voir et de plus haut. Les adjoints en armes ont fait coulisser les deux vantaux du portail avant de reculer. *Ils arrivent, ils arrivent.*

Motel Mike Bayless est là. Il est grand et d'une beauté niaise. Sa coupe de cheveux au rasoir est beaucoup trop à la mode. Il guide Gwen Perloff d'un air assuré vers la sortie.

Ce n'est pas une starlette, elle porte des lunettes, elle a au moins trente-cinq ans. Elle est grande et élancée. Une bombasse dans le genre institutrice en robe droite sans manches.

3

(LOS ANGELES, 23 H 28, SAMEDI 4/8/1962)

Le lâcher depuis la falaise. L'institutrice corrompue. Les petites virées du samedi soir qui tournent mal.

J'ai fouillé ma piaule-bureau pour faire l'inventaire de mon matos. J'étais foutrement fébrile. J'ai activé la Caméra humaine dans mes quatre pièces et muselé mes pensées.

Voici l'inventaire :

J'ai du matériel d'écoute, entassé dans des cartons. J'ai un téléscripteur du LAPD. Une trousse pour recueillir les indices. Un Polaroid pour les cadavres. Il y a quatre classeurs à tiroirs – remplis de papelards vachards et de photos cochonnes. Un carton d'armes récupérées sur des scènes de crime et deux fusils à pompe. Des matraques lestées de plomb, des menottes, et des harnachements spécial-crache-le-morceau.

J'ai suivi un cours du soir à l'USC, en 1946. Criminalistique pour agents de police. Un prof nazi nommé Hans Maslick a mis au point la technique de la Caméra humaine. Vous observez des scènes de crime en intérieur et vous gravez dans votre tête le moindre détail. Vous scrutez, analysez et rangez ces détails dans des coffres-forts dédiés de votre ciboulot. Ces coffres sont totalement étanches et sûrs. Je suis un autodidacte de la mémoire photographique et je n'oublie jamais ce que je mémorise. Je scrute, j'analyse et je peaufine mon usage de la technique. Ça reconnecte mes circuits cérébraux et calme souvent mon goût immodéré pour la picole et les cachetons.

La Caméra humaine. Mon outil de travail, visible de tous. Flash-back de dernière minute : la grosse Cadillac criarde qui traîne Richie Danforth contre une glissière de sécurité et lui arrache les pieds.

J'ai remballé le matos dans le placard de l'entrée. J'ai fait l'inventaire de mes affaires personnelles et activé le mode Caméra humaine.

Mon projecteur, mon écran repliable et ma précieuse collection de films. Lois Nettleton dans *La Cité sans voiles* et *Alcoa Presents.* De la télé à Broadway. Lois qui joue Maggie dans *La Chatte sur un toit brûlant.* On est en 1956. Elle sert de doublure au premier rôle. J'ai mémorisé le moindre moment de grâce, le moindre faux pas.

De Lois à Pat. Une photo sous cadre. Le jour de la capitulation du Japon en Kodacolor. La belle robe d'hôtesse USO de Pat est tout avachie. Mon uniforme d'apparat bleu de Marine est flamboyant.

Elle est empotée et se veut majestueuse. Elle ne peut échapper à son célèbre nom. Elle a tenté, à l'époque. Elle s'en fiche maintenant. Hollywood Boulevard explose derrière nous. J'ai mémorisé tous les visages anonymes, tous les reflets dans les vitres, jusqu'au dernier.

Rupture dans ma rêverie. Cette mission sur la falaise me faisait dérailler. On allait s'en sortir nickel. Je le savais. Il y a des types qui doivent MOURIR, c'est tout. Les violeurs, les cambrioleurs. Les preneurs d'otages. Les kidnappeurs-rançonneurs et les connards obsédés par le sexe. Bill Parker allait mettre un frein à tout ça. Les plumitifs du coin valideraient la version officielle d'*El Jefe.* Buzzy Stein refuserait de balancer les ravisseurs. J'ai affûté mon objectif et cadré deux scènes coupées au montage.

Parker a dit : « Qui est à l'appareil ?

– Fred Otash, monsieur.

– Vous avez besoin d'être rassuré ? Pas la peine. L'affaire est close. M. Danforth s'est échappé et a mal évalué la hauteur du talus. M. Stein est en garde à vue, et le shérif s'occupera des trois suspects en fuite. »

J'ai allumé une clope. « Ce n'est pas ça, monsieur.

– Allons droit au but. De quoi parlons-nous, dans ce cas ?

– Marilyn Monroe est morte. Ça ressemble à une overdose de médocs ou à un suicide. Peter Lawford l'a trouvée et m'a téléphoné. Il m'attend devant chez elle. J'y vais. »

Il y a eu des tapotements sur la ligne. Je connaissais la technique. Parker tapait sur son téléphone avec son crayon et gagnait du temps avant de répondre. J'ai compté les tapotements jusqu'à…

« Le Renseignement a des dossiers complets sur Miss Monroe et ses amis et amants du monde du cinéma et de la politique, y compris John et Robert Kennedy. Peter Lawford fourgue de la came et des filles à son beau-frère Jack, reprenant votre rôle de mac et de dealer du jeune sénateur au milieu des années 50. Vous êtes un membre fondateur de la communauté des connaisseurs de L.A., Freddy. Vous êtes au courant des dernières infos ? »

J'ai avalé ma salive. « Et même des toutes dernières, monsieur. »

Parker a dit : « Vraiment ? Et comment ?

– Par l'un de mes boulots récents, monsieur.

– Vous m'en direz plus ? La prochaine fois qu'on se parle ?

– Oui, monsieur. »

De nouveaux tapotements. Qui se sont éternisés. Je les ai chronométrés sur ma montre. Deux minutes seize secondes.

« Retournez chez elle. Calmez Lawford et obtenez qu'il la boucle. Entrez dans la maison et faites un examen complet des lieux. J'enverrai des agents sécuriser le périmètre et tenir les civils à distance. Retrouvez les Hats au PC Bell de Santa Monica, demain à 8 heures. Récupérez les relevés téléphoniques de Miss

Monroe depuis janvier, ainsi que ses derniers tickets de péage. Voyons comment on peut étouffer cette affaire, et peut-être en tirer quelque chose. »

Les bagnoles en route pour les night-clubs engorgeaient le Strip. Elles longeaient à deux à l'heure le Ciro's et le Crescendo. J'ai coupé par des ruelles direction le sud et par Santa Monica Boulevard jusqu'à Wilshire plus à l'ouest. La circulation s'est réduite à zéro. J'ai atteint Barrington et San Vicente. La zone commerçante de Brentwood avait tiré les volets.

J'ai viré vers le nord par Carmelina. En plein chez les rupins. Visez les grasses pelouses et les grandes haies. Notez les pittoresques baraques espagnoles et les demeures grand luxe de style hispanique.

Et voici 5th Helena Drive. La thurne de Monroe. Avec la Rolls rouge cerise de Peter Lawford garée devant.

Des appels de phares m'ont ébloui. Deux salves distinctes, clignotantes. Les hommes de main de Parker dans des voitures banalisées. Ils étaient en planque de l'autre côté de la rue et plus bas que la Rolls.

J'ai fait cligner mes phares et me suis arrêté devant la Rolls, collant ma truffe à la sienne. J'ai heurté le pare-chocs avant et allumé mes feux de route pour secouer ce fils de pute. Un blanc éblouissant a éclaboussé le pare-brise. Lawford a cligné des yeux et pioché une cigarette. J'ai coupé mes phares et suis sorti de ma bagnole.

Lawford a entrouvert la portière passager. Je me suis glissé à ses côtés. On était dans un cocon de cuir vert et de ronce de bois. Lawford avait la tremblote. Je lui ai filé ma flasque. Elle était pleine à ras bord d'un cocktail explosif – rhum 151 et Benzédrine réduite en poudre.

Il a tété le goulot. N'allume surtout pas ta clope – le tord-boyaux pourrait prendre feu.

J'ai dit : « OK, elle est morte. L'essentiel maintenant, c'est de protéger certains de ses amis très haut placés, et inutile de citer des noms. »

Lawford est monté dans les tours. Le cocktail explosif vous défonce vite la tête.

« Je sais de qui vous parlez, ce sont des membres de ma famille. Je n'apprécie guère que vous les connaissiez, ni que vous daigniez parler d'eux avec autant de légèreté. »

Je lui ai collé une tarte. Il a glapi. J'ai attrapé la flasque et j'en ai bu deux bonnes rasades.

« J'aime bien Jack. Bobby je m'en passerais, mais ce n'est ni le lieu ni le moment d'en parler. Quand le corps de Machinette sera découvert, ils auront besoin d'amis, et dans cette ville c'est la police de Los Angeles leur amie, et on m'a envoyé vous dire que l'amitié du Chef Parker a un prix. »

Lawford s'est mis à suer. Nuit torride, cocktail explosif, et moi qui l'étrille.

« "Machinette" est la plus grande star de cinéma de son époque, et les hommes que vous appelez avec tant de désinvolture "Jack" et "Bobby" sont le président et le procureur général des États-Unis. Et il se trouve que ma femme est… »

Je lui ai collé une tarte. Il a glapi et s'est mis à chialer. Je lui ai filé mon mouchoir.

« Marilyn n'était qu'un vulgaire appât. J'en connais un rayon sur elle, Jack et Bobby, vous n'en croiriez pas vos oreilles. Et ne commencez pas à me parler de votre femme, parce que c'est là que ça va faire mal. »

Il s'est essuyé le visage et le cou. Il m'a regardé. Nuit torride, cocktail explosif, et moi qui l'étrille. Regarde ses yeux. Il n'a pas pigé mon topo sur Pat.

« Où se trouve le procureur ? Il était dans le *Herald* ce matin. Il devait faire un discours à San Francisco, je crois. »

Lawford s'est essuyé le nez. Il a bousillé mon mouchoir en deux secondes chrono.

« Oui, c'est là qu'il est. Au St. Francis Hotel. »

J'ai dit : « Appelez-le et dites-lui de rappliquer. Bill Parker va vouloir lui parler. »

Lawford s'est séché les yeux et a démarré le moteur. Je suis sorti de la voiture. La Rolls est partie vers l'ouest à toute blinde. J'ai sifflé et fait signe aux flics – ça y est, j'entre.

« Un examen complet des lieux. »

La baraque Monroe, c'est reparti pour un tour.

Ma trousse d'enquêteur avait la taille d'une valise et tout le nécessaire. Elle contenait un appareil Polaroid. Elle contenait trente pellicules et quatre-vingts ampoules de flash. Plus du matériel pour les empreintes et des gants en caoutchouc. Plus des peignes et des pochettes pour ramasser les fibres et un aspirateur à manivelle.

Des bombes aérosols. De la ninhydrine pour révéler le sang et de la phosphatase acide pour révéler le foutre. Des fioles avec bouchon pour conserver des échantillons liquides. Douze rouleaux de Scotch. Du ruban adhésif de qualité pour les empreintes et les échantillons de poussière.

Lawford avait laissé le portail et la porte entrouverts. Je connaissais l'agencement des lieux. J'ai enfilé des gants de chirurgien et me suis assoupli les doigts. C'était un boulot à faire dans le noir. J'ai sorti ma lampe-stylo et l'ai coincée entre mes dents. J'étais défoncé jusqu'à l'os. J'ai enclenché la Caméra humaine dans ma tête.

Ma trousse d'enquêteur pesait un âne mort. Je l'ai traînée jusqu'en haut des marches et dans la thurne. J'ai fermé la porte du pied et j'ai mis le verrou. Caméra humaine et lampe-stylo. Viser, pointer, localiser et mémoriser.

Rien à foutre du salon de feignasse. Le merdier Monroe habituel. Allons examiner le cadavre.

Je suis allé dans sa chambre. Mon faisceau de lumière a dessiné un chemin en zigzag. J'ai noté des murs blancs et nus, des rideaux tirés aux fenêtres, le parquet verni en bois terne.

Il y a la table de chevet et les flacons de pilules. Le téléphone à côté du lit. La main gauche de Marilyn, qui cherche à l'agripper. Elle est recroquevillée sur le ventre sous des draps blancs.

J'ai passé une main sous les draps. Elle était nue/sa peau était froide/aucune poche de chaleur sous le couvre-lit.

J'ai passé en revue les flacons. Nembutal, Séconal, hydrate de chloral. Le pays des rêves instantanés. Cette came vous plonge dans un sommeil profond.

Des scénarios entassés sous la table de chevet. Des crottes de souris pas loin. Et puis un truc bizarre.

Un radio-réveil. À l'envers et jeté par terre. Coincé entre le lit et la table de chevet. Le fil toujours dans la prise.

Hypothèse : elle est complètement défoncée et elle s'agite. Elle a le choix. Reprendre des cachets, ou beugler dans le bigophone qu'elle a besoin d'aide ?

Je me suis agenouillé près du lit et j'ai fait des gros plans avec ma lampe-stylo. Et voici le Truc bizarre numéro 2 :

Des traces séchées de gant de toilette. Des traces *d'empreintes effacées*. Sur tout le haut et les côtés du radio-réveil. Deux fibres bleu pâle étaient collées dans la traînée du haut.

J'ai dégainé mon matos. J'ai prélevé les fibres avec une pince à épiler et je les ai mises dans une pochette. Ça ressemblait à du tissu éponge. J'ai versé de la poudre sur le haut et les côtés de l'appareil. Les traces sont devenues bien visibles. J'ai relevé deux empreintes de gants en caoutchouc. Voici mon diagnostic :

Brouillage de la scène de crime. Preuve d'un travail de pro pour effacer les indices.

L'avant et l'arrière du radio-réveil étaient recouverts de tissu et grillagés. Rien qui retienne les empreintes. Je me suis assis sur le lit et j'ai examiné l'appareil sous tous les angles. Notez les traces de doigts soigneusement effacées sur la molette. Notez le curseur des fréquences bloqué sur All-News KLEZ. J'ai trituré la molette et obtenu du son. Un journaleux palabrait au milieu des *scriitchs* de la ligne.

« ... enlèvement audacieux non loin du quartier à la mode de Sunset Strip. La starlette Gwen Perloff... »

De la friture a coupé le sifflet au journaliste. J'ai bougé la molette. J'ai obtenu *« un suspect a fait une chute mortelle »* suivi de parasites. J'ai obtenu *« suspect en garde à vue »* et puis ça a bourdonné, crépité et grésillé.

J'ai secoué le fil électrique. J'ai obtenu *« C'était les dernières nouvelles depuis notre journal de 21 h 05. Les trois hommes sont toujours en fuite. »*

J'ai posé ma grosse trousse à indices sur le lit et calé son couvercle contre Monroe. J'ai sorti mon Polaroid et y ai inséré une pellicule de douze. J'ai ajusté le flash et vissé une ampoule. J'ai appuyé sur le bouton.

La pièce est devenue toute blanche. Un éclat blanc aveuglant a éclaboussé les draps blancs et les murs blancs. J'ai eu la table de chevet et le bras blanc de la morte. J'ai eu le téléphone et les flacons de pilules. J'ai eu les cheveux d'un blond presque blanc sur l'oreiller blanc.

J'ai attendu soixante secondes et j'ai récupéré le cliché. Photo numéro 1 : le cadavre de l'appât. Je l'ai balancée dans ma trousse et j'ai pris onze autres vues de la chambre. Le radio-réveil, la table de chevet, les flacons de pilules. Toute la chambre en plans larges. Des plans moyens du lit. Des coucou-c'est-moi de la jambe exposée et des cheveux blond-blanc ébouriffés.

Douze ampoules qui flashent. Douze impressions dans mon cerveau. Je dois retenir ce que je vois.

Je suis allé dans le salon. J'ai éclairé les murs et le sol à la lampe-stylo et rechargé le Polaroid. J'ai trouvé le Truc bizarre numéro 3 :

Tapis à poils longs. Profondes empreintes de pieds. Grands pieds d'homme/grosses chaussures/longues fibres repliées. Empreintes de pas aller-retour en direction d'une fenêtre côté est, légèrement entrouverte. Les empreintes d'un grand gaillard. Ce type avait une sacrée foulée.

J'ai sorti mon mètre ruban et je l'ai déroulé. J'ai éclairé à la lampe-stylo des trajets représentatifs et j'ai posé mon mètre entre les empreintes. 66,04 centimètres, 64,51 centimètres, 76,20 centimètres. Grand-Gaillard devait faire 1,86 mètre ou 87.

J'ai remis des ampoules sur ma bande de flashes. J'ai pris les trajets mesurés et non mesurés. J'ai pris de petits éclats de peinture près du rebord de la fenêtre entrouverte.

Il était entré par cette fenêtre. Les fibres avaient été *écrabouillées*. Elles se *redressaient* et reprenaient forme sous mes yeux. Grand-Gaillard a fureté dans la pièce ce soir. Le labo du LAPD pourrait établir le détail de ses déambulations à partir de mes photos.

J'ai fait un tour dans la baraque. J'ai éclairé les murs et les sols dans tous les sens. J'ai rapidement repéré les Trucs bizarres numéros 4 et 5.

Des supports de micros. Camouflés en prises de courant. Encastrés dans les lambris des murs. Un pour le salon/un pour la chambre d'amis.

Ce n'était pas *mes* supports de micros. J'avais retiré *les miens* deux semaines plus tôt. *Ces supports-ci* étaient morts. Les fils connecteurs avaient été coupés.

Mes supports étaient rectangulaires. Ceux-ci étaient carrés. J'avais retiré *mes* supports. *Ces supports-ci* n'étaient pas dans la baraque à ce moment-là.

J'ai dévissé les supports et les ai mis dans ma trousse d'enquêteur. Ils ressemblaient à ceux du shérif de L.A. ou du FBI. Les transistors fabriqués par les Japs les trahissaient.

Ces supports de micros voulaient dire ligne téléphonique potentiellement sur écoute. Dans la thurne de Monroe il y avait trois postes. Salon, chambre d'amis, et *boudoir* de Marilyn. J'ai fait le tour et inspecté les téléphones.

J'ai retiré les combinés et dévissé les parties perforées de l'écouteur et du microphone. J'ai vérifié s'il y avait des mini-micros planqués à l'intérieur : chou blanc. *Mais* – j'ai vu des écarteurs encore en place. Cela signifiait que les trois téléphones avaient été mis sur écoute. Les écarteurs étaient abîmés et rouillés. *Mes* écarteurs et micros étaient insérés dans la poignée des combinés. Monroe a acheté la maison en février et a emménagé le 10 mars. Mon travail de surveillance a commencé le 11 avril.

J'ai photographié les trois jeux d'écarteurs et remis en place les embouts des combinés. J'ai rangé les photos encore humides dans ma trousse. Je suis retourné dans la chambre de Monroe et j'ai prélevé les fibres et les empreintes.

Parquet en bois dur. Deux petits tapis au pied du lit. Une commode plaquée bois. Le sol ne contiendrait pas d'éléments secs. Les tapis, si. La commode offrait de belles surfaces de contact sur lesquelles je pourrais bien trouver des empreintes latentes.

J'ai zappé le parquet et passé l'aspirateur sur les tapis. J'ai rempli la moitié d'une pochette de preuves avec des fils et des cochonneries non identifiées. J'ai épousseté au pinceau les surfaces de contact de la commode et obtenu des empreintes partielles, des taches et des traces inutiles.

Monroe gardait tout de manière compulsive. Mes précédentes intrusions me l'avaient appris. Les tiroirs de la commode méritaient d'être remués. J'y trouverais peut-être des ragots tout frais. Qui pourraient être en lien avec les indices.

Il faisait chaud dans la chambre, *très* chaud. La Dexédrine et la gnôle coulaient dans mes veines. Ce jeu de traque-traque me filait la trique. J'ai éclairé le lit avec ma lampe-stylo et vu les fameux cheveux blond-blanc sur l'oreiller blanc.

J'ai ouvert le tiroir du haut et scruté ce qu'il contenait. J'ai dénombré neuf paires de bas en nylon et un bikini rouge en crochet. J'ai pris une photo dudit contenu et compté jusqu'à soixante. J'ai récupéré le cliché et l'ai balancé dans ma trousse à indices.

La chaleur dans la pièce montait en flèche. Je me suis mis à suer. Un vent violent faisait trembler les fenêtres. J'ai passé la main sous les draps et touché la jambe de Marilyn. Elle était à la fois froide comme la mort et chaude comme dans un sauna.

Le tiroir numéro 2 contenait des combinaisons assorties et des sachets parfumés au Chanel n° 5. L'air brûlant de la pièce se mêlait aux résidus de parfum. J'ai compté six sachets et combinaisons. Les combinaisons étaient toutes dans des teintes claires et pastel. Il y avait des taches de sueur au niveau des aisselles. J'ai adoré.

J'ai pioché une combinaison rose en brocart et l'ai approchée de mon visage. J'ai fait le signe de croix. Ça a court-circuité mon envie de tripoter tout le lot.

Le tiroir était bloqué en position ouverte. Je l'ai secoué et j'en ai déplacé le contenu. J'ai repéré une vieille photo en noir et blanc et un bout de papier jauni juste à côté. J'ai compris illico de quoi il s'agissait.

C'est un cliché de la morgue du comté de Los Angeles. On y voit Carole Landis, à poil sur un brancard. C'est une fausse blonde, une pré-Monroe manquée, elle s'est gorgée de barbis et de bibine en juillet 1948 et a laissé un petit mot d'adieu en mode comme-je-suis-malheureuse à l'attention de ses fans. Elle avait déjà tenté de se suicider. Quatre fois, je précise. Elle en était au Mari numéro 4. Elle avait une série de rôles principaux à la Fox et une sous-série de films vite-fait-mal-fait. La coqueluche britannique Rex Harrison a refusé de larguer sa femme pour elle. Elle avait une grande baraque à Pacific Palisades et une carrière cinématographique enlisée à Fangeville.

De Fangeville à Zarbiland. Le papier jaune contenait un petit mot. Fait de lettres découpées/collées dans des magazines. Le papier était vieux. La police de caractères était vieille. Le mot disait :

Je l'ai aimée avant de t'aimer.
Elle était plus gentille. Tu es plus désespérée et prétentieuse.
J'ai dû apprendre à t'aimer. Avec elle, ce n'était pas difficile.

J'ai pris en photo la note et le cliché de la morgue. Le flash a illuminé la chambre de manière inédite et saugrenue. J'ai compté soixante secondes et j'ai récupéré le cliché. Je l'ai mis dans ma trousse à indices.

J'ai saupoudré la photo de la morgue. J'ai fait surgir une empreinte partielle et deux bavures. Je les ai photographiées. J'ai saupoudré le papier de renfort et obtenu que dalle.

La chaleur de la pièce est *encore* montée d'un cran. Je commençais à me sentir claustro. J'ai mis le cliché de la morgue et le petit mot dans une pochette. J'ai balancé les photos dans ma trousse. J'ai débloqué le tiroir à lingerie et l'ai repoussé d'un coup sec. La secousse a actionné un levier.

Un plateau en bois situé sous le tiroir a glissé vers l'avant et s'est ouvert. Je me suis accroupi pour le zieuter de plus près. *Ich bin ein eideteker.* J'ai vu et mémorisé ceci :

Des clichés de culbute-turlute. Quatre en tout. Des polaroïds en noir et blanc. La Monroe à poil et un étalon cruel avec les cheveux en banane. Ses yeux ont été cachés au blanc correcteur. Cela masque son identité. Il est fort comme un bœuf. Monroe est Monroe. Ils baisent, se lèchent, enchaînent avec un 69. C'est Kama-Soutraville, mon chou. Notez le motel miteux en arrière-plan. Monroe a l'air plus jeune. Ces clichés datent plutôt de 1958 ou 1959.

Des croûtes de sperme séché. Un pervers a giclé sur les quatre photos. Des amas de cellules mortes et des marqueurs de groupe sanguin. Le labo peut faire des analyses, on va pouvoir identifier cet obsédé…

LA CAMÉRA HUMAINE

Enregistrer/Mémoriser/Rembobiner

DEUXIÈME PARTIE

LES ÉCOUTES

(9 avril-4 août 1962)

4

(LOS ANGELES, 21 H 14, LUNDI 9/4/1962)

Le Losers Club. Au croisement de Beverly et La Cienega. C'est une boîte de strip-tease. Elle attire du monde en ce moment. Les comiques à succès viennent s'y encanailler. Lenny Bruce, Don Rickles, Mort Sahl. Ils ont le droit de balancer des blagues obscènes. C'est la Gestalt-thérapie des Losers.

Il y a un grand panneau sur la façade. Il indique le « Loser de la semaine ». Le règne d'Eddie Fisher commence ce soir. C'est le couillon désigné et l'attraction vedette. Je suis le garde du corps d'Eddie. On s'est posés dans le foyer des artistes. Il y a un bar avec tout ce qu'il faut et un buffet monstre de charcutailles. Notez les coupes pleines de barbitos et d'amphètes.

Eddie a lancé : « Nixon a été deux fois Loser de la semaine. Rock Hudson a décroché le pompon le mois dernier, mais personne ne sait pourquoi. »

J'ai allumé une clope. « La brigade des mœurs du shérif l'a chopé en train de jouer à broute-minou dans les chiottes du Hamburger Hamlet. Ce choix est destiné aux connaisseurs de L.A. Le Rock se fait son petit film "j'ai une vie secrète". Ce n'est pas un loser emblématique, comme toi et Nixon. »

Eddie s'est esclaffé. « J'accepte parce que ça me donne du boulot, mais c'est Liz qui devrait avoir le titre de Loseuse du millénaire. Son maquilleur est un vieux pote. Je reçois des rapports quotidiens du plateau. Tout indique qu'on fonce droit vers la catastrophe. »

Il parlait de la débâcle *Cléopâtre* et de la Fox au fond du trou. Le tournage est un gouffre financier et un chaos complet. Les lignes de télégraphes entre Rome et L.A. bourdonnent vingt-quatre heures sur vingt-quatre. Liz Taylor est la Mégère de l'Année quand Eddie n'est que la Pauvre Poire Passive. Elle est lessivée par l'alcool et les cachetons et frappée de maux mystérieux. Elle fait semblant d'être malade dans des suites d'hôtels chics et se gave de bouffe. Elle se tape son partenaire vedette, Richard Burton. Les paparazzis les traquent tout le long de la Via Veneto.

Liz et Eddie sont en pleine séparation. Elle largue le Mari numéro 4 et chauffe le numéro 5 dans des hôtels de passe de la voie Appienne. Eddie est M. *Cornuto* et fait de nouveau sensation dans les night-clubs. Il s'est produit à guichet fermé à Vegas et au Cocoanut Grove de L.A. Ce soir, ce sont ses débuts au Losers Club. Il assume totalement sa condition de loser. Il y a six cents Eddiephiles qui font la queue dehors.

J'ai trois employés qui gèrent la foule. Des nanas en chaleur fourrent des enveloppes et des pots-de-vin dans la main de mes gars. Les enveloppes contiennent des mots doux, des photos cochonnes et des poils pubiens.

Eddie sirote un scotch avec glaçons. « Tous les problèmes liés à Liz et au fric mis à part, ce film est déjà un futur flop faramineux. Zanuck prévoit de le tourner à nouveau, avec Lassie et Rintintin dans les rôles principaux. »

Je me suis marré. Bo Belinsky s'est pointé. C'est le nouvel étalon spécialiste du lancer chez les L.A. Angels. Les femmes sont folles de lui. Il vient de Trenton, Eddie de Philadelphie. Ce sont les nouveaux meilleurs amis du monde. Ils font la bringue ensemble et passent leur temps à baver sur Liz.

Eddie et Bo sont tombés dans les bras l'un de l'autre. Leur petit numéro de « *bubi*, je t'adore » commençait à point nommé. Je me suis tiré du foyer des artistes pour faire un tour à l'extérieur.

La Cienega était bondée. La foule de fans s'étendait sur deux pâtés de maisons vers le nord. Nat Denkins, Phil Irwin et Robbie Molette la contenaient. Ils vérifiaient les billets prépayés pour les spectacles d'Eddie de 22 heures, minuit et 2 heures du matin. Ils semaient des rires à la volée et viraient les gamines mineures de la file.

J'ai compté les gens et fait le signe de croix. Le spectacle d'Eddie rapportait gros. Pour une durée cent pour cent inconnue. Le show continuerait aussi longtemps que le statut de victime d'Eddie tiendrait le coup et que Liz engrangerait les gros titres à Rome.

J'avais besoin de ce job. Je vivais à Nazeville depuis des mois. Je saisissais des bagnoles pour Félix le Chat Chevrolet. Je faisais chanter les époux adultères pour les pousser au divorce et rossais des petits maris qui couchaient à droite et à gauche. Bill Parker me filait des missions musclées, trop risquées pour les flics de base. Ça permettait à Robbie, Phil et Nat de bosser à temps partiel. Ce job pour Eddie était une sinécure et une bouée de sauvetage.

La musique d'intro d'Eddie a filtré vers l'extérieur. Je suis retourné discrètement dans le club. Les gens étaient serrés comme des sardines. Voyez le bar pris d'assaut. Voyez les tables de six avec dix fans tassés autour. Voyez les spectateurs debout qui occupent toute la pièce. Voyez les serveuses en body noir et béret beatniks.

Un badge rond était fixé à leur décolleté. Il disait *Je m'appelle Joyce, Je m'appelle June, Je m'appelle Jane – arrache-moi !!!!!* Sur les tables, il y avait des lampes à lave et des gratte-dos en plastique. Des crétins prenaient les gratte-dos pour ratisser les justaucorps des filles. Les filles esquivaient les mains baladeuses et servaient les boissons en guenilles.

Le combo d'Eddie est arrivé sur scène en titubant. Saxo ténor, trompette, basse, clavier électrique. Tous des junkies en liberté conditionnelle sortis de Wayside Honor Rancho. Tous à moitié camés, en costume noir moulant et bottes de pédés.

Ils se sont installés et ont accordé leurs instruments. La foule a beuglé *« EDDIE ! »* en boucle. Et le voilà qui arrive…

Maintenant.

Eddie a bondi sur scène. Il a fait tournoyer un micro relié à un fil. Le combo a massacré des riffs de *Peppermint Twist*. La foule a pété les plombs. Eddie a fait quelques pas de twist vers le centre de la scène. La foule s'est calmée. Eddie a branlé la poignée du micro. La foule a *re*-pété les plombs. Eddie a joué au Grand Bwana Blanc et a dit *Chut, mes enfants – écoutez mes paroles.*

La foule l'a fermée. Le Mahatma avait parlé. Eddie a lancé : « *Alors ?* Comment ça va, *tout le monde* ? »

La foule s'est mise à hurler. À piétiner, hululer, siffler, piailler. Une serveuse a grimpé sur la scène. Son justaucorps se résumait à une série de bandelettes. Le combo a remis ça avec *Peppermint Twist.* Eddie a attrapé la serveuse. Ils ont fait quelques pas de twist en frotti-frotta.

Les *« EDDIE ! »* beuglés en boucle ont repris. La serveuse a sauté au bas de la scène et traversé la salle en esquivant les papouilles. Le Mahatma Eddie a fait *Silence.* La foule a fait silence. Eddie a présenté son combo sous le nom des Quatre Brouteurs de Chattes. La foule a ricané.

Eddie a ajouté : « Mon label, RCA Victor, veut que j'ajoute *Arrivederci, Roma* et *After You've Gone* à mon prochain album. Je leur ai dit : "Je veux bien m'humilier, mais il y a des limites." »

La foule a *re*-ricané. Eddie a poursuivi : « J'ai deux ou trois scoops, tout droit venus de Rome. Ma future ex, alias Liz, alias Cléopâtre, a été vue exhibant son âme souillée lors d'une réunion des Nymphos Anonymes. »

La foule a ricané en mode puissance 10. Eddie a branlé la poignée du micro et effectué quelques pas de danse tirés de *Wah Watusi*, le pelvis saillant. Des étudiantes pétées comme des coings et les nanas du bar ont dansé le watusi en contrebas de la scène.

Eddie a repris : « D'autres nouvelles de Rome. *La Repubblica* rapporte qu'on a vu Richard Burton tripoter un lévrier italien près de la fontaine de Trevi – mais c'était un lévrier *femelle*, alors je ne vois pas où est le mal. »

La foule a tapé du pied en faisant ouaf-ouaf. Le combo a entamé *Fly Me to the Moon*. Eddie a cessé de se pavaner et s'est mué en chanteur de charme.

Ce type est un crétin falot aux cheveux hirsutes. D'où lui vient cette puissante voix de baryton ?

Il est 3 heures du mat'. Débriefing nocturne dans la thurne d'Eddie. C'était celle de Liz et Eddie, jusqu'à *Cléopâtre*.

La baraque est d'enfer : seize pièces, pas loin de Benedict Canyon. Eddie pleurniche et râle en continu à cause de cette bicoque. Il va devoir s'en séparer. Liz est d'accord pour le partage du fric et de la baraque – pour l'instant. Elle saura un jour ce qu'il traficote dans son dos et lui fera mordre la poussière – ça ne devrait pas tarder. Ils ont fait copain-copain avec un paquet de gamins membres d'un paquet de syndicats qui ont coulé. Ils ont un paquet de propriétés. Ils sont sous contrat avec les studios et *Cléo* est déjà considéré comme une bouse.

Oy, oy, oy. Son rabbin le dit atteint de « haine du soi juif ». Il lui conseille vivement d'émigrer en Israël et de rejoindre un kibboutz. Le rabbin traite Liz de « gueuse pourrie-gâtée » et de « fruit empoisonné de l'arbre *goyishe* ».

Oy, oy, oy. Eddie adore toute cette agitation. Sa carrière dans les night-clubs est *re*lancée et le monde recommence à lui sourire.

La tanière de la femme-trophée servait de Q.G. pour le débriefing. Elle contenait des meubles en cuir vert et des photos d'Eddie avec le cardinal Spellman et Patrice Lumumba, l'homme fort du Congo. Deux serveuses jouaient au backgammon en matant les muscles de Bo Belinsky. Ce sont June et Jane – ARRACHE-MOI !!!! Les losers du Losers Club leur ont fait ce plaisir. Elles ont retiré leur justaucorps en miettes et enfilé un bikini échancré. Eddie les leur a fournis. Il en gardait un gros stock à portée de main.

Eddie et Bo ont lu tous les petits mots énamourés du soir et admiré certaines photos. Bo a fait une liste de numéros de téléphone. Je m'ennuyais ferme. J'ai siroté un scotch avec glaçons et vaguement joué avec Roscoe, le pitbull d'Eddie. Mes gars géraient la foule, à l'extérieur. Une quarantaine de fans nous avaient suivis depuis le club. Eddie avait demandé à sa bonne de préparer des cookies au chocolat. Les groupies étaient à quatre-vingt-dix-neuf pour cent des femmes. Mes hommes distribuaient des cookies et ramassaient des numéros de téléphone à tour de bras.

J'étais tracassé. J'avais Lois et Pat dans la tête. Lois/Pat/Lois/Pat. Je faisais du ping-pong entre les…

Le téléphone a sonné. Ça m'a fait sursauter. Eddie a décroché. Il a dit *C'est qui ?* et il a écouté. Il a étouffé le son du micro avec un coussin.

Il a dit : « Pour toi, Freddy. Jimmy Hoffa. Il a l'air d'avoir un compte à régler. »

5

(LOS ANGELES, 9 H 40, MARDI 10/4/1962)

Jimmy Hoffa a dit : « Les Kennedy. Mes sources m'ont raconté que vous étiez de nouveau en cheville avec ces merdeux. »

L'hôtel Statler au centre-ville. Une petite suite proprette. Café et beignets. C'est une confrontation. On est assis dans deux fauteuils tout proches, nos genoux se frôlent.

« Avec Jack, oui. Je suis sûr que vous connaissez l'histoire. »

Hoffa a fait craquer ses articulations : « Vous l'avez sorti d'un merdier avec une call-girl. Vous aviez deux possibilités. Vous avez choisi la mauvaise, et vous avez torpillé votre relation avec notre futur président. »

J'ai bu une gorgée de café. « J'ai présenté la facture. Les larbins de Jack m'ont arnaqué avec des faux billets. Une délicate attention. »

Hoffa a ricané. « Et vous en êtes où avec son minable de frangin, Bobby ? »

J'ai choisi le mode *Comme ci, comme ça.* « Je l'ai rencontré deux ou trois fois. Je pense que vous le connaissez un tantinet mieux que moi. »

Hoffa m'a provoqué. « Allez, crachez le morceau. Dites-moi ce que vous en pensez. »

J'ai dit : « Le comité McClellan. Bobby et Jack, à l'époque où Jack était au Sénat. Des audiences retransmises à la TV, une surveillance de tous les instants, le contrôle du gouvernement, des mises en examen, des grands jurys qui approuvent les yeux fermés, des humiliations publiques concernant votre "supposé" statut de mafieux. Et maintenant ce petit enculé est le procureur général des États-Unis, et il vous emmerde jusqu'à la gauche encore plus qu'avant. »

Hoffa a fait craquer ses pouces. « Avez-vous souri en disant "supposé" ? Comme si c'était évident que tout le monde est au courant ? »

J'ai fait semblant de bâiller. « Dites-moi ce que vous avez en tête. Oui, je connais les frangins. Oui, je sais ce que vous pensez d'eux, et vous savez comment je gagne ma croûte. »

Hoffa a balayé des miettes de ses genoux. « Jack K. saute Marilyn Monroe, et il vient de la refourguer à son petit frère. Mon info est cent pour cent fiable, mais je ne peux pas dévoiler ma source. Je veux que vous dressiez un portrait à charge de Monroe, Jack, Bobby, et de toutes les autres chattes sans intérêt que ces petits branleurs turbinent, sans parler de tous les ragots de cul que vous pourrez me filer sur Miss Marilyn Monroe elle-même, bien connue des cercles hollywoodiens pour être la Putain de Babylone. »

Bingo. Quinte flush royale. Poule aux œufs d'or. Les trois cerises – jackpot.

« Vous voulez des micros et une surveillance téléphonique à temps plein. Des stations d'écoute, des équipes qui se relaient, des copies des enregistrements et des transcriptions, des rapports de synthèse, une surveillance physique de Monroe et des autres principaux acteurs, et vous voulez que tout ce bordel fonctionne vingt-quatre heures sur vingt-quatre, et vous êtes parfaitement conscient que ça va vous coûter une blinde. »

Hoffa a fait *grumpf.* « Vous êtes un marchand de chameaux, et vous cherchez à arnaquer James Riddle Hoffa sans le moindre scrupule. »

Je me suis penché en avant. Hoffa a reculé. Et paf, j'ai marqué des points.

« Moi. Mes trois gars au quotidien. Bernie Spindel pour la mise en place du matos. C'est cent mille en tout, et plus si ça se prolonge au-delà de cet été. Vous prenez en charge les salaires et tous les frais de fonctionnement. Vous vous engagez à payer les cautions et les avocats, si on doit en arriver là. C'est un boulot risqué que vous me demandez, et vous vous êtes adressé au seul type capable de s'en charger. »

Hoffa a tiré sur ses manches de chemise et s'est gratté les couilles. Hoffa a penché le cou à gauche et à droite et a viré d'une pichenette des pellicules sur la veste de son costard.

« OK. Je suis sûr que c'est un bon deal selon vos critères de Libanais. »

J'ai dit : « Je vous enverrai les dernières bandes des écoutes une fois par semaine, ainsi que des transcriptions dactylographiées. Je vous enverrai des rapports de synthèse par téléscripteur tous les quinze jours. Je… »

Hoffa m'a coupé. « Cette garce de Monroe vient d'acheter une baraque à Brentwood. Je veux qu'elle soit truffée de micros, en mode grand luxe. Jack et Bobby filent leurs rencards chez Peter Lawford sur la Coast Highway. Je veux que sa bicoque soit bourrée de mouchards. Lawford est marié à l'une des sœurs Kennedy, j'ai oublié laquelle… »

J'ai dit : « Pat. Elle s'appelle Pat. »

Hoffa a essuyé une tache sur sa cravate. Hoffa a fait claquer sa ceinture et a poli sa montre en or.

« Je veux que ce soit crade, Freddy. Je veux plein de trucs sordides, et le plus de cul possible. »

Le boulot emmerdant de préparation d'abord. Sentir le terrain. Découvrir les points d'entrée/de sortie. Trouver des lieux pour les stations d'écoute.

J'ai roulé jusqu'à la plage. L'arrière de la propriété des Lawford donnait sur le sable. Elle se trouvait juste à la limite entre L.A. et Malibu. Surplombée par une grande falaise. De petites baraques de rupins soi-disant bohèmes étaient regroupées derrière une voie d'accès pavée. Elles offraient un accès plongeant sur la Pacific Coast Highway. Ce qui voulait dire un poste rêvé pour voyeurs.

La route pavée m'a mené au sommet. En dessous de moi, les voitures vrombissaient vers le nord et le sud. Le bruit de la rue parasite la réception des micros. Celui de la Pacific Coast Highway était particulièrement néfaste.

Je suis sorti de ma bagnole et me suis appuyé contre une rambarde. J'ai vissé un zoom sur mon Rolleiflex et zieuté la baraque. C'était un grand ranch espagnol. Les ailes qu'on lui avait collées cassaient les lignes et bousillaient l'aspect général.

Grosse baraque : six cent cinquante mètres carrés sur deux niveaux. Un terrain de premier choix donnant sur la mer. J'ai zoomé et pris des photos des portes, des fenêtres, des rebords du toit. Je suis un voyeur/cambrioleur chevronné. Tous les boulots de mise sur écoute commencent par des effractions.

Des allées en dallage bordaient la maison, au nord et au sud. Elles menaient à une piscine avec vue sur la plage et à un salon extérieur. J'ai photographié une porte côté nord. Pat a surgi dans le champ de mon objectif.

Elle portait une robe-chemise en madras à motif écossais et des chaussures plates bicolores éraflées. Avec des lunettes en écaille et une Rolex d'homme. La pellicule de l'appareil se superpose à la Caméra humaine. Ça fait presque dix-sept ans. J'ai vingt-trois ans, Pat vingt et un. Hollywood Boulevard explose.

Les Japs ont lâché l'affaire. Des inconnus s'embrassent dans la rue. Je repère Pat, elle me repère, nos ondes cérébrales s'accordent.

Le baiser se prolonge. Un chasseur d'images nous prend en photo et scelle l'histoire. Je lui file dix dollars et lui explique pourquoi. Envoyez deux exemplaires à l'école de police de Los Angeles. J'y serai dans trois semaines.

Pat m'a saisi le bras et m'a de nouveau roulé une pelle. On est devenus épatamment télépathes. On a marché jusqu'au Hollywood Plaza et on a pris une chambre.

Cette nuit a été la seule. On a eu cette nuit-là et c'est tout. On s'envoie des cartes à Noël depuis 1945. Pat a épousé cette enflure de Peter Lawford. Je suis le « Monstre qui manipulait et muselait Hollywood » et l'ex-limier et robinet à came de son grand frère. Ledit grand frère ? C'est le président des États-Unis. On vient juste de m'engager pour le foutre dans une merde noire.

La thurne de Monroe. 12305 5th Helena Drive, Brentwood. Calcule. C'est à 6,90 kilomètres à l'est de la piaule des Lawford sur la plage. Récapitule. Cette affaire est depuis le début centrée sur West L.A.

Le quasi-village de Brentwood était plein est. Un quartier chic et de bon goût. Une station-service, deux marchés, une pharmacie. Une bibliothèque publique, un vendeur d'expressos, un bistro français. De grandes artères encadraient 5th Helena et les rues voisines.

Bundy à l'est. San Vicente au sud. Sunset au nord. Une ceinture de verdure se profilait à l'ouest. Les allées numéros 2 à 5 des Helena Drives étaient faites d'un long pâté de maisons s'achevant en impasse. Les environs immédiats étaient prospères et entièrement résidentiels.

Ce qui rendait impossible toute planque en bagnole. Il fallait que je dégote cinq utilitaires et que je les repeigne. PC Bell, Happytime Liquor, Luanne's Dial-A-Florist. Plus deux camions de jardiniers cabossés de partout.

La maison elle-même :

De style espagnol et blanchie à la chaux. Sur un seul niveau. Modeste pour Brentwood. Grand jardin devant, petit jardin derrière. Murs de soutènement en stuc, de tous côtés. Grandes haies partout. Un portail en chêne et des marches en tommette jusqu'à la porte d'entrée.

Je me suis garé contre le trottoir d'en face et j'ai pris des photos. Notez les fenêtres à croisée de la façade. Elles étaient voilées par des rideaux et dépourvues de moustiquaire. Elles étaient toutes entrouvertes pour l'aération. *Viens me scruter sous tous les angles, pénètre-moi de force* – voilà ce que criait cette thurne.

J'ai commencé par photographier l'arrière de la maison. J'ai pris la porte-moustiquaire de la cuisine avec son fragile loquet à crochet. J'ai pris la fenêtre sans moustiquaire de l'entrée de service. Monroe avait une femme de ménage à temps partiel. J'avais lu un article du *Herald* sur sa nouvelle baraque et sa gestion du ménage. La bonniche dormait généralement ailleurs. *Viens me scruter sous tous les angles, pénètre-moi de force, bourre-moi de micros.*

Nat Denkins connaissait un type au Service des immatriculations de Hollywood. Il lui a filé cent balles et a obtenu le numéro de la bagnole de Monroe. Elle conduisait une Buick Invicta de 1959. Phil Irwin a chopé un gars aux immatriculations de Malibu. Les Lawford possédaient cinq véhicules. Pat conduisait une Bonneville décapotable de 1958.

Des cœurs et des flèches. Freddy aime Pat, Freddy aime Lois. Grave-le dans ce palmier près de la porte de Marilyn.

J'ai pris deux Dexédrine et enchaîné les clopes. J'avais les yeux rivés sur l'avant de la maison. La porte s'est ouverte. La voilà. J'ai noté 16 h 16.

Elle est blottie dans un peignoir blanc. C'est cette apparence-là qu'elle a choisie. Salut, c'est mon nouveau jardin.

Une voiture s'est garée devant moi. Une Corvair de 1960, capote bordeaux, carrosserie noire. Une grande nana blonde en est sortie et a regardé autour d'elle. Elle avait seize ou dix-sept ans.

Notez l'autocollant apposé sur le pare-chocs arrière : LYCÉE DE PALISADES, LE ROYAUME DES DOLPHINS.

La fille a traversé la rue. Elle a pris appui sur la haie et s'est mise sur la pointe des pieds. Elle était grande. Elle se tapait une vue imprenable.

Marilyn lui a fait signe. La fille a glapi et lui a renvoyé son salut.

6

(LOS ANGELES, 8 H 20, MERCREDI 11/4/1962)

Portrait à charge. Jour numéro 2. Le vrai boulot chiant commence.

Je suis monté en gamme. D'Eddie Fisher à Jimmy Hoffa. Des pitreries d'une boîte de nuit à un chantage lié au sexe contre le Grand Manitou mondial et son petit frère rancunier. L'appât est la Bombe Blonde de notre Époque. Tout laisse présager un truc explosif. *Something's Got to Give* – quelque chose doit craquer.

C'est le titre du nouveau film de Monroe. Il est en cours de tournage à la Fox. Le pigiste Morry Zolotow m'a fait le topo. Monroe est défoncée aux cachetons. Monroe est toujours en retard. Monroe est en proie à des maux mystérieux. Le tournage traîne. Le magnat D. F. Zanuck est furax, le réal George Cukor fou de rage.

J'ai travaillé dans mon salon/bureau. Nat Denkins a récupéré des plans au sol auprès des infrastructures du comté. J'ai étudié les schémas des baraques Lawford et Monroe et réfléchi aux endroits où installer les supports des micros. Robbie Molette est chez PC Bell. Il épluche leurs archives. Une donnée cruciale : Bell répertorie tous les postes téléphoniques supplémentaires et note leur emplacement pièce par pièce.

Le B. A.-BA de la mise sur écoute est de rigueur ici. Les micros individuels garantissent un flux sonore bien net. Ça, c'est pour l'intérieur. S'y ajoutent les problèmes extérieurs. Le bruit des bagnoles sur Bundy et San Vicente risquait de brouiller la réception chez Monroe. Le vrombissement des vagues et le bruit des bagnoles de la Pacific Coast Highway risquaient de couvrir la réception chez Lawford. Le positionnement des stations d'écoute était décisif dans cette histoire.

Louer une piaule dans le quartier résidentiel de Brentwood ? Ça risquait de nous revenir dans la gueule. Des allées et venues vingt-quatre heures sur vingt-quatre et la présence de mes gars éveilleraient les soupçons des citoyens honnêtes. Il n'y avait pas de locations disponibles dans la rue commerçante de Brentwood. Les écoutes chez Lawford exigeraient sans doute deux postes de surveillance. Une maison sur la falaise côté est, de l'autre côté de la route. Et une annexe sur la jetée de Malibu.

J'ai cogité. J'ai appelé Eddie Fisher et je l'ai bazardé. Je lui ai dit qu'on en restait là. J'ai expliqué qu'une occasion s'était présentée. Eddie a répondu : « Oui – qui s'appelle Jimmy Hoffa. » J'ai balayé sa réplique d'un *peuh-peuh* et j'ai dit à Eddie que j'allais lui présenter Art Aragon. Art était un poids mi-moyen autrefois classé et un goujat notoire écumant les cercles mondains. Il adorait faire jouer ses muscles et dégageait un charme fou. Eddie s'est pâmé. J'étais soulagé. Je montais en gamme. Je lâchais le Hollywood au ras des pâquerettes pour des intrigues de haut vol et une paye six fois plus élevée.

Et puis il y a Pat. Elle avait vingt et un ans à l'époque. Elle en a trente-sept aujourd'hui. Sa raclure de mari fait le mac pour Jack K. Il m'a volé mon ancien boulot et mon amour d'un soir pour qui j'en pince encore.

Pervdog, mateur, voyeur.

C'est moi. Je serai de l'autre côté de la route côtière. Je serai au sommet de cette falaise. J'aurai le casque vissé sur les oreilles et je serai tapi dans l'ombre. La Caméra humaine. Avec son en direct et en continu. Qui sait ce que je vais voir et entendre.

Le garage de Monroe donnait sur 6th Helena. Je me suis garé contre le trottoir d'en face. De grands poivriers de Californie couvraient de leur ombre mon coupé Chevrolet. Nat Denkins était parti chercher des véhicules pour les planques. Les bagnoles personnelles perturbaient le voisinage et aimantaient la flicaille. Cette filature pouvait propulser ma carrière. Le boulot commençait *MAINTENANT.*

La réunion de lancement a eu lieu hier soir, chez Ollie Hammond. J'ai réservé une salle privée. Toute l'équipe s'est pointée. Phil Irwin, Robbie Molette, Nat Denkins. Plus Bernie Spindel, « le Magicien des micros ». On a picolé et bouffé de l'aloyau. J'ai exposé les cinq points du plan.

1) Bernie et moi, on va truffer de micros les baraques Lawford et Monroe.

2) Nat, Phil, et Robbie vont nous trouver trois locations pour les stations d'écoute. La première à Brentwood. Brentwood, ça va être duraille. Ne lâchez pas l'affaire. Plus deux pour la baraque Lawford. L'une sur la falaise côté est. L'autre sur la jetée de Malibu.

3) Je veux des équipes de surveillance toujours sur le pont. À savoir un homme par station et trois roulements par jour. Je vous relaierai quand ça me chante. Bernie et moi, on installera des systèmes à détection vocale et des micros d'ambiance. Ils seront reliés à des récepteurs basse fréquence. Avec les micros d'ambiance, c'est toujours compliqué. On obtient des silences, des bruits sans intérêt et des conversations presque inaudibles. Faites des copies des bandes et transcrivez à la main tout ce que vous entendez, n'importe quoi. Notez au mot près tout ce qui figure sur les bandes d'écoute. Faites une copie pour Jimmy H. et une pour nos archives.

4) Toute l'opération repose sur les écoutes téléphoniques. Tenez à jour les copies de vos bandes. Tenez à jour vos transcriptions

des conversations. Cette histoire mêle stars de cinoche et politiciens. Ces tocards adorent dégoiser. Je veux que le moindre mot soit enregistré et transcrit.

5) Je veux que Monroe soit filée si nécessaire, et un chronométrage des écoutes. Je vous relaierai quand ça me chante. Jimmy a promis du blé en plus, quand on remballera tout. À savoir, dix mille par tête de pipe.

Mes gars ont salivé. Je salivais. Le coup était ultra-risqué/ultra-rentable. On a trinqué à Jack, à Marilyn, et à toute l'administration Kennedy, complètement galvanisés.

Surveillance postée. Le temps se traîne toujours comme une limace. 14 h 26, 14 h 42, 15 h 04. Mon cul me démangeait. J'ai clopé à m'en casser la voix. La porte du garage s'est ouverte à 15 h 09.

Voilà Marilyn. Elle s'est pomponnée en star de cinéma incognito. Pantalon noir, chandail moulant. Grosses lunettes de soleil et foulard Hermès.

Elle est montée dans la Buick Invicta et a quitté le garage à deux à l'heure. Elle a tourné vers l'ouest en accélérant d'un seul coup et a fauché trois poubelles. Des cadavres de bouteilles de gnôle et des boîtes de nourriture pour chiens ont volé. J'ai démarré et roulé à petite allure à une trentaine de mètres derrière elle. Marilyn a tourné à gauche dans Carmelina puis à droite dans San Vicente. Elle allait donc à l'ouest. Un terre-plein central séparait les deux sens de circulation. Il était couvert de gazon et parsemé d'azalées.

Marilyn a mis son clignotant à gauche et a heurté la butte avant de rouler dessus. Le châssis a déplacé des bouts de ciment mal fixés et le pare-chocs arrière s'est fissuré. Elle a patiné sur l'herbe mouillée, donné un coup de volant et coupé une rangée d'azalées. Elle a rebondi loin du ciment et s'est dirigée vers l'est en bringuebalant.

Je l'ai suivie. J'ai rétrogradé et me suis engagé en douceur sur le terre-plein. J'ai patiné sur l'herbe et me suis laissé glisser vers la voie orientée vers l'est de San Vicente. Je me suis collé à la bagnole de Marilyn. Un automobiliste s'est placé à sa hauteur. Il a crié quelque chose. Elle l'a rembarré. Il a tourné dans Bundy direction le sud. Avec un « va te faire foutre » du doigt en guise d'adieu.

Marilyn s'est brusquement approchée du trottoir et s'est garée sur une place payante. Je me suis arrêtée derrière elle. Elle est descendue de sa bagnole et a traversé San Vicente en dehors des clous. Elle a ignoré les feux et les voitures qui défilaient et a foncé sur la pharmacie Vicente. Heure : 15 h 16.

Elle en ressort à 15 h 21. Elle farfouille dans un petit sac en papier et dévisse un flacon de pilules. Elle sourit et en gobe deux. Elle traverse la rue d'un pas sautillant. Elle récupère sa mocheté de Buick et se dirige à toute berzingue vers l'est.

Je l'ai suivie. Elle a viré vers Barrington au sud puis vers Wilshire à l'est. La circulation des grands boulevards me protégeait. Marilyn conduisait de manière hésitante et rêveuse. On a traversé Westwood et franchi la zone des gratte-ciel de rupins. La circulation dans Beverly Hills nous a pris au piège. Marilyn s'est garée devant le Beverly Wilshire sur les emplacements de taxis.

Elle s'est approchée d'un portier. Elle lui a filé les clés de sa voiture et a retiré ses lunettes de soleil. Il s'est exclamé *Merde alors, Marilyn Monroe !* Elle lui a donné un bon gros baiser. Un vrai patin avec la langue.

Je me suis garé et j'ai attendu à deux voitures de la sienne. J'ai chronométré le passage de Marilyn à l'hôtel. Six minutes quarante secondes. Elle en est ressortie comme une flèche en serrant contre elle un flacon de pilules et une robe sous cellophane.

Elle a arraché ses clés des mains du portier. Il a ri et il a applaudi. Elle a remis ses lunettes, a mis en branle son tacot et s'est élancée au petit bonheur la chance dans la circulation.

Elle a roulé vers l'est. De manière hésitante et rêveuse. Elle bondissait d'une file à l'autre et faisait des queues de poisson. Ça klaxonnait ferme. Elle mettait ses doigts en bouquet devant sa bouche et lançait des baisers par la fenêtre. Elle a obliqué vers le nord dans Doheny. Je lui collais au train.

Elle a tourné à droite dans Elevado et s'est garée, rapidos. Je me suis approché discrètement. On était pile à la frontière entre West Hollywood et Beverly Hills. Je connaissais ce bâtiment futuriste à l'angle sud-est. Il était rempli de piaules de call-girls.

Marilyn en a franchi la porte en coup de vent. Je suis sorti de ma bagnole et j'ai examiné la rangée de boîtes aux lettres. Il y avait six apparts et six résidentes. Dans l'appart nº 4 : Jeanne Carmen, une habituée de Hollywood.

Ancienne call-girl. Serveuse à temps partiel. Ancienne indic du shérif. Dealeuse de cachetons notoire. Une experte des approches audacieuses au golf. Disponible pour les pique-niques paroissiaux et les bar-mitsvah. Très copine avec l'ex-starlette Lila Leeds. Miss Leeds a servi d'appât quand Bob Mitchum s'est fait coincer pour détention d'herbe en 1948.

J'ai traînassé près de ma caisse. Marilyn et Jeanne. La causette pouvait durer. Je t'échange quatre barbis contre six amphètes. Marilyn et Jeanne. Deux intrigantes de la fin des années 40. Phil Irwin a travaillé pour la brigade des mœurs du shérif, de 1946 à 1953. Il a dit que Marilyn et Jeanne faisaient des passes dans un bouge derrière le Dave's Blue Room.

Voilà Marilyn. Elle se dirige nonchalamment vers sa Buick déglinguée. Elle fait demi-tour tant bien que mal et s'engage dans Doheny, direction le nord. Je suis juste derrière elle.

Elle vire à l'ouest sur Sunset. Elle a l'air à la bourre maintenant. On est juste à côté du Beverly Hills Hotel. Marilyn grille un feu rouge et oblique dans Beverly Drive vers le sud. Elle s'arrête devant un grand machin de style colonial et se gare le long du trottoir.

Elle descend de sa bagnole. Elle se débarrasse de son foulard et de ses lunettes et fait bouffer ses cheveux. Elle redresse les épaules et se remet du rouge à lèvres. Elle parcourt une allée en ardoise et entre dans le manoir.

Le 942 North Beverly Drive. Une parcelle double, en longueur et largeur. Piscine olympique, court de tennis…

J'ai attrapé mes annuaires inversés sur la banquette arrière. Celui de Beverly Hills ne pesait pas lourd. Associer un propriétaire et une adresse. C'est là, en page 3.

Ralph R. Greenson, docteur en médecine. Cabinet de psychiatre.

J'ai incliné mon siège et posé mon Rolleiflex sur le bord de la portière. J'ai scruté la maison, le terrain, le jardin du fond. En faisant des allers-retours. J'ai fini par trouver ce que je voulais et j'ai zoomé à fond.

Marilyn et un type costaud. Pas loin de la cinquantaine, moustache, costume sombre. Ils sont assis à une table en fer forgé. Elle raconte une histoire à faire pleurer dans les chaumières. Elle travaille La Méthode Strasberg. Notez ses mains qui se tordent et ses lèvres frémissantes. Il fait *Allons, allons.* Et c'est parti mon kiki :

Ils éclusent des martinis. Ce pichet en contient au moins trois pour chacun. Marilyn en a déjà bu un. Elle reluque le pichet. Tout son corps dit *Lâche-toi, papi – je vais me déchaîner.*

J'ai chronométré ce petit goûter-apéro. Cinquante minutes, cul sec. Séance de psychanalyse. Monsieur Moustache était Ralph Greenson, le Monsieur Psy.

Il a siroté son premier verre. Marilyn a siphonné le pichet. Elle a pleuré, elle a ri, elle a fait la moue. Elle s'est levée et a esquissé quelques pas de danse tirés d'un nanar sur des filles esclaves dans la jungle. Elle jacassait sans arrêt. Greenson faisait *Hun-hun.*

Il l'a interrompue à la cinquantième minute, pas une seconde de plus. Il l'a aidée à se lever et l'a raccompagnée en zigzaguant jusqu'à sa voiture. Elle l'a enlacé pour lui dire au revoir et s'est écroulée sur le siège conducteur. Monsieur Psy a pivoté sur ses talons et consulté sa montre. *Ouf* – tout ça pour *ça.*

Marilyn est de retour derrière le volant. Elle appuie sur le champignon et fait crisser ses pneus en franchissant un carrefour casse-gueule.

J'ai démarré en trombe. Les voitures déboîtaient sans cesse et je l'ai perdue de vue. Les klaxons beuglaient. Des doigts d'honneur fleurissaient aux fenêtres. Va te faire mettre.

Marilyn s'est tirée. C'est la Filature Foirée numéro 1. Ce ne sera pas la dernière.

Je suis rentré chez moi. Phil Irwin était revenu au 5th Helena. Il m'a appelé pour faire le point. Il a dit que Nat et Robbie s'étaient procuré trois camions de surveillance. Son beau-frère les a maquillés. Il les a repeints fissa. C'était à présent des véhicules utilitaires quelconques : Acme Tree Men, Ajax TV Repair, Citadel Florists. La peinture était à séchage rapide. Phil a camouflé les sièges arrière et les plateaux de stockage. Il a balancé dessus des branches d'arbre, du matériel électrique, des compositions florales flétries.

Concernant son tour de garde dans 5th Helena :

La femme de ménage s'est tirée pour la journée. Mais avant, Phil a chopé une discussion dans le jardin du fond grâce à une perche de prise de son. La bonniche a dit qu'elle avait des trucs de prévus le soir. Marilyn a dit qu'elle avait une fiesta. Elle gobait des amphètes et lapait une boisson coupe-faim. Elle rentrera dans cette création d'Halston sans qu'il soit nécessaire d'ajuster les coutures.

L'attente s'est éternisée. J'ai arrangé un peu ma thurne-bureau. J'ai posé des panneaux en liège sur les murs du salon et installé des classeurs à tiroirs en dessous. J'ai feuilleté des piles de vieux *Life* et découpé des photos. Monroe, John et Robert Kennedy. Ce bon à rien de Peter Lawford, sans Pat et pas sans Pat. Des vues extérieures de la maison Lawford, des vues extérieures du 5th Helena.

Je les ai épinglées aux panneaux de liège. J'ai sorti la photo de Pat et Freddy de son cadre et je l'ai fixée à côté d'un cliché cochon de Monroe. On est en 1952. Marilyn en met plein les mirettes à nos petits gars qui se battent en Corée. Freddy et Pat prennent d'assaut Hollywood le jour de la capitulation du Japon. La juxtaposition valait le coup d'œil. Je me suis fendu la poire.

Ajax TV Repair. C'est un bon tacot pour les planques nocturnes. Les télés peuvent déconner à n'importe quelle heure. Les soirées commencent tard à Hollywood.

Je me suis garé derrière 5th Helena. J'ai pointé à 20 heures précises.

La porte du garage était ouverte. La Buick était là, garée en marche arrière. J'ai avalé deux Dexédrine et bu un petit coup de rhum 151. J'ai fait l'inventaire de ma trousse à indices et de mon sac de matériel photo et j'ai aiguisé mes outils de crochetage sur une pierre ponce. Je grillais d'impatience de fracturer, entrer, épier.

Balade dans le temps. Je me repasse les images de ma première rencontre avec Monroe.

Novembre 1954. Le fameux « Raid sur la Mauvaise Porte ». J'étais à la Villa Capri. *Confidential* me tenait à l'époque. Tous les serveurs, tapineurs et voituriers de L.A. me filaient des ragots. J'ai baratiné un chirurgien esthétique véreux. Il avait opéré Montgomery Clift pour lui grossir la bite. J'ai filé au toubib un billet de cent et lui ai dit de foutre le camp. Une table plus loin : Sinatra et Joe DiMaggio. Joe était le mari numéro 2 de Monroe.

Les *paisani* éclusaient des pichets de mauvais vin italien. DiMaggio sanglotait. Marilyn s'envoyait en l'air avec son coiffeur dans une piaule de West Hollywood. Il avait engagé un privé nommé Phil Irwin pour la prendre en filature. Le type venait de lui faire son rapport.

DiMaggio était indigné. Sinatra s'est indigné. Joe m'a vu à la table voisine et m'a dit de rejoindre la horde de lyncheurs.

J'ai flairé le pognon. On a roulé dans trois bagnoles jusqu'au nid d'amour. Phil Irwin était déjà sur place. C'est comme ça qu'on s'est rencontrés. Il est 23 heures. On est devant un immeuble de quatre appartements. Phil montre du doigt la porte du rez-de-chaussée à gauche. Il y a Sinatra, DiMaggio, Phil et moi. C'est nous, la horde de lyncheurs. On défonce la porte à coups de pied. Une vieille dame du nom de Florence Klotz est assise à boire son thé.

Mme Klotz crie. Monroe est bien là, *à l'étage*. Elle ne baise pas son coiffeur. Elle baise un monteur de la Fox nommé Timmy Berlin. Ils s'esquivent par une porte de service et détalent. D'où le « Raid sur la Mauvaise Porte ».

Les canards de Hearst en ont fait leurs choux gras. L'Assemblée de l'État de Californie a enquêté sur les torchons à scandales sordides et les détectives pratiquant le chantage. J'ai témoigné à huis clos. Idem pour Phil Irwin. Marilyn a divorcé de Joe. Phil est venu travailler pour moi. Sinatra était marié à sa femme numéro 2, Ava Gardner. Il l'a surprise en train de lécher la chatte de Lana Turner et est allé s'arsouiller avec Jackie Gleason. Ils ont fait un delirium tremens et atterri au Queen of Angels.

Le temps passait lentement. Je fumais clope sur clope. La lumière du garage s'est allumée d'un coup. J'ai noté l'heure : 20 h 42.

Il y a la portière qui grince, les phares qui s'allument, le capot de la Buick qui émerge lentement.

Elle a tourné juste à côté de moi. Elle a pris 6th Helena jusqu'à Carmelina et obliqué vers le nord. J'ai fait demi-tour et je l'ai rattrapée. La lumière blanche de son feu arrière gauche clignotait. Je me suis concentré là-dessus et j'ai prudemment laissé deux voitures entre nous.

Elle a soudain viré vers Sunset en direction de l'est. Je l'ai suivie. Elle conduisait de façon carrément hésitante ce soir. Un torrent de bagnoles s'est glissé entre nous. J'ai changé de voie et gardé les yeux rivés sur ce feu arrière.

Sunset était vallonné, sinueux et classieusement sous-éclairé. Le feu arrière de cette bagnole était le phare de ma filature. On a traversé Brentwood et Westwood. On a dépassé Beverly Glen et les portails de Bel Air. Nous voilà dans Holmby Hills. Marilyn a fait une embardée vers la voie de droite et a éraflé ses enjoliveurs sur le trottoir.

Elle a zigzagué puis donné un coup de volant pour s'engager dans Mapleton au sud. Un coin rempli de manoirs monumentaux avec des douves et des pelouses interminables. J'ai repéré un service de voiturier un peu plus loin. Des benêts musculeux en manteau rouge montaient dans des Jaguar, des Corvette et des Cadillac pour aller les garer dare-dare. La file d'attente était longue de la moitié d'un bloc. Marilyn a placé sa pitoyable Buick au bout de la queue.

Je me suis rangé sur le côté et j'ai reluqué la scène. Des petits cons bien propres sur eux emmenaient les invités sur la vaste pelouse dans leurs voiturettes de golf. Des Bunny girls prêtées par *Playboy* les escortaient à l'intérieur. Une centaine de gens faisaient la queue.

Vérifie l'heure. Elle va se mêler à la foule et se comportera comme une conne. Elle finira par en avoir marre et foutra le camp. Tu as trois heures devant toi, au maximum.

*

Ma trousse à indices pesait vingt kilos. Le sac de mon appareil photo et les bandes de flashes en pesaient cinq. Je me suis garé dans Carmelina et j'ai traîné le matos sur tout un bloc.

Je l'ai joué au culot avec une stratégie portail de devant/porte de devant. Le portail était ouvert. La porte d'entrée était bloquée. J'ai glissé ma carte Diners Club le long du battant. Les pênes de la serrure sont sortis de la gâche.

Ma méthode subtile avait fonctionné. J'étais dans la place. Sans laisser ni marque d'outil ni éraflures compromettantes. J'ai trimballé les sacs à l'intérieur et fermé la porte derrière moi. *Chérie, je suis là !*

La fraîcheur de l'air m'a frappé. Les fenêtres légèrement entrebâillées créaient un petit courant d'air. J'avais mémorisé les schémas d'architecte. Je connaissais le plan au sol et l'emplacement des téléphones. J'ai sorti ma lampe-stylo et l'ai coincée entre mes dents. Mes yeux étaient mon appareil photo. Le petit faisceau de lumière était mon objectif rotatif.

J'ai lâché ma trousse et mon étui et j'ai rapidement parcouru les lieux. J'ai éclairé la jonction entre les murs et le sol. J'ai repéré des lambris décoratifs dans les cinq pièces principales. Les panneaux en bois masquaient les fils électriques, nécessitant très peu de peinture de camouflage.

Mes yeux et le faisceau de la lampe-stylo travaillaient en synchro. J'ai mémorisé les panneaux de lambris et leur proximité avec les lignes téléphoniques. J'ai mémorisé les plafonniers, les lampes sur pied et les sous-tapis pour y dissimuler des micros.

Je me suis concentré sur le sol. J'ai noté les endroits où mettre des écoutes. Ces préliminaires d'effraction m'émoustillaient. La victime, c'est Marilyn. Je garde le furetage dans ses petites culottes pour la fin.

Je suis allé d'une pièce à l'autre. J'ai dévissé les trois combinés téléphoniques. J'ai mémorisé les câblages internes et enregistré les endroits où cacher des micros récepteurs. J'ai remplacé ma mémoire par des polaroïds. J'ai approché l'objectif et actionné le flash. J'ai fait de très très gros plans des boîtiers des récepteurs et la lumière a rebondi sur les murs.

J'ai jeté les polaroïds encore humides et les ampoules usées dans ma trousse d'enquêteur. L'éclat des flashes me faisait voir double. J'avais des yeux de lapin myxomateux. J'ai refait le tour de la baraque et recouvré ma vue normale. J'ai gravé dans ma mémoire chaque point éclairé à la lampe-stylo.

La chambre de la femme de ménage. C'est une cellule de moine. Sur le plan visuel comme olfactif. Un vrai sachet de lavande. La cuisine. Paresse et désordre. Assiettes empilées et restes jetés dans l'évier. Des taches de moisissure sur une côte de bœuf rôtie. Dépôt noir au fond de l'évier. Des tuyaux bouchés qui dégagent une odeur pestilentielle.

La salle de bains principale jouxte la cuisine. J'ai humé dès le seuil les serviettes mouillées et la crasse savonneuse. Notez les traces noires dans la baignoire. Notez les bonnets de douche en plastique jetés sur le sol.

J'ai ouvert l'armoire à pharmacie. La planque de Marilyn. Sécobarbital/Pentobarbital/Biphétamine/Dexédrine/

et du Dilaudid qui vous défonce la tête. Notez la bouteille de vodka sur le rebord du lavabo. Notez le manche de brosse à dents qui dépasse du goulot. Flash info : Marilyn Monroe utilise de la Smirnoff 100 comme dentifrice.

Je suis allé chercher mon matériel photo et mes bandes de flashes. J'ai pris la pagaille de la cuisine et de la salle de bains. J'ai pris la pharmacopée du placard à médicaments. J'ai pris en gros plan la bouteille de vodka et la brosse à dents.

Mes yeux se sont de nouveau brouillés. J'ai rangé les tirages encore humides et les ampoules usagées dans ma trousse et je suis retourné dans le salon. Les tapis avaient l'air bas de gamme. Les photos punaisées au mur m'ont foutu la trouille. Des drag queens au Hollywood Ranch Market. Une junkie au physique de camionneuse en train de se shooter au Petit Chalet de Linda. Des mômes débiles avec des bonnets de Mickey.

Un buffet à alcools. Rempli de flasques de Smirnoff 100 et de gobelets en carton. Une grande coupe sur un piédestal. Pleine à ras bord de gros morceaux de haschisch.

J'ai photographié le salon. Six vues rapides, d'un bout à l'autre de la pièce. J'étais dans la baraque depuis cinquante-deux minutes. Mon inspection technique me fournissait tout le nécessaire pour installer des fils, des micros et des écoutes téléphoniques.

À présent, je voulais humer et toucher plutôt que voir. Je voulais toucher des choses qui l'avaient touchée. Je voulais être là où elle se sentait esseulée et se lâchait.

J'ai trimballé mon matériel dans la chambre de Marilyn. J'ai scruté la pièce sous tous les angles, de haut en bas.

Des murs d'un blanc terne. Des étagères en bois. Une table de chevet près du lit. Un téléphone blanc posé dessus. Plus douze flacons de pilules et deux flasques de vodka.

Un grand lit. Des draps tout blancs et une couette toute blanche. Des taies d'oreiller blanches souillées. Approche-toi, maintenant. Vois si tu peux détecter son odeur.

J'ai senti une odeur de renfermé et d'effort physique récent. J'ai senti des fluides mêlés, visibles sous forme de taches séchées. J'ai senti du parfum cher et de l'après-rasage bon marché. J'ai vu des traces de rouge à lèvres et des oreillers tassés avec le poing. Signe de violents efforts pour s'endormir.

J'ai regardé sous le lit. J'ai vu une grande boîte en métal pourvue d'une clé coincée entre le plancher et les ressorts du sommier. Je l'ai sortie et j'ai soulevé le fermoir. La boîte était bourrée de billets de cent dollars.

En piles bien nettes. En piles épaisses. Toutes tenues par un élastique. J'ai jeté la boîte sur le lit et j'ai fait une séance photo des billets verts sur les draps tachés.

J'ai compté le fric. Il y en avait pour quarante mille dollars. Ma Camera humaine a grésillé. Mes yeux en feu se sont recentrés sur le faisceau de la lampe-stylo. J'ai serré les mâchoires et me suis ébréché une dent sur le manche de la lampe.

Mes jambes avaient la tremblote. Je me suis appuyé contre une barre du lit. Ma première pensée : Vole ce pognon. Ma deuxième pensée : Ne vole pas ce pognon. Ma troisième pensée : Tu es détective privé. Ça veut dire quoi, tout ça ?

J'ai rangé les liasses et remis la boîte sous le lit. J'ai scruté les murs sous tous les angles et repéré un placard à porte coulissante. Je l'ai ouvert. Une barre de penderie surchargée s'est détachée et est tombée au sol. Des fringues super criardes et super moches ont formé un gros tas par terre.

Je me suis agenouillé et je les ai passées en revue. J'ai examiné les robes hawaïennes roses, les jupes en tweed, les robes décolletées en velours tigré. Les robes droites à impressions géométriques, taille 48. Les sweat-shirts et pantalons de survêtement portant l'étiquette Big & Beautiful Boutique. Les duffle-coats tombant sur les chevilles, dans une taille pour homme. Les combinaisons de camionneuses du Large Marge Trucking de Huntington Beach. Les impers transparents avec capuche à cordon – un article incontournable de chez Le Chic XXL.

Monroe mesurait 1,62 mètre, et elle était fine. Ces nippes pourraves étaient faites pour une obèse. Ma première pensée : c'est un exercice de l'Actors Studio. Subsume ton moi mince et deviens un être qui soit à la fois plus et moins que toi. Ma seconde pensée : c'est plus retors et sinistre que ça.

C'est alors que je l'ai sentie. Le parfum qui embaumait les draps imprégnait les vêtements étalés sur le sol. Marilyn Monroe s'était trémoussée dans chacun de ces accoutrements.

J'ai *re*-fixé la barre de penderie et raccroché les frusques plus ou moins dans l'ordre. Je sentais comme *ELLE* à présent. J'ai éclairé le mur côté ouest. Mon faisceau lumineux a repéré une étagère à livres en bois dépourvue de livres.

La bibliothèque faisait la moitié de la longueur du mur. Je m'en suis approché. Le faisceau de la lampe a éclairé la poussière soulevée par mon souffle. J'ai passé mes mains sur la planche en bois. Une feuille de bloc-notes blanche s'est collée à mes doigts.

Je l'ai éclairée de plus près. Elle était couverte d'un texte en majuscules. Une écriture de lycéenne. Des fioritures et des cœurs pour figurer les points des *i*.

Marilyn mélangeait des chiffres, des dates et des abréviations. J'ai vite compris l'essentiel. « Renouv » signifiait renouvellement. Les « 30 » et « 60 », c'était le nombre de pilules. « Biphét », « Dilau », « Pento », « Séco » et « Hydrate de chl » – par ici la bonne came. Les dates allaient du 12 août 1960 à la semaine précédente. En dessous : « Gentils Drs » entouré de cœurs d'écolière.

« Généraliste/Engleberg »/quatre cœurs qui éclatent. « Gynécologue/Kaplan »/un cœur fendu en deux. « Ne fait pas d'ordo & mains baladeuses, mais chou. » « Cardiologue/Brammey/ordo de tps en tps. Beurk ! Avait ma double page dans *Playboy* encadrée sur son bureau. »

Je me suis penché sur l'étagère et j'en ai balayé toute la surface à la lumière de ma lampe-stylo. J'ai vu *ceci* :

Feuille de bloc-notes numéro 2. Une liste de pharmacies en majuscules. Vincente, Roxbury, Beverly Wilshire, Schwab's,

Mickey Fine. Plus des numéros de téléphone et des heures d'ouverture. En dessous… une liste manifeste d'amants, avec des illustrations tordues.

« Al »/« cascadeur »/trois bites gribouillées qui font *Boïïng*. « Biff »/« livreur de pizzas »/une bite flétrie et des couilles comme des cacahuètes. « George »/« pompiste »/quatre bites géantes giclant du foutre. « Lou »/« voiturier »/deux bites de taille normale et « Fait cunni – pas mal ». En dessous : « Rick Dawes. Vachard – peut-être pédé ». Suivi de quatre lignes en majuscules raturées et illisibles.

Voilà ce que je pense :

Marilyn est en rogne contre Rick D. Elle a effacé les noms et numéros de son service de répondeur. C'est une tante dans le placard. Qu'il aille se faire foutre. Il est sorti de sa vie.

En dessous :

« Shérif de L.A. » et le numéro de l'accueil : MA-46682.

Une absurdité. Un casse-tête. Une gigantesque anomalie – Monroe et la flicaille du comté. J'ai photographié les feuilles de bloc-notes. J'ai compté soixante secondes pour chacune et sorti les clichés de l'appareil. Je les ai balancés dans ma trousse.

Ma première pensée : où est le carnet d'adresses de Marilyn ? Où est-ce qu'elle répertorie pour de vrai ses amis, ses collègues, ses larbins, ses ex-maris et ses amants ? Ma seconde pensée : où sont les lettres qu'elle reçoit et les courriers de ses fans ? Où sont les missives salaces de John F. et Robert F. Kennedy ?

Ma première hypothèse : cachés dans la bicoque. Ma deuxième hypothèse : elle ne se sépare jamais de son carnet d'adresses et de tous les petits mots lubriques. Ma troisième hypothèse : elle est lunatique. Elle jette les courriers qui la gonflent et les lettres de fans. Elle garde les bonnes bafouilles dans le coffre d'une banque.

Ça faisait deux heures et dix-neuf minutes que j'étais dans la baraque. Je n'avais pas le temps de chercher des empreintes au pinceau ni d'aspirer des fibres. J'avais juste le temps de fouiller vite fait les lieux et de mettre les bouts.

Je me suis donné un quart d'heure. J'ai examiné les tiroirs, soulevé les tapis, jeté un coup d'œil dans les meubles de la cuisine. J'ai passé les placards au peigne fin pour trouver des cachettes. À la dernière minute, j'ai eu droit aux Absurdités numéros 2 et 3.

Sous le tapis de la salle de bains. Un signet de la librairie Martindale. Griffonné au dos : *« Jack à la Maison-Blanche »* et *« Bobby à la Justice »*. Plus deux numéros de standard téléphonique.

Planquée dans un placard de l'entrée. Une taie d'oreiller à triple épaisseur pleine de pièces de vingt-cinq, de cinq et de dix cents.

J'ai photographié le signet et la réserve de monnaie. Il me restait trois minutes. J'ai vérifié une étagère basse contenant des livres. Monroe raaaffollait des intellos frenchies.

Sartre, Camus, Beauvoir. J'ai feuilleté cinq livres. Elle avait marqué avec des signets les passages les plus éloquents et ajouté des commentaires en marge. Du genre : *« à utiliser en soirée »*, *« à lâcher l'air de rien comme mot d'esprit »*. Du genre : *« prétendre que c'est de moi »* et *« Jack va adorer »*.

Marilyn la bluffeuse. Prête à tout pour impressionner.

J'ai réexaminé la bibliothèque. Il n'y avait que des livres de cocos français, à l'exception de *celui-ci* :

The Sexual Criminal, par le médecin Paul De River. J'avais rencontré De River, aux alentours de 1949.

C'était un dingologue complètement givré qui copinait avec le LAPD. Il dirigeait un service soi-disant progressiste dédié aux délinquants sexuels. L'ex-Chef Worton l'avait engagé. De River psychanalysait les violeurs, les masturbateurs, les exhibos, les travestis et les meurtriers sadiques. Il les défonçait grâce à des mélanges de drogues maison et les forçait à participer à des thérapies de groupe. Bill Parker a remplacé Worton en 1950. Il méprisait De River et ses théories fumeuses sur la sexualité. Il l'a viré du LAPD à grands coups de pied au cul.

J'ai lu des pages en diagonale. De River passait son temps à théoriser, palabrer et baratiner. Le livre contenait des photos.

Des obsédés sexuels affalés sur des chaises à dossier droit, la bouche béante, complètement assommés. Du blanc correcteur leur barrait les yeux.

J'ai reconnu Otto Stephen Wilson. Il a éviscéré deux femmes dans des hôtels du centre et est tombé pour meurtre au premier degré. Il s'est montré insolent avec moi à la prison de Lincoln Heights, fin 1945. Je lui ai défoncé la gueule. Il a tété du gaz à San Quentin à l'automne 1946.

Ce livre me filait la gerbe. Je l'ai rebalancé sur l'étagère. Un petit bout de papier arraché à un bloc-notes est tombé par terre. Marilyn Monroe avait écrit *ceci* en majuscules :

« Quand toutes les autres formes de thérapie mises en application ont échoué, il est sans doute possible de contrecarrer un comportement réactif fondé sur l'absence, la passivité ou l'autodestruction par un acte explicitement criminel. »

7

(LOS ANGELES, 12/4-18/5/1962)

J'ai fait le taf. Mes hommes ont fait le taf. La nomenclature, on s'en fichait comme d'une guigne. C'était « le boulot », « le job », « l'affaire ». Ce n'était pas l'« Opération Blonde » ni *« la mission Jacques »*[1]. On devait fouiller les poubelles. On déterrait du crade pour Jimmy Hoffa. On lui refourguait des tuyaux obtenus grâce aux écoutes, des comptes rendus de notre surveillance, et des sous-entendus non confirmés. On le bombardait d'enregistrements et de transcriptions mollassonnes. À charge pour lui de rendre ces miettes de données cohérentes et de faire en sorte qu'elles se cristallisent en preuves de turpitude morale et de crime passible de poursuites.

Ma petite fouille du 11 mai mettait Marilyn Monroe en valeur. Sa fainéantise. Sa dépendance aux drogues. Ses coucheries avec tout Hollywood et son obsession pour les frères Kennedy. Elle planquait quarante mille dollars sous son lit. C'était à double tranchant. Les studios de cinéma trafiquaient leurs comptes. Ils filaient du liquide pour éviter de payer le fisc. Ces quarante mille dollars étaient peut-être inoffensifs. Ou ces quarante mille dollars pouvaient la faire inculper pour malversation.

1. En français dans le texte original.

J'ai punaisé mes photos de l'effraction sur les tableaux en liège et envoyé des doubles par fax à Jimmy. Tout cela couvait à petit feu et avançait à petits pas vers une révélation chiante comme la pluie. Mauvaise hygiène. Drogues. Adultère. Gestion hasardeuse de ses finances. Kennedy, le konnard kanonisé. Je connaissais déjà toute cette merde. Je suis un mateur. Mon besoin de voir et de passer la crasse au crible me poussait à aller au-delà des conclusions aisément prévisibles.

Ma première visite de la baraque me tourmentait. Les quarante mille balles. La réserve de piécettes. Les défroques de Monroe la dodue. Le bouquin barjo de Paul De River et le commentaire barjo de Monroe sur la philosophie barjo de Paul De River. Des pistes parallèles à travailler en solo. Ma mission dans l'immédiat était de superviser la mise en place d'écoutes électroniques et d'un système compatible de surveillance postée et mobile.

Jimmy H. m'a filé un chèque de banque de vingt mille dollars. J'ai payé mes hommes pour les quinze jours à venir et je les ai mis au boulot. Ils ont vérifié la qualité du son et la bonne réception de la fréquence près des baraques Lawford et Monroe et loué deux stations d'écoute sur la plage au cours des vingt-quatre heures suivantes. Station numéro 1 : une maisonnette sur la falaise côté est au-dessus de la Pacific Coast Highway. Elle offre de bonnes lignes de mire et permet une réception limpide. Les hauts feuillages masquent les allées et venues des piétons et des voitures. Station numéro 2 : un petit débarras au Sip' n' Surf Lounge sur la jetée de Malibu. Il y a des surfeuses et une entrée privée à l'arrière. Ça fait deux postes pour Lawford. Plus deux fréquences radio. Ça fait deux possibilités pour atténuer le bruit des bagnoles/le fracas des vagues/les problèmes techniques.

Phil Irwin a déniché la station parfaite pour Monroe. C'était une cabane d'équipement désaffectée dans une ruelle à côté du Brentwood Country Club. Elle comprenait trois pièces, un ensemble chiottes/douche, six prises murales et une antenne extérieure. Elle se trouvait à huit cents mètres de 5th Helena Drive et offrait une bonne réception. Plus un jardin, un abri pour voitures et une entrée à l'arrière dissimulée par des arbres. Le gardien du Brentwood CC et le patron du Sip' n' Surf étaient d'anciens gars du shérif de L.A. Phil les jugeait fiables à cent pour cent.

Nat et Robbie ont géré le parc automobile. On a planqué nos bagnoles de surveillance dans le garage de Robbie. Nat et Robbie ont récolté double dose de boulot. Jimmy Hoffa a décrété qu'on devait occuper tout le terrain. Il était maqué avec la mafia et les syndicats, à travers tout le pays. Il a traficoté pour obtenir deux jobs de machinistes caméra sur le plateau de *Something's Got to Give*. Nat et Robbie rempliraient leur mission aux stations d'écoute et iraient se faire embaucher sur le plateau de la Fox.

Ils ont bossé sur les préparatifs du tournage. Ils ont grappillé des bouts d'infos sur les prochains voyages de Monroe.

17 avril. Elle s'envolera pour New York. Elle va faire de la lèche aux frimeurs arty Lee et Paula Strasberg. Plus *ceci* :

Bringue d'anniversaire pour Jack K. Mi-mai, à New York. Prévue au Madison Square Garden. Marilyn doit chanter *Happy Birthday* au Grand Manitou. Les Strasberg se préparent à encourager notre poulette et à lui insuffler de la motivation. Elle sera absente deux jours entiers. L'occasion pour moi de truffer de micros et *re*fouiller sa thurne.

Les journées traînaient en longueur. On a installé notre matos dans les stations d'écoute. On a vérifié le son un milliard de fois. Je trépignais à l'idée de retourner au 5th Helena. On s'est lancés le 18 avril à minuit.

Bernie Spindel et moi avons crocheté les serrures et sommes entrés. Phil, Nat et Robbie triangulaient à l'extérieur. Postés dans nos véhicules de camouflage. Ils surveillaient Carmelina, 5th et 6th Helena. Ils maintenaient le contact par talkie-walkie et guettaient de leur regard d'aigle le moindre poulet en ronde de nuit.

Bernie et moi avons posé les micros. On est restés à l'intérieur quatre heures et neuf minutes. J'ai regardé sous le lit de Monroe. La caisse à cash n'était plus là. Une poupée vaudou de Jackie

Kennedy était posée sur le coussin d'une chaise. Marilyn avait transformé Jackie en pelote à épingles. Une fourchette à cocktail était plantée en plein dans le popotin de la Première dame.

Un petit tour et puis s'en vont. On s'est retrouvés pour boire un coup à la station de Brentwood et on a vérifié le son. On a entendu le silence et perçu clairement les clics du téléphone. Les appels de Monroe allaient directement sur son service de messagerie. On a laissé des messages bidon. Les voix des opérateurs étaient super audibles.

19 avril. Monroe revient à L.A. Le plateau est installé et prêt. Le tournage commence le 23 avril. J'ai graissé la patte des gardiens en prévision et obtenu un laissez-passer de trois mois.

J'ai maraudé dans le studio. J'ai soudoyé un larbin de la cantine et obtenu ma propre voiturette de golf. Je me baladais incognito. L'époque de *Confidential,* mon magazine/fléau de Hollywood, était de l'histoire ancienne. J'ai entassé des bouts de bois dans la voiturette et fait semblant de bosser.

J'ai suivi Monroe jusqu'à la Fox. J'ai observé l'installation du studio insonorisé. Je l'ai observée *ELLE.*

Elle manipulait les gens. Elle utilisait les gens. Elle avait trois façons de s'adresser à eux. Autoritaire, timide, démonstrative. Je ne l'aimais pas. Je ne la comprenais pas. Ses techniques de jeu et son pou-pou-pidou de pacotille ne me faisaient ni chaud ni froid.

J'ai épié sa caravane trois jours d'affilée. J'ai observé le Quarté gagnant de Marilyn : gober des cachets/picoler/gerber/tomber dans les pommes. Robbie et Nat disaient que c'était la consternation sur le plateau. Marilyn « faisait sa Liz ». *Something's Got to Give* était rebaptisé le *Cléopâtre de l'Ouest.* Marilyn singeait les pitreries européennes de Liz Taylor, *parce qu'elle en était capable.*

Cléopâtre avait mis la Fox dans le train express, direction l'enfer. Les faiseurs des studios et les esclaves salariés voyaient venir l'apocalypse. *Got to Give*, c'était *Cléo* au petit pied. Marilyn était partie pour remplacer Liz en tête de Lizte. Nat et Robbie m'ont tuyauté la mauvaise nouvelle en jubilant. J'ai tuyauté Jimmy Hoffa.

Le jour numéro 4 a fixé les limites du Quarté gagnant. Marilyn est restée dans les choux six heures d'affilée. Un sous-fifre a défoncé la porte de sa caravane à coups de tatane. Une ambulance a ramené Marilyn au 5th Helena.

Son petit numéro de femme frêle et cafardeuse a reporté le tournage *sine die*. Marilyn fait semblant d'être souffrante. Nat et Robbie surveillent ses coups de fil. Phil Irwin ne quitte pas la baraque des yeux. Côté réception à la station du terrain de golf, ça baigne – et pas dans un bain de friture.

Marilyn passe un coup de fil. Elle chouine auprès de Greenson le Psy et fait du gringue à un livreur de pizzas qu'elle appelle « Dave le Gros Dard ». Elle mange de la pizza aux anchois le matin, à midi et le soir.

Je suis devenu un habitué du plateau de *Got to Give* et j'ai fait profil bas. Le réalisateur de la seconde équipe a tourné les scènes « autour » de Monroe. Acteurs et techniciens condamnaient son comportement bidon de déesse du cinéma. *Je* la condamnais. On chauffait côté boulot pour Hoffa – mais moi, je commençais à m'échauffer.

Il fallait truffer de micros la baraque Lawford. C'était le centre névralgique du bordel géant Jack/Bobby/Marilyn. La propriété regorgeait en permanence de Lawford, d'enfants des Lawford et d'esclaves des Lawford. Mon contact chez PC Bell a balancé quelques infos cruciales. Il n'y avait pas de lignes téléphoniques secondaires attribuées à la maison. J'aurais cru que Jack avait une ligne privée pour bombarder le Kremlin. *Niet*. Il y a six téléphones et un seul numéro.

Robbie et Phil ont joué les réparateurs PC Bell et sondé les voisins. Ils les alpaguaient en évoquant des incartades de célébrités chez les Lawford. Une petite vieille a qualifié la maisonnée d'« antre du libertinage ». Trois voisins ont confirmé le boucan que faisaient les Lawford et les larbins des Lawford. Ledit boucan entravait notre mission et me rendait complètement dingue. Je voulais entrer dans cette baraque et y planquer des micros. Je voulais explorer ce baisodrome. Je voulais pénétrer l'espace privé de Pat Kennedy Lawford.

La mission Hoffa se déroule à présent par roulement. Mes hommes se relaient entre la Fox, 5th Helena et la station d'écoute du terrain de golf. Je tourne entre la Fox, 5th Helena, la station du Sip' n' Surf et celle à l'est de la falaise. Il n'y a ni micros ni écoutes téléphoniques dans la baraque des Lawford. J'ai de bonnes vues mais pas d'accès audio. Je m'assois dans l'obscurité et j'observe la maison en contrebas. Il arrive que Pat traverse des pièces éclairées.

Marilyn fait semblant d'être souffrante. Greenson le Psy et Dave le Gros Dard passent la voir. Le mouchard du salon enregistre les inepties des séances psy. Marilyn justifie ses frasques sur le plateau. Elle qualifie sa façon d'esquiver le boulot de « manifestations d'un malaise existentiel ». Greenson fait *tss-tss* et la réprimande. C'est un houspilleur. Marilyn fait tout pour le choquer. Elle a sucé le président dans la soute à bagages d'*Air Force One*. Greenson fait *tss-tss*. Marilyn expose en détail sa rivalité acharnée avec Liz Taylor. *Cléopâtre* est une niaiserie pontifiante. *Got to Give* est une niaiserie qui sait qu'elle n'est que cela. Nous sommes des femmes et des actrices de cinéma. Nous nous rebellons contre l'autorité des magnats et des réalisateurs nazis qui incarnent les tontons et papas adoptifs qui nous ont baisées vous savez bien quand on avait huit ans. Liz et moi on fait volontairement la grève en faisant croire qu'on est malades pour obtenir notre vengeance inconsciente. Les studios de cinéma sont les oligarchies fascistes mystifiées que condamne Sartre.

Les mouchards de la chambre captent les grincements du matelas synchronisés avec les visites de Dave le Gros Dard. Ainsi que des gémissements et grognements étouffés par les oreillers et les draps froissés. Les micros du couloir captent l'aspirateur de la femme de ménage et les conversations pleines de parasites entre Marilyn et sa bonne. J'ai mis ces bandes dans des boîtes en inscrivant dessus

« Sujet chez lui/faussement malade/pas de révélations ». Les enregistrements de Monroe en hibernation s'accumulaient au poste du terrain de golf. Elle est sortie de sa torpeur le 26 avril à 20 heures.

Je l'ai suivie jusqu'à une soirée de défonce entre filles dans l'appart de Jeanne Carmen. Les flics des Mœurs avaient déjà un dossier sur ces noubas. Phil Irwin nous en a expliqué le déroulement. C'était un ancien gars du shérif et il connaissait le topo.

« Elles papotent, elles gobent des cachetons, elles matent la télé et elles pioncent. Il y a parfois du broutage de chatte, mais pas toujours. Jeanne servait d'indic aux types de la brigade de West Hollywood, et elle ne leur épargnait aucun détail quand il s'agissait de décrire les filles en action. »

C'était la Soirée Défonce numéro 1. La Soirée Défonce numéro 2 s'est déroulée du 30 avril au 2 mai. Robbie Molette a pris des photos en douce par une fenêtre entrebâillée. Il a chopé Marilyn, Lila Leeds, et une golfeuse pro à l'allure hommasse toutes nues et en pleine bataille de polochons. Robbie est un amateur de porno. Sa sœur Chrissy est une figure de l'ombre des films de cul clandestins. Il fait des doubles des photos. Il les fourguera à La Moule Barbue et au Petit Chalet de Linda.

L'excitation de la Soirée Défonce numéro 2 est retombée. Marilyn est retournée au turbin. Je lui ai collé au train, sur le plateau et en dehors. Robbie et Nat ont fait leur petit numéro de machinistes et activé leur regard d'aigle. Marilyn ratait une prise après l'autre. Cukor le réal l'a réprimandée. Marilyn l'a jouée comme-je-suis-malheureuse et est partie bouder dans sa caravane. Elle a picolé, pioncé un moment, quitté la Fox en faisant la gueule et interrompu le tournage. Je l'ai suivie jusqu'au 5th Helena. Elle m'a embarqué dans sa routine. On a répété le même train-train, six jours d'affilée.

Micros, écoutes téléphoniques, filatures rapprochées, surveillance postée et mobile. Les stations fonctionnent vingt-quatre heures sur vingt-quatre avec réception nickel. On a Doc Greenson et Pizza Man Dave. On a des batailles de polochons à poil. Jack et Bobby K. n'appellent pas. Que penser de la planque à piécettes de

Marilyn et de ses défroques de dodue ? Où sont passés les quarante mille balles qu'elle cachait sous son plumard ? Ils n'étaient plus là le soir où on a posé les micros chez elle. Où sont passés les coups de fil croustillants avec les initiés de Hollywood ?

Je faisais mes quarts de surveillance posté dans le camion d'un élagueur. La fille dans la Corvair de 1960 n'arrêtait pas de passer pour jeter un coup d'œil par-dessus la haie. J'ai noté le numéro de sa plaque et appelé mon contact au Service des immatriculations. Il m'a fourni illico toutes les infos de son permis.

La bagnole :

Enregistrée au nom de Willard D. Farr/Homme blanc/44 ans. Adresse chic à Pacific Palisades. Marié à Dorothy Denton Lowell, 39 ans. La gamine blonde : Georgia Lowell Farr/née le 22 mars 1945/élève du lycée de Palisades. Première intuition : c'est une gosse de riches obsédée par Marilyn.

Comme Jimmy Hoffa. Comme moi. Comme mes gars – on est tous des imbéciles de groupies qui partent en vrille.

Le travail a continué. Les tours de garde ont tourné. Je triangulais. Le plateau de la Fox, la station d'écoute, 5th Helena. Je ne pouvais plus fouiner sur le tournage incognito comme avant. J'étais tristement célèbre, dans le temps. Et ça cancane ferme dans les studios. Les gens avaient sans doute capté qui j'étais. Jimmy Hoffa avait tiré des ficelles et fait entrer mes gars sur le plateau. La Fox était liée à la pègre depuis des lustres. Ben Siegel, Willie Bioff, les frères Aadland. Les syndicats mafieux géraient la piétaille des studios. La Fox avait tout d'une ruche de mouchards. Le service du renseignement du LAPD a infiltré les organisations syndicales des studios. Tout comme les BITES – les flics qui renseignent le shérif. Tout le monde sur le tournage m'avait démasqué. Je le sentais. J'étais un ancien du LAPD et vaguement proche de Bill Parker.

El Jefe et moi on s'est revus. Je lui devais une fière chandelle. Il m'a sorti d'un sacré merdier à plus d'une occasion. C'était lui qui était dans la merde à présent. Ses hommes avaient fait sauter deux

Black Muslims devant une mosquée du sud de la ville. Le petit frère de Nat Denkins était impliqué dans l'histoire. Nat se répandait en propos indignés dans son émission de radio. Je lui ai dit de la boucler. Ou alors il la bouclerait définitivement. Nat a dit qu'il la mettrait en sourdine.

La Fox était pleine de mouchards. J'ai senti que des informations fuitaient. Phil et Robbie le sentaient aussi. J'ai coupé court à mes rondes en voiturette de golf et m'en suis tenu aux stations d'écoute et au 5th Helena. Monroe est venue à mon aide. Elle a bazardé *Got to Give* et est rentrée se morfondre chez elle au début du mois de mai. J'ai senti que l'hibernation allait durer un moment.

Nasty Nat a dégoté une source à l'accueil de la Fox. La fille gérait les appels longue distance des acteurs et de l'équipe de *Got to Give*. Elle était mariée. Nat aussi. Ils ont commencé à se voir et à se retrouver dans des motels où l'on sait se montrer discrets. Nat l'appelait sa petite fée de la Fox. Elle écoutait en douce les appels de Monroe depuis sa caravane. Ils étaient tous du même acabit. Monroe appelait des pharmacies pour demander de la dope. Monroe a passé vingt et un coups de fil aux standards de la Maison-Blanche et du ministère de la Justice. Elle demandait à être mise en relation avec le président et le procureur général. De la friture sur la ligne coupait les appels à cet instant précis. Je savais pourquoi. Les lignes intérieures étaient brouillées pour des raisons de sécurité.

Des fuites. Répétitives et casse-bonbons. Largement compensées par *ceci* :

Des indices. Du disparate qui tourne au cohérent. Marilyn se tape Jack, et peut-être Bobby. C'est occasionnel. C'est banal pour eux. C'est important pour elle. Elle est désespérée. Elle est déséquilibrée. Elle est en plein délire. On tient le PORTRAIT À CHARGE.

Je me concentre sur la mission Hoffa. Je garde la mission Eddie Fisher pour plus tard. Art Aragon sert de garde du corps à Eddie.

Je fais une virée au Losers Club et me marre devant M. *Cornuto.* Il beugle des airs de music-hall et balance des grossièretés.

Il présente Liz et Dick. Ils forniquent et se gamahuchent *ici. Là,* ils font des 69. Il connaît la géographie de Rome *à fond.* Les foules pleurent avec lui et se repaissent de la façon dont Eddie s'humilie.

Art me fournit les détails. Roddy McDowall, un acteur de la jaquette, joue dans *Cléo.* Il appelle Eddie depuis Rome et lui livre les potins du jour. La Fox est désormais connue sous le nom de 20th Century-*FLOP.* Les rumeurs s'amoncellent et se transforment. C'est une vraie prophétie biblique. La Fox va imploser, maintenant, plus tard, ou un peu plus tard. Les cadres, les huiles et les larbins de la Fox font dans leur froc. Ils montent des arnaques pour constituer des fonds en prévision de l'Apocalypse. De faux bons au porteur. Fourguez-les au Mexique – c'est une valeur sûre. Clubs échangistes, clubs de défonce, clubs à partouze. De la drogue qui circule dans les deux sens à Tijuana. Et, maintenant : Monroe qui sabote *Got to Give* dans le plus pur style lizesque façon *Cléo.*

Monroe a fait semblant d'être souffrante. Je ne l'ai pas lâchée. Mes écoutes ont capté ses appels. Elle a glapi aux oreilles de Doc Greenson. Jack et Bobby se servent de moi et me traitent comme leur jouet, comme les hommes l'ont toujours fait. Elle a appelé Jeanne Carmen. Elles ont fixé les dates de leurs prochains rendez-vous orgiaques avec les cachets. Elle baisait avec Pizza Dave et baffrait de la pizza trois fois par jour. Elle paradait à l'extérieur dans des robes grande taille et de grands chapeaux souples. Je l'ai suivie à pied dans les parcs de Barrington et de Beverly Glen.

Elle est en mode maîtresse-fouineuse. Elle trimballe un sac fermé par un cordon rempli de monnaie. Elle passe cinq ou six appels dans des cabines et regagne discrètement 5th Helena.

Elle choisit des cabines fermées. Elle se cale contre la vitre et bourre la machine de pièces. Je ne sais pas qui elle appelle ni ce qu'elle raconte. PC Bell ne comptabilise pas les appels passés depuis des cabines. Je ne peux pas espionner ses coups de fil.

Elle ne sait pas que j'écoute ses téléphones perso. J'en suis sûr. Elle appelle depuis les trois postes. Elle a un placard rempli de pièces de cinq, dix et vingt-cinq cents. Je sens qu'il y a une raison. Ça ne colle pas avec sa *vida loca*.

Lundi 14 mai. Marilyn retourne sur le plateau de *Got to Give*. Les acteurs et l'équipe applaudissent. L'idylle dure trois heures. Une grosse engueulade avec George Cukor y met fin. Robbie zieute la zizanie. Marilyn retourne bouder dans sa caravane et picole sec.

Mardi 15 mai. La taupe de Nasty Nat au standard signale deux appels de Marilyn. Appel numéro 1 : Doc Greenson. Monsieur Psy annonce à Marilyn qu'il prend un mois de vacances. Marilyn gémit. Greenson la calme. Argument majeur : il a un psy de secours qu'elle va adorer. Appelez Milt Wexler. On est collègues de bureau. Vous allez adorer le Dr Milt. C'est un *mensch*. Appel numéro 2 : cabinet du Dr Milt. « Bonjour, c'est Marilyn Monroe. » La secrétaire fait *aaaargh*. Mercredi 16 mai. C'est jour de paie et celui où je dois rendre mon rapport. Jimmy H. a prévu un dépôt discret dans un coffre-fort. Il y a deux Bank of America pas loin du croisement de Wilshire et Western Avenue. J'avais deux clés de coffre. J'ai ramassé les salaires dans le coffre numéro 1. J'ai placé mon rapport, mes enregistrements et mes transcriptions d'écoutes dans le coffre numéro 2. Jimmy m'avait laissé un mot :

« Petit déjeuner. 8 heures samedi. Au Statler. »

Jeudi 17 mai. J'étais de retour dans ma voiturette de golf. Je m'emmerdais ferme et je me grattais les couilles. Le plateau numéro 14 se trouvait non loin de là, de l'autre côté d'un passage couvert. Le tournage de *Got to Give* se poursuivait mollement.

Un hélicoptère a plané dans le ciel et s'est posé sur le parking. Peter Lawford a ouvert la porte. Marilyn en est sortie à toute vitesse et lui a refilé une housse à vêtements. Il lui a envoyé un baiser et a claqué la porte. L'hélico est reparti. Marilyn a fait au revoir de la main.

Je me suis souvenu. La bringue d'anniversaire de Jack. Madison Square Garden. C'est cette semaine, samedi soir. Soit elle vient, soit elle vaut rien.

J'ai roulé dans ma voiturette jusqu'à une cabine et appelé l'aéroport de L.A. Je me suis fait passer pour un lieutenant du shérif et j'ai exigé qu'on me parle des passagers. Un employé intimidé a craché le morceau.

De L.A. à Idlewild. Le vol de la Pan Am à midi. Peter et Pat Lawford. Plus quatre enfants et trois domestiques. Une Miss Monroe sur un charter le samedi midi.

La résidence privée de Pat est à moi. Ta grande baraque sans personne.

8

(LOS ANGELES, 8 H 10, SAMEDI 19/5/1962)

Jimmy Hoffa a dit : « Elle ne tiendra pas longtemps sur ce film. Tout le monde en a ras-le-bol. »

La même suite d'hôtel. Le même petit déjeuner. Les mêmes fauteuils rapprochés. Hoffa portait un costume gris trop serré et des chaussures astiquées comme des miroirs. Un bavoir à crustacés en plastique lui couvrait le torse.

« C'est vrai. Le studio perd de l'argent avec elle, à un moment où il ne peut pas se le permettre. »

Hoffa a bu un peu de café. « Les micros dans les murs ne lâchent pas grand-chose, on dirait. La plupart du temps, c'est juste du papotage rasoir. »

J'ai haussé les épaules. « Les micros dans les baraques, c'est toujours incertain. Le son se disperse, et on ne marque des points que lorsque les protagonistes s'assoient les uns à côté des autres et racontent des salades qui valent le coup.

« Pas d'appels ni de visites de Jack et Bobby, hein ? »

J'ai dit : « Elle appelle la Maison-Blanche et la Justice depuis sa caravane des studios. C'est dans mon compte rendu. Les lignes téléphoniques internes sont brouillées, il est donc impossible d'entendre leurs conversations, s'il y en a. »

Hoffa fait craquer ses doigts. « Quarante mille balles dans une boîte planquée sous le lit. C'est intéressant. »

J'ai fait *Niet.* « La boîte avait disparu le soir où Bernie et moi on est allés installer les micros. »

Hoffa a aspiré bruyamment une gorgée de café. Des homards et des crabes enchevêtrés étaient dessinés sur son bavoir.

« Greenson la déteste, pas vrai ? Il passe la voir, et elle passe le voir pour s'enfiler des cocktails. Il la dorlote, elle se confie à lui, et un soir quand la lune sera pleine, il prendra son courage à deux mains et fondra sur sa proie. »

J'ai ri. « Greenson quitte la ville pour un mois. Il a casé Marilyn chez son pote de bureau, Milt Wexler. Je doute qu'il subvienne à ses besoins aussi bien que Greenson. »

Hoffa a poussé un grognement et redressé son bavoir. Il était petit. Sa chaise en forme de trône le rapetissait. Ses pieds touchaient à peine la moquette.

« C'est la faute de Jack, ces conneries permissives qui empoisonnent notre culture. Il a envoûté tout le pays, avec sa Nouvelle Frontière de youpin, les droits civiques et toutes ces autres crétineries d'âme noble, alors que pendant ce temps il pilonne cette nympho névrosée quand il est censé se comporter en bon père de famille, comme moi. »

J'ai fait *Holà*, o*n se calme.* « Vous avez vu mes photos des indices. Il se passe quelque chose. Pourquoi Monroe garderait-elle le numéro de l'accueil du Bureau du shérif de L.A. sur un bout de papier déchiré ? »

Hoffa a fait craquer ses pouces. « Ça fait des années que je récupère des tuyaux sur cette nana, depuis que j'ai appris qu'elle ouvrait les cuisses pour Jack et Bobby et la moitié des queutards de cette ville. Primo, elle déteste le LAPD – depuis la fin des années 40, quand elle était soi-disant une call-girl à son compte. Deuzio, elle les déteste aussi pour des raisons politiques, comme ce bordel avec des Black Muslims il y a quelques semaines. Elle adore les types du shérif, parce que le vieux shérif Biscailuz était dingue d'elle et l'emmenait toujours avec lui au rodéo du comté, alors que le service du renseignement du LAPD a des films de vidéosurveillance qui la montrent dans huit millions de rassemblements pro-cocos. Les BITES l'ont plus ou moins laissée tranquille, sans doute parce qu'ils savent qu'elle taille une pipe à Pete Pitchess à l'occasion. Confucius dit : "L'essentiel n'est pas avec qui tu frayes mais avec qui tu forniques." Pete est réglo. C'est un avocat et un ancien du FBI, et cette tarlouze d'Edgar Hoover l'a choisi pour le remplacer si les Kennedy le lâchent. »

J'ai allumé une cigarette. « Je vois où vous voulez en venir. Vous n'avez rien contre ce vieux Hoover. Bobby K. est une épine dans votre pied, et le vieux le déteste. Les BITES sont proches des fédéraux, à cause du lien Hoover-Pitchess. La vieille pédale adore les potins de Hollywood – et les BITES lui refourguent des cancans. »

Hoffa a fait tourner sa tasse de café. « Bien vu. C'est pour ça, je bosse pour Pitchess, et c'est pour ça que j'aimerais qu'il succède au vieux. Il n'acceptera jamais que Bobby K. lui casse les burnes, et il foutra la paix aux syndicats et au prétendu crime organisé. »

J'ai jeté un coup d'œil à l'horloge murale. Mon tour de garde au 5th Helena commençait *maintenant*. Le charter de Monroe décollait à midi. La mission effraction chez Lawford me foutait en rogne. Vérifier tout l'équipement allait demander…

Hoffa a jeté son bavoir et fait ballotter ses couilles. Hoffa s'est levé et s'est étiré.

« OK, donc Greenson et ce Wexler partagent un bureau. Ça simplifie les choses. Vous allez y entrer en douce, ronéotyper tous les dossiers sur Monroe que vous trouverez, et voir si vous pouvez chourer ou faire des copies sur bandes de tous ces caquetages de tarés que Greenson et notre poulette ont pu enregistrer. On passe à la vitesse supérieure. »

Il commençait à faire chaud. Le camion de l'entreprise d'élagage ne captait que du silence. J'ai zoomé sur le portail de Monroe et cogité.

Vérification de l'équipement. Ce soir, c'est le grand soir.

Talkies-walkies. Récepteur radio pour capter la fréquence de la police. Perceuses électriques. Rouleaux de fil électrique et prises téléphoniques. Lampes de poche, lampes-stylos, oscilloscope. Aspirateurs à poussières, enduit de rebouchage et spatules. Deux hommes à l'intérieur. Bernie et moi. Phil fait le guet sur la Pacific Coast Highway. C'est un ancien shérif. La maison est à cheval sur la frontière qui sépare la ville du comté. Phil fait partie de la réserve du shérif. Il porte un insigne. Si nécessaire, il peut repousser des poulets trop curieux.

Robbie joue les chiens de garde. Il est planqué dans la station de la falaise. Il a une vue d'ensemble sur ce qui se passe en contrebas. Nat rôde à l'extérieur. C'est notre coursier. Il entre et sort de la maison. Il fait passer les infos à Bernie et à moi. Il nous apporte des outils en cas d'urgence.

Je cogitais. J'ai gobé deux Dexédrine et tété de l'Old Crow. Je me suis repassé le petit déj' avec Jimmy H.

La stratégie de Jimmy était assez lisible. Il finance une opération de chantage sexuel qu'il est prêt à pousser jusqu'à imposer une démission. Il a en ligne de mire le président et le procureur général. Jimmy est un prude et un pingre notoire. Jimmy finance une grande machination qui risque de rapporter que dalle. Jimmy est près de ses sous. Aucun moyen de pêcher du fric de secours si le plan fait *psshhit*. L'éventuelle démission risque de ne produire aucun profit. Ça ne ressemble *pas du tout* à Jimmy.

La Corvair bordeaux s'est garée devant moi. Georgia Lowell Farr en est sortie. Elle portait un pull de pom-pom girl du lycée de Palisades et un pantalon en coton. Elle a traversé la rue et franchi le portail sans hésiter.

Je l'ai suivie avec mon objectif. Marilyn Monroe est entrée dans le champ.

J'ai reculé et recentré la prise de vue. Les voilà. La reine de l'écran dissolue et la lycéenne pâmée s'étreignent. Marilyn ferme le portail d'un coup de pied.

La porte d'entrée a claqué. Elles sont à l'intérieur. Asseyez-vous et papotez, les filles. Les murs ont des oreilles.

Le temps a traîné en longueur. Le temps a bégayé et calé. Mon cerveau en plein trip courait plus vite que lui. J'ai fantasmé comme un pervers sur Lois et Pat. La porte s'est ouverte en grinçant. Je suis sorti de mon tacot pour monter sur le pare-chocs arrière. Le monde capté par mon objectif s'est élargi. Monroe et la fille se sont dirigées vers le portail.

Elles étaient sales et ébouriffées. Elles n'arrêtaient pas de s'essuyer les mains. J'ai pris trois photos. Elles se sont enlacées pour se dire au revoir. Georgia Farr mesurait presque 1,80 mètre. Elle dépassait Monroe d'une tête.

Le portail s'est ouvert. Georgia l'a franchi. Monroe est repartie en coupant par la pelouse. En diagonale. Ça voulait dire le garage.

Elle avait un vol à midi direction la côte Est. Je suis remonté dans le camion et j'ai fait demi-tour fissa. J'ai foncé jusqu'à Carmelina, coupé vers le nord, et je me suis garé. J'ai poireauté dix minutes. Enfin – sa mocheté de Buick a surgi. Elle a descendu 6th Helena n'importe comment. Monroe zigzague aujourd'hui.

Elle a obliqué vers Carmelina, direction le nord. Tournant le dos à l'aéroport. Elle changeait constamment de voie.

Je l'ai suivie. Mon camion de surveillance ne faisait aucun bruit. Monroe a brusquement viré vers l'est dans Sunset. J'ai mis les gaz et je l'ai suivie comme j'ai pu.

On a traversé Westwood et Holmby Hills. On est entrés dans Beverly Hills. Monroe chevauchait les voies. On la bombardait de coups de Klaxon. Elle roulait sans se rendre compte de rien. Elle a tourné à gauche dans Benedict Canyon. J'ai grillé un feu rouge et je me suis accroché.

On s'est dirigés vers le nord. Ça montait. La route était sinueuse et à une seule voie. Monroe éraflait les enjoliveurs blancs de ses pneus sur le bas-côté avant de rebondir sur la chaussée. On a traversé Mulholland et on est redescendus par une deux-voies. La pente raide a projeté mon véhicule vers l'avant et augmenté ma vitesse d'un cran. Monroe tapotait sa pédale de frein. Je roulais collé à son pare-chocs arrière. Qu'elle aille se faire foutre. Elle ne remarquerait jamais ma présence. Elle conduisait comme un zombie.

C'est une expédition vers la Valley. J'ai gardé le pied sur l'embrayage et oscillé entre première et seconde. Le terrain est devenu plat au fond de la Valley. Marilyn tournait maladroitement à gauche et à droite. Ventura, Moorpark, au nord dans Woodman. Une ruelle débouchant sur Saticoy. Elle a tourné à gauche. J'ai calé devant un mur de soutènement non signalé et j'ai vite enclenché la marche arrière du camion. J'ai viré à gauche dans Saticoy et accéléré. La Buick s'était volatilisée.

J'ai longé lentement trois pâtés de maisons en scrutant les carrefours. J'ai parcouru des yeux les véhicules à l'arrêt. J'ai repéré la mocheté de Buick coincée entre un coupé Oldsmobile et une Impala de latino. J'ai repéré quelqu'un. C'est elle. Elle trottine dans une ruelle, à dix heures sur la gauche.

Merde…

Je m'éloigne. Les trottoirs et voies privées sont bloqués par des voitures. Il n'y a aucun endroit où se garer.

C'est la Filature Foirée numéro 2. Je suis quelque part dans ce cul-d'oiseau d'Encino. Il y a des ranchs de rupins dans mon dos. Devant moi, des immeubles d'habitation de parvenus.

Ce n'est pas le terrain de jeux habituel de Monroe. L'endroit me tapait sur les nerfs. Je flairais l'achat de came ou la partie de jambes en l'air. Il est 9 h 40. Son vol est à midi. Qu'est-ce qu'elle fout là, cette folle ?

J'ai trouvé une place de parking. À trois blocs de là et 800 mètres plus à l'est. J'ai *re*-réfléchi.

Elle voit quelqu'un. Elle fait quelque chose de pas catholique. C'est un quartier d'argent récent/d'argent frimeur. Des rues entières d'immeubles avec piscine. Des pied-à-terre pour hôtesses de l'air, des piaules à pédés, des poulaillers pour femmes entretenues. Les Aloha Gardens, les Hawaiian Lanais, le Tiki-Torch Village.

Une idée vient choquer ma caboche. C'était un boulot chiant ET un boulot de bête de somme. Je ne savais pas où elle était ni avec qui. J'étais cerné par des tonnes de voitures. Je pouvais griffonner les numéros des plaques et appeler mon contact au Service des immatriculations. Les permis révéleraient peut-être des noms et adresses douteux. J'étais cerné par des tonnes de garages souterrains. Ils étaient fermés à clé et s'ouvraient avec un bip. Du coup, accès impossible. Tout cela n'était que du boulot chiant sous le cagnard.

Je m'y suis mis. J'ai marché dans un rayon de trois blocs en examinant chaque voiture. Le tacot de Monroe n'était plus là. Elle ne louperait pas son avion. J'ai noté les numéros de plaque de cent quarante-trois véhicules. Ça m'a pris quatre heures. Il faisait chaud dans la Valley. Je transpirais et j'étais de plus en plus crade. Ma tenue d'élagueur se couvrait de taches de sueur.

Elle manigance quelque chose. Je suis chargé du Portrait à charge. Je veux savoir ce que c'est.

On est samedi soir. L'air est chaud et printanier. Des voitures pare-chocs contre pare-chocs dans toute la Pacific Coast Highway. C'est soir de fête. Ce qui veut dire une nappe de son dans l'air. Elle dérive d'une maison à l'autre et brouille nos écoutes. Il est 23 h 52. On entre dans la baraque.

On a planqué nos voitures à la station de la falaise. Nat a caché notre équipement sous une bâche du garage des Lawford. Carrément sans-gêne. En pleine journée. Il est monté sur le trottoir avec le camion d'élagage et a brouillé le bip de la porte du garage. Il l'a ouverte à la manivelle et a déversé notre matos. Il a taillé deux palmiers de l'allée sud au passage. L'entourloupe lui a demandé seize secondes, en tout et pour tout.

On s'est affalés contre des voitures garées. On était en vêtements de soirée et on fumait des clopes. Chemises hawaïennes, pantalons droits, coupe-vent légers. Il y a Nat, Phil, Bernie et moi. Quatre types sortis prendre l'air. On ne va pas tarder à rentrer dans la maison et à *recommencer* à faire la fête. Robbie est notre observateur. Il est là-haut, dans la station de la falaise. Il fera clignoter une lumière rouge pour nous dire à quel moment entrer.

Phil a de quoi capter la fréquence de la police. Il rôdera à l'extérieur. Nat est chargé du matériel. Il y a six téléphones dans la baraque. Trois en haut, trois en bas. Bernie installera des micros dans les murs et mettra les téléphones du rez-de-chaussée sur écoute. Je m'occuperai de l'étage. Nat a emballé nos affaires dans des sacs en toile. Il nous aidera à nettoyer. On est couverts sous tous les angles.

Robbie a lancé un flash rouge. On l'a clairement vu, à 400 mètres de distance en contrebas. Nat a ouvert la porte du garage et est entré. Phil s'est caché près d'une Lincoln de 1961. Bernie et moi on s'est grouillés de remonter l'allée nord jusqu'à la porte côté cuisine.

Bernie a éclairé la serrure à la lampe-stylo. J'ai introduit un crochet n° 4 dans le trou et me suis mis à farfouiller dans tous les sens. La porte s'est ouverte d'un coup. On est entrés et on l'a refermée derrière nous. Un faisceau de lampe-stylo a mitraillé le sol. C'était Nat. Il était entré par le garage. Il nous a fait OK-nickel et a hissé nos sacs en toile.

J'ai enclenché ma Caméra humaine. J'avais mémorisé le plan au sol de la maison et l'emplacement des téléphones. J'ai pris mon sac en toile. J'ai coincé ma lampe-stylo entre mes dents et suivi le faisceau.

L'escalier de l'entrée m'a mené au premier. L'étage était carrément immense. Escalier devant et derrière. Quatre couloirs dessinant un carré. Deux chambres pour enfants côté sud. Salles de bains intégrées, attenantes.

Des couloirs larges. Et longs.

L'absence d'espace commun me contrariait. Cela ne favorisait pas la conversation. Les gens ne se retrouvaient pas ici pour tailler le bout de gras.

Les murs étaient couverts de panneaux en noyer noir. Des toiles originales coûteuses peintes en extérieur tapissaient les quatre. Tout le palier était éclairé par des ampoules encastrées ou des plafonniers. Il n'y avait pas de lampadaires sur pied dans lesquels placer des micros. Les minces tapis persans trahiraient les supports planqués en dessous.

J'ai dit non aux mouchards à l'étage. Bernie poserait des micros à tire-larigot au rez-de-chaussée. C'était en bas que les gens parlaient.

J'ai examiné le couloir nord. Trois portes fermées signifiaient trois grandes chambres à coucher. J'ai soudain pigé, avec du retard.

Chambres séparées pour Peter et Pat. Des téléphones, des dressings et des salles de bains distincts. J'ai pigé l'arrangement en un clin d'œil. C'était la décision de Pat. Pat désapprouvait l'attitude de Peter. Elle l'avait envoyé en exil. Elle agissait dans le respect du dicton « les Kennedy ne divorcent pas mais envoient balader leur serment ».

J'avais les jambes en coton. J'ai attrapé la rampe d'escalier pour ne pas perdre l'équilibre. J'ai balayé du regard le couloir nord et je l'ai arpenté en entier, d'est en ouest. J'ai essayé la première poignée. La porte n'était pas verrouillée. Je l'ai ouverte, juste pour humer l'air. Il empestait le produit de nettoyage et la marie-jeanne rance.

J'ai marché jusqu'à la porte du milieu. Elle a buté sur un petit tapis et s'est à peine entrouverte. L'odeur de tweed m'a frappé les narines.

Elle portait du tweed lors d'une soirée d'été de 1945. Elle porte du tweed aujourd'hui.

J'ai marché jusqu'à la porte tout à l'ouest. J'ai failli rire en la voyant.

La porte avait été personnalisée. Le sceau du président des États-Unis était apposé à hauteur d'yeux. Il était en feuille d'or et émail bleu clair. Et sous le sceau, à la feuille d'or : *Baraque de Jack.*

J'ai ouvert la porte et je suis entré. *Salut, Jack – tu barattes qui dans ta baraque ?*

La chambre était à l'image des couloirs. Des toiles de paysages hors de prix et des panneaux en noyer. Deux tables de chevet flanquaient un grand lit de style Craftsman. Notez les téléphones sur chacune – un rouge et un noir.

J'ai examiné les téléphones et suivi les fils reliés aux prises murales. Le téléphone noir était un PC Bell standard. Le rouge était équipé de boutons et de commandes de volume personnalisées. Le fil était en laiton ultra-résistant et relié à une prise d'alimentation distincte. Il s'agissait d'une installation technique des services secrets.

Jack, espèce d'enculé. C'est ta ligne directe pour déclencher la guerre atomique. Tu te souviens de moi ? On a bien rigolé ensemble, autrefois.

J'ai sorti mes outils et dévissé le combiné du téléphone noir. J'ai inséré des écarteurs et des fils torsadés et j'ai posé les micros. Cela m'a pris 2,40 secondes. J'ai traîné mon matos dans la chambre de Peter Lawford. L'odeur rance de joint m'a fait éternuer. J'ai mis son téléphone sur écoute en deux secondes chrono.

J'ai entendu le bruit de la télévision et des voix au rez-de-chaussée. Bernie et Nat se fendaient la poire en regardant les infos. Un commentateur revenait sur la grande bringue d'anniversaire de Jack. Bernie a dit : « J'ai entendu dire qu'il voyait défiler plus de chattes qu'une lunette de chiottes. »

Nat a dit : « Freddy était son rabatteur autrefois. Il s'en tape une par jour. »

Peter Lawford a dit quelque chose. Le volume de la télé a baissé d'un seul coup. Marilyn Monroe a chanté *Happy Birthday.* Je suis un pro des écoutes. Je connais sa voix maintenant. Elle était défoncée jusqu'à l'os.

Je suis entré dans la chambre de Pat. J'ai humé l'odeur de tweed et senti la chaleur piégée dans la pièce. J'ai mis sur écoute son téléphone de chevet et me suis débarrassé fissa de cette tâche-là. Un placard traversant permettait d'accéder à la salle de bains. J'ai éclairé à la lampe-stylo des pulls ras de cou et des blazers bleu marine d'écoles de filles dont les emblèmes avaient été retirés. Elle possédait une robe de cocktail et quatorze paires de chaussures plates bicolores. Elle possédait un tailleur sur mesure et onze chemises Pendleton à motif écossais.

Le placard recelait deux fragrances mêlées : tweed et bois de santal. J'ai glissé mes mains entre ses pulls. J'ai palpé les bâtonnets de santal et leur odeur a décuplé. J'ai touché quelque chose de posé en travers – une surface lisse de métal et de verre.

Un souvenir, un objet ancien, un trésor cach…

Je l'ai pris. C'est nous/c'était nous. On ressort bien dans le cadre noir, on est la douceur au milieu du chaos, le béret couleur écaille de tortue de Pat chatoie.

9

(LOS ANGELES, 11 H 20, JEUDI 24/5/1962)

Je suis un serrurier de West L.A. Il s'agit d'une mise en scène d'effraction. Ma combinaison du Roi des Clés et ma trousse à outils respirent le *verissimo*. Je fais un repérage au 408 Bedford Drive, à Beverly Hills. C'est ici que Ralph Greenson et Milt Wexler trifouillent les cerveaux.

Ma vieille Chevy accaparait deux places. J'ai enchaîné les clopes pour gagner du temps. Jimmy H. veut que je pique un dossier et/ou un enregistrement. C'est moi qui ai lancé les effractions chez les psys à l'âge d'or de *Confidential*. Cela avait donné lieu à des révélations juteuses.

« *Johnnie Ray le Remuant. Ses Choristes l'appellent "Rien dans le slip". "Réseau de Call-Girls Nymphos – June Allyson, J'accuse*[1] *!!!" "Bob Mitchum le Boit-sans-Soif – même la cervelle du Bad Boy est liquide, mais elle ne ruisselle pas de conseils psy !!!"* »

Jimmy Hoffa dit : « Vas-y, saute. » Je dis : « À quelle hauteur ? » Mon âge d'or a duré de 1954 à 1956. Les psys ont découvert l'existence des 459 nocturnes. Désormais ils codent et enferment

---

1. En français dans le texte.

dans un coffre les cancans des célébrités. La mission parallèle de Jimmy promettait d'être un ratage complet.

J'ai retardé ma petite visite. J'ai gobé deux Dexédrine pour étouffer l'ennui. J'ai fait défiler dans ma tête les moments passés dans la chambre de Pat en mêlant les odeurs et les sons.

Le boulot d'écoute est lancé. Les mouchards téléphoniques fonctionnent à merveille. Les Lawford sont revenus de New York et de la bringue organisée pour l'anniversaire de Jack. Les micros muraux du rez-de-chaussée sont merdiques. Ils crachotent des parasites et des bouts épars de conversation. Des gosses qui hurlent. Des bonnes qui passent l'aspirateur. Peter Lawford qui regarde la télé. Des chiens qui aboient et rien de la part de Pat.

Monroe est revenue de New York. On lui colle au train, on enregistre ses conversations, on écoute ses coups de fil. Elle est à la Fox aujourd'hui. Nat m'a appelé il y a deux heures. Il m'a filé un tuyau de seconde main. Sa copine standardiste lui a dit ceci :

Marilyn était bourrée et planquée dans sa caravane. Elle a appelé l'accueil de la Maison-Blanche et du ministère de la Justice. La nana de Nat a fait la mise en relation. Elle a écouté en douce ce qui se passait. Les deux opératrices ont dit : « Nous avons reçu l'ordre de ne pas prendre vos appels, Miss Monroe. » La petite amie de Nat était sûre qu'elles répétaient un texte préparé à l'avance.

Mes trois stations sont désormais totalement opérationnelles. Les deux de la plage consignent les appels de la maison Lawford, entrants et sortants. On se concentre à fond sur cette baraque. C'est la cage à lapines de Jack à L.A. Le concept de stations jumelées porte ses fruits. Deux emplacements, deux fréquences. Cela atténue le fracas des vagues et les pétarades des voitures. Cela donne vie à la voix de Pat.

Je m'habitue à la station de la falaise. J'ai vu Pat quatre fois en cinq jours. Elle promène son chien de Rhodésie deux fois par jour. Elle alterne les pulls ras de cou tirés de son armoire. Elle attache ses cheveux en arrière le matin et les laisse lâchés l'après-midi.

Marilyn est soi-disant proche des Lawford. On n'a pas encore relevé un seul appel entre les deux maisons. Marilyn travaille à la Fox le jour et pantoufle chez elle la nuit. Elle a fait une séance photo presque à poil sur le plateau de *Got to Give.* Les assistants avaient chassé les voyeurs et instauré une certaine décence. Robbie Molette a tout foutu en l'air. Il a pris des photos avec un appareil espion et les a filées à sa sœur Chrissy. Elles circulent désormais dans le monde du cinéma porno underground.

J'ai géré la station du terrain de golf hier soir. J'ai chopé un caquetage téléphonique à se fendre la poire. Marilyn Monroe et Georgia Lowell Farr en mode passe d'armes sur la culture et les valeurs morales. Marilyn appelle Miss Farr « Lowell ». Lowell appelle Miss Monroe « Marilyn ». Un mélange de surprise party et de soirée pyjama perverse.

Marilyn : « Garde le zizi-panpan pour ta nuit de noces, ma puce. Écoute la voix de l'expérience, et ne fricote pas avec les politiciens. »

Lowell : « Tu ne trouves pas que le président Kennedy est canon ? »

Marilyn : « C'est un connard. Il a baisé Anita Ekberg et filé la chtouille à Jackie. »

Lowell a couiné et rigolé comme une gamine. J'ai entendu des clics intrusifs. La mère de Lowell venait de décrocher sur un autre poste. Lowell a dit : « *Maman* – je suis au téléphone avec Marilyn Monroe. » Maman a soupiré – *toi et tes histoires à dormir debout.*

J'avais des fourmis dans les jambes. Jimmy Hoffa dit : « Vas-y, saute ». Je dis : « Jusqu'à quelle… »

Les fourmis géantes m'ont démangé et sont remontées le long de mon cul. J'ai pris ma trousse à outils et je me suis lancé.

Le bâtiment aseptisé était en verre teinté/acier brossé. Je suis entré et j'ai pris l'ascenseur jusqu'au quatrième. Greenson et Wexler partageaient le bureau 419. J'ai longé le couloir et franchi le seuil.

Les cabinets de psy sont tous pareils. Comptoir de l'accueil, entrée séparée pour les toqués. Bureaux et salle des archives derrière l'accueil. Petits couloirs intérieurs et portes communicantes. Généralement pas fermées à clé.

Je me suis agenouillé près de la porte donnant sur le couloir. J'ai tripoté le ressort de la serrure et j'ai fait coucou à la nana de l'accueil. Elle a levé les yeux au ciel et répondu à mon salut. J'ai glissé deux écarteurs le long des supports du ressort.

Cocktail explosif.

J'en ai préparé quelques litrons et j'ai bossé trois jours d'affilée. Je tournais entre les postes d'écoute, trois fois par jour. Mes gars ont pu souffler un peu. J'ai surveillé les appels et vérifié les enregistrements et transcriptions des appels déjà reçus. Je gardais sur un bloc-notes une liste d'appels détaillant mon Couplé Gagnant – les deux étalons Monroe sur lesquels je pariais : Monroe et les K. Boys/les dingueries de haut vol de Monroe.

Jeanne Carmen appelle Marilyn. 18 h 09, 24 mai 1962. Voici l'extrait Marilyn-à-Jeanne :

« … et je dois faire très attention quand j'appelle. Je passe mes coups de fil ultra-prioritaires dans des cabines, parce que ce type hyper costaud et super chou me l'a demandé. Il s'appelle José et je l'ai rencontré lors d'une mission au Mexique dont je n'ai pas le droit de parler. »

Pat Lawford appelle sa sœur Jean à New York. 14 h 42, 25 mai 1962.

Voici le préambule Pat-à-Jean :

« Jack et Bobby ont largué Marilyn. » Jean rétorque : « Normal, non ? Elle est complètement cinglée. Bonne pour l'asile. Même si elle était pas mal dans *La Rivière sans retour.* »

Une femme non identifiée appelle Pat. 9 h 17, 26 mai 1962. Voici l'extrait Pat-à-inconnue :

« Marilyn fait son petit cinéma. "Cinéma", c'est le mot. Elle joue continuellement un rôle. Elle fait la fille terrorisée, expliquant qu'elle reçoit des appels d'un pervers qui halète au bout du fil, que quelqu'un est entré chez elle et a déplacé des trucs, et qu'elle a reçu une lettre cradingue par la poste. »

Cocktail explosif. Tours de garde aux postes d'écoute. Chaque station avait ses avantages et ses inconvénients. Celle de la falaise n'était pas loin de Pat et avait une déco miteuse. Celle du Sip' n' Surf avait des surfeuses et pas de cuisine. Celle du terrain de golf jouxtait le practice du Brentwood Country Club. Des balles perdues rebondissaient sur le toit et me faisaient péter les plombs. Le cocktail explosif me met les nerfs en pelote. J'ai décidé d'aller prendre l'air et de bosser en extérieur.

L'escapade de Monroe dans la Valley. Ma filature foirée. J'étais perplexe et préoccupé. Je suis passé voir mon contact au service des immatriculations de Hollywood. Je lui ai filé ma liste de plaques. Il y avait cent quarante-trois numéros. Il m'a dit qu'il s'en occuperait et récupérerait toutes les infos sur les permis. On a topé pour cinq dollars par nom et adresse.

Le courrier des fans et la correspondance personnelle de Monroe. J'étais dépité et préoccupé. Où étaient ces lettres ? Pas chez elle. Peut-être dans un coffre. Cette hypothèse m'accablait. Cela voulait dire travail de terrain. Je suis parti à la pêche dans vingt-sept banques et caisses d'épargne de West L.A. Je me suis fait passer pour un inspecteur bancaire du gouvernement fédéral et j'ai brandi une fausse carte d'identité. J'ai obtenu vingt-sept « Non, monsieur ».

Mon cambriolage du cabinet de psy en suspens. J'étais dépité et préoccupé. Cela exigeait prudence et sang-froid.

La police de Beverly Hills avait deux bagnoles chargées des rondes nocturnes. Elles ciblaient les cambrioleurs des zones résidentielles et des quartiers d'affaires. Greenson et Wexler gardaient leurs narcotiques dans un coffre. C'était la procédure habituelle chez les psys. Bedford Drive était le Q. G. des psys. J'ai fait appel à ma prudence, à mon sang-froid et à ma détermination. J'ai espionné deux rondes nocturnes.

Je me suis planqué dans une ruelle et j'ai scruté le 408 Bedford Street. Les patrouilles de la police de Beverly Hills se relayaient toutes les heures. Ce cambriolage exigeait sang-froid, maîtrise de soi et talent pour brouiller les pistes. Coffre à narcotiques et cambrioleurs camés : le commissariat de Beverly Hills goberait l'histoire.

J'ai concocté un plan et réuni l'attirail nécessaire. Dont un vapo de nitro pour le coffre-fort. Je pourrais refourguer la came injectable et remettre à niveau ma réserve de cachetons.

Le cocktail explosif. Il vous use jusqu'à la corde. Plus on tutoie le ciel, plus on mord la poussière.

Mon marathon de trois jours s'essoufflait. J'ai eu des vertiges. J'ai vu des taches solaires et des trucs qui n'existaient pas. J'ai mangé trois barres chocolatées pour tenir le coup et gobé trois barbis. J'ai comaté à la station du terrain de golf. Mon sommeil n'a été que bruits et couleurs planantes.

La sonnerie du téléphone m'a réveillé d'un coup. Le soleil brillait au-dehors. J'avais dormi plus de seize heures. J'ai attrapé mes écouteurs et me suis affalé sur la chaise devant la console.

La détection vocale s'est déclenchée. La bande s'est mise à tourner. Un homme a salué Marilyn. J'ai gobé deux Dexédrine et me suis foutu mentalement deux claques. J'ai reconnu la voix. Roddy McDowall. On s'était embrouillés vers 1954. Un bal de pédés où on se lâche. Roddy en robe chic et glamour. Freddy O. observe et balance tout.

J'ai bâillé et sifflé un reste de café froid. Marilyn a dit : « Quelle heure est-il à Rome ? *Alleeez,* mon chou. Tu sais pourquoi je te demande ça. »

Roddy a répondu : « Je vais me contenter de la bande-annonce, parce qu'il est hyper tard ici et que j'ai un ami qui doit passer. »

Marilyn : « Un “ami”. Oh-oh. »

Roddy : « Pietro je-ne-sais-quoi. Ma chérie, franchement. Tous les jours, je vous file les derniers potins de ce côté-ci de l'océan, à toi, Sid Skolsky et Eddie Fisher, et je n'appelle jamais en PCV. Eddie est le seul à être directement concerné, étant donné les tribulations de la reine Elizabeth, mais c'est toi la plus gourmande. »

Marilyn : « Je me ferai pardonner. Je t'achèterai une pizza quand tu reviendras à L.A. »

Roddy : « Je connais ton penchant pour la pizza, et pour le garçon qui te la livre. S'il ne te la file pas gratos à présent, c'est foutu à jamais. »

J'ai ri et allumé une cigarette. Roddy avait de la repartie.

Marilyn : « Allez, mon chou… »

Roddy : « OK, tu as gagné. Je te résume : *Cléopâtre* est le plus mauvais film de tous les temps, et je ne serai jamais nommé aux Oscars, parce que ce navet est à la fois terriblement trop cher et horriblement trop long, et qu'une fois qu'il aura été coupé dans tous les sens, on ne m'y verra presque plus. Mais je me vengerai de la Fox. »

Marilyn : « Comment ? »

Roddy : « Il se trouve que je connais un entrepôt dans le studio de la Fox où on stocke plein de costumes de soldats romains pour le Plus Grand Flop de Tous les Temps. Quand je serai de retour à L.A., j'engagerai une équipe de tournage et une dizaine de beaux gars et je tournerai un film de cul qui rabaissera, salira et se moquera brillamment de cette *Cléo* boursouflée. Je suis le réal non crédité de *L'Exhibo, L'Amour des grosses, Génération métissée* et *Les Sexistentialistes,* tu sais de quoi je suis capable. »

Marilyn : « Je sais bien que tu baves en attendant Pietro, mais s'il te plaît… »

Roddy : « Liz est furax contre Eddie. Son numéro minable au Losers Club l'a poussée à bout. Elle a demandé à son avocat de le mettre sur la paille. Bon, ma chérie… »

Marilyn : « Tu veux savoir la dernière sur Jack et Bobby ? »

Roddy : « Tes dernières nouvelles du pays des rêves ? Chérie, tu t'es tapé Jack cinq ou six fois, et tu m'as dit qu'elle n'était pas plus grosse qu'une noix de cajou, et je ne suis même pas sûr que tu te sois tapé Bobby, alors… »

Il y a eu de la friture puis le silence. Les lignes transatlantiques étaient capricieuses. Je suis allé pisser et j'ai enchaîné les cigarettes. Les amphètes me montaient au cerveau. Le téléphone de Marilyn s'est remis à sonner. J'ai sauté sur les écouteurs.

Le voyant vert de la console clignotait. Appel maison Lawford/maison Monroe.

Marilyn a décroché. Elle a dit : « Allô ? » Peter Lawford a dit : « Écoute-moi bien, et comprends que cela me peine de devoir te dire ça. Tu ne dois plus appeler ni contacter d'aucune façon Jack ou Bobby, et c'est le président lui-même qui le dit. »

Marilyn a poussé un petit cri. Lawford a raccroché. Le voyant vert s'est éteint. Marilyn a sangloté dans le combiné. La détection vocale continuait à faire tourner la bande. J'ai chronométré la crise de larmes : quatre minutes non-stop.

10

(LOS ANGELES, 2 H 03, VENDREDI 01/6/1962)

Le job chez le psy. Je suis au quatrième étage. J'ai secoué la porte donnant sur le couloir et entendu des clics. Les espaceurs fonctionnaient. La porte s'est ouverte. Je suis entré.

Je me suis planté dans la salle de l'accueil. J'avais ouvert au pied-de-biche le portail d'une allée, et de là j'étais entré dans le bâtiment. Ce portail avait *l'air* fermé. Si les flics en vadrouille vérifiaient les portails des allées, j'étais cuit.

J'avais garé ma bagnole devant l'épicerie Linny's. Ma mallette de type respectable est une boîte à outils. Je suis habillé en type respectable. Le bâtiment mérite un zéro pointé côté sécurité. J'excelle dans les failles de sécurité. Je sais comment briser les verrous, entrer par effraction, voler, et/ou épier et foutre le camp.

Flash-back de la Caméra humaine. Je me suis rejoué mon premier aperçu des lieux.

La salle d'attente. Le comptoir de l'accueil. Là, la porte communicante qui mène sur la droite. J'ai calé la lampe-stylo entre mes dents. Cette porte n'était sans doute pas fermée à clé.

Je me suis approché de la porte et j'ai tourné la poignée. Et voilà le déclic. Je suis dans le modèle type du couloir latéral d'un cabinet psy.

J'ai éclairé les murs à la lampe-stylo. J'ai noté deux portes fermées à gauche, deux portes fermées à droite. Des portes sans indication, à droite. Des portes avec indication, à gauche. Je connais ce plan au sol. J'ai fait six missions chez des psys pour *Confidential.*

Les pièces pour les séances psy, à droite. Les bureaux des psys, à gauche. Ornés d'élégantes plaques personnalisées. Le Dr Greenson côté accueil, le Dr Wexler vers le fond. La dernière porte est la salle des archives. Où se trouve le coffre aux narcotiques ?

Coup d'œil à droite, coup d'œil à gauche.

Le plan au sol concordait avec mes missions précédentes. J'ai secoué les poignées côté droit. Les portes se sont ouvertes en grand. J'ai éclairé les deux pièces et vérifié que tout était conforme.

Canapés et fauteuils pour les barjos. Fauteuils des psys. Portes d'entrée/de sortie des barjos. Les barjos étaient des fouineurs et des habitués des portes dérobées. Ils craignaient d'être vus et évitaient les halls d'accueil.

J'ai secoué les poignées côté gauche. La porte de Greenson était ouverte. La porte de Wexler était fermée à clé. La porte de la probable salle des archives était fermée à clé.

Ma première pensée : la probable salle des archives est la pissotière des barjos. La secrétaire a sa propre pissotière. Greenson et Wexler ont des pissotières particulières. Où est la salle des archives/où est le coffre à came/ton portail dans la ruelle révèle un 459. Ne merde pas avec les portes verrouillées et ne laisse pas de traces avec tes outils. N'associe pas ce bureau *précis* à un 459.

Mémorisons les détails. Voici le bureau de Ralph R. Greenson, docteur en médecine.

Une grande table moderne de style danois. Des chaises tubulaires absurdes. Des reproductions de Picasso sur les murs. Greenson est dans le coup, Daddy-O. Dans le coup et futé. Vise un peu ses étagères vitrées.

Des étagères du sol au plafond. Remplies de dossiers de patients, aux dos soigneusement alignés. Des numéros de code sur les dos. Aucun nom n'est divulgué. Du verre épais. Huit portes à charnières pour y accéder. Une triple serrure à clé, huit fois en tout. Du ruban adhésif anti-effraction scelle la zone. Me voilà face à l'obstruction, l'impasse, le fiasco. Cette mission est *foutue.*

J'ai scruté la pièce. J'ai scruté les chiottes. J'ai reniflé les produits de toilette haut de gamme de Greenson. J'ai scruté le comptoir de l'accueil. Où se trouve le coffre à came ? C'est peut-être Wexler qui l'a. Sa porte est fermée à clé. Si je la franchis, j'attire l'attention sur cette pièce. S'il n'y a pas de coffre à came, adieu l'entourloupe du camé-cambrioleur. Le grand Freddy O. se fait baiser dans les grandes largeurs.

Je suis retourné dans le bureau de Greenson et me suis vautré dans son fauteuil. J'ai tiré d'un coup sec sur les poignées des tiroirs de droite et de gauche, mais ils n'ont pas bougé d'un iota. J'ai tenté le petit tiroir du milieu. Il s'est ouvert, tranquille pépère.

Jette un coup d'œil, tête de nœud. C'est ton métier. T'as plus que ça.

J'ai vu des timbres, des stylos, des crayons, des gommes. J'ai vu une brochure du L.A. Civic Light Opera. Un ticket de caisse d'une station-service de Richfield. Notez la photo de plateau de Monroe dans les années 50. Il n'y a pas de sperme visible dessus. *Mais* – il y a une boîte contenant une bande magnétique nommée « Séance à domicile, 14 h 40, 29 mai 1962 ».

Ça a fait résonner un truc en moi. J'ai fermé les yeux et tenté de m'en souvenir. J'ai senti l'odeur du blanc correcteur de la machine à écrire et j'ai entendu cliqueter ses touches.

Robbie Molette. Son rapport de surveillance mobile, il y a trois jours. Marilyn part de chez elle à 14 h 26. Elle arrive chez Greenson à 14 h 38.

Je suis un pro de la fouille. Le tiroir était encore vierge de traces. Je sais ne pas toucher. J'ai ouvert mon attaché-case et sorti mon appareil photo. Je l'avais déjà équipé d'un flash.

Le tiroir était béant. J'ai cadré tout le bazar et pris une photo. J'ai vu des taches et senti la chambre de Marilyn. J'ai compté soixante secondes et j'ai retiré le cliché.

J'ai pris trop de matos pour ce boulot. Des mèches imprégnées de poudre à canon et des perceuses pour la ruse du coffre-à-came. Mon émetteur-récepteur portatif. Si d'aventure j'avais besoin d'enregistrer sur place.

Le magnétophone était une bonne idée. Je n'étais pas contre un petit avant-goût. J'avais forcé le portail de l'allée à 1 h 59. Il était 2 h 46. Je pouvais copier la bande sur place. Je pouvais la parcourir au hasard et en savourer l'essentiel.

J'ai sorti la bande de la boîte et l'ai insérée dans ma machine. J'ai maintenu le volume au niveau d'un doux murmure. Marilyn a dit : « Vous faites de très bons martinis. » Greenson a répondu : « Je n'ai pas ce talent. C'est ma gouvernante qui les prépare en deux temps trois mouvements. » J'ai monté le volume. J'ai fait FORWARD/STOP/FORWARD et écouté la suite en piochant au hasard.

J'ai eu droit à Monroe en plein monologue libre. Du blabla éculé sur l'industrie du cinéma. On était au milieu de la bobine. J'ai entendu onze fois la phrase « Jack m'a trahie ». La numéro 11 s'est heurtée à un *tss-tss* de Greenson.

Marilyn a gloussé. Marilyn a dit : « Hé, mais il parle. »

Greenson a refait *tss-tss*. Marilyn a pris sa voix de camionneuse baryton.

« J'ai des ragots affreux, vraiment dégueus sur Jack. J'allais y venir quand vous m'avez coupée. Des infos qui datent d'il y a quatorze ans. Je m'en servirai s'il revient sur les promesses qu'il m'a faites, et si vous continuez à me couper la parole juste au moment où j'arrive à la chute de l'histoire, je me trouverai un psy qui validera toutes mes idées folles et pas très sympas, et je vous laisserai en plan comme je lâche tous ceux qui se mettent en travers de mon chemin ou qui commencent à me faire chier. »

Le ruban s'est immobilisé avec un clic. Le Jackologue de Monroe me faisait vibrer. Tu n'y vas pas de main morte, chérie.

11

(LOS ANGELES, 2/6-9/6/1962)

« Le boulot », « le job », « la mission ». Ça fait pile deux mois qu'on a commencé. Une chaleur annonçant l'été règne sur L.A. Les jobs de surveillance à long terme ont tendance à être usants. Celui-ci a commencé à s'effilocher de partout.

J'ai laissé tomber le studio de la Fox. Les employés qui furètent de tous côtés nous ont identifiés, moi et mes gars – aucun doute là-dessus. L'ex-adjoint Phil Irwin est tombé nez à nez avec l'ex-lieutenant du shérif Del Kinney. Juste à côté du plateau numéro 14.

Kinney a quitté le Bureau du shérif pour travailler au service local qui gère la vente d'alcool. Il est à présent chef de la sécurité de la Fox. Il est cul et chemise avec Jimmy H., les frères Aadland, et autres connards de syndicalistes. Kinney et Phil ont papoté un peu. Kinney a peut-être repéré notre présence dans le studio depuis le portail. Hoffa lui a peut-être parlé de nous pour nous acheter une assurance impunité. Kinney sentait l'infraction à plein nez. J'ai retiré mes gars du studio.

C'était bien vu de ma part. La Fox a renvoyé Marilyn de *Got to Give,* le 4 juin 1962. Les attachés de presse du studio ont invoqué son « incroyable absentéisme » et sa « violation délibérée du contrat ». Zanuck et son haut commandement l'avaient mauvaise.

Ils voulaient sortir *Got to Give* à Noël et combler le gouffre financier de *Cléopâtre. « Marilyn virée ! »* ont clamé les tabloïds. Les camions de télévision embouteillaient le 5th Helena. Ils ont foutu en l'air ma surveillance des lieux. J'ai arrêté. J'ai renoncé à tout accès visuel. Le boulot s'est résumé à l'enregistrement des conversations et aux écoutes téléphoniques, point barre.

Marilyn était l'une de ces marchandises qui s'usent. Elle avait usé Jack et Bobby K. Ils l'avaient envoyée balader. L'objectif de Jimmy Hoffa, obtenir un scandale de cul, n'était qu'un rêve érotique qui retombait tout flétri. Marilyn jouait à Marilyn, tous les jours que Dieu faisait. Ses extravagances exotiques me titillaient et laissaient entrevoir une vie secrète derrière son existence faite de paresse et de petites mésalliances. Sa garde-robe de fille dodue. Ses appels depuis des cabines téléphoniques. Les quarante mille dollars sous son lit. Cette escapade absurde dans la Valley, le 19 mai 1962. Mon contact du Service des immatriculations qui vérifie les plaques de cent quarante-trois bagnoles. La bande écoutée dans le bureau de Ralph Greenson. Les prétendues infos de Marilyn sur Jack K. et leur supposée rencontre à la fin des années 40. Ses commentaires dans le bouquin de Paul De River. Elle menace Greenson. « Je me trouverai un psy qui validera toutes mes idées folles et pas très sympas. »

On doit se contenter des micros cachés et on en est réduits à recouper les infos de nos tours de garde. Mes trois stations fonctionnent toujours vingt-quatre heures sur vingt-quatre. Je passe à celles de Brentwood et du Sip' n' Surf une fois par jour pour lire les transcriptions des écoutes. Elles ne révèlent strictement rien sur Marilyn la bannie ni sur Jack et Bobby les bannisseurs. Je vis littéralement à la station de la falaise. Et je profite de vidéos amateurs de Pat prise sur le vif.

Elle promène son chien. Elle emmène ses enfants à l'école. Elle alterne entre les pulls ras de cou et les chaussures plates bicolores que j'ai vus dans son armoire. Je l'ai vue laver sa Bonneville décapotable. Son chien de Rhodésie a gambadé dans l'eau mousseuse.

Je me délectais de ses appels téléphoniques. Je les écoutais en direct et me les repassais. Je mémorisais ses inflexions. Elle ne parlait jamais de moi. Pas de quoi être surpris. Je me demandais à qui elle avait parlé de nous deux. Évidemment pas à son crétin de mari ni à Jack. Peut-être à Bobby. Jamais à ses sœurs. Elle s'est certainement confiée à Dieu en cherchant comment expier sa faute.

Elle prenait le café en papotant avec ses sœurs Jean et Eunice, en mode longue distance. Elle condamnait Peter et dénonçait son infidélité compulsive. Peter, le pochard paresseux. Les crises de colère de Peter et son allégeance servile à Jack. « Il a épousé ma famille. Pas moi. Il s'est acheté une généalogie de seconde main. Ce sera toujours un citoyen de seconde classe. »

Les appels entrants et sortants de Lawford étaient sans intérêt. Il appelait des agents et des blaireaux des studios. Eux l'appelaient. La maison des Lawford était une pagaille monstre. Les enfants couraient dans tous les sens et attrapaient les téléphones. Ils écoutaient aux portes et ricanaient. Lawford les rabrouait gentiment. Il arrachait le fil de son téléphone de chevet avant de dormir. Il passait des appels en douce depuis la station-service 76 de la Pacific Coast Highway.

Je l'ai suivi à pied trois fois. Il gardait la porte de la cabine entrebâillée pour avoir de l'air. Il consultait son carnet d'adresses et déployait sa voix de crooner – *« ooooh, baby »*. Ses petites séances dans les cabines publiques étaient claires comme de l'eau de roche. Celles de Monroe étaient bourbeuses.

L'été s'annonçait chaud. Monroe s'est terrée au 5th Helena. Cela dissuadait les scribouillards désireux d'exploiter ses frasques à la Fox et son expulsion de *Got to Give*. La femme de ménage allait et venait. Pizza Dave n'a pas montré le bout de son nez. Nat, Phil et Robbie passaient faire du repérage de temps à autre et prenaient des notes. Les véhicules de la presse occupaient toute la rue, jusqu'à Carmelina. J'ai mis en place une surveillance statique, pile au bon moment.

Robbie a fait du repérage chez Jeanne Carmen. Les voitures de la Soirée Défonce ne sont jamais revenues. Monroe restait planquée chez elle. La presse la traquait. Je sentais que sa vie se rétractait. J'ai géré la station du terrain de golf et suivi ses appels. Elle a téléphoné à Doc Greenson, Roddy McDowall et Lowell Farr.

Greenson a enduré ses monologues et fait *tss-tss*. Marilyn a miaulé son mécontentement : Jackie est frigide. Jack chope des Bunnies de *Playboy* à présent. J'ai refusé des triplettes je ne sais pas combien de fois. Elle a craché sa bile contre Jack et Bobby pendant les cinquante minutes de la séance. De longues pauses provoquaient un brouillage de la ligne. Greenson s'emmerdait trop pour parler. J'ai entendu Marilyn mâcher des glaçons et aspirer du liquide. Elle s'enfile de la Smirnoff 100 dès 10 heures du matin.

Roddy McDowall a éveillé son attention et lui a permis de changer de disque, au-delà de l'auto-apitoiement. Il l'a mise en joie avec les malheurs d'autrui et des anecdotes sur la Fox fragilisée. *Cléo* met la Fox à sec. Roddy tire profit de ce gouffre et réécrit la Fox en Pornoville. C'est sa façon de se venger de son rôle dans *Cléo* presque coupé au montage et de l'absence de nomination aux Oscars. Marilyn écoute. La caricature cul de *Cléo* par Roddy – *oooh-la-la*.

« Ça fera *tourner* les têtes, ma chérie, et pas seulement au bout d'une pique. Attends un peu de voir ça. » Marilyn, en mode « je scandalise mon monde » :

« J'adorerais jouer dans un film de cul, si seulement il était vu par des gens classe et canons et que ça ne fasse pas foirer ma carrière. Je *mourrais* si un franc-maçon obèse me voyait baiser et s'astiquait le poireau en me regardant. »

Des écoutes téléphoniques. Entendues en direct, réécoutées, transcrites. Un boulot d'espionnage qui n'arrive qu'une fois dans une carrière. Et j'ai chopé le blues des micros.

Ce travail de fourmi m'engourdissait. Je picolais et gobais des cachets pour ne pas mollir. La bizarrerie particulière de Monroe cachait un truc, dissimulé sous son indolence quotidienne. J'avais l'impression de craquer de partout. Je n'arrêtais pas d'oublier des détails. Je me réveillais dans des stations d'écoute sans savoir comment j'avais atterri là. Il va peut-être bientôt falloir que je parte en désintox pour suivre un petit programme vapeur.

Monroe a causé tard ce soir avec Lowell Farr. Elle rend la gamine complètement gaga, presque tous les jours. Monroe écoute plus qu'elle ne parle. Lowell révèle les coutumes débiles de la promo 1963 du lycée de Palisades.

La grande nouveauté ? Le rendez-vous arrangé à l'avance pour se rouler des pelles. Ils ont lieu le week-end pendant les doubles séances de films au Bay. Ils sont arrangés à l'avance mais on ne sait pas avec qui. Avec les garçons du lycée, tu vois. C'est la mignonne version pour ados d'un rencard au motel. Les noms des filles et des garçons sont jetés dans un chapeau. On ne sait jamais qui on aura. Les mômes sont présélectionnés. Tous les bouboules, les laiderons et les boutonneux sont *verboten*. Lowell a eu trois rendez-vous pour l'instant. Elle garde un souvenir flou du *Monde de Suzie Wong* et de *Gidget à Hawaï*. Sa copine Marcy lui fournit des antisèches pour qu'elle puisse donner le change à son père et sa mère.

Marilyn la noctambule. Lowell la noctambule. Pat la noctambule a tendance à se coucher *vraiment* tard. J'avais quitté la station du terrain de golf pour rejoindre celle de la falaise. Pat passe ses appels nocturnes jusqu'à 2 heures du matin. Elle téléphone à ses copines et se lâche sur sa lavette de mari.

C'est un pochetron. Il baise et se came à tout-va. Il tient un « Catalogue de Filles » à disposition du président Jack pour qu'il puisse se rincer l'œil. Des photos dénudées d'hôtesses de l'air « chaudes et velues ». Avec des échantillons de leur toison scotchés sur les pages.

« On organise une soirée avec buffet le 15. Peter n'aura d'yeux que pour les serveuses. C'est son mode opératoire bien rodé. »

Ça fait presque dix-sept ans. Pourquoi pas ? Cette nouba sur la plage a l'air sympa.

12

(LOS ANGELES, 21 H 20, VENDREDI 15/6/1962)

Freddy la grande classe entre en scène. Voyez ma veste en doupion de soie et ma chemise en lin rose. Notez les chaussures en daim blanches. Notez ma voiture de sport de location chez le voiturier. Peter Lawford en possède une tout pareil. Que ce sale con aille se faire foutre.

L'air doux se rafraîchissait peu à peu. Six étudiants ont garé les voitures près du talus de la Pacific Coast Highway. Les invités s'attardaient à l'extérieur. J'ai reconnu des types des studios et Sam Yorty, le premier adjoint au maire. Personne ne m'a identifié.

Peter et Pat se trouvaient quelque part à l'intérieur. Pat et Freddy le trouble-fête. Elle sera scandalisée. Elle poussera un soupir ou me foutra à la porte.

J'ai maté les arrivants. Des voisins sont venus à pied. Des berlines coûteuses dégorgeaient des gommeux du Westside. Pas impossible que Monroe se pointe. J'en mettrais même ma main à couper. Une Volkswagen verte s'est arrêtée. Jeanne Carmen en est sortie. Elle portait une robe d'été et des sandales. La conductrice en est sortie. Elle avait une coupe courte de camionneuse et portait une chemise hawaïenne et un pantalon droit en sergé. J'ai repéré des clubs de golf entassés sur la banquette arrière.

Je me suis souvenu de *ceci* :

Quelque chose que Phil Irwin a dit. Jeanne la moucharde ou ex-moucharde du shérif. Et sa copine de Soirée Défonce – une gougnotte golfeuse pro.

Elles sont entrées d'un pas tranquille. À la manière d'un couple. L'ex-adjoint Phil. Il est de garde à la station du Sip' n' Surf ce soir. Il pourra peut-être nous en dire plus.

Freddy le trouble-fête. Ne fais pas ton trouillard. Tu as parfaitement le droit de…

Je suis entré. Le vestibule et le salon étaient à moitié pleins. Je connaissais la disposition des lieux. J'ai truffé la baraque de micros, vous vous souvenez ?

Ça m'a aidé dans mes mouvements. J'ai évité tout contact visuel. Pat m'aurait hypnotisé. Je ne voulais pas de ça.

Le bureau du rez-de-chaussée. Il est en front de mer, du côté nord. Il est poussiéreux et ne sert pas beaucoup. J'avais mis son téléphone sur écoute.

J'ai rasé le mur côté nord en évitant les serveuses qui trimbalaient des canapés et des boissons. J'ai fait profil bas et atteint la porte. J'ai tourné la poignée et je suis entré.

La pièce était plongée dans le noir. Une fenêtre donnait sur la plage. Des torches hawaïennes éclairaient de petits groupes d'invités. J'ai sorti ma lampe-stylo et éclairé le téléphone. J'ai pris le risque d'un appel de cinq minutes.

J'ai fermé la porte à clé et appelé la station du Sip' n' Surf. J'ai dit : « Phil, c'est moi. »

Phil a décroché : « Oui, et à la fiesta, rien que ça. Monroe doit y être. Nat a géré la station du terrain de golf ce matin. Elle a dit à Doc Greenson qu'elle passerait sans doute. »

J'ai dit : « Jeanne Carmen est là. Venue avec son rencard, une jeune gouine en Volkswagen verte. Il y avait des clubs de golf sur la banquette arrière. Tu m'as dit que… »

Phil m'a coupé : « Deedee Grenier. Ça ne peut être qu'… »

Je l'ai coupé moi aussi : « Est-ce que Jeanne fait toujours la moucharde pour le shér… »

« Holà, Freddy. On se calme. C'est fini tout ça. Elle avait l'habitude de balancer les dealers aux Stups, pour racheter les fois où elle s'était fait pincer. Mais elle a payé sa dette à son officier traitant, elle est sortie du réseau des indics. Deedee, par contre, fait la balance pour le shérif en ce moment, pour le pognon, parce qu'on gagne pas vraiment de quoi croûter dans le circuit du golf féminin. Et elle est toujours présente aux soirées défonce de Jeanne, donc elle doit connaître Monroe – et Deedee est une sacrée salope. »

J'ai dit : « Salope, dans quel sens ? »

Phil a dit : « Elle fait chanter des hommes d'affaires minables. Son Q.G., c'est le Nid de Norm, un bar à cocktails miteux dans le quartier miteux de Van Nuys. Le propriétaire est un ancien du LAPD nommé Norm Krause. Il était flic de 1946 à 1959 à peu près, et le bruit courait que c'était une sorte de maître chanteur. Quoi qu'il en soit, il quitte la police, obtient une licence pour vendre de l'alcool et ouvre le Nid. Et tu veux savoir la meilleure ? L'homme de main de Deedee pour faire chanter les types, celui qui joue le rôle du *mari* furax, est son *frère* dans la vraie vie, Paul Mitchell Grenier. Il joue les seconds couteaux pour la Fox, il a été en taule à Chino, et c'est le parfait exemple de la petite fiotte à langue de pute. »

J'ai réfléchi à tout ça. Phil est resté en ligne. Des bruits d'ambiance de la jetée avaient brouillé la fin de son explication. J'ai dit : « Récupère les casiers et/ou les mémos internes sur Krause et les Grenier », et puis j'ai raccroché.

Des bruits confus de fête me parviennent. Samba et éclats de voix se mêlent. J'ai ouvert la porte et passé la tête à l'extérieur. Le niveau sonore de la nouba était à son maximum. La chaîne hi-fi et les petites cliques de cancaneurs faisaient un bruit d'enfer. J'ai jeté un coup d'œil dans la cuisine et de nouveau dans le couloir. Une serveuse transbahutait des manteaux vers la porte du cagibi à l'arrière.

Un vestiaire improvisé. Ce ne pouvait être que ça. Et c'est *là* que commence la récolte d'infos.

La serveuse a ouvert la porte et jeté les manteaux sur un canapé-lit élimé. D'autres manteaux et une pile de sacs à main avaient déjà été balancés là. J'avais une vue dégagée depuis la cuisine. J'en suis sorti pour foncer vers le cagibi.

J'ai mis le verrou et calé une chaise contre la porte. J'ai repéré une fenêtre donnant sur la plage comme voie de sortie et je l'ai bloquée en position ouverte. J'ai bossé à la lumière de ma lampe-stylo. J'ai inventorié neuf manteaux et foulards de femmes et treize sacs à main.

Des sacs à main en pagaille. Ne te laisse pas distraire. Ne laisse pas les odeurs féminines te détourner de ta mission. Cherche les portefeuilles et les permis de conduire. Trouve les carnets d'adresses.

Je me suis assis sur le lit et j'ai fouillé les sacs. J'ai mis les pattes sur des produits de maquillage, des paquets de cigarettes, des clés, des porte-bonheur. J'ai senti l'odeur de femmes particulières et leur fragrance mêlée. J'ai sorti des portefeuilles et scruté des porte-photos. J'ai examiné des permis de conduire plastifiés, des clichés de mômes et de petits maris, des carnets avec des noms sans intérêt griffonnés dedans. J'ai réglé leur sort à six sacs à main en quatorze minutes. J'ai repéré un sac en cuir noir avec deux clubs de golf en croix brodés dessus – ça ne pouvait être qu'elle.

Accorde-lui trois minutes. Sois minutieux. Mémorise ce que tu vois.

Des Chesterfield. Une boîte d'allumettes du Petit Chalet de Linda. Une feuille de score du Rancho Park, datée du 12 avril 1958. Deedee a fait un deux-coups sous le par 68. Un mini-vaporisateur Lanvin, à moitié vide. J'en ai pulvérisé sur mon mouchoir et j'ai inhalé le musc de Deedee.

Un portefeuille en cuir rouge. Six pochettes transparentes. Elles contiennent *ceci* :

Le permis de conduire de Deedee. Des photos de Jeanne Carmen, de l'équipe de softball du Petit Chalet de Linda, un cliché de Lila Leeds à poil.

Un carnet d'adresses en cuir rouge. Format de poche. Prenons le temps de le savourer.

Deedee écrivait en majuscules. Elle notait uniquement des numéros de téléphone. En suivant l'ordre alphabétique. Le carnet allait de « Annie » à « Zohra ». Deedee est une sœur saphique. C'est une arnaqueuse. Elle est prudente. Elle ne lâche rien. Elle ne liste que des prénoms féminins.

J'ai reconnu le numéro de « Barbara ». Comme Barbara Payton. Elle avait joué dans des films et était devenue arnaqueuse à mi-temps. On se connaît depuis longtemps. Le numéro de « Jeanne » était celui de Jeanne Carmen. J'ai reconnu celui de « Lila ». Qui d'*autre* que… Lila Leeds, l'appât par excellence.

Je suis passé aux *M*. Ils sautaient directement de « Margo » à « Melinda ». Ils court-circuitaient « Marilyn » et leurs séances de broute-minou.

Mon horloge cérébrale a sonné, le temps de fouille était écoulé, j'ai senti l'odeur de Deedee Grenier partout sur moi. D'« Annie » à « Zohra » – et puis c'est tout.

J'ai tout remis dans le sac à main. J'ai replacé les objets exactement là où ils étaient. J'ai posé le portefeuille tout en haut. J'ai vu un bout de papier fourré en boule dans un porte-photos.

Je l'ai sorti. Deedee avait écrit en majuscule quatre numéros de téléphone. Ils me disaient quelque chose. Ils avaient tous le préfixe GL. Mes ondes cérébrales se sont accordées et m'ont balancé un souvenir.

Des cabines publiques. Barrington Park et Beverly Glen Park. Les téléphones qu'utilisait Marilyn Monroe. Dans ses accoutrements de fille dodue. Pendant ses petits trips à la Mata Hari.

J'ai entendu des pas non loin du vestiaire. J'ai poussé la chaise de côté, retiré le verrou et j'ai sauté par la fenêtre. J'ai atterri sur du sable compact et dur.

Mon pouls s'est accéléré. Je me sentais faiblard et groggy. J'ai décampé à toute vitesse et titubé jusqu'au sentier côté sud. J'ai allumé une cigarette et je suis retourné sans me presser vers le coin des voituriers. Des invités du voisinage s'approchaient de la maison. Je me suis joint à eux et *ré*-incrusté à la fête.

J'ai compté presque une centaine de personnes présentes sur les lieux. Le trop-plein du salon qui s'était déversé dans les deux cages d'escalier et avait envahi la terrasse de la piscine. Trois bars mobiles au rez-de-chaussée servaient de la picole. Je me suis faufilé vers celui situé près de l'escalier nord. Les serveurs géraient la cohue. J'ai balayé la pièce du regard et je n'ai pas vu Pat. J'ai *re*-balayé la pièce du regard et je n'ai pas vu Marilyn. Mon enthousiasme est retombé. J'ai balayé la pièce du regard et compté quatorze emplacements de micros. Ça m'a regonflé. J'ai imaginé Phil au Sip' n' Surf. Il devait tout entendre plein pot.

Des visages familiers passaient devant moi. J'ai fait le lien avec leur pedigree. Cet acteur de télévision. Il avait menacé de poursuivre *Confidential*. Je lui avais botté le cul devant le Dale's Secret Harbor. Un type m'a reconnu. Il m'a fait un doigt d'honneur et s'est tiré. *Hein ?* Je ne savais pas qui c'était ni ce que je lui avais fait.

La file d'attente devant le bar avançait à deux à l'heure. J'ai cherché des yeux Lois. Mon cerveau a ripé et *dé*ripé. Lois ne connaissait pas ces gens. Lois vivait à New York.

Un serveur m'a souri. J'ai glissé un billet de cinquante dans la poche de son gilet et lui ai désigné un verre à cocktail et son cruchon de bourbon. Il a compris le message et rempli le verre. Il m'a indiqué un grand fauteuil rembourré à côté d'un buffet près du mur. Je me suis faufilé jusque-là et me suis installé.

La chaleur des corps et les conversations se superposaient. J'étais totalement submergé. J'ai senti l'odeur de la folle vie de Deedee Grenier tout autour de moi. J'ai sifflé la moitié du verre et fait baisser le volume d'un cran. J'avais plus qu'envie de suivre la piste Deedee et de foutre le camp de là. Mais j'avais aussi l'envie contraire – tenir bon pour voir Pat.

Peter Lawford m'a repéré. J'ai chopé son regard en plein. Je l'ai vu se diriger vers moi. Il était rougeaud et un peu pété. Je me suis levé. Lawford s'est approché, trop près. Il m'a balancé dans la gueule une vanne à deux balles.

À qui tu as volé cette veste, Freddy ? Tu as harcelé des tantouzes dans le placard dernièrement ? Dopé des chevaux de course, pendant que tu y étais ?

J'ai fait *bouh !* Lawford a tourné les talons. Je me suis rassis et j'ai siroté mon bourbon géant. Des bribes de conversation me parvenaient. Ennuyeuses à mourir. *Marilyn a été virée/oh, mon Dieu – Cléopâtre – non mais tu IMAGINES ?*

Mon pouls s'est ralenti. La température de la pièce a baissé d'un seul coup. Le brouhaha s'est mué en bourdonnement. Eddie Fisher et Bo Belinsky sont arrivés. Ils ne m'ont pas vu. Les fêtards les ont vus.

Ils ont fait une entrée fracassante. La foule s'est massée autour d'eux. Les femmes se sont pâmées devant Bo. Elles se sont précipitées sur lui pour palper son biceps gauche. Leurs maris ont cancané de tous côtés sur son récent match sans point ni coup sûr. Des couillons ont scandé : « *À bas Liz !* » Eddie a crié : « *Liz qui ?* » Les couillons ont sifflé, applaudi et renversé des verres.

J'ai bu une gorgée de bourbon et enregistré des infos pour plus tard. Peter Lawford qui court au cul des serveuses. Le maire, Sam Yorty, comateux et coiffé d'un chapeau de lutin. Une starlette avec un pistolet à eau rempli de crème de menthe. Elle lance à la cantonade : « Ouvrez grand la bouche. »

La fiesta touchait à sa fin. J'avais une vue directe sur la terrasse de la piscine. Un souvenir qui restera gravé à jamais.

Deedee Grenier fait des chips dans la piscine avec des balles de golf. Elle vise un cerceau qui flotte sur l'eau et met la plupart d'entre elles à l'intérieur. Trois mômes des Lawford observent la scène. Ils gloussent et glapissent.

« Je n'arrive pas à croire que tu sois encore en vie et que tu aies eu les couilles de te pointer ici. »

La robe en madras, les chaussures plates bicolores, la montre d'homme trop grande. Ne touche pas à ces nouveaux cheveux gris – je te l'interdis.

On a traîné des transats au bord de l'eau et retiré nos chaussures. Pat a apporté une bouteille de Pernod. Il y a eu plus de silence que de mots échangés. J'ai jeté un coup d'œil à la fête derrière nous et repéré des trucs.

L'arrivée tardive de Marilyn Monroe. Bo Belinsky assailli par des épouses en rut. Peter Lawford dans le rôle du grand méchant loup. Il est complètement bourré et titube. Les serveuses esquivent ses mains au cul.

Pat a dit : « Mes cartes de Noël n'ont pas suffi. La brièveté de notre rencontre n'a pas réussi à te décourager. Les services que tu as rendus à mon frère ne semblent pas te gêner. Tu ne manifestes pas la moindre once de respect, compte tenu de ce que cet homme est devenu. »

J'ai allumé une cigarette. Pat en a pris une dans mon paquet et l'a allumée. Des torches au propane étaient disposées autour de la piscine. La brise a soufflé vers nous une lumière orangée.

« Je suis heureux pour toi, pour Jack, et pour cet autre frangin que j'ai rencontré quelquefois, celui qui me jetait toujours des regards noirs. Je passais par ici en bagnole, et j'ai vu toutes ces voitures en train de se garer. Je me suis dit : Allez. Le pire qu'elle puisse faire, c'est t'envoyer bouler ou appeler les flics.

– Tu veux dire que ce n'est rien de plus que ça ? »

J'ai répondu : « Parfaitement. »

Pat a dit : « Je ne te crois pas. »

J'ai dit : « Ne renonce pas trop vite à cette idée. Il est tard, cette fête t'ennuie, et tu m'aurais déjà renvoyé chez moi si tu n'avais pas l'envie saugrenue de me parler. »

Pat a jeté sa cigarette d'une pichenette. « J'ai rencontré un jeune Marine charmant, et il s'est passé ce qui s'est passé. Le jeune Marine charmant est devenu policier, et de l'avis général un détective véreux. Tu as raison. Il est tard, cette fête est barbante, et j'ai plus qu'une envie "saugrenue" de te parler – mais je n'ai qu'une seule question à te poser. »

J'ai bu une gorgée de Pernod. Il m'a brûlé la gorge.

« Je la connais, la question. "Comment peux-tu faire ce que tu fais ?" La réponse est : "J'aime fouiller dans la merde des gens pour gagner du pognon." »

Pat a ri. « Tu as gardé mes cartes de Noël ? »

J'ai dit : « Oui, mais je barre toujours d'une croix la photo de ton mari, et je passe toujours beaucoup de temps à te regarder dans tes fringues de Noël et à me demander ce qui tournicote dans ta tête. »

Pat m'a donné un coup de coude, sa jambe collée à la mienne. *« Conclusion ? »*

Je lui ai rendu son coup de coude. « Alors tu t'ennuies, et tu es fâchée. À cause de tout ça – ta famille, le monde entier qui te fait chier parce que ton frère est ce qu'il est, ton mariage merdique, tout le bazar. Je sais lire dans les gens. C'est mon métier. La femme des cartes de 1958 et 1959 n'est pas celle de la carte que j'ai reçue l'année dernière. Tu tournes en rond dans ta tête parce que c'est le seul endroit où tu peux être seule et te sentir en sécurité. »

Pat m'a tapoté le genou. « Tu as raison. J'en ai ras le bol. Mais ne te propose pas comme solution, parce que c'est une limite que je ne franchirai pas. »

J'ai dit : « Tu quitteras Peter dès que Jack sera réélu. »

Pat a dit : « C'est exactement ce que je lui ai dit, pas plus tard que la semaine dernière. »

13

(LOS ANGELES, 21 H 40, VENDREDI 22/6/1962)

Travail préparatoire. Travail de nuit. Sans amphètes ni alcool. Du boulot de tâcheron en retard. Rien de plus.

J'ai tapé à la machine une semaine de transcriptions d'écoutes et un compte rendu couvrant la période du 16 au 21 juin. J'ai arraché la couverture du dernier *Life* et l'ai épinglée sur mon tableau d'images en liège. Il y a la Monroe presque nue. Elle a les cheveux mouillés et sa jambe est posée sur le bord d'une piscine. À côté, j'ai épinglé le nu pris en douce par Robbie Molette. Les photos de *Life* faisaient sensation dans le monde entier. La photo de Robbie affolait l'underground de L.A. À cinquante balles l'exemplaire, c'est une bonne affaire.

Mon panneau à images regorge de Monroe. On y voit les polaroïds de mon effraction du 11 avril. La salle de bains et la chambre crapuleuses. Les quarante mille dollars planqués dans la boîte verrouillée. Les fringues de fille potelée. La planque de piécettes. Les listes d'amants et de médecins pourvoyeurs de dope. Les feuilles couvertes de noms griffonnés. Le baratin barjo de Monroe coincé dans le bouquin barjo de Paul De River.

Sur le panneau en liège adjacent, les notes éparses de la semaine. Je les ai retirées du tableau et les ai tapées à la machine sous forme de synthèses par points clés.

J'ai commencé par l'affirmation catégorique de Pat : Jack et Marilyn avaient fricoté cinq ou six fois entre 1954 et aujourd'hui. Des rendez-vous clandestins à la six-quatre-deux. Toujours dans des lieux neutres. Ce cul-serré de Bobby n'aurait rien fait pour ranimer la flamme. Marilyn a assisté à la fiesta des Lawford la semaine dernière. J'avais feint de m'intéresser aux rumeurs Jack/Marilyn. Pat m'a fourni les ragots ci-dessus. J'ai maintenu le simulacre jusqu'à ce que Pat me livre la chute : Marilyn et les K. Boys, c'était fini de chez fini. Pat m'a dit qu'elle avait croisé Marilyn au Gelson's de Palisades. Marilyn l'avait baratinée avec une histoire d'effractions à répétition dans sa nouvelle baraque. Le cambrioleur déplaçait des objets et lui laissait des messages tordus. Le cambrioleur la harcelait en l'appelant sans rien dire. Pat avait évoqué le « mystérieux intrus » de Marilyn lors d'un appel antérieur sur écoute. J'ai la liste de tous les appels reçus par Monroe. Le « mystérieux intrus » était un pur fantasme.

Je me suis servi de Pat pour obtenir cette info. Nos grandes retrouvailles ont eu lieu. J'ai exploité Pat pour obtenir des ragots à utiliser contre son grand frère. C'est abject. Je l'ai fait quand même.

J'ai classé par points clés le travail de terrain de la semaine. Ce bout de papier dans le portefeuille de Deedee Grenier était une piste solide. Elle avait noté les numéros des téléphones publics de Barrington Park et Beverly Glen Park. J'ai surveillé de près les deux cabines, toute la semaine. Pas de Monroe à l'horizon. Les téléphones n'ont jamais sonné. Personne n'a passé de coup de fil.

Après l'observation, la cogitation. J'ai songé à retourner en douce dans la baraque de Monroe. La présence occasionnelle de la bonniche et celle permanente de Monroe m'en ont dissuadé. J'ai songé à mettre sur le gril Paul De River. Son livre sur les crimes sexuels. Le commentaire ampoulé de Monroe à l'intérieur. Ce qu'elle défendait valait son pesant de cacahuètes. *Contrecarrons un comportement passif et réactif par un acte explicitement criminel.* J'ai dit niet à l'interrogatoire. Approcher de De River serait imprudent. De River était trop lunatique.

De la cogitation à la surveillance statique. J'ai mis le Nid de Norm sous le feu des projecteurs. C'était un bar miteux pour maris infidèles au nord de Van Nuys. J'y ai installé Robbie. C'est lui l'infiltré. Je suis trop connu pour travailler dans le bar d'un ex-flic.

J'ai rôdé à l'extérieur. Robbie a bossé à l'intérieur. Deedee Grenier et son frère Paul Mitchell ne sont pas venus. Aucun couillon ne s'est fait piéger. Aucune autre arnaqueuse de mari ne s'est pointée.

Phil Irwin a fauché au shérif les casiers de Deedee et de Paul Mitchell. Voici l'essentiel :

Deedee Montfort Grenier/femme blanche/née le 8 août 1929. Interpellation dans des bars à lesbiennes : 1956, 1958, 1961. Paul Mitchell Grenier/homme blanc/né le 23 janvier 1926. Six arrestations pour possession de marie-jeanne/aucune condamnation. Une condamnation pour atteinte sexuelle sur mineur, en juin 1954. Trois ans à Chino. Arrestations ultérieures lors de descentes anti-tarlouzes/aucune condamnation. Petits rôles à la 20th Century-Fox, acteur de pornos à ce qu'on dit. La surveillance du Nid de Norm de 6 heures du mat' à 2 heures du mat' se poursuit.

J'ai ajouté ce qui précède aux points essentiels. J'ai tapé à la machine une conversation Monroe/Lowell Farr.

Mardi 19/06/1962. J'ai enregistré à la perche un petit goûter dans le jardin. Marilyn et Lowell se sont lâchées.

Lowell a parlé en boucle de ses séances de roulage de pelles au Bay Theater. Elle a dit qu'elle en avait une de prévue le lendemain soir. J'ai espionné ladite séance. Lowell a câliné un grand garçon avec une énorme banane sur la tête. Je me suis farci la moitié de *L'Homme qui tua Liberty Valance*. Les mômes se pelotaient en évitant de se parler. Aucune piste à en tirer concernant Monroe. Je me suis cassé pour rejoindre la station de la falaise. J'ai pu voir la promenade de minuit de Pat avec son chien. Elle portait son pull ras de cou rose et des chaussures plates bicolores éraflées.

J'ai mis une nouvelle feuille dans la machine. Nat Denkins m'a laissé une bande intitulée *URGENT.* Il l'a enregistrée en direct à 2 heures du matin aujourd'hui. Nat parle espagnol. Un opérateur de Baja California a fait suivre l'appel. Le type s'appelait José Bolaños. Nat a pris notre annuaire inversé de Basse-Californie et a cherché son nom. Bolaños vivait dans Hueracho Calle à Ensenada.

J'ai placé la bobine sur mon émetteur-récepteur et j'ai appuyé sur START. J'ai mis mon casque et me suis penché sur ma machine à écrire. J'ai transcrit les propos absurdes de Monroe et de ce Latino inconnu.

JB : « Je vais m'en souvenir longtemps, ma chérie. La tempête Lucita et la tempête Marilyn. »

MM : « Oui, mais je voyageais incognito. »

Ils parlaient avec indolence. Monroe était à moitié bourrée. Je tapais vite et sans me laisser distancer.

JB : « J'ai oublié le nom que tu as utilisé. Je veux me souvenir de toi toujours comme “Marilyn”, comme l'ont fait beaucoup d'hommes moins importants que moi. »

MM : « Je voyage incognito quand on travaille ensemble. Sous ce masque, je suis une femme d'affaires. »

JB : « Tu as un sens des affaires que je n'aurais pas cru possible chez une femme de ton rang. »

MM : « Je suis la tempête Marilyn, il n'y pas de quoi être surpris. »

La tempête Lucita. Elle avait balayé Baja à la mi-février. Je pouvais passer un coup de fil aux Douanes côté États-Unis. Ils pourraient vérifier les visas.

JB : « Tu fais un drôle de bruit avec ta bouche. Comme si tu léchais quelque chose. »

MM : « J'achète des granités à la cerise au Wil Wright's et je les recongèle. Ensuite je les arrose de vodka et de Chartreuse. C'est trop marrant, mon petit chou. Comme toi, et comme de transporter de la marchandise pour toi. »

« Marchandise ». « Marchandise » comme synonyme de came. « Voyager incognito. »

JB : « Sois discrète, *mi corazón.* Notre relation, c'est pas que pour le plaisir, et je suis autant "*Señor* Bolaños" que ton "petit chou". »

MM : « Ne fais pas ton casse-pieds. Il est deux heures du mat', et je lèche un granité. »

JB : « Les écoutes téléphoniques, ma chérie. La police de Los Angeles est connue pour espionner les initiés de la famille du cinéma. »

MM : « Les flics sont dans la merde avec la presse en ce moment. Ils ont descendu deux Black Muslims il y a quelques mois. L'un d'eux était très mignon, genre Harry Belafonte. Ma femme de ménage m'a dit qu'il jouait du bongo. Elle est noire, alors elle est au courant de ce qui se passe pour son peuple. Et le Chef Parker est un poivrot. Tout le monde le sait. »

JB : « Tu devrais lui proposer de passer chez toi se détendre avec un petit granité. »

MM : « Tu es drôle. »

JB : « Pas quand il s'agit de fascistes comme Parker. »

MM : « Holà, mon chou, doucement. On ne s'emballe pas. Je commence à bien planer avec mon granité, et tu es en train de tout gâcher. »

JB : « Je suis un homme d'affaires, mais aussi un marxiste-léniniste. Les hommes comme moi méprisent les femmes inconvenantes. »

MM : « "Homme d'affaires", hein ? Je vais être gentille et tolérer "convoyeur de marchandises", mais ce n'est qu'un euphémisme. »

JB : « Marilyn, tu es blessante. »

MM : « Les fascistos sont rasoir. Et j'ai balancé le LAPD à Jack et Bobby Kennedy, *mucho mucho.* »

JB : « Marilyn, quelle fabulatrice tu fais, à t'écouter, tu connais tout le monde. »

MM : « Tu changeras de ton quand Jack divorcera de Jackie pour m'épouser. »

JB : « Marilyn, tu es en plein délire. »

MM : « Réfléchis à qui te parle. Demande-toi qui payera les pots cassés, si ou plutôt *quand* je mettrai la pression sur Jack Kennedy. »

JB : « Jack et Bobby ne sont que des fascistes un peu raffinés. Crois-moi, je le sais. »

MM : « Je t'aime bien quand on planifie nos rencontres et que tu fais ton petit numéro de latin lover. Mais le reste du temps, tu me fatigues. Compris, José ? À bon entendeur. »

JB : « Tu es la femme numéro 1 dans le monde, et tu es toujours aussi exaspérante. »

MM : « Je ne suis qu'une star de cinéma surestimée qui aimerait être quelqu'un d'autre. Tu piges ? Je lèche des granités et je parle à des étrangers à deux heures du mat'. »

La ligne interurbaine a été coupée. La fin de la bande a claqué contre le tambour de bobinage. J'ai appuyé sur STOP et fait taire la machine.

Phil Irwin connaissait un type aux Douanes. Il pourrait vérifier les visas et les listes de voyageurs. Les tempêtes Lucita et Marilyn. À la mi-février. C'était une piste solide. On pourrait choper quelques bons…

Mon téléphone de boulot a sonné. Je l'ai attrapé et j'ai lâché « Oui ? ». Robbie Molette a enchaîné :

« Je suis devant le Nid. Deedee Grenier s'occupe d'un pigeon à l'intérieur, et Paul Mitchell est un peu plus loin, dans la voiture qui doit les filer. »

*

La North Valley. Des baraques de bouseux et des rades pourris. Des ateliers d'usinage et des vendeurs d'alcool au rabais. Des terrains vagues parsemés de touffes d'armoise et de meutes de coyotes parasites.

Le Nid de Norm. Un Fort Alamo en préfabriqué, grandeur nature. En adobe sablé, percé de faux trous de balles et taché de traînées de faux sang. La façade a été recouverte d'un panneau en plâtre. LA LIBERTÉ N'EST PAS LIBRE, ICI ON PARLE AMÉRICAIN, ORVAL FAUBUS PRÉSIDENT. Le Nid se trouvait à côté d'une parcelle désaffectée où l'on faisait pousser des sapins de Noël. Elle servait désormais de terrain pour abris antiaériens.

Robbie et Phil étaient campés devant le bar. Je me suis garé au bout de la rue et je les ai rejoints. Phil a dit : « Deedee est à l'intérieur. Elle a un pigeon, complètement torché et chaud-bouillant. Son frère est garé de l'autre côté de la rue, près du carrefour. C'est cette Ford bleue, leur voiture de filature. Deedee a laissé sa Volkswagen sur le parking. »

J'ai ouvert la porte et jeté un coup d'œil à la salle. Bar/box en skaï/petite piste de danse. Souvenez-vous de la décoration murale de Fort Alamo.

Des photos tirées d'émissions télé. Fess Parker en Davy Crockett. De minables cowboys d'opérette et des tas de Mexicains morts. Dans le troisième box vers le fond : Deedee Grenier et un gros type en costard et Stetson.

J'ai fermé la porte. Robbie a dit : « Sa Pontiac est garée à côté de la décapotable de Deedee. Ça fait une bonne demi-heure qu'elle tente de le faire décoller d'ici. »

Phil a fait circuler sa flasque. On a pris une triple dose. J'ai dit : « On les coince près des bagnoles. Robbie, tu éloignes le pigeon. Je me débarrasse du frangin. »

Le terrain était dans le noir total. On a fait circuler la flasque et on s'est planqués près des places de parking. 1 heure du matin est passée. Des types bourrés sont arrivés en traînant les pieds. Ils ont grimpé dans leurs tacots et sont partis dans un nuage de poussière. Les voitures se faisaient rares. C'est pour bientôt. Le Nid ferme à 2 heures.

On a attendu. On a sifflé la flasque. 2 heures du mat' est passé. On piaffait. 2 h 01, 2 h 02, 2 h 04. *Vlan*, ça y est – la porte se referme.

J'ai entendu roucouler *oooh, chéri*. Deedee était pendue au cou du pigeon et l'entraînait vers les places de parking. Elle l'empêchait de tomber. Il était torché comme c'est pas permis. Il fredonnait un truc triste de Spade Cooley.

Il a tenté d'ouvrir la portière. Deedee était plantée près de lui. L'obscurité nous protégeait. J'ai donné le signal de l'attaque foudroyante.

Un, deux, trois...

Phil et moi avons couru et attrapé Deedee. Robbie a chopé le pigeon et l'a éloigné de force en lui tenant les bras dans le dos. L'alcool le rendait docile. J'ai posé la main sur la bouche de Deedee pour qu'elle la ferme. J'ai dit : « On est des amis de Jeanne. C'est mille dollars l'heure de parlote. »

Deedee a frappé le sol du pied, s'est tortillée et a fait *oui* plusieurs fois de la tête. Robbie et Phil ont fouillé les poches du pigeon et jeté ses clés de voiture dans les fourrés.

Il est parti en titubant, complètement déchiré. Pour Fort Alamo ou la planète Mars.

Deedee a dit *Merde* et *Salopard*. Robbie l'a dorlotée avec des petits mots doux. J'ai dégainé ma matraque et j'ai couru droit vers la vieille Ford de Paul Mitchell.

Le frangin/petit mari a allumé ses phares et m'a éclairé en pleine poire. J'ai cligné des yeux et tourné la tête. Il est sorti de sa bagnole et a foncé sur moi.

Il était grand et maigre. Il a frappé des deux poings direction ma tête. J'ai contré son attaque et balancé des coups de matraque. Je lui ai cassé le nez. Il a hurlé. Les coutures de ma matraque lui ont sectionné un lobe d'oreille et coupé les lèvres jusqu'aux dents. Je lui ai vrillé les genoux d'un seul coup et l'ai mis à plat ventre le nez dans la boue. Il a rampé sous sa voiture. Je lui ai attrapé les jambes, l'ai tiré de sa cachette et lui ai balancé un grand coup de latte dans les burnes.

On est partis à deux voitures vers le Ollie Hammond's. Phil roulait en solo. Je conduisais Deedee. Elle fermait sa gueule. Aucune pleurnicherie sur son frère battu comme plâtre.

C'était presque désert chez Ollie. Robbie est parti gérer la station du Sip' n' Surf. Le maître d'hôtel nous a filé une arrière-salle et de l'alcool malgré la fermeture. Deedee était une indic du shérif. Je l'ai couronnée Reine du jour des balances.

La reine et sa cour. Les serveurs ont apporté de quoi nous requinquer. Un pichet de Old Crow avec des glaçons, des brochettes de bœuf, des crevettes frites. J'ai posé dix billets de cent sur la table. Deedee a allumé une cigarette et les a pris aussi sec. J'ai dit : « C'est à propos de Marilyn Monroe. Tu n'as pas besoin d'en savoir plus. »

Deedee a fait des ronds de fumée. « Je connais Marilyn. On a un passé commun. Pas grand-chose, mais quand même. »

J'ai fait tourner mon cendard. « J'y reviendrai plus tard. On a d'abord quelques questions à te poser. »

Phil a bu une gorgée de gnôle. « Pourquoi Paul Mitchell et toi vous pigeonnez les types au Nid ? »

Deedee a ri. « En un mot : Norm Krause. Il fricote avec la pègre. Il copine avec une flopée d'escrocs et de flics pourris. Il a gagné plein de fric grâce à un chantage improvisé, en 1949. Freddy ici présent était Monsieur *Confidential.* Je suis sûre qu'il connaît toute l'histoire. »

J'ai dit : « Continue et je te dirai.

– Norm patrouillait alors à moto. Il travaillait au poste de Wilshire, et il a surpris le contrôleur des finances de l'État, Tom Kuchel, en train de sucer une tafiole dans une voiture garée à l'angle de la 6e et de Cloverdale. Il les a arrêtés, mais Kuchel et la tarlouze ont été remis en liberté. Le vieux chef Worton a étouffé l'affaire, mais Norm a eu les *couilles* de racketter Kuchel, et

Kuchel ce *couilles-molles* a lâché une fortune. En gros, c'est tout. C'est comme ça que Norm a eu le capital de départ pour le Nid. Il a quitté la police vers 1959, et son seul revenu, c'est ce bar. »

J'ai vidé la moitié de mon verre. « Voyons si j'ai bien compris. C'est un bar pour infidèles. Il s'adresse à des types mariés en quête d'inédit. Ils rencontrent des nanas dans ce bar, et continuent à venir y fricoter. Krause leur conseille des motels où baiser et récupère un pourboire. Si les types veulent des pilules, de la marie-jeanne ou passer le week-end à Baja, Krause leur file des adresses. »

Deedee a dit : « Bien vu. »

J'ai dit : « J'ai dans l'idée que tu mouchardes pour le shérif de L.A. Si c'est le cas, est-ce que c'est Jeanne Carmen qui t'a refilé ce boulot ? »

Deedee a bu une gorgée de whisky. « En effet, je cause aux gars du shérif. En effet, c'est Jeanne qui m'a filé ce boulot. Et, non, je ne vous donnerai pas le nom de mon officier traitant. »

Phil a planté une pique dans une crevette. « Avec quel bureau en particulier es-tu en contact ?

– Les types de la salle de garde de West Hollywood, parce que ces abrutis adorent les ragots sur les pédés et les tuyaux sur la came. Et je suis sûre qu'ils partagent leurs potins avec les BITES. »

Je me suis enfilé deux Dexédrine. « Est-ce que les BITES ont un dossier compromettant sur Marilyn Monroe ? »

Deedee a fait *Vas-y, donne*. J'ai jeté deux Dexédrine sur son set de table. Elle les a gobées avec quelques gorgées de whisky.

« Non, ils n'ont pas de dossier sur Marilyn, parce que Marilyn est connue pour offrir son cul à Pete Pitchess, tous les trente-six du mois. Mais le service du renseignement du LAPD, lui, *a* des dossiers sur Marilyn – et je tiens ça de Marilyn elle-même. »

J'ai allumé une cigarette. « Dis-m'en plus sur les BITES du shérif et le Renseignement du LAPD. Je sens qu'ils se tirent la bourre. »

Deedee a fait des ronds de fumée. « Le Renseignement du LAPD est entièrement indépendant. Les BITES sont pieds et poings liés au FBI parce que Pitchess est un ancien agent, et qu'on raconte que le vieux Hoover l'a choisi pour lui succéder s'il se fait virer par les Kennedy. »

Deedee file de bons tuyaux. Le ragot Hoover/Pitchess confirmait des rumeurs persistantes.

« Continue.

– Le Renseignement du LAPD a des dossiers sur Marilyn et des images de surveillance vidéo à la pelle. Parfois, le Renseignement et les BITES du shérif se livrent à de véritables surenchères et encouragent l'échange de documents et les dénonciations politiques. Un lieutenant nommé Daryl Gates représente le Renseignement. Jim Hamilton est vieux et malade, et Gates est pressenti pour prendre la relève quand il partira à la retraite ou cassera sa pipe. Un sergent nommé Mike Bayless représente les BITES. On l'appelle "Motel Mike" parce qu'il a cramé des Mexicains dans un motel de l'East Side il y a des lustres. »

Motel Mike résumé en quelques mots. Deedee était douée. Elle a frotté ses cheveux coupés en brosse et a fait craquer ses pouces. Elle était fébrile et surexcitée par son rôle de balance.

« Le Renseignement et les BITES ont mis sur écoute et filmé la moitié des timbrés, des cocos, des homos et des barjos de L.A. Bill Parker a Sam Yorty dans la poche, parce que le maire Sam raffole des triplettes avec des gouines, et que Parker a des preuves. J'ai moi-même couché avec le maire Sammy pour du pognon. »

J'ai cogité sur tout ça. Les guerres de cancans étaient mon job. Les bonnes crasses, ça me connaissait.

« Pourquoi Monroe aurait-elle le numéro de l'accueil du Bureau du shérif écrit sur un bout de papier, dans sa baraque ? »

Deedee s'est marrée. « Pour programmer sa prochaine pipe avec Pete Pitchess ? »

Phil s'est marré. « C'est Motel Mike ton officier traitant ?

– Non, mais il m'a dépucelée il y a un milliard d'années. Rien de tel pour me pousser vers les filles. »

Je me suis marré. « Les flics actuels de L.A. Qui est pote avec Norm Krause ? »

Deedee fumait clope sur clope « Norm est un timbré d'extrême droite. Il est copain comme cochon avec un sergent de patrouille de la division de West L.A., Jack Clemmons, et un propagandiste cinglé, Frank Capell, qui vit quelque part vers l'est. Ce sont tous des branleurs et des pochards. Ils sont membres d'un groupuscule extrémiste nommé le Bünd du Chien blanc, qui compte sans doute trois membres au total. Norm m'a filé un brassard du Bünd. Marilyn l'a essayé un jour. Ça a bien fait rigoler toutes les nanas de la soirée défonce. »

Phil a ri. J'ai ri. Phil a fait *Vas-y, donne.* J'ai jeté deux Dexédrine sur son set de table. Il les a gobées avec du café.

« Tu n'as pas demandé à Freddy ou à moi qui est derrière tout ça. Genre : "Qui est le type qui a le pognon et qui meurt d'envie de tout savoir sur Marilyn et ses conneries de détraquée ?" »

Deedee a fait *Nope.* « Non, et je n'ai pas l'intention de le faire. Freddy est un limier bien connu de Bill Parker, mais Freddy ne sait presque rien sur le Renseignement du LAPD et les BITES du shérif, ce qui exclut Parker. Dans les affaires de ce genre, une nana a intérêt à ne rien savoir. »

J'ai bu une gorgée de whisky. « Comment as-tu rencontré Marilyn ?

– Je l'ai connue par l'intermédiaire de Paul Mitchell, il y a des années de ça. Ils étaient ensemble à Hollygrove. Vous savez, ce foyer pour orphelins, au croisement de Waring et de Vine. C'était entre 1935 et 1938. J'étais toute petite à ce moment-là, alors je suis allée dans une famille d'accueil quand nos parents nous ont abandonnés, et Paul Mitchell est allé au Grove, parce qu'il avait le même âge que Marilyn. Paul Mitchell et elle se voient encore de temps en temps à la Fox, parce qu'il y fait de la figuration et bosse comme machiniste. On m'a expédiée au Grove en 1941, et j'ai rencontré Marilyn quand elle se pointait aux réunions des anciens pensionnaires, pendant la guerre. Et puis, si ça vous intéresse, je croisais Marilyn à la fin des années 40 quand je jouais au golf à Cal State, et qu'elle était une starlette en herbe et une call-girl pour les types de la haute. »

J'ai dit : « Pourquoi Marilyn garderait-elle quarante mille dollars dans une boîte sous son lit ? »

Deedee a mimé une branlette. « Cherche pas à me baiser. Marilyn est *incapable* d'amasser autant de pognon. Elle reçoit des chèques de banque par le biais de son agent et elle a un manager qui fait tous ses chèques et paye toutes ses factures. Elle a des dettes chez la moitié des charlatans, des psys et des pharmacies du Westside.

– Un communiste mexicain nommé José Bolaños. Ça te dit quelque chose ? »

Deedee a *re*-mimé une branlette. À *deux mains* cette fois.

« Écoute-moi bien. Marilyn tient des discours de gauchiste et va à des manifs de cocos, et elle soutient les droits civiques et toutes ces conneries – mais c'est que du cinéma, typique de cette fabulatrice en chef qui est aussi la plus grande artiste bidon de notre temps. Elle a le mensonge dans le sang. Qui est José Bolaños ? Je ne sais pas – mais Marilyn, *en effet*, invente des histoires délirantes sur le Mexique depuis des mois, comme quoi elle y fait des allers-retours, déguisée en paysanne. Si Marilyn a jamais mis les pieds au Mexique, c'est pour acheter de la came dans les pharmacies légales de Tijuana. *Comprende, muchacho ?* »

Sí, yo comprendo. Mais…

Les nippes grande taille dans l'armoire de Marilyn. Les déguisements qu'elle porte…

« J'ai fouillé ton sac à la fête des Lawford. Tu avais les numéros des cabines de Barrington Park et de Beverly Glen Park. C'est comme ça que tu contactais Marilyn ? »

Deedee m'a fait un doigt d'honneur. « T'es un vrai pote, Freddy. Tu fouilles mon sac, et ensuite tu casses la gueule à mon frère.

– Allez, Deedee, accouche.

– La réponse est non. Marilyn m'a forcée à noter ces numéros. Ça faisait partie de son petit jeu de cinglée pour me faire tourner en bourrique. Pour mémoire, Marilyn ne donne presque jamais son numéro personnel. Tu piges ? Ne m'appelle pas, c'est moi qui t'appelle. Tu piges ? C'est la femme fragile la plus minable de tous les temps, mais elle mène ses copines à la baguette, et elle ne se couche *vraiment* que devant les stars, les pompistes et les types qui écrivent ses scénars à la con. »

J'ai dit : « Un psy nommé Paul De River ? »

Deedee a encore allumé une clope. « Ça me dit rien.

– Un psy nommé Ralph Greenson ? »

Deedee a hurlé de rire. « Alias le bouffon de Marilyn, son esclave, son maître, et le psychiatre qui la pourchasse. Marilyn pense qu'il s'astique le poireau quand il écoute les bandes de leurs séances. Marilyn aime bien Greenson – mais elle n'a aucun respect pour lui, parce qu'il n'est pas assez dur avec elle. Il l'approvisionne en cachetons et la laisse pleurnicher sur son épaule sans la rabrouer, mais l'opération manque de frontières éthiques. Vous seriez prêt à boire des martinis avec votre psy, vous ? »

Les psys. Du conformiste à l'extrémiste. Marilyn étudie et commente Paul De River. Marilyn à Greenson : « Je me trouverai un psy qui validera toutes mes idées folles et pas très sympas. »

Mes méninges ont mouliné sur ce que venait de raconter Deedee. Greenson/De River/la criminalistique fallacieuse de De River.

« Deedee, Marilyn fait-elle une fixette sur le crime, les criminels, et le psychisme des criminels en général ? »

Deedee a fait *Yep*. « Et comment. Je veux dire, Jeanne et elle faisaient le tapin par téléphone après la guerre, elle a dû connaître ce genre de mecs à l'époque, et elle fréquente beaucoup de mafieux maintenant, parce que la moitié des machinistes, des cascadeurs et des types des studios sont dans la pègre, d'une façon ou d'une autre. Marilyn est à la Fox depuis des années, et le lien entre la Fox et ces blaireaux de gangsters remonte aux années 30. Willie Bioff, Ben Siegel, la bande de Mickey Cohen. Des syndicalistes comme les frères Aadland – qui vendent du porno sous le manteau, organisent des enlèvements contre rançon, font la traite des blanches –, des zonards dans ce goût-là. C'est Hollywood, mon chou. Tout le monde connaît tout le monde… et tout le monde s'en vante. »

J'ai dit : « Marilyn et les frères Kennedy ? »

Deedee a répliqué : « Amour à sens unique et pur délire. Désespoir intense. Jack la tronche chez les Lawford, quand il n'est pas en train de diriger le monde. Elle en pince tout autant pour Bobby, mais lui la considère comme de la viande défraîchie.

– Jack et d'autres femmes ?

– Demande à Peter Lawford. Il tient un prétendu Catalogue de Filles qui propose au président du gibier potentiel. Peter est le mac et dealer en chef de Jack – un rôle que tu tenais autrefois, à ce qu'on m'a dit. »

J'ai fait *Aïe.* « Qui t'a raconté ça ?

– Pat Lawford. Elle a aussi dit que vous aviez guinché comme des fous tous les deux, le jour de la capitulation du Japon. Elle a dit qu'elle n'a jamais compris si c'était à cause de toi ou du moment historique. »

Phil a dit : « Tu as touché un point sensible. Freddy rougit. »

Deedee a dit : « Peut-être qu'il a une âme, après tout. »

14

(LOS ANGELES, 23 H 05, MARDI 17/7/1962)

Ils bougent.

Les micros dans les murs, les serre-câbles sous les tapis, les prises téléphoniques trafiquées. Ils changent de couleur et se fendillent. Ils se tortillent. Ils se démêlent à la vue de tous.

Ils remuent. Les trous de la perceuse laissent échapper de l'enduit de rebouchage. De l'enduit décoloré – vivant et luisant. Le ruban adhésif pendouille des abat-jour. Les lampes se renversent et tombent. Les fils des écoutes sortent des trous des combinés. Les installations de micros explosent. Elles projettent des taches métalliques et pailletées sur le papier peint.

Ils bougent. Ils sont pure combustion. Ils veulent me faire cramer.

J'ai ouvert les yeux. J'ai remis les choses à plat. La station était plongée dans le noir à présent. Je m'étais endormi sur ma chaise de bureau. Les clignotements de la console ne sont pas des vrilles de plante grimpante. C'est bien la Pacific Coast Highway par la fenêtre. Et la plage de Pat juste derrière.

J'ai titubé jusqu'à la salle de bains et je me suis passé de l'eau sur le visage. Je suis monté sur la balance. Poids : 79 kilos. Mon poids normal était de 88 kilos. La came, l'alcool, la clope. Ils m'ont fait fondre. S'y ajoute un mauvais sommeil ou pas de sommeil du tout. Et mon régime cent pour cent barres chocolatées. Ma mémoire est merdique. Ma capacité à me souvenir est à chier. Il y a des séries d'indices dont je devrais me souvenir – et nada.

Ça frise le syndrome confusionnel. Je connais le phénomène et la solution. Je devais redevenir décrassé et faire redémarrer la machine côté boulot. L.A. proposait des lieux de désintox grand luxe. Bains de vapeur. Transfusions sanguines. Des siestes à toute heure du jour et de la nuit. Freddy O. part en cure. Je l'ai déjà fait deux fois.

On remet tout en place. On remet tout à plat. Pat est juste de l'autre côté de la rue. Invoquons la lumière dont elle est nimbée.

J'ai fait un putain de sale cauchemar. Psychanalyse ton propre ciboulot, espèce de crétin. Tu viens de visionner dans ta tête un dessin animé horrifique.

Voici le message sous-jacent :

Tu as truffé de micros la maison de Pat. Supposons qu'elle le découvre. Elle te détestera. Fuck le jour de la Victoire sur les Japs. Tu es moins qu'une crotte de vipère. Tu as raté ta chance d'un quelconque rabibochage.

J'ai fait le signe de croix. J'ai gobé deux Dexédrine et je me suis gargarisé à l'Old Crow. J'ai allumé une cigarette. On remet tout en place et on remet tout à plat. Il y a des supports de micros pourris chez les Lawford. Il faut s'en occuper fissa. Les silences sur la ligne l'indiquent clairement. Je dois entrer dans la baraque et changer les micros.

Post hoc ergo propter hoc. Je me pointe à la fête de Pat. On ré-allume ou ré-enflamme ou re-je ne sais quoi quelque chose. Les micros pourris risquaient de bourdonner de manière audible. Ça mettrait la puce à l'oreille de Pat. Elle repère la surveillance et sait que c'est moi.

La fenêtre donnant sur la plage était grande ouverte. J'ai pris mon appareil photo équipé d'un zoom et j'ai scruté la maison. La lumière a jailli de la porte côté nord. Le chien de Pat a bondi dans le jardin et s'est mis à faire des cabrioles.

Pat le suivait. Ils ont obliqué vers la plage et sont sortis de mon champ de vision. Pat portait un short de tennis blanc et un polo rose. Je l'ai vue une demi-seconde – et puis plus rien.

Cauchemars. Friture dans le cerveau. Trop d'alcool et de drogues. Neurones qui s'effilochent. Micros qui se fendillent dans les piaules des Lawford. Les jobs de surveillance à long terme ont tendance à être usants. Le contrat durait depuis trois mois et six jours. Il se fendillait de partout.

Les K. Boys ont complètement lâché Marilyn Monroe. Il n'y a aucun contact téléphonique, ni dans un sens ni dans l'autre. J'ai sauté par-dessus des portails et fourragé dans des boîtes aux lettres pour connaître la correspondance entrante et sortante de Monroe. Il n'y a ni bafouille des Kennedy ni lettres du supposé « cambrioleur », « pervers haletant » et « auteur de petits mots cochons » de Monroe. Elle reçoit du courrier du studio, des petits mots de Lowell Farr, et des petits mots de ses ex-maris DiMaggio et Miller. Monroe reste cloîtrée chez elle. Elle ne s'aventure à l'extérieur que dans ses oripeaux de fille dodue et uniquement pour passer des appels depuis des cabines. Je suis allé voir un type louche qui montait des lignes pour PC Bell. Il m'a dit que les téléphones publics ne pouvaient être mis sur écoute sans mandat du district judiciaire. Il a ajouté : « Et ne songe même pas à me graisser la patte, parce que j'appelle les flics. »

J'ai égaré ou perdu la liste des véhicules que j'avais établie le 19 mai. Ce qui s'ajoutait à ma filature foirée de Monroe. Et entravait ma tentative de découvrir le but de son escapade dans ce cul-d'oiseau de la Valley. Mon contact au Service des immatriculations a perdu sa propre copie de la liste et le registre des numéros de plaque vérifiés jusqu'à présent. La balade de Monroe dans la Valley me semblait louche à l'époque. C'est toujours le cas maintenant.

J'ai mis fin à la surveillance statique du 5th Helena. Une paranoïa bien fondée a dicté cette décision. Phil Irwin avait vu une vieille dame gribouiller le numéro de plaque de son camion. Des flics de la patrouille étaient passés dans le coin et avaient lancé un regard suspicieux à Phil. C'est fini, on se casse, c'est moi qui décide, et j'assume.

Mon accès à Monroe s'est considérablement réduit. Elle va voir le psy Greenson chez lui maintenant. Je ne peux pas enregistrer leurs coups de fil. José Bolaños n'a pas appelé. Roddy McDowall appelle moins. Lowell Farr est partie à Lake Arrowhead avec papa-maman. Il n'y a pas le téléphone dans leur chalet. Je me retrouve avec zéro accès visuel et quatre-vingt pour cent de coups de fil en moins. J'ai ajouté Deedee Grenier à la liste des mouchards employés par Hoffa. Elle relaie les dérives des soirées défonce et décrit une Monroe sans envergure, au bord du précipice.

Toujours plus de cachetons. Toujours plus de gnôle. Toujours plus de granités baignant dans la liqueur. Les filles regardent le journal télévisé et tirent sur l'écran au pistolet à eau quand surgissent les tronches de Jack et Bobby. Marilyn consulte un livre de vaudou et confie la mort de Jackie au Baron Samedi. Marilyn dort avec une poupée vaudou de Jackie.

Le job se réduisait à peau de chagrin. Mon cerveau moulinait à toute vitesse pour compenser. Je gobais des cachets, je buvais et je cogitais. Je vivais dans des stations d'écoute plongées dans le noir. Freddy O. le psy charlatan. Qui met Marilyn Monroe sur le divan.

Je me suis souvenu de trois des premières filatures. J'en avais foiré deux. Filature numéro 1 : Monroe se procure des pilules à Beverly Hills et rend visite à Ralph Greenson. Elle cogne sa bagnole sur le terre-plein central de San Vicente et arrache des arbustes. Elle fait un doigt d'honneur à des conducteurs choisis au hasard et roule un gros patin au portier d'un hôtel. Voici mon interprétation rétrospective :

C'était volontaire. Ça sentait l'exercice de l'Actors Studio. Monroe jouant à la femme libérée depuis peu de ses chaînes.

Filature numéro 2 : Monroe se rend à cette soirée à Holmby Hills. Elle conduit de manière tout aussi incohérente. Ses roues raclent le trottoir et les enjoliveurs valdinguent dans les airs. *Mais* – jamais elle n'a failli causer d'accident.

Filature numéro 3 : L'escapade absurde de Monroe dans la Valley. Elle conduit de manière tout aussi incohérente. *Mais* – elle échappe à un super pro de la filature.

J'ai approfondi cette théorie. J'ai payé un flic du LAPD pour qu'il fasse des recherches sur les antécédents de conductrice de Monroe. Elle obtient son permis californien en août 1949. Son dossier reste vierge jusqu'en octobre 1961. Et depuis ? *Elle a été arrêtée quatorze fois pour conduite dangereuse et s'en est sortie avec des avertissements.*

Je me suis creusé la cervelle. Et j'ai pas eu trop de mal à trouver la réponse. Elle a aguiché quatorze agents de la circulation de L.A. Elle a flirté, elle a joué les timides, elle leur a planté des bécots taquins sur la bouche et les a mis au défi de la faire comparaître. Les théories ne sont que des théories. J'ai contacté trois des flics et obtenu une confirmation gênée. Deux types ont dit qu'elle avait mis la langue.

Marilyn Monroe mène une vie secrète au sein de son existence dissolue. Cela confirme sa volonté de suivre une voie réfléchie et stable au moment même où son chaos intérieur l'engloutit. Je tisse des liens entre les indices et la théorie. Ils incluent sa cachette à cash, ses déguisements, ses appels téléphoniques subreptices et son escapade dans la Valley. Ajoutez-y ses exploits de conductrice défoncée et sa façon de draguer les flics de base. Tout cela équivaut à un regain de fanfaronnade et à un mépris de nana cinglée pour le monde doré dans lequel elle vit et qu'elle cherche désormais à profaner en jouant un nouveau rôle étonnant et étonnamment anonyme. Ajoutez à cela José Bolaños. Ce type prouve bien que tout ça n'est pas que dans la tête de Monroe.

Les missions de surveillance sont par nature réactives. Cette mission précise a pour but de diffamer par ricochet, de manière à nourrir le chantage à la démission. Plus Monroe présente mal, plus les K. Boys présentent mal. L'image publique de Monroe est faite de mariages ratés, d'overdoses de cachetons, de dépressions nerveuses et de cliniques psychiatriques. La vie secrète qu'elle cache au fond d'elle peut être un véritable objectif comme une simple incohérence psychique. J'ai quarante-deux mille dollars d'avance à ce jour. C'est huit de moins que les cinquante dont le président m'a escroqué. Je serai à cent mille boules à la fin de l'été. Jimmy Hoffa veut des infos bien crades. Il sait que je les déterrerai partout où cette affaire me mènera. J'adore ce job et je veux le pognon. L'aspect « démission » semble naïf cependant. Jimmy Hoffa n'agit que pour l'argent. C'est un cul-serré qui n'a pas comme moi le besoin de savoir *POURQUOI ?* Je veux tirer profit de ce contrat même quand l'été sera fini. Ce qui veut dire se bouger le cul *maintenant.*

Le Nid de Norm. C'était à 5,40 kilomètres au nord-est de la Filature Foirée numéro 3 et de mon relevé des plaques d'immatriculation. Je connaissais un ex-flic pourri nommé Harry Fremont. Il avait pris sa retraite des Mœurs quatre ans plus tôt. Je lui ai filé cinq cents balles. Il m'a filé la liasse des Mœurs concernant le Nid.

Deedee Grenier avait raison sur toute la ligne. Norm Krause était un taré de facho. Le Nid accueillait les beuveries du parti de la Renaissance nationale, du parti de l'Indignation nationale et de la Ligue anticommuniste de l'ordre loyal des Moose. Le Bünd du Chien blanc ? Trois hommes en tout. À savoir Krause, le sergent de patrouille Jack Clemmons, et le pondeur de pamphlets Frank Capell – auteur de : *Une bombe A sur Jew York (une humble proposition).* Krause, Clemmons et Capell étaient des luthériens ayant perdu la foi et des adorateurs du Chien blanc. Le Nid servait de « chemin de fer clandestin » aux pères divorcés refusant de verser une pension alimentaire à leur môme et aux exilés cubains vénérant *los perros blancos.* Ce club convivial accueillait chaleureusement les amateurs d'échangisme de l'usine aéronautique Lockheed voisine, ainsi que les membres d'un « club des amateurs de photos cochonnes ». Le Nid de Norm répondait aux besoins des ploucs plus blancs que blancs et n'était en aucun cas le genre de Marilyn Monroe.

Les Dexédrine m'ont fouetté le sang. Je piaffais soudain d'agir. J'ai zoomé sur la maison des Lawford. Voilà le chien de Rhodésie, traînant sa laisse derrière lui. Voilà Pat. Elle a marché dans l'eau. Elle est pieds nus et trempée jusqu'aux genoux.

Ils se sont réfugiés à l'intérieur. J'ai envoyé un baiser. La console s'est allumée. Lumière orange entrante – Peter Lawford recevait un appel.

J'ai mis mon casque. Deux sonneries ont retenti. Lawford a décroché.

Il a dit : « Allô ? C'est Peter, et il se fait tard. Dites quelque chose pour m'émoustiller, sinon je pionce au bout du fil. »

Une femme a dit : « Bonjour. C'est Eleanora. Vous vous souvenez de moi, Peter ? J'étais serveuse à votre fête le mois dernier. Vous vous souvenez ? Vous m'avez dit que je pouvais vous appeler. »

La soirée. Des serveuses à gogo. Pantalons noirs moulants/chemisiers blancs/gilets rouges. Toutes jeunes, toutes ravissantes. Du genre actrices ratées.

Lawford a dit : « *Eeee*leanora. Je me souviens de vous. Vous m'avez dit que vous êtes actrice, et que votre petit ami n'apprécie pas, et je vous ai dit que je connaissais très bien le topo, parce que ma femme déteste mon boulot, mais qu'est-ce que je peux y faire, franchement ? Ma femme ne sera bientôt plus qu'un zombie, mais c'est une *Kennedy,* alors elle a bien plus de classe que la plupart des filles de la haute. Qui suis-je, moi, pour nier cet aspect du mariage ? »

Eleanora : « Je vois ce que vous voulez dire. »

Lawford : « De toute façon, qui suis-je, moi, pour me plaindre ? Je ne suis qu'une star de cinéma et le secrétaire de John F. Kennedy en charge de l'approvisionnement en jeunes bombasses, ce qui me donne un statut de ministre et ma propre clé du Playboy Club pour accéder au Bureau ovale. Je ne plaisante pas. Hugh Hefner est le principal conseiller du président sur les affaires intimes. »

Eleanora : « C'est chouette de voir un homme qui tient le monde par les couilles être encore capable se moquer de lui-même. »

Lawford : « Oh, vous savez. On fait le job de manière réglo, et les gens continuent de penser que c'est juste pour rigoler. »

Silence sur la ligne : 16,40 secondes. Eleanora : « Peter, ce n'est pas que je n'aime pas discuter avec vous, mais j'essaie de retrouver un homme qui me doit de l'argent. »

Lawford : « C'est emmerdant, parce que je commençais à bien aimer cette conversation. »

Eleanora : « Moi aussi. »

Lawford : « Combien vous voulez ? Je suis bonne pâte, et je ne suis pas opposé à ce qu'on me rembourse en nature. »

Eleanora : « Ce n'est pas mon genre. »

Lawford : « Ah, vous jouez les prudes. »

Eleanora : « Il s'appelle Rick Dawes. C'est un serveur. Je me suis dit que vous pourriez avoir des infos sur lui. »

Le nom m'a surpris. Je l'avais déjà entendu. Je souffre de l'aphasie du défoncé. Les semaines précédentes avaient déplacé plusieurs cellules de mon cerveau.

Lawford : « Je ne connais aucun Rick Dawes, chérie. Désolé, notre petit marché tombe à l'eau. »

Eleanora : « Je voulais juste tenter ma chance, c'est gentil en tout cas de m'avoir parlé. »

Lawford, en vrai mufle, a tenté de faire céder Eleanora. Eleanora ne l'a pas rembarré mais ne s'est pas laissé distraire de son objectif. La tournure que tout ça prenait m'a surpris. Eleanora manœuvrait Lawford depuis le début.

Lawford : « Je vais vous dire une chose qui pourrait vous intéresser. J'ai entendu dire qu'il y a des cambriolages à Beverly Hills, tous ciblés sur des maisons qu'on pourrait dire placées dans le sillage des soirées avec serveurs et serveuses. Qu'est-ce que vous dites de ça ? Il y a eu des vols de bijoux et de fourrures, et la recherche de suspects a mené les flics vers les serveurs. »

Eleanora : « Oh, ce serait bien le genre de Rick, en effet. Il est aussi connu pour vendre son cul à des tapettes. »

Lawford : « Navrée, ma loute, votre pote Rick ne me dit rien. »

Eleanora : « *Que será, será.* Je me suis dit que j'allais tenter le coup. »

Lawford : « Je suis content que vous ayez appelé. Je suis sincère. Vous avez tous les Rick Dawes du monde qui vous doivent du fric, et tous les Peter Lawford du monde qui *aaadoreraient* claquer du fric pour vous, vous offrir des voyages à Vegas, à Aspen, des endroits où une fille comme vous pourrait vraiment s'éclater… »

Ça m'est revenu. Rick Dawes. La baraque de Monroe. Mon effraction du 11 avril et ma fouille en urgence. L'étagère de la bibliothèque. Les gribouillis de Monroe sur papier brouillon. Monroe a écrit *ceci* :

« Rick Dawes. Vachard – peut-être pédé. » Et à côté : des ratures au stylo-bille. C'était des services de messagerie. Une seule liste, longue et illisible.

15

(LOS ANGELES, 15 H 30, MERCREDI 18/7/1962)

Double mission. Que des emmerdements de téléphone.

Surveiller les lignes du Sip' n' Surf. Enregistrer les appels de la maison Lawford. Parcourir l'annuaire. Appeler tous les traiteurs et sociétés de messagerie téléphonique.

Double mission. Et des emmerdements au milieu qui détournaient mon attention.

Il y avait des fils électriques effilochés dans la baraque des Lawford. Ils provoquaient des crépitements qui compromettaient la compréhension. Ça allait pour l'instant. Aucun appel entrant ni sortant.

Côté Sip' n' Surf, ça *beuglait.* On est mercredi, jour de la « Bikini Twist Party ». Les poulettes de la plage virevoltent à trois mètres du boîtier de ma console. Une chaîne hi-fi poussée au maximum balance le « Peppermint Twist ».

Mon casque me grattait. Cela détournait mon attention. Le nombre d'appels à passer me décourageait et me contrariait.

Voyez un peu ça :

Il y a cent soixante et onze traiteurs dans les pages jaunes de L.A. Il y a deux cent cinquante six services de messagerie. Un boulot monstre et chiantissime. Je suis dessus depuis 8 heures du matin.

La piste « Eleanora »/Monroe/« Rick Dawes » me tourmentait. J'ai vérifié le polaroïd du bout de papier que j'avais photographié et punaisé à mon tableau.

Le nom « Rick Dawes » est entièrement lisible. Le nom des services téléphoniques n'est *pas du tout* lisible. Les hachures juste à côté sont des numéros de téléphone. Le mot *serv,* à moitié lisible, veut dire « service ». Monroe a griffonné quatre lignes de mots se terminant par « serv ». Les *noms* des services sont du pur charabia.

Peter Lawford entreprend « Eleanora ». Il parle de cambriolages dans des baraques de Beverly Hills. Les serveurs sont soupçonnés. C'est une bonne piste secondaire. Pas de bol. Je ne peux pas solliciter les flics de Beverly Hills pour obtenir leurs dossiers sur les 459. Je n'ai pas le prestige d'une agence de police. Je ne peux pas graisser des pattes pour obtenir ce que je veux. C'est trop risqué. Je ne suis qu'un connard notoire de détective privé.

J'ai appelé vingt et un standards de services téléphoniques. Vingt et un opérateurs ont refusé de divulguer la liste de leurs clients. J'ai appelé vingt-quatre standards de services de traiteur. Je me suis fait passer pour un inspecteur du LAPD chargé des cambriolages. J'ai bien insisté sur « Eleanora », « Rick Dawes », les 459 à Beverly Hills et les groupes de serveurs suspectés. J'ai affirmé que je ne disposais d'aucune description physique pour me mettre au boulot. J'ai eu droit à « Hein ? », « Non », et « J'en sais rien », vingt-trois fois. Un majordome m'a parlé franco.

Il m'a dit : « Écoutez, les serveurs et serveuses de L.A. sont tous de soi-disant acteurs et actrices, et ils se servent systématiquement de noms de scène, de pseudos et de faux noms. En d'autres termes, ce sont toujours des filous, des michetonneurs, des escort-girls ou des gigolos, des dealers de cachetons, des vendeurs d'herbe et des opportunistes qui harcèlent les gens du monde du cinéma pour en tirer le maximum. Cambrioler ou moucharder des cambrioleurs n'a moralement rien d'effrayant pour ces mômes. »

J'ai bâillé et je me suis gratté les oreilles. La baraque des Lawford émettait des crépitements et du silence. J'ai veillé tard la nuit dernière. J'ai rédigé un bref rapport pour Jimmy Hoffa. J'ai allumé mon projecteur et j'ai regardé Lois dans *Alcoa Presents.* J'ai pensé à Lois pour cesser de penser à Pat. J'ai pensé à Pat pour cesser de penser à Lois. J'ai reparcouru *The Sexual Criminal.* Paul De River me tapait sur le système. *Hé, Marilyn – pourquoi es-tu obnubilée par ce type ?*

Meurtre fétichiste. Délire diabolique. Psychopathes aux yeux vides. De River a l'air d'avoir un sérieux problème dans la vie.

J'ai bâillé et je suis sorti sur la terrasse de la plage. La réverbe de la hi-fi faisait trembler les planches et vibrer mes chaussures. J'ai fait un petit tour à la Bikini Twist Party. Je me suis pris *Percolator Twist* en plein dans les oreilles. Les filles se dandinaient. Leurs bas de bikini tombaient ras la touffe.

Le bar et les tables étaient archi-bondés. Les démonstrations estivales de twist attiraient les badauds de la jetée et une foule de gros pervers. J'ai repéré une table devant. Quatre élèves en chandail du lycée de Palisades décortiquaient des crevettes et bouffaient des clams. L'homme qui les accompagnait faisait tache au milieu.

Je l'ai reconnu. Je l'avais rencontré chez les flics. Sid Leffler. Un blaireau de la salle de garde de West L.A. Cheveux frisés, lunettes, un couilles-molles. La cinquantaine passée. Un type qui végétait et bossait avec les inspecteurs divisionnaires. Son boulot de flic à temps partiel consistait à être « l'agent Sid ». Il faisait la tournée des lycées du Westside et vociférait contre les cocos et la came. Sid, le roi de l'esbroufe. Avec un certain passif dans le business du cinéma. Qu'il aille se faire foutre. Il est en train de gaver des mineures de Mai Tai à vous défoncer la tête.

Je suis retourné à la station et j'ai fermé la porte à clé. Ça a étouffé la musique et mis fin au vrombissement dans ma tête. La lumière orangée de la console clignotait sans s'arrêter.

Appel sortant/poste de Peter Lawford. J'ai mis mon casque. J'ai surpris Lawford en plein milieu de son baratin.

« … et tu sais, Diana, il était amoureux de toi. La preuve, il m'a appelé du Bureau ovale pour me dire : "Peter, je ne suis pas un fan de western, mais quelque chose m'a dit de regarder *Bonanza,* alors dis à miss Van der Vlis que la prochaine fois que je serai à L.A., j'aimerais bien…" »

La défaillance de la ligne l'a coupé net. Des supports de micros merdiques entraînent des problèmes de réception. La ligne a crépité et crachoté un bruit de fond. Lawford a dit quelque chose, l'actrice a dit quelque chose, une voix en arrière-plan est intervenue.

Arrête de faire le mac pour mon frère, salopard de…

L'actrice a poussé un petit cri et raccroché. La réception est vite redevenue optimale. Lawford a dit : *« Sale garce. »* Pat a dit : *« Espèce de… »*

Puis des bruits de casse. Puis des bruits d'objets qu'on balance. Puis *« Putain lâche-moi ou je… ».*

Puis des bruits de verre brisé, la ligne qui se brouille, et le silence…

Ligne brouillée. Silence. Pat sur une bande qui tressaute dans mon cerveau.

Putain lâche-moi/Putain lâche-moi/Putain lâche-moi…

J'ai quitté le Sip' n' Surf en trombe pour rejoindre la station de la falaise. La console n'émettait que du silence. J'ai zoomé sur la maison. Je n'ai vu aucun mouvement derrière les fenêtres, aucune ombre, ni aucun mouvement dans le jardin. Les deux portes du garage étaient ouvertes. La Rolls de Lawford et la Bonneville de Pat se trouvaient à l'intérieur. J'ai gobé des Dexédrine et descendu du Old Crow. Mon pouls faisait les montagnes russes.

J'ai scruté la maison. J'ai zoomé sur elle dans tous les sens. Le calme régnait. J'ai appelé Nat et Phil pour leur donner des instructions.

Prenez vos talkies-walkies. Allez à la station-service 76 de la Pacific Coast Highway et planquez-vous. Engueulade conjugale. Alerte rouge. Je connais le topo. Ils vont partir chacun dans une voiture différente. Nat, tu suis Pat. Phil, tu suis l'enflure. J'ai mon téléphone avec moi. Appelez toutes les heures. Vérifiez votre kilométrage quand vous roulez.

J'ai attendu. J'ai observé la maison. Des taches ont surgi devant mes yeux. Mes artères palpitaient. Mes pieds s'engourdissaient. J'avais perdu du poids à force de rester immobile. Ma montre pendait mollement à mon poignet. J'ai vu des choses qui n'étaient pas là. J'ai vu le Taft Building le 15 août 1945. Pat et moi étions nus, dans notre chambre de l'autre côté de la rue. On regardait clignoter le panneau Miller High-Life.

17 h 19. Pat entre dans le garage. Trois enfants sur ses talons. Elle jette deux valises dans sa Bonneville. Elle sort en marche arrière et s'engage sur la Pacific Coast Highway direction le *nord.* La Ford break de Nat est là. Il quitte le parking de la station-service et se lance à ses trousses.

17 h 53. Lawford entre dans le garage. Il saute dans sa Rolls et s'engage sur la Pacific Coast Highway direction le *sud.* Le coupé Valiant de Phil est là. Il quitte le parking de la station-service et se lance à ses trousses.

J'ai fermé les yeux. J'ai visionné des extraits filmés à la Caméra humaine. J'ai rejoué Freddy et Pat, du début à la fin. Je me suis souvenu de notre premier échange, presque mot pour mot. Mon téléphone a piaulé à 18 h 22.

Nat m'a fait son rapport. Pat roulait toujours vers le nord sur la Pacific Coast Highway. Elle venait de dépasser Oxnard. Nat pensait qu'elle se dirigeait vers Santa Barbara.

Mes nerfs ont subi un déphasage. J'ai gobé deux barbis pour combler les trous et laminer ces limbes schizophrènes. Mon téléphone a piaulé à 18 h 56.

Phil m'a fait son rapport. Lawford s'était planqué dans Ewing Street à Silver Lake. Le lieu sentait le nid d'amour. Il avait consulté son annuaire inversé. La thurne appartenait à une certaine Lorelei Gudis. Phil s'était renseigné auprès du Bureau des informations générales du shérif. Elle avait douze condamnations pour proxénétisme. La première datait de 1955.

J'ai fait le signe de croix. J'ai pris ma ceinture à outils, une cagoule, et ma matraque lestée de grenaille.

J'en étais capable. Je le savais. Je savais que j'avais deux possibilités. Je pouvais gérer ça jusqu'à cet instant précis et ne pas aller plus loin. Je pouvais gérer ça jusqu'au bout et désamorcer une inculpation pour homicide. Je me suis dit : *Retiens-toi.* Je me suis dit : *Ne fous pas ce job en l'air. Sinon, tu crames ton contrat et tu crames Jimmy Hoffa. Il te fera la peau, ni vu ni connu.*

J'avais mal au crâne. J'avais des taches devant les yeux. Je me suis mis sur la pointe de mes pieds engourdis. J'ai brisé le bas d'une fenêtre et j'ai sauté à l'intérieur. C'était du travail bâclé. Je devais ruser avec un faux 459. J'ai foncé vers la cuisine. J'ai rempli deux sacs en papier d'argenterie fine et j'ai posé le tout près de la porte d'entrée. J'avais laissé ma réserve de cachetons à la station. J'étais au bord de l'overdose et je le savais.

Les Lawford remplissaient à merveille leur buffet à alcools, aussi bien en quantité qu'en qualité. J'ai pioché dans six bouteilles et siphonné de la super gnôle. Mon mal de crâne s'est calmé. Les taches ont disparu. Mes tremblements ont diminué. J'ai réparé les six téléphones et les supports de micros du rez-de-chaussée.

J'ai remplacé les fils des téléphones ainsi que les microphones et les haut-parleurs des combinés. J'ai fourré les fils et micros défectueux dans une poche de ma ceinture à outils. Les nouveaux fils et raccords de micros étaient enduits de silicone. Ils ne risquaient pas de se fendiller.

Le coup de fouet provoqué par l'alcool s'atténuait. J'ai prié pour ne pas m'effondrer sur le lit de Pat. J'ai remis en place les micros du rez-de-chaussée et j'ai rebouché les trous des supports.

J'ai peint à la bombe l'enduit séché exactement de la teinte du mur. De la poussière d'enduit s'est envolée. Je l'ai aspirée et j'ai retiré à la main le moindre grain de poussière. J'ai scruté tout le long des plinthes et j'ai commencé à voir double et triple. J'ai retiré à la main le moindre grain de poussière. J'en suis sûr. J'ai vérifié mon travail quatre fois. Ils repéreront le cambriolage. Ils remarqueront la disparition de l'argenterie. Ils ne détecteront jamais le matériel de surveillance. Ce qui voulait dire que *Pat ne saurait jamais.*

L'enflure créchait à Silver Lake. Phil couvait des yeux la baraque. J'ai tendu l'oreille dans l'espoir d'entendre la clé dans la serrure. Ça voulait dire *Tu le fais.* Pat a pris des bagages. Elle est partie pour plusieurs jours. Lawford se pointerait probablement le lendemain midi. Phil me rencarderait. Deux brèves sonneries de téléphone. *Il est en route.*

Je suis tombé dans les pommes. Je me suis réveillé face contre terre sur le sol du salon. Je me suis effondré dans un grand fauteuil rembourré et me suis réveillé sur une chaise de cuisine. Des formes floues provoquées par le delirium tremens se sont mises à grimacer et ont cherché à m'éborgner. J'ai crié et protégé mes yeux. Elles ont rongé mes mains et perforé mon visage. J'ai étouffé mes cris avec un torchon. J'ai *entendu* le bruit d'une clé dans la serrure ou *voulu* l'entendre pour pouvoir passer à l'acte. Le son avait l'air réel. Peter Lawford a toussé et l'a rendu bien réel.

J'ai mis ma cagoule, sorti ma matraque et j'ai couru en direction du bruit. J'ai fait valdinguer Lawford d'une beigne dans la gueule et je lui ai fourré de la mousse de baffle acoustique dans la bouche. Il s'est débattu et a pissé dans son froc. Il a poussé quelques bêlements. Je lui ai filé des coups de matraque sur les jambes, les pieds, le dos. Je lui ai donné un coup de tatane dans les burnes. J'ai retiré son bâillon pour qu'il n'avale pas son vomi et ne risque pas de s'étouffer. Il convulsait et émettait des bruits bizarres. Je lui ai filé un bon coup dans les côtes et j'ai entendu ses os craquer. J'ai ramassé les sacs d'argenterie et foutu le camp.

16

(LOS ANGELES, 19/7-3/8/1962)

La Pagode chinoise de Kwan. Un pilier du quartier chinetoque de la ville depuis 1928. Ouvert toute la nuit. Alcool après la fermeture pour le LAPD, les agents du shérif et les huiles du Bureau du procureur. Lié à la pègre sino-américaine. La fumerie d'opium de la cave n'est jamais évoquée. Les internes en médecine chinois du Queen of Angels mènent des expériences dans les salles du sous-sol. Six chambres accueillent les pochetrons ayant besoin de roupiller.

J'avais déjà fait des désintox là-bas. En 1951 et 1957. Je me suis tiré de chez les Lawford et j'ai foncé chez Kwan. J'ai jeté en chemin l'argenterie volée dans une bouche d'égout. J'ai appelé Phil et lui ai dit de superviser le taf pendant une semaine. Gère les écoutes, enregistre, surveille la baraque Lawford. Flaire la flicaille. Vois si Lawford a signalé la branlée qu'il s'est prise et si un 459 est enregistré. Vois si les fils réparés fonctionnent de nouveau à cent pour cent. Suis les allées et venues de Pat. Dis-moi quand elle refout les pieds chez elle.

J'ai coupé la lumière et lancé *Adieu*. Les internes m'ont collé une perfusion de somnifères en intraveineuse. Je me suis réveillé et j'ai fumé de l'opium. Les internes m'ont filé du riz sauté au porc et du homard à la Kwan et m'ont renvoyé dans les bras de Morphée. Ma chambre n'avait ni fenêtre ni clim. Il n'y avait pas d'horloge au mur. On m'avait retiré ma montre-bracelet et j'ai perdu toute notion de l'heure. J'ai dormi le temps d'une transfusion intégrale. Mon sang pourri a été remplacé par celui gorgé d'hormones et de marie-jeanne de quelque nouvelle race des seigneurs asiatique. J'ai dormi plus de vingt heures par jour. Je me suis purgé avec des bains de vapeur et des plongeons dans l'eau glacée. J'ai flotté dans des caissons de décompression futuristes, porté par une solution saline et des huiles parfumées. J'ai dormi. Sans rêver. Les fils de mon cerveau se sont reconnectés. J'ai projeté dans ma tête des moments réels et imaginaires avec Pat. J'ai récité de longs passages de la Bible, mot pour mot. Je les avais appris par cœur quand j'étais gamin à Trou-Paumé, dans le Massachusetts.

Le voyage coûtait quinze mille dollars. J'ai payé avec les billets de cent de Jimmy Hoffa et filé un pourboire de mille dollars à chaque interne. Phil est venu me chercher et m'a ramené chez moi. Il m'a fait un rapport complet.

Les micros de la baraque Lawford fonctionnaient désormais à cent pour cent. Ducon a vu un médecin et boitillé pendant une semaine. Il n'a pas porté plainte pour la torgnole ni pour le cambriolage. Pat est revenue, au bout de trois jours. Les écoutes rafistolées livrent tout à présent. Lawford, le proxo du président, passe des appels à la pelle. Il contacte des actrices que le roi Jack a vues à la télé. Jack bave devant les élèves des Strasberg. Shirley Knight, Joan Hackett, Whitney Blake. Si Lawford perv-appelle Lois Nettleton, je le tue.

Phil a dit que selon lui le boulot était mort. Monroe se planque chez elle. Elle est sur le point de retourner bosser sur *Got to Give*. Elle appelle Roddy McDowall à Rome et Lowell Farr chez papa-maman. Elle reçoit les derniers potins du plateau de *Cléopâtre* et des révélations fracassantes sur les aventures qui se déroulent au lycée de Palisades. Monroe alterne entre deux méthodes pour ses séances avec Doc Greenson. Cocktails chez le psy ou coups de fil depuis chez elle. Son fiel anti-Jack et Bobby ne cesse d'augmenter, d'appel en appel. Phil a dit que la phrase qu'elle répète le plus souvent est : « J'ai du solide sur eux. »

Phil a dit qu'il devenait parano. Il a vu des types d'une boîte de sécurité privée au bout de la rue depuis la station du terrain de golf. J'ai dit : Allons chez Monroe et retirons les micros. Phil était d'accord. Il a dit : Monroe risque de ne pas se montrer très coopérative. Elle vit en ermite. Elle ne se déguise plus et ne va plus téléphoner dans les cabines publiques. Elle évite les soirées défonce de Jeanne Carmen. Deedee Grenier ne l'a pas appelée pour lui balancer des ragots. José Bolaños ne l'a pas contactée. Phil a résumé ainsi sa mise à jour : « Freddy, ce job s'étiole. »

Mais je me sentais bien. Et j'avais belle allure. Qui est ce bel enculeur de chameau dans le miroir ?

Transfusé, ressuscité – à vous de choisir. J'ai repris le poids que j'avais perdu. Je me sentais ragaillardi et plus serein, et j'étais bien décidé à poursuivre le boulot coûte que coûte. J'ai tracé des croix sur mon calendrier mural. Les jours sans alcool ni drogue. Sept, huit, neuf, dix, et ce n'est que le début.

J'ai fait une pause d'une semaine. J'ai concocté une stratégie pour la suite et pensé à Pat et au risque que j'avais pris pour la venger. Ce n'est qu'une dilettante terrassée par ses privilèges délirants et l'image dangereusement idéalisée qu'elle a de moi plus jeune. J'ai pensé à Lois. Elle est aussi mal née et va-nu-pieds que moi. J'incarne son projet de réhabilitation des bas quartiers. Je satisfais son penchant pour l'outrance. J'ai pensé à Marilyn Monroe et à sa vie secrète et j'ai fait de ces trois femmes une troïka.

J'ai dissimulé sous un drap les tableaux de mon salon. J'ai recouvert mes photos d'indices et mes notes épinglées dans le liège et j'ai créé une Zone sans Monroe. J'ai banni tout stimulus visuel et me suis attaqué à son cas uniquement par le biais de la réflexion.

Elle avait soif d'authenticité. La réussite matérielle l'avait déçue. Elle tenait le monde par les couilles. La richesse la choquait. Elle adoptait l'esthétique un peu perverse du Berlin de Weimar. « Authentique » voulait dire art photographique lugubre. Sa frise murale. Des camionneuses s'injectant de la came. Des mômes débiles avec des bonnets de Mickey. *The Sexual Criminal* De River. Des passés traumatiques. La violence banale comme source de la véritable horreur humaine, et donc du grand art.

Et la force qui couvait sous ses propres talents largement surestimés.

De River a remplacé Lee Strasberg et l'Actors Studio. Il peut la rendre authentique comme aucun gourou de la scène new-yorkaise n'a jamais pu le faire. Monroe tente à présent de parvenir à l'authenticité. Sa nouvelle méthode ? Une interprétation prolongée dans le temps d'un personnage sans doute défini par le crime que les magnats du cinéma et ses milliards de fans imbéciles ne verront jamais.

J'ai surveillé le croisement de Carmelina et de 5th Helena. C'était son seul chemin possible vers le reste de L.A. Je suis resté en planque trois jours entiers. Jour numéro 3/14 h 12. Voilà la Buick de Marilyn. La femme de ménage est avec elle. Bien joué : elle va faire des courses.

Je les ai suivies jusqu'au marché de Brentwood. Je me suis dit que ça me laissait une heure et demie, à tout casser. Je suis retourné au 5th Helena et je suis entré dans la baraque au débotté. Il faisait super chaud ce jour-là. Je suis passé par une fenêtre ornée d'un rideau de mousseline et j'ai bossé à toute vitesse en mode derviche tourneur.

J'ai retiré tous mes micros et mes mouchards téléphoniques. J'ai arraché tous les fils associés. J'étais dans la mouise, avec Jimmy Hoffa. Cela m'obligeait à mettre en place une toute nouvelle méthode d'approche.

Je suis sorti par la porte arrière et j'ai examiné ses poubelles. J'ai découvert douze barquettes de plateaux-télé vides et seize boîtes de boisson coupe-faim vides. J'ai découvert quatre flacons de Pentobarbital vides. Marilyn avait rayé son nom des étiquettes. Elle avait écrit à la place : « Ce n'est plus mon nom. »

17

(LOS ANGELES, 14 H 24, SAMEDI 4/8/1962)

Il faisait chaud. La clim de mes fenêtres faisait un bruit de ferraille. Je me suis assis dans le salon et j'ai ruminé toute la journée.

J'avais les yeux rivés à mes tableaux d'indices. Des punaises maintenaient les draps tendus. Ils dissimulaient des photos/des transcriptions d'enregistrements/des copies carbone de rapports/des relevés d'écoute/des notes griffonnées/des photos en gros plan de bouts de papier divers. Ils montraient en détail toute la mission depuis le 10 avril. Ils éteignaient ma mémoire visuelle et me forçaient à extrapoler avec des stimuli réduits.

Marilyn Monroe au bord du précipice. Qu'est-ce qui se passe exactement ?

Les loopings de mon cerveau m'avaient étourdi. Je fumais à m'en cramer les poumons. Je lévitais dans mon fauteuil préféré.

Des coups à la porte ont bousillé d'un coup ma concentration. Ça m'a gonflé. Je me suis levé et je suis allé ouvrir.

Elle portait une robe rose en lin. Pas de bas et des chaussures blanches en daim éraflées. Elle avait les cheveux lâchés et séparés par une raie sur la gauche.

Elle était toujours empotée et se voulait majestueuse. Elle avait les traits tirés à présent. Son visage avait perdu sa douceur.

Elle a dit : « Ton odeur est toujours là. »

On aurait dit qu'elle avait répété sa phrase. C'est tombé à plat. Ses bras étaient trop minces. Sa montre masculine pendait à son poignet. Je l'ai sans doute regardée trop fixement.

Elle a dit : « Ma soirée en juin. Tu portais cette eau de Cologne bas de gamme en 1945, et tu la portes encore aujourd'hui. Mes enfants m'ont dit qu'ils l'avaient sentie pendant une semaine. »

Tout a *tangué*. J'ai lâché *« Impossible »*. Pat m'a pris les mains et m'a poussé à l'intérieur. J'ai fermé la porte d'un coup de pied.

*

Reprise.

La clim de la fenêtre faisait un bruit de ferraille. L'air froid se mêlait à l'air de la chambre et à l'humidité émanant de nos corps. Pat a tiré un drap sur nous. Elle frissonnait, je frémissais. Je sais qu'elle a pigé la différence.

On s'est étendus de tout notre long sous le drap. On était grands et on occupait tout le lit. On a tendu les bras pour enlacer nos doigts et on a posé nos mains sur la tête de lit.

Sa montre trop grande a glissé de son poignet et s'est détachée. Je l'ai rattrapée et fourrée sous un oreiller. Pat a ri. J'ai dit : « Tu vas commencer à te dire que tu as un mari et des gosses à récupérer à la plage, et dans deux secondes tu seras partie. »

Pat m'a serré les mains. « C'est toi qui me donnes cet ordre. Voici le mien, qui a autant à voir avec le temps. Ne cite ni le lieu ni le moment mais dis-moi ce dont tu te souviens, parce que je me le remémore d'une certaine manière, et que pour moi c'est sacro-saint. »

On se regardait de très près. Ses yeux étaient noisette avec une pointe de rouge. Je venais à peine de le remarquer.

« C'est la plus belle chose qu'on m'ait jamais dite.

– Tu veux dire qu'une femme t'ait jamais dite.

– Les hommes me disent “Va chercher, Freddy, va chercher” ou alors “Arnaque ce type, tu veux ?”. Donc oui, tu as raison. Ce n’est pas la même chose. »

Pat a dit : « J’ai remarqué deux trucs dans ton salon. »

J’ai avalé ma salive. « OK. Mes tableaux couverts d’un drap, et quoi d’autre ?

– Une affiche de théâtre encadrée datant d’octobre 1956. Quelqu’un a entouré une légende. “Lois Nettleton remplace Barbara Bel Geddes dans le rôle de”, et puis quelques broutilles sur la pièce elle-même. »

J’ai ri. « Lois est une copine. On se voit de temps en temps, mais comparé à ce qu’il y a entre toi et moi, on est quasiment un vieux couple. »

Pat s’est marrée. Quelques larmes sont apparues au coin de ses yeux. Je les ai chassées d’un baiser.

« Ne parlons pas de Lois, ni de Jack, ni de ton obligation de filer à la plage. »

Pat a dit : « Freddy est un trouble-fête. »

J’ai dit : « “Freddy aime Pat”. Je l’ai gravé sur un arbre à l’école de police, trois semaines après t’avoir rencontrée. »

Pat a fermé les yeux. J’ai fait de même. On a serré nos mains jusqu’à former des poings et on a tapé sur la tête de lit. J’ai eu des flashes visuels et sonores. Les enfants de Pat qui trébuchent sur les fils des micros. Pat qui décroche son téléphone de chevet et perçoit des clics révélateurs.

J’ai dit : « Tu me fais honneur. »

Pat a dit : « Ne dis pas ça. J’ai tout foutu en l’air. »

J’ai dit : « On est à égalité sur ce plan-là. »

*

Reprise.

La Caméra humaine rejoint le chronomètre. Ça a duré deux heures et quatorze minutes. Un rendez-vous urgent, des engagements qui prennent le pas sur le reste. Elle a franchi la porte presque en courant.

J'ai fait les cent pas dans mon salon en me cognant aux meubles, sans avoir rien bu ni gobé. Tout tanguait et tournoyait.

Le téléphone a sonné. J'ai tendu la main et renversé une table basse. J'ai attrapé le combiné au bout de deux sonneries.

« Oui ? Qui est-ce ? »

Surgit l'accent nasillard des Grandes Plaines. « C'est Bill Parker, Freddy. »

J'ai dit : « Je vous écoute. »

Parker a dit : « J'ai besoin de vous. Il s'agit d'un enlèvement, et l'une de mes connaissances, un magnat du cinéma, a besoin d'un service. Ouvrez la porte et regardez. »

J'ai posé le téléphone et fait ce qu'il m'a dit. Bill Parker excelle dans la mise en scène. Pour le coup, il s'était surpassé.

Quatre malabars se tenaient à côté d'une voiture de patrouille banalisée. J'ai vu cinq fusils à pompe calés sur la banquette arrière. Les types portaient des costards gris perle et des fédoras en paille. Max Herman, Red Stromwall, Harry Crowder, Eddie Benson. Qui d'*autre* pour une histoire d'enlèvement à résoudre ?

J'ai cligné des yeux.

Les types m'ont salué de la main.

J'ai fait le signe de croix.

Et merde. Me voilà embarqué avec le Hat Squad – une fois de plus.

TROISIÈME PARTIE

SIROP DE VÉRITÉ

(5-20 août 1962)

18

(LOS ANGELES, 23 H 50, DIMANCHE 5/8/1962)

OK. Elle est morte. Nous voilà dans un tout nouveau merdier maintenant. Bill Parker a des projets. Robert Kennedy est en route. La presse va se saisir de l'appât décédé et ne pas lâcher l'affaire.

Je me suis garé en face pour surveiller la maison. D'abord, j'ai appelé Phil. Il est venu et s'est garé derrière moi, trois places plus loin. À part nous, la rue était déserte. Minuit est passé. Nous sommes dimanche matin. Phil et moi, on n'a pas quitté la maison des yeux. On a papoté dans nos talkies-walkies pour passer le temps.

Bill Parker a des projets. Il m'a dit d'aller rejoindre les Hats chez PC Bell. Le Chef savait saisir les bonnes occasions. Comme hier. *Hé Freddy – j'ai un plan enlèvement. Bazarde ce mec, OK ?*

Mon cerveau faisait des culbutes. J'ai tué un homme et caressé une femme morte. Plus aucune chaleur dans son corps. Ma main est devenue froide. J'ai vu Motel Mike Bayless secourir Gwen Perloff et j'ai enregistré des anomalies. Monroe a gribouillé le numéro du shérif sur un bout de papier. Deedee Grenier connaît Motel Mike depuis longtemps.

Des phares sont apparus côté est, venant de Carmelina. Le gauche était défectueux. C'était la femme de ménage. Elle s'est garée devant la haie et a franchi le portail. J'ai entendu un bruit de clés. OK – elle est à l'intérieur. Voilà – la lumière s'allume dans sa chambre.

J'avais verrouillé la chambre à coucher de Monroe. Je connaissais la routine de la maison. La bonniche n'ira pas frapper à la porte avant midi. J'ai le temps de fignoler mon plan. Bill Parker a le temps de peaufiner sa stratégie.

La lumière chez la femme de ménage s'est éteinte. Je fumais des clopes et j'écoutais la radio. À 1 heure du matin, un flash fracassant. *Un enlèvement audacieux ! Les policiers du LAPD et un célèbre détective privé tuent un suspect ! Un autre suspect arrêté, trois autres en fuite !*

J'ai fumé jusqu'à me casser la voix. J'étais encore à moitié pété. La lumière dans la chambre de la femme de ménage s'est allumée. J'ai noté l'heure : 2 h 42.

J'ai entendu *boum boum boum*. Elle frappe à la porte de Monroe. Elle est du genre tenace et pugnace.

Phil m'a appelé. J'ai enfoncé le bouton de réception. Phil a dit : « Dans environ deux secondes, elle va comprendre que quelque chose cloche. »

J'ai enfoncé le bouton d'émission. « Elle appellera Greenson. Il faudra vingt minutes à l'autre pour s'habiller et venir jusqu'ici. »

Phil a coupé la communication. J'ai éteint ma radio et fait taire les crépitements des ondes courtes. J'ai regardé les minutes s'égrener sur la pendule du tableau de bord. Greenson a déboulé au volant de sa grosse Lincoln. Elle a débouché de Carmelina seize minutes et trente-deux secondes plus tard.

Il s'est garé derrière la femme de ménage et a franchi le portail. La madame l'attendait à la porte. Greenson a traversé la pelouse à pas lourds. Ils ont laissé la porte entrouverte et se sont dirigés vers la chambre de Monroe. J'ai entendu *boum-boumer*. Je *connaissais bien* ce bruit. Le gars donne des coups de coude dans le chambranle et chaque fois, il glapit.

Je suis sorti de ma bagnole et j'ai jeté un œil par-dessus la haie. Greenson s'est précipité dehors. Il tenait un chenet. Il est allé jusqu'à la porte-fenêtre de la chambre et a fracassé la vitre. Je l'ai entendu enlever les bris de verre restants à coups de pied et entrer dans la chambre. Il a ouvert la porte. La vieille dame a poussé un cri strident.

OK, elle est morte. Arrêtez de pleurnicher, et passons à…

J'ai entendu le bruit du cadran du téléphone. Greenson appelle un collègue médecin ou la flicaille locale. Je suis remonté dans ma voiture et j'ai estimé le temps de réaction. Vingt minutes pour le médecin, quinze pour les flics.

J'étais fébrile. La double attente me rendait schizo. Une Cadillac d'un modèle récent s'est garée près de la maison. Un homme mince en est sorti.

Phil m'a appelé. « C'est le Dr Engleberg. En juin, j'avais suivi Monroe jusqu'à son cabinet. »

Engleberg est entré dans la maison. La porte est restée grande ouverte. Il était 3 h 09 du matin. Brentwood était plongé dans un noir d'encre et un silence de plomb. La résidence Monroe était illuminée comme une vitrine de Noël.

Une voiture de patrouille du LAPD a débarqué. Elle a frotté le pare-chocs arrière d'Engleberg et a rayé son autocollant NON À LA BOMBE. Ça avait l'air fait exprès.

Le conducteur en est sorti. Je l'ai reconnu. Robbie Molette avait pris des photos pendant sa planque au Nid de Norm. C'est le sergent Jack Clemmons. Un super pote de Norm Krause et un *Kamerad* du Bünd du Chien blanc.

Il a attrapé un bloc-notes et a traversé la pelouse. Il avait la même mine renfrognée façon je-vais-mater-les-foules que Bill Parker. Je suis allé me percher sur mon pare-chocs arrière. Ils étaient quatre maintenant. La femme de ménage, Clemmons, Greenson, Engleberg. Pas de médecin légiste. Pas d'inspecteurs de la brigade, pas d'équipe scientifique, pas de photographes de la police. C'est une star qu'a clamsé. Ils enverront un fourgon mortuaire et la rangeront provisoirement au congélateur. Le médecin légiste interviendra ensuite.

J'ai entendu des voix. Greenson et Clemmons râlaient. Un gros pick-up Dodge s'est arrêté derrière la voiture de patrouille. Bob Byron en est sorti. C'est l'homme de Parker au poste de West L.A. Il va prendre la main.

Mon talkie-walkie s'est réveillé. J'ai sauté dans la voiture et appuyé sur le bouton. Phil a dit : « Ça passe à la radio. KHJ a le scoop. Quelqu'un au poste a dû causer. »

J'ai coupé la communication. Dans le silence, des voix me sont parvenues de la maison. Byron sonnait les cloches à Clemmons. Appelle la morgue. Fais venir des agents. L'info est diffusée aux nouvelles. Ça veut dire, des foules de gens vont débarquer. Allez, bouge-toi. Tu connais la procédure.

Clemmons est rentré dans la maison. Byron est retourné furax à sa bagnole et a démarré. Greenson a fermé la porte au nez des voyeurs. La journée promettait d'être longue.

Aller à PC Bell parler aux Hats. Inspecter la baraque des Lawford. Le Chef allait donner des directives. La mission pour Hoffa m'avait fichu en retard. Un nouveau job en plus allait me submerger. J'ai gobé deux Dexies et je me suis *re*-relancé.

Le jour s'est levé. La journée promettait d'être encore plus caniculaire. Clemmons est sorti et s'est barré. Il a laissé les médecins gérer les gars de la morgue. Des bagnoles venues de Carmelina ont foncé droit sur la maison.

Des journalistes et des petits cons armés de caméras ont rappliqué. Ils se garaient n'importe où et bloquaient les accès. Ils ont escaladé le portail et ont envahi le jardin de devant. De zéro, ils sont devenus plus de quarante, en un rien de temps. Ils se passaient des flasques de remontants et jetaient sur la pelouse des emballages de pellicules photo et des mégots de cigarettes.

Ils parlaient fort. Ils faisaient un sacré boucan. La lumière s'est allumée dans les maisons voisines. Des portes se sont ouvertes brusquement. Des ploucs se sont calés dans des fauteuils de jardin pour savourer le spectacle.

Des fans ont débarqué en voiture et à pied. Toute la rue était remplie de véhicules garés en triple file. Des fans se sont perchés sur les toits et les capots des bagnoles. Ils voulaient des vues panoramiques. D'autres fans sortis en trombe de leurs voitures ont piétiné les jardins environnants pour se rapprocher. 5th Helena est devenu claustrophobique. Des bagnoles à l'arrêt bloquaient Carmelina. Lowell Farr est passée par-dessus un vieux break Dodge. Elle s'est coupé les mains sur un rebord de fenêtre et a essuyé le sang sur son sweat-shirt. Elle pleurait.

C'est devenu totalement délirant. La foule a quadruplé. Des pères se baladaient avec leurs gamins sur les épaules. Les mômes tripatouillaient des radios portatives. KHJ diffusait le spectacle de 5th Helena. KNX diffusait une rétrospective spéciale Marilyn. Un camion de glaces vendait ses glaces à l'eau au bout de la rue, près de Carmelina.

Je me suis retrouvé cerné par les voitures garées et les badauds bruyants. Le fourgon de la morgue n'arrivait pas. J'ai perdu Lowell de vue. Des policiers ont viré les chasseurs de souvenirs du jardin de Monroe à coups de latte. Ils arrachaient des mottes de gazon qu'ils fourraient dans leurs poches.

Il fallait que je bouge. Le fourgon passerait probablement par 6th Helena et chargerait la morte par le garage. Les émissions des camions de la télévision brouillaient les fréquences de mon talkie-walkie. Phil était bloqué dix mètres derrière moi. Ce merdier allait enfler et finir par péter. Les injonctions de cesser seraient inaudibles. Le gaz lacrymo pourrait marcher. Le LAPD se retrouverait avec des accusations de brutalité policière et leur image serait encore plus ternie.

J'ai reculé ma bagnole sur la pelouse d'un ringard du quartier. J'ai dérapé sur l'herbe mouillée et j'ai passé la première avant de débrayer. Je suis parti en déra-patinage vers l'ouest. Les pleureurs-noceurs m'ont évité. J'ai labouré des pelouses, dégommé des fontaines, fendu les dalles devant des garages. J'ai fait valser des boîtes aux lettres et enfoncé au passage des voitures garées. Des gamins avec des toques de Davy Crockett m'ont fait de grands signes. Je suis arrivé à Carmelina et j'ai écrasé l'accélérateur. Un demi-tour en dérapage et j'ai pris à droite sur 6th Helena. Je suis arrivé sans encombre au garage de Monroe.

Il était 7 h 10. J'ai noté l'heure exacte.

Le fourgon mortuaire était garé en marche arrière. Le hayon était grand ouvert. La Buick pourrie de Monroe était stationnée près d'un poivrier. Des charognards prélevaient des bouts de la garniture intérieure des sièges à l'aide de sécateurs.

Quatre infirmiers sont arrivés avec la civière roulante. Monroe était enveloppée d'un drap et sanglée. Six flics faisaient blocage. Les voleurs de gazon et les tailladeurs de sièges se sont interrompus pour chialer comme des gosses. Les flics et les infirmiers ont soulevé le brancard et l'ont monté dans le fourgon. Un flic a fermé le hayon. Un infirmier a pris le volant et il est parti en trombe.

Ils ont descendu 6th Helena à toute allure. Je leur collais au train. Le corbillard était une Caddy de 1959. Les pots d'échappement crachaient de la grenaille noire. On a pris la direction du sud sur Carmelina puis vers l'ouest sur San Vincente. On a coupé vers le sud à Moreno Drive et repris la direction de l'est sur la voie unique de San Vincente. Ils roulaient lentement maintenant. Moi aussi. Un cortège funèbre de deux véhicules.

On a traversé Brentwood Village et tourné vers le sud sur Barrington. Feu vert au croisement de Wilshire, on a pris vers l'est. On est passés devant l'hôpital et le cimetière des vétérans. Le chauffeur du fourgon a tourné à droite et encore à droite à l'angle de Wilshire et de Westwood Boulevard. Il y avait un tout petit funérarium planqué derrière le Truman's Drive-In. Le fourgon y est allé tout droit. Une équipe était là, prête à prendre la relève.

Ils connaissaient le protocole. Moi aussi. Gardez le macchabée. Les gars du médecin légiste viendraient le récupérer et l'emmèneraient à la morgue. Doc Curphey allait ordonner une autopsie. Les scalpels et les pesées d'organes commenceraient à 2 ou 3 heures de l'après-midi.

J'ai pensé à Pat. PC Bell se trouvait du côté de la plage. J'avais le temps de passer par la baraque Lawford et d'arriver à l'heure pour mon rendez-vous avec les Hats.

Wilshire était plongé dans sa torpeur du dimanche matin. Presque pas de circulation et toute une série de feux verts. J'ai traversé sans encombre Santa Monica et chopé la California Incline jusqu'à la Pacific Coast Highway. Il m'a fallu dix secondes pour la dernière ligne droite. Je me suis garé le long du trottoir et j'ai maté la propriété.

Pat et cette enflure de Peter se trouvaient dehors, sur le sable. Enveloppés dans des peignoirs cuculs marqués du sceau présidentiel, ils sirotaient du café. Pat avait l'air épuisée, l'enflure arborait son air servile. Ils regardaient vers le ciel. J'ai entendu un bruit de rotor et j'ai vu approcher un hélico.

Il est descendu au ralenti et a plané à très basse altitude. Il a atterri à 7 mètres d'eux. Une porte s'est ouverte dans le cockpit. Robert Kennedy en est descendu.

PC Bell était sur Wilshire, plein est par rapport aux falaises surplombant la plage. J'y suis arrivé en avance. Je me suis garé le long du trottoir et j'ai inventé des mensonges, à fond les ballons.

Les Hats allaient s'emparer des relevés téléphoniques de Monroe. On les passerait en revue. Les noms, les dates, les numéros de téléphone et les heures des appels nous sauteraient aux yeux. J'avais mémorisé l'essentiel de presque toutes les conversations. Le Chef n'en avait pas la moindre idée. Je lui avais dit que j'avais eu récemment une mission sur Monroe. Il s'attendait à ce que je révèle tout. Il connaissait mon expertise dans le domaine des écoutes. Il ne savait pas qui m'avait embauché. Il m'interrogerait lui-même. Je pourrais tergiverser, dissimuler, inventer, concocter des trucs, et jouer sur sa vanité. Je ne pourrais pas totalement faire l'impasse sur la grosse mission que j'avais faite pour Hoffa.

Mon cerveau a enchaîné. J'ai sauté de Bill Parker à Pat. Bobby-dents-de-lapin était collé aux Lawford maintenant. Peter allait lui dire qu'il avait trouvé Marilyn morte et qu'il m'avait acheté. Je lui avais dit que j'étais dans le camp de Bill Parker sur ce coup-là. Bobby a un dossier sur moi. Il sait ce que je fais. Ce con pensera *toot-sweet* à des écoutes. Il le dira à Pat. Elle me posera la question franchement. Je bafouillerai. Elle pigera immédiatement.

J'ai jeté un coup d'œil du côté de Wilshire. Une voiture de patrouille était garée devant le Barbecue de Biff. Max Herman était planté devant la porte. Il a vu ma voiture et a brandi un dossier en papier kraft. Je suis sorti et je suis allé le rejoindre.

On a échangé une poignée de main. Max a dit : « Ça faisait longtemps, fiston. »

J'ai allumé une cigarette. « Pas si longtemps. Tout me revient, maintenant. On a balancé un type du haut d'une falaise, hier soir.

– Mais on a sauvé la fille. Le Chef nous a couverts, et à partir de là, c'est le casse-tête du shérif, plus le nôtre. »

J'ai tapoté le dossier. « Les relevés téléphoniques de Monroe ? »

Max m'a emmené à l'intérieur. « Exact. Et les tickets de péage, jusqu'à jeudi soir inclus. Le Chef a comme idée que tu es au parfum sur les conversations, mais il en parlera avec toi directement. »

J'ai senti ma gorge se serrer. Max m'a conduit dans une petite salle au fond. Red, Harry et Eddie se bâfraient de steaks et d'œufs.

Red a dit : « Voilà Freddy. »

Harry a dit : « Freddy O. Deux fois en vingt-quatre heures. Pile quand on pense qu'on ne le reverra plus. »

Eddie a fait mine de renifler. « Freddy est dans la merde. Apparemment, il n'arrive pas à l'éviter. »

Je me suis assis. Harry m'a servi du café. Max m'a passé le dossier. J'ai parcouru les noms, les numéros de téléphone, les dates.

Jeanne Carmen. Ralph Greenson. Le psy par intérim Milt Wexler. Des horaires, des dates, des papotages familiers. Des appels aux standards de la Maison-Blanche et du ministère de la Justice. Les appels vers Washington plus nombreux, puis moins nombreux. Vers la fin, Monroe utilisait le standard de la Fox. Pour les appels à Roddy McDowall à Rome. Aux pharmacies. À la pizzeria La Barbara. Pizza Dave se chargeait des livraisons. Des appels à la Fox, aux Lawford, aux attachés de presse et coursiers des studios. Les récapitulatifs étaient bien plus succincts en mai et juin. Monroe affectionnait les cabines téléphoniques. Aucun appel de Monroe à Lowell Farr. De Brentwood à Palisades, la route était sans péage. Monroe n'appelait pas Ensenada. José Bolaños l'appelait.

J'ai rendu le dossier à Max. Les Hats avaient leurs gros yeux rivés sur moi.

Red a fait : « Alors ? »

Max a dit : « Marilyn appelait le livreur de pizzas "Dave le Gros Dard". »

Harry a ajouté : « Je parie que tu te demandes comment on le sait. »

Eddie est intervenu : « Un indice. Tu n'en as pas parlé pendant ta brève conversation au téléphone avec le Chef hier soir. Tu lui as dit que tu avais effectué une mission récente sur Monroe et tu n'as pas détaillé. »

Red a dit : « Personne ne peut dire que tu ne t'es pas montré disponible. Le Chef a demandé une intervention de la scientifique et tu as obtempéré. »

Max a soupiré : « Freddy attend le fin mot de l'histoire. »

Harry a soupiré : « Freddy mérite le fin mot de l'histoire. »

Eddie a soupiré : « Freddy est fiable. On lui a fait confiance pour balancer un tordu du haut d'une falaise après un enlèvement, alors on peut sûrement lui confier le fin mot de l'histoire. »

J'ai soupiré. J'ai levé les yeux au ciel. Je suis trop las pour simplement vivre. J'attire les merdiers géants. Voici qu'arrive le Merdier Géant numéro 389…

Red a allumé un cigare. « 2 heures, ce matin. Les Mœurs de Wilshire ont coincé Robbie Molette sur quatorze accusations de proxénétisme, vente de barbituriques, viol et recel de marchandises volées. Les connards des Mœurs savaient qu'on avait un passif avec Robbie, alors ils nous l'ont amené. On l'a passé à la moulinette et on l'a emmené ensuite à Georgia Street pour un petit nettoyage. Robbie a dit : "OK, je vais me mettre à table", alors on lui a offert le petit déjeuner chez Kwan. Il a bu trois doubles bloody mary qui lui ont sacrément délié la langue. Il a déballé votre mission Monroe dans les moindres détails, et il s'est acheté une immunité auprès de Miller Leavy. Lui, il est propre, mais tes gars Irwin et Denkins, non. Ton sort paraît ambigu, mais ne crois pas que tu n'as pas d'amis. »

Max a allumé un cigare. « Retourne-toi et regarde par la fenêtre. »

J'ai obéi. J'ai vu deux berlines noires garées sur Wilshire. Des berlines de flics. Avec des vitres fumées et des fanions effilochés au bout de l'antenne. La brise marine les maintenait bien tendus. Le cimier du LAPD et le sceau du ministère de la Justice vibraient dans le vent.

Red et Max m'ont attrapé par les coudes et m'ont fait lever. Ils ont viré les chaises et m'ont escorté jusqu'au trottoir. Robert Kennedy est sorti de la berline de la police pour monter dans la voiture des fédéraux. Il a laissé la portière arrière entrouverte. Max a fait *Après toi*. Je suis monté à côté de Bill Parker.

Il était en civil et il avait un insigne des Jésuites épinglé au revers. Il m'a fait un clin d'œil et a claqué ses paumes sur ses cuisses.

« Tu t'en es bien sorti, vu les cerceaux dans lesquels je t'ai fait sauter. L'enlèvement et Monroe d'un seul coup, c'était pas gagné. »

J'ai allumé une cigarette. « J'ai dit que je vous brieferais la prochaine fois qu'on se parlerait. J'avais prévu de le faire, et je n'avais pas l'intention de dissimuler quoi que ce soit. On dirait que Robbie Molette et les Hats m'ont coiffé au poteau. »

L'arrière était équipé d'un bar. Parker a servi deux petits verres. Après la messe aux aurores et une confrontation avec le procureur général, il méritait un coup de fouet.

« Je viens de passer un accord avec le procureur général. En contrepartie d'un "certain service", je serai nommé directeur du FBI, après la réélection du président Kennedy. Le "certain service" en question, c'est toi, Freddy. Ta mission sera une variante de ton opération récente pour un syndicaliste véreux. Tu vas créer un journal à scandale – totalement diffamatoire, mais factuellement vérifiable – sur feue Marilyn Monroe. À titre posthume, il servira à laminer Miss Monroe et à discréditer, réfuter, ou du moins atténuer ce que sait le public de ses possibles écarts de conduite avec *Les Frères*[1] Kennedy. En conséquence, le torchon sera également diffamatoire envers John et Robert Kennedy. Tu fourniras au procureur général une deuxième série de rapports et de notes entièrement faux, qui se présenteront comme "les vraies infos", mais qui seront de la bouillie pour bébé en comparaison des calomnies que tu me rapporteras. Ce tissu de diffamations inclus dans un autre tissu de diffamations me fournira un moyen de pression et d'extorsion au cas où cet enculé de Bobby reviendrait sur notre accord concernant la direction du FBI. Ton autre boulot est d'étouffer les spéculations des journaux, radios et télévisions sur la mort de Miss Monroe. Pas question que la moindre allusion disgracieuse sur un homicide, un complot ou quelque association inconvenante avec les Kennedy soit imprimée ou exprimée sur les ondes. »

J'ai avalé mon verre cul sec. Parker a bu le sien cul sec. Il nous a aussitôt resservi une dose.

---

1. En français dans le texte original.

« Tu auras des accréditations officielles du Bureau des enquêtes du procureur du district de L.A. Tu seras nommé lieutenant. Pour cette nomination se sont portés garants le procureur McKesson et son procureur chargé des affaires criminelles, J. Miller Leavy – qui, en toute honnêteté, te méprise. Cela n'a aucune importance, parce que le maire, Sam Yorty, aime bien ta dégaine. Tu auras un permis de port d'arme, un insigne et l'autorité pour délivrer des citations à comparaître et des mandats de perquisition rédigés par Miller Leavy et validés par le tampon d'un juge de la Cour supérieure. Tu seras rattaché au service du renseignement du LAPD, sous les ordres du lieutenant Daryl Gates. »

Je suais à grosses gouttes et je vacillais. J'ai cligné des yeux et j'ai vu double. Deux Parker me sermonnaient.

« Tes trois stations d'écoutes seront perquisitionnées, à la fin de la semaine prochaine. Toutes tes preuves seront saisies et confisquées par le ministère de la Justice, et toutes les bandes et tous les documents écrits seront dupliqués et confiés au Renseignement du LAPD. La saisie des preuves de la maison Lawford te mettra dans la merde avec Robert Kennedy, mais tu as déjà été dans la merde avec les Kennedy par le passé et je veux que tu sois dans la merde maintenant – ça mettra Bob Kennedy à cran. Les Kennedy doivent craindre une publicité qui les affaiblirait, *maintenant*, et ta réputation de salopard est un moyen infaillible d'y arriver. »

J'ai avalé d'un trait mon second verre et je me suis signé. *Mon Dieu, Pat l'apprendra.*

Parker a tapoté sa montre. « On est attendus à St. John's. Je te fais confiance pour être communicatif, mais je ne fais aucune confiance à ta mémoire. »

*

Performance sous contrainte. Interrogatoire. Lavage de cerveau.

La salle m'a foutu les jetons. Des camisoles de force et des bâtons anti-morsure étaient entassés sur des étagères en bois.

La table métallique était boulonnée au sol. J'ai été sanglé bien serré. Un anesthésiste a préparé le mélange.

Scopolamine, Amobarbital, Penthotal. Un mélange futuriste. Parker l'a appelé le « Cocktail KGB ».

Il s'est posté près de la table. À côté du chef du Renseignement, Daryl Gates. Robbie Molette était assis près de la porte. Il avait balancé à Parker et Gates des pistes et des répliques. Max a dit que cet abruti avait tout cafté sur la mission Hoffa. Je le croyais volontiers. J'avais trois objectifs. Évaluer les requêtes et déterminer ce qu'ils savaient. Restaurer mes souvenirs mutilés par l'alcool et les cachetons. Repousser toutes les questions sur Pat.

Le docteur a rempli une seringue et m'a désinfecté le bras. Il a tapé dans une grosse veine bleue. En deux secondes, le produit m'a catapulté tout entier dans l'extase.

Plongée en eaux chaudes. Je nageais dans des couleurs vives. J'ai vu Pat et Lois nues. Ça m'a foutu la honte. J'ai repris le contrôle de mon cerveau et lui ai imposé un paravent neutre. Parker a attaqué par mon effraction du 11 avril. Je lui ai balancé des âneries sur la chambre négligée de Monroe. Gates s'est jeté sur la boîte métallique pleine d'argent liquide. J'ai perdu Pat et Lois. Elles ont disparu sous une cascade. J'ai raconté les quarante mille dollars et les polaroïds que j'ai pris. J'ai vendu la mèche sur les résultats des écoutes. Eleanora et cette enflure de Lawford avaient parlé d'un type nommé Rick Dawes.

Gates a mentionné José Bolaños. J'ai lâché l'appel entre Monroe et Bolaños. Parker a abordé ma filature foirée jusqu'à la Valley. Mon cerveau a vrillé. Je me suis vu avec les Hats. C'était la veille au soir. Nous poursuivions les voitures de patrouille du shérif. Faut qu'on aille secourir Gwen Perloff.

Parker a posé des questions. Gates a posé des questions. Robbie leur filait des infos. Je m'imposais des tests de solvabilité mentale et répondais aux questions de manière aléatoire. Parker et Gates avaient l'air perplexes. Le médecin avait l'air de s'emmerder. Robbie avait l'air inquiet. J'ai vu le cliché de la morgue d'hier soir. C'est Carole Landis, on est en 1948, elle est sur un brancard semblable au mien. Monroe est à la morgue maintenant. Pourquoi *Monroe* avait-elle *cette* photo ? Pourquoi je vois *cette photo-là*, maintenant ?

Le docteur a dit : « Il est merdique, ce client. Il ne cède pas grand-chose. Je crois que cet été ne lui a laissé que des souvenirs très vagues, c'est pour ça que vous n'obtenez que ces réponses fragmentaires. »

Job Monroe numéro 2. Le jour 1, c'était seulement de la mortification. Le job numéro 2 supplante le job numéro 1. Le premier, c'était seulement du fric, du voyeurisme sympa et du soleil. Le second s'accompagne de menaces légales et de censure de haut vol.

Le sirop de vérité s'est dissous à St. John's. J'ai ronflé sur mon brancard. Parker et Gates se sont barrés. Robbie s'est *éclipsé.* Je suis retourné à PC Bell à pied pour récupérer ma voiture. Je suis allé direct au parking à l'angle de Beverly et Hayworth.

Mes mouvements étaient saccadés. J'avais mis des gants lestés de plomb aux doigts et dans la paume. Les poids étaient cousus à l'intérieur.

Mes pensées se bousculaient dans ma tête.

La descente pour récupérer mon matériel était prévue pour la semaine prochaine. J'avais quatre jours pour planquer le contenu de mon bureau et toutes les archives des stations d'écoute. Ce qui signifiait quatre jours de boulot non-stop.

Je me suis garé sur le parking. Des voyous motorisés rôdaient à près de la cabine téléphonique. Des avocats spécialisés en divorces appelaient et les embauchaient pour leurs filatures. Ils suivaient les époux adultères jusqu'à des baisodromes et, ensuite, défonçaient la porte. Les flashes crépitaient et les demandes de divorce valsaient. J'avais fait ce boulot, autrefois.

Robbie était planté à côté du distributeur de Coca. Je l'ai frappé avec un max d'élan. Il a fait la culbute. Je l'ai coincé face contre terre et je lui ai fourré un mouchoir dans la bouche. Je lui ai balancé des uppercuts des deux mains. Robbie a gerbé dans le mouchoir et m'a craché des dents et des bouts de gencive dans la figure.

J'ai entendu sa mâchoire se briser. Mes genoux lui ont cassé la clavicule. J'ai continué en lui labourant les côtes. Des bouts d'os pointaient à des angles bizarres. Nat Denkins a rappliqué et m'a attrapé à deux bras. Phil Irwin a fait : « *Holà, Freddy, ho-la-la.* »

19

(LOS ANGELES, 5 H 08, LUNDI 6/8/1962)

Je dormais comme un loir. Le sirop de vérité continuait à perturber mon organisme. J'ai cru entendre des trucs, et j'ai entendu des trucs, pour de vrai.

Je me suis réveillé. Des bruits métalliques m'ont forcé à me lever. J'ai entendu des bruits de serrures qu'on force venant de mon *porche.*

Des petits coups, chocs, secousses. Et un petit *plus.* Des voix d'hommes qui chuchotent. On dirait qu'ils sont trois. *Sauf que…*

Ils n'arrivent pas à entrer. Le crochetage de serrure en toute discrétion, ça me connaît. J'ai installé des butées.

J'ai attrapé mon arme. J'y ai vissé le silencieux. J'ai entendu marmonner, et des bruits de pieds. La porte d'entrée qu'on défonce.

Elle s'est écrasée. Sur le sol, carrément. Avec un *gros gros* bruit elle a fendu des lames de parquet.

J'ai entendu des bruits de pas. Trois faisceaux de lampes-stylos ont parcouru la chambre. J'ai vu trois hommes. Des costumes sombres et des gilets pare-balles.

Ils sentaient ma présence, mon odeur. Ils m'ont vu et m'ont sauté dessus.

Je leur ai tiré dessus direct et je les ai touchés. Les éclairs de mon canon ont éclairé la pièce. Chacun a pris deux pruneaux dans le gilet. Du gros calibre qui les a mis par terre.

Je suis sorti du lit d'un bond et je me suis jeté sur eux. Ils ont juré et hurlé. Ils se sont relevés et m'ont sauté dessus.

Ils m'ont balancé des coups de coude et de poing. Ils m'ont empoigné et boxé. Je leur ai mis des coups de genou dans les parties et leur ai serré le cou. Ils m'ont immobilisé par terre. Ils avaient de jolis petits insignes de fédéraux accrochés au ceinturon.

Un Latino m'a cisaillé les jambes et m'a enfoncé un oreiller sur la figure. Deux fédéraux rouquins m'ont mis des coups de pied dans la tête.

*

Bobby le Pourri nous a entubés. Il a programmé cette descente chez moi quatre jours plus tôt. Je me suis fait piéger. Je n'ai pas eu le temps de me préparer.

Ils ont tout pris. Mes panneaux de liège, mes comptes rendus d'écoutes, mes bandes enregistrées. Ils ont pris mes collections de photos, mes notes gribouillées, mes photos de Pat. Ils m'ont habillé, menotté, et m'ont traîné dehors.

Trois voitures de fédéraux étaient garées devant. Ils ont tout entassé dans leurs coffres. Ils ont mis sous scellés tous mes petits bouts de papier et tous les détails de nos opérations. Ils m'ont forcé à monter dans la voiture de tête. Leurs gilets étaient troués et déchirés. Ils grognaient en frottant les marques laissées sur leur poitrine. Ils boitaient après mes coups dans les couilles.

Trois fédéraux, trois voitures. Le Latino a pris le volant de la première. J'étais assis à l'arrière. Les deux rouquins nous suivaient de près. Mes voisins étaient sur leurs porches et se régalaient du spectacle.

On a pris Sunset en file indienne. J'étais commotionné. Je voyais tout en quadruple. Le Latino n'arrêtait pas de palabrer. Il a dit qu'il n'était pas mexicain. Il était fier d'être *cubano.* Comme dans exilé-cubain-de-1959.

Il était juriste/enquêteur pour le ministère de la Justice. Son nom était Edgar Chacón. Le *señor* Bob Kennedy était son *jefe* personnel. Le *señor* Bob lui avait permis de faire son droit à Georgetown et l'avait aidé à passer son examen du barreau de Washington D.C. Il a un chouette appartement avec garage dans la propriété de Hickory Hill du *señor* Bob. Il est le garde du corps du *señor* Bob et son dévoué spécialiste des coups tordus. Il conduit les enfants du *señor* Bob à l'école et promène les chiens du *señor* Bob. Il a tué beaucoup de miliciens castristes. Il les scalpait et leur coupait la bite. Il boit avec le *señor* Bob et le *señor* Jack à la Maison-Blanche. Il a *personnellement* sauté quatorze mille femmes et il est partout connu sous le nom de « l'Iguane de l'amour ».

La caravane a pris Barrington vers le sud puis San Vincente vers l'ouest. Ça sent la descente sur un terrain de golf. On a contourné le terre-plein central et pris la rue transversale à côté du Brentwood Cricket Club. Une voiture banalisée du LAPD nous attendait déjà. Phil Irwin et Nat Denkins étaient assis à l'arrière, menottés. Deux flics en civil chargeaient du matos pris chez Monroe dans le coffre.

Eddie Chacón s'est approché lentement de la voiture du LAPD. J'ai reconnu un agent de West L.A.

Sid Leffler. Un pitoyable avorton. « Agent Sid. » Monsieur Maître de cérémonie du lycée. Je l'ai souvent vu au Sip' n' Surf, pendant l'été. Il faisait boire de l'alcool à des gamines.

L'autre flic avait la mâchoire volontaire et le corps entraîné. Eddie Chacón l'a montré du doigt et a persiflé.

« J. T. Meadows. Selon mon avis bien informé, un *maricón.* De mon point de vue, tous les hommes beaux sont suspects. »

J'ai rigolé. « Et moi, alors ? Je suis beau comme un dieu.

– Tu es laid comme le péché, *pendejo.* Ceci dit, parfois, les hommes laids l'emportent sur les beaux. La preuve, le vice-président Johnson se fait plus de chattes que le *Señor* Jack. »

J'ai *re*-rigolé. Leffler et Meadows ont balancé mon récepteur et mes casques dans leur coffre. Les deux autres voitures de fédéraux sont parties, vers le nord-ouest. Je devine : une descente à la station de la falaise. Ils vont y trouver plein de matos.

Eddie Chacón a fait demi-tour. Leffler et Meadows sont montés dans leur caisse et se sont positionnés derrière nous. En me tordant le cou, j'ai pu jeter un coup d'œil à Phil et Nat. Ils avaient l'air abattus. Je savais pourquoi. Ils se voyaient déjà inculpés/jugés/condamnés.

Cette affaire était à moitié bidon. Ils ne savaient pas que le LAPD allait les réembaucher. Les descentes étaient un stratagème coercitif. Bobby le Pourri et Bill Parker étaient de mèche. Ils voulaient nous intimider.

On a coupé vers le nord jusqu'à Sunset, puis vers l'ouest jusqu'à la Pacific Coast Highway. Chacón a mis en route ses gyrophares et sa sirène. Prochain arrêt : le Sip' n' Surf.

Eddie conduisait avec brio. Il se faufilait entre les voitures venant en sens inverse et il est monté sur la jetée en roulant à tombeau ouvert. Les planches érodées par le sel craquaient et parfois se fendaient. Leffler et Meadows nous suivaient à coups de queues de poisson. Les marchands d'appâts et la foule de surfeurs contemplaient la scène, ahuris.

Eddie est sorti de la voiture, un fusil à pompe dans les mains. Leffler et Meadows idem. Ils ont déboulé dans le Sip' n' Surf l'arme au poing. Le rade s'est vidé. Les piliers de bar, les commis de cuisine, les filles en bikini. Tout ce petit monde est sorti au pas de course.

J'ai entendu un bruit de porte qu'on défonce. J'ai entendu des chaises qui valsaient et des supports de micros et postes d'écoute qu'on arrachait. J'ai entendu des meubles de classement tomber par terre et du matériel électronique s'entasser dans des cartons. Chacón et Meadows sont ressortis chargés comme des mules.

Ils ont tout fourré dans leurs coffres. Ils sont remontés dans leurs bagnoles et ont fait demi-tour. Ils ont accéléré, glissé, réaccéléré. Des planches fendues ont été brisées et sont tombées dans l'océan.

On a pris la Pacific Coast Highway vers le sud. Des blaireaux nous faisaient des doigts d'honneur. Je tremblais. Je connaissais le prochain arrêt.

J'ai fermé les yeux et prié. Eddie y est allé comme une bombe. Il a tourné à droite et mordu sur le talus côté mer. Il a coupé le moteur. J'ai ouvert les yeux.

Les deux rouquins de fédéraux ont jeté des supports de micros sur l'allée qui contournait la maison. Peter Lawford a examiné un téléphone arraché. Pat se trouvait là, tout près. Ma vitre était remontée. Elle m'a regardé fixement.

Je l'ai fixée à mon tour. Elle s'est approchée et elle a craché sur la vitre. Elle l'a fait une dizaine ou une vingtaine de fois. Elle a recouvert toute la vitre de bave. Ni l'un ni l'autre n'a cédé. Vissés les yeux dans les yeux.

20

(LOS ANGELES, DU 7/8 AU 13/8/1962)

Mission Monroe numéro 2. J'ai pris mes marques rapidos.

Les fédés m'avaient cogné dur. Un médecin de Georgia Street m'a remis sur pied et m'a injecté la dope anti-douleur à laquelle j'avais droit. Bobby le Pourri a joué au mec gentil. Il a envoyé une équipe réparer ma porte défoncée et mon parquet abîmé. Le livreur de Jurgensen's Market m'a apporté une bouteille de Dom Pérignon. Bobby avait mis un petit mot. « *Pour Freddy – bien à vous.* » Il l'avait signé « *RFK* ».

J'ai appelé Jimmy Hoffa et lui ai monté un bobard gros comme une congère. Patron, je suis *désolé*. Les gars de la scientifique du LAPD ont relevé mes empreintes à la station d'écoute de Monroe. Ils ont mis la pression à mes gars et ont enchaîné à partir de là. Hoffa a eu l'air de me croire. Il a pris avec nonchalance le fiasco de cette opération coûteuse. Il a dit qu'il nous paierait les primes convenues.

J'ai amadoué Jimmy. J'exprimais une grande assurance. Les fédéraux et le LAPD ne vous coinceront pas pour avoir commandité cette mission. Jimmy a dit : « Je les emmerde. J'ai déjà brûlé les bandes, les relevés et tous vos documents. »

Il a l'intention de payer des salaires injustifiés. De filer des primes non méritées. Il a détruit des preuves essentielles sans avoir de bonnes raisons de le faire. Il y a forcément une motivation liée à l'argent. J'ai des doutes depuis le début.

J'ai noté au crayon une semaine de transition. Je passe en voiture devant la baraque de Monroe deux fois par jour. Des fans frappadingues s'y rassemblent. Ils apportent des guitares et grattent des airs folks. Ils révisent les vieilles chansons militantes et imputent la mort de Monroe à « L'Homme ». Des veillées à la bougie se prolongent jusqu'à 2 heures du matin. Des lycéens branchent des tourne-disques sur l'allume-cigare de leur voiture et passent de la musique hindoue. J'ai vu Lowell Farr trois fois.

Mon monde-Monroe est une extorsion de grande envergure. Le monde-Monroe du reste du monde est fait de sentimentalisme hypocrite. Gene Kelly a été « profondément choqué ». Il « n'arrive pas à comprendre ». Anita Ekberg a été « choquée, et tellement triste ». Ouais – mais Marilyn a dit à Lowell Farr que tu as filé la chaude-pisse au prez et qu'il l'a refilée à Jackie. Liz Taylor a été « très triste et profondément choquée ». Ouais – et Marilyn et Roddy McDowall se moquaient de ton gros cul presque quotidiennement.

Le Quatrième Pouvoir est entré dans la danse. Le *New York Times*, le *L.A. Times*, le magazine *Klansman*, *L'Osservatore Romano*. Ils mettaient en cause les privations pendant l'enfance de Marilyn, le showbiz, ses années à l'orphelinat, la croisade du père Coughlin, et les Sages de Sion. Les animateurs radio passaient *Image of a Girl* vingt mille fois par jour. Des ecclésiastiques connus vitupéraient. Marilyn incarnait « le nouveau malaise permissif de l'Amérique ». Le génie du jive Dizzy Gillespie a dit à une source policière inconnue : « C'est dommage, c'était une sacrée bombasse. » Les journalistes locaux ont ressorti la mort de la presque-star Carole Landis. Elle aussi était une « pépée plantureuse ». Carole la bien carrossée « croquait des cachetons et a succombé au suicide ». Ouais – et j'ai trouvé la photo de Landis à la morgue dans la thurne de Monroe.

Le médecin légiste Curphey m'a appelé. Il m'a donné la conclusion de l'autopsie : overdose de barbituriques ou suicide. Rien qui sorte de l'ordinaire. Monroe était camée depuis longtemps. Mais voici deux petites anomalies :

Anomalie numéro 1 : de minuscules petits trous sur le lobe de l'oreille gauche de Marilyn. Des traces de collagène liquide ont été repérées autour des trous. Curphey a dit : « Le but était probablement de lui gonfler un peu le visage. Peut-être était-ce pour un rôle qu'elle jouait. »

Ma première idée :

José Bolaños appelle Marilyn. Ils parlent de ses voyages au Mexique. Elle circule « incognito ». Peut-être qu'elle « transporte de la marchandise ». Marilyn raconte à Deedee Grenier qu'elle est déguisée quand elle va au Mexique. Elle se travestit en paysanne immigrée. Des injections de collagène ? Pour gonfler artificiellement son visage ? J'y crois.

Anomalie numéro 2 : une vague trace de morsure humaine cicatrisée. Qui « remonte à plusieurs années ». En plein sur le biceps gauche de Monroe. Curphey a dit : « On dirait une blessure résultant d'une pratique sexuelle déviante. »

Ma première idée :

Les photos de culbute-turlute que j'ai vues quand je suis entré par effraction le 4 août. Elles devaient remonter à 1958 ou 1959. Marilyn et un étalon au regard cruel reproduisent le Kama Sutra. Je n'ai vu aucune morsure, cicatrisée ou non. La marque repérée par Curphey devait remonter à la fin de l'année 1959 ou au début de l'année 1960.

Quelle folle, cette Marilyn. Des injections de collagène. Des marques de morsure. Son trésor de quarante mille dollars. Ses fringues grande taille. Ses appels téléphoniques barjos depuis les cabines.

Quel bordel géant. Soit elle a fait une overdose, soit elle s'est fichue en l'air. Je suis allé à l'enterrement. C'était une cérémonie franchement bordélique. Les gars du Renseignement du LAPD filmaient tout. Trente-cinq amis et membres de la « famille », très visiblement du Dust Bowl, étaient présents. Huit cents fans ont envahi Wilshire et Westwood Boulevards. Lowell Farr était parmi eux. Elle chialait bien plus discrètement que d'habitude les adolescentes.

L'ancienne prof d'art dramatique de Monroe a écrit son éloge dans le *Herald*. Natasha Lytess était proche de Monroe, entre 1949 et 1956. Miss Lytess a mis le doigt sur un comportement malsain.

« Elle projetait un enchantement défraîchi. Il ne fascinait que ceux qui étaient susceptibles d'y succomber, et ceux qui le voulaient. Elle épuisait la plupart des gens à la fin. »

Amen, ma sœur. C'est toi qui as le dernier mot.

Daryl Gates m'a appelé. Il était midi, le 10 août. Il m'a transmis de mauvaises nouvelles urgentes.

Bobby le Pourri a déposé une requête pour annulation et remplacement de preuves. Auprès d'un juge de la Cour du neuvième circuit. Le juge a signé la requête. Quatre enquêteurs du ministère de la Justice ont exécuté le mandat et mis en œuvre les dispositions. Ça s'est fait à 22 heures hier soir.

Ils ont saisi au dépôt secret du LAPD toutes mes bandes, mes transcriptions et mes rapports ronéotypés à Jimmy Hoffa. Ils ont saisi les copies que détenait le LAPD de mes tableaux de liège, qui avaient été piquées par les fédéraux le 6 août. Je n'ai désormais plus aucun accès aux preuves photographiques que j'ai compilées lors de mes intrusions du 11 avril et du 4 août.

Bobby le Pourri a orchestré une attaque sur deux cibles. Ses gros bras ont défoncé ma porte et retourné ma thurne-bureau. Ses gros bras ont mis la main sur les preuves copiées, classées et rangées du LAPD. J'aurais utilisé les preuves en question dans ma nouvelle mission pour Bill Parker. L'opération confirme haut et fort que Robert F. Kennedy ne fait aucune confiance à Bill Parker, à Daryl Gates ni au grand Freddy O. Elle sous-entend que Kennedy risque de porter ces preuves à la connaissance d'un grand jury fédéral et de chercher à obtenir des inculpations pour subordination et conspiration contre Jimmy Hoffa, mes hommes et moi. Les inculpations en question feraient de moi un figurant dans la guerre Hoffa/Kennedy. Et très probablement, je me retrouverais condamné par les autorités fédérales à une grosse peine.

J'ai ressassé le truc jusqu'à trouver une putain de porte de sortie. J'ai réfléchi à des recours, des contre-mesures, des solutions. La clé, c'était la reproduction.

Nat, Phil et moi pouvions nous retrouver et reproduire les appels enregistrés pertinents. J'étais le seul à pouvoir reproduire ce que j'avais vu et imprimé dans ma mémoire le 11 avril et le 4 août. Hans Maslick m'inspirait. C'est Maslick qui a développé les techniques de mémorisation photographique que j'utilise aujourd'hui. Il était flic à la brigade criminelle de Berlin, Chemise brune à temps partiel, et camé à temps plein. Il menait de front plusieurs missions d'assassinat et a fini par perdre sa capacité synaptique sur des affaires prioritaires, saturé par tout cet *Arbeit*. Mes recherches des 11 avril et 4 août leur servaient Marilyn Monroe sur un plateau. Je l'avais senti à l'époque et j'en ai aujourd'hui la certitude. Mes clichés fournissent une trace vérifiable de mes premières impressions. Je suis sobre aujourd'hui. Ces deux jours-là, j'étais défoncé jusqu'à l'os. Il faut que je reproduise l'acuité accrue de ces intrusions sous influence. Il faut que je reproduise le frisson sexuel de la maison d'une femme bizarre. Il faut que je mêle souvenir et imagination, et que je soumette le résultat à ma discipline mentale eidétique et à mon avidité de voyeur.

J'ai sorti un carnet et un stylo. J'ai préparé un pichet de cocktail explosif et j'en ai avalé trois bonnes lampées. Puis deux supplémentaires. J'ai soudain eu mon premier frisson mémoriel. Je *sentais* l'odeur des serviettes mouillées dans la salle de bains de Monroe.

Des images mentales sont venues compléter l'odeur. J'ai revécu les déclenchements de l'appareil photo et les flashes. Tout est affaire de transposition – des images remémorées deviennent des mots sur le papier.

La salle de bains et le salon de Monroe. Photos numéros 1 à 7 : flacons de pilules, cubes de haschisch, crasse dans la baignoire.

Allons dans la chambre. Je la sens, *elle*. Sueur rance/probable dépense physique lors d'un acte sexuel. Photo numéro 8 : les draps souillés. Photos numéro 9 et numéro 10 : la boîte métallique et les quarante mille dollars étalés sur le lit. Photos numéros 11 à 23 : les listes manuscrites délirantes de Monroe.

J'ai senti l'odeur du papier. J'ai revécu les déclenchements de l'appareil photo et les flashes. Les listes de produits pharmaceutiques/d'ordonnances/de « gentils docteurs ». Reproduction, immersion, transposition – je retrouve tous les noms et toutes les dates. Pas si vite – il y a la liste des amants et les dessins des bites de différentes tailles. Merde – je n'arrive pas à me rappeler les noms des types.

Reproduction, immersion, transposition. Photo d'une feuille volante numéro 1 : « Rick Dawes. Vachard – peut-être pédé. » Des noms illisibles tant ils sont raturés de compagnies de messagerie téléphonique. Photo d'une feuille volante numéro 2 : le numéro du Bureau du shérif du comté de L.A.

Pépin avec la caméra/lésion aphasique/plantage. Je *sais* que j'ai photographié une liste d'hommes identifiés seulement par leur prénom. Ils étaient appelés « machiniste caméra », « maquilleur », « attaché de presse ». Avant, c'était avant, maintenant, c'est maintenant. Je ne me souviens ni des noms ni des numéros de téléphone.

Reproduction, transposition. Photo du marque-page gribouillé numéro 1 : « Jack à la Maison-Blanche » avec le numéro du standard. « Bobby à la Justice », avec le numéro du standard.

Une migraine s'est profilée. J'ai vu un éclat de flash et perçu de brusques soubresauts.

La taie d'oreiller pleine de pièces.

Le placard plein de fringues grande taille.

La citation de Monroe dans le livre de Paul De River :

« Quand toutes les autres formes de thérapie mises en application ont échoué, il est sans doute possible de contrecarrer un comportement réactif fondé sur l'absence, la passivité ou l'autodestruction par un acte explicitement criminel. »

La migraine s'est calmée. J'ai vu Monroe morte. Je ne l'ai pas cherchée. Elle est apparue. Je suis passé au 4 avril 1962, spontanément. J'ai senti l'air chaud qui régnait il y a neuf nuits de ça.

J'ai vu le radio-réveil dont les empreintes avaient été effacées. J'ai vu les traces de pas sur l'épais tapis. J'ai vu les supports de micros que j'avais laissés. J'ai vu la tête de Monroe sur l'oreiller. J'ai touché sa jambe. Elle était encore chaude. J'ai remonté ma main sur la jambe et je l'ai retirée. J'ai perdu le fil entre ce qui était *avant*, ce qui était *maintenant*, ce que j'aurais *voulu avoir fait* sur le moment.

J'ai bu deux autres gorgées. Le cocktail m'a électrifié. Reproduction, transposition, je suis à nouveau sur les rails.

Le tiroir à lingerie, photo numéro 1 : les dessous de Marilyn. Photo numéro 2 : la photo de Carole Landis à la morgue. Photo numéro 3 : un message composé de lettres découpées dans des magazines puis collées.

« Je l'ai aimée avant de t'aimer. Elle était plus gentille. Tu es plus désespérée et prétentieuse. J'ai dû apprendre à t'aimer. Avec elle, ce n'était pas difficile. »

Tiroir à lingerie, photos numéros 4 à 11 : photos pornographiques.

Qui est l'étalon au visage cruel ? Il me paraît familier.

On est en 1958 ou 1959. Pas de marque de morsure sur le biceps gauche de Monroe.

Notez le sperme séché. J'en ai prélevé un échantillon et je l'ai congelé. Il est dans ma glacière. Ces brutes de fédéraux n'ont jamais regardé. Il faut que j'en parle à Daryl Gates. Il demandera des tests comparatifs en laboratoire.

Reproduction, transcription. J'ai retrouvé et décrit onze pages de photos au Polaroid. Ce qui représente quatre-vingt-cinq pour cent de réminiscences.

Elle était morte. Je percevais son contact et son odeur sur tout mon corps.

Le pied.
Max Herman dit : « Balance-le, Freddy. »
Le pied.
Daryl Gates a dit quelque chose concernant un pied.

Je me suis réveillé en bâillant à me décrocher la mâchoire. Il faisait grand jour. Je m'étais endormi sur le canapé. Des pages de carnet jonchaient le sol.

Je les ai ramassées. Je me suis rappelé la récupération de données. C'est bien ça – onze pages pleines. Cette tasse posée par terre – c'est du café froid.

J'ai été dans le cirage pendant quatorze heures. Le cocktail explosif me faisait monter haut dans les tours et me rétamait complètement ensuite.

Je suis allé en titubant jusqu'aux chiottes et j'ai pissé. Le rêve du pied a refait surface. Gates a dit qu'un flic à moto avait trouvé le pied gauche de Richie Danforth. À 5 kilomètres au nord de l'endroit de la chute. Des vautours avaient mangé la chair et la chaussette gauche de Richie.

J'ai titubé jusqu'au canapé et gribouillé une liste de choses à faire :

1) Porter le foutre congelé au labo.

2) Trouver le rapport disparu sur ma filature foirée de MM jusqu'à la Valley.

   2a) Pourquoi ce site de la Valley me semblait-il familier ? (Le souvenir est récent, j'en suis sûr.)

   2b) Concernant la filature elle-même : j'ai compilé une liste de 143 plaques de voitures garées dans les rues avoisinantes.

Un rendez-vous qu'avait MM ? Avec qui ? Une anomalie de lieu pour MM. La liste a disparu/la liste du service des immatriculations a disparu/Est-ce que les flics du ministère de la Justice ont ma liste ?

3) Concernant la feuille volante, photo numéro 1 : « Rick Dawes. Vachard – peut-être pédé. » Partir de l'appel enregistré : « Eleanora » à Peter Lawford. « Eleanora » essaie de tirer des infos à Lawford sur le serveur « Rick Dawes », possiblement suspect dans les 459 de Beverly Hills. Contacter police de Beverly Hills à propos de Dawes. Continuer à chercher chez les (200 et quelques) traiteurs. Continuer à chercher chez les (131) entreprises de messagerie téléphonique.

4) Vérifier auprès des douanes américaines. Est-ce que MM a pris l'avion pour le Mexique en février 1962, déguisée en travailleuse immigrée ?

4a) Enquêter sur José Bolaños : polices locales, Commission des activités antiaméricaines au niveau de l'État et au niveau fédéral (Bolaños est coco). Vérifier aussi au LAPD et Division narco du Bureau du shérif.

Je suis sorti sur le porche pour récupérer le *Mirror*. Le chahut autour de Monroe faisait la une. Elle était une diablesse, un canon, une bombe sexuelle et plus. Elle était une tigresse, un serpent prêt à mordre, une enchanteresse, un reproche vivant adressé aux coincés et aux ringards. À nouveau, Natasha Lytess avait le dernier mot :

« Le monde n'était pas encore lassé d'elle. Même si elle mettait la patience du monde à rude épreuve. »

Je suis rentré et j'ai feuilleté le journal. Je suis tombé sur « *Enlèvement d'une starlette* »/« *Les enquêteurs du shérif se plaignent du manque d'indices* ». J'ai parcouru le premier paragraphe. C'était le blabla criminel habituel du *Mirror*.

Le sergent Michael J. Bayless/blabla/trois suspects en fuite/deux suspects malheureusement morts.

Voilà qui me surprend. *Deux* morts ? Richie Danforth et qui d'autre ?

Six pages plus loin. « *Un suspect d'enlèvement se suicide. Mort atroce au commissariat de Highland Park.* »

J'ai survolé l'article pour en apprendre l'essentiel.

Enlèvement du 4 août/la starlette Gwen Perloff/le suspect Hershel « Buzzy » Stein – se suicide dans sa cellule/Le suspect Richard Danforth – tué par les gros bras du Hat Squad et Freddy Otash le privé des célébrités, spécialement chargé de l'affaire par…

J'ai entendu frapper à la porte. J'ai balancé le *Mirror* et j'ai ouvert.

Pat s'est jetée sur moi. Elle m'a frappé au visage, m'a serré le cou, m'a mis des coups de pied, et un coup de genou dans les couilles. Je l'ai attrapée par les poignets. Elle sanglotait. Elle m'a poussé si fort que j'ai failli tomber. Tout en essayant de l'immobiliser, j'ai regardé derrière elle.

Une voiture fédérale était garée devant. Eddie Chacón était appuyé contre l'aile. Qui c'est, le connard aux yeux perçants assis à l'arrière ? C'est Bobby K. le Pourri.

21

(LOS ANGELES, 9 H 00, MARDI 14/8/1962)

J'ai fait irruption dans la salle commune du Bureau du procureur général. Vingt-quatre flics travaillaient à des bureaux placés face à face. Je portais un costume d'été léger et une chemise blanche amidonnée. Mon insigne des Marines rappelait mon engagement dans la guerre. J'avais également sur moi une arme de poing et une matraque lestée de plomb. Fringant, le Freddy.

Les flics m'ont dévisagé. Freddy le fada, le retour. Il déambule au milieu de nous, il est l'un des nôtres, il est mieux considéré.

Dégueulasse de se voir imposer ce casse-couilles.

Le bureau de Miller Leavy était contigu à la salle de garde. Il poursuivait des assassins de haut vol et envoyait des agresseurs sexuels et des meurtriers de flics à la chambre à gaz. Il avait fait la peau à Caryl Chessman et la bande Santo/Perkins/Barbara Graham. Il avait construit pour son clébard une niche en forme de chambre à gaz.

Sa porte était ouverte. Je suis entré du pas assuré du Roi des Connards. J'ai approché une chaise en bois de son bureau et je m'y suis posé à l'envers.

Il m'a vu. Je laissais mes bras pendre par-dessus le dossier. Il a dit : « J'étais opposé à l'idée d'une cérémonie. Je vous aurais volontiers donné votre insigne et le reste dans une ruelle sombre, mais le procureur général et Bill Parker ont ignoré ma proposition. Ne me tendez pas la main, je ne la serrerai pas. »

J'ai allumé une cigarette et attrapé un cendrier sur le bureau. Mister Chambre à gaz a tressailli.

« Où en est votre tableau de chasse, Monsieur Leavy ? Vous en avez dézingué onze, c'est ça ? Au fait, vous m'êtes redevable pour Fred Stroebel. J'ai retrouvé les sous-vêtements de la fillette dans son garage et je lui ai flanqué une raclée au commissariat de Wilshire. »

Leavy a souri. Il était petit. Il fallait trois coussins sous ses fesses pour que ses yeux soient à la hauteur des miens.

« Je peux difficilement vous en vouloir, à vous et aux Hats, d'avoir bazardé Richard Danforth, et le suicide de Buzzy Stein, c'est une affaire entre lui et Dieu. Mais les trois véritables kidnappeurs sont encore en fuite. J'apprécierais que vous tentiez de les identifier et de les appréhender. »

Un petit emmerdeur. Légèrement agaçant. L'affaire de l'enlèvement mijotait à petit feu. Les seuls à s'en préoccuper étaient les couillons du judiciaire.

« Je fouinerai, si j'en ai l'occasion. L'enlèvement est passible de la peine capitale. Vous pourriez en tirer avantage personnellement. »

Leavy rayonnait. Daryl Gates et le maire Sam Yorty sont entrés. Gates était le successeur désigné de Bill Parker. Il jouait les chiens de garde pour le Chef auprès de Sam le maire. Sam le maire s'était répandu en éloges pour une police fasciste pendant la campagne de 1961. Des flics des Mœurs l'avaient piégé avec deux call-girls et filmé la scène en douce. Sam le maire a fait acte d'apostasie. Il a abjuré son discours facho et a embrassé la cause du Chef. Ils picolent ensemble chez Ollie Hammond presque tous les mardis soir.

Je me suis levé. Miller Leavy s'est levé. Nous nous sommes retrouvés à côté du bureau de Leavy et avons échangé de grandes tapes dans le dos et des conneries sur le mode « quel homme, ce Freddy ». Gates m'a lancé mon insigne et le dossier contenant mes papiers. Sam le maire m'a demandé de lever la main droite.

J'ai obéi. Sam le maire m'a fait débiter un serment bidon. J'ai poussé un cri de joie. Me voilà de retour dans la flicaille, citoyens. J'avais un permis de voler et la bride sur le cou.

Sam le maire a sorti une flasque. Il a pris deux lampées. J'ai pris deux lampées. Gates et Leavy ont décliné. Les gars ont jeté un coup d'œil à la pendule. *Macht schnell* – allez, on se bouge.

Sam le maire a dit : « Le gouverneur Brown m'en a raconté une bonne. Un lion est en train de sauter un zèbre. Le zèbre regarde par-dessus son épaule et dit : "Oh merde, chéri ! J'aperçois mon mari ! Vite – fais comme si tu me tuais !" »

Gates et moi avons éclaté de rire aussitôt. Leavy a dit : « Je ne pige pas. » Sam le maire a maté la coupure laissée par la bague en diamant sur ma joue.

J'ai dit : « Une femme qui m'aimait autrefois. Elle a trouvé mieux. »

Nous sommes allés à pied au siège de la police. Gates m'a installé dans un box au service du Renseignement. Je pouvais y travailler, y faire mon nid, y passer des appels téléphoniques. Sa secrétaire prendrait mes messages.

La division comptait quarante-huit enquêteurs. Ils travaillaient par équipes vingt-quatre heures sur vingt-quatre. Le Renseignement occupait l'étage en dessous de la Division vols et escroqueries. Il occupait deux fois plus d'espace. Quarante-huit bureaux se faisant face – comme il se doit. Idem pour les cloisons et les salles de réunion. Des pièces dédiées à l'équipement occupaient l'espace restant.

Ils gardaient en stock des caméras/des appareils photos/des lampes stroboscopiques/des batteries/des micros pour écoutes/des outils/des conteneurs réfrigérés pour les pellicules/des chambres noires isolées et de gigantesques archives de films et de bandes.

Plus des micros avec perches, des émetteurs-récepteurs radio, et des radios portables pour les voitures de patrouille avec réception de fréquence individuelle. Sur un panneau étaient accrochées les clés de cinquante-six bagnoles de surveillance. Une des salles photo était garnie de photos osées récupérées lors d'un traquenard récent contre un homme politique.

Identifier, examiner, surveiller. Telle est la philosophie du Renseignement. Mate et ramasse des données sur :

Les cocos/les organisations cocos de façade/les abrutis gauchistes/les groupes de défense des droits civiques chahuteurs/les groupes droitistes à la con/les hommes politiques et potentats du tiers-monde qui devraient se faire bombarder et sauter. Plus les débiles du cinéma connus pour fraterniser avec les susnommés. Plus toute personne qui a fait chier le Chef William H. Parker et le LAPD.

Nous avons parlé dans le bureau de Gates. Je lui ai imposé direct un passage à la vitesse supérieure.

« Tôt, le matin du dimanche 5, Phil Irwin et moi, on est en planque et on surveille la maison de Monroe. La femme de ménage appelle Doc Greenson, qui appelle Doc Engleberg. Ils appellent le central de West L.A. Un flic de la brigade répond. Il s'appelle Jack Clemmons. C'est un grand type blond, environ trente-huit ans. Un informateur m'a dit qu'il était à droite toute. Il appartient à un machin appelé Bünd du Chien blanc. Il est super pote avec un ancien flic motard qui s'appelle Norm Krause. Ce connard a un rade dans la Valley, et on raconte qu'il a fait chanter Tom Kuchel, le contrôleur général des finances, pour fellation sur la voie publique en 1949. Il appartient au Bünd, lui aussi. Est-ce que tout ça vous rappelle quelque chose ? »

Gates a dit : « Non, rien. Je ne connais pas, et n'ai jamais entendu parler de Clemmons, ni de Krause, ni de l'affaire Kuchel, ni du Bünd du Chien. On s'en fout. Ça n'a rien à voir avec l'affaire Monroe qui nous occupe. »

J'ai allumé une clope. Gates a poussé le cendrier vers moi et mis en route le climatiseur.

« D'abord, le Chef et moi savons que vous dissimulez et omettez des éléments – mais n'en faites pas trop. Deuxièmement, laissez-moi reposer les bases. Notre pacte avec Bob Kennedy prévoit la diabolisation de Marilyn Monroe, de manière à la discréditer si des rumeurs concernant son prétendu engagement amoureux avec les Kennedy est révélé au grand jour. L'opération, de notre côté, implique que vous développiez simultanément une image diffamatoire de John et Robert Kennedy, pour que nous l'ayons sous la main au cas où Bob renierait sa promesse de donner au Chef la direction du FBI. Et bien sûr, pour faciliter mon accession au poste de Chef. »

J'ai souri. « Je comprends. Et par parenthèse, un informateur m'a dit que le vieux Hoover veut que ce soit Pete Pitchess qui ait le poste si les Kennedy le virent. Pete est avocat, et c'est un ancien du FBI. Peut-être que les BITES ont des opérations en cours qui vont torpiller l'accession de Pete à ce poste. »

Gates a haussé les épaules. « C'est possible. »

J'ai poursuivi. « OK, le ministère de la Justice nous a doublés. Ils ont toutes les copies de toutes les preuves que j'avais rassemblées pour Hoffa, ce qui nous laisse plantés là, la bite en bandoulière. Pensez-vous que ce petit branleur de Bobby va convoquer un grand jury et étaler les preuves contre Hoffa, ce qui forcément déclencherait par ricochet des mises en accusation de mes gars et moi ? »

Gates a dit : « C'est possible. Nous devrions aussi tenir compte du fait que vous avez tué un homme alors que vous étiez en mission courte pour le Chef, et que vous avez été identifié publiquement dans la presse.

– C'est un "coup monté", Daryl. Danforth l'a dit au moment où il tombait de la falaise. »

Gates a ajusté sa cravate et tiré sur ses manchettes. Il était maniaque, le garçon. Il portait une montre-bracelet en or.

« Un coup monté… ça ne me surprendrait pas. Mais Buzzy Stein qui avale de la soude caustique en garde à vue, ça m'ennuie. Un maton de Highland Park m'a dit qu'il avait très peur de quelque chose ou de quelqu'un. Il a refusé de parler à nos gars, après avoir assisté au saut de l'ange de Danforth et révélé l'endroit où se trouvait Gwen Perloff. Pas la peine d'y aller par quatre chemins. Ce coup à la con – monté ou pas – pourrait nous retomber sur la gueule de six millions de manières. »

J'ai écrasé ma cigarette. « Est-ce que le shérif est allé à Highland Park pour avertir Stein de ce qui l'attendait ? Mike Bayless est l'enquêteur principal. Il est complètement aux ordres du bureau de West Hollywood. »

Gates a dit : « Chose étonnante, ils n'y sont pas allés. Ce qui est beaucoup moins étonnant, par contre, c'est que vous savez très bien où tout cela nous mène. Le Chef et moi, on voudrait que vous alliez fouiller dans cette histoire d'enlèvement et que vous vous prépariez à étouffer dans l'œuf toute rumeur contre la police qui pourrait enfler. »

J'ai répondu. « Je m'en charge. »

Gates a souri. « Vous avez tendance à culpabiliser, Freddy. C'est l'un de vos côtés les plus humains. Est-ce que vous avez des remords au sujet de Danforth ? »

J'ai tressailli. « Il faut que je coince Paul De River. Monroe faisait une fixation sur lui. Elle avait annoté un exemplaire d'un de ses livres. Elle a dit à Greenson qu'elle était à la recherche d'un psy "plus radical". »

Gates a bâillé. « Allez-y. N'oubliez pas qu'il nous déteste. Bill Parker l'a viré et il ne s'en est jamais remis. Il n'hésitera pas à nous balancer au *L.A. Times.* »

J'ai hoché la tête. La température dans le bureau a chuté vertigineusement. Gates s'est mis à tripoter un presse-papiers en jade.

« Parlez à votre gars, Nat Denkins. Demandez-lui d'intégrer dans son émission des informations a contrario. Toutes les rumeurs sur Monroe et des hommes politiques influents sont des foutaises.

Je ferai deux concessions. Je vais autoriser la poursuite de la partie de craps hebdomadaire dans les sous-sols de KKXZ, et je vais relâcher son frère Kareem. On l'a pincé pour port d'arme cachée dans le merdier avec les musulmans, et je ferai ce qu'il faut pour que les charges soient abandonnées. »

Je me suis levé. Gates s'est levé. Il s'est agité et s'est retenu de se pomponner.

« Une dernière chose. Nous avons été informés que Morty Bendish au *Mirror* a un article dans les tuyaux plein de cancans sur Monroe et les Kennedy. Court-circuitez-moi ça. Morty vend sous le manteau des photos de la chatte de Monroe prises à la morgue. Coupez court à ça aussi. »

22

(LOS ANGELES, 6 H 00, MECREDI 15/8/1962)

Les archives du *Herald*. L.A. en plein mois d'août. Quatre salles pleines de chaises et d'étagères couvertes de dossiers.

Des coupures de journaux collées sur des feuilles de bristol. De gros cartons pleins à craquer. Des coupures de journaux du monde entier. Monroe a clamsé il y a quatre jours. Ses citations dans la presse s'élèvent à plus de sept mille notices nécrologiques et articles complaisants.

J'étais là depuis quatorze heures. J'ai fermé la porte donnant sur le couloir et j'ai bossé en sous-vêtements. J'ai dirigé un ventilateur portable droit sur mes couilles et démarré l'engin. J'ai épluché tous les documents, un par un. Je cherchais des infos croustillantes sur Monroe et les K. Boys. J'ai trouvé le compte rendu de la bringue d'anniversaire de Jack à New York, qui ne contenait rien de diffamatoire et aucune insinuation. Les journaux moisis me donnaient des crises d'éternuements. C'était le boulot chiant par excellence.

J'avais déjà fouillé sept cartons. Il m'en restait un. À côté de ma chaise : un mince dossier du *L.A. Mirror*.

L'enlèvement de Gwen Perloff. *Et alors ?* Le *Mirror* pourtant friand de faits divers expédiait l'événement en deux coups de cuillère à pot.

J'ai mis le dossier de côté pour avoir de quoi m'amuser plus tard. Ça m'a motivé pour lire à toute vitesse les trucs sur Monroe. Les coupures étaient soporifiques.

Jean-Paul Sartre a dit : « Marilyn était dévorée par le néant psychique des valeurs américaines. » Cette impression était omniprésente dans la presse européenne. Les quotidiens et magazines en papier glacé américains regorgent de tirades louangeuses et de pleurnicheries signées de célébrités. Poursuivons avec le *Daily Bruin* de l'UCLA, le *Daily Trojan* de l'USC, le *Golden Bear* de Cal Berkeley. Encore des louanges et des attaques signées de plumes étudiantes. Le *New York Times*, le *New York Herald Tribune*, le *New York Journal-American*. « Qu'est-ce qui a tué Marilyn ? » Hollywood et le monde, si cruel – *J'accuse !!!*[1] Histoire d'en rire un peu. Le génie de la trompette Miles Davis raconte à un scribouillard de *DownBeat* : « Elle était déclassée, chéri. J'ai toujours vu en elle une Dorothy Dandridge pour les pauvres. »

Les monteurs mettaient le paquet. Ils piquaient des articles dans les torchons quotidiens publiés par les lycées de L.A. pendant l'été. Lowell Farr était l'auteur de « Be-Bop Requiem pour Marilyn » dans le *Daily Dolphin* du lycée de Palisades. Voyez-vous ça :

On a perdu nos monstres sacrés du jazz Bix et Bird au paléolithique ;
Maintenant Marilyn quitte cette terre bidon et fait sonner le glas ;
Elle suit la charmante Carole Landis au Parthénon du cacheton ;
Les souffrants et les sensibles se demandent quelle erreur elle a commise.

---

1. En français dans le texte.

Lowell a publié son hymne funèbre dans le *Dolphin* du 9 août. Des lettres de fans ont suivi. Le « Be-Bop Requiem » s'est attiré de sacrées critiques. « Big Bob » Berglund l'a défoncé dans le *Dolphin* du 12 août. « Le poème sur Monroe de Lowell Farr est une merde prétentieuse. Reconnaissons-le, Lowell est une pimbêche. »

Lowell canarde en retour le 14 août. « Big (ha-ha !) Bob Berglund est un emmerdeur, un abruti, un dragueur minable et un pseudo-surfer. C'est même pas un vrai blond. Il se décolore les cheveux, et il n'a jamais mis le pied sur une plage. Reconnaissons-le. L'intelligentsia du *Dolphin* se moque de lui. »

J'ai cogité. L'hymne funèbre de Lowell me titillait plus qu'il ne me faisait rire. Comme la référence à Carole Landis.

Voilà la photo de Landis à la morgue. Et le message délirant qui l'accompagne : « Je l'ai aimée avant de t'aimer, toi. » Le message était composé de lettres découpées dans des magazines et collées. Typique d'un obsédé sexuel.

J'ai trouvé un bout de lettre et une tache de colle sur le sol de mon salon. Juste sous mon panneau de liège. Les fédéraux ne les avaient pas vus. Le labo du LAPD a un répertoire de lettres découpées. J'ai comparé hier ma lettre avec les données de ce fichier. J'ai étudié les échantillons de colle/les caractéristiques des papiers/les listes de noms de magazines. Je n'ai trouvé aucune correspondance et rien d'intrigant.

Lowell Farr m'intriguait. Monroe a déblatéré sur Jack et Bobby auprès de Lowell Farr. Lors d'une vingtaine au moins d'appels téléphoniques enregistrés. Je ne veux pas que Lowell régurgite ces informations. Elle a dix-sept ans. Je vais avoir besoin du consentement de maman et papa pour lui parler. Miller Leavy va pouvoir nous organiser ça.

J'ai parcouru rapidement le dernier carton sur Monroe et allumé une cigarette. J'ai refait une longue séance de grillage de bulbe avec Phil Irwin. Nous nous sommes planqués dans mon nouveau bureau au Renseignement. En se creusant le citron, on a recréé un récapitulatif des communications enregistrées des maisons Lawford et Monroe. Au total, deux cent quatre-vingt-une – émises, reçues, et entre les deux. Le sujet dominant était l'ambiance sinistre à la 20th Century-Fox.

Le fiasco géant de *Cléopâtre*. La Fox est proche de la faillite. Histoires de cul entre célébrités à Rome. La parodie porno de *Cléo* par Roddy McDowall. Les cadres, employés et secrétaires de la Fox qui manigancent des montages financiers. Des parachutes au cas où *Cléo* ferait couler le studio. Les nerfs à vif et les mauvais comportements sont endémiques à la Fox.

Les frasques de Monroe ont fait foirer *Got to Give*. Monroe travaillait pour la Fox. Idem pour Gwen Perloff. La Fox méritait que j'y jette un coup d'œil. Un appel anonyme avait révélé l'enlèvement à Darryl Zanuck. Zanuck avait prévenu le LAPD. D'où : « Balance-le, Freddy », et potentiellement de gros ennuis.

J'ai parcouru le dossier Perloff. Il ne contenait que quelques coupures de la presse locale. Perloff, trente-six ans, est une « starlette sur le retour ». Les trois kidnappeurs portaient des masques de Fidel Castro. Grâce à leurs manches courtes, on sait qu'il y a deux hommes blancs et un Latino. La description de la voiture qui a servi à l'enlèvement varie. Une Imperial de 1957. Une Chevy Nomad, un coupé Ford de 1951. Les enquêtes sur les véhicules ont fait *pschitt*. Les interrogatoires de voisinage sur Miller Drive et les perpendiculaires au-dessus du Strip, à trois reprises, ont fait *pschitt*. Perloff a un appart épatant dans un immeuble moderne mirifique. Elle a été enlevée devant chez elle. Des anomalies dans le standard téléphonique retardent les appels des témoins oculaires à la police de West Hollywood. Le standardiste finit par donner l'alarme. Le « fameux Hat Squad » du LAPD et Freddy O., le détective privé des célébrités, sont informés de la localisation de la planque des suspects Stein et Danforth. Les Hats et Freddy O. les arrêtent. Danforth est tué pendant une « bataille rangée » avec Max Herman, Red

Stromwall et Freddy O. Stein avoue que Perloff est planquée dans une thurne de la San Fernando Valley. Le sergent du shérif Michael J. Bayless conduit une opération de sauvetage audacieuse. La thurne avait été louée par une femme assez âgée et « costaude ». Elle avait payé d'avance et en liquide, et avait manifestement donné un faux nom. Le sergent Bayless a qualifié l'affaire d'« extrêmement déconcertante ».

Deux encadrés fournissaient un portrait de Gwen Perloff. Née à L.A., elle est une « jeune fille mal lotie et courageuse ». Elle a perdu ses parents dans un accident de voiture et a grandi dans des familles d'accueil et en orphelinat. À huit ans, sa sœur Mitzi a disparu dans une rue de Hollywood, le 17 février 1937. Gwen n'avait pas encore onze ans. L'énigme de la disparition et de la mort probable de sa sœur n'a jamais été élucidée.

Gwen a étudié au théâtre de Pasadena et a travaillé comme mannequin pour la marque de maillots de bain Jantzen. Elle a signé des contrats avec Universal et la Fox. Elle apparaît dans des nanars avec des danses à la mode et des films d'horreur. Elle a été remarquée dans *La Robe déchirée* produit par Universal et *Amants et fils*, de la Fox. Le journaliste Hy Gardner a écrit : « Miam – elle est l'Anna Magnani américaine, sans tous les kilos en trop à cause des pâtes. » Maintenant Miss Perloff tourne seulement dans des films de série B. Elle joue « la femme d'âge mûr sexy » dans des films de danse et des histoires de monstres destinées à un public d'adolescents.

Un article du *Mirror* comportait une publicité pour un maillot de bain. Il date du 18 juin 1954. Voilà *La Gwen* dans un bikini à motif floral. Elle est toujours la bombasse façon maîtresse d'école. Elle porte les lunettes à monture d'écaille qu'on lui connaît.

Je suis rentré et j'ai pris une douche pour me débarrasser de la poussière des archives. J'ai enfilé un pantalon en popeline et un blazer léger. L'uniforme du flic gradé. Dégainons les nouveaux attributs et voyons qui se moque et qui tremble.

Le poste de West Hollywood n'était pas loin. J'y suis entré d'un pas tranquille. Le chef de patrouille m'a dit que Motel Mike venait d'être réintégré chez les BITES. J'ai demandé à voir le dossier Perloff. Le patron a dit non. Mon sésame du procureur général l'a rendu perplexe.

Les flics me regardaient en coin. Un jeune adjoint était chargé de la surveillance d'une ligne téléphonique réservée aux indics. J'ai parcouru sa liste d'appels. Les indics étaient décrites comme des « femmes anonymes qui s'ennuient ». Voilà la configuration standard à L.A. en cas d'enlèvement.

Le poste de Beverly Hills n'était pas loin. J'y suis entré d'un pas tranquille. J'ai interpellé le chef au sujet des séries de 459 ayant des serveurs pour suspects. J'ai bien mis l'accent sur le nom de « Rick Dawes » et l'appel d'une certaine « Eleanora » à Peter Lawford. Le chef m'a donné du « Lieutenant » et a tiré le rideau.

Je ne communiquerai pas d'informations. Vous ne pouvez pas voir le dossier. Vous n'avez pas l'autorisation d'interroger les enquêteurs. Déposez une demande officielle au bureau du procureur.

Je suis reparti en ville. J'ai réglé mon rétroviseur et admiré la cicatrice laissée par le diamant sur mon visage.

Pat ne m'avait pas loupé. Je ne m'étais pas défendu. Elle jouait les voyous avec ses frères couilles-molles et elle savait se battre. Elle était la sœur grande et forte. Ses traits tirés et sa maigreur jouaient en sa faveur. Je savais que je ne la reverrais jamais. Pas avec ce nouveau plan, pas aux frais de Bobby le Pourri.

J'ai fait apparaître Lois. Elle aurait trente-cinq ans demain. J'allais lui envoyer des roses rouges avec un message « *Je ne t'ai pas oubliée* ». On s'est rencontrés en 1955. Lois était une spécialiste des arnaques par téléphone. C'est comme ça qu'elle a rencontré son mari. Il avait une émission de radio à New York. Lois s'est entichée de lui et n'a pas cessé de l'appeler. C'est comme ça qu'elle m'a rencontré. Elle a appelé l'émission *Nasty Nat's Soul Patrol* et a balancé mon nom. C'est comme ça que j'ai rencontré Nat. J'ai racketté un type du cinéma, à l'automne 1957. Ça m'a donné le blues, plein de culpabilité. J'ai acheté KKXZ et j'ai filé le business à Nat. Quand on paye, on a. Nat a eu une station de radio. J'ai eu des moments sporadiques en compagnie de Lois Nettleton.

La journée est devenue chaude et chargée d'un brouillard étouffant. La route 101 était bouchée jusqu'à Normandie. Je suis descendu en ville par les grandes artères. Le parking du palais de justice était bondé. J'ai coincé deux voitures de sténos et collé une carte marquée VEHICULE OFFICIEL EN SERVICE sous mes essuie-glaces. Le bureau des enquêteurs du shérif se trouvait au douzième étage.

Je suis monté par l'ascenseur. Le bureau des BITES était coincé entre celui des homicides et celui des vols de voitures. La salle était deux fois plus petite que celle du Renseignement du LAPD. Les pièces où était stocké l'équipement étaient identiques. Les adjoints avaient une table. Les sergents avaient un box cloisonné. Les lieutenants et les haut gradés avaient un bureau. Sur le mur le portrait de l'idole, Pete Pitchess.

Le shérif Pete avec John Wayne le Duke, Kirk Douglas, Joan Fontaine. Le shérif Pete avec les finalistes du concours Miss America. Le shérif Pete devant la chambre d'exécution. Le tueur en série Stephen Nash qui se fait exécuter.

Mike Bayless avait un chouette box dans un coin. Avec vue sur Lincoln Heights et le brouillard. Il était assis à son bureau et jouait avec des trombones. Il portait un costume gris souris. Le shérif Pete se conformait à la dégaine d'automate des fédéraux.

J'ai attrapé la chaise face à son bureau. Motel Mike a balancé un trombone sur mes genoux. Je lui ai mis mon insigne sous le nez. Motel Mike a prononcé sans le dire *Va te faire.*

« Hou-hou. Mister Extorsion bosse pour le procureur, et je parie qu'il est le limier de Bill Parker, qui a des inquiétudes légitimes sur le fait que Mr Extorsion et les Hats se sont débarrassés d'un de mes suspects dans l'enlèvement, et maintenant, mon affaire est au point mort. Est-ce que ça te paraît correct ? »

J'ai mimé une branlette. « Hou-hou. Motel Mike s'est fait quatre Latinos à l'âge de glace, et ça lui monte à la tête. Motel Mike est tellement dans les petits papiers de Pete Pitchess qu'il achète ses costumes chez Oviatt, le fournisseur officiel de Gerald L. K. Smith et de cette pédale d'Edgar Hoover. »

Motel Mike a soupiré. « Dis-moi ce que tu veux. »

J'ai dit : « Un résumé en deux minutes de l'affaire Perloff et un accès au dossier.

– Oui pour le résumé, non pour le dossier. Voilà ce que je peux te dire. L'affaire est au point mort. Gwen Perloff se faisait sauter par Darryl F. Zanuck. Mister Magnat a eu un appel anonyme, une femme, qui a dénoncé Richie Danforth et Buzzy Stein et a révélé l'endroit où ils se trouvaient. Ensuite Zanuck a prévenu Bill Parker, parce que le LAPD est plus renommé que mon département. Arrive Mister Extorsion et les gars super zélés du Hat Squad. Maintenant, Danforth et Stein sont morts, et Parker et Daryl Gates t'envoient pour voir ce que j'ai, parce que Parker et les flics se sont pris une tôle sur cette affaire de Black Muslims, et tu es là pour étouffer toute mauvaise presse sur Danforth, sur son grand plongeon. »

J'ai sifflé et applaudi. Motel Mike s'est incliné. J'ai fait : *T'arrête pas en si bon chemin.* Motel Mike a continué.

« On a bossé à fond sur cette affaire. On a interrogé tout le monde sur un périmètre de près d'un kilomètre et parlé deux fois à ceux qui n'étaient pas chez eux. Il n'y a pas eu une seule description crédible de la voiture, alors on n'a pas pu enquêter là-dessus. On a passé au peigne fin les deux planques et on n'a rien trouvé. Nos contacts avec nos informateurs n'ont rien donné. Pareil pour notre ligne téléphonique réservée aux appels anonymes. Richie Danforth n'existe nulle part. Il n'a pas d'empreintes digitales répertoriées aux États-Unis – ni auprès des autorités de l'État, ni au niveau fédéral, ni dans les forces armées du pays. Il n'a pas de casier judiciaire dans notre État – ni dans les quarante-neuf autres. Quand tu l'as balancé de la falaise, tu nous as privés de la possibilité de prendre ses empreintes. Ses mains et ses pieds ont été transformés en bouillie sous les roues des camions. Onze jours ont passé, et nous n'avons pas le début d'un embryon de piste. »

J'ai allumé une cigarette. « Raconte-moi l'histoire de Perloff.

– Qu'est-ce qu'il y a à raconter ? Elle a été endormie avec du chloroforme, on lui a bandé les yeux et on l'a bâillonnée. Elle s'est réveillée dans le placard de ce rade, le Tiki-Torch. Les kidnappeurs ont installé un tuyau provenant du climatiseur dans le placard, pour qu'elle puisse respirer et qu'elle soit au frais. Ils lui ont donné de l'eau et deux hamburgers. Ils l'ont accompagnée aux chiottes deux fois, sans en profiter. Elle n'a pas reconnu leurs voix. Tu vois ce que j'ai… »

Je l'ai interrompu. « Je t'ai regardé l'accompagner après sa libération. Elle ne ressemblait pas à une victime d'enlèvement qu'on avait enfermée dans un placard. »

Motel Mike jouait avec ses trombones. « Je lui ai accordé dix minutes pour reprendre ses esprits. C'est une actrice. Le spectacle avant tout, elle sait ce que c'est. »

J'ai dit : « Ses fréquentations connues. Les délinquants de la Fox. Amants, ex-petits amis, les types puissants qui la sautent, en dehors du vieux Zanuck. Des connards du cinéma qui connaissent des types qui connaissent des types. Tu vois où je veux en venir. »

Motel Mike a allumé une cigarette. « Le shérif aimerait bien voir cette affaire s'envoler en fumée. Il fait des ronds de jambe devant le vieux Zanuck à ce sujet. Tu connais Del Kinney, non ? C'est le chef de la sécurité de la Fox, et il appartenait autrefois au bureau du shérif et à l'American Broadcast Company. »

Kinney. La mission Monroe numéro 1. L'équipe Otash au grand complet qui arpente le parking de la Fox au vu de tous. Kinney était peut-être au courant, ou il avait des soupçons.

« Ouais, je connais Kinney.

– Eh bien, le vieux Zanuck lui a dit de ne pas laisser les flics s'approcher de Gwen. Il a le soutien du shérif sur ce point. Ce qui signifie que mon enquête est paralysée. Zanuck a un nombre invraisemblable de jeunes talents qui lui obéissent au doigt et à l'œil, et il est déterminé à maintenir leur anonymat. »

J'ai écrasé ma cigarette. « Parker et Gates veulent que j'enfonce quelques portes. Sans tenir compte de ce que veulent le shérif et Darryl Zanuck.

– Alors, vas-y. Mais méfie-toi de Del Kinney. Sa relation avec Gwen Perloff remonte à un bout de temps. Ils ont une espèce de lien grand frère-petite sœur. Qui est puissant. Et quand tu les vois ensemble, tu le sens bien. »

J'ai dit : « Qu'est-ce que tu essaies de me dire ?

– Je te dis que la petite sœur de Gwen a été kidnappée et tuée, c'est sûr. Ça s'est passé à Hollywood, en 1937, peut-être 38. Mitzi avait huit ans, et Gwen quelque chose comme onze. Kinney a coordonné l'action de la police montée du bureau du shérif. Ils ont déterré des cadavres de gamines à Griffith Park, mais ils n'ont jamais retrouvé les restes de Mitzi. »

Je me suis signé. Motel Mike s'est signé. Il m'a balancé des trombones. J'ai décidé de changer de braquet.

« Est-ce que les BITES ont des images de surveillance de Marilyn Monroe ? »

Motel Mike a haussé les épaules. « On en a. C'était une coco et une activiste contre la bombe, donc elle méritait notre attention. Qu'est-ce que ça peut bien te faire ? Le LAPD a dix fois plus d'images, alors tu n'as qu'à demander à Daryl Gates qu'il te les montre. C'est le LAPD qui détient tous les sales ragots du show-biz dans cette ville, pas le bureau du shérif. »

Je me suis levé. « J'étais content de te voir, Mike.

– Mister Extorsion. Tu as une place au panthéon des aimants à merdes. »

Le baratin de Motel Mike tournait dans ma tête. Il bossait sur l'affaire pour la forme. La politicaillerie des studios jouait un rôle. Il était limite crédible – mais il y avait un drapeau rouge.

Richie Danforth fait la culbute. En tombant, il crie : « C'est un coup monté. »

Je suis remonté vers le nord sur la Pacific Coast Highway. J'ai décidé de repasser au peigne fin la baraque Lawford et le secteur de la maison de Monroe. Nat et Phil commenceraient un ratissage minutieux du voisinage d'ici quarante-huit heures. Daryl Gates était en train de concocter des références bidon pour eux. Nat serait rattaché aux Douanes, Phil aux Finances. Ils mettraient au point leur histoire : chercher à obtenir des informations salaces sur Monroe et les K. Boys. Leur mission serait de réfuter et de diffamer, d'un même élan.

Mes références étaient légitimes. J'ai inventé le prétexte d'une chasse aux trafiquants d'héro sur la plage et j'ai patrouillé à pied au nord de la baraque des Lawford. Les voisins de Pat et Peter étaient des gens du show-biz et de l'immobilier. J'ai déployé des tactiques d'intimidation et mis l'accent sur la proximité de nos irréprochables président et procureur général. Les voisins savaient que Jack et Bobby allaient aux fiestas des Lawford. J'ai glissé le nom de Monroe, comme ça en passant. Oh oui – ils avaient vu Marilyn à des cocktails. Quelle tragédie – mourir aussi jeune !

Bâillement, ronflement, le Sécobarbital Express. Un type a dit que les Lawford donnaient des « fêtes franchement dégénérées ». Sa femme a rétorqué : « Tu es juste vexé parce qu'ils ne t'invitent jamais. »

Bâillement. Ronflement. Personne n'a balancé de trucs de cul. Je leur ai pourtant tendu des perches. Personne n'a eu de réaction à retardement, personne n'a balancé de ragots. J'ai repris ma bagnole et suis parti vers Brentwood.

20 heures pile. La circulation était dense et lente. Je suis passé devant le lycée de Palisades. J'ai pensé à Lowell Farr. Je suis passé devant le Bay Theater. À l'affiche : *L'Inquiétante Dame en noir* et *Le Diable à 4 heures*. J'ai pensé aux rendez-vous de pelotage anonymes de Lowell. « La mignonne version pour ados d'un rencard au motel. »

La circulation s'est dissoute à Mandeville Canyon. Je suis arrivé rapidement à 5th Helena Drive. Je suis tombé sur une fête de plage à 8 kilomètres de l'océan.

Une dizaine de jeunes étaient étalés au soleil dans le jardin devant chez Monroe. Un gars faisait cuire des hot-dogs sur un hibachi. D'autres se trémoussaient en dansant sur *Wah Watusi*. Des radios à piles émettaient *Marilyn's Song*, *Image of a Girl*. Des minettes faisaient les belles déguisées en Marilyn.

Je me suis garé en face. J'ai refait une enquête de voisinage sur 4th Helena et Falkirk Lane. J'ai débité mon baratin et me suis pris des visages impassibles – surtout des *Hein ?* et des *Quoi ?*

Un connard a dit que Robert F. Kennedy était l'amant de passage de Marilyn. Sa connasse de femme l'a contredit. Non, c'était un livreur d'UPS. C'est juste qu'il *ressemblait* à Robert F. Kennedy.

Je galérais. J'ai eu des *Hein ?* et des *Non*. J'ai eu *Les Kennedy ?* et *Elle a eu une vie tellement tragique*. Je suis arrivé à Dunoon Lane et là, à la troisième maison, bingo.

Un type était dehors et désherbait. Je lui ai mis mon insigne sous le nez et j'ai débité mon baratin. Je suis arrivé à la mention de « la maison de Marilyn Monroe ». Il m'a interrompu et s'est engouffré.

« Eh bien, voici quelque chose qui va peut-être vous intéresser. Une femme d'âge mûr, qui avait l'air malade, a loué une maison sur Dunoon, juste après que Miss Monroe a acheté la sienne. Et il faut que je vous dise, cette bonne femme a acheté la baraque la plus déglinguée de Brentwood. Elle rôdait souvent tard le soir autour de la maison de Monroe. Je l'ai même vue sur son toit, en train de mater la maison de l'autre avec des jumelles. »

23

(LOS ANGELES, 16 H 00, JEUDI 16/8/1962)

Nat a dit : « Jimmy Hoffa m'a envoyé un virement de dix mille dollars. Il nous paye un bonus pour un job que les flics du ministère de la Justice ont fait foirer jusqu'au trognon. Je devrais jubiler, mais j'ai juste super la trouille. »

KKXZ, à l'angle de la 56e et Figueroa. Le studio/quartier général de Nat. Des pochettes de disques recouvrent la totalité des murs. De vieux albums de Diz, Bird, Miles et du groupe de Nat lui-même – le Synagogue Sid Trio.

Il faisait chaud comme dans un four à pain. Trois ventilateurs posés au sol diffusaient de l'air mouillé. On était vautrés dans des fauteuils Eames élimés. On se partageait une ottomane. On ponctuait nos affirmations de petits coups de pied.

J'ai dit : « Tu as peur parce que ça ne ressemble pas à Jimmy. Je ressens la même chose. Ça a quelque chose à voir avec Monroe et les Kennedy, et j'ai bien l'intention de piger le pourquoi du comment. »

Nat a embrayé. « Restons sur le sujet de l'argent. Combien nous paye ton copain Gates ? Je sais que ça n'aura rien à voir avec ce que donne Hoffa, mais il faut qu'il nous paye notre tarif journalier, sinon, Phil et moi, on se met en grève. »

J'ai dit : « Il sera à la hauteur. Le Renseignement a beaucoup de pognon. Il y aura des bonus, et il t'a déjà accordé deux faveurs. »

Nat a fait : « Hein ? » Nat a fredonné : « *Money, honey.*

– Il a besoin d'un service, alors il t'en a filé deux d'avance. Un, ta soirée cartes hebdomadaire est désormais autorisée par le LAPD. Deux, Gates a obtenu de Miller Leavy qu'il abandonne les charges de port d'arme cachée contre Kareem. Il a été libéré, et en ce moment même, il roupille chez moi. En échange, tu t'abstiendras d'échafauder des théories sur Monroe et les Kennedy dans ton émission et tu balanceras des contre-vérités. J'ai pondu une liste presque complète des appels que Monroe a passés aux standards de la Maison-Blanche et du ministère de la Justice. Nous avons les heures, les dates, et la durée des appels. Cite-les, et balance des trucs bidon sur Monroe qui appelle pour papoter sur les droits civiques. Rapproche-toi de ta copine au standard de la Fox, et file-lui deux mille balles pour qu'elle modifie son relevé d'appels sortants, et pour qu'elle efface toute information sur les appels de Monroe aux deux standards. »

Nat a opiné. « D'accord. C'est honnête, comme marché. »

J'ai allumé une cigarette. « De quoi d'autre tu as peur ? »

Nat a égrené sur ses doigts. « Des conséquences du raid chez toi. De mises en examen devant la justice fédérale. De témoignages en audience ouverte au public sur un type qui liquide des gens sans sourciller. Ils ont fait une descente chez moi et ont foutu une trouille bleue à ma femme. J'ai cogné un Cubain avec une batte de base-ball, ce qui est une agression à main armée sur un agent fédéral. Je sais que tu as tiré dans les gilets pare-balles des trois types, ce qui est pire, mais tu es plus courageux et plus idiot que moi. La liste est infinie. Si tu n'exécutes pas les ordres de Parker et Bobby, notre vie, à nous pauvres types, est pour ainsi dire finie. »

J'ai ouvert ma mallette. J'ai attrapé un insigne d'agent spécial des douanes américaines et un porte-carte. Plus une petite carte de visite.

Sur la carte : « Bill Parker ». Avec son téléphone personnel. Manuscrite, au dos, l'inscription : « Cet homme est un ami proche. Je vous prie de le recevoir avec tous les égards. »

Nat m'a arraché la carte des mains et l'a examinée. Il portait une chemise hawaïenne bariolée. Sur ses bras nus, la chair de poule.

Je lui ai tapoté le bras. « Tu es des Douanes, et Phil, du ministère des Finances. Je veux des interrogatoires de voisinage sur un vaste périmètre. Sur la Pacific Coast Highway, un kilomètre et demi au nord et au sud de la baraque Lawford, et dans un rayon de 800 mètres autour de la baraque Monroe. Invente une histoire bidon. Amène tous ceux que tu interroges à parler de Monroe et des Kennedy. Cherche à la fois la diffamation *et* la disculpation. En même temps, récupère des heures et des dates qui pourraient être vérifiées. Tiens des comptes rendus détaillés, et retourne aux maisons vides jusqu'à trouver quelqu'un. Je veux des infos en béton sur la dépravation de Monroe – parce que c'est une strate de notre mission. Le deuxième niveau consiste à sauvegarder l'accord sur la direction du FBI que ce petit merdeux de Bobby a passé avec le Chef. Le chantage est notre seule protection sur ce point. Trouve-moi des choses sur Jack le queutard, Jack le camé, Jack et les gamines, Jack et toutes ces actrices de télé avec lesquelles Peter Lawford lui arrange des coups. C'est une opération fondée sur de l'arnaque de haut vol. Et c'est la seule chose qui empêchera Bobby de nous balancer devant un grand jury fédéral. »

Nat a sifflé. « Ça, c'est deux semaines de boulot. Pendant ce temps, tu feras quoi ?

– J'essayerai d'éplucher les quatre derniers mois que Monroe a passés sur terre, sur la base de ce qu'on a déniché jusqu'à présent. »

Nat s'est mis debout et s'est étiré. « On devrait trouver du boulot pour Kareem.

– Gates a besoin d'un gars dans la mosquée à l'angle de Slauson et Broadway. Cent cinquante dollars la semaine, plus les frais. Et dis à Kareem, pas de débits de boissons. Il y a des patrouilles en planque partout dans le coin, et ils cherchent à faire du chiffre. »

Nat a souri. « Lois m'a appelé. Elle est en ville, et elle veut que tu saches qu'elle ne t'a pas oublié. »

Lois était un oiseau de nuit. Son métier, c'était l'appel téléphonique nocturne. C'était comme ça qu'elle avait piégé son mari. Elle me piégeait avec des appels à KKXZ.

Elle me faisait toujours attendre. J'ai poireauté à côté de mon téléphone jusqu'à 1 h 30. L'attente me faisait imploser. Je me suis secoué et je suis allé en voiture à Brentwood. La maison pourrave. Dunoon Lane. La « vieille dame à l'air malade » avec ses jumelles. C'était une piste. C'était une mission le-voyeur-voyeurisé.

J'ai trouvé la baraque. Une verrue au milieu du quartier. En stuc couleur pêche passée. La pelouse pleine de mauvaises herbes. Un étage ajouté, de guingois. Elle se trouve à deux cents mètres vers le nord-est de la maison de Monroe. Le toit est plat et offre une vue dégagée. Une Ford de 1949 était garée dans l'allée. Un accessoire assorti à la bicoque.

Je me suis garé et j'ai remonté l'allée. La Ford puait le vieux malade et la sueur rance. Les vitres étaient baissées. J'ai balayé avec le faisceau de ma lampe-stylo la colonne de direction et examiné le certificat d'immatriculation. Natasha Lytess était la propriétaire de ce tacot. Le nom m'a rappelé des choses, direct.

L'ex-prof d'art dramatique de Monroe. Mordante sur Monroe. Qui avait fait un panégyrique remarquable : Monroe, l'enchanteresse défraîchie.

J'ai éclairé le siège avant et repéré un sachet de la Pharmacie Vicente. Dedans, j'ai trouvé un flacon de Dilaudid 250 mg. *Voilà* de l'enchantement.

J'ai dévissé le capuchon et avalé deux cachetons. Je suis retourné à ma voiture pour prendre mes jumelles. La maison avait des rebords de fenêtres larges et des ornements en ciment faisant saillie. J'ai fait le tour et repéré les prises de mains et de pieds. La haie du voisin au nord me protégerait des regards.

J'ai passé les jumelles autour de mon cou et escaladé une gouttière. Les rebords cimentés ont tenu sous mon poids. Deux prises pour les pieds, deux pour les mains. Je me suis hissé sur le toit.

La maison de Monroe était au sud-sud-ouest. Je suis allé jusqu'au bord du toit et j'ai réglé avec précision l'écartement entre les deux oculaires. J'ai vu de l'herbe bleu-vert, du stuc flouté par la nuit, et une fenêtre éclairée d'une lumière jaune.

C'est la fenêtre du salon tournée vers l'est. Je *connais* cette pièce. Je l'ai épiée, fouillée et reniflée. Les couleurs étaient altérées, les ombres étaient fausses, une bougie tremblait, de gauche à droite.

J'ai zoomé en avant, en arrière, reculé et recadré. Les cachets ont commencé à faire effet. Ils m'enveloppaient dans un cocon, chaud et rassurant. Ils ont repositionné les ombres et amplifié la lueur de la bougie.

Lowell Farr a traversé la pièce. Elle portait un sweat-shirt du lycée de Palisades et un béret rouge, et elle tenait un pinceau. Elle s'est arrêtée devant le mur nord et s'est mise à peindre. Une femme assise au bord d'un lit.

Elle travaillait à la peinture rouge. La came me permettait d'atténuer et amplifier les ombres à ma guise. Lowell a changé de pinceau pour les détails. Du noir pour les contours, des tonalités de chair, du bleu-gris pour les yeux. Des cheveux blonds, puis gris, puis blanc crayeux. C'est Monroe avec deux fois son âge. Lowell connaît parfaitement son sujet.

Elle a changé de pinceau. Elle a fait ressortir au noir le bord du lit et a recoloré les cheveux de Monroe. Elle a barré d'un X le visage de Monroe vieille et lui a donné un corps de jeune fille grande et gauche. Elle a peint une flèche. Qui allait de la croix à un pan de mur blanc.

Là, elle a peint un gros plan. C'était son propre visage, finalement. Elle a bien rendu la beauté enfantine, le nez bosselé, les dents pas tout à fait en avant. Elle a emprunté les yeux de Marilyn et quelque chose de son sourire. C'est elle, l'enchanteresse. Elle a le don de métamorphose.

24

(LOS ANGELES, 11 H 20, VENDREDI 17/8/1962)

Silver Lake. Pile à l'est de Hollywood. De hautes collines au-dessus de la couche de brouillard. Je suis monté à petite vitesse. Morty Bendish avait une maison sur pilotis au-dessus du réservoir. À Silver Lake, on s'exposait aux glissements de terrain et aux écroulements des fondations. C'était une enclave beatniks/forçats-du-film. Les plaisantins l'appelaient les « Alpes Schwiiiish ».

J'étais encore dans le trip des cachets volés et de l'œuvre d'art de Lowell Farr. J'avais dormi dans la salle de garde du Renseignement. J'ai démarré tôt et j'ai travaillé.

D'abord, analyses de labo. J'ai déposé l'échantillon de foutre congelé prélevé sur la photo porno de Monroe avec Étalon Cruel et mis la pression à Ray Pinker pour qu'il me donne les résultats rapidos. Ray a mentionné ses *829* échantillons de sperme congelé. Il faudrait au moins trois semaines pour effectuer tous les tests comparatifs.

Ensuite, les coups de fil. J'ai sorti ma liste de traiteurs et j'en ai appelé dix-sept. Résultat : zéro, que dalle, nein, niet. Personne ne connaissait de serveur du nom de Rick Dawes. Personne ne connaissait de serveuse appelée Eleanora. Les serveurs étaient par nature insaisissables. Tous des crapules.

J'ai cherché « Rick Dawes » et « Richard Dawes » dans les fichiers du LAPD et ceux du Bureau des informations générales du shérif. Sont sortis vingt-quatre Noirs et deux vieux Blancs. La vérification dans l'annuaire a été vaine. Pas de Rick Dawes ni de Richard Dawes dans les pages blanches de la région de L.A.

De Dawes à José Bolaños. J'ai passé des appels officiels de demande de fichiers à la Commission des activités anti-américaines de l'État et au niveau fédéral, ainsi qu'à la police d'État mexicaine. Ils m'ont promis des résultats « dans moins d'un mois ». J'ai appelé Miller Leavy et l'ai supplié. Il a refusé de mettre la pression sur le poste de Beverly Hills pour qu'ils nous donnent leurs dossiers sur les 459. « Non, Freddy – pas sur la base d'un bout de papier et d'une écoute illégale d'un appel téléphonique. » J'ai dit à Miller de contacter M. et Mme Willard D. Farr et de demander l'autorisation de soumettre Lowell, dix-sept ans, à un interrogatoire. Miller s'y est opposé. « C'est un gros richard républicain ! Le maire Yorty me tuerait ! »

Oublie Lowell pour l'instant. J'ai appelé mon contact directeur de casting à la Warner et l'ai pressé de me balancer des ragots sur Natasha Lytess. Il a fouillé dans ses dossiers et m'a trouvé du lourd.

Née en Russie, le 16 mai 1911. A étudié avec Vsevolod Meyerhold le « révisionniste ». A émigré aux États-Unis. Joue des seconds rôles, que des bides. Dégote un contrat de répétitrice à la Metro. Rencontre Monroe sur le tournage de *Quand la ville dort*. S'entiche d'elle. La suit partout. Elles se retrouvent d'un studio à l'autre, d'un film à l'autre. Elle se maque avec Monroe brièvement. On est en février 1956. Monroe tourne *Arrêt d'autobus* à la Fox. Lytess a commencé à devenir collante et dominatrice. Des rumeurs sur leur relation lesbienne circulent. Monroe et la Fox virent Lytess. Lytess poursuit Monroe de ses coups de fil et lettres pleurnichardes. L'avocat de Monroe obtient une injonction d'éloignement. Entre elles, le torchon torride a brûlé.

Voilà la thurne de Morty. Un préfabriqué ultra-moderne. Des panneaux d'aluminium et du plexiglas teinté. Un abri de voiture en pierre concassée. Des terrasses sur pilotis et trois chambres noires. Des photos artistiques du *Mirror* partout. Morty appelé au chevet d'un cadavre, Morty invité à la chambre à gaz de Quentin.

Je me suis garé et je suis entré. J'ai entendu Morty tousser et j'ai foncé sur la terrasse de derrière. Une brise s'était levée, les pilotis oscillaient, un auvent rayé claquait.

Morty travaillait devant une haute table de dessinateur. Le plateau était jonché de tirages photo, coupures de journaux, crayons, stylos et tracts format poche. Voûté au-dessus de la table, il corrigeait un texte. Il m'a vu et a levé les yeux au ciel.

« Salut Freddy. Ça fait un bail. »

J'ai dit : « Vire l'article sur Marilyn Monroe et les Kennedy. Bill Parker trouve ce genre de chose offensant. »

Morty s'est gratté les couilles. Il portait un T-shirt taché et un boxer à carreaux :

« J'ai couvert le petit déjeuner de prière œcuménique au temple Beth Shalom. Bill était à moitié pété. Il a raconté au cardinal McIntyre et au rabbin Magnin la blague sur les trois Chinois qui veulent s'installer aux États-Unis. Il ne devrait pas boire en public. »

J'ai rigolé. « Révèle-moi ta source pour l'article sur Monroe. »

Morty m'a lancé un document. Le titre était : « Mort bizaroïde d'une sirène sexy », par M. Flic-sans-Frousse. L'illustration d'accompagnement : Monroe dans une publicité pour un soutien-gorge Milady, vers 1946.

J'ai parcouru le texte. Flic-sans-Frousse avait « scandaleusement surpris » l'élégante Marilyn, morte dans son lit. Son « corps canon » était couvert de petites marques lépreuses. Flic-sans-Frousse est arrivé à la « conclusion convaincante » que c'était la clique Kennedy qui avait ordonné sa mort. Leur mobile ? Étouffer les « ragots galopants » sur ses liaisons avec John et Robert et leur projet de former un « ménage mormon » dans la résidence présidentielle de Camp David. Une bande de mili-chieurs des droits civils avaient exécuté le boulot. La collection de disques de Harry Belafonte que possédait Marilyn soulignait bien ses « penchants pour les mélanges de races ».

Flic-sans-Frousse prédisait la chute de la clique Kennedy et des suicides en masse dans la famille Kennedy – une fois que *toute* l'histoire sortirait dans cette série de brochures novatrices.

J'ai allumé une cigarette. « À quelle distance dans la couche d'ozone cette rumeur Monroe/Kennedy vole-t-elle ? »

Morty m'a piqué une clope. « Elle circule dans les cercles du moment, où tout le monde se monte le bourrichon. Ce que les *vrais* initiés – comme toi et moi – savent, c'est que Jack tire son coup en deux minutes, et qu'il prévoit une heure pour ses rendez-vous, martini, club sandwich et papotage compris. Et avant que tu poses la question, Bobby n'a pas d'aventures. C'est sûr et certain. »

J'ai demandé : « Qui est Flic-sans-Frousse ? »

Morty s'est curé l'oreille avec un trombone. « Un flic cinglé de la division de West L.A. appelé Jack Clemmons, qui a été le premier envoyé sur les lieux pour constater le décès de Marilyn. Tu me connais, Freddy. Je suis partisan de la vraisemblance, et même dans ce contexte, je suis franchement coulant. Si je déniche quelque chose, je me dis que c'est vrai, et je le publie. La confirmation des faits, c'est pour les communistes et les tapettes. »

Clemmons. Deedee Grenier l'a balancé. Il était à la colle avec l'ex-flic/grand mondain Norm Krause. Big Norm bossait chez Wilshire Motors, aux alentours de 1949. Il a fait chanter Tom Kuchel, devenu sénateur, pour un écart avec une tapette. Clemmons et Krause : des tarés de droite et des potes de ce crétin de scribouillard Frank Capell.

J'ai passé tout ça au crible. J'ai essoré à fond et j'en ai sorti la substantifique moelle. J'ai pointé le doigt vers une pile de brochures format tabloïd. Elles étaient ultra-criardes avec leur encre verte.

Morty a agité la main. « C'est un torchon à diffusion restreinte que je vends à des abonnés. T'inquiète pas – pas question de parler de Marilyn et des K. Boys. »

J'ai prélevé cinq billets de cent dans ma liasse et je les ai posés sur la table. Morty a fait *Ooooh-la-la.*

« Une contrepartie, pour étouffer l'affaire Monroe et brûler tous les clichés de cul, ainsi que les négatifs. »

Morty est devenu pensif. *Oiseau tu n'es nullement...*

« Quelqu'un a balancé ton article à Daryl Gates au Renseignement. À ton avis, qui est-ce ? »

Morty s'est curé le nez. « Je dirais Motel Mike Bayless, chez les BITES. Gates et Motel Mike s'échangent des infos diffamatoires au quotidien. C'est comme des cartes de base-ball. Je t'échange des secrets sur les Black Muslims si tu me donnes des trucs sur un adjoint *faigelah* qui empapaoute des mecs dans Ferndell Park. Motel Mike est un escroc. Peut-être qu'il est en train de monter sa propre arnaque. »

J'ai balancé une peau de banane. « La nana qui a été enlevée, Gwen Perloff. Ça sent l'appât à plein nez. Qu'est-ce que tu as entendu dire ? »

Morty a gloussé. « J'ai entendu dire que les Hats et toi vous aviez dézingué un des kidnappeurs, et maintenant, Parker et Gates ont peur des répercussions.

– Je te parle de Perloff, Morty. Qu'est-ce que tu sais ?

– J'ai entendu dire qu'elle a des relations. Qu'elle distribue des messages louches et des bons au porteur pour des magnats comme Darryl Zanuck, Jack Warner et Lew Wasserman. J'appellerais ça les activités accessoires d'un appât. »

Des bons au porteur. Voilà qui confirmait les rumeurs. Comme celle du gouffre financier de *Cléopâtre* et de la Fox dans une merde noire.

*

Les gardiens devant la Fox m'ont fait signe d'entrer. Mes nouvelles accréditations les ont déboussolés. Je ne leur ai pas glissé de fric ni lancé de clin d'œil. Ils ont fait *Tu vas voir qui ?* J'ai fait *Me faites pas chier – je bosse pour le procureur maintenant.*

Je suis allé directement au bureau des castings. Je me suis garé devant et je suis entré direct. La salle d'attente était pleine de filles en bikini. Elles gambergeaient et répétaient des pas de danse. Elles portaient des panneaux sur lesquels on avait inscrit le nom du film pour lequel elles auditionnaient : *Soirée twist sous surveillance.*

Elles me donnaient le tournis avec leur twist et leur mashed potato. J'ai foutu mon insigne sous le nez d'un larbin qui distribuait des panneaux et lui ai demandé la filmographie complète de Gwen Perloff. Il a fouillé dans des tas de petits compartiments et m'a tendu un prospectus en papier glacé. Je suis ressorti et je l'ai parcouru, appuyé contre ma voiture.

La Gwen. Ses contrats à la Fox remontaient à 1951. Ils étaient discontinus. Entrecoupés de fréquents contrats publicitaires avec les maillots de bain Jantzen. La *Grande* Gwen – 1,78 mètre/63 kilos. Elle portait toujours des lunettes. Elle était aussi mannequin à temps partiel pour les Opticiens Eyeking. Elle a joué les troisièmes couteaux dans des harangues sur le problème des immigrés clandestins. Elle a joué la bombasse à faible espérance de vie dans des films de monstres. Elle a joué la maman nympho dans quatre nanars récents exploitant le goût du public pour le surf.

Rien de bandant là-dedans. Le bureau de Darryl Zanuck n'était pas loin. J'y suis allé à pied et je me suis planté à côté de l'accès privé. Je me suis pomponné et j'ai écarté les pans de ma veste pour bien montrer mon ceinturon et ses accessoires. La porte était entrouverte. Je suis entré direct.

Il m'a vu. Il m'a reconnu. Il a réprimé une grimace. En deux secondes, il a fait défiler dans sa tête mon pedigree et l'interminable liste de mes agressions contre la Fox.

Mes révélations. Mes diffamations. Mes potes gays du milieu du cinéma exploités et les stars de la Fox calomniées. Les saunas que j'ai mis sur écoute et les étalons à louer piégés au Tête-à-Queue et à L'Effleure du Mâle.

Dis quelque chose, Papi. Fais semblant que t'as pas peur. Planque-toi derrière ton grand bureau. Fais les cent pas et vas-y à l'esbroufe.

Zanuck a dit : « Bon. Je sais qui vous êtes. Les gardes m'ont prévenu. Vous êtes là et vous voulez quelque chose dont vous pensez que je… »

J'ai rapproché un grand fauteuil en cuir de son bureau. J'ai piqué un gros cigare dans une grande boîte. Je l'ai allumé et j'ai soufflé des ronds de fumée. Zanuck est devenu rouge scléreux.

« Il s'agit de Gwen Perloff. Je représente Bill Parker et le Bureau du procureur. Je me suis dit que j'allais vous éviter l'humiliation d'une visite en ville. »

Zanuck a allumé un cigare. La pièce s'est remplie de fumée. Il a avalé deux cachets, en douce. À mon avis, de la digitaline.

« J'ai déjà parlé à un sergent du Bureau du shérif appelé Bayless. J'ai été extrêmement ouvert et il a paru satisfait. »

J'ai fait *Niet.* « Avez-vous reçu une demande de rançon ?

– Non. Vous connaissez l'enchaînement des événements, parce que vous y avez participé. Une vieille dame asthmatique m'a appelé pour me dire que Miss Perloff avait été kidnappée. Elle m'a donné le nom de deux des hommes qui détenaient Miss Perloff, et l'adresse où elle était retenue. La vieille dame ne connaissait pas le nom de ceux qui avaient enlevé Gwen. J'ai appelé Bill Parker et j'ai expliqué la situation. Il vous a mis sur le coup, vous et les Hats. Vous connaissez la suite, parce que vous y étiez. »

J'ai dit : « Avez-vous reconnu la voix de la vieille dame ?

– Non.

– Est-ce que son appel est passé par le standard de la Fox ?

– Non, elle a appelé ma ligne directe.

– Comment s'est-elle procuré le numéro ?

– Je l'ignore.

– Est-il possible que ce soit une ancienne employée de la Fox ?

– J'y ai pensé. »

J'ai posé mes pieds sur le bureau de Papi. Une photo de sa famille s'est renversée.

« Est-ce que vous vous tapez Gwen Perloff, Papi ? Est-ce que c'est *ça*, le déclencheur de toute cette affaire ? Est-ce que c'est pour *ça* que la vieille dame savait qu'il fallait vous appeler ? »

Zanuck a mâchonné son cigare. Il a mordu l'extrémité et l'a arrachée. Il a pris la partie allumée et a écrasé les cendres. Il s'est mis à crachoter des bouts de tabac mouillé.

« Miss Perloff et moi avons une relation de mentor à protégée. »

J'ai mimé une branlette. « Donnez-moi des infos sur sa vie privée. Qui d'autre la saute ? Est-ce qu'elle est à voile et à vapeur ? Est-ce que vous vous servez d'elle comme appât pour attirer de gros investisseurs ? »

Zanuck a continué à postillonner. Il a failli s'étouffer avec de la bouillie de tabac et a craché dans son mouchoir.

J'ai dit : « Comment l'avez-vous rencontrée ? Qui vous l'a présentée ? C'était par une belle soirée d'été, c'est ça ? »

Zanuck s'est essuyé le visage. Son coup de sang était passé. Ses yeux étaient toujours aussi rouges. Il est devenu blanc albinos.

« Je traversais le service de la comptabilité. Quelqu'un – je ne me rappelle plus qui – a dit : "Patron, je vous présente Gwen". »

À côté du bureau de Papi, il y avait un bar. Je me suis servi un double cognac et je l'ai avalé.

« Les rumeurs ne manquent pas, Papi. Elles ont toutes pour objet votre fiasco, *Cléopâtre*. On raconte partout que vos pubards, cadres et secrétaires se disputent le moindre dollar, dans l'éventualité où le studio coulerait. Une partie du merdier est légale, une autre, non. On m'a laissé entendre que Gwen Perloff distribuait des bons au porteur. Pour vous et d'autres gros bonnets du cinéma. »

Fin du blanc albinos et retour au rouge vif. Les « bons au porteur » avaient fait mouche. J'ai attrapé une poignée de cigares et je me suis cassé.

La sécurité de la Fox comportait une vingtaine d'hommes. Ils étaient bien plus que décoratifs et pas franchement assermentés. Del Kinney était à leur tête. Mike Bayless avait dit que Kinney connaissait Gwen Perloff depuis longtemps. Kinney avait un pedigree long comme le bras. C'était un ex-lieutenant du Bureau du shérif et un ancien agent de sécurité de la Commission de contrôle des alcools. Il avait dirigé la force montée du shérif en 1937-1938. Il avait dirigé les recherches pour retrouver la dépouille de Mitzi Perloff. Les flics de la Fox étaient d'anciennes recrues du LAPD et du Bureau du shérif pendant la guerre. Ce qui signifiait qu'ils n'étaient pas mobilisables. Ce qui signifiait que c'était des minables, selon les critères de la police de L.A. La police et le shérif s'étaient débarrassés d'eux en 1946. Cassez-vous – on a récupéré nos gars. Kinney est entré à la Fox en 1953. Il a monté un nouveau korps de fliks. On le soupçonnait d'avoir vendu de la gnôle non taxée aux frères Aadland quand il était à la Commission de contrôle des alcools. Les frères Aadland étaient foxés jusqu'au trognon. Comme Del K.

Le bureau de la sécurité était fermé à clé. Personne ne m'a vu. J'ai attrapé une voiturette de golf garée là et j'ai parcouru le bâtiment de la comptabilité. Il était aussi grand qu'un studio. Quelqu'un avait mis Papi Zanuck en contact avec Gwen P. « Patron, je vous présente Gwen. »

La compta avait son propre parking. J'ai dénombré cinquante-quatre places, toutes occupées. J'ai parcouru les rangées et noté les numéros de plaques dans mon carnet. Voilà qui allait filer pas mal de boulot au service des immatriculations et au Bureau des informations générales. Des noms intéressants apparaîtraient peut-être. Coucou, regarde-moi. C'est *moi* qui vais te parler de Gwen.

Le relevé des plaques m'a pris deux heures. J'avais le moral dans les chaussettes. Et Lois et Pat dans la tête. Je prévoyais de tambouriner à la porte de Lois ce soir. Peut-être que j'irais tambouriner à la porte de Pat le lendemain. Pénétrer chez les Lawford. Défoncer la gueule de Peter. Obtenir de pouvoir jeter un coup d'œil au Catalogue de Filles top secret de Jack. Pat tomberait peut-être en pâmoison. Elle adore quand Peter se fait castrer.

Je me suis cassé de la Fox. Le moral était bas à la Fox aussi. Zanuck mentait au sujet de Gwen Perloff. Zanuck allait peut-être cafarder mon intrusion à Bill Parker. Ça plairait au Chef. L'opération Parker-Kennedy suivait certaines règles et ignorait certaines règles et cautionnait les intrusions des aimants à merde. Les intrus provoquaient la peur et exigeaient des informations. Les victimes des intrusions finissaient par obtempérer.

La mission Monroe numéro 2 me plombait le moral. Une omission dans les preuves était *criante*. Monroe, l'accumulatrice compulsive. Ses notes manuscrites sur des bouts de papier. L'intrusion numéro 2. La photo de Carole Landis à la morgue, juillet 1948. Les messages en lettres découpées. Combien d'autres messages et/ou clichés pervers Monroe a-t-elle reçus ? Et s'ils existent, où se trouvent-ils ?

Ses comptes bancaires connus ont été examinés. Son testament a été homologué. Où se trouvent son courrier de fans et ses souvenirs vicelards ? Personne n'a découvert de carnet d'adresses. Pas moi, pas les flics de West L.A. Aurait-elle loué des coffres sous un faux nom ? J'ai fait quelques vérifications auprès de banques de West L.A. et j'ai trouvé que dalle.

Je suis descendu en ville. Je me suis arrêté chez Andrews Hardware et j'ai acheté des tonnes de fournitures de bureau. Je suis allé au bureau central de la police et j'ai monté mon bazar au Renseignement. J'ai refait mon box, de fond en comble.

J'ai reproduit les panneaux de liège que j'avais installés chez moi. J'ai marqué le premier « *Monroe* » et le second « *Enlèvement* ». J'ai épinglé des notes sous les en-têtes. Des papiers rouges pour « *Monroe* », des verts pour « *Enlèvement.* » J'ai accroché mes onze pages de souvenirs retrouvés grâce au cocktail explosif sur le tableau numéro 1. J'ai noté des observations sur des papiers rouges et je les ai épinglées juste en dessous.

(Jack Clemmons voit le corps. Tôt le matin du 5 août. Important ?) (JC proche de Norm Krause, ex-maître chanteur.) (Deedee Grenier : fréquentation connue de Monroe. Invitée aux soirées défonce de Jeanne Carmen. Frère de DG : Paul Mitchell Grenier/ex-taulard, arnaqueur de pédales, fait chanter des maris infidèles avec DG.)

Plus : *Lowell Farr, Pat & Peter Lawford, Roddy McDowall, Natasha Lytess. (Lytess s'est installée dans maison proche Monroe & a été vue en train de la surveiller.)*

J'ai noté des observations sur des papiers verts et je les ai accrochés sur le tableau numéro 2.

(« C'est un coup monté » : Richard Danforth, 4/8/1962) (Mike Bayless : pas franchement fiable sur chronologie de l'enlèvement et réaction du shérif.) (Darryl F. Zanuck : réponses fallacieuses à toutes les questions sur Perloff. Nie que Perloff transmet des bons au porteur. En remettre une couche pour intimider DFZ.) (Interroger Del Kinney au sujet de Perloff.) (Collecter des informations avant d'approcher Perloff.)

Mon box était équipé d'un tube pour envoi de pneumatiques. Il expédiait des messages directs au Bureau des informations générales. J'ai mis ma liste de plaques relevées devant la compta de la Fox dans un cylindre en y ajoutant ce message : toutes les plaques minéralogiques/toutes les infos sur les véhicules/toutes les données personnelles/tous les casiers judiciaires. J'ai inséré le cylindre dans le tube et je l'ai entendu partir avec un *whoouch*.

J'ai enchaîné avec le boulot téléphonique. J'ai appelé Nat et Phil et je leur ai dit de reprendre les coups de fil aux traiteurs et aux boîtes de messagerie. Ouais, *tout de suite* – bande de branleurs. *En plus* de vos interrogatoires de voisinage autour de chez Lawford et Monroe. J'ai attrapé un annuaire des pages jaunes et j'ai contacté les banques de Wilshire Boulevard moi-même.

J'ai parlé à trente-deux directeurs d'agences. J'ai récupéré trente-deux « Non ». Ça m'a pris plus de quatre heures. Non, Lieutenant – Miss Monroe n'avait pas loué de coffre chez nous.

Elle avait peut-être utilisé un pseudonyme. Elle avait peut-être donné de fausses références. Elle s'était peut-être déguisée en grosse.

Merde.

*

Elle se sera préparée. Elle devait s'attendre à ce que j'apporte des fleurs. Que j'arrive tard. Elle aura orchestré le moment. Elle était du genre à attendre près du téléphone, comme moi.

Le Chapman Park Hotel and Bungalows. *Son* bungalow. La balancelle sur la terrasse. Elle appelait l'orage. Je sentais déjà la brise et l'air humide. Il n'y avait pas d'étoiles visibles à 22 h 20. Lois Nettleton écrivait la partition de l'enchantement.

Je me suis garé sur le parking derrière et je suis allé à pied. Elle a humé l'air et a ri avant de me voir. J'en ai fait des tonnes avec les fleurs, comme toujours.

La voici – ma correspondante nocturne.

En jupe de sergé et chemisier en oxford bleu. Voyez ses mocassins marron et ses socquettes blanches. Et sa nouvelle coupe de cheveux dégradée. Elle est revenue à son châtain naturel.

J'ai mis les fleurs dans un pichet. Le vin blanc et la salade fraîche de homard étaient prêts. Lois a tapoté l'assise de la balancelle et a poussé en arrière. Je me suis posé à côté d'elle. Nous nous sommes installés tête contre tête pour regarder le ciel. Lois a dit : « Ton eau de Cologne citronnée bon marché. » Pat en parlait toujours.

J'ai tendu la main. Trois gouttes de pluie sont tombées. De l'autre côté de Wilshire, l'Ambassador et le Cocoanut Grove. Dick Haymes à l'affiche. J'ai entendu quelques notes de *How Are Things in Glocca Morra ?*

Lois a souri. Elle adorait cette chanson. J'ai dit : « Alors, comment ça se passe, là-bas ? »

Lois a dit : « La routine. J'habite là-bas et j'y travaille. J'y suis mariée. Quand j'en ai assez, j'invente une excuse pour venir te voir. »

J'ai souri. « J'espère que Nat ne t'a pas dit ce que nous trafiquons en ce moment. »

Lois a bu une gorgée de vin. « Si. Il m'a dit que je devrais t'en parler, parce qu'il regretterait de te cacher des choses, et que tu ne dois pas croire qu'il dissimule. Il a dit qu'il trouve incroyable la portée de cette affaire, et il s'inquiète du nombre invraisemblable de manières dont ça pourrait foirer. »

J'ai dit : « Là-dessus, il a raison. Il n'y a aucune manière sûre de s'en sortir. C'est ça qui est inquiétant. »

Lois a enlevé son alliance et l'a jetée dans la salade. Un éclair a brusquement illuminé Wilshire.

« Je pensais que tu commencerais par "J'ai de l'argent. Allons quelque part échouer ensemble." Nat a dit que tu étais plein aux as. »

J'ai fait *Niet*. « Ça suffit. Tu es ici, je suis ici, et tu es ici pour des raisons qui n'ont rien à voir avec moi. Tu sais que je serai toujours là, et toujours réceptif. »

Lois a allumé une cigarette. « J'ai un contrat pour partager l'affiche avec quelqu'un à la Metro. C'est un film sur une hôtesse de l'air qui tombe amoureuse, et le tournage commencera en début d'année prochaine. Je suis là pour les premières répétitions, et pour passer une audition pour deux films de série B à la Fox. Le premier est un navet pour ados avec de la danse, l'autre une histoire de rat d'égout qui se nourrit de déchets radioactifs et grossit jusqu'à faire 3 mètres de haut. La Fox se met à faire des séries B à tour de bras – ils perdent une fortune avec *Cléopâtre*. »

La pluie arrosait notre dîner. Lois a éteint sa cigarette et frissonné. Elle a souri d'un air entendu. J'ai compris l'allusion et je l'ai portée à l'intérieur.

Nous nous sommes déshabillés dans la chambre. J'ai ouvert grand les rideaux de la fenêtre côté sud. Nous avions droit aux éclairs et à un vrai déluge sur Wilshire Boulevard. Lois a éteint les lumières.

Nous nous sommes mis au lit et nous avons joué à cache-cache sous les draps. Nous ne l'avons pas fait parce que nous ne l'avons jamais fait et nous ne le ferons probablement jamais.

La partie de cache-cache s'est ralentie. Nous avons échangé des baisers, des caresses et nous nous sommes entrelacés de nouvelles manières. Nous nous sommes endormis. Il a plu toute la nuit. J'ai vu Marilyn Monroe et Lowell Farr dans un rêve.

Je me suis souvenu d'un jour particulier. Marilyn et Lowell qui se dirigeaient vers le portail. Elles étaient visiblement sales. Je m'étais dit qu'elles avaient baisé dans le jardin. C'était une erreur. Elles étaient trop sales. C'était forcément autre chose.

25

(LOS ANGELES, 10 H 05, SAMEDI 18/8/1962)

Je me suis garé sur la Pacific Coast Highway. La portion du trottoir appartenait aux Lawford. Ce qui me mettait en infraction fédérale. Cette andouille de Peter avait obtenu une mesure d'éloignement contre moi.

J'avais un merdier fédéral et un merdier Kennedy dans la tête. Eddie Chacón m'avait appelé. Il me donnait du *Señor* Freddy. Il a dit que le *Señor* Bob exigeait que je me présente demain à 9 heures au Bureau du procureur. J'ai mis au point dans ma tête un déballage fracassant de preuves. Le *Señor* Pourri allait faire dans son froc.

J'ai pris l'allée. Je portais les vêtements de la soirée passée avec Lois et j'étais venu directement à la Villa Pat. Pat, le chien renifleur. Peut-être qu'elle serait là, peut-être qu'elle sentirait l'odeur du rendez-vous d'hier soir.

Le portail était ouvert. Je suis arrivé sur la terrasse derrière. Lawford se prélassait dans un transat. Il était en tenue de tennis blanche. Il sirotait un bloody mary et jouait avec un ballon de volley.

Il m'a vu. Il a soupiré. Il a dit : « Vous avez du culot. »

J'ai regardé vers la gauche. Une porte-fenêtre coulissante a émis un bruit sourd et un grincement. Pat a regardé dehors. Je lui ai fait un clin d'œil. Elle n'a pas bronché.

Lawford s'est levé. Je l'ai obligé à se rasseoir, et d'un coup de pied, j'ai envoyé le ballon dans l'eau.

« Je veux le Catalogue de Filles que vous tenez pour Jack. Nous allons entrer. Vous allez me le donner. »

Lawford a dit : « Vous pouvez toujours rêver. »

Je l'ai attrapé par les cheveux et je l'ai tiré pour le mettre debout. Il a poussé un cri. Je lui ai mis plusieurs claques et je l'ai projeté dans la porte-fenêtre. Il l'a prise dans le nez direct. Il a poussé un cri. Il a ouvert la porte-fenêtre d'un coup d'épaule et est entré dans la cuisine en trébuchant.

Je l'ai suivi. Il laissait des gouttes de sang sur son passage ; il a tourné vers un couloir adjacent. Je suis allé droit au coin petit déjeuner et je me suis servi un bloody mary. Un appareil photo Nikon était accroché à une patère. J'ai examiné la fente d'exposition. Une nouvelle pellicule était installée.

Lawford est revenu en titubant dans la cuisine. Il tenait une serviette appuyée sur son nez et dans la main, un carnet en similicuir. Je le lui ai arraché. La couverture était estampée du sceau présidentiel.

J'ai rigolé. Lawford a dit : « Vous êtes une sacrée canaille. »

J'ai dit : « Je suis en mission top secret pour le procureur général. Le procureur général Kennedy n'approuverait pas que le président ait accès à ce carnet. »

Pat a gloussé. J'ai repéré où elle se trouvait.

Dans l'alcôve du fond. Hors de vue mais suffisamment près pour nous entendre.

J'ai feuilleté les pages. Le carnet contenait des photos surexposées. Des actrices peu connues montraient leurs appâts. La foufoune en gros plan, avec des poils pubiens à côté. Les noms, numéros de téléphone, mensurations et apparitions télévisées. Tamponné sur chaque page : « Ne demandez pas ce que votre pays peut faire pour *VOUS* – demandez ce que *VOUS* pouvez faire pour votre président !!!!! »

J'ai fait la mise au point avec l'appareil photo et j'ai photographié les huit premières pages. Lawford rôdait tout près et vacillait. La serviette imbibée de sang gouttait sur le sol.

« Où vous l'avez eu ? Qui l'a constitué ? »

L'Enflure m'a piqué mon bloody mary et l'a avalé d'un trait. Il a essuyé ses lèvres couvertes de sang et de tomate.

« Une serveuse d'une boîte de traiteur me l'a vendu sous le manteau, il y a peut-être trois mois. Je ne me souviens pas de son nom, mais elle était du genre reine des abeilles. Elle avait entendu des rumeurs sur Jack et se disait que ça le brancherait. Jack a dit qu'il y jetterait un œil la prochaine fois qu'il passerait. »

J'ai tapoté du doigt la couverture du carnet. « Milieu de l'été. Une serveuse du nom d'Eleanor vous a appelé. Vous lui avez fait du gringue et elle vous a balancé un serveur du nom de Rick Dawes – qui est peut-être bien un harceleur de pédales et soupçonné de cambriolages. Vous vous rappelez cette conversation ? Eleanora est-elle la femme genre “reine des abeilles” qui vous a vendu le Catalogue de filles ? Vous rappelez-vous *quelque chose* de cette conversation ? »

Lawford a balbutié. « Je ne sais pas, il y a plein de nanas qui m'appellent. Je suis notoirement quelqu'un de friqué et dans le coup… Putain, j'ai mal au nez. »

J'ai photographié les huit dernières pages. J'ai vu d'autres photos surexposées. Des hôtesses de l'air qui montraient leur chatte. La totale, avec les poils pubiens collés à côté. Les noms, numéros de téléphone, mensurations et compagnie aérienne. Les hôtesses portaient leur toque d'uniforme.

Lawford a gloussé. « À toute chose malheur est bon. Je connais un médecin qui fait des visites à domicile. Il me fera une piqûre et m'enverra dans la Quatrième Dimension. »

J'ai emporté le catalogue jusqu'à l'évier. J'ai mis en route le broyeur. Lawford a hurlé comme une femmelette. J'ai déchiré les pages et je les ai enfoncées dans la bonde. Le broyeur a déchiqueté en gémissant. De la pulpe de papier et des bouts de scotch avec des poils collés ont sauté. Des morceaux d'écorce d'orange et du marc de café ont constellé ma veste Sy Devore.

J'ai attrapé l'appareil photo et je me suis cassé. Dans mon sillage, les grincements du broyeur et les cris de femmelette. Quelqu'un avait glissé un mot sous mes essuie-glaces. Je l'ai enlevé.

Eh bien, ça alors.

« Je t'aime de nouveau. P. »

26

(LOS ANGELES, 9 H 04, DIMANCHE 19/8/1962)

Bob le Pourri m'a passé sur le gril.

Eddie Chacón est venu me chercher et m'a emmené en ville. On a fumé les cigares cubains de Darryl Zanuck en chemin. Eddie râlait. *Aaaay, caramba* – les balles de votre Magnum ont déchiré les gilets pare-balles de trois agents fédéraux et leur ont filé de gros bleus au thorax. J'ai réagi en rigolant.

La circulation rugissait, la température montait en flèche, la couche de brouillard s'est levée. Eddie a garé son véhicule fédéral en double file et m'a emmené à l'intérieur. Je m'attendais à une causerie dans un bureau. Eddie m'a enfermé dans une pièce cubique de quatre mètres sur quatre.

Une table, deux chaises, trois murs blancs, un miroir sans tain. Avec des micros partout, certainement.

Bobby était en retard. J'avais apporté ma mallette. J'avais développé les photos du Catalogue de Filles au Renseignement et je les avais étiquetées « Pièce A ». Bobby méprisait Peter Lawford. Les photos attiseraient ce feu.

La porte s'est ouverte en grand. Je me suis levé. Bobby traînait une mallette en cuir. J'ai fait : « Monsieur. » Il a fait : « Lieutenant. » Nos costumes étaient assortis. Nous portions une chemise blanche, une cravate bleue, un costume Dacron gris. Prêt-à-porter classique chez les flics.

Bobby a déverrouillé sa mallette et laissé entrevoir le contenu. Toutes les preuves de ma mission pour Hoffa y étaient entassées. Il a sorti une enveloppe en papier kraft et a glissé la mallette sous la table. Je me suis assis. Il s'est assis en face de moi. OK – c'est parti.

J'ai réprimé un sourire. Bobby a vidé le contenu de l'enveloppe sur la table. Trois tas de photos. Il a enlevé les élastiques et les a étalées sur la table.

Caméra humaine revisitée. Mon intrusion du 4 août 1962.

« Photos numéros 5 à 27. Toutes prises dans le salon. Les supports de micros dans les murs et les espaceurs dans les combinés téléphoniques qui ont été laissés là-bas. À votre avis, qui les a installés ?

– Au début, je pensais que les propriétaires précédents de la maison étaient surveillés. Je suis allé me renseigner auprès de l'agence immobilière qui a vendu la maison à Monroe. Ces gens-là étaient parfaitement réglos, ils n'auraient jamais fait l'objet d'une surveillance. Les supports ressemblent à ceux qu'utilise le FBI ou le Bureau du shérif de L.A., et les BITES font beaucoup d'installations de ce genre pour l'antenne de L.A. du FBI. À mon avis, c'était une opération d'amateurs, qui se sont servis d'un équipement professionnel. J'imagine qu'il s'agit soit de voyous soit de flics ripoux bossant en indépendants. »

Bobby a dit : « OK. Le tiroir à lingerie de Marilyn. Photos numéros 4 à 11, les clichés pornos. Donnez-moi les informations sur le sperme séché. Avez-vous une possible identité pour l'homme des photos ? »

J'ai dit : « Le sperme est actuellement au labo du LAPD pour des tests comparatifs. Cela implique de passer en revue des centaines d'échantillons déjà répertoriés. Phil Irwin et Nat Denkins ont déjà examiné quarante-trois classeurs de photos d'identité judiciaire du LAPD et du Bureau du shérif à la recherche de pistes sur des pervers potentiels qui hanteraient West L.A. On n'a absolument rien trouvé.

– OK. Le tiroir à lingerie de Marilyn, à nouveau. La photo de Carole Landis à la morgue et le message délirant composé de lettres de magazines collées. De quoi s'agit-il ? »

J'ai répondu : « Très probablement, des conneries d'un fan cinglé. Ces photos de Landis à la morgue se retrouvent partout depuis la fin des années 40. Un larbin de la morgue en a fait un double et en a tiré un million d'exemplaires. Je les vendais en douce moi aussi. Un taré quelconque en a envoyé une à Monroe, et elle a fini par faire une overdose, tout comme Landis. *Et alors ?* Idem pour la lettre – qui m'amène à formuler une requête. En relation avec des courriers de fans planqués. »

Le procureur général a tapoté la table. « J'écoute. »

J'ai tapoté la table. Le Procureur général, RFK, l'enfant-roi personnifié. J'ai singé son impatience.

« Cela s'est passé le 19 mai. Je surveillais la maison et j'ai vu Monroe et Lowell Farr sortir par la porte de devant ; elles étaient très sales. Au départ, j'ai cru qu'elles avaient jardiné derrière, mais j'en suis arrivé à me dire qu'elles creusaient sous la maison. Je veux un mandat de perquisition et saisie. »

Bobby a soupiré. « Je vous en ferai un. Tant que vous y êtes, avez-vous d'autres faveurs à demander ? »

Sale enculé d'Irlandais de la haute...

« J'ai égaré une feuille de papier avec cent quarante-trois numéros de plaques d'immatriculation. J'avais suivi Monroe jusque dans la Valley, mais j'ai perdu sa trace. J'ai relevé toutes les plaques dans le quartier avec l'intention d'aller les vérifier au service des immatriculations. L'endroit était bizarre pour quelqu'un comme Monroe. J'ai aussi un souvenir de cet endroit que je n'arrive pas bien à reconstituer. Ça me turlupine, on dirait que ça renvoie à quelque chose qui a eu lieu *après* que j'ai suivi Monroe ce jour-là.

– Vous pensez que cette feuille de papier pourrait se trouver parmi les documents qu'Eddie et ses gars ont pris dans votre appartement ? D'accord, je vérifierai. »

J'ai incliné ma chaise en arrière et je me suis étiré. Baby Bobby a tapoté les poches de sa veste. Il fumait des cigares, comme Big Baby Jack. Je lui ai lancé un des cubains soutirés à l'autre. Il a rebondi sur sa cravate avant de tomber sur la table.

Il a froncé les sourcils. J'ai tourné la molette de mon briquet et je me suis penché vers lui. Il a allumé son cigare.

« Passons à l'appel d'"Eleanora" à Peter Lawford. Que faites-vous pour suivre la piste du cambriolage par "Rick Dawes" ? »

J'ai énuméré sur mes doigts. « J'ai Phil et Nat qui appellent toutes les boîtes de traiteur à domicile et toutes les entreprises de messagerie téléphonique de L.A. Jusqu'à maintenant, sans succès. Miller Leavy refuse de mettre la pression à la police de Beverly Hills pour qu'ils nous donnent leurs dossiers sur les cambriolages. »

Bobby a tiré sur son cigare. « Il fait bien. Je ne me mêlerais pas des affaires des polices départementales non plus. »

J'ai ouvert ma mallette. J'avais préparé mes expos photo moi aussi. Deux feuilles de carton avec du scotch. Vingt-quatre photos d'actrices de la télévision et d'hôtesses de l'air. Catalogue de filles en édition de luxe. Toutes à poil/chatte en gros plan.

Je les ai posées sur la table. Sous son nez, bien provocantes. Bobby les a examinées.

« J'ai pris ces photos à Peter Lawford hier. Elles étaient collées dans un carnet estampé du sceau présidentiel. Lawford m'a dit qu'une serveuse du genre "reine des abeilles" lui avait passé ces clichés. Lawford a l'intention de donner ledit Catalogue de Filles au président la prochaine fois qu'il passera à L.A., mais il ne se rappelle pas sa conversation téléphonique avec "Eleanora". »

Bobby a écrasé son cigare par terre. Son regard assassin s'est décomposé. Il a carrément *rougi*.

« Je vous dois des remerciements pour avoir retiré le carnet des mains de Peter. Je dois à Mister Denkins des remerciements pour avoir réinterprété un certain nombre d'appels que Marilyn a passés à la Maison-Blanche et au ministère de la Justice. Je vous dois un avertissement sur votre manière directe et bien trop familière de parler de membres de ma famille, et je vous mets en garde : ne parlez jamais de ma sœur Pat. »

Je me suis penché vers lui. « Vos remerciements, vos avertissements et vos mises en garde, vous pouvez vous les foutre au cul, Mister Kennedy. À la place, vous pourriez m'assurer que vous n'utiliserez pas les preuves que j'ai accumulées pendant que je travaillais pour Jimmy Hoffa et que vous ne me ferez pas convoquer devant un grand jury fédéral pour témoigner contre lui, ce qui pourrait me conduire à me prendre deux balles dans la tête, au bout du compte. »

Bobby s'est penché vers moi. Son regard assassin s'est *re*-composé.

« Il n'en est pas question. Parce que je sais que Bill Parker vous a chargé de bâtir un dossier diffamatoire sur mon frère et moi, pour remplacer le portrait à charge de Marilyn sur lequel le Chef et moi avons passé un accord. Son joker, c'est de s'assurer que mon frère et moi ne reviendrons pas sur notre promesse de virer Hoover et de donner le fauteuil à Parker. Pouvez-vous sincèrement m'affirmer que ce n'est pas le plan de Parker ? »

J'ai dit : « Non, je ne peux pas.

– Très bien. Qu'est-ce que vous avez réussi à trouver sur nous, jusqu'à présent ? »

J'ai fait craquer mes doigts. « Un flic hyper à droite a écrit un brûlot délirant sur vous deux et Monroe. J'y ai mis le holà. Je me suis assuré qu'il n'y ait aucune mention de vous et Jack – je veux dire, le président – dans les douze millions de coupures de presse que j'ai lues. Les penchants du président sont bien connus dans les milieux du cinéma – mais pas en dehors – et mes enquêtes de voisinage l'ont confirmé plus d'une douzaine de fois. Jusqu'ici, personne ne semble avoir envie de parler. Jack – je veux dire, le président – n'a rien à craindre de ce côté-là. »

Bobby a dit : « Appelez-le Jack. Pensez-vous que je suis dévot et trouillard au point de m'y opposer ? »

J'ai fait craquer mes pouces. « Hoffa me soucie. Ce n'est pas tant le fait que vous le descendiez en flammes devant une cour et que vous m'obligiez à témoigner. C'est son attitude après que vous avez fichu en l'air sa mission Monroe. Il prend la chose avec *désinvolture*. Il nous paye nos primes, à mes gars et moi, sans qu'on lui ait demandé. Il a forcément un intérêt financier quelque part, sinon toute cette affaire de chantage-au-président-et-au-procureur-sur-des-histoires-de-chattes-d'actrices n'a absolument aucun sens. »

Bobby a farfouillé dans sa mallette. Il a sorti une liasse de transcriptions d'écoutes et l'a rapidement parcourue.

« Conversation entre Marilyn et ma sœur. Marilyn dit à Pat que sa maison a été cambriolée, que des objets ont été déplacés, qu'elle a reçu des lettres offensantes et des appels anonymes. Comment interprétez-vous cela ? S'agit-il du connard qui a envoyé la photo de Carole Landis et le message avec les lettres découpées, ou serait-ce une énième manifestation d'un fan cinglé ? »

J'ai haussé les épaules. « Je ne sais pas, mais à mon avis, elle a fait son petit numéro à Pat. Bou-hou, j'ai peur, regardez-moi. Pat a beaucoup d'empathie ; elle est le public parfait pour Monroe.

– C'est exact. Et elle est le public parfait pour vous aussi. Ne rougissez pas, Lieutenant. Je suis le frère à qui Pat se confie, et ses confidences pèchent par excès de candeur. »

J'ai attrapé ma mallette et je me suis levé. Mes jambes tremblaient. Bobby m'a lancé un regard fourbe.

« Faites attention à vous, mon garçon. Quand on balance un suspect d'enlèvement du haut d'une falaise, ça peut revenir vous hanter. »

27

(LOS ANGELES, 9 H 20, LUNDI 20/8/1962)

Trois hommes avec pelles. Nat, Phil et moi. On était près de 5th Helena. On a apporté des pelles, des pieds-de-biche, et des outils d'excavation. Bobby K. nous a obtenu notre mandat. Miller Leavy l'a fait valider par un juge de la Cour supérieure. On a l'autorisation de défoncer la porte à 9 h 30.

On a patienté à côté de ladite porte. En fumant comme des pompiers. 5th Helena était totalement silencieux. Les flics de West L.A. ont viré les gamins qui faisaient la fête hier soir. Ils en ont arrêté six pour vagabondage et possession de marie-jeanne. J'ai lu les comptes rendus des arrestations. Lowell Farr a évité la descente.

J'étais content. Lowell était une gamine un peu sorcière. Elle était entrée dans la baraque par effraction et avait communié avec Monroe à sa manière. Je l'avais épiée depuis le toit de Natasha Lytess. Je n'arrivais pas à oublier sa peinture murale. Monroe sous ses traits à elle/elle en Monroe. La symbolique m'ébranlait.

Je ne tenais pas en place. Dans ma tête, j'avais des planques pleines de courrier de fans, de lettres intimes, de fétiches bizarres. Le testament de Monroe était homologué. Daryl Gates a polémiqué pour obtenir un inventaire. « La correspondance de routine » est allée à son avocat. Les petites sommes d'argent, les livres et les meubles sont revenus à sa famille de cas sociaux. Le testament ne me conduisait nulle part.

Idem pour les tests du labo et les autres vérifications.

Les photos tachées de foutre sont encore en cours d'analyse. L'enquête sur José Bolaños se poursuit – pas de résultats pour l'instant. Pas de retours du Bureau des informations générales sur les voitures garées devant la compta de la Fox. J'ai appelé le service du personnel et j'ai demandé une liste de tous les employés de la comptabilité. Un chef de bureau m'a mis un vent. *Qui a présenté Gwen Perloff à Darryl F. Zanuck ?* J'ai compilé une liste de noms tirés du Catalogue de Filles de Peter Lawford. J'ai ajouté des descriptions physiques et les noms des compagnies aériennes pour les hôtesses. J'ai communiqué cette liste aux flics des archives du Renseignement et des Informations générales. Pas encore de résultats.

Phil a tapoté sa montre. *Il est 9 h 30 – on y va.*

J'avais le passe confié par le Renseignement. Un tour de clé et nous étions à l'intérieur. Il régnait dans le salon une chaleur poisseuse. Nat et Phil ont ouvert des fenêtres. Une brise a aéré la pièce. Je me suis dirigé droit vers le mur côté sud. Le portrait de Lowell Farr avait été recouvert.

Des petits vandales l'avaient bombé avec de la peinture rouge pomme d'amour. Des petits commentateurs avaient gribouillé par-dessus. *« Fuck l'apartheid », « Les Nazis du Surf Sont les plus Forts », « Nous vaincrons », « Votez Goldwater en 1964 ».*

Nous nous sommes dispersés dans la maison. Nous cherchions des défauts de jointures dans les murs, les planchers et les placards. Marilyn et Lowell étaient sales, ce jour-là. Elles ne creusaient pas *à l'extérieur*. J'ai examiné l'extérieur vingt fois depuis ce jour-là. Elles creusaient *à l'intérieur*. Forcément.

Les murs étaient nickel. Ils avaient l'air costauds. Les sols des placards ne comportaient pas de fentes ni de gonds qui auraient révélé la présence d'une trappe. Nous avons examiné les planchers. La construction de la maison remontait aux années 20. Tous les tapis étaient partis. Les chambres, les couloirs, le salon. Partout, des planchers éraflés.

Dans les chambres, les lames du parquet étaient impeccables. Pas d'irrégularité, pas d'indice de la présence d'un gond. Les couloirs étaient comme les chambres. Nous sommes retournés dans le salon. Les murs en stuc étaient parfaitement lisses. J'ai scruté le sol, en mode Caméra humaine.

Dans un sens, dans l'autre, en perpendiculaire. Nord, sud, est et ouest. Une fois, deux fois, trois fois. Qu'est-ce c'est, là, à côté du mur côté sud ? C'est celui où la gamine a peint. Qu'est-ce qu'il y a là – *juste là.*

Des anomalies dans les lames du plancher. À partir du mur peint, cinq lames. En bois neuf, sans la moindre rayure. Qui couvrent une surface de deux mètres. Rabotés et poncés. Jointés à d'anciennes lames. Avant, des tapis recouvraient les nouvelles lames. Maintenant, je repérais la dissonance.

Nat et Phil ont rappliqué. J'ai pointé un index. Ils sont futés, mes gars – leurs ampoules cérébrales se sont allumées direct.

J'ai repéré une fente de moins d'un centimètre de large à la jonction avec le mur. Elle courait le long des cinq lames neuves. J'ai glissé mon pied-de-biche au milieu et j'ai tiré.

Un mécanisme à charnières s'est actionné. Avec un grincement, les cinq lames ont bondi à un angle de quarante-cinq degrés. Nat et Phil sont restés bouche bée. J'ai regardé ce qu'il y avait en dessous.

C'est une cachette/une planque/un grand compartiment secret. Des parois en bois brut et un sol en terre battue. Les murs sont dans l'alignement de ceux du salon. Il y a une échelle fixée dans la paroi juste en dessous de moi.

Nat a sifflé. Phil m'a donné une lampe-torche. Je suis descendu. La température a chuté. La puanteur m'a fait éternuer.

J'ai balayé le mur près de moi avec le faisceau de ma lampe. Un interrupteur est apparu. Je l'ai actionné. Une ampoule au plafond a éclairé la pièce. J'ai vu *ceci* :

Le plancher, les murs. Un sous-sol construit selon la même disposition que le salon. Vide, à l'exception de *ceci* :

Une grosse malle de voyage. Vieille et usée. Le couvercle équipé d'un loquet relevé verticalement. Deux séries d'empreintes de pas allant de la malle à l'échelle. Dans un sens et dans l'autre. Faciles à identifier.

Marilyn avait de petits pieds. Lowell avait de grands pieds. J'ai vu des traces montrant que la malle avait été traînée du mur sud jusqu'au milieu du sous-sol. Les filles l'avaient tirée toutes les deux. Les empreintes de petits pieds/grands pieds étaient claires. Elles avaient ouvert la malle juste sous l'ampoule. Elles voulaient un maximum de lumière.

Je suis allé jusqu'à la malle. Nat et Phil ont dégringolé l'échelle. Ils ont toussé et éternué, puis sont venus me rejoindre. Je me suis accroupi et j'ai fait un gros plan. Nat et Phil ont éclairé la malle. J'ai examiné son contenu, un objet après l'autre. J'ai inventorié *ceci* :

Une esquisse au crayon. Crayon rouge sur du vieux papier à croquis. C'est le dessin d'une maison moderne de la fin des années 40. Il est daté du 22 juin 1948. Il est signé NJB. Ces initiales désignent *forcément* Norma Jean Baker. C'était le nom de la Monroe d'avant.

Une liasse de blocs d'ordonnances médicales retenus par un élastique. Également vieux et jaunis. En en-tête : « Sheldon Mandel/Docteur en médecine, Consultations en psychiatrie. » Plus une adresse sur Bedford Drive, Beverly Hills. Plus un numéro de téléphone à quatre chiffres de Crestview. Les quatre chiffres, ça remonte aux années 40.

Un sac en papier à moitié décomposé. Plein de fleurs et de feuilles de marie-jeanne. De grosses fleurs et de grandes feuilles. De la bonne marie-jeanne.

Des flacons de pilules vides. Aux étiquettes lisibles. Délivrés par la pharmacie du Beverly Wilshire Hotel. Du Phénobarbital et du Sécobarbital. Prescrits à Norma Jean Baker. Prescrits par le Dr Sheldon Mandel.

« Norma Jean Baker » était barré d'un trait à l'encre noire. Monroe avait écrit en dessous « ce n'est plus mon nom ». Je reprends la Caméra humaine. J'avais farfouillé dans les poubelles de Monroe, un mois plus tôt. J'avais trouvé un flacon vide de Nembutal. Elle avait barré « Marilyn Monroe ». Elle avait écrit « ce n'est plus mon nom » en dessous.

Je reprends la Caméra humaine. J'étais entré par effraction dans le bureau de Ralph Greenson et Milt Wexler. J'avais écouté un enregistrement d'une conversation entre Greenson et Monroe. Monroe disait à Greenson qu'elle détenait des infos compromettantes sur Jack-et-Bobby qui remontaient à quatorze ans. Autrement dit, 1948.

Le dernier objet. Qui a l'air flambant neuf. C'est une carte de visite plastifiée.

La carte est au nom de « Foxtone Services ». Ornée d'un logo avec un renard au regard lubrique. Le *fox* a une grosse langue fourchue. Le pervers à poils halète. Il porte un collier à pointes fétichiste et il est doté d'un braquemart bicéphale. Sur la carte :

« Foxtone Services/Boîte postale 6969/L.A., Californie/Votre épouse ou la mienne ?/Opportunités financières »

*FOX*tone. La 20th Century-*FOX*. *Cléopâtre* est un gouffre financier, la *FOX* est dans la merde, *Cléopâtre* est en train de saigner la *FOX* à blanc.

J'ai foncé vers l'ouest sur Fountain. Le Foxtone *fox* rôdait derrière moi. Il était le cerbère sur mes traces. Nous nous pourchassions depuis trois heures.

Il m'a suivi en ville. Je suis passé par le Service du renseignement, les Mœurs, et le Service des inspections postales. J'ai eu les infos sur la boîte postale 6969. La série des boîtes en

69 correspondait au « Standard de Bev ». Il était au croisement de Fountain et Crescent Heights. La propriétaire était une certaine Bev Shoftel.

C'est un dépôt de courrier avec une devanture ordinaire. Les clients possèdent la clé de la porte d'entrée. Elle leur permet d'aller prendre leur courrier, vingt-quatre heures sur vingt-quatre. Bev pourvoit aux besoins des voyous de Hollywood. Des acteurs et actrices cinglés, des call-girls et des gigolos, des fournisseurs de films pornos, des artistes dans le vent.

Je suis passé par le Bureau du procureur et j'ai alpagué Miller Leavy. *Dégotez-moi un mandat, patron.* Miller a dit : « La poste, c'est fédéral. Il vous faudra un mandat fédéral. » J'ai foncé jusqu'au Bureau du procureur général des États-Unis et attrapé un sous-fifre. J'ai glissé le nom de Bobby K. et exposé les raisons de ma demande. Le larbin a dit qu'il y réfléchirait.

Je suis allé jusqu'à la devanture et je me suis garé. J'ai examiné l'endroit. Des vitres triple épaisseur. Plus une porte avec blindage en acier et grille roulante abaissée. Ça avait l'air imprenable.

La porte était entrouverte. Je suis entré. La pièce était de la taille d'un petit bureau de poste. De forme cubique. Des casiers à courrier tapissaient les murs de côté et du fond. Du sol au plafond. Bev Shoftel était assise dans un transat et sirotait une bière Lucky. Une radio à piles braillait les commentaires d'un match des Dodgers. Bev portait un corsaire et un sweat-shirt des Dodgers à encolure ronde.

Elle m'a vu et elle m'a fait *Je veux voir.* Je me suis approché et je lui ai mis sous le nez mon insigne et mes papiers officiels. Elle a secoué la tête. J'ai sorti mon portefeuille. Elle a tendu son index replié vers moi. J'ai déposé trois billets de cent sur ses genoux.

Elle a dit : « Je ne révèle pas le nom de mes clients. Je ne balance pas les détails de ce qu'ils font. Vos trois cents balles vous donnent le droit de jeter un coup d'œil, rien de plus. »

J'ai dit : « La boîte 6969. »

Bev a dit : « Aaaah, la série tant convoitée des boîtes en *soixante-neuf*[1]. Je me contenterai de dire que toute la série est louée par des soi-disant entrepreneurs bossant pour la 20th Century-Fox. Ils veulent capitaliser sur le fiasco de *Cléopâtre*. Mes idiots de locataires vendent à la criée des bons d'épargne de la Fox, parmi toutes les autres escroqueries qu'ils peuvent inventer. »

Le même bungalow. La même terrasse. La même balancelle. Le même vin blanc et la même salade fraîche de homard.

J'ai dit : « Eddie Fisher est de retour au Losers. C'est moi qui gère ses spectacles. Ils viennent de tomber dans mon escarcelle. Trois soirs seulement. Tu devrais venir voir. »

Lois a contemplé le ciel. Il n'y avait pas de nuages dans ce crépuscule. Ce qui signifiait, pas de pluie.

« Qu'est-ce qui ne va pas chez toi ? Tout cet imbroglio dans lequel tu es impliqué ne suffit pas ?

– Allez… C'est trois soirs dans un night-club.

– Tu t'éreintes au boulot, tu éreintes tes gars. Nat et moi, on bavarde au téléphone, comme tu le sais. Il a dit que Phil et lui font des journées de douze heures pour interroger tout le quartier. »

J'ai ri. « Nat parle trop, mais il sait se tenir. Il ne va pas révéler les tenants et aboutissants de l'affaire, même si je sais que c'est ce que tu cherches à savoir. »

Lois a allumé une cigarette. « Il m'a dit qu'il y a un truc entre toi et Pat Lawford.

– Il n'est pas tout à fait à jour.

– Je l'ai vue avec ses sœurs au Peppermint Lounge. Elle est trop grande et trop mince. Je connais ce genre de femme. Café, cigarettes et deux salades par jour, max. »

J'ai légèrement secoué ses mains. « Pat t'a vue dans *Alcoa Presents*. Elle dit que tu es petite et que tes yeux sont trop rapprochés. Elle dit que tu ressembles à un chat siamois. »

---

1. En français dans le texte.

Lois s'est écriée : « Mais je ressemble à un siamois ! »

J'ai entrelacé mes doigts avec les siens et tendu nos bras au maximum. Le crépuscule était tombé. La température chutait.

« L'enquête de voisinage n'a rien donné. Il fallait la faire, alors on l'a faite, et je retournerai voir certains endroits que Nat et Phil ont noté comme douteux. Les gens de Hollywood ont entendu des histoires, mais pas les rupins à la vie bien rangée. Pour faire court, Jack et Marilyn, ça a disparu dans les limbes et les limbes commencent à se dissiper. »

Lois a fait pivoter le cendrier. « Ça va forcément faire des histoires. Jack et Marilyn. Bobby et Marilyn, quand le vent tourne un peu. Les gens s'emparent de bribes, de bouts de récit, et ils les enjolivent à l'excès. »

J'ai feint un bâillement. Jack et Marilyn/Bobby et Marilyn. Nat et Lois qui papotent. Pat qui se confie à Bobby. Tout ça, c'est du blabla extrinsèque.

« Changeons de sujet. Tu as ton film sur l'hôtesse amoureuse, et tu passes des auditions pour ce fabricant de foutaises de la Fox, Maury Dexter. J'ai entendu dire qu'il est camé façon Freddy O. Quoi d'autre ? Ah oui – il a un contrat pour une histoire de rat géant et un autre pour un film de twist, et tu vas devoir te contenter d'une paye ridicule. »

Lois a lâché un glaçon dans son verre de vin et a enlevé ses chaussures, qu'elle a envoyées promener. Elle a examiné le ciel à nouveau. Pas d'orage d'été ce soir.

« Je vais décrocher les deux contrats, et j'aurai plus qu'une paye ridicule. J'ai un nom à New York, et Maury le sait. Je jouerai les seconds couteaux pour un gros rongeur et une bande d'adolescentes plantureuses. Elles dansent le twist toute la nuit, pendant qu'un psychopathe les surveille, et qu'un flic téméraire se tient en embuscade. Tu y crois ? »

J'ai dit : « *Soirée twist sous surveillance*, c'est ça ? Je suis passé à la Fox et j'ai vu des auditions. »

Lois a levé les yeux au ciel. « C'est ça. Et le plus drôle dans l'histoire, c'est que le scénario a été écrit par un flic de L.A. en activité. »

J'ai rapproché une chaise. On y a calé nos pieds et on s'est avachis sur la balancelle. Lois a posé la tête sur mon épaule. J'ai senti l'odeur de son shampoing au thé vert.

« Juste pour te prendre de court. T'es déjà allée voir un psy ? Ce n'est pas une critique. Toutes les actrices passent par là, non ? »

Lois m'a chatouillé. « Non, pas toutes les actrices. Je n'ai jamais vu de psy, et certainement pas Ralph R. Greenson, actuellement bien connu de tous les lecteurs du *L.A. Herald-Express.* »

J'ai soupiré. « Tu as raison. J'ai la tête farcie par ce boulot. Monroe est sur le divan de Greenson, mais elle cherche un psy plus radical qui corroborera ses penchants criminels, et Nat et Phil et moi avons trouvé un flacon de pilules prescrites par… »

Lois a serré mon bras. « Un psy nommé Shelley Mandel, c'est ça ? J'ai parlé à Nat il y a quelques heures et il me l'a dit. Eh bien, Doc Shelley ne m'a jamais vue en consultation, mais il draguait toutes les candidates des concours de beauté à l'époque où j'étais Miss Chicago. »

J'ai sifflé. « En 1948, c'est ça ? 1948-1949 ?

– Exact. J'étais la dauphine de Miss America et le spectacle est passé par L.A. La grande épidémie de maladies vénériennes d'après-guerre battait son plein, et nos chaperons avaient demandé à Doc Shelley de nous faire la leçon. Il distribuait aussi des kits prophylactiques, mais en douce. Il m'a paru plutôt inoffensif. Il courait après les filles et délivrait des ordonnances pour des excitants, ce qui en choquait quelques-unes, mais pas moi. On racontait qu'il connaissait toutes sortes de call-girls et de petites starlettes médiocres, ce qui n'a rien de surprenant, vu l'époque et l'endroit. »

Confluence, show-biz, frasques de l'après-guerre. J'ai pris et j'ai rangé dans ma tête.

Lois a frotté son menton contre mon épaule. Sa coupe de cheveux dégradée lui allait bien. Miss Chicago 1948 – malgré ses yeux bizarres.

J'ai dit : « Est-ce que tu m'aimes ? »

Lois a dit : « Je vais y réfléchir. »

QUATRIÈME PARTIE

PSY-CANALISER

(21-28 août 1962)

28

(LOS ANGELES, 10 H 30, MARDI 21/8/1962)

Doc Greenson m'a servi du café et des gâteaux. Il servait des martinis à Monroe. J'ai épié leurs séances, qui se déroulaient à l'endroit même où je me trouve.

Miller Leavy a organisé cette petite causerie. Il m'a filé une couverture. J'étais un assistant du « comité d'expertise » du médecin légiste Curphey. L'objectif de ce comité : étudier l'excès de suicides et d'overdoses involontaires dans le milieu artistique. Un phénomène à part entière. J'ai cité Monroe et Carole Landis. Je pensais que Greenson le pontifiant allait palabrer sur Monroe et Landis. Il allait les décrire comme deux nanas pareillement dérangées sous les apparences. Il n'a pas pontifié sur elles. Il s'est lancé dans un long palabre d'autojustification.

« C'est la faute de ces émissions de libre antenne à la radio, animées par des femmes ayant vaguement étudié la psychologie. Les gens qui appellent la station sont à quatre-vingt-dix-neuf pour cent des femmes. Elles méprisent les psychiatres masculins et attribuent les pathologies les plus viles à ceux qui soignent les femmes célèbres. Je me suis peut-être montré un peu trop disponible, je le reconnais ; mais affirmer que j'étais "au service" de Marilyn, comme certaines de ces femmes l'ont fait, est grotesque. »

J'en ai été le témoin. Deedee Grenier enjolivait l'histoire. Greenson était l'esclave et le papa de substitution de Marilyn. Il se paluchait en écoutant les enregistrements de leurs séances. Marilyn le titillait avec ses histoires de cul croustillantes.

« Certes, il y a déjà eu des psys qui ont enfreint leur mission en pratiquant des examens gynécologiques dans leur cabinet, ces accusations ne sont donc pas totalement infondées. Je pourrais vous citer… »

Je l'ai coupé. « Le Dr Shelley Mandel. Un informateur m'a dit qu'il donnait des ordonnanciers aux starlettes et aux call-girls pour leur petit Noël. Juste après la guerre, une période un peu dissolue, bien sûr. »

Greenson a bu du café. Ses mains tremblaient. La tasse et la soucoupe s'entrechoquaient.

« Shelley était un immunologiste de talent. Il était spécialiste des sulfamides et s'est essayé à la psychiatrie. Il appréciait de manière fâcheuse les jeunes femmes provocantes, un peu comme feue Marilyn avec les politiciens puissants. »

J'ai dit : « J'étais à une soirée, peu après la mort de Miss Monroe. Les gens parlaient de ses liaisons avec John et Robert Kennedy comme s'il s'agissait de faits avérés. »

Greenson a nettoyé ses lunettes avec sa cravate. Il a repéré des miettes de gâteau sur sa chemise et les a balayées de la main.

« Vous vous éloignez quelque peu du mandat accordé à ce comité, Lieutenant. Mais je vais satisfaire votre curiosité, car le système fantasmatique de Marilyn m'intéresse énormément. »

J'ai dit : « Je vous écoute, monsieur. »

Greenson a souri. « Bon, il n'y a rien d'obscène dans tout cela, je crains que vous ne deviez vous contenter de mes abstractions. Pour le dire simplement, Marilyn était une menteuse congénitale et une fabulatrice maladroite, maîtrisant très peu le principe de vraisemblance. Ses premières impressions concernant John F. Kennedy étaient très lucides, et je les ai crues parce qu'elle dépeignait le président comme un homme irresponsable, superficiel, profiteur, et encore plus égocentrique qu'elle. Elle n'a pas surestimé la dimension sexuelle de leur première rencontre, mais peu à peu, une séance après l'autre, elle a gonflé sa propre importance au point que le président des États-Unis n'était plus que son esclave sexuel, tandis que Robert, craignant pour la santé mentale de son frère, devenait son amant pour des "raisons de sécurité nationale". À partir de là, les fantasmes romantiques de Marilyn se sont amplifiés jusqu'à inclure le bannissement de Jacqueline et d'Ethel Kennedy, un divorce général, et son intronisation comme Première dame. Parallèlement, son alcoolisme et sa toxicomanie sont montés en flèche, au même rythme que sa vie fantasmée. »

Elle savait que vous aimiez les histoires. Vous lui avez donné le signal/vous avez dit : « Saute »/Marilyn a dit : « À quelle hauteur ? »

Mon intrusion dans son cabinet. L'enregistrement que j'ai écouté. Marilyn raconte qu'elle a des ragots dégueulasses sur Jack et Bobby. Des saloperies remontant à quatorze ans. Ça voulait dire 1948. Carole Landis s'est suicidée en 1948. C'est en 1948 que Monroe a rencontré Shelley Mandel. 1948 : les trois cerises du jackpot.

J'ai dit : « J'essaye de comprendre, docteur. Miss Monroe a-t-elle fini par se rendre compte que sa relation avec les deux frères était une pure fantasmagorie, et ces fantasmes se sont-ils mués en rancune à ce moment-là ? »

Greenson a consulté sa montre. Mes questions le contrariaient. Un simple membre d'un comité d'expertise. Je mettais sa patience à bout.

« Oui. Son schéma narratif se fondait sur sa domination sexuelle, sa volonté de susciter le désordre conjugal, et son intention de "coincer" Jack et Bobby pour leur faire payer "l'humiliation et l'avilissement" qu'ils lui avaient fait subir quatorze ans plus tôt, même si elle n'a jamais précisé en quoi consistaient cette humiliation et cet avilissement. Une fois ces éléments révélés, les deux hommes perdraient tout pouvoir, et elle les aiderait généreusement à reconstruire leur vie. »

J'ai dit : « C'était chic de sa part. »

Greenson a dit : « N'est-ce pas ? »

J'ai fait tourner ma tasse de café. « Miss Monroe a affirmé avoir reçu des appels anonymes et des lettres de pervers au cours des derniers jours de sa vie, et elle a dit à ses amis que sa maison avait été cambriolée. Vous en a-t-elle parlé, et l'avez-vous crue ? »

Greenson a dit : « Non. Elle m'a raconté la même chose. Des fantasmes, de toute évidence.

– J'ai cru comprendre qu'elle était en quête d'un “psychiatre plus radical”. Quelqu'un qui encouragerait ses délires plus agressifs. »

Greenson a tiqué. « Je n'ai pas souvenir qu'elle m'en ait parlé. »

Tu mens, connard.

Paul De River. De son vrai nom Paul Joseph Israel. Spécialiste en chirurgie reconstructrice et en ophtalmologie. Et amateur de psychiatrie, à la manière de Shelley Mandel.

Je me suis garé devant son cabinet. Il avait un duplex au sommet d'un immeuble, à l'angle d'Oakwood et de La Brea. Dans le quartier résidentiel du sud de Hollywood. Il conservait sans doute des dossiers de patients-criminels et des narcotiques pour soigner les barjos. Les emplacements au dernier étage étaient difficiles d'accès. Il y avait les voisins du dessous. Des paliers à découvert. De River s'y connaissait en sécurité. Les encadrements des portes et des fenêtres étaient renforcés à l'acier. Ce qui voulait dire des charnières boulonnées à l'intérieur. Notez l'autocollant « Surveillé par Brinks » sur la porte d'entrée.

Mes pensées rebondissaient comme des boules de flipper. Je retardais le moment de frapper à la porte. Hier soir, j'ai fait des recherches à la bibliothèque juridique et fouillé dans les dossiers du Renseignement. J'ai exhumé Carole Landis et Mitzi Perloff. J'ai étudié au microscope Del Kinney et Doc De River.

Les canards de Hearst avaient fait tout un foin de l'histoire de Landis. Elle avait vingt-neuf ans. Elle était en plein chagrin d'amour. Elle faisait des tentatives de suicide à répétition pour appeler à l'aide. Sa carrière était enlisée à Fangeville. Elle faisait défiler les maris. Elle en était au numéro 4. Elle avait une grande baraque à Palisades. Bou-hou. Personne ne m'aime. Elle entretenait une liaison torride avec la coqueluche britannique Rex Harrison. « Sexy Rexy » refusait de larguer sa petite femme frêle, Lili Palmer. Carole s'est débranchée – le 5/7/1948.

Il s'agissait d'un suicide tout ce qu'il y a de plus réglo. Il a fait l'objet d'une enquête et a été jugé tel. On est quatorze années plus tard. Sexy Rexy joue Jules César dans *Cléopâtre.* C'est reparti pour le bou-hou. Marilyn Monroe se fout en l'air. Un cinglé lui a envoyé une photo de Landis à la morgue et un petit message.

« Je l'ai aimée avant de t'aimer. »

C'était il y a quatorze ans. Le cinglé devait être au moins adolescent à l'époque. Entre 1948 et 1962. Qui ce cinglé a-t-il harcelé pendant cette période ? S'est-il contenté de cette photo et de ce message ? S'agit-il du cambrioleur-pervers téléphonique dont Monroe s'est plainte devant Pat et d'autres ? Ce cinglé a-t-il joué au con de la même façon avec Landis à l'époque ? J'ai vérifié le dossier de Landis à la Criminelle. Des flics en quête de souvenirs l'avaient nettoyé. Tout ce qui pouvait relier Landis à Monroe avait été volé.

De Landis à Monroe. Puis à Mitzi Perloff. La bibliothèque juridique conservait toute la série des *Vivid Detective.* Le torchon a évoqué l'enlèvement de Mitzi dans son numéro de mai 1937. Mitzi a disparu le 17 février 1937. À l'âge de huit ans. Sa frangine Gwen a eu onze ans au mois de mars. Les petites filles étaient de purs produits de Hollywood. Elles vivaient dans une famille d'accueil au croisement de De Longpre et de Wilton. Mitzi partait souvent en vadrouille. Elle cueillait des fleurs dans les jardins du lycée Immaculate Heart et dans Ferndell Park. La brigade du LAPD à Hollywood et la force montée du shérif se sont chargées de l'enquête. Les pervers du coin se sont fait *bien* assaisonner. Aucune piste n'est apparue. Les petits pervers de l'Immaculate Heart et les prêtres pédophiles se sont fait *bien* assaisonner. Aucune piste n'est apparue. La force montée a fouillé Ferndell et Griffith Park. Ils ont déterré trois squelettes de petites filles. Des tests ont été effectués. Elles ont été identifiées comme les victimes d'un maniaque sexuel vers 1928. Le sergent Delbert W. Kinney, deuxième du nom, dirigeait la force montée. Les recherches se sont étendues jusqu'aux contreforts de Pasadena-Monrovia. Deux autres squelettes de petites filles ont été trouvés. Des tests ont été effectués.

Il s'agissait de victimes d'un maniaque sexuel vers 1926. On a rouvert les dossiers des agressions sexuelles. Aucune piste n'est apparue.

Le Renseignement gardait les fiches des plaintes ou des procédures disciplinaires lancées contre les gradés de la police de L.A. J'en ai trouvé une sur Del Kinney.

Delbert Welbourne Kinney, Jr. Né le 13/9/1909 à Sparta, dans le Wisconsin. Rejoint le Bureau du shérif de Los Angeles le 18/01/1931. Travaille comme gardien de prison à Mira Loma et au Wayside Honor Rancho. Promu sergent en avril 1936. Dirige la force montée du shérif de 1936 à 1939. Dirige la Brigade des résidents étrangers du shérif et supervise les rafles de ressortissants japonais et de Japonais de naissance au lendemain de Pearl Harbor. Promu lieutenant en novembre 1944. Muté à la Commission de contrôle des boissons alcoolisées de l'État en juillet 1946. Dirige des opérations sous couverture. Enquête sur des détournements d'alcool depuis trois antennes locales de la Commission de contrôle. Fait l'objet d'une enquête interne en septembre 1949.

Deux camions remplis d'alcool non taxé sont volés sur une aire de repos de la 101 en direction du sud. Les agents de la Commission de contrôle qui conduisent et surveillent les cargaisons sont bâillonnés, ligotés, et abandonnés dans une cabane isolée des environs. Le vol a été effectué de manière rapide et professionnelle. Les bouteilles volées étaient des alcools de marque/de premier choix/à écouler dans des bars. La cargaison était étiquetée « sécurité niveau 1 ».

Quatre gradés de la Commission de contrôle connaissaient le parcours et le contenu de ces camions. Notamment Del Kinney. Les enquêteurs internes le considéraient comme leur principal suspect. Ils n'avaient aucune preuve. Ils n'ont déposé aucune plainte. Ils ont travaillé en se fondant sur des affiliations supposées et des conjectures.

Del Kinney se montrait « cordial » avec Hershel Aadland (né en 1904)/Meyer Aadland (né en 1906)/et Ira Aadland (né en 1907), salopards des studios/spécialistes de la traite des blanches/syndicalistes fauteurs de troubles/distributeurs de films pornos. Apparemment, les frères Aadland se livraient au trafic de faux timbres fiscaux et possédaient une chaîne de restos à grillades servant de l'alcool de contrebande. Le lieutenant Kinney a résisté à trois interrogatoires musclés et s'est cramponné à son innocence. Les enquêteurs ont cherché à lui faire cracher le morceau sur les deux rumeurs les plus répandues dont ils avaient eu vent.

La première : Kinney avait d'importantes dettes de jeu envers Hersh Aadland, et il avait balancé l'info sur la cargaison d'alcool pour effacer son ardoise. La seconde : Kinney était intervenu en faveur d'une jeune femme qui avait piqué un paquet de pognon dans la caisse de deux relais routiers du comté de Monterey appartenant aux Aadland. Il avait balancé l'info sur la cargaison d'alcool. Cela avait remboursé toutes les dettes en souffrance.

Kinney est resté à la Commission de contrôle des boissons alcoolisées. Les frères Aadland se sont planqués derrière leurs avocats. Le détournement de cette cargaison est une affaire classée. La jeune femme n'a pas été identifiée. Kinney a pris sa retraite de la Commission de contrôle en mai 1953. Il a obtenu le poste de chef de la sécurité à la Fox un mois plus tard. Les frères Aadland sont de gros bonnets à la Fox. Il est communément admis que Del K. a obtenu ce boulot grâce à eux.

Est-ce qu'il y a eu du nouveau dans cette affaire ?

Qui est cette jeune femme ?

De Kinney à Paul Joseph Israel/alias Paul De River.

Ophtalmo, manieur de bistouri, psychiatre amateur. Fan des maniaques sexuels. Il les étudie, les questionne, écrit sur leurs cas. À cause de lui, Marilyn Monroe était tout excitée par le sujet. Il avait monté son « Bureau des délits sexuels » au sein du LAPD. Il organisait de petits goûters entre délinquants sexuels et des séances de thérapie de groupe. Les maniaques testaient les délicats assortiments de drogues du Dr Paul. Le Dr Paul les regardait se masturber tandis qu'ils étaient reliés à des respirateurs et à des tensiomètres. Le Dr Paul organisait des rencontres à l'aveugle pour des obsédés sexuels hommes et femmes, et les chaperonnait pour aller voir un film de Walt Disney et manger un burger au Bob's Big Boy. L'ex-chef Worton admirait De River. Bill Parker le haïssait. Il l'a viré et a dissous le Bureau des délits sexuels. De ce fait, De River hait le LAPD.

28/2/51. Le conseil de l'Ordre des médecins de l'État lui inflige un blâme. Que lui reproche-t-on ? La « prescription sans discernement de narcotiques ». Son autorisation d'exercer la médecine est sur le point de lui être retirée. Il obtient un poste administratif à la con au Département des anciens combattants. Sa femme meurt en 1961. Il vend leur baraque du comté d'Orange et revient à L.A. Il a soixante-neuf ans à présent. Il continue à consulter et à voir des patients. Il a ce cabinet en acier poli/inviolable, de l'autre côté du trottoir. L.A. engendre de sacrés obsédés sexuels. Je ne peux pas lui reprocher d'être revenu.

Salut pépé – tu te souviens de moi ?

Pépé était maigre comme un clou. Il parlait d'une voix rauque. Son accent traînant de la Nouvelle-Orléans était bidon. Il ne misait guère sur son cabinet. Les tapis étaient usés jusqu'à la corde. Son fauteuil pour patients me défonçait le cul. Il claquait tout son fric dans sa salle des archives.

Portes renforcées en acier. Lumières clignotantes des capteurs de mouvement. Les meubles contenant ses dossiers sont équipés d'alarmes – j'en mettrais ma main à couper.

Pas de secrétaire. Il a ouvert la porte lui-même quand j'ai frappé. Mes papiers officiels l'ont hérissé. Il haïssait et craignait les flics. Il a voulu me claquer la porte au nez. Je n'ai pas eu de mal à le faire reculer. Il s'est laissé tomber dans un fauteuil inclinable râpé et m'a jeté un regard noir et impuissant.

J'ai tiré sur mes manches de chemise. « “Quand toutes les autres formes de thérapie mises en application ont échoué, il est sans doute possible de contrecarrer un comportement réactif fondé sur l'absence, la passivité ou l'autodestruction par un acte explicitement criminel.” Pourquoi Marilyn Monroe aurait-elle écrit ça dans votre bouquin de barjo, *The Sexual Criminal ?* »

De River a dit : « Je n'en ai pas la moindre idée. Je n'ai jamais rencontré feu Miss Monroe. »

Menteur. Baratineur. Dissimulateur. En voici la preuve. Ses mains se sont crispées au nom de « Marilyn ».

« Vous lui avez filé des idées pour la déco de sa baraque. Elle collectionnait les photos dans ce style moderniste-pervers que vous semblez apprécier particulièrement. Elle a posé pour des clichés pornos avec un tapineur à l'allure de brute qui masquait son identité en étalant du correcteur blanc sur ses yeux. Exactement comme celui que vous avez mis sur les yeux d'Otto Stephen Wilson. »

De River a dit : « Steve était un type horrible, mais je l'aimais plutôt bien. »

J'ai dit : « Je l'ai castagné et laissé à moitié mort à Lincoln Heights. Juste pour le plaisir. »

De River a toussé. Ses poumons étaient flingués. Il était de santé fragile. Pas impossible qu'il claque dans la semaine.

« Pour un enquêteur du Bureau du procureur, vous êtes plutôt brutal. Et je ne vous imagine pas membre du Comité d'expertise du médecin légiste Curphey. Vous semblez n'avoir que peu de compassion pour Miss Monroe.

– Miss Monroe a annoncé à son psy Ralph Greenson qu'elle était en quête d'un analyste plus radical. J'ai tout de suite pensé à vous. Ce n'était pas la première fois qu'elle voyait un psy, d'ailleurs. Le Dr Sheldon Mandel lui fourguait ses cachetons quand elle s'appelait encore Norma Jean Baker. Je parie que votre chemin a croisé celui de Shelley. Vous êtes tous les deux médecins, avec un penchant d'amateur pour la psychiatrie. »

Doc Shelley l'avait rencardé. En voici la preuve. Ses jambes maigrelettes se sont crispées.

« Alors, chef, vous avez fait votre numéro de psy à Monroe ? A-t-elle joué sur votre vanité ? L'avez-vous laissée débiter ses fantasmes tordus en prenant votre pied ? L'avez-vous calmée, rassurée comme une enfant ? Et lui avez-vous dit que sa fixation puérile sur des salopards criminels et des monstres de foire était avant-gardiste, et qu'elle était l'artiste la plus incomprise et sous-estimée de notre époque ? »

De River m'a observé, à moitié gaga. Il m'a montré ses poings serrés. Ses grosses veines palpitaient.

« Pourquoi Marilyn Monroe passerait-elle tout un tas de coups de fil dans des cabines et se déguiserait-elle en grosse pour le faire ? »

De River est devenu *carrément* gaga. Son regard de camé s'est mis à flotter. Il lévitait quelque part loin de la planète Terre.

« Pourquoi Marilyn Monroe planquerait-elle quarante mille dollars dans une boîte sous son lit ? Pourquoi ferait-elle des allers-retours en avion jusqu'au Mexique, déguisée et sous un nom d'emprunt, en se servant de faux papiers ? »

De River s'est balancé dans son fauteuil inclinable. Ses jambes tressaillaient.

« José Bolaños, vous connaissez ? Un coco mexicain, et sans doute un dealer. Ça vous dit quelque chose ? »

De River a soupiré. Son dentier saillait dans sa bouche. Il était jauni par la nicotine.

« Est-ce que vous lui injectiez du collagène, pour modifier son apparence ? A-t-elle expliqué la cicatrice de morsure sur son bras gauche ? Vous avez dû connaître pas mal de psychopathes qui aimaient mordre. Avez-vous présenté Monroe à des criminels à la manque en pensant qu'ils pourraient peut-être lui plaire ? Avez-vous arrangé sa rencontre avec un gentil petit gars qui envoie par courrier des photos de stars de cinéma prises à la morgue, accompagnées de petits mots en lettres découpées dans les journaux ? »

De River a pété une durite. Il a enfoncé un coussin sur sa figure et a étouffé un gémissement ou un cri.

*

Pépé était infirme. Il ne confirmait rien. Il réagissait aux révélations. Sa raison d'être, c'était le monde interlope du crime. Ses réactions pouvaient indiquer qu'il avait déjà deviné tout cela. Ses réactions pouvaient être une pure et simple réponse neuronale. Je raillais son expertise. Je le rabaissais. J'ai appris une chose. Il a foiré un truc avec Monroe. J'en suis *sûr.* Il fallait que j'accède à ses dossiers. Ce qui voulait dire jouer au kamikaze.

Je me suis arrêté dans une cabine pour passer des appels et me mettre au jus. Mon contact au Service des immatriculations était à la traîne. Il n'avait pas vérifié les plaques de mes bagnoles garées devant le service comptabilité de la Fox. Le Bureau des informations générales était à la traîne. Ils n'avaient pas vérifié les noms cités dans le Catalogue de Filles de Peter Lawford.

Ça lambine. Ce qui veut dire encore du fil à retordre. Du fil à retordre à West Hollywood. Allons voir cette camée de Jeanne Carmen – elle vit juste à côté du Strip.

J'ai foncé et me suis garé devant chez elle. Le portail ouvert laissait voir un jardin avec piscine et espace détente. Des actrices au chômage barbotaient dans l'eau en s'enfilant des mimosas. L'appart de Jeanne donnait sur la piscine. Sa porte était grande ouverte.

J'ai traversé le jardin. C'était ambiance gueule de bois après Soirée défonce, en mode plus rien ne bouge.

Deedee Grenier était inconsciente sur le canapé. Babs Payton roupillait dans un fauteuil. Lila Leeds somnolait dans un sac de couchage sur le sol. Un verre à whisky était calé contre elle. Jeanne y faisait rouler des balles de golf avec son putter, sans toujours réussir son coup.

« Freddy O. est là. Espérons qu'il est venu avec du fric. Il y a un festival de films d'horreur sur Channel 9 ce soir. De la pizza et de la gnôle, ce serait bien, mais on n'a plus un rond. »

Je suis passé à côté d'elle et me suis arrêté deux mètres plus loin. Elle m'a soufflé un baiser avant de rentrer la balle d'un putt long.

« L'ancienne prof d'art dramatique de Marilyn Monroe, Natasha Lytess. Déballe-moi tout ce que tu sais sur elle. »

Jeanne a dit : « Elle va bientôt claquer. À cause du crabe. Elle décline de jour en jour. Les gens du cinéma l'appellent la “fiancée de Dracula”, mais elle préférerait le titre de “fiancée de Marilyn”. Or Marilyn ne mange pas de ce pain-là, ou alors pas longtemps. Elle est dingue de Marilyn depuis *Quand la ville dort*. Elle est très insistante, et elle est russe. Marilyn en a eu sa claque, et Darryl Z. l'a bannie des studios de la Fox. Il faut du temps pour l'apprécier, et peu de gens le prennent. »

J'ai allumé une clope. « Ça t'étonne si je te dis que Miss Lytess a emménagé dans une baraque de laquelle on peut voir la thurne de Marilyn à 5th Helena ? »

Jeanne a raté un putt court. Il a frappé la tête de Lila et ricoché. Lila a continué à pioncer.

« Ça ne m'étonne pas que tu parles d'elle. Vous êtes tous les deux des voyeurs. »

J'ai rigolé. « Le Dr Shelley Mandel. Tu as débarqué à L.A. après la guerre, tu as dû le connaître, ou en entendre parler. Pourquoi Marilyn aurait-elle l'un de ses ordonnanciers de 1948 ? »

Jeanne a allumé une clope. « Toutes les filles qui vendaient leur cul connaissaient Shelley. Il filait des ordonnanciers de manière amicale, une sorte de plan Marshall pour les poulettes. Il y avait plein de pervers dans les rues de L.A. après la guerre, parce que ça leur avait perturbé le cerveau. Le grand truc de Shelley, c'était de convaincre les call-girls de bosser deux par deux, parce que c'était plus sûr que toute seule. C'est comme ça que j'ai rencontré Lila, en 1947. On baisait dans des chambres voisines au Roosevelt. Marilyn organisait ses rendez-vous par téléphone à l'époque, et je sais qu'elle travaillait en duo avec une fille, mais je ne sais pas qui. »

J'ai dit : « Qu'est devenu Shelley Mandel ?

– Aux dernières nouvelles, il vit toujours dans le coin. Il vendait de la pénicilline au marché noir pendant la guerre et juste après, et le Bureau des narcotiques enquête vaguement sur lui depuis le jour de la victoire sur le Japon. Il est en contact avec la pègre, mais de manière périphérique. Il a des liens par le mariage avec les frères Aadland. »

Les Aadland. La Fox. Del Kinney. Shelley Mandel. Les Aadland. Ce nom qui revenait en boucle…

« Repasse ce soir t'amuser avec nous, Freddy. On peint un mur en hommage à Marilyn. »

Des fleurs et du champagne. Pour me faire pardonner la came que j'ai volée. Elle risquait de se montrer un peu sèche. Ça valait le coup d'essayer.

Sa vieille Ford était garée dans l'allée. Elle m'a titillé le cerveau et enclenché ma mémoire photographique. J'ai appuyé longuement sur la sonnette, en vain. J'ai contourné la maison jusqu'au jardin arrière.

Et voici Miss Lytess.

Elle était allongée sur une chaise longue. Un palmier dattier la laissait à moitié dans l'ombre. Elle portait un vieux gilet et une combinaison mauve. Il faisait 35 °C et l'air était moite. Elle s'est mise à frissonner. Elle a agrippé les lattes de sa chaise longue pour contrôler ses tremblements.

Elle semblait mal en point. « Elle décline de jour en jour », disait-on. Elle a toussé dans un mouchoir. Le tissu était maculé de sang.

J'ai toussé. Elle a remarqué ma présence. Elle a dit : « Pas la peine de vous y mettre, vous aussi. »

J'ai rapproché un transat. Miss Lytess m'a scruté longuement. Je lui ai tendu le champagne et les fleurs. Elle a fait sauter le bouchon et du liquide a éclaboussé sa combinaison. On voyait ses côtes sous le tissu. Elle était grande. Elle pesait 40 kilos à tout casser.

Elle a dit : « Je vous ai déjà vu quelque part. »

Sa vieille bagnole. J'ai retrouvé le fil. Le souvenir complet m'est revenu.

« Novembre 1954. Vous étiez assise dans votre Ford, garée à l'angle de Waring et Kilkea. Vous regardiez fixement la fenêtre d'un immeuble, parce que vous pensiez que Marilyn Monroe y avait un rendez-vous secret. Or ce n'était pas le cas. Miss Monroe était mariée à Joe DiMaggio à l'époque. J'étais là, et Frank Sinatra aussi. DiMaggio était jaloux. On a fracassé la mauvaise porte. »

Miss Lytess a descendu une bonne lampée de champagne. Elle tenait la bouteille des deux mains. Cet effort l'épuisait. Ses bras tremblaient.

« Oui. Le fameux "Raid sur la Mauvaise Porte". Oui, vous avez fracassé la mauvaise porte, mais Marilyn était juste à côté, dans un appartement contigu. Avec son imbécile d'amant, Timmy Berlin. Il était monteur sur *Arrêt d'autobus* et *La Rivière sans retour.*

– Apparemment vous ne l'aimiez pas trop. »

Miss Lytess a fait *ha !* « Je déteste tous les hommes qui refusent de reconnaître que c'est moi qui ai créé Marilyn Monroe. Par ailleurs, je déteste les policiers qui m'arrosent de champagne américain bon marché avant même de me donner leur nom et de me faire part de l'objet de leur visite à l'improviste. »

J'ai dissimulé un sourire. « Je m'appelle Otash. Je travaille pour le Bureau du procureur, et nous menons l'enquête concernant le suicide de Miss Monroe. Des rumeurs ont vu le jour, et nous sommes dans l'obligation de les vérifier ou de les dissiper. On vous a vue en train d'observer Miss Monroe – de manière répétée et intense – au cours des derniers mois de son existence. Vous avez été proche de Miss Monroe à une certaine époque, c'est pourquoi je souhaiterais vivement que vous me fassiez part de vos impressions. »

Miss Lytess a craché du sang dans son mouchoir. Elle a sorti de ses poches un inhalateur et un flacon de pilules, et a inspiré une bouffée du médoc. Sa respiration est devenue sifflante et elle a expulsé de la morve verte. Elle a gobé deux Dilaudid avec mon champagne.

Elle a souri et m'a lancé un clin d'œil – *Eh, salut, toi.*

« Ce liquide a un goût de fenouil et de gaulthérie. Les pilules lui confèrent quelque chose d'enchanteur. »

J'ai souri lui ai lancé un clin d'œil – *Eh, salut, toi.*

« OK. Vous espionnez Miss Monroe, et…

– J'ai passé une bonne partie de ma vie à espionner Marilyn Monroe, et les derniers mois vides de son existence n'ont pas fait exception à la règle.

– Pourquoi “vides” ?

– Vides, parce que je l'ai sentie se diriger vers sa fin de manière prosaïque, parfaitement prévisible et totalement assommante.

– Comment ça ?

– Par exemple, ses cabrioles avec un livreur de pizza et un chauffeur UPS qui avait un petit air de Robert F. Kennedy. Sa façon de se dandiner devant son portail dans des ensembles conçus pour des femmes de 130 kilos, en trimballant des taies d'oreiller bourrées de Dieu sait quoi. Son copinage avec une adolescente gigantesque qui l'adulait littéralement et aurait continué à le faire pendant quelques mois encore, jusqu'à ce que Marilyn la laisse tomber. Son comportement autodestructeur sur son dernier film, largement relayé par la presse et la télévision. Sa prestation obscène à New York pour l'anniversaire de notre jeune président sexy, et son…

– Quand Miss Monroe a-t-elle rencontré le président ? Avez-vous une idée ? »

Miss Lytess s'est détendue. Sa came faisait effet. Ses pupilles se sont contractées.

« J'ai assisté au moment niais de leur arrimage. Charlie Feldman organisait une soirée. C'était l'été 1954. Ils y étaient tous les deux. Ils ont superbement joué leur rôle ce jour-là. Marilyn m'a larguée en 1956, vous savez. Mais pendant les deux dernières années où on était ensemble, elle m'a rebattu les oreilles avec le jeune sénateur Jack. Elle prédisait qu'il serait élu, ne vivait que pour les très rares moments où ils tiraient un coup, et jacassait sans arrêt sur son statut de "favorite" pour devenir Première dame. Je me suis fâchée contre elle un soir et j'ai exigé qu'elle me raconte quelque chose de vrai sur ce jeune homme. Marilyn a gloussé et m'a dit : "Il a un petit pénis". »

J'ai filtré l'info. Je l'ai passée au crible et j'ai agité le tamis. Cela confirmait ce que je pensais déjà.

« Miss Monroe a-t-elle indiqué à un moment ou à un autre qu'elle connaissait Jack Kennedy avant de le voir à cette soirée ?

– Oui, mais elle était bourrée ce jour-là, parce que le jeune Jack venait de lui poser un lapin pour leur petite séance de cul. Elle m'a dit qu'elle l'avait rencontré "des années avant" la fête de Charlie Feldman, et qu'elle avait des infos sur lui "pouvant le faire destituer", qu'elle les "rendrait publiques" s'il ne divorçait pas de Jackie pour l'épouser. J'ai insisté pour qu'elle me donne plus de détails, mais elle a répondu : "Je serai muette comme une tombe". »

J'ai dit : « Miss Monroe connaissait-elle feue Carole Landis ? Vous souvenez-vous l'avoir entendue parler du suicide de Miss Landis ?

– Non. J'ai rencontré Marilyn fin 1949. Miss Landis était déjà morte. Ce n'était plus un sujet de conversation, à ce moment-là.

– Je sais que Miss Monroe a rompu avec vous au cours de l'année 1956. Je suppose que vous ne l'avez pas revue depuis. J'essaie de trouver l'origine d'une cicatrice de morsure sur son bras gauche. »

Miss Lytess a grimacé. « J'ai regardé beaucoup de photos de Marilyn dans les magazines. Je ne me souviens pas d'une telle cicatrice.

– Avez-vous discuté avec Miss Monroe après vous être installée ici pour l'observer ?

– Non.

– Elle a dit à des amis que sa maison avait été cambriolée, que des objets avaient été déplacés, et qu'elle avait reçu des lettres vicelardes. Avez-vous vu des hommes rôder à proximité de chez elle, et déposer des trucs dans sa boîte aux lettres ?

– Non. Et je ne suis moi-même pas du genre à cambrioler les gens et à fouiller dans les boîtes aux lettres. »

Je me suis penché vers elle. « Je crois que Miss Monroe a commencé à fréquenter certaines personnes, vers la fin de sa vie. Je crois qu'elle s'est laissé aller à des comportements risqués, voire dangereux. Je le pense vraiment. Savez-vous ce qui a bien pu se passer ? Avez-vous été témoin d'incidents ? Mes hypothèses vous semblent-elles fondées ? »

Miss Lytess a bu une gorgée de champagne. « Marilyn surestimait son emprise sur les gens. Elle dévoilait son jeu trop vite et de manière trop empressée, pour tenter de les impressionner et de les séduire. Elle s'abandonnait trop facilement, à tous points de vue. Si les gens dont vous supposez l'existence étaient futés et se comportaient de manière convenablement réservée, et si elle voulait singer leur indépendance et leur dédain, elle aura cherché à prouver sa valeur à leurs yeux de la manière la plus dangereuse qui soit. »

29

(LOS ANGELES, 11 H 15, MERCREDI 22/8/1962)

J'ai remonté la piste de la cicatrice. Les obsédés qui mordaient étaient une espèce rare de salopards. Ce truc de « mordeur psychopathe » me rappelait Doc De River. J'ai travaillé dans la salle de projection du Renseignement. J'ai scruté à la loupe des coupures de magazines de la fin des années 50.

Les polaroïds couverts de sperme séché. Quatre en tout. Je pressentais que l'Étalon Blond et Cruel était le mordeur. Les clichés étaient anciens, ils dataient de 1958 ou 1959. Monroe était plus jeune. Les fédéraux avaient saisi mes photos et piqué les copies de la police par décision de justice. J'avais mémorisé le moindre détail. J'ai comparé la Monroe de trente-deux ou trente-trois ans à une ribambelle de photos de magazines d'actualités. Je n'ai vu aucun cliché en gros plan/bras nu. Je n'ai trouvé aucun indice de cicatrice guérie et à moitié effacée.

J'ai installé un projecteur et exploré la salle conservant les vidéos de surveillance. J'ai sélectionné quatre bobines sans le son. Elles couvraient la période allant de mai 1959 à cet été. Les boîtiers indiquaient : heure/date/lieu/type de surveillance. Monroe qui caracole dans des manifs non à la bombe/droits civiques/à bas les flics. Les films portaient la mention « extérieur-jour ». Ils avaient été tournés devant l'hôtel de ville et le bureau central de la police.

J'ai baissé la lumière et placé une bobine de mai 1959. Des séquences en noir et blanc ont surgi sur l'écran. La date précise est le 16 mai. On fait face au nord. Lent panoramique d'est en ouest le long du trottoir de la 1st Street. La pelouse de l'hôtel de ville sert de toile de fond. Une soixantaine de cocos contestent.

Ils bavassent et brandissent des pancartes. Des beatniks, des étudiants, des vieilles suffragettes décaties. Ils n'aiment pas la bombe A. Leurs lèvres remuent, aucun son n'en sort, leurs visages se tordent. Sur leurs pancartes on peut lire :

NON À LA BOMBE. JE REFUSE QUE MON ENFANT GRANDISSE AVEC DU STRONTIUM 90 DANS LES OS. LA BOMBE NUIT AUX ENFANTS ET AUX AUTRES ÊTRES VIVANTS.

Des plans d'ensemble, coupe-coupe, des gros plans et des panoramiques lents. Voici Monroe. Elle agite une pancarte sur le strontium 90. Ces vauriens de manifestants la montrent du doigt. *Hé, regarde qui est là !*

La caméra se rapproche. Le cameraman est chaud-bouillant de reluquer Monroe. Elle a une jupe sombre et un foulard sur la tête. Elle porte un chemisier sans manches. Le cameraman zoome très très près. Il tient Monroe et le roi du bongo Preston Epps dans le même plan. *Bingo* – il n'y a pas de cicatrice sur son bras gauche.

Ni cicatrice récente ni trace de cicatrice à moitié effacée. Le 16/5/1959 Monroe avait les bras lisses et sans marque. Mon intuition se renforçait. Le croquage de chair a eu lieu pendant le rencart « prenons des photos de cul ». Ma date pour ces photos, entre 1958 et 1959, n'était qu'une pure conjecture. Cela pouvait être plus tardif.

Un souvenir est venu m'asticoter. *Pourquoi ai-je l'impression de connaître l'Étalon Blond et Cruel ?* Cette Monroe de manif est la même Monroe que sur la photo de cul. La forme de son visage et ses traits sont les mêmes.

J'ai bâillé. J'ai mal dormi la nuit dernière. Natasha Lytess m'a agacé d'une drôle de façon. J'ai échangé des télécopies avec Bill Parker. Le Chef était furieux. Le vieux Zanuck s'est plaint de notre petite confrontation. J'ai répondu à Parker par télécopie. Je lui ai dit qu'il fallait que je laisse tomber mes pitreries d'aimant à merdes à la Fox. Je voulais *re*-secouer Zanuck. Je voulais mettre la pression sur Del Kinney avant de m'attaquer à Gwen Perloff. Parker m'a répondu par télécopie. Il a dit qu'il appellerait Zanuck et lui dirait de faire le dos rond. Il y glisserait une menace : répondez aux besoins du lieutenant Otash ou vous aurez droit à une pluie de mandats de perquisition.

J'ai changé de bobine. Nous voici le 8/3/1961. On est de retour devant l'hôtel de ville. Ça chouine contre les cafétérias réservées aux Blancs. Même configuration du parcours : face au nord/d'est en ouest.

Et voici Monroe. Elle fait l'actrice aujourd'hui. Elle signe des autographes. On s'en branle de la contestation sociale – allons faire la fête ! Elle signe la pancarte NOUS TRIOMPHERONS ! d'une bonne sœur à l'allure hommasse. Harry Belafonte entre dans le champ. Ils se lancent dans un petit spectacle devant les fans. Marilyn attrape Harry par le bras. Les voilà partis dans un petit twist.

Monroe porte une jupe et un chemisier sans manches. La caméra du voyeur s'approche. *Re-bingo* – voici la cicatrice décolorée et la zone de chair à la teinte contrastée. C'est très net en noir et blanc.

J'ai la conviction que :

Étalon Cruel a mordu Marilyn. J'ai corrigé ma fourchette de dates. Les photos de la baise avec morsure ont été prises entre le 16/5/1959 et le 8/3/1961.

Coupe-coupe. La caméra fait un panoramique du trottoir de Broadway. On se trouve face à l'ouest. Des beatniks et des ringards en révolte se mêlent les uns aux autres. Coupure brutale et changement de perspective. La caméra fait un panoramique sur les spectateurs au bord du trottoir et les voitures garées. Il y a une berline Valiant de 1960. Les hommes du shérif de L.A. ne conduisent QUE des Valiant. Deux hommes sont plantés près de la voiture et profitent du spectacle. Le shérif Pete Pitchess et Motel Mike Bayless.

Deedee Grenier a balancé Marilyn et Pete. Ils couchaient ensemble de temps à autre.

L'extrémité de la bande a sauté dans un claquement. J'ai inséré une pellicule datant du 4/5/62.

Nous sommes devant le Bureau central de la police. C'est une petite fête Frappe-les-Flics. La fusillade des Black Muslims venait d'avoir lieu. Des manifestants blancs et noirs se mêlent. La caméra se focalise sur le trottoir ouest. Marilyn porte une robe de deuil noire. Elle lève une pancarte. On peut y lire : LE CHEF *PAR**KKK**ER* DOIT PARTIR !!!

J'ai ri. La caméra s'est éloignée de Marilyn pour mettre en avant la populace prétentieuse.

Le temps s'égrène. Il s'affiche en incrustation en bas à gauche de l'écran. Seize minutes se sont écoulées. Les manifestants se dandinaient dans Los Angeles Street, du nord au sud. Je m'ennuyais ferme. Je bâillais. Puis j'ai repéré quelque chose.

*Une robe. Une robe que j'ai vue dans le placard de la chambre de Monroe. Une grosse dondon porte exactement la même. Elle brandit une pancarte LE CHEF PAR*KKK*ER DOIT PARTIR !!!*

J'ai plissé les yeux. La caméra s'est approchée du sol. J'ai vu des jambes et des pieds mais aucun visage. J'ai repéré l'ourlet de la robe. J'ai repéré des chevilles fines et les escarpins noirs que Monroe portait en tant que Marilyn seize minutes plus tôt.

Elle est allée quelque part. Elle a changé de fringues. Pourquoi ?

La caméra s'est élevée en tournoyant et a fait un panoramique sur les visages. Elle a filmé Monroe sous les traits de Grosse Dondon. Son visage a l'air bouffi à présent. Elle s'est injecté du collagène – ou quelqu'un d'autre s'en est chargé. Elle a changé d'identité au beau milieu d'une manif déchaînée. Elle a les « yeux rêveurs » que Doc De River attribue aux psychopathes sexuels. Marilyn la schizo. Le flacon de pilules de 1948 que j'ai trouvé. Le flacon de pilules de 1962 que j'ai trouvé. Marilyn a barré « Norma Jean Baker » sur le flacon de 1948 et écrit « Ce n'est plus mon nom » à côté.

L'air est devenu étouffant dans la pièce, de quoi rendre claustro. J'ai éteint les lumières et j'ai regagné mon box. Une fiche du Bureau des informations générales était posée sur mon bureau.

Concernant la photographie numéro 6 du « Catalogue de Filles ». Sachez que le sujet a été identifié comme étant : Ingrid Norma Irmgard/Femme blanche/née le 8/12/1933. Hôtesse de l'air pour Mexicali Airlines. Possession illégale de marijuana : 14/12/1960/ Police de l'aéroport international/charges abandonnées lors de la comparution initiale. Adresse actuelle : 1750 N Lucretia Avenue, Echo Park/NO-32859.

Une Bombe qui venait du froid, une Vigoureuse Valkyrie. J'ai retrouvé dans mon cerveau la photo du Catalogue de Filles. Toque de la Mexicali et fourrure abondante. Sauna. Vodka glacée. Avec Ingrid, c'était embarquement immédiat pour Niknordik.

Les Stups avaient une nouvelle adresse. 1750 Lucretia – un pied-à-terre pour hôtesses de l'air en transit, derrière El Mundo Bestbuy Market. Soupçonné d'être un baisodrome. *Se habla español* à El Mundo et Casa Ingrid. Les employés de Mexicali et d'Aeroméxico y font la loi.

J'ai roulé jusqu'à la baraque. Je me suis garé le long du trottoir et je suis revenu à pied. Quatre pilotes de la Mexicali sont passés près de moi. Ils portaient des uniformes bleus très classe. Ils ont souri et m'ont lancé « *Buenos días* ». Je leur ai rendu leur sourire. Ils étaient en route pour l'aéroport. Ils sirotaient des bloody mary dans des gobelets en plastique.

La thurne était en stuc sablé. Les vieilles peintures rose et vert citron s'écaillaient. Ingrid était assise sous un auvent en tôle. Elle portait un haut de bikini en crochet et un jean moulant. Elle s'est redressée en me voyant.

J'ai grimpé les marches quatre à quatre et me suis appuyé sur la balustrade. Ingrid a reculé sa chaise. Elle s'est retournée et a branché un ventilateur portatif. J'ai vu son tatouage sur l'épaule droite : « El Manny » et des gants de boxe en croix.

« Il n'y a pas de quoi s'inquiéter. Ce ne sont que quelques questions, et je n'ai pas l'intention de fouiller les lieux de fond en comble. »

Ingrid a allumé une clope. « Vous ne trouveriez rien dans ma chambre, mais je ne peux pas me porter garante de mes colocataires ni de leurs visiteurs. »

J'ai souri. « C'est au sujet de Peter Lawford, et de quelques photos pour lesquelles vous avez posé. J'aimerais savoir comment vous avez rencontré Lawford, comment vous en êtes venue à faire ces photos – pour le "Catalogue de Filles" de Lawford, comme on l'appelle –, quelles conséquences ont eues ces photos, et quelle est votre relation avec Lawford actuellement. »

Ingrid a soufflé des ronds de fumée. « Ça fait beaucoup de questions, non ?

– Pas tant que ça. Quelques réponses franches, et je vous fous la paix.

– Vous pourriez rester. Mes colocs en escale pour le vol de Mazatlán préparent des margaritas. »

Je me suis frotté le dos sur un poteau de la véranda. Mon manteau s'est ouvert. Ingrid a repéré le matos accroché à mon ceinturon.

« OK, Peter Lawford et votre humble servante en une centaine de mots maximum, même si c'est vraiment gênant. »

J'ai fait tourner mon doigt en l'air. Allez, on se lance.

Ingrid a dit : « Bon, je bosse à temps partiel comme serveuse dans des soirées. C'est ce qu'on pourrait appeler un métier plus ou moins respectable, et j'ai travaillé pour des gens plus ou moins louches – et avant que vous ne posiez la question, je ne vous dirai pas dans quelles baraques j'ai travaillé, parce que mon Manny déteste les mouchards, et que je souscris à ce principe. »

J'ai eu un petit frisson. « Serveuse dans des soirées », elle avait dit.

« Pas grave. Continuez.

– OK. Comme vous le savez peut-être déjà, la plupart des serveurs et serveuses dans les soirées sont des putes. Ils font le tapin, ils vendent leur cul, ils répondent aux demandes des gens du cinéma pour percer peut-être un jour. C'est comme ça que j'ai rencontré Peter. Je lui ai filé un rencard et j'ai posé pour quelques photos, et tout s'est bien passé, mais quand Peter a tenté de me caser avec le frère de sa femme, le président, j'ai dit : “Non, monsieur. C'est trop bizarre.” Mon Manny n'est pas un type jaloux, mais je ne ferai pas la call-girl ou la concubine pour cette tapette de John F. Kennedy. Mon Manny vote Nixon. Il dit que Kennedy est un *puto communisto,* et que c'est son père qui lui a rapporté la présidence. »

J'ai dit : « Lawford m'a dit qu'une serveuse du genre “reine des abeilles” avait eu l'idée de lui vendre ce Catalogue de Filles, mais il ne connaissait pas le nom de la nana. Des serveuses du genre reine des abeilles. Dites-moi ce qui vous vient à l'esprit. »

Ingrid a haussé les épaules. « Que vous dire ? Toutes les serveuses que je connais sont des esclaves salariées et veulent être actrices. Peter a pris quelques photos plus ou moins louches de moi, mais c'était un plan en solo, et je ne connais pas d'autre serveuse qui fasse hôtesse de l'air, ni d'hôtesse qui fasse serveuse. Les hôtesses et les serveuses sont toutes de vraies pipelettes, mais aucune d'entre elles ne m'a jamais dit qu'elle posait pour des photos de foufoune pour une reine des abeilles, *ni* pour Peter Lawford. Et, avant que vous posiez la question, je ne vais pas mener ma petite enquête, parce que mon Manny me tuerait. »

J'ai fait *On se calme.* « Deux noms. Eleanora et Rick Dawes. Eleanora est serveuse dans des soirées, et elle a bien le profil d'une reine des abeilles. Rick Dawes est serveur dans des soirées, et c'est une possible pédale qui fait le tapin, et un possible suspect dans une série de cambriolages de baraques à Beverly Hills. »

Ingrid a écrasé sa clope. « Rien sur Eleanora, rien sur Rick Dawes. Mon Manny s'est fait choper pour un 459 un jour, mais c'était des foutaises, parce que c'est un type réglo. Il avait vingt-quatre ans, et à seize ans déjà il boxait dans la catégorie poids welter, mais il n'était pas si bon que ça. Il a suivi des cours du soir pour devenir réparateur de télés, et il a trouvé un boulot dans un atelier de Brentwood. J'ai apporté ma télé pour la faire réparer, et c'est comme ça qu'on s'est connus. »

Deux pilotes d'Aeroméxico sont sortis de la baraque en titubant. Ils buvaient des bloody mary et grignotaient des bâtonnets de céleri.

« Un dernier nom. José Bolaños. C'est un touche-à-tout. Communiste, dealer, lèche-bottes de Hollywood. »

Ingrid a fait semblant de cracher par terre. Avec effet sonore. C'était vigoureux. Elle *était* vigoureuse. Elle me plaisait bien.

« Non. Je connais beaucoup de José, mais aucun Bolaños. »

Je l'ai attaquée par surprise. « Ingrid, est-ce que vous faites passer de la drogue au Mexique, pour El Manny ?

– Absolument pas. C'est pas son truc, et à moi non plus. »

*

Freddy le Fan attendant l'actrice. Le rôle me va bien. Je suis fait pour me languir, observer et attendre.

La Fox. Studio numéro 11. Lois lisait un script pour ce fabricant de foutaises de Maury Dexter. La clim' de la salle d'audition balançait de l'air polaire. Des filles en bikini se recroquevillaient dans des anoraks. Un larbin les avait récupérés sur le tournage d'une niaiserie porno intitulée *Chérie, il fait froid dehors.*

Bill Parker a fait le nécessaire. Il a appelé Darryl Zanuck et lui a dit que j'avais carte blanche dans le studio. Ça me permettait de bosser sans prendre de gants. Le Chef ne lâchait pas Bobby le Pourri pour le pacte poste-de-patron-du-FBI. Monroe/Enlèvement. Sur les deux fronts, j'avais l'autorisation d'intimider comme bon me semblait.

Lois lisait son texte pour Dexter, le roi des foutaises. Elle joue une mère divorcée qui chaperonne une soirée twist virant au cauchemar. C'était un truc bâclé de série B. Zanuck avait prévu d'inonder le marché de la série B au moment de Noël. Une manigance échec-de-*Cléopâtre.*

Lois serait une erreur de casting. Elle a trente-cinq ans et n'a pas d'enfant. Elle n'est pas la femme d'un seul homme et n'est la mère de personne.

J'étais bon pour l'asile. J'ai appelé Daryl Gates et je lui ai demandé de parcourir le fichier des surnoms de la trentaine de latinos s'appelant « El Manny ». Je lui ai filé le numéro de téléphone du studio et j'ai dit *Fissa.* Je lui ai demandé de me dénicher une copie de la liste des tâches accomplies par l'inspecteur chargé de l'enquête sur l'enlèvement. Il m'a dit que ça risquait d'être compliqué. Je lui ai dit de présenter ça comme un échange entre le Renseignement et les BITES. Offre-leur en sacrifice des foutaises sur la mosquée au croisement de Slauson et Broadway. Pete Pitchess pourrait bien se laisser tenter.

J'ai fait le tour du studio, de l'avant jusqu'au fond. J'ai vu un tas de débris cléopâtresques dans un coin. Des épées, des fourreaux, des plastrons. Des casques à pointe et des strings pour hommes avec coque en acier. Roddy McDowall a surgi par une porte latérale et s'est mis à fourrager au milieu.

Il est de retour de Rome et de la débâcle dantesque. J'ai enregistré une centaine d'appels entre Rome et Brentwood. Roddy divertit Marilyn. Il va bricoler un film de cul gay. Qui se servira des déchets de *Cléopâtre* et transformera le film en une gigantesque mascarade. Ce sera une œuvre d'un révisionnisme stupéfiant, qui « sonnera l'accord tonal prophétique d'une nouvelle ère de cinéma révolutionnaire ».

J'ai ricané. Roddy m'a entendu rire et m'a vu. Il m'a fait un doigt d'honneur et s'est rué vers la porte pour foutre le camp. *Confidential* avait clabaudé sur le bal de pédés Saints et Pêcheurs, il y avait de ça des lustres. Roddy était venu accompagné de la Miss Drag America de 1953. Qui mesurait plus de deux mètres et tirait des paniers pour les Hawks de Saint-Louis.

Je suis retourné dans la salle d'audition et j'ai regardé Lois lire son texte. J'ai piqué une copie du script de *Soirée twist sous surveillance*.

La page de titre me crispe. C'est cette andouille de Sid Leffler qui a écrit le scénario. Sid, le blaireau de la salle de garde des flics. « L'agent Sid », maître de cérémonie dans les écoles. Sid, qui file de la gnôle aux lycéennes de Palisades au Sip' n' Surf. Je l'ai vu de mes yeux.

Lois a lu son texte avec une étudiante qui faisait des bulles de chewing-gum. *Ça alors, maman – un tueur psychopathe est en liberté dans Palisades ! Est-ce que ça signifie que je ne peux pas aller sur la plage ? Dois-je annuler ma fête de ce soir ? Eh bien, Sally, on va voir ce qu'on va voir !*

Le téléphone mural a sonné. J'ai décroché.

Daryl Gates a dit : « On a un résultat pour El Manny. Ton homme doit être Juan Manuel Salas, né le 4 novembre 1926 à L.A.

Un petit tour à Chino pour viol, en août 1954. Une accusation de cambriolage de domicile déboutée en mai 1957. »

Lois m'a lancé un clin d'œil et a levé le pouce. Elle a cartonné à son audition et obtenu le rôle.

30

(LOS ANGELES, 9 H 30, JEUDI 23/8/1962)

Mon tube pour envoi de pneumatiques a fait un bruit de ferraille. J'ai entendu un *whouuch* révélateur. Le couvercle s'est escamoté. J'ai tendu la main et j'ai sorti le cylindre.

Daryl Gates tenait parole. J'ai étalé la liste des tâches sur mon bureau. Motel Mike Bayless écrivait en majuscules. C'était un mémorandum mûrement réfléchi. Il exposait sans chichis son boulot d'enquêteur.

Motel Mike dirigeait une équipe de cinq hommes. Le poste de West Hollywood disposait d'une ligne téléphonique pour les témoignages qui fonctionnait vingt-quatre heures sur vingt-quatre. Ils ont fait passer une recherche au niveau national sur feu Richie Danforth, feu Buzzy Stein et Gwen Perloff. Rien n'est sorti sur Gwen. Les antécédents sexuels de Buzzy Stein étaient bien connus. Rien sur Danforth *au niveau national.* Cela laissait Motel Mike perplexe. Pas de fiches d'empreintes, pas de numéro de dossier dans la base de données fédérale, aucun casier judiciaire dans les cinquante États. Les mains de Danforth ont été réduites en bouillie, les pieds de Danforth tranchés et écrasés. Cela entravait les recherches d'empreintes au niveau de l'État, au niveau local et au niveau fédéral, et toute tentative pour retrouver une correspondance avec des empreintes de pieds de bébés dans les archives des maternités. Il y avait 284 Richard Danforth selon le recensement de 1960. Tous ont été contactés. Tous ont été pris en compte. Il n'en faisait pas partie. Personne ne savait foutre rien sur lui. La femme et les trois mômes de Buzzy Stein ont été interrogés. Ils n'ont rien dit du tout et se sont abrités derrière le frangin de Buzzy, qui est avocat.

Avec les Hats, on a chopé Danforth et Stein devant une maison en retrait de la 6e et Dunsmuir. Loué par une « femme corpulente d'âge mûr ». C'est la même femme qui louait la thurne du Tiki-Torch où le shérif a délivré Gwen. La femme corpulente a payé en liquide à l'avance, et dupé les gérants avec un nom bidon et des références impossibles à vérifier. Sur les deux lieux, les empreintes avaient été effacées et tout nettoyé au solvant. Les techniciens du shérif n'ont chopé aucune empreinte latente. La collecte de fibres a fait *psschiit.* Les trois experts ont récupéré de la poussière sans intérêt. On a questionné les voisins : chou blanc. Six témoins ont vu l'enlèvement. Ils ont décrit six véhicules différents. Ce qui a empêché toute vérification par le Service des immatriculations. Gwen Perloff a été chloroformée et est restée inconsciente pendant qu'on la trimballait du centre à la Valley. On lui a fait une prise de sang au Queen of Angels. Les examens ont révélé la présence de chloroforme et de 390 mg de Sécobarbital sodique. Les ravisseurs lui ont filé des burgers bourrés de drogues pour provoquer ce long sommeil. Perloff est restée inconsciente pendant la majeure partie de sa détention.

Elle a été interrogée trois fois. Elle a répété qu'elle n'avait pas d'ennemis et qu'elle ignorait qui étaient ses ravisseurs. Motel Mike a fait des recherches sur les acteurs et les équipes techniques des six derniers films dans lesquels Perloff a joué. Ce qui a mis au jour de nombreuses histoires de conduite en état d'ivresse et de violences conjugales, écartées car sans rapport avec l'affaire. Le personnel masculin a été interrogé et innocenté. Perloff a refusé de parler de sa vie sentimentale. Elle a nié avoir une liaison avec

Darryl F. Zanuck. Motel Mike a interrogé Zanuck. DFZ a nié cette liaison.

Selon Motel Mike, le Hat Squad et Freddy O. ont fait capoter l'affaire. Balancer Danforth de la falaise était un « geste de justiciers autoproclamés ». Il a exhorté le shérif Pete Pitchess à demander réparation en justice. Pitchess a refusé.

On n'aurait pas dû le balancer de la falaise. J'en ai conscience maintenant. Les Hats aussi. Et puis on a conscience de *ça* :

La dernière phrase de Danforth : « C'est un coup monté. »

Gwen Perloff trempait fatalement dans l'histoire.

J'ai planqué devant son immeuble. Je me suis garé contre le trottoir d'en face et je suis resté dans ma bagnole. C'était une baraque sur deux niveaux/de style moderne-dans le vent. Elle vivait dans l'appartement de l'étage côté rue. La fenêtre de son salon donnait sur ma voiture. Gwen, je te présente Freddy. Freddy, voici Gwen.

Elle était chez elle. J'avais déjà fureté dans le garage du sous-sol et fouillé dans sa bagnole. Elle avait une Triumph de 1959. J'ai ouvert la porte côté conducteur avec mon passe-partout. J'ai trouvé un exemplaire du *Hollywood Reporter* de la veille sur le siège. Je l'ai feuilleté et suis tombé sur un article bouche-trou en dernière page. Rédigé façon revue spécialisée :

« Gwen Perloff, victime d'un enlèvement, sera la vedette d'un biopic croustillant dont elle a écrit le scénario. Il devrait s'intituler "Née sous une mauvaise étoile". La Fox doit le produire. DFZ lui-même "apportera sa contribution personnelle". Le film parle de la disparition mystérieuse de sa petite sœur et de son probable meurtre par un obsédé sexuel. La chasse est ouverte pour trouver la jeune et géniale actrice, "pré-ado plantureuse", qui jouera Miss Perloff. Maury Dexter, le "baron des séries B" de la Fox, réalisera le film. »

Dans la boîte à gants :

Un Smith automatique calibre 38 avec une crosse en bois de cerf. Six balles dans le chargeur, une dans la chambre.

J'ai démonté l'arme. Le numéro de série avait été trempé dans l'acide. Impossible à tracer. Elle confirmait les rumeurs de Gwen faisant le tapin.

Derrière le siège :

Une taie d'oreiller triple épaisseur. Pleine de pièces de cinq, dix et vingt-cinq cents. Ça m'a filé des sueurs froides. Ça m'a filé un choc. *Perloff/Monroe/Perloff/Monroe.* Je n'arrivais pas à penser plus loin que ces deux noms.

C'était il y a trois heures. Mon esprit tournait en rond comme un hamster dans sa cage. Leurs noms passaient en boucle dans ma tête tandis que je gardais les yeux rivés sur la porte de Perloff.

J'étais fracassé. J'avais passé la moitié de la journée au Bureau du cadastre du comté. J'ai étudié les photos d'archives des maisons construites après la guerre. J'ai tenté d'en trouver une correspondant au croquis de Monroe du 22/6/1948. Aucune ne s'en approchait. Pas étonnant. J'ai trouvé ce croquis dans une planque. Ce n'était qu'un témoignage de plus de la vie de barjo de Monroe.

Perloff/Monroe/Perloff/Monroe. Je ne parvenais pas à penser plus loin.

Elle a franchi la porte de sa baraque. Elle portait un jean décoloré par le soleil et une chemise blanche masculine.

Elle a scruté la rue. Elle m'a repéré. Elle savait que j'étais posté là. Elle a détourné les yeux. J'ai donné un coup de Klaxon. Elle l'a entendu, a fait comme si de rien n'était, puis elle est rentrée chez elle.

*

Del Kinney a vérifié mon insigne et mes papiers officiels. Un vrai faux derche. Le planton à l'entrée du studio l'avait appelé pour le prévenir. Papi Zanuck a dû le prévenir. On est coincés, Del. C'est Bill Parker qui veut ça. Il nous foutra des mandats au cul si on n'obtempère pas.

La baraque de la sécurité était coincée derrière un décor des années 1890. Elle comprenait une salle commune/un espace détente pour les gardiens/une cabane pour réparer les voiturettes de golf. Le bureau de Kinney était climatisé et lambrissé de pin noueux. Son bureau faisait la moitié de la taille de celui de Zanuck. Il était assis dans une confortable bergère. Ma chaise vacillait sur des pieds inégaux.

Il m'a balancé mes papiers et mon insigne. Ils sont tombés sur mes genoux.

« Tu es monté en grade, à en croire ce qu'on m'a dit. J'accepte de te parler, à condition que ça n'aille pas trop loin. »

J'ai ricané. « Ôte-moi un doute. On t'a dit que mes gars étaient présents dans le studio d'avril à juin ? »

Kinney a allumé une clope. « Hersh Aadland m'a appelé, à la demande de Jimmy Hoffa. Denkins, Molette, Irwin et toi aviez déjà été repérés en train de traîner sur le plateau de *Got to Give*, et le message de M. Hoffa était de laisser M. Otash et ses gars tranquilles. Je me suis dit que tu t'intéressais à Marilyn Monroe pour M. Hoffa et, te connaissant, il ne pouvait s'agir que de chantage. »

J'ai rougi. Kinney commençait fort. J'ai replié mes jambes sous ma chaise. Ma chaise a chancelé – *Et merde.*

Kinney a dit : « OK, donc Marilyn est morte, et tu as une accréditation. Voici mon hypothèse et celle de Pete Pitchess. Tu as changé de camp, et tu fais le ménage pour Bill Parker et les Kennedy. Faisons de Freddy O. notre tamis à saloperies et voyons ce qu'il ramasse. Tu es mouillé dans l'affaire Hoffa, et toi et les Hats vous êtes mouillés dans l'affaire Perloff. Franchement, Freddy. Il fallait vraiment que tu zigouilles ce Danforth ? Avec les Hats, tu n'aurais pas pu le cogner un peu jusqu'à ce qu'il te dise où se trouvait Gwen ?

– Gwen, tu dis ? Alors, comme ça, tu l'appelles par son petit nom ? »

Pas de réaction. J'ai foiré mon coup. Kinney m'a jeté un regard noir.

« J'ai connu Gwen quand elle avait dix ans. Je dirigeais la brigade montée quand sa sœur a disparu. C'est la petite sœur que je n'ai jamais eue, et je suis le grand frère qu'elle n'a jamais eu. Fais gaffe à ce que tu racontes sur Gwen. »

J'ai enfoncé le clou. « C'est bien joli, tout ça. Mais elle a des casseroles au cul, et cette histoire d'enlèvement est bidon, et ça, c'est plus important que toutes tes conneries de frère et sœur. »

Kinney a écarté les bras. Ses mains couvraient la moitié de son bureau. Il avait les paluches du type habitué à la méthode forte.

« Je te concède ce point, et je vais te filer un nonos qui te permettra de sortir d'ici les couilles intactes. »

J'ai dégluti péniblement. Ma pomme d'Adam a fait un bond. Kinney l'a vu et a souri d'un air narquois.

« Bill Parker et Pete Pitchess ont passé un contrat oral pour laisser tomber cette histoire d'enlèvement. Pete sait que c'est bidon, et il ne veut pas que ça retombe sur son service. Parker veut que tu bosses dessus dans le seul but de couvrir le LAPD concernant l'affaire Danforth. Quant à Miller Leavy, il voit ton job d'un tout autre œil. Il est très partagé en ce moment. D'un côté, il a envie d'envoyer balader tout ça. De l'autre, il veut vous envoyer brûler en enfer, toi et les Hats, à cause de Danforth. »

J'ai toussé. C'était un camouflage. Pour dissimuler mes tremblements de camé.

« Gwen Perloff. Elle fait passer des bons au porteur pour Zanuck et autres gros bonnets du studio. »

Kinney a dit : « Pas de commentaire.

– Gwen Perloff. Elle se tape le vieux Zanuck, et il l'a casée dans cette connerie prétentieuse de *Née sous une mauvaise étoile.* »

Kinney a dit : « Pas de commentaire.

– La Fox est dans une merde noire. Les gens du studio ont peur. Les bons au porteur, la came, les clubs échangistes, tu reçois des coups de fil des frères Aadland, et la situation ne pourrait pas être pire. »

Kinney a dit : « Pas de commentaire. »

J'ai enfoncé le clou. « Préservons nos deux paires de couilles. Dis-moi qui sont les complices notoires de Gwen – que tu ne peux pas sentir parce que vous avez cette grande histoire de frère et sœur, elle et toi. »

Kinney recommence à étendre les bras. « Ou tu feras quoi ? »

J'ai dit : « Je te renverrai l'ascenseur. Le Renseignement du LAPD a une fiche sur toi. Sur le fait que tu as laissé Hersh Aadland détourner de l'alcool, et cette fiche livre ce conseil : *Cherchez la femme*[1]. Je parie que c'est Gwen, la *femme*, mais je suis trop courtois pour te poser la question. Je détruis la fiche, tu me donnes le nom de ces connards de complices de Gwen. »

Kinney a tripoté un cure-dent. Ses mains tremblaient.

« Paul Mitchell Grenier. Une vraie raclure. Il bosse comme machiniste au studio, il joue dans des films de cul, et il fait chanter des maris infidèles avec sa sœur, Deedee. Il a fait un petit tour à Chino pour viol. Entre 1954 et 1957. Je l'ai vu discuter avec Gwen, ici, dans le studio. Il est à voile et à vapeur. Il se bagarre dans des bars sado-masos et croque de la chair. C'est assez répugnant pour toi ? »

Deedee Grenier. Son grand couplet de moucharde, au début de l'été. Paul Mitchell et Monroe/Hollygrove/années 30. Paul Mitchell aime mordre. La marque de morsure sur le bras de Monroe.

« Les BITES. Motel Mike Bayless. File-moi quelques miettes. »

Kinney a levé les yeux au ciel. « Bayless est l'homme de main de Pete Pitchess chez les BITES. Il y a ce crétin du LAPD, Jack Clemmons. Il s'est présenté à l'élection du shérif, début mars. Bayless l'a fait chanter pour qu'il se retire de la course, et Pete a pu se présenter comme seul candidat. »

---

1. En français dans le texte original.

La Bonneville décapotable m'a mis au parfum. Le rouge sortait du lot. Je connaissais le numéro de la plaque. Le capot était chaud. Elle s'est garée un peu au nord du Strip.

Je me suis garé dans mon parking souterrain. Je connaissais son mode opératoire. Le mien était différent. Elle se planquait. Je me languissais et j'épiais.

OK – je veux bien jouer.

J'ai contourné le bâtiment et j'ai remonté l'allée de devant. Elle se tenait en haut des marches. Elle a allumé une clope et s'est appliquée à manifester son ennui. J'ai remarqué des trucs nouveaux. Sa montre trop grande tombait de manière trop lâche sur son poignet. Elle portait des chaussures en daim blanches toutes neuves.

Je me suis approché d'un pas tranquille. Elle a retiré sa barrette et secoué ses cheveux. Sa jupe était courte. Les femmes aux genoux cagneux m'excitent.

« Je commence à voir comment ça fonctionne. Chaque fois que je fais quelque chose de bravache et de stupide, tu me récompenses.

– Je demande à faire une pause dans mon mariage. Peux-tu me le reprocher ?

– Je nous prendrai une chambre d'hôtel sur la Pacific Coast Highway la prochaine fois. Ça t'évitera le déplacement. »

Pat a effleuré la cicatrice de la bague en diamant sur ma joue. J'ai baissé la tête et l'ai enfouie dans sa main.

La chambre était bouillante. L.A. à la fin août. La chaleur des marais et des nuages de smog. Lois désirait l'orage. Pat n'avait pas ce don.

On était étendus de tout notre long. Nos pieds sortaient des draps. On a serré nos mains jusqu'à former des poings et on a tapé sur la tête de lit. Pat a reluqué sa montre sur la table de nuit. Je l'ai attrapée et je l'ai glissée sous le matelas.

« C'est assommant de te voir prise dans tes devoirs de mère et d'épouse. Demande à tes larbins de nourrir les mômes et de promener le chien. Dis à Jack que tu as des trucs à faire, et que tu vas négliger ta famille pendant quelque temps. Dis à Bobby que je bosse sur l'affaire, alors qu'il me foute la paix. »

Pat a plongé la main dans son sac. Elle en a sorti le *Variety* du jour et l'a ouvert. J'ai vu « Pulpeuse victime d'un enlèvement », *Née sous une mauvaise étoile*, et une photo de Gwen Perloff en maillot de bain. La Grande Gwen – jamais sans ses lunettes.

Pat a tapoté la photo. « J'ai vu Peter et cette femme sur la plage, à la fin du printemps. Je n'ai pas entendu ce qu'ils se sont dit. Peter lui a donné de l'argent, et elle lui a filé une grande enveloppe en papier kraft. C'était des mois avant qu'elle soit enlevée et que tu sois impliqué dans cette histoire. Je me suis dit que tu aurais envie de savoir. »

C'était le Catalogue de Filles. Lawford m'a menti. Il a dit qu'une serveuse « reine des abeilles » le lui avait vendu. Il a prétendu ne pas connaître son nom. Ingrid Irmgard m'a menti. Elle était serveuse. Elle a dit que c'était Lawford qui l'avait prise en photo pour le Catalogue. Elle a prétendu ne pas connaître de reine des abeilles. Gwen Perloff était l'incarnation même de la reine des abeilles.

Pat m'a regardé cogiter. Elle a vu que je tremblais et a pressé ma main sur le lit. J'ai feuilleté *Variety*. En gros, une pâle copie du *Reporter*.

Gwen Perloff. « La Belle-de-Nuit Bombasse des séries B. » *Née sous une mauvaise étoile*/fillette en famille d'accueil/qui a enlevé la petite sœur de Gwen ?

Variety copie le *Reporter*. Cela diverge ici même :

Elle a grandi en famille d'accueil. Mais aussi dans des orphelinats. On l'a envoyée à Hollygrove, en 1937-1939. Voilà qui est intéressant. *Elle était à Hollygrove avec Marilyn Monroe et Paul Mitchell Grenier.*

La pièce s'est mise à tourner. *Monroe/Enlèvement/Monroe/Enlèvement/Monroe/Enlèvement.* Les deux enquêtes du 4/8/1962 se croisent.

Pat a dit : « Il y a autre chose que tu devrais savoir. Peter et moi avons assisté à une réception avant-hier. Il y avait surtout des types de la mairie. Peter a tenu la jambe à un employé du procureur nommé Miller Leavy et t'a dézingué. Il a dit à M. Leavy que tu avais tué le kidnappeur de sang-froid, et le visage de M. Leavy s'est illuminé. »

J'ai dit : « Et merde. »

Le Losers Club. Le show chaud d'Eddie Fisher est lancé. Il est de retour. Il est ici pour roucouler ses chansons cucul et faire mousser son dégoût de lui-même. Le merdier Liz/*Cléopâtre* n'en finit pas. Il est là pour en parler à nouveau. Il fait salle comble.

Eddie et Bo Belinsky se planquaient dans le foyer des artistes. Nat et Phil géraient la foule. Je me tenais près du bar à savourer la première partie d'Eddie.

Milt Chargin et « le Chimpanzé shooté ».

Milt est un ventriloque minable. Le « Chimpanzé shooté » est un singe empaillé. Il a une mâchoire et une gueule articulées. Il porte un chapeau en feutre rond et aplati. Il a une aiguille de dope collée au bras gauche. Leurs sketches sont hallucinants.

Milt a dit : « J'ai entendu dire que tu avais voyagé, mon petit. »

Le Chimpanzé shooté a dit : « Oui, papa. J'ai sauté dans un vaisseau spatial à Cap Canaveral. Cinq Martiens étaient aux commandes. On s'est dirigés vers le Congo belge. On voulait voir tout le ramdam politique, en direct et de près. »

Milt a dit : « C'était un vol sans escale ? »

Le Chimpanzé shooté a dit : « Non. On a dû s'arrêter à Cuba pour faire le plein. »

La foule a ri bêtement. Milt a dit : « C'était pas dangereux ? Ce connard de Castro est le big boss là-bas. »

Le Chimpanzé shooté a dit : « C'est un mec sensass. Il m'a filé plein de petits cadeaux pour la première d'Eddie au Losers. »

Milt a fouillé dans ses poches et en a sorti deux poignées de cigares à cinq cents. Il les a lancés à la foule. Les crétins ont tendu la main, attrapé, renversé des boissons et fait tomber des tables.

La salle a rugi. Une chaîne hi-fi s'est mise à beugler des riffs afro-cubains. Les serveuses ont dansé la samba et le mambo. La chaîne hi-fi s'est arrêtée. La foule a tapé du pied et applaudi.

Milt a dit : « On se calme, les mendiants. » Les mendiants se sont calmés. Le Chimpanzé shooté a dit : « On a pris des gens en stop à La Havane. Ils avaient un bon groove avec les Martiens, ils voulaient partir tambour battant au Congo pour voir ce qui s'y passait. »

Milt a dit : « C'était *qui* ces auto-stoppeurs ? Tu as vu quelqu'un de connu ? »

Le Chimpanzé shooté a dit : « Count Basie et son Atomic Band, vingt-quatre playmates de *Playboy*, le gouverneur Orval Faubus, Lenny Bernstein et trente-deux marins qu'il a ramassés au Cabaret Rose de Ross, le Chœur du tabernacle mormon, quatre types du Klan de Pet-d'Élan, dans le Mississippi, Miss Mahalia Jackson, le crétin qui joue le Captain Kangaroo, et quarante et une pom-pom girls du lycée de Hollywood. »

La foule a fait ouarf-ouarf. Milt a fait *Pffiou !*

« Eh bien ! Il y en avait du monde, dans ce vaisseau spatial ! »

Le Chimpanzé shooté a dit : « Non, mais il y avait du monde au balcon, ça c'est sûr ! »

La foule a *re*-fait ouarf-ouarf. Les serveuses ont tortillé du cul de manière lascive.

Milt a dit : « Vous avez réussi à faire le plein ? »

Le Chimpanzé shooté a dit : « On n'en a pas eu besoin. Le Dr Feelgood a déboulé de la Grosse Pomme et a gavé tout le monde de Feelgood Juice. On est arrivés là-bas sans pépins en carburant à cet élixir. »

La foule a re-*re*-fait ouarf-ouarf. Les gens étaient pétés comme des coings. Le Losers servait des triples doses.

Milt a dit : « Bon, tu arrives au Congo. Qu'est-ce qui s'est passé ensuite ? »

Le Chimpanzé shooté a dit : « Le chef des Martiens a quitté le vaisseau et s'est approché du premier indigène qu'il a vu. Il a dit : “Hé, mon vieux – emmène-moi chez ton chef. ” L’indigène a dit : “Lumumba, Tshombé, Mobutu ou Kasa-Vubu ?” Le Martien a dit : “Hé, mec, on dansera plus tard. Pour l’instant, emmène-moi chez ton chef !!!” »

La foule s’est levée et a applaudi. Elle s’y connaissait, en répliques qui tuent. Les nanas ont beuglé en boucle « Edd-ie, Edd-ie, Edd-ie ! ».

J’ai ma dose.

Je me suis réfugié dans le foyer des artistes. Eddie était en coulisses, en train de papoter avec son combo. Bo Belinsky piochait des pilules dans les coupes à barbitos et cachetons.

Il a dit : « C’est pas légal, ces trucs. »

J’ai dit : « En effet.

– Les roses et les verts ont l’air bien.

– N’envisage pas de rentrer en voiture ce soir. »

Bo a gobé un rose et un vert. Il s’est allongé sur le canapé pour attendre le résultat.

« Eddie a une dent contre moi. Liz a dit à un paparazzi à Rome qu’elle voulait me baiser. Je passe mon temps à charrier Eddie avec ça. J’arrête pas de lui dire que je me la ferai si elle revoit à la baisse sa pension alimentaire. Au bout d’un moment, ça l’a plus fait rire.

– C’est souvent comme ça, avec les blagues. »

Bo a dit : « Tu es négatif ce soir, Freddy. Le monde arrête pas de te faire chier, et tu en as ras la casquette. »

Monroe/Enlèvement/Monroe/Enlèvement/Monroe/Enlèvement. Ça n’arrêtait pas de tourner dans ma tête. La bande continuait à défiler, sans aucun raccord.

J’ai squatté une chaise longue. Bo s’est assoupi. J’ai failli gober un rose et un vert. Sam Yorty a débarqué. Deux gardes du corps protégeaient ses arrières.

Ils ont pivoté sur leurs talons et fermé la porte. Sam le maire a dit : « J’ai retrouvé votre trace grâce à votre service. Ils m’ont dit que vous seriez ici. »

Je me suis levé et lui ai servi un scotch. Il a dit : « Un homme averti en vaut deux », avant de le boire cul sec.

J'ai dit : « Je vous écoute. »

Sam le maire a filé un coup de pied au canapé. « Bo Belinksy, complètement K.-O. Un match parfait en mai, et ma ville lui appartient. Et le voilà larbin d'un crooner dominé par sa femme. »

Je lui ai lancé un clin d'œil. « C'est la ville de Bill Parker. Vous n'en êtes que le maire.

– Pas faux.

– "Un homme averti en vaut deux", maire Sam. Je vous écoute. »

Il s'est resservi un verre. Il l'a bu d'une traite et a tout déballé.

« Je suis tombé sur Miller Leavy au Jonathan Club. Il était rouge comme une tomate à cause de vous et des Hats. Vous êtes des brutes nazies. Vous êtes les Chemises brunes de Bill Parker, vous avez tué ce crétin de kidnappeur pour le plaisir, vous êtes un lieutenant du Bureau du procureur maintenant – n'est-ce pas une honte ? Il veut vous envoyer brûler en enfer, vous et les Hats, pour meurtre avec préméditation. Il veut un peu cramer Bill Parker tant qu'il y est. Il a dit qu'il en a déjà parlé à Bob Kennedy. Monsieur le procureur général a manifesté un très vif intérêt. Miller pense qu'il peut arracher un poste de juge fédéral à cet abruti, parce qu'il sera celui qui vous aura fait tomber, vous et les Hats, et qui aura fait sauter dans la foulée ce LAPD surestimé. »

Le club a fermé à 3 heures. Eddie s'est chargé de virer les groupies. Mmh mmh, mais que vois-je – il a ramené deux serveuses chez lui.

Bo ronflait comme une bûche dans le foyer des artistes. Il sera plongé dans le coma pendant au moins quatorze heures. Nat et Phil sont partis reprendre leur poste et interroger le voisinage. Milt Chargin et le Chimpanzé shooté ont regagné leur lotissement de Pacoima. Pat était chez elle avec ses mômes et son petit mari, le mac du président. Lois était retourné au Chapman Park Hotel. Elle était sans doute en train de téléphoner à des inconnus.

Monroe/Enlèvement/Monroe/Enlèvement/Monroe/Enlèvement.

Je penchais pour une convergence directe. Monroe avait des planques à monnaie. Perloff avait une planque à monnaie dans sa bagnole. *Monroe/Perloff/Paul Mitchell Grenier.* Les anciens résidents de Hollygrove à la fin des années 30.

Paul Mitchell, amateur de morsures et de bastons dans les bars. La cicatrice de morsure de Marilyn. Paul Mitchell, acteur dans des films de cul. La photo de baise couverte de sperme dans le tiroir de Marilyn. Il restait une dizaine de casiers judiciaires à vérifier, de tests en laboratoire à effectuer, et de tâches chiantes à accomplir. *Monroe/Enlèvement.* N'appelons pas ça une convergence totale – *pas encore.*

Gwen Perloff a vendu à Peter Lawford le Catalogue de Filles. Ingrid Irmgard pourrait être impliquée dans l'histoire. Et le rôle de Juan Manuel Salas, dans tout ça ? Lawford me dézingue devant Miller Leavy. Sam le maire me livre les détails. Leavy veut qu'on aille brûler en enfer, les Hats et moi.

Je me suis assis dans ma voiture. Le parking du Losers était silencieux et sinistre. J'ai envisagé plusieurs possibilités. J'ai tiré des conclusions. Les Hats ne craqueraient pas. Je ne craquerais pas. Perloff ne craquerait pas. Cela se résumait à des témoins indirects et au discernement plus ou moins grand du prétoire de Leavy. Il fallait que je mette fin à tout ça avant la mise en examen. Je devais identifier les kidnappeurs et les tuer.

31

(LOS ANGELES, 24/8-26/8/1962)

Trois jours. Limbes psychiques. Je suis parano-schizo. Le monde me veut du mal. Psy-canalise-moi, chérie. Appelle Doc Greenson et Doc De River. Faites-moi pioncer sur le divan.

Le monde me veut du mal. Et aux Hats aussi. Bobby K. et Miller Leavy sucent la bite empoisonnée du monde et promulguent les décrets empoisonnés du monde. J'ai fait venir Max Herman et Red Stromwall. Ils ont validé mon plan. Tuons les kidnappeurs et étouffons le meurtre avec préméditation, à titre préventif. Harry Crowder et Eddie Benson étaient d'accord. Freddy O. et les Hats se remettent en selle.

Psy-canalise-moi. Je suis parano. Je vois des volutes et j'entends des voix là où il n'y en a probablement pas.

À quoi joue Jimmy Hoffa ? Il a dit à Hersh Aadland d'appeler Del Kinney. Hersh A. s'est exécuté. Freddy O. est dans le studio. Ses hommes, idem. Jimmy a dit à Del de nous ignorer.

Psy-canalise-moi. Le monde m'inflige une grève perlée. Mes vérifications de labo et mes vérifications de casiers traînent en longueur alors que j'appuie sur le champignon.

Le labo ne trouve aucune correspondance avec les photos tachées de foutre. Ils ont vérifié 621 échantillons. Il leur en reste plus de 200 à comparer. J'ai appelé le chef du personnel de la Mexicali Airlines. Il a parlé du comportement irréprochable d'Ingrid Irmgard. J'ai vérifié les fiches de travail d'Ingrid depuis le mois de janvier et parcouru les listes des passagers. Le nom de José Bolaños n'y figurait pas. Les Douanes m'ont fourni des photos de passeport pour les entrées et les sorties entre États-Unis et Mexique. J'en ai scruté une centaine. Je cherchais de grosses femmes mexicaines pouvant être Monroe sous couverture. Résultat : *todos nada*. La Commission fédérale des activités anti-américaines et son antenne au niveau de l'État m'ont envoyé leurs fiches sur José. Elles étaient caviardées à quatre-vingt-cinq pour cent, donc dénuées de sens. Cette censure voulait dire que Bolaños était un mouchard. Il balançait des enculés de cocos et échappait aux condamnations pour ses propres méfaits. Les Douanes ne voudront jamais me filer leurs dossiers sur Bolaños. La police mexicaine a catégoriquement refusé.

J'ai roulé dans Hollywood et West L.A. pendant dix heures d'affilée. En vain. Impossible de repérer la maison que Monroe a dessinée en 1948. Le mandat de perquisition pour le Standard de Bev est toujours « en cours de validation ». Je dois *re*-secouer Darryl Zanuck. Il a dit qu'une vieille dame « asthmatique » l'avait rencardé sur l'endroit où trouver Danforth/Stein/Perloff. J'ai apporté à Natasha Lytess des fleurs et une bouteille de scotch. Je voulais l'amadouer et tenter d'obtenir un second entretien. Elle était asthmatique. Elle a pu filer le tuyau. Si c'était *elle*, la convergence *Monroe/Enlèvement* devenait irréfutable.

Les vieux supports de micros de la baraque Monroe me turlupinent toujours. J'ai retrouvé une photo des traces de pas sur le tapis, que j'avais prise lors de l'effraction du 4/8. Je l'ai apportée au labo. Ray Pinker a tracé un portrait du type : 1,85 mètre/86 kilos/pointure 45/claudication de la jambe gauche. Ça réduisait les recherches à dix millions d'individus.

Nat et Phil ont achevé leur enquête de voisinage baraque Lawford/baraque Monroe. Voici leur analyse finale :

La liaison Monroe/Jack était un secret de polichinelle dans le milieu du showbiz. Des rumeurs floues circulaient. Elles étaient régulièrement enrichies. Et dégénéraient en fantasmes. Bobby ne tringlait pas Marilyn. C'était les employés UPS et les livreurs de pizzas qui la tringlaient. Nat et Phil en convenaient : ç'est banal, pour un portrait à charge.

J'ai identifié les autres hôtesses de l'air sur les photos du Catalogue de Filles. J'ai découpé les têtes pour les séparer des foufounes et je les ai montrées aux responsables du personnel de quatre compagnies aériennes. J'ai obtenu des noms et des comptes rendus élogieux du travail des jeunes femmes. J'ai filé les noms au Bureau des informations générales et j'ai obtenu que dalle. J'ai renoncé aux interrogatoires musclés.

Nat et Phil bossaient sur le front « Rick Dawes »/« Eleanora »/ serveur aux réceptions. Ils ont passé des coups de fil. À chaque fois, ils ont obtenu la même réponse :

Qui est Rick Dawes ? Qui est Eleanora ? Allons, vous savez bien. Ces gamins qui font le service sont tous des putes et des camés.

Je crevais d'envie de relire mon dossier. Il fallait que je me reconnecte aux transcriptions d'écoutes et aux photos d'indices. Il était conservé par la justice. J'ai envoyé une télécopie à Bobby K. Je l'ai pas lâché. Laissez-moi voir le dossier. Il ne quittera pas le Bureau du procureur général. Ce petit con a cédé. J'ai lu le dossier, du matin au soir. Eddie Chacón me surveillait et lançait des remarques. Le dossier était truffé de croix marquées au crayon. Elles indiquaient des infractions criminelles. Lesdites infractions étaient imputables à :

F. Otash, J. Hoffa, Nat D. et Phil I. Cela justifiait ma paranoïa. Bobby a prévu de tous nous démolir.

J'ai étudié le dossier. J'ai pris des notes. Je me suis repassé ces quatre mois de mésaventure en mode Caméra humaine. Cela m'a remis la mémoire en place. J'ai retrouvé une liasse de papiers disparue depuis longtemps, coincée au fond d'un trieur.

Tiens donc. Mon rapport sur les événements du 19/5/1962. J'ai suivi Monroe jusqu'à la Valley. Elle a fait foirer ma filature. J'ai listé les plaques de 143 voitures garées dans le coin.

J'ai recopié les numéros à la va-vite et je les ai envoyés par télécopie à Daryl Gates. Il a passé un ordre super urgent auprès du Service des immatriculations et du Bureau des informations générales. Neuf heures plus tard, j'avais les résultats :

Cent quarante-trois voitures. L'intégralité des données sur les propriétaires enregistrés. À eux tous, trente-quatre arrestations pour délit mineur. Ma mémoire photographique s'est clarifiée. J'en ai extrait le moment où mon cerveau avait ripé, après le 19/5 :

Je m'étais dit : *je suis déjà venu ici. Pourquoi ce coin de la West Valley me semble familier ?*

Voici pourquoi :

J'ai suivi Monroe jusqu'à cet endroit le 19/5. J'étais de retour dans cet endroit le 4/8. J'ai vu Mike Bayless et les types du shérif sauver Gwen Perloff du Tiki-Torch Village.

Et voici le rebondissement final :

Gwen Perloff a garé sa Triumph de 1959 à un demi-pâté de maisons de l'endroit où on l'a sauvée. Elle s'y est garée environ soixante-dix jours AVANT d'être enlevée. À un pâté de maisons de l'endroit où Monroe a fait foirer ma filature.

Monroe/Enlèvement. Monroe/Perloff. Vas-y, dis-le. C'est officiellement une coïncidence qui se mue en convergence.

Retour à *Monroe/Perloff/Paul Mitchell Grenier.* Des gosses de Hollygrove, il y a un bail.

Hollygrove. Le « Grove ». L'orphelinat juste au nord du croisement de Melrose et Vine. Construit grâce aux largesses du monde du cinéma. Les gamins bénéficiaient de soins, d'une bouffe correcte, de cours à l'école publique du coin et d'excursions. J'ai visualisé la convergence d'ensemble. J'avais terriblement besoin de détails plus intimes. J'ai prévu une approche discrète.

Ça m'est retombé sur la gueule.

J'ai décidé d'aller mettre la pression à la directrice de l'orphelinat. Je lui ai mis mon insigne sous le nez. Je lui ai dit que je m'intéressais de manière périphérique à Marilyn Monroe. Elle s'est fermée comme une huître. Elle a pesté contre les flagorneurs, les hagiographes et les obsédés de Monroe. J'ai demandé les dossiers de tous les mômes entre 1936 et 1938. Elle a dit : « Non. » Elle a dit : « Revenez avec une ordonnance du tribunal. » Elle a dit : « Nos avocats feront tout pour vous barrer la route. »

Je me suis tiré. J'ai recommencé à m'intéresser aux analyses médico-légales. Je suis allé à la morgue du comté et j'ai examiné les restes écrabouillés de Richie Danforth.

Il n'avait plus de pieds. Ses mains étaient trop en bouillie pour qu'on puisse en tirer des empreintes. Ses dents étaient fissurées et broyées. Impossible de demander aux autorités fédérales une recherche de profil dentaire. Ce criminel cané n'avait pas d'empreintes et n'avait jamais été fiché ? Il devait se servir de faux papiers d'identité. Il était forcément identifiable quelque part.

Prélèvements de la police scientifique : boulot chiant. Chasse aux indices : boulot chiant. Il fallait que j'interroge Lowell Farr. J'ai fait une demande auprès de la Brigade des mineurs. Je voulais *re*-faire pression sur Natasha Lytess. Elle n'avait pas tout dit la dernière fois. Ça sautait aux yeux. J'ai harcelé le Bureau des informations générales et mon contact au Service des immatriculations au sujet des plaques de bagnoles devant la compta de la Fox. Le harcèlement a porté ses fruits. J'ai obtenu les données des propriétaires des cinquante-quatre véhicules – et très peu de casiers judiciaires les concernant. Mais… un nom est sorti du lot.

Albert Morris Aadland/homme blanc/date de naissance : 12/7/1924. Pas de casier. Un nom de famille illustre.

J'ai appelé Del Kinney et lui ai balancé le nom. « Ce type a-t-il un lien avec les frères Aadland ? Un lien de parenté lointain avec le Dr Shelley Mandel ? »

Del me l'a confirmé. « Oui, c'est Albie. Un couille-molle et un larbin esclavagisé par la Fox. Ses parents l'ont eu sur le tard. Il n'est pas du tout comme ses teigneux de frangins. »

Albie Aadland. La piste était fragile. Sans doute un feu de paille. Shelley Mandel filait des barbis à la Norma Jean Baker d'avant Monroe. Cette piste aussi n'est sans doute qu'un feu de paille. Tout cela se présente comme une confluence monde du cinéma/manigances de la Fox. L.A. est une grande confluence en tant que telle.

La confluence Fox. Cela me *re*-turlupinait. Résultat : Paul Mitchell Grenier me turlupinait triplement. Grenier. Amateur de morsures et de bars sado-masos. Qui était à Hollygrove avec M. Monroe et G. Perloff. Un ancien taulard. Diplômé de Chino. Un figurant de la Fox. Bisexuel/acteur dans des films de cul. Revenons à ce petit branleur.

J'ai fouillé dans les dossiers régionaux de la Brigade des mœurs et lu de vieux comptes rendus d'incidents. J'ai cherché au commissariat Central, à ceux de Wilshire, de Highland Park et de Hollywood. J'ai obtenu des rapports bar gay/bagarre de bistrot au Central. J'ai obtenu un rapport bar gay/bagarre de bistrot *avec morsure* à Highland Park. J'ai obtenu une fiche de prostitution masculine.

Poste de Hollywood, 14/1/1958. Rendez-vous clandestin dans une bagnole, croisement Selma et Las Palmas, 2 h 20. Paul Mitchell Grenier attaque un client avec les dents. Le type dénonce Grenier aux flics et refuse par la suite de porter plainte. Deux photos d'identité judiciaire sont jointes au rapport.

J'ai étudié les clichés. J'ai vu Grenier il y a peu. Phil Irwin et moi avons fichu en l'air le chantage aux maris infidèles Deedee Grenier/Paul Mitchell au Nid de Norm. J'ai matraqué le cul de cette petite frappe de Paul Mitchell. Je l'ai vu dans une rue sombre. On était sous la contrainte. Il est beaucoup plus mince à présent. Ces photos de début 1958 lui filent dix kilos de plus. Je repense au 4/8/1962. Je visualise les photos de baise Monroe/Cruel Étalon. Cruel Étalon me rappelait quelqu'un. Voici pourquoi :

Cruel Étalon était Paul Mitchell Grenier. Les bandes blanches appliquées sur ses yeux empêchaient de le reconnaître à ce moment-là. Il pesait alors au moins dix kilos de plus. Ces clichés de coups de queue-coups de langue datent de 1958-1959. Il n'y a pas de marque de morsure sur le bras de Marilyn. J'ai vu des photos de Marilyn à une manif contre la bombe le 16/5/1959. Il n'y avait ni marque de morsure ni cicatrice de morsure sur son bras.

Suivons Marilyn en remontant le temps. Suivons l'apparence physique de Paul Mitchell Grenier. Ces photos datent certainement de 1958-1959. Marilyn n'a aucune marque le 16/5/1959. Saut temporel. Passons au 8/3/1961. Marilyn est surveillée lors d'une java pour les droits civiques. On voit maintenant la marque de morsure à moitié effacée. On constate sa relation durable avec Paul Mitchell Grenier. Les adeptes de morsure sexuelle ne courent pas les rues. Marilyn n'en a connu qu'un seul dans sa vie. Grenier a planté ses crocs dans Marilyn entre mai 1959 et mars 1961. C'est un psychopathe sexuel. Il y a eu convergence entre Monroe et des gens dangereux dans les mois qui ont précédé sa mort. J'en suis sûr. Et je suis plus que sûr que ce petit salopard de Grenier était l'un d'eux.

32

(LOS ANGELES, 10 H 04, LUNDI 27/8/1962)

Il fallait que j'impose un deuxième round à Zanuck. J'ai envoyé par télécopie les dernières infos sur l'affaire à Parker et Gates tard hier soir. Gates a répondu. Ses consignes : la Fox est à l'origine de ce merdier. Faites plus de raffut dans le studio. Parker a répondu. Ses consignes : soyez un aimant à merdes. C'est ce que vous faites de mieux.

J'ai fait un petit tour à la Fox. J'ai piqué une voiturette de golf devant le Studio numéro 6 et j'ai filé jusqu'à la porte latérale de Zanuck. J'avais carte blanche à présent. Je m'étais mis Del Kinney dans la poche. La menace d'une pluie de mandats m'ouvrait les portes. J'ai déboulé dans la pièce.

Papi était seul. Il m'a vu et s'est mis à bouger lentement. Il s'est dirigé vers le téléphone posé sur son bureau. J'ai tiré sur le câble mural. Il s'est dirigé vers l'interphone. J'ai viré d'un coup de pied une prise au sol. Il a ouvert des tiroirs d'un geste sec. J'ai aperçu un pistolet de poche digne de Minnie Mouse et je l'ai récupéré avant lui.

Zanuck a dit : « Vous ne serez pas toujours policier, et Bill Parker ne sera pas toujours aussi influent qu'il l'est aujourd'hui. Je ne serai pas toujours à la tête de ce studio, et je m'occuperai alors de vous comme bon me semblera. »

J'ai éjecté la cartouche de la chambre et sorti le chargeur.

« Quoi de neuf sur le fiasco *Cléopâtre* ? »

Silence.

« À quel point êtes-vous dans la merde ? »

Silence.

« Quelqu'un du service comptabilité vous a présenté Gwen Perloff. Albie Aadland, peut-être ? »

Silence.

« Avez-vous donné votre feu vert à *Née sous une mauvaise étoile* pour que Gwen ferme sa gueule concernant l'enlèvement ? »

Silence.

« Avez-vous déjà croisé un figurant psychopathe nommé Paul Mitchell Grenier ? »

Silence.

« La femme asthmatique qui vous a appelé pour moucharder cette histoire d'enlèvement, c'est Natasha Lytess ? »

Silence.

Changeons de sujet. Enfumons cet abruti.

J'ai sorti une carte de visite de Foxtone Services. Semblable à celle qui se trouvait dans le sous-sol de Marilyn Monroe. J'en ai ronéotypé trois cents exemplaires hier soir. Nat et Phil passaient le studio au peigne fin en ce moment même. Ils faisaient le tour des bagnoles à l'arrêt. Une carte placée sous chaque essuie-glace gauche. Que l'info circule.

Zanuck a vu rouge et mâchonné violemment son cigare. J'ai laissé tomber la carte sur son bureau. Notez le renard lubrique du logo.

« Votre épouse ou la mienne ? »

« Opportunités financières. »

« Contact : boîte postale 6969 »

Zanuck a scruté la carte. Il s'est mis à loucher. Il s'est empourpré et a desserré son nœud de cravate. Il a haleté et viré son cigare.

« J'ai entendu dire que vous étiez un adepte de longue date de l'échangisme, alors je me suis dit que vous voudriez savoir ce que certains de vos collègues traficotent. Regardez le braquemart de ce renard. Il a deux têtes. Vous pensez que c'est *lui* qui s'envoie en l'air ? »

Papi a gobé un cachet de Digitaline. Ses veines palpitaient, violacées.

« Prostitution organisée, infractions au code postal, graves malversations financières. Je pense qu'il y aura création de grands jurys au niveau fédéral et municipal, et que vous serez appelé à témoigner. Sans parler de ceci. Remettez-moi l'ensemble de vos dossiers personnels, ou je file tout ce que je pense savoir à Morty Bendish, et il vous fera la peau dans une série de numéros révolutionnaires du *Mirror-News.* »

Zanuck a tressailli et tressauté. On aurait dit de la gelée pendant un tremblement de terre. Je lui ai servi un grand verre de scotch.

La baraque du casting était pleine à craquer. Les aspirants comédiens à *Soirée twist sous surveillance* et au nanar avec le rat géant avaient envahi le hangar aux accessoires. Le coordinateur m'a dit que Lois et Maury Dexter étaient en train de visiter la maison qui servirait de décor. Quelque part dans Palisades. Des filles du lycée de Palisades babillaient et se pâmaient à l'idée de figurer dans le duo *Soirée twist/*rat géant. Maury avait besoin de soixante jeunes danseurs et de mômes fuyant le rongeur. Il a dit qu'ils étaient hyper motivés.

Je suis entré dans le hangar. J'ai vu Roddy McDowall tripoter des rebuts de *Cléopâtre.* Il caressait des plastrons en cuir et des capes en velours rouge. Un type efflanqué séparait les fourreaux des strings avec coques en acier.

Confluence. Les charognards de l'industrie du cinéma. Sid Leffler, ce connard de flic, a écrit *Soirée twist.* Roddy choisissait des costumes pour *Cléo de 5 à 6.*

Il a levé la tête et m'a vu. Il a haussé un sourcil d'impératrice. Le type efflanqué a levé les yeux. Roddy a lancé : « Timmy Berlin, Fred Otash. Vous avez un passé commun, que vous vouliez l'admettre ou non. »

Le nom m'a surpris. Natasha Lytess a parlé de ce type. *Bingo* – le Raid sur la Mauvaise Porte. Berlin était l'amant secret de Monroe.

On s'est serré la main. Berlin appréciait l'aparté de Roddy. Le raid, le casting cinq-étoiles. Il n'oublierait jamais.

J'ai dit : « J'ai parlé à Natasha Lytess récemment, M. Berlin. Veuillez accepter mes condoléances pour la perte de Miss Monroe. »

Berlin s'est assombri. Bouh-hou. Il a baissé la tête. *Nobody knows de trouble I se…*

Roddy a gloussé de manière théâtrale. « Freddy se tient bien aujourd'hui, mais il ne débarque jamais simplement pour bavarder. *Aloooors, Freddy* – de *quoi* ou de *qui* s'agit-il cette fois-ci ? Et ne me dis pas que ce n'est pas toi qui as des questions, moi des réponses, et que tu n'es pas obligé de me dédommager pour ça. »

Berlin s'est filé une claque sur le genou. J'ai filé une claque à mon portefeuille. Roddy s'est campé devant moi, les mains sur les hanches.

J'ai dit : « C'est au sujet de Gwen Perloff et d'un figurant de la Fox qui aurait joué dans des films de cul, Paul Mitchell Grenier. »

Berlin a réagi. « Perloff » le laissait de marbre. « Grenier » l'a estomaqué. Il a ouvert son anorak. J'ai vu un calibre 38 à canon court dans un holster de hanche.

« Il est complètement dérangé. Il était à Hollygrove avec Marilyn, vous savez – et il était capable de l'entraîner dans presque n'importe quelle combine. »

Roddy a tripoté la crosse de l'arme. Il adorait les ragots. Ne vous arrêtez *suuurtout* pas maintenant.

Berlin a tapé la main de Roddy et a refermé sa veste. Il a baissé la tête et respiré un grand coup.

« Je suis resté en contact avec Marilyn après notre rupture et – il y a plusieurs mois, je dirais – elle m'a dit qu'elle voulait faire un film porno, juste pour rire – et qu'elle voulait que je m'occupe du montage. Elle m'a dit qu'elle était d'humeur à fréquenter des crapules, et qu'elle voulait voir jusqu'où elle était capable d'aller. »

J'ai eu la chair de poule. Mes cheveux se sont dressés sur ma tête et mes muscles se sont contractés.

« Que vient faire Grenier là-dedans ?

– C'était lui qui devait partager l'affiche avec Marilyn, mais Roddy m'a parlé de sa réputation. J'ai tenté de dissuader Marilyn, mais elle ne m'a pas écouté. Grenier est venu me voir de son côté, et m'a dit qu'il voulait que je monte le film, mais j'ai dit "Jamais". Ensuite il m'a foutu la paix, mais je garde cette arme sur moi au cas où il reviendrait. »

J'ai dit : « Savez-vous si ce film a été tourné ? »

Berlin a dit : « Il n'a jamais existé. Marilyn me l'a garanti.

– Faites attention, mon vieux. Grenier n'est pas le genre de type qu'il faut énerver. »

Berlin a filé discrètement. Il jouait le petit ami meurtri avec tout l'aplomb de la méthode Strasberg. Bou-hou. Marilyn m'a aimé et m'a largué. Il a rentré la tête dans les épaules et tapé dans des boîtes d'accessoires pour les écarter de son chemin.

Roddy s'est écrié : « Freddy, tu répands de mauvaises ondes partout où tu passes. »

J'ai dit : « Dis-moi ce que tu penses de Grenier. »

Roddy a frotté ses pouces contre ses index. Je lui ai filé trois billets. Roddy a mimé un champion de base-ball prenant son élan pour lancer.

« Tu sais peut-être que j'ai réalisé des films de cul, mais tu ne sais sans doute pas que je croise Paul Mitchell au Charpentier, au Jaguar et à la Tanière du Faucon, ni qu'il a joué dans mes films *Le Dégaineur* et *L'Amour d'une grosse.* Tu sais, en revanche, que je collectionne les ragots, et que si je *crois* ces ragots, je les file aux autres – dans ton cas, contre de l'argent. »

J'ai allumé une cigarette. « Jusque-là, je te suis. »

Roddy m'a tapé une cigarette. Je l'ai allumée. Il a refait son mouvement de base-ball. Et voici ce qu'il m'a balancé :

« Il y a des rumeurs sur Marilyn que je crois, d'autres dont je me méfie et que je me refuse à répéter. Je crois le ragot qui dit qu'elle a posé avec Paul Mitchell pour un jeu de baise – un paquet de cinquante-deux cartes pornos, fabriquées en édition limitée et vendues en exclusivité à de riches pervers, qui voient ces jeux comme un objet de collection et un investissement. D'autres actrices connues ou en passe de l'être avaient suivi cette voie avant elle – parce que ces jeux se vendaient dix mille balles pièce, et que les participants en recevaient une belle part en liquide. Et puis les pervers s'échangeaient ces jeux entre eux, comme pour les cartes de base-ball. Par exemple, "Je t'échange un Ann Savage contre un Barbara Payton ou un Lila Leeds". Mais un jeu de baise Marilyn Monroe aurait beaucoup plus de valeur, évidemment. »

Monroe. Grenier. Les polaroïds. Datant de 1958-1959. Des clichés non conservés du jeu de baise ?

« C'était quand, la grande période de ces jeux de cartes ? J'ai vu des photos en noir et blanc de Monroe et Grenier, mais elles dataient de 1958 ou 1959. »

Roddy a fait *Niet.* « Les jeux de baise étaient en couleur, de fabrication très soignée, et la mode a atteint son apogée à la fin des années 40. C'était pas de la camelote, je t'assure.

– Y avait-il un jeu de baise Carole Landis ?

– Pas à ma connaissance. Cette pauvre Carole s'est débranchée au début de l'engouement pour ces jeux. Quant aux photos de

Carole Landis à la morgue, on en trouve partout. Tu m'as vendu la mienne sur le plateau de *Piège à minuit.* »

J'ai dit : « Gwen Perloff. Dis-moi un truc que je ne sais pas. »

Roddy est devenu pensif. « Peut-être qu'elle imprimera sa marque. Elle est partout où on veut à la fois être et ne pas être. Si tu dois *vraiment* observer la marchandise, il y a une séance double de films d'horreur au Wiltern ce soir. »

Créatures atomiques. Universal, 1956. Gwen Perloff à vingt-neuf ans. Suivi du *Peuple des fourmis rouges.* Universal, 1958. Gwen, deux ans plus tard.

Des affiches de nanas presque à poil tapissent le hall d'entrée. Des photos de plage. Des filles en bikini qui fuient de gros insectes et des reptiles mutants.

Créatures atomiques est passé en premier. Des mômes en vacances accaparaient les fauteuils d'orchestre et le balcon. Ça a commencé à être le bordel. Ils ont hué le dessin animé et les actualités. Ils ont conspué John F. Kennedy et les défenseurs des droits civiques. C'était les monstres et le sexe qu'ils voulaient.

J'ai pris un siège sur le côté, près de l'écran. J'étais crevé. J'avais suivi mon instinct et fait des recherches tout l'après-midi.

La bibliothèque du centre-ville. La couverture par les journaux locaux. 17/2/1937. Mitzi Perloff disparaît. Confirmons l'arrivée de Gwen à Hollygrove. Étayons la rencontre Monroe/Perloff/Grenier.

Pouf ! Mitzi disparaît. Gwen continue à vivre dans sa famille d'accueil au croisement de De Longpre et Wilton. Le *Herald* et le *Times* livraient ce détail mais rien d'autre. *Variety* a publié un nouvel article élogieux sur *Née sous une mauvaise étoile.* La scénariste/actrice vedette Gwen P. a « passé l'essentiel de son enfance dans des familles d'accueil et des orphelinats de Hollywood ». J'ai appelé le Service de protection de l'enfance de L.A. pour savoir à quel moment elle vivait en orphelinat. Une gentille vieille dame a soigneusement épluché les dossiers et m'a dit *ceci* :

Gwen s'est mal comportée après la disparition de Mitzi. La famille d'accueil l'a virée. Elle a atterri à Hollygrove à la mi-mars 1937. La convergence est confirmée. Monroe et Grenier s'y trouvaient déjà.

Qu'a donc fait Gwen pour être virée ?

Elle a piqué des fringues dans des boutiques de Hollywood et les a vendues aux élèves du collège Le Conte.

C'était une arnaqueuse à l'époque. Elle n'avait pas encore onze ans. On était en 1937. J'avais alors quinze ans. J'épiais les fenêtres à Trou-Paumé, dans le Massachusetts.

Des mômes arnaqueurs et voyeurs. Des jeux de baise. Des mordeurs psychopathes et des stars de cinéma mêlées à du porno illégal. Voici quelques bonnes nouvelles de dernière minute :

Bobby K. a délivré le mandat de perquisition. On fait une descente au Standard de Bev à 10 heures demain matin. Les Hats plus Freddy O., Daryl Gates et deux inspecteurs des services postaux. Fusils à pompe et autorisation légale de saccager l'endroit.

Les actualités se sont achevées. Les gamins ont sifflé. *Créatures atomiques* a commencé. Les gamins ont applaudi. C'était en noir et blanc. Les gamins se sont esclaffés. Le générique a défilé sur un plan fixe de la plage de Malibu.

Direct à l'essentiel. Deux jeunes femmes marchent au bord de l'eau d'un pas chaloupé. Elles portent des bikinis très échancrés. Il s'agit de cette grande bringue de Gwen et d'une blonde maigrelette. Gwen porte ses lunettes en écaille.

Les lycéens ont fait ouaf-ouaf et ont poussé des hurlements de loup. Leurs petites copines les ont fait taire. Gwen a prononcé ses premières répliques :

« Marge, je ne veux pas passer pour une Rouge – mais la bombe atomique me file la frousse. »

Je connaissais cette voix. C'était celle d'« Eleanora » sur mes écoutes. Elle a appelé Peter Lawford au milieu de l'été. Elle a manœuvré pour obtenir des ragots sur un serveur nommé « Rick Dawes ». Monroe a écrit : « Rick Dawes. Vachard – peut-être pédé » *sur un bout de papier qu'elle gardait chez elle.*

33

(LOS ANGELES, 10 H 02, MARDI 28/8/1962)

Et c'est parti. Les flics en font trop, comme d'habitude. On nous escorte jusqu'au trottoir côté sud de Fountain. Le Standard de Bev est juste de l'autre côté de la rue.

Huit flics dans trois voitures de patrouille. Deux femmes flics dans des voitures banalisées. Je faisais équipe avec Daryl Gates. Les Hats avaient leur propre bagnole. Deux flics de l'administration postale roulaient dans une caisse des fédéraux.

Des talkies-walkies nous reliaient les uns aux autres. À 10 h 05, on entre en action. Le chef des fédéraux coordonne l'opération. Fusils et pieds-de-biche. Les boîtes aux lettres étaient solidement fixées aux murs. Bev cachait peut-être ses passe-partout.

C'est une déferlante. On attaque en masse. Les clients seront attrapés et retenus sur les lieux. Les femmes flics vérifieront les sacs des clientes et les fouilleront dans les chiottes. Les flics de la poste colleront le mandat d'arrêt sous le nez de Bev Shoftel et exigeront ses passe-partout. Gates et moi irons ouvrir la boîte 6969. Foxtone, nous voilà.

Je fumais clope sur clope. J'avais les nerfs en pelote. La convergence plus le manque de sommeil et un agenda surchargé. Je n'ai pas dormi de la nuit. J'ai tapé un compte rendu détaillé sur

Monroe/Enlèvement. Il était hyper argumenté et à jour. J'en ai ronéotypé des copies pour Bill Parker, Gates, les Hats, et Bobby le Pourri. J'en ai déposé des copies au Bureau central de la police et au Bureau du procureur général. Je me suis mis en quête de Paul Mitchell Grenier pour lui filer une branlée.

Il n'avait pas d'adresse fixe. C'est mon contact au Service des immatriculations qui me l'a dit. Il a perdu son permis de conduire en janvier 1958. Il s'est fait prendre pour cette bagarre avec morsure et des contraventions non payées. Il n'a plus jamais été arrêté et n'a reçu aucun P.V. depuis lors. Je suis allé à la Tanière du Faucon, au Jaguar, au Charpentier, au Klondike. Les minets m'ont dit que Paul Mitchell était un habitué des coups d'un soir. Je suis passé devant Arthur J.'s et le Gold Cup. C'était là que les tapineurs se retrouvaient. Ils étaient tous d'accord : Paul Mitchell est drogué jusqu'à l'os. Il vend des poppers au nitrite d'amyle. Il a une « base opérationnelle » quelque part. Il ne pense qu'au cul. Il adore les spectacles de baise avec des ânes de Tijuana. Essayez la planète Mars.

Mon talkie-walkie a grésillé. Le patron a dit : « On y va *maintenant.* »

Gates et moi sommes sortis de la bagnole en trombe. On trimballait des fusils et des pieds-de-biche. Les Hats et les flics de la poste sont sortis de leurs bagnoles en trombe. Ils brandissaient des fusils à pompe de calibre 12. Les femmes flics sont sorties de leur bagnole en trombe. Elles avaient des menottes et des chaînes.

On a profité d'un creux dans la circulation pour traverser Fountain. Max Herman et Red Stromwall ont viré la porte de ses gonds à coups de tatane.

Le battant s'est écrasé à l'intérieur. Il a heurté le sol. Les vitres de la porte ont volé en éclats. En faire trop, ça voulait dire Boucan et Fascination. C'est ce qu'on a obtenu. Fracas/bruit de verre brisé/cris de tous côtés.

Bev Shoftel a hurlé. Trois clients se sont mis à trembler. Deux clientes ont piaillé. Les femmes flics ont rapidement entraîné les dames vers les chiottes. Les flics de la poste ont balancé le mandat à la tronche de Bev et renversé le contenu de son sac à main sur son bureau. Ils ont saisi un trousseau de clés de boîtes postales et l'ont lancé à Gates. Bev s'est mise à brailler et à se taper les cuisses de ses poings fermés. Les flics de la poste lui ont passé les menottes dans le dos et l'ont poussée sur une chaise.

Les Hats ont fait une clé de cou aux trois clients et les ont traînés dans la ruelle. Gates et moi avons foncé vers la boîte 6969. J'ai tâtonné pour mettre la clé dans la serrure. Pour dire à quel point ma main *tremblait*. La clé a tourné, la porte s'est ouverte, j'ai regardé à l'intérieur. Le casier était totalement vide.

J'ai dit : « Merde. »

Gates a dit : « Merde. »

J'ai ouvert la boîte 6970. Elle était totalement vide. J'ai ouvert la boîte 6971. Elle était totalement vide. J'ai entendu des craquements de bois et des cris. Les flics de la poste attaquaient au pied-de-biche les tiroirs du bureau de Bev la foldingue. Bev beuglait je ne sais quoi sur la violence policière.

J'ai ouvert les boîtes 6972, 6973, 6974, et jusqu'à 6981. Elles étaient toutes complètement vides. J'ai ouvert la boîte 6982 et j'ai vu *ceci* :

Quatre brochures format tabloïd. Couvertures à l'encre verte. Semblables aux feuilles de chou que j'avais vues dans la baraque de Morty Bendish. Morty publiait un canard à potins à « diffusion restreinte ». Ça ne pouvait être que *ça*.

J'ai scruté les quatre couvertures. Morty avait intitulé son torchon *Les SExclu' de L.A.* L'accroche promettait une « bande-annonce bandante » sur les nouvelles révélations de Mister Flic-sans-Frousse. *« Pssst – Whiskey Bill Parker a passé un accord avec ce casse-burnes de Bob Kennedy. Flic-sans-Frousse vous livre la suite souillée par le sexe de* "Mort bizaroïde d'une Sirène sexy", *première partie. »*

Je suis passé en vitesse sur la brochure livrant la première partie. Cette brochure-*ci* a été envoyée avant mon avertissement. Morty B. ne m'arnaquerait pas sciemment. Et Morty m'a dit *ceci* :

Flic-sans-Frousse était le sergent de patrouille de West L.A. Jack Clemmons. Et Del Kinney m'a dit *ceci* :

Clemmons a postulé aux élections du printemps 1962 pour obtenir le poste de shérif du comté de Los Angeles. *Mais* – Motel Mike Bayless l'a obligé à se retirer et Pete Pitchess s'est présenté sans avoir de rival.

J'ai glissé la brochure dans mon ceinturon. J'ai ouvert les boîtes 6983 à 6988 et n'ai rien trouvé. J'ai ouvert la boîte 6989 et en ai sorti *ceci* :

Un prospectus imprimé. Une petite annonce. Pour une soirée à venir de baise à l'aveugle et d'échangisme. « Écrire à la boîte 6969 pour plus de détails. »/« Réservée aux couples »/« 200 $ l'entrée »/« Frais non compris. »

J'ai pris le prospectus. J'ai regardé Bev Shoftel. Elle m'a dit : « Va te faire foutre, toi et le chameau qui te sert de cheval blanc. » J'ai parcouru des yeux les casiers béants. On les avait soigneusement vidés. Quelqu'un avait fait passer le message. J'ai eu de la chance avec les boîtes 6982 et 6989. Le cheptel de pervers de Bev louait les casiers 69 et quelques et s'en servait comme d'une boîte aux lettres interne. Les clients de Bev avaient les clés de la porte d'entrée et accès au lieu vingt-quatre heures sur vingt-quatre. Leur système était infaillible.

C'est alors que j'ai compris :

C'est moi qui ai fait passer le message. Et saboté cette descente. Nat et Phil ont placé des cartes Foxtone sur le pare-brise des voitures garées à la Fox. Je leur ai dit de viser trois cents bagnoles.

J'avais les jambes en coton. Bev la Foldingue m'a regardé en gloussant. Dans la ruelle, Daryl Gates et les Hats foutaient la pression aux pervers. Les femmes flics ont poussé les perverses hors des chiottes. Elles étaient menottées. Je me suis entêté et j'ai repris le boulot.

J'ai ouvert la boîte 6990, la 6991, la 6992, et la 6993. Les quatre étaient vides. J'ai ouvert la 6994. Elle contenait une seule feuille de papier.

C'est un reçu tapé à la machine. Il indique deux cents dollars. Le prix de la soirée échangiste. C'est un message entre deux boîtes aux lettres. Il y a l'heure et la date de la fiesta. Quelqu'un a dessiné le renard lubrique du logo de Foxtone. C'est Foxtone qui organise la sauterie.

22 heures, dimanche 2 septembre. 1464 North Havenhurst, West Hollywood.

CINQUIÈME PARTIE

ÉCHANGISME

(28-30 août 1962)

34

(LOS ANGELES, 14 H 20, MARDI 28/8/1962)

J'ai mis de la poudre à empreintes dans les boîtes postales. Un boulot chiant en guise de pénitence. Mes déconnades à la Fox ont fait capoter la descente. Ça m'a demandé minutie et concentration. J'ai poudré les clapets et les surfaces internes. J'ai travaillé en solo. Un policier de la patrouille barrait l'accès devant la porte défoncée.

J'avais retiré de la liste les flics, les clients, Bev Shoftel et moi-même. J'ai transféré les empreintes du ruban sur une fiche cartonnée et je les ai photographiées. La fouille des casiers ne m'avait pas rapporté grand-chose. La prise d'empreintes me filait plein de traces et de bavures.

Les Hats ont vérifié s'il y avait des mandats contre les clients masculins. Aucun des trois n'avait quoi que ce soit à se reprocher. Les femmes flics ont vérifié s'il y avait des mandats contre les deux femmes. Elles étaient sous le coup d'un mandat pour contraventions non payées. Les Hats ont pris les carnets d'adresses dans leur sac à main. J'en ai photographié chaque page. On vérifiera les noms, les adresses et les numéros de téléphone au Bureau des informations générales. Des individus et/ou des lieux intéressants pourraient bien surgir.

Les pervers sont repartis. Les perverses sont allées en taule. Bev Shoftel a été arrêtée pour pornographie par voie postale. Elle s'en sortira, aucun doute là-dessus.

Max Herman m'a appelé pour me filer une info. Red et Harry ont chopé Jack Clemmons dans sa piaule de Mar Vista. Ils l'ont emmené en garde à vue au commissariat du centre. Il va s'en prendre plein la gueule. Max et Eddie ont récupéré Morty Bendish et l'ont emmené dans le centre. Bill Parker va peut-être virer Clemmons. Son « Flic-sans-Frousse » vire au psychopathe. Je crois qu'on devrait soudoyer Morty B. Sa mission ? Propagandiste dans les journaux et petit toutou rémunéré. Va chercher, Morty, va chercher !

J'ai déposé de la poudre dans la boîte 6969. J'ai obtenu une empreinte partielle de gant en caoutchouc. Les empreintes de gants, ça sent le dessein criminel à plein nez. Un bout de doigt déchiré a révélé des boucles, des arches et des verticilles partiels. J'ai transféré l'empreinte partielle du ruban sur une fiche au dos en papier glacé et je l'ai photographiée en gros plan. Ça avait tout l'air de l'index d'une main droite masculine.

Le relevé des empreintes risquait de m'occuper jour et nuit. J'ai laissé tomber la fiche dans ma mallette et j'ai allumé une clope. J'ai pris un exemplaire du *SExclu'* de *L.A.* et j'ai parcouru la « bande-annonce bandante ».

M. Flic-sans-Frousse. Le sergent Jack Clemmons. C'est un *Reichsführer* du Bünd du Chien blanc et un habitué du Nid de Norm. La bande-annonce développait l'accroche de la première page. Whiskey Bill Parker et Bobby K. Leur pacte puant et « pandémaniaque ». Parker couvre la liquidation de Monroe et dissimule les liens de Monroe avec les K. Boys. Jack et Bobby virent cette tapette d'Edgar Hoover. L'avocat/flic Parker devient le nouveau patron du FBI.

Ce n'était pas une liquidation. Bobby ne se tapait pas Monroe. La partie dissimulation était *la verdad*. Quelqu'un a filé ce ragot à Clemmons. Je crois savoir qui.

Le *SExclu'* de *L.A.* Ce numéro-ci a été posté avant que je n'ordonne à Morty de cesser. « Mort bizaroïde d'une Sirène sexy, première partie » circulait déjà dans le brouillard de L.A. J'avais parcouru le texte dans la thurne de Morty. De la daube fantaisiste. Morty flattait bassement ses abonnés pervers et cinglés. Le *SExclu'* de *L.A.* n'était en rien une menace pour les K. Boys.

J'ai survolé la bande-annonce bandante. J'ai chopé *« Désaxé Délirant/en repérage pour des 459 ! Pauvre d'esprit Passif ou Fou Fiévreux prêt à exploser ???*

L'auteur ? Le détective Serpent Sournois.

L'article faisait quatre pages. Serpent Sournois imitait la prose bidon de *Confidential.* L'article évoquait six repérages discrets/effractions et cambriolages de domiciles en l'absence de leurs occupants à Brentwood et Pacific Palisades. Le « Désaxé Délirant » visait les baraques « huppées » de femmes vivant seules. « *SEx*clusif ! Combien de maisons chics a-t-il cambriolées en tout ? Six femmes ont *signalé* le cambriolage de leur domicile. Il y en a peut-être d'autres !!! »

Ils ont tous eu lieu entre le 18/11/1961 et le 12/03/1962. Serpent Sournois décrivait les scènes du délit. En fusionnant cette fois prose bidon et langue de flic. Il lâchait des mots comme *victimologie* et des expressions comme « Américaine blanche ». Désaxé Délirant ne pillait pas les baraques chics. Il se fichait des meubles et des œuvres d'art accrochées au mur. Il se fichait des armoires à pharmacie. Il se branlait et se vidait dans les tiroirs à lingerie. Il laissait des petits mots. Faits de lettres collées piochées dans des magazines. La police scientifique du LAPD les a examinés.

Ces lettres et le papier choisi étaient « clairement démodés ». Le mode opératoire de Désaxé Délirant a dégénéré. Il a cassé des objets et giclé à deux reprises dans la baraque de la sixième victime. Tous les résidus de sperme sont partis au labo. Désaxé

Délirant était prêt à passer à la vitesse supérieure. Sa dernière effraction a eu lieu le 12/3/1962.

Le plafond s'est abaissé. Le sol s'est affaissé. La pièce s'est rétrécie. Ma tension artérielle est passée dans le rouge.

Marilyn Monroe a emménagé à Brentwood en mars.

35

(LOS ANGELES, 18 H 10, MARDI 28/8/1962)

Salle d'interrogatoire numéro 3. Elle mesure onze mètres sur onze et ses murs sont couverts de miroirs. Il y a une table et quatre chaises. Les haut-parleurs du couloir fournissent le son. Notez l'annuaire téléphonique posé sur la table.

Sont assis : Max Herman, Red Stromwall, Jack Clemmons.

Je me tenais sous le haut-parleur. Max et Red tambourinaient des doigts sur la table. Clemmons bafouillait. Je l'ai reluqué, de très près. Les cheveux blonds coupés en brosse. Les lunettes à monture noire. Le pantalon en toile et le coupe-vent. Ni chemise brune ni brassard du Bünd du Chien blanc.

L'ambiance était molle. Je suis arrivé en retard. J'ai fini mon job de relevé d'empreintes au Standard de Bev et je me suis grouillé de retourner dans le centre. Ça me les brisait menu de ne pas pouvoir intervenir. Je suis devenu nerveux et j'ai franchi la porte.

Clemmons s'est agité. Max a dit : « Salut, Freddy. » Red a dit : « Le lieutenant Otash est là. Jack, raconte au lieutenant ce que tu as fini par nous raconter. Ce que tu as mis quatre heures à nous avouer. »

Je me suis assis à califourchon sur une chaise et j'ai allumé une clope. Clemmons s'est gratté le cou et a remonté ses couilles dans son futal. Il avait les jetons.

« Euh… OK. J'avoue, j'ai inventé “Mort bizaroïde d'une Sirène sexy”, mais reconnaissez que ça aurait pu se passer comme ça. Ça n'arrive pas tous les jours d'avoir du super matos comme Marilyn morte et à poil. Je me suis peut-être laissé emporter par mon imagination. »

Max a dit : « Tu as *peut-être* inventé la première partie. Tu as succombé au charme de l'instant, parce que tu n'es qu'une bite molle. »

Clemmons a grogné. Moi, une bite molle ? Donnez-moi du *mein Führer* ou je vous colle au trou.

« C'est quoi le problème, avec la première partie ? J'ai tout inventé. Morty encourage ses collaborateurs à y aller à fond. C'est William Randolph Hearst qui le lui a appris. »

Red a dit : « Voilà ce que le sergent Herman tente de t'expliquer. Quelqu'un t'a filé le tuyau sur le chef Parker et le procureur général. »

J'ai dit : « Crache le morceau, petit merdeux.

– Cracher *quoi* ? Personne ne m'a rencardé. Le seul merdeux dans cette pièce, c'est t… »

J'ai attrapé l'annuaire et lui ai tapé sur la tête. Ses lunettes ont volé. Il s'est frotté l'oreille gauche. Les coups d'annuaire rebondissent en écho.

Max lui a filé sa flasque. Clemmons en a bu deux gouttes. Red a fait le gentil et lui a rendu ses lunettes. Elles étaient tordues sur son nez à présent.

J'ai tapoté l'annuaire. J'ai *Sieg heil*é Clemmons. Le Tabassé du Bünd. Red a étouffé un ricanement.

Clemmons a pleurniché et s'est essuyé le nez. Il portait une chevalière kitsch. Matez le mastiff hargneux. Il a des yeux verts en strass.

« Motel Mike Bayless. Le sergent du shérif chez les BITES. Il m'a parlé du Chef et de Bob Kennedy. Ce que le Renseignement du LAPD ne sait pas, les BITES le savent. Les deux unités passent leur temps à échanger des infos, parce que les flics sont les pires pipelettes du monde. »

J'ai dit : « Pourquoi Bayless connaîtrait-il ton existence ? »

Clemmons a haussé les épaules. Max a agité l'annuaire. Clemmons a tordu son mouchoir – le drapeau blanc de la défaite.

« Bayless a fait de moi son indic. Je me suis lancé dans la course électorale pour devenir shérif au printemps dernier. Je pensais que mes potes fans de John Birch, des Minutemen et de la croisade du pasteur Smith voteraient pour moi, et que j'avais une chance de détrôner Pete Pitchess. En fait… pile à ce moment-là… j'ai rencontré une femme. Elle était canon et m'a dit qu'elle s'appelait Gail Penrose. Elle s'est pointée au Nid de Norm un soir, et tout s'est enchaîné. »

Red a dit : « On reconstitue le puzzle, Jack. Ne t'arrête pas en si bon chemin. »

Max a dit : « On sait où tu nous emmènes, mais on a besoin de l'entendre de ta bouche. »

Clemmons a tété la flasque. « C'était un plan pourri. On dormait dans un motel de Van Nuys, je me suis réveillé et j'ai fouillé dans son sac pendant qu'elle dormait. Son vrai nom était Gwen Perloff, et si ça vous dit quelque chose, c'est parce que c'était elle la victime de l'enlèvement, quand vous avez balancé ce type sur l'autoroute et l'avez réduit en bouillie. Je suis marié, et devinez quoi ? Les BITES ont tourné un film en infrarouge de moi et de cette Gwen en train de baiser. Et puis on m'appelle pour me dire de me retirer de la course au poste de shérif, ce que j'ai fait, évidemment. Ensuite, Motel Mike s'est débrouillé pour me retrouver et me dire qu'il allait sans doute me demander des infos de temps à autre. »

Monroe/Enlèvement/Perloff. Les fils de l'affaire se croisent. Max et Red m'ont lancé un clin d'œil.

J'ai dit : « Est-ce que tous les flics sont au courant pour le type jeté de la falaise ? »

Clemmons a dit : « Oui. Et tout le monde commence à savoir que Miller Leavy veut vous le faire payer au prix fort. »

Max a dit : « Et comme par hasard, tu reçois un coup de fil sur le cadavre de Marilyn Monroe. Tu étais en route pour une petite fête du Klan, et soudain ton téléphone a sonné ? »

Clemmons a eu un rictus. « Parfois la chance vous sourit – et les overdoses de stars de cinoche sont le nec plus ultra. »

Red a allumé une clope. « Tu crois sincèrement que les Kennedy ont demandé qu'on refroidisse Monroe ?

– Non, ça, je l'ai inventé. Mais j'ai entendu des flics parler de cette rumeur sur le Chef et Bob Kennedy. Morty Bendish a aimé, et voilà le résultat. »

J'ai dit : « Comment tu connais Morty ? Quelqu'un a fait les présentations ? »

Clemmons s'est frotté l'oreille. Mon coup d'annuaire ne l'avait pas raté. L'écho se prolongeait dans son conduit auditif.

« Sid Leffler me l'a présenté. C'est le beau-frère de Morty, et il a travaillé au commissariat de West L.A. pendant un paquet d'années. Vous connaissez Sid, n'est-ce pas ? On l'appelle "l'Écrivain" ou "le Prof". Il a pondu un article génial pour le *SExclu'* de *L.A.* Un chef-d'œuvre du docudrame, selon Morty. Sid et son coéquipier, J. T. Meadows – un gentil garçon, mais qui n'a pas inventé la poudre – ont travaillé sur cette flopée de 459 bizarres, avec six effractions en tout. Ça a duré un petit moment, et puis plus rien. Sid a tout mis par écrit, et Morty a adoré l'article. Mais ils n'ont pas réussi à attraper le type finalement. »

J'ai cligné des yeux. J'ai soudain vu des scènes coupées de la Caméra humaine. J'ai perçu l'éclat du flash. Une idée folle a germé dans ce clignement de paupières.

On a fait sortir Jack et on a fait entrer Morty. Morty a vite eu les chocottes. L'annuaire lui faisait peur.

« Ça se présente pas bien pour toi, Morty. Ne joue pas au connard, parce qu'on est pires que toi, compris ? Tu as une série d'accusations fédérales au cul. Tu as envoyé des documents subversifs par voie postale, et tu as aidé et encouragé Bev Shoftel à violer six lois sur la diffusion illégale de pornographie. Tu as incité à la prostitution, et tu risques d'être plongé jusqu'au cou dans des condamnations pour conduite obscène et lascive. Tu as de la chance que j'aie convaincu les flics de la poste de laisser le LAPD gérer ta garde à vue. »

Morty a fait *Oy*. Morty en aurait avalé sa kippa.

« Qu'un tel défenseur de la liberté d'expression connaisse une fin pareille. »

On a papoté dans la cage à interrogatoire numéro 3. Morty avait tout un auditoire. Le couloir était plein à craquer. Bill Parker, Daryl Gates et les Hats. Ils regardaient et captaient tout par les haut-parleurs.

J'ai fait glisser ma flasque sur la table en direction de Morty. Morty a fait glou-glou. J'ai dit : « Le Chef et moi, on n'a pas envie que tu te fasses broyer les couilles. On vénère la liberté d'expression tout autant que toi. Je mijote un plan qui pourrait être ta planche de salut. Je suis en train de le parachever dans ma tête en ce moment même. »

Morty a répondu : « Tout ce que tu veux, Freddy. Je n'ai pas de contentieux avec le LAPD. J'ai mis la pédale douce sur toute cette histoire de musulmans, et j'ai laissé de côté cette affaire de flics qui ont cogné le gamin attardé. »

J'ai allumé une clope. « Parle-moi de Sid Leffler et de l'article sur le "Désaxé Dérangé" qu'il a écrit pour le *SExclu'* de *L.A.* L'affaire m'intéresse, et je crois que je pourrais l'intégrer dans le plan que je suis en train de concocter. »

Morty a dit : « Sid est un génie. C'est le type le plus futé que je connaisse. Il respire le talent. Il a un film en préproduction à la Fox, et il en a écrit chaque ligne. Il est cultivé, et il connaît le cerveau des criminels – c'est pour ça que cet article sur le "Désaxé

Dérangé" est si bien foutu. Il a étudié avec ce psy – comment il s'appelle, déjà –, le type qui a analysé tous ces pervers sexuels à Quentin. »

J'ai dit : « Oh, tu veux parler de Paul De River ? »

36

(LOS ANGELES, 5 H 30, MERCREDI 29/8/1962)

Wilshire juste avant l'aube. Une succession de feux verts dans Beverly Hills. Pat m'a dit que le procureur général créchait dans la baraque Lawford. J'ai prévu de m'y introduire.

Je n'ai pas dormi depuis deux jours. J'ai succombé au syndrome du grillage de bulbe et gobé deux Dexédrine. On a relâché Jack Clemmons et Morty Bendish. J'ai réuni Parker et Gates. Une séance tardive de triturage de méninges s'est ensuivie.

Ils ont lu mes mises à jour de l'affaire. On a envoyé des copies ronéotypées aux Hats et à Bobby le Pourri. Je leur ai expliqué la mésaventure du Standard de Bev en assumant le fait d'avoir foutu en l'air la descente. J'ai parlé de l'« Écrivain » Sid Leffler et de son article sur le « Désaxé Dérangé » dans le torchon de Morty B. J'ai parlé de mes projets précis concernant Morty et de mon plan pour créer une grande diversion. Ça tuerait dans l'œuf toute possible rumeur Monroe/Kennedy et assurerait au Chef le poste de patron du FBI. Ledit plan forcerait le procureur général à laisser tomber son combat anti-Otash. Ça étoufferait les projets de Miller Leavy pour envoyer les Hats et moi brûler en enfer à cause de Richie Danforth.

Parker a applaudi. Gates a fait *Ouaaah.* Parker a dit qu'il ferait pression sur le poste de Beverly Hills. On a besoin des noms de ces serveurs de réception suspects. Gates a fait l'éloge de Morty Bendish. C'est un propagandiste né.

Parker a mis l'accent sur Gwen Perloff. Manipule-la. Sers-toi de ta réputation. Elle fricote dans des histoires d'argent sale. Fais comme si tu voulais en être. Gates a mis l'accent sur Sid Leffler et son coéquipier J. T. Meadows. Manipule-les. Sois un aimant à merdes. Ils dévoileront peut-être leur mauvais côté.

J'ai descendu la California Incline et continué vers le nord sur la Pacific Coast Highway. J'ai fait demi-tour et me suis garé devant la baraque Lawford. C'était la nuit d'avant l'aube. J'ai appuyé longuement sur la sonnette. Le *Brrrr* a vrillé la maison. Je suis resté devant le judas. J'ai entendu des bruits de pas traînants à l'intérieur.

Eddie Chacón a ouvert la porte. Il portait un T-shirt « Cuba libre » et un caleçon à motif écossais. Il tenait un automatique calibre 45.

Il a dit : « *Señor* Freddy. Et à une heure pareille. »

J'ai dit : « M. Kennedy, tout de suite. »

Eddie n'a pas bougé. J'ai poussé de côté la main qui tenait l'arme. Il a fait volte-face et a monté l'escalier au pas de charge. J'ai chronométré l'attente.

Le procureur général a toussé pour annoncer son arrivée. Il est sorti de son pieu en moins de sept minutes. Bobby, t'aurais pas dû.

Le Grand Chef des flics d'Amérique s'est habillé pour moi. Polo/short à carreaux/chaussures bateau. Très Cape Cod. Mon costard défraîchi faisait pâle figure à côté. Il s'est approché. Il roulait entre ses doigts un cigare éteint.

« La cuisine. Vous savez où c'est. Eddie a retiré un support de micro d'un abat-jour. »

Je l'ai suivi. Il a pris une cafetière sur un chauffe-plats et a rempli deux tasses. Je me suis posé dans le coin petit déjeuner. Tasses, soucoupes, pichet de lait – le procureur général faisait le service.

« Justifiez votre intrusion ici. Et rendez ça crédible. Ne me dites pas que vous êtes venu pour casser encore une fois la gueule au mari de ma sœur. »

J'ai souri. « Vous avez lu mes derniers rapports de synthèse ?

– Oui. Ils étaient convaincants, mais rien ne prouve de manière tangible que la mort de Marilyn et l'affaire de l'enlèvement soient davantage que de simples coïncidences dans le monde du cinéma. Votre portrait de Marilyn en femme droguée et instable est bien documenté et à charge. C'est bon, tout ça. Vous postulez qu'elle fréquente des criminels qui se livrent au trafic de pornographie, ce que j'apprécie tout particulièrement. Cela étant, vous ne m'avez pas donné de fil conducteur utile, quelque chose qui permettrait de faire taire tout discours spécieux sur la prétendue complicité de Marilyn avec mon frère et moi. Par ailleurs, le problème de la divulgation publique m'inquiète, notamment pour les gens dont vous citez les noms dans votre synthèse. Qui dit révélation publique dit enquête publique. Et enquête publique signifie scandale. Deux éléments me préoccupent. D'une part, être obligé de supposer que les gens cités dans votre synthèse ne s'exprimeront pas officiellement. D'autre part, fournir au public une hypothèse valable sur le plan factuel concernant la mort de Marilyn Monroe, une hypothèse qui invalidera les élucubrations de Marilyn sur mon frère et moi, qui séduira et divertira Monsieur et Madame Tout-le-Monde, et qui nettoiera leurs cerveaux pervers de pensées ordurières concernant les frères Kennedy. »

J'ai bu une gorgée de café. Déflagration de bombe. Mon sang gorgé de dope a palpité dans mes veines.

« J'ai une hypothèse valable. J'y travaille en ce moment. Elle est solide sur le plan factuel, et je manœuvre une source dans la presse pour la publier. »

Bobby a roulé son cigare entre ses doigts. « Vous devez maîtriser l'exposition publique de vos suspects et expurger les déclarations qui leur seront attribuées. »

J'ai dit : « Convoquez en douce un grand jury fédéral. Choisissez des jurés aux ordres du Parti démocrate. Assignez à comparaître les personnes clés mentionnées dans ma synthèse, promettez-leur l'immunité, laissez-les lire des déclarations préparées à l'avance, et gardez ces déclarations dans un coin comme moyen de pression pour les empêcher d'aller plus loin. La procédure devant le grand jury servira à les faire chanter pour garantir leur silence définitif. »

Bobby a allumé son cigare. « Et vous, vous voulez quoi ?

– Votre promesse de ne pas me poursuivre, ni mes hommes, pour l'opération Hoffa. Votre promesse d'empêcher Miller Leavy de tenter de nous dégommer, les Hats et moi, à cause de l'affaire Danforth. »

Bobby a dit : « À l'heure actuelle – c'est non. »

J'ai bu un peu de café. J'ai remué la tasse et je me suis brûlé les mains.

« J'ai besoin d'un employé de la Justice qui s'introduit dans le cabinet d'un médecin et récupère des infos. »

Bobby le Pourri. Petit con prétentieux. Il a soufflé de parfaits ronds de fumée.

« Eddie est doué pour ce genre d'opération. »

J'ai entendu des pas derrière moi. Un homme s'est raclé la gorge. Je savais que c'était l'enflure. J'ai senti l'odeur du shampoing Breck de Pat.

Je me suis retourné. Ils portaient des peignoirs souvenirs de la Maison-Blanche. Robert F. Kennedy s'est mis à beugler.

« Pat, ton petit ami est là. Peter, je t'interdis de ramper ou de faire une scène. Le célèbre enculeur de chameaux se joint à nous pour le petit déjeuner. »

37

(LOS ANGELES, 15 H 00, MERCREDI 29/8/1962)

Babs Payton et Lila Leeds bossaient comme serveuses dans un drive-in. Chez Stan, à l'angle de Sunset et de Highland. C'était une façade. Elles fourguaient du speedball aux lycéens de Hollywood. Elles approvisionnaient les noctambules du coin et engrangeaient un paquet de pognon. Le chef Fritzie préparait des whiskys à la Biphétamine. Je mourais d'envie d'en boire un. J'étais assommé par le boulot et j'avais du mal à tenir le coup.

Petit déj' avec RFK et la bande. C'était trop tendu pour être drôle et ça a viré au malsain. De la plage au bureau central de la police. Boulot téléphonique avec les Hats. On a photographié les pages des carnets d'adresses chouravés aux clients chopés chez Bev. Miller Leavy nous a obtenu vite fait l'autorisation de consulter leurs relevés téléphoniques, à tous les cinq. Plus Gwen Perloff, Paul Mitchell Grenier, et Ingrid Irmgard.

On a épluché les relevés. On a cherché des noms liés à la Fox dans les colonnes « appels » et d'autres à vérifier auprès du Bureau des informations générales. On a d'abord ciblé Grenier, Perloff et Irmgard. Cette crapule de Grenier n'avait pas d'adresse fixe et ne recevait pas de factures de téléphone. Perloff passait des appels anodins au service du personnel des séries B de la Fox. Aucun nom de ses appels sortants ne méritait qu'on s'y arrête. Irmgard appelait son supérieur à la Mexicali et son petit ami Juan Manuel Salas. Ses appels semblaient inoffensifs. El Manny était peut-être inoffensif. Il fallait que je le coince sous un prétexte quelconque pour le savoir.

On a bossé. Nos yeux faisaient des sauts de puce. On est passé de l'analyse des dossiers à l'analyse des détenus. On s'est cramé les yeux. Les détenus appelaient beaucoup de gens. Aucun nom intéressant ne nous a cramé les mirettes. On est tombés d'accord là-dessus :

Les détenus étaient des échangistes d'une nouvelle espèce. Ils agissaient en suivant des instructions bien définies et restaient loin des flics. Ce qui signifiait *ceci* :

D'autres boulots chiants se profilaient à l'horizon.

Je me suis garé devant chez Stan. J'avais appelé avant de venir. Babs et Lila ont vu ma bagnole et se sont approchées sur leurs patins à roulettes. Babs trimballait un plateau pour portière de voiture. Posés dessus : trois whiskys à l'ananas.

Elle l'a accroché côté conducteur. J'ai reculé le siège. Babs et Lila sont montées à bord. Elles ont retiré leurs patins. On s'est blottis à trois à l'avant. J'ai distribué la spécialité du chef Fritzie. Babs a dit *« L'chaim. »*

Bal de fin d'année ou pervathon ? À vous de choisir.

On a allumé des clopes. On a siroté nos whiskys. J'avais un chouette petit goût de dope sur la langue.

Lila a dit : « Tu veux qu'on serve d'appât, c'est ça ? Tu n'es pas là parce que tu nous aimes et que tu ne peux pas vivre sans nous. »

Mon sang a coulé plus vite dans mes veines. J'ai eu des picotements dans le crâne. J'avais retrouvé tout mon tonus.

« On participe à une soirée échangiste dimanche prochain. Babs, tu fais ma cavalière. Lila, ton cavalier est un flic nommé Harry Crowder. Vous recevez cinq cents dollars chacune. On est là pour chercher des trucs louches, qui pourraient être en lien avec des trucs louches à la Fox. On me reconnaîtra sans doute à cause de ma soi-disant heure de gloire, mais on s'en fout. Le boulot est pas évident. Je cherche à appâter quelques enfoirés complètement tordus et à voir comment ils réagissent. »

Babs a siroté son whisky. « OK, mais Harry Crowder est flic, alors pourquoi tout ce cirque ?

– Il s'agit d'étouffer des rumeurs sur Marilyn Monroe, et il y a un sujet annexe concernant cette histoire d'enlèvement il y a trois semaines. »

Babs s'est marrée. « Cette histoire d'enlèvement ? Toi et les types du Hat Squad vous avez explosé un mec, et un motard de la police que je connais m'a dit que ça vous a attiré des emmerdes pas possibles. »

J'ai fait semblant de râler. Lila a dit : « Cet enlèvement est un coup de pub, ça saute aux yeux. Et je connais Gwen Perloff depuis des lustres. Feue Marilyn et elle tapinaient ensemble par téléphone, à la fin des années 40, quand je faisais équipe avec Jeanne Carmen. »

Confluence/convergence. Encore des vies minuscules, jamais en une de magazines qui se connectent entre elles.

Babs a bu une gorgée de whisky. « Écoute la voix de l'expérience. Je connais les soirées partouze et échangistes, et ce n'est qu'un moyen de gagner du pognon. Il y a toujours un nombre précis d'hommes et de femmes, et beaucoup de frais et de suppléments à payer si tu as envie de changer de partenaire. Et aucune place n'est laissée au hasard pour pimenter les choses. Les photos ont été présélectionnées, pour être sûr qu'aucune mocheté ou aucun gros lard ne soit accepté, et tout le délire "laisse tes clés dans un bol et rentre chez toi avec quelqu'un" n'est qu'une mise en scène. Les gens se contentent de former un couple – et personne ne se retrouve planté là tout seul. Les chambres de motel et les suites d'hôtel… Tout est planifié à l'avance, et c'est un autre supplément que tu dois payer. »

C'était logique. « Un moyen de gagner du pognon. » Ça collait bien avec Foxtone Services et la Fox en difficulté.

J'ai dit : « Les jeux de baise. Roddy McDowall m'a éclairé là-dessus, il y a quelques jours. Levez la main si vous connaissez le phénomène. »

Babs a levé la main. Lila a dit : « C'est de l'histoire ancienne, mais je me souviens que ça plaisait beaucoup à l'époque. »

J'ai fait : *Et donc ?* Lila a dit : « J'aurais bien participé, mais je n'en ai jamais eu l'occasion. » Babs a dit : « On n'avait aucune chance. »

J'ai ri. « La probabilité que Marilyn ait posé pour un jeu de baise avec le frère de Deedee Grenier, Paul Mitchell. »

Babs a frissonné. « Faible, je dirais. »

Lila a dit : « Attendez, Marilyn a mentionné quelque chose dans ce goût-là. On était à une soirée défonce il y a quelques mois, et elle a dit qu'elle voulait faire un film de cul fondé sur le "Raid sur la Mauvaise Porte" – une histoire dans laquelle, bien sûr, *tu* étais impliqué, Freddy. »

Voilà de quoi gamberger. J'ai dit : « Continue.

– Pas de problème. Elle a dit qu'elle voulait que son ex, Timmy Berlin, joue son propre rôle, tandis qu'elle jouerait le sien. Des pros du porno joueraient Sinatra, DiMaggio, Phil Irwin et toi. Elle voulait une vieille ayant l'expérience des films de cul pour jouer la mémé dont la Porte a été défoncée, et elle voulait tourner le film sur les lieux réels. »

Babs a allumé une cigarette. « Les jeux de baise, les soirées échangistes. Tu me ramènes à ma jeunesse. »

J'ai dit : « Continue. »

Babs a dit : « La mode des jeux de cartes a commencé avec ces actrices débutantes qui bossaient dans le circuit des call-girls après la guerre. Des investisseurs passaient les voir et tentaient de repérer les filles qui avaient une chance de devenir de vraies stars de cinéma. Ils payaient les nanas ambitieuses pour qu'elles posent pour des jeux de cartes, avec des étalons pour partenaire. Ensuite, soi-disant, ils empêchaient la diffusion de ces jeux, pour que les filles aient une chance de devenir de vraies stars. »

Délibéré. Et tordu. Autant l'un que l'autre. Prendre son pied d'abord. Faire des profits ensuite.

Babs a écrasé sa clope. « Ensuite, les jeux étaient vendus aux enchères dans une sorte de cercle de riches pervers, contre un paquet de pognon. Je ne connais personne ayant déjà vu un jeu de baise, mais la rumeur court toujours. On m'a parlé de Barbara Bates, de Joan Camden, et d'Ella Raines dans un jeu lesbien. La seule chose qui est sûre, c'est que le type qui investissait le plus dans ces jeux était ce psy tordu, Shelley Mandel. Pas impossible qu'il en soit l'inventeur, et je sais de façon certaine qu'il profitait des concours de beauté, où toutes les filles voulaient devenir des stars de cinéma, pour annoncer qu'en échange d'une heure dans une chambre de motel, elles auraient assez d'argent pour accéder au Pasadena Playhouse. »

*

Encore du boulot chiant.

Encore des recoupements. Encore des tombereaux de paperasses. Encore des factures téléphoniques et des fiches du Bureau des informations générales à étudier et encore des noms à introniser. On bossait dans la salle de garde du Renseignement. Sur cinq bureaux placés face à face. Les flics du Renseignement travaillaient tout autour de nous. Ils nous fusillaient du regard et nous jaugeaient. *Quelle bande de clowns. Ils ont poussé un type du haut de la falaise. L'info a fait le tour des flics.*

On a bossé. Daryl Gates a demandé à sa secrétaire de passer au peigne fin les dossiers des Mœurs du LAPD et de la brigade des mœurs locale. Elle a indexé une liste de coupables de crimes organisés. On a bossé à partir des pages de carnets d'adresses photographiées, des factures téléphoniques des détenus, des casiers judiciaires et de cet index. On sautait d'une pile à l'autre et on parcourait des colonnes de données. On traquait des noms, des noms et encore des noms. On a biffé certains noms et on les a marqués d'une croix. Les Hats travaillaient avec assiduité. Je travaillais, lessivé et à côté de mes pompes.

Le petit topo de Babs Payton. Shelley Mandel sous toutes ses formes. Dealer de pénicilline/chasseur de call-girls/surveillé par le Bureau des narcotiques. Il invente le « jeu de baise ». Pas impossible qu'il ait embarqué Lois là-dedans. Doc Shelley est un habitué des concours de beauté et il fourgue aux filles des capotes et des cachetons. Il fait ami-ami avec les filles des concours et prône l'évangile du jeu de baise. Ça me mettait à cran et menaçait de foutre en l'air mon amour pour Lois. Elle le rencontre, elle lui parle, elle le regarde dans les yeux et provoque sa convoitise.

Elle a été Miss Chicago 1948. Le spectacle est passé par L.A. Doc Shelley était bien décidé à corrompre les jeunes femmes. Il aura foncé droit sur Lois. Il l'aura tripotée. Il l'aura contaminée et aura empoisonné son cœur indépendant. Les actrices en herbe sont sensibles au charme et faciles à embobiner. J'ai vu Lois et des étalons de bas étage dans des postures de jeu de baise. J'étais encore camé jusqu'à l'os. Je ne pouvais pas enfoncer la touche STOP et mettre fin à mon petit film cérébral. J'ai vu Lois dans des postures que nous n'avions jamais adoptées et que nous n'adopterions jamais. Je l'ai vue et revue. J'ai voulu prier pour que ça s'arrête et j'ai hésité. Je voulais voir cette scène parce que je ne la verrais jamais en vrai. C'était *verissimo* façon Caméra humaine/éclat du flash/clic de l'obturateur. La bobine obscène tournait en boucle dans ma tête.

Elle empoisonnait mon imagination. Elle rongeait les cellules de mon cerveau. Je lui ai jeté un sort à coups de prières pour qu'elle s'immobilise et j'ai souhaité de toutes mes forces que mon esprit se purifie et vire à l'écran blanc.

J'ai lâché le travail de bureau il y a une heure. Les Hats ont fait *Ben alors ?* Je me suis réfugié dans mon box et j'ai appelé Eddie Chacón. Je lui ai demandé d'explorer le cas du Dr Sheldon Mandel. Je lui ai résumé le contexte. Eddie a répondu qu'il connaissait des agents du Bureau des narcotiques. « Laisse-moi une demi-heure. Je te rappelle. »

J'ai attendu à mon bureau. L'effet du tord-boyaux s'estompait. Je maintenais mon cerveau en mode écran blanc. L'effort m'a épuisé et m'a laissé tout ramollo. Eddie m'a rappelé. Il a dit qu'il avait des infos. Il m'a dit *ceci* :

Doc Shelley était un indic des Stups depuis un bail. Il balançait les psys qui abusaient des prescriptions. Il ne vendait pas de pénicilline au marché noir. Il en filait gratos à des groupes sionistes pendant la guerre de 1948. Comme d'autres médecins juifs. Et comme Mickey Cohen, Neddie Herbert, les frères Aadland. Les malfrats juifs crachaient allègrement au bassinet. Les Stups ont enquêté sur Shelley. Ils ont cessé en 1949. Ils ont cédé à la pression politique. Le clan Truman soutenait la création d'Israël. Le mot a circulé jusqu'aux Stups. Foutez la paix à ce type. Il est limite inoffensif. Il fait don de médocs. Les Stups dépendaient du ministère des Finances. Un agent a fait de Shelley son informateur. Shelley connaissait les coins mal famés de Hollywood et les cercles de psys véreux. Il balançait ceux qui prescrivaient trop de médocs, à tour de bras. Il *continue* à le faire. Il est copain comme cochon avec l'agent. Ils jouent au golf une fois par mois. Shelley vit reclus quelque part. C'est un type très bizarre. Les Finances l'adorent. Tu es content, *señor* Freddy ? Si oui, laisse ce *pendejo* tranquille.

OK, *mi amigo* – pour l'instant.

Je suis retourné au turbin. Max Herman a dit : « Hé, le lieutenant est de retour. »

Red Stromwall a dit : « Il est plus gradé que nous maintenant. J'arrive toujours pas à y croire. »

Harry Crowder a dit : « Freddy m'a trouvé une cavalière pour la soirée échangiste. Lila Leeds. Elle a vaguement bossé dans le cinéma, et elle est toujours canon. »

Eddie Benson a dit : « Le jury en a après Freddy. S'il parvient à nous débarrasser de Miller Leavy, je lui accorderai le statut de vrai flic. »

La conversation s'est suspendue. Les Hats ont repris le boulot. J'ai parcouru des relevés téléphoniques et j'ai fait des recoupements. Le temps s'est suspendu. J'ai créé une bulle de travail. Cela m'a permis de ne pas penser à Lois et à ce qu'elle a fait/a pu faire/ne ferait jamais.

J'ai étouffé des bâillements. J'ai fait le vœu d'arrêter la came. Les relevés téléphoniques, les fiches du Bureau des informations générales, l'index des Mœurs. J'ai parcouru des colonnes entières pour que t'chi. Red a dit : « J'ai une correspondance. Une de nos détenues a appelé un coiffeur de la Fox. »

J'ai étouffé de nouveaux bâillements. On est cinq flics à temps plein. Une journée entière de boulot pour une seule correspondance. Ce job finira sans doute en eau de boudin.

Le temps s'est *re*-suspendu. Une policière en uniforme est entrée dans la salle de garde. J'ai cru que c'était Lois et j'ai cligné des yeux. Les colonnes des relevés téléphoniques et les mots des casiers judiciaires sont devenus flous. J'ai fermé les yeux pour y échapper.

Max a dit : « J'ai une correspondance. Un détenu a appelé une femme de l'index. Elle gérait un réseau de femmes au foyer qui tapinent à Burbank. »

J'ai ouvert les yeux. Harry a dit : « Le lieutenant se réveille. »

Une secrétaire s'est approchée. Je me suis levé. Mes jambes ont tenu le coup. Elle m'a tendu une épaisse chemise.

« Pour vous, monsieur. C'est le dossier cambriolage du commissariat de Beverly Hills que le Chef a demandé. »

J'ai fait de la place sur mon bureau et y ai déversé son contenu. Cinq enveloppes à rabats/cinq 459/cinq dates au début de l'année 1962/cinq baraques au nord de Sunset, très chics. Les enveloppes indiquaient la date et l'adresse. Leur contenu était le suivant :

Rapports sur les scènes du délit/déclarations des victimes/inventaires des biens volés/enquêtes de voisinage.

J'ai ouvert en grand la chemise, en quête de feuilles volantes. Une enveloppe est tombée.

Elle était close par un fermoir. On pouvait y lire, écrit à la main : « Serveurs de réception interrogés & relâchés ».

Les Hats ont poussé des *ooh* et des *aah.* J'ai soupesé l'enveloppe. Elle semblait contenir une série de photos. Je l'ai renversée sur mon bureau.

C'était bien des photos. Des photos d'identité judiciaire format 15x20 cm, en noir et blanc. Les sujets étaient tous du même acabit. Ça sentait l'acteur dans la dèche. Ils avaient entre vingt-trois et trente-cinq ans. Ça sentait l'insolvabilité, la rage, et le *Je serai une star de cinéma d'ici mardi prochain.* Il y avait quatorze clichés en tout. Les Hats se sont approchés de mon bureau et les ont reluqués, de gauche à droite. J'ai zieuté à la même vitesse qu'eux. Max a tapoté la photo numéro 14. On a sursauté tous les cinq.

On connaissait ce type. Il n'est pas enregistré sous le nom de « Rick Dawes » ou de « Richard Danforth ». Il est enregistré sous le nom de « Ronald Dewhurst ». On connaissait ce type. On a tué ce type. Ce type nous a plongés dans un merdier géant.

Max a dit : « Gwen Perloff a passé un tas de coups de fil pour le trouver, des mois avant l'enlèvement. »

Red a dit : « Oui – elle a appelé Peter Lawford. »

Eddie a ajouté : « Ça confirme que l'enlèvement était un coup monté. »

Je me suis signé. J'ai vu Dewhurst/Dawes/Danforth valser du haut de la falaise.

On a court-circuité le vin blanc et la salade fraîche de homard. Lois a vu que j'étais sur les nerfs et que je tenais à peine debout. On a laissé tomber la balancelle et la musique du night-club de l'autre côté de Wilshire. On est allés dans la chambre et on a éteint les lumières.

On s'est déshabillés dans le noir. Lois a ouvert en grand les rideaux. La radio annonçait de la pluie vers 22 heures. Je me suis effondré sur le lit. J'ai enfoncé mon visage dans l'oreiller. Lois s'est allongée sur mon dos. Elle a fait peser tout son poids sur moi.

Elle a pressé sur mon corps, m'a détendu et m'a obligé à respirer plus calmement.

Ses genoux ratissaient mon dos. C'était agréable. J'ai inspiré et lâché quelques mots. J'ai lâché Shelley Mandel/filles des concours de beauté/photos cochonnes. *Clic de l'obturateur/éclat du flash.* J'ai vu les photos/Lois et des étalons bas de gamme/jeux de cinquante-deux cartes. Lois m'a redressé et m'a poussé sur le côté. Elle a rapproché mon visage du sien et m'a giflé. Elle a dit : « Je ne ferais jamais un truc pareil. »

Elle m'a giflé. Elle a dit : « Personne ne pourrait m'obliger à faire ça. » Elle m'a giflé. « Je ne ferais jamais quelque chose d'aussi dégueulasse. » Elle m'a giflé. « Je ne ferais jamais quelque chose d'aussi indigne qui blesserait les gens que j'aime. »

Elle a fait couler le sang sur mon visage et l'a essuyé avec un oreiller. Elle a placé un drap roulé en boule sous ma tête et m'a fait respirer à fond. La pièce s'est mise à tournoyer. J'ai senti l'odeur de mon sang et de son Chanel n° 5. Elle m'a giflé, violemment. Elle a dit : « Je savais que j'aimerais quelqu'un comme toi un jour. C'est pour ça je ne l'ai pas fait. Il y avait toutes les chances que je le fasse, mais j'ai prié le Ciel et j'ai foutu le camp. »

38

(LOS ANGELES, 10 H 30, JEUDI 30/8/1962)

Aimant à merdes.

C'est ta posture définitive. Reprends-la maintenant. Tu as un public cent pour cent flicaille. Bill Parker approuve. Va chercher, Freddy, va chercher.

Lois m'a défoncé la gueule hier soir. Ses marques ressemblaient à des brûlures de rasoir. Elle filait des gifles. Pat se servait de ses poings. Elle m'a laissé cette entaille avec le diamant de son alliance. Mes deux femmes ont marqué mon visage. Ça ajoutait à mon panache d'aimant à merdes.

Le poste de West L.A. Au croisement de Santa Monica et de Purdue. Je me suis garé contre le trottoir d'en face et je me suis efforcé de rester super calme. Le dossier du poste de Beverly Hills déclenchait d'autres secousses. Il confirmait que Danforth/Dawes/Dewhurst n'étaient qu'un seul et même homme. Monroe le connaissait, Perloff le connaissait, c'était un probable adepte des 459. J'ai consulté des *tooonnes* de fichiers. Bureau des informations générales/FBI/Base de données nationale/requêtes dans les cinquante États. Tous leurs Ronald Dewhurst étaient vieux, gros, noirs, incarcérés ou morts.

Daryl Gates a demandé aux Hats de travailler l'angle Dewhurst/459. Ce qui voulait dire se plonger dans des dossiers et passer des coups de fil. Nat Denkins et Phil Irwin ne lâchaient pas la grappe à Deedee Grenier. Le frangin Paul Mitchell se déplaçait sous les radars. Une filature de Deedee permettrait peut-être de le débusquer. J'ai appelé les autorités de Californie en charge des criminels adultes il y a une heure. J'ai parlé à l'ancien agent de probation de Juan Manuel Salas. Il s'est montré dithyrambique. El Manny est devenu propre. *Es la verdad.* Il a suivi des cours de réparateur de téléviseurs pendant son séjour à Chino et a enchaîné avec l'université d'État de Californie. Son arrestation pour cambriolage en 1957 ? Un coup monté dès le départ. Le procureur a refusé d'engager des poursuites. El Manny était un poids welter qui finissait toujours au tapis – mais en dépannage de TV, il en connaissait un rayon !

J'ai scruté la fenêtre de la salle de garde à l'étage. Sid Leffler et J. T. Meadows sont passés dans mon champ de vision. J'ai lu leurs dossiers personnels hier. Bill Parker et Daryl Gates les connaissent par cœur. Je suis ici pour faire dévier leur enquête sur le « Désaxé Dérangé ». Je suis ici pour revoir les faits afin qu'ils collent à Monroe/Enlèvement et pour étouffer les rumeurs Monroe/Kennedy. « T'es un aimant à merdes, Freddy. Faire chier le monde, c'est ton destin. » Daryl Gates ne mâche pas ses mots.

J'ai attrapé ma mallette et verrouillé la bagnole. L'air était suffocant. Les portes du poste de police étaient grandes ouvertes. Je suis entré, en mode va-t-en-guerre. Les flics de l'accueil s'ennuyaient ferme et sifflaient des sodas. Ils m'ont repéré. *Eh merde – c'est Freddy O.*

Ils m'ont vu, ils ont fait la moue. Il traîne toujours dans le coin, lui ? Oui, c'est bien Freddy. Avec son chameau garé en double file à l'extérieur.

J'ai gravi les marches. La salle de garde était faite de bureaux en face-à-face pour les coéquipiers et d'un box pour le commandant. J'ai repéré quatorze flics. Ce qui fait sept groupes d'intervention.

J'ai senti une épaisse fumée de cigarette et entendu cliqueter une machine à écrire.

Des yeux écarquillés ont suivi mon parcours. *Quoi, je rêve ? Non, c'est bien lui. Qu'est-ce qu'il fout avec cette mallette ? J'ai entendu dire qu'il avait pris du galon. L'affaire de l'enlèvement, tu te souviens ? Il a sacrément foiré.*

Leffler et Meadows étaient assis près du mur du fond. J'ai foncé vers eux et j'ai chopé une chaise vide. Elle a cogné le parquet en faisant du boucan. Des yeux mauvais ont vrillé sur moi.

J'ai calé la chaise contre un poteau mural. Je me suis installé face à Leffler, en mode frontal. Il portait des lunettes d'aviateur. Il portait un costar bon marché à fines rayures et des bottes de pédé à soufflets. Meadows sentait le pur faire-valoir. Il était grand et trop beau. Il portait un blazer en tissu natté et un pantalon gris. Il piégeait les tapineurs au Will Rogers Park, et attrapait les excités de l'entrejambe sans faire de distinction. Sa fiche personnelle était super élogieuse.

J'ai dégainé mes papiers officiels. Leffler et Meadows les ont longuement regardés. Meadows a fait *Ça veut dire quoi, ça ?* Leffler a levé les yeux au ciel. Il s'y connaissait, en harcèlement. J'ai parcouru lentement la pièce des yeux. Aucune machine à écrire ne cliquetait. Tous les regards sont braqués sur moi. Ma réputation de connard me précède.

Je me suis retourné vers Leffler. J'ai pris une voix de stentor. J'ai harangué la salle entière, haut et fort.

« Le Service du renseignement prend la direction de votre enquête sur le "Désaxé Dérangé". L'ordre vient directement du chef Parker. C'est le lieutenant Daryl Gates qui gère l'affaire. Je suis le principal homme de terrain. La liaison avec le Bureau du procureur du district est assurée par Miller Leavy. Le Hat Squad travaillera avec moi. L'agent Meadows et vous êtes désormais inutiles, mais je vous filerai des indices bidon, que vous puissiez sauver la face devant tous vos collègues qui savent à présent que je vous tiens par les couilles. Je n'aurai pas besoin d'interroger l'agent

Meadows. Il est réglo selon moi. Mais, Leffler – vous êtes limite suspect. Vous entretenez des liens douteux avec Morty Bendish, avec des journalistes de torchons à scandales illégaux, et avec des flics barjos comme Jack Clemmons. L'article que vous avez rédigé pour le *SExclu'* de *L.A.* enfreint quatorze points de la réglementation postale pour passage illégal de courrier non enregistré, et le Service du contrôle postal est en train de monter un dossier contre Bendish et vous. Il y a aussi la question des agissements de l'agent Sid dans les lycées en tant que membre de cette division. Je me demande si ce n'est pas qu'un écran de fumée pour vous permettre d'assouvir votre penchant pour les chattes de gamines. Je vous ai vu de mes yeux en train d'abreuver de gnôle une bande de nanas du lycée de Palisades au Sip' n' Surf. »

Leffler a tremblé. Il a transpiré à grosses gouttes. Ses lunettes ont glissé sur son nez. Il les a remises en place. Meadows s'est levé. Je l'ai attrapé par la ceinture et l'ai forcé à se rasseoir. J'ai parcouru la salle des yeux, je *tenais* la salle, tous les regards étaient braqués sur *moi*.

J'ai dit : « Levez-vous. »

Leffler s'est levé. Il a vacillé et a tripoté ses lunettes.

J'ai dit : « Marchez jusqu'au couloir principal, tournez à droite, entrez dans la deuxième salle d'interrogatoire sur la gauche. »

Leffler s'est exécuté. Il agrippait les dossiers des chaises pour ne pas tomber. Il marchait les pieds en dedans. La tête baissée et tendue vers le sol comme par un fil à plomb. Il a tourné à droite et a failli s'effondrer. Je l'ai rejoint et j'ai ouvert la porte devant lui.

Il est entré dans la salle. Elle était déjà équipée. Une table boulonnée au sol/deux chaises boulonnées au sol. Un mur avec miroir sans tain. Un annuaire sur la table. Une sonorisation intégrale. Connectée au couloir à l'extérieur.

J'ai collé Leffler contre le mur. Je l'ai fouillé. J'ai retiré le calibre 38 qu'il portait dans son étui et je l'ai posé sur la table. J'ai pris son portefeuille et j'ai farfouillé à l'intérieur. J'ai redressé le type et je l'ai poussé sur une chaise.

Je me suis assis en face de lui. Il a dit : « Vous m'avez détruit. »

J'ai allumé une clope. « Vous êtes un pourri. Le Chef le pense, le lieutenant Gates le pense, et moi je le pense. »

Leffler a balayé ma fumée de la main. « Voilà ce que moi je pense. Je pense que vous vous êtes lancé dans une sorte de mission pour vous racheter. J'ai participé à la descente police-justice dans vos stations d'écoute. Vous espionniez la maison de Marilyn Monroe et la propriété des Lawford. Un flic de la Justice m'a dit que ces descentes étaient purement pour la forme. Palisades et Brentwood. Vous pigez ? La maison de Monroe est juste là. Le "Désaxé Dérangé" a fait ses coups un tout petit peu plus à l'ouest. Parker a peur que l'affaire de l'enlèvement et le sale tour que les Hats et vous avez joué à ce Danforth ne lui explosent à la gueule, et il tente de récolter des articles élogieux pour le LAPD, parce que le LAPD a besoin d'améliorer son image, c'est le moins qu'on puisse dire. »

J'ai applaudi. J'ai fait glisser ma flasque sur la table. Leffler en a pris deux gorgées.

« Mon opération Hoffa. À quel point est-elle bousillée ?

– Ce ne sont que des ragots de flics. Pas une info connue du premier abruti venu.

– Qui a jacté sur l'opération Hoffa ? Ce flic de la Justice, et qui d'autre ? »

Leffler a dit : « Jack Clemmons. »

J'ai mimé une branlette. « Qui participe, à part Morty B. et vous, à votre petite entreprise de brochures satiriques ? »

Leffler a fait *grumpf.* « Clemmons est complètement barjo. Je suis un écrivain sérieux, un observateur de la psychologie humaine, et qui plus est, un policier chevronné. Je suis l'intello de service pour Morty, quand Clemmons s'adresse à son lectorat de débiles. »

J'ai soufflé des ronds de fumée. « Vous seriez pas copain avec Clemmons ou un ancien flic à moto nommé Norm Krause, propriétaire d'un troquet appelé le Nid de Norm ? »

Leffler a fait *grumpf.* « Non. Absolument pas. »

J'ai dit : « OK, vous avez bossé comme briseur de grève à la Fox, au début des années 30. La Fox m'intéresse, alors je vais vous lâcher un compliment avant de poursuivre. Vous n'étiez pas loin de la vérité en supposant que Monroe et l'enlèvement étaient une mission pour me racheter. Cela étant dit, laissez-moi vous balancer quelques noms associés à la Fox. »

Leffler a souri d'un air suffisant et a tété la flasque. Il devient arrogant. Il va s'en prendre une, il l'aura bien cherché.

J'ai dit : « Gwen Perloff. Vous l'avez déjà rencontrée ?

– Non… mais je sais qu'elle était victime de l'enlèvement que vous et les Hats avez foiré comme des nazes.

– Paul Mitchell Grenier ?

– Non. Jamais entendu ce nom.

– Del Kinney junior ?

– Tous ceux qui bossent pour les forces de l'ordre de L.A. savent qui est Del. Je ne le connais pas de la Fox, mais du Bureau du shérif et de la Commission de contrôle des alcools. »

J'ai dit : « Albie Aadland ? »

Leffler a dit : « Ben, c'est un Aadland. Je suis un gamin juif né à L.A. Tous mes compatriotes connaissent les Aadland, et on a tous assez de jugeote pour les craindre, et je n'ai pas honte d'admettre que j'ai bénéficié de leurs largesses, quand j'étais gosse et que je débutais dans la vie. »

J'ai tapoté la table. « Expliquez-moi ça. »

Leffler a haussé les épaules. « Qu'y a-t-il à expliquer ? Hersh, Ira, Meyer… ils prêtaient de l'argent aux familles juives en difficulté, et ils engageaient les mômes pour faire des commissions et mettre un peu la pagaille. J'ai jeté quelques boules puantes et cassé quelques vitres pour eux, et puis je suis passé à un travail d'adulte plus convenable. »

J'ai dit : « À savoir ? »

Leffler a rougi. J'ai touché une corde sensible. Les Aadland le rendaient nerveux.

« Eh bien, ça date de la fin des années 30 et des années 40, avant la guerre et juste après. Ce n'est pas que j'en sois fier, mais les frangins géraient une tripotée de baisodromes. Vous voyez le topo. Des gargotes pour rendez-vous clandestins, des lieux de péché. Avec des spectacles de cul, des films pornos, des médocs interdits, des mélanges entre Blancs et Noirs, des impros de musique, tous ces trucs d'avant-garde. Ça ne posait pas de problème, je crois. Du moins selon les critères en vigueur à l'époque. La Grande Dépression, la guerre… les gens avaient besoin de relâcher la pression. C'était des petits endroits peinards dans des petits quartiers peinards, avec une clientèle haut de gamme. Je faisais portier et vaguement agent de sécurité. Vous avez lu mon dossier personnel, n'est-ce pas ? J'ai tout balancé lors de mon entretien de vérification des antécédents. C'était la Grande Dépression et la guerre. Les flics chargés d'enquêter sur mon passé se sont montrés tolérants. »

Oui et non. Leffler est devenu flic en 1942. C'était un poste provisoire en temps de guerre. On n'était pas très regardant à ce moment-là. Il est entré dans la police régulière en 1947. Son dossier datant de la guerre était bon. Il n'a pas fait l'objet d'une *nouvelle* vérification de ses antécédents.

J'ai dit : « Revenons à Albie Aadland. »

Leffler a dit : « Pourquoi ? Il était beaucoup plus jeune que Hersh, Meyer et Ira. Il traînait dans mes pattes quand j'ai brisé des piquets de grève à la Fox, ce qui est probablement la seule fois où je l'ai vu. »

J'ai cogité. Leffler a repris de la gnôle. Ça lui plaisait bien, les questions-réponses. Il se laissait prendre au jeu.

« La Fox, aujourd'hui. Un sentiment général de panique. *Cléopâtre* part en couille. Des conspirations criminelles se mettent en place. Drogue, bons au porteur, affaires de mœurs. Vous êtes un vieux routier de la Fox. Qu'avez-vous entendu ? »

Leffler a tambouriné sur la table. « Pour *Cléopâtre*, tout le monde le sait. Concernant le reste, je n'ai rien entendu. »

J'ai tambouriné sur la table. Je l'ai fusillé du regard. C'était un pourri. Il aimait la chair fraîche. Il savait que j'avais tout capté.

« OK, je commence à comprendre. Monroe tournait son dernier film à la Fox. La fille enlevée travaillait à la Fox, donc d'une manière ou d'une autre, le studio est le point de mire de votre mission pour vous racheter. »

J'ai fait tourner mon cendard. Trois tours complets. Leffler s'est crispé.

« Vous êtes un cabotin. Vous êtes un mordu de cinéma. Vous avez fait des heures sup comme agent de sécurité, vous avez rencontré des gens et noué des liens. Vous avez le virus de l'écriture, vous avez rédigé sous pseudo des articles pour des canards à sensation, vous avez un diplôme universitaire, vous avez suivi des cours de Paul De River, vous êtes entré au LAPD en tant que recrue de guerre en 1942, et en tant qu'agent régulier en 1947. J'ai bien résumé ? »

Leffler a ricané. « J'ai devant moi un expert en lecture de dossiers personnels. »

J'ai dit : « Parlez-moi sur un autre ton. La prochaine fois, je vous arrache la gueule. »

Leffler a levé les mains. OK, OK, OK.

« Étiez-vous proche du Doc De River ?

– Non, ce vieux con ne s'est jamais particulièrement intéressé à moi. »

J'ai feint de soupirer. « Vous êtes un type doué, Sid. J'ai une source sur le tournage de *Soirée twist sous surveillance,* et j'ai entendu dire que vous en aviez écrit le scénario. Je me demande si vous avez profité de votre mission d'"agent Sid" pour recruter les mineures qui apparaîtront en petite tenue dans les scènes de danse. »

Leffler a dit : « Oui, c'est moi qui les ai recrutées. Et elles ne sont pas en petite tenue, ainsi que l'exigent les critères actuels particulièrement éclairés. »

J'ai fait craquer mes doigts. L'annuaire a vibré. J'avais sur moi un poing américain et une matraque lestée de grenaille.

« Ne file *jamais* d'alcool à des gamines. Je n'hésiterai pas à te coincer pour incitation à la débauche et à t'envoyer dans la taule à tarlouzes de Mira Loma. »

Sid l'Acide a ri. « Quelle est votre source sur mon film ? Dites-moi, comme ça je saurai qui éviter. »

J'ai dit : « Lois Nettleton. »

Leffler a ri. « L'actrice sexy disciple des Strasberg ? J'espère que vous ne la sautez pas, parce que… »

J'y suis allé de l'annuaire. Je lui ai balancé un coup sur la tempe. Ça a arraché les boulons rivés au sol. La chaise a basculé. Leffler a heurté le mur tête la première.

SIXIÈME PARTIE

LE SATYRE

(31 août-8 septembre 1962)

39

(LOS ANGELES, 9 H 00, VENDREDI 31/8/1962)

Le LAPD gardait une suite à l'Ambassador. Deux chambres/salon/bureau/kitchenette. Elle accueillait des juristes en déplacement et des flambeurs. Les gradés y recevaient leurs copines illicites. Les soirées picole en petit comité y duraient vingt-quatre heures.

Parker, Gates et moi avons monopolisé le bureau. Un employé du service de chambre nous a apporté un gueuleton somptueux. On a becqueté des œufs et du saumon fumé et bu du café. Les Hats ont monopolisé le salon. Ils veillaient sur Morty Bendish.

Le bureau était climatisé. Une porte coulissante garantissait l'intimité. On s'est assis dans de grands fauteuils assortis. Parker a exposé le montage juridique.

Monroe, l'enlèvement et la séquence « Désaxé Dérangé » forment un trio. La Fox est un « point de convergence crédible ». Il s'interroge sur « la recevabilité des preuves obtenues par surveillance illégale » et se demande « dans quelle mesure les trois affaires ne sont que des hypothèses et des conjectures ».

Gates a dit : « L'affaire "Désaxé Dérangé" remplit six gros cartons. Je les ai trimballés au Renseignement tard hier soir. Leffler et Meadows ont rédigé des rapports consciencieux, en scrutant tout à la loupe. Leffler est pas net, d'accord, je suis prêt à le croire – Freddy l'a bien fait comprendre dans le rapport qu'il a rempli hier. Mais Sid est un bosseur – et Meadows est un type prometteur. Il est diplômé en droit, il est inscrit au barreau de Californie, et il a un avenir dans la police. L'essentiel, c'est que le dossier est bourré de ragots que Morty pourra utiliser dans sa série. »

Parker a dit : « Le *Mirror* est un torchon à scandales. On demandera à Morty d'y aller à fond. Surtout en ce qui concerne Monroe. Morty la traînera dans la boue et la dézinguera à tout-va. »

J'ai dit : « J'ai parlé à Bob Kennedy. Il est au courant de l'affaire "Désaxé Dérangé" et il cerne bien le plan d'ensemble. Voici une bonne piste qui pourrait rattacher Monroe aux six premiers cambriolages. Leffler et Meadows ont fait analyser *toutes* les lettres que le psychopathe a laissées sur les six premières scènes du délit, et j'ai fait analyser un bout de la lettre que j'ai trouvée dans la baraque de Monroe. Ray a qualifié le bout de papier et les lettres des *sept* échantillons de "clairement démodés". Si on le pousse un peu, on pourrait obtenir une correspondance confirmée pour le papier, la colle, et les magazines découpés dont s'est servi ce connard. Pour couronner le tout, j'ai congelé un résidu de sperme prélevé sur la photo cochonne que j'ai découverte ce soir-là. Je l'ai envoyé à Ray. Quant à Leffler et Meadows, ils ont envoyé tous leurs échantillons de foutre. »

Parker a corsé son café. Avec de l'Old Overholt. Le petit déj' des champions.

« Il faut lâcher la grappe à la Fox. Cette approche est totalement intenable. Elle se fonde uniquement sur nos suppositions non démontrables que le studio est une fourmilière d'activités criminelles – alors que tout ce qu'on a entre les mains, ce sont ces conneries d'échangisme et de boîtes aux lettres, dont la plupart relèvent d'infractions aux lois postales fédérales. »

Gates a bu un peu de café. « Cette histoire de grand jury concoctée par Freddy va nous sauver la mise. Ça nous permet de présenter des témoignages sous scellés avec l'assurance qu'ils ne déboucheront pas sur des mises en examen, et que les coupables qui témoignent bénéficieront de l'immunité – tout en demeurant passibles de poursuites au niveau municipal, s'ils rompaient le silence concernant nos affaires, notamment celle de l'enlèvement. Ça peut aussi nous permettre d'étouffer tous les projets que Miller Leavy a en tête pour cramer Freddy et les Hats à cause de la mission Danforth. »

Parker a allumé une cigarette. « Danforth, Dawes, Dewhurst. Qui est ce type ? Il est cent pour cent réglo à l'échelle fédérale. Épluchons les dossiers du poste de Beverly Hills sur ces cambriolages. Ils contiennent sans doute des ragots à exploiter. »

J'ai dit : « La série de Morty fournira à votre crétin de lecteur lambda une solution à la mission Monroe qui engloutira toutes les rumeurs Monroe/Kennedy potentielles. *ET* elle servira à convaincre Bobby K. de ne pas nous balancer des mises en examen, à moi et à mes hommes. *Mais* on doit identifier de manière concluante les ravisseurs, les attraper et les convaincre de témoigner, pour être sûrs de se débarrasser des accusations d'enlèvement et autres accusations connexes. À l'heure qu'il est, je suis presque sûr que Gwen Perloff et peut-être Paul Mitchell Grenier étaient mouillés dans l'histoire – mais c'est uniquement mon instinct et il n'y a aucune preuve. »

Gates a ri. « Perloff, Grenier, un Blanc inconnu, un probable Latino. Peut-être résisteront-ils à l'arrestation – et Freddy et les Hats seront bien obligés de les passer à tabac. »

Parker a fait tourner son whisky dans son verre. « Que les gars amènent Morty. Je suis attendu en ville. »

Gates s'est levé et a tiré la porte coulissante. Les Hats ont fait entrer Morty B. J'ai approché une chaise. Red Stromwall l'a fait asseoir.

Parker a dit : « Le "Désaxé Dérangé" sera désormais connu sous le nom du "Satyre". Vous allez écrire un feuilleton fracassant sur le Satyre dans le *Mirror-News*, avec plein de rebondissements. Nous vous fournirons des informations et vous les diffuserez en suivant exactement nos instructions. Le lieutenant Otash et le Hat Squad reprennent l'enquête sur les six premiers cambriolages du Satyre à West L.A. Votre beau-frère, l'agent Leffler, et son coéquipier, l'agent Meadows, ne sont plus dans le coup désormais. Je le répète, nous vous dirons quoi écrire. En contrepartie de vos efforts, toutes les accusations fédérales et municipales d'escroquerie postale déposées contre vous seront abandonnées. »

Morty s'est levé. Il a fait claquer ses talons en mode *Jawohl, mein Führer*. Tout le monde s'est marré.

« C'est d'accord. Mais vers quoi se dirige ce feuilleton ? Quelle en est la chute dégueulasse ? »

J'ai dit : « Sois pas con, Morty. Le Satyre a tué Marilyn Monroe. »

Séance de grillage de bulbe. Les Hats et moi. On a prévu une lecture dans le détail.

On a des synthèses d'incidents, des fiches de labo, des casiers et des fiches d'interrogatoire sur le terrain. On a des comptes rendus d'entretiens de voisinage. Leffler et Meadows ont *vraiment* bossé sur l'affaire. Ce n'étaient pas des flics du Bureau des cambriolages. C'était des inspecteurs de nuit chargés de la lutte contre les crimes graves. Les plaignantes ont appelé le commissariat de West L.A. Les patrouilleurs ont répondu. Leffler et Meadows ont été envoyés sur les lieux, pour la forme. Ils ont vu les scènes du délit, encore toutes fraîches. Ils ont pris plein de notes. Ils ont tenu un fichier photo des maisons cambriolées.

J'ai réaménagé mon bureau. J'ai retiré mes tableaux de liège « Monroe » et « Enlèvement » et j'ai scotché à leur place une carte murale sous plastique. La carte couvrait la partie nord de West Los Angeles. Brentwood, Mandeville Canyon, les monts Santa Monica et Pacific Palisades. J'ai marqué dessus au crayon gras : « Emplacements des 459 du Satyre ».

Les Hats se sont pointés. J'ai poussé mon bureau dans un coin pour faire de la place où s'asseoir. Ils ont apporté des chaises à dossier droit. J'ai distribué des crayons gras et des copies ronéotypées des six rapports d'incidents.

On a disposé nos chaises en cercle. Max et Red ont distribué du café et des cendards. On s'est mis au boulot.

459 #1 : 18/11/1961. (DR #63882, 1 sur 6). 13821 Corsica Drive, Pacific Palisades. Plaignante : Marcia Maria Davenport/Femme blanche/née le 12/06/1919. Deux fois divorcée, vit seule. Vit d'un fonds en fidéicommis. Appel de la plaignante au poste : 21 h 49. Le suspect a ouvert une fenêtre entrebâillée et est entré dans la maison. Aucun objet volé. Le suspect a renversé un tiroir de lingerie, a fait tomber des meubles à coups de pied, a éparpillé des somnifères prélevés dans l'armoire à pharmacie sur le tapis de la salle de bains. Le suspect s'est masturbé et a éjaculé sur des articles du tiroir à lingerie (échantillon de sperme envoyé au labo). Le suspect a laissé dans le tiroir à lingerie un message fait de lettres de magazines découpées et collées. Les lettres comme le papier du mot semblent tout à fait démodés. Le message dit : « Je t'ai vue te promener au Will Rogers Park. Tu te souviens du moment où tu as soulevé ton chemisier pour te gratter le dos ? Moi je m'en souviens. »

J'ai vérifié la carte. J'ai marqué l'adresse d'une croix. Géographie de la zone. Corsica Drive jouxte le Riviera Country Club. Will Rogers Park se trouve à un ou deux kilomètres au nord-ouest.

459 #2 : 4/12/61. (DR #63882, 2 sur 6). 12242 Marlboro Street, Pacific Palisades. Plaignante : Leona Jenks Hagedohm/Femme blanche/née le 16/04/1928. Divorcée, vit seule. Prof de maths au collège Paul Revere. Appel de la plaignante au poste : 23 h 18. Le suspect a passé la main dans la chatière et défait le verrou de la porte de la cuisine. Aucun objet volé. Le suspect a renversé le tiroir à lingerie, a jeté des meubles dans la cheminée, a éventré le matelas de la chambre d'amis, et s'est masturbé et a éjaculé sur des photos de la plaignante dans l'album de l'année 1946 du lycée de Santa Monica appartenant à la plaignante (échantillon de sperme envoyé au labo). Le suspect a laissé dans le tiroir à lingerie un

message fait de lettres de magazines découpées et collées. Les lettres comme le papier du mot semblent tout à fait démodés. Le message dit : « J'aime ta façon de t'y prendre avec les enfants de Paul Revere. Tu es trop frigide pour avoir des enfants à toi ? »

J'ai vérifié la carte. J'ai marqué l'adresse d'une croix. Le Satyre se tire vers l'ouest. Il est toujours au sud de Sunset. Marlboro Street est à deux blocs au sud du collège Paul Revere. Le Satyre a épié la victime n° 2 quand elle allait à pied au travail.

459 #3 : 16/12/1961. (DR #63882, 3 sur 6). 1545 Monaco Drive, Pacific Palisades. Plaignante : Wanda Jean D'Allesio/Femme blanche/née le 9/01/1930. Deux fois divorcée, vit seule. Touche une pension alimentaire. Appel de la plaignante au poste : 22 h 04. Le suspect est entré dans la maison par une fenêtre ouverte. Aucun objet volé. Le suspect a renversé un tiroir à lingerie, a fait tomber des meubles à coups de pied, a jeté et brûlé des albums de photos de famille dans la cheminée du salon, a jeté des barbituriques dans les toilettes de la salle de bains principale, s'est masturbé et a éjaculé sur une photo de la plaignante et de son premier mari en maillots de bain (échantillon de sperme envoyé au labo). Le suspect a laissé dans le tiroir à lingerie un message fait de lettres de magazines découpées et collées. Les lettres comme le papier du mot semblent tout à fait démodés. Le message dit : « Deux maris, c'est rien. Carole Landis en a eu quatre, et elle est morte plus jeune que toi, même si je te tue demain. »

J'ai vérifié la carte. J'ai marqué l'adresse d'une croix. Le Satyre se *re*-tire vers le nord-ouest. Il monte dans les tours. Il est plus agité et plus violent. La référence à Carole Landis m'a convaincu. Le Satyre est retourné vers la baraque Monroe. Monaco Drive est à sept cents mètres de la thurne de Landis sur Capri Drive.

459 #4 : 19/01/1962. (DR #63882, 4 sur 6). 10116 Mandeville Lane, Brentwood. Plaignante : Arden Jane Brownleigh/Femme blanche/née le 21/05/1932. Divorcée, vit seule. Touche une pension alimentaire. Appel de la plaignante au poste : 23 h 31. Le suspect est entré dans la maison en crochetant la serrure du porche de

service à l'arrière. Aucun objet volé. Le suspect a renversé un tiroir à lingerie, a débranché et fait tomber des appareils électroménagers au sous-sol, a brisé les cadres en verre des photos de mariage de la plaignante et de son ex-mari, a planté des épingles dans leurs visages et a cloué la photo sans cadre au mur du salon. Le suspect s'est masturbé et a éjaculé dans le tiroir à lingerie (échantillon de sperme envoyé au labo.) A laissé dans le tiroir à lingerie un message fait de lettres de magazines découpées et collées. Les lettres comme le papier du mot semblent tout à fait démodés. Le message dit : « Tu trouves que tu lui ressembles. Tu essaies d'imiter son style. Tu es loin du compte. »

J'ai vérifié la carte. J'ai marqué l'adresse d'une croix. Le Satyre se tire à l'est. Il est à Brentwood maintenant. Il se dirige vers 5th Helena Drive. J'ai vérifié la photo d'Arden Jane Brownleigh dans le dossier. Elle a cette allure de blonde insipide à la Monroe.

459 #5 : 29/02/1962 (DR #63882, 5 sur 6). 10110 Highwood Street, Brentwood. Plaignante : Lorraine (pas de second prénom) Smith/Femme blanche/née le 25/10/1927. Deux fois divorcée, vit seule. Touche une pension alimentaire. Appel de la plaignante au poste : 21 h 29. Le suspect a utilisé un coupe-verre et est entré par la fenêtre de la chambre à coucher. Aucun objet volé. Le suspect a renversé le tiroir à lingerie et a créé un tableau composé de serviettes de bain détrempées, de mégots de cigarettes, et de pages arrachées au carnet d'adresses de la plaignante et éparpillées sur des étagères au hasard. Le suspect s'est masturbé et a éjaculé dans le tiroir à lingerie (échantillon de sperme envoyé au labo.) A laissé dans le tiroir à lingerie un message fait de lettres de magazines découpées et collées. Les lettres comme le papier du mot semblent tout à fait démodés. Le message dit : « Tu es comme Cap Canaveral. Tu es ma rampe de lancement vers de plus grands objectifs. »

J'ai vérifié la carte. J'ai marqué l'adresse d'une croix. Le Satyre s'approche. On est le 29/2/1962. Je pressens *ceci.*

Il a déjà rôdé autour de la baraque de Monroe. Elle doit emménager dans quinze jours. Les magazines l'ont indiqué. Il est entré dans ses anciennes piaules. Il sait à quel point elle cultive la paresse et le désordre. Il anticipe la paresse et le désordre au 5th Helena Drive. Le Satyre tyrannique est en chasse…

459 #6 : 12/3/1962. (DR #63882, 6 sur 6). 2802 Fourth Anita Drive, Brentwood. Plaignante : Dorothy Dilys Trent/Femme blanche/née le 21/7/1933. Divorcée, vit seule. Secrétaire administrative à l'University High School. Appel de la plaignante au poste : 12 h 41, le 13 mars 1962. Le suspect a donné un coup de pied dans la fenêtre de la chambre. Aucun objet volé. Le suspect a renversé le tiroir à lingerie et a créé un tableau composé de serviettes de bain détrempées, de mégots de cigarettes, et de pages arrachées au carnet d'adresses de la plaignante et éparpillées sur des étagères au hasard. Le suspect s'est masturbé et a éjaculé dans le tiroir à lingerie (échantillon de sperme envoyé au labo.) Le suspect n'a laissé aucun message. Le suspect a laissé dans le tiroir à lingerie une photographie prise à la morgue en 1948 de l'actrice Carole Landis nue.

J'ai vérifié la carte. J'ai marqué l'adresse d'une croix. *Satyre ! Satyre ! Satyre !* Son état mental est imprévisible. Il joue au suicidaire. Il ne joue pas au meurtrier. Et alors ? Morty Bendish va déformer des faits établis pour parler de *MEURTRE AU PREMIER DEGRÉ*. On pourchassera le Satyre et on le coincera. Il tentera de s'échapper. On le flinguera et on l'accusera d'avoir tué Monroe, à titre posthume. Le côté macabre de l'histoire sera encore plus alléchant que toutes les rumeurs Monroe-Kennedy.

Max a dit : « À vue de nez, pour moi, ce n'est pas un tueur. »

Red a dit : « Oui – mais Morty a besoin d'une chute pour son feuilleton. »

Harry dit : « Aujourd'hui, il doit être en taule pour un autre genre de délit. C'est ça, ou l'asile de fous. C'est pour ça qu'il a arrêté en mars. »

Eddie a dit : « Pas en mars – il est entré par effraction dans la baraque de Monroe en juin et en juillet. Vous vous souvenez ? Marilyn le racontait en long et en large à ses amis sur les écoutes téléphoniques de Freddy. C'est forcément le même type – mais Marilyn n'a pas signalé les effractions. Le Satyre a passé des appels à trois des six victimes. J'ai lu les rapports de suivi, c'est comme ça que je le sais. Vous vous souvenez ? Marilyn a raconté à ses amis qu'elle recevait des appels d'un pervers haletant. »

Red a dit : « J'ai entendu ces enregistrements. Son récit des effractions semblait réglo, mais le passage sur les appels anonymes sans parole avait l'air inventé. »

J'ai allumé une clope. « Elle a gardé la photo de cul sur laquelle il s'est branlé. Je la connais. C'était une cinglée perverse qui avait besoin qu'on lui porte une attention perverse. Cet enfoiré, c'est rien d'autre que du cinoche pervers, et c'est le genre de connerie qui faisait prendre son pied à Marilyn. »

Les Hats ont foutu le camp. Ils avaient une copie ronéotypée du dossier et l'ont emportée au Vince and Paul's Steakhouse pour un petit repas studieux. J'ai lu et enchaîné les clopes dans mon box. Je n'ai pas tardé à me concentrer sur un aspect précis de la question.

La séquence Désaxé Dérangé/Satyre était le bébé de Sid Leffler. Il a tripé sur l'affaire et a travaillé avec et sans J. T. Meadows. Les flics du Bureau des cambriolages s'en sont aperçus et lui ont fourgué la séquence. Le côté cul de l'histoire devait l'exciter. Il a étudié avec Paul De River. Ce qui voulait dire *ceci* : la constellation entre les pistes et les psys douteux s'agrandit.

Leffler et Meadows ont bossé sur ce dossier. Ils ont étudié les fiches d'enquête de terrain. Celles fournies par les patrouilleurs de nuit lors des six effractions. Leffler et Meadows ont ciblé vingt-sept types blancs et trois non blancs qui se promenaient à Brentwood et à Palisades. Ils ont demandé qu'on vérifie l'existence de mandats et de casiers judiciaires et n'ont rien obtenu. Personne n'a surgi du lot en criant *« Arrêtez-moi ! »*. Ils ont rouvert les dossiers des cambrioleurs notoires de l'ouest de la ville et des délinquants sexuels répertoriés et ont obtenu que dalle. Les types chargés des empreintes ont déposé de la poudre dans les six maisons victimes d'effraction. Ils ont relevé des taches/des traces/les empreintes de la plaignante sur des jeux d'échantillons et des empreintes de gants en caoutchouc indiquant la présence d'un homme aux petites mains. Leffler a baratiné Ray Pinker pour qu'il lui file un coup de main. Ray a dressé un portrait de l'homme à partir de ses déambulations dans le salon du 459 numéro 4. Un tapis tissé à plat conservait des traces de pieds. Ray a identifié le Satyre comme un homme aux petits pieds. Sa foulée était courte. Il marchait les pieds en dedans. Il était à l'opposé de l'homme grand/aux grands pieds qui a arpenté la thurne de Monroe le 4/8/1962.

Une équipe de photographes a fait des clichés des six maisons victimes d'effraction. J'ai scruté les photos en mode Caméra humaine et j'ai fusionné mes yeux et mon cerveau. Leffler et Meadows ont enquêté dans le voisinage immédiat. Les voisins décrivaient les six plaignantes comme des divorcées solitaires. Lesdites femmes passaient la plupart de leurs soirées toutes seules. Elles écoutaient des airs connus tirés de comédies musicales de Broadway et picolaient sec. Les voisins ont déclaré avoir entendu des mélodies de *Camelot* et des *Fantasticks* passer à fond les soirs où avaient eu lieu les 459, *au moment* où avaient eu lieu les 459. *Les plaignantes n'étaient pas chez elles et le Satyre mettait à sac leurs baraques.* Ce qui voulait dire *ceci* :

Il a étudié les victimes qu'il visait. Il a étudié leurs maisons. Il a appris leurs habitudes. Il les surveillait et se précipitait chez elles quand elles se tiraient pour la soirée. Il a observé leur tenue vestimentaire et a extrapolé des dates et des rendez-vous à l'extérieur. Il a calculé des durées. Il est entré par effraction et a mis des disques. La musique couvrait son saccage. J'ai parcouru les photos des scènes du délit. J'ai vu des meubles renversés et de la lingerie aspergée de sperme. J'ai lancé *Soon It's Gonna Rain*, *Try to Remember* et *If Ever I Should Leave You* dans une cavité distincte de mon cerveau. J'ai enclenché le son stéréo de ma Caméra humaine. J'ai parcouru les piles de photos. J'ai vu les tableaux faits de serviettes détrempées/cendriers jetés. J'ai vu les pages de carnets d'adresses éparpillées. J'ai vu les lettres de magazines découpées et collées. Tout en me passant ces airs mièvres dans ma tête. Une scansion cérébrale a lacéré ma bande sonore :

Des femmes seules, des femmes seules, des femmes seules.

Leffler et Meadows ont exploité le filon jusqu'au bout. Ils nous ont bien préparé le boulot, aux Hats et à moi, on va pouvoir y aller à fond. Ajoutez à ça la pluie d'articles de Morty B. Plus de possibles évocations à la radio et à la télévision. Quelque chose devait craquer, forcément.

J'ai appelé Ray Pinker. Je lui ai demandé d'analyser fissa les six échantillons de sperme. Je lui ai demandé de faire des tests d'isolement de cellules sur mon échantillon de la baraque Monroe. Ray a dit qu'il travaillerait tard ce soir et qu'il s'en occuperait.

J'ai appelé Miller Leavy. Il s'est montré tout juste poli. Je lui ai demandé d'écrire aux parents de Lowell Farr et de se démerder pour que je puisse l'interroger. Leavy a dit qu'il le ferait. Je lui ai demandé de balancer une demande officielle d'interrogatoire à Albie Aadland. Leavy a grommelé et a dit qu'il le ferait.

J'ai appelé Nat Denkins. Je lui ai demandé de coller au train de Deedee Grenier et de ne pas la lâcher d'une semelle. Nat a râlé et m'a traité d'esclavagiste. J'ai promis de doubler sa paye. Ça l'a convaincu. J'ai appelé Phil Irwin et je lui ai demandé de louer un camion de réparation de lignes téléphoniques. Gare-le sur Miller Drive, au nord de la baraque de Gwen Perloff. Surveille depuis la grue/en contrebas. Mate la porte d'entrée. Découvrons qui rend visite à la Grande Gwen.

Daryl Gates est passé me voir. Il a dit que le déjeuner mensuel du Chef avec le shérif Pitchess était confirmé pour demain. Pete a des images « intéressantes » de Black Muslims. Il veut les vendre au Renseignement. « Je cherche une contrepartie, Freddy. Un service que le Chef pourrait rendre à Pete. »

J'ai dit : « Que le Chef lui demande pourquoi Motel Mike Bayless a été viré des BITES au moment précis de l'enlèvement de Perloff, pour être réintégré chez les BITES juste après l'enlèvement, alors que le boulot effectué sur cette affaire était encore rudimentaire. Je vais vous donner un micro de contact à coller à la table, pour que je puisse évaluer la réponse de Pete. »

Gates a accepté et est retourné dans son bureau. J'ai appelé Eddie Chacón et je l'ai poussé à mettre la pression sur le Bureau des narcotiques. Shelley Mandel était un grand sioniste. Il filait des médocs du marché noir à l'Irgoun et à la Haganah. Je suis impressionné – mais dites-moi où le Doc Shelley se planque en ce moment.

Red Stromwall est passé me voir. Il a dit que les Hats cherchaient toujours des correspondances entre des relevés téléphoniques et les entrées des carnets d'adresses récupérés lors de la descente chez Bev. Il a prévu de s'entretenir avec la coiffeuse de la Fox. L'une des échangistes de la descente l'a appelée trois fois. Eddie Benson a chopé la nana qui dirige le réseau de femmes au foyer faisant le tapin. Il a dit que c'était en pure perte – elle était bête à brouter du foin.

Red a décampé. Il faisait une chaleur infernale dans mon box. J'ai monté la clim et orienté une bouche d'aération vers mes couilles. Aahh – ça fait du bien.

J'ai changé de dossier. Je suis passé du LAPD au poste de Beverly Hills. Les deux dossiers avaient le code 459 – cambriolage/domicile.

Cinq rapports d'incident avec des listes d'objets manquants. Avec des photos d'identité judiciaire, mais pas de fiches d'empreintes. Les intrusions ont eu lieu à la suite de fêtes gérées par des traiteurs. Le métier de « serveur » est louche. Il permet aux petits voyous de survivre entre leurs 459, leurs tapins et leurs escapades de gigolos. J'ai viré les pochettes des photos. Ronald Dewhurst m'a souri d'un air narquois.

Alias Rick Dawes. Marilyn Monroe et Gwen Perloff le connaissaient. Je l'ai connu sous le nom de Richie Danforth. La rencontre a été brève. Avec pour dénouement, Max Herman qui dit : « *Balance-le, Freddy.* »

Je me suis signé et j'ai viré les rapports sur les empreintes. Le lieutenant de la brigade avait joint une note préliminaire. Il avait écrit : « Des traces, des bavures, des empreintes partielles, ainsi que des empreintes latentes des plaignantes ont été relevées dans chaque domicile. De plus, deux séries différentes d'empreintes de gants en caoutchouc ont été relevées dans chaque domicile. (Voir les agrandissements des photos). »

J'ai fouillé dans la pochette des empreintes et j'ai sorti les photos. « Différentes ? » C'est parfaitement vrai. J'ai scruté la fiche d'empreintes. J'ai noté *ceci* :

Des empreintes de doigts. Plus des mains entières posées sur des surfaces de contact potentielles. Des mains posées sur des rebords de fenêtres, des montants de portes et des poignées de tiroirs dans les cinq maisons. L'homme aux grandes mains avait les doigts en spatules. Je n'ai jamais regardé de près les doigts de Richie Danforth. L'homme aux petites mains avait le bout des doigts court et fin, de la jointure à l'ongle. Ces empreintes de gants-*là* me rappelaient quelque chose. Je les ai scrutées à l'œil nu, de près. Elles ressemblaient aux empreintes de gants en caoutchouc des effractions du Satyre.

La chambre noire du Renseignement était équipée d'un microscope binoculaire. J'ai réuni la photo d'empreintes du poste de Beverly Hills et celle du Satyre. Je suis allé dans la chambre noire pour les faire parler.

J'ai posé les lames. J'ai pris un couteau de précision et j'ai prélevé des gros plans d'empreintes représentatives. J'ai choisi un montant de porte avec l'index droit de l'effraction numéro 3 du Satyre et un rebord de fenêtre du cambriolage numéro 5 à Beverly Hills. Le numéro 3 est allé sous la lame gauche. Le numéro 5 sous la lame droite. J'ai ajusté les oculaires et réglé les lentilles de manière identique pour les regarder de près.

De *très* près. Presque au niveau *cellulaire*. Compte les pixels, les micropoints, les défauts du latex tendu.

Plisse les yeux maintenant. Cache ton œil droit et plisse l'œil gauche. Note ces trois points hachurés. C'est un groupe subcellulaire. Tu l'as mémorisé.

Maintenant plisse l'œil droit. Cache ton œil gauche. Concentre-toi. *Il y a quelque chose qui ressemble à ces mêmes points hachurés.* Le latex tendu s'est posé sur une surface dure. C'est représentatif. Ce n'est pas une correspondance.

Mes yeux se sont embués. Je les ai essuyés sur la manche de ma veste. J'ai caché mon œil droit. J'ai ajusté la lame de gauche et j'ai plissé l'œil gauche. J'ai vu une grosse couture de gant en caoutchouc provenant du cambriolage numéro 5 à Beverly Hills. J'ai vu une minuscule fissure près de l'articulation. J'ai changé d'œil. J'ai caché mon œil gauche et ajusté la lame de droite. J'ai plissé l'œil droit. J'ai vu la même grosse couture de gant en caoutchouc provenant de l'effraction numéro 3 du Satyre. Il y a la même fissure près de l'articulation.

C'est une correspondance. C'est une pure vérité criminalistique. Le Satyre a effectué les 459 des divorcées en solitaire. Le Satyre s'est partagé le boulot avec le cambrioleur de Beverly Hills. Ledit cambrioleur était peut-être ou pas Richie Danforth/Rick Dawes/Ronnie Dewhurst. Ce n'est pas une preuve valable devant le tribunal. On s'en tape. Richie/Rick/Ronnie est mort et le Satyre est étrillé par la presse et sera lynché par la foule.

J'ai fait du boulot chiant jusqu'au soir. J'ai relu le dossier Satyre et le dossier Cambriolages à Beverly Hills et j'ai mémorisé de menus détails. J'ai relu le dossier du shérif sur l'enlèvement et repéré des incohérences. J'ai appelé Nat Denkins. Il m'a fait son rapport : Deedee Grenier passait la nuit avec une conquête pêchée dans un bar à gouines. Il reprendrait sa filature demain. Peut-être qu'elle le mènerait à Paul Mitchell. J'ai appelé Phil Irwin. Il a dit que sa surveillance en hauteur avait été payante, très vite.

Darryl Zanuck s'est pointé chez Gwen et est resté à l'intérieur pendant trois heures. Papi est parti à 15 h 05. Phil a pris Gwen en filature jusqu'au Bullocks Wilshire. Il l'a suivie au rayon vêtements pour femmes. Elle a acheté une robe noire classieuse. Elle a dit à la vendeuse qu'elle la porterait à une fête dimanche soir. Sans doute la nouba échangiste. J'y serai. Avec « ma femme » Babs Payton. Harry Crowder y sera. Avec « sa femme » Lila Leeds.

Je devenais claustro. Ça m'oppressait d'avoir trimé comme un âne toute la journée. Je me suis tiré du Bureau central de la police et j'ai parcouru L.A. au crépuscule.

C'était une chaude nuit d'été. Je n'ai pas roulé au hasard. J'ai foncé à West Hollywood. Je suis passé au Jaguar, au Charpentier, à la Tanière du Faucon. J'ai fait du gringue aux garçons. J'ai obtenu zéro piste concernant Paul Mitchell Grenier. J'ai lâché des billets de dix et des bouts de papier avec mon numéro de téléphone. Appelez-moi si Paul Mitchell revient sur la planète Terre. Je paye cent dollars toute piste solide.

Je suis passé devant le Standard de Bev et je me suis garé. Aucun pervers, tapineuse ou tapineur ne s'est pointé pour récupérer son courrier. Je me suis tiré et j'ai foncé vers Palisades. J'ai parcouru en zigzag des rues résidentielles en cherchant la baraque que Monroe avait dessinée le 22/6/1948. Je n'ai rien vu pouvant lui ressembler.

Je me suis arrêté devant le 13821 Corsica Drive. C'est là que vit la divorcée numéro 1. Marcia Maria Davenport/43 ans/deux fois divorcée, vit seule. Rôdons dans le coin, épions les fenêtres, mettons-nous dans la peau du Satyre et *ÉPIONS*.

C'est ce que j'ai fait. Des sycomores délimitaient la propriété des deux côtés. Je me suis accroupi avant de me redresser d'un bond pour observer les fenêtres éclairées. J'ai d'abord vu celle du salon. Marcia Davenport faisait les cent pas et fumait. Sa chaîne hi-fi crachait de la samba. Marcia bougeait les hanches et dansait d'un bout à l'autre de la pièce. Elle avait les cheveux blonds décolorés comme Monroe. Elle les portait avec une mèche sur le côté à la manière de Monroe. Elle a pris un verre sur une table basse et a bu une gorgée tout en dansant. Ça semblait être du gin pur.

Le Satyre en pinçait pour Marcia. C'est vrai qu'elle était sexy. Il l'a espionnée, il l'a épiée, il l'a suivie. Il a étudié sa routine et a profané sa demeure. J'ai pigé. J'ai compris le topo.

J'ai roulé jusqu'au 12242 Marlboro Street. À deux blocs au sud de Sunset. C'est là que vit la divorcée numéro 2. Leona Jenks Hagedohm/34 ans/divorcée une seule fois, vit seule. C'est une baraque blanche de style hispanique. Des palmiers permettent d'épier sans se faire repérer. Je suis sorti de ma bagnole et j'ai flâné tout autour. J'ai surpris Leona dans la cuisine. Elle portait une culotte et un soutif assorti et rien d'autre. Elle a bu cul sec un grand verre de whisky-soda. Elle a plongé les mains dans l'eau de vaisselle. Ses cheveux coupés courts étaient blonds avec des racines foncées. Deux divorcées déprimées, deux teintures. Le Satyre a un genre.

Je me suis barré. J'ai roulé jusqu'au 1545 Monaco Drive. C'est là que vit la divorcée numéro 3. Wanda Jean D'Allesio/32 ans/deux fois divorcée, vit seule. Dans une grande maison de style ranch en stuc. Il n'y avait pas d'arbres derrière lesquels se cacher. Pas grave. Wanda Jean était assise sur le porche. Elle portait une combinaison rose élimée et fumait des Kool Filter Kings à la chaîne. Elle s'efforçait de lire un magazine, il l'ennuyait, elle l'a balancé. Elle avait de longs cheveux bruns. Le Satyre en pinçait pour elle. Il n'excluait pas les brunes. *J'en* pinçais pour elle. Elle avait ce regard contenu/de tigresse en cage qui m'a toujours excité. Hé, le Satyre – cette nana est hyper bandante !

Je me suis tiré et j'ai parcouru la zone commerciale de Palisades. J'ai eu un déclic. Le Satyre vit dans le coin. Il se rend à pied au lieu de l'effraction ou promène un chien pour avoir l'air quelconque. Il fait entrer le chien dans les baraques ciblées. Il a accès aux dossiers des agences immobilières et/ou aux archives judiciaires et il étudie les femmes qu'il vise. Il fait mijoter son désir jusqu'à ébullition. Il force la porte, il entre, et il fouille.

Il était 22 heures. J'ai parcouru le Palisades Village. J'ai vu des gens qui dînaient dehors et des gamins de Palisades qui flânaient dans la rue. J'ai repéré une file d'attente devant le Bay Theater. C'est le centre des rendez-vous roulages-de-galoches pour les libertins du lycée de Palisades.

Je me suis garé dans Sunset et j'ai flâné. J'ai scruté les bandes de gamins pour trouver Lowell Farr, mais je ne l'ai pas vue. Une exposition d'art était installée sur le trottoir, devant le Bay. Une vieille dame vendait des trucs d'amateur. En mode Paris Rive Gauche. Elle exposait des peintures à l'huile sur des chevalets. Des croûtes atroces.

J'ai navigué entre les toiles. J'ai vu des marines, des paysages de montagne, le Will Rogers Park en fleurs. Puis des couleurs dissonantes et un visage découpé en carrés – dont les yeux, le nez et la bouche avaient permuté.

Un visage de femme. Celui de Marilyn Monroe. Une peinture à l'huile formant le pendant de l'art mural de Lowell Farr. Notez le « L. Farr/1962 » barbouillé en bas à gauche. J'avais zieuté la fresque depuis le toit de Natasha Lytess. Des vandales l'avaient recouverte de peinture. Cette œuvre-*là* m'avait turlupiné à l'époque. Cette œuvre-*ci* me turlupinait plus encore.

La bouche de Monroe jaillissait de son front. Deux maris et John F. Kennedy étaient coincés à l'intérieur. DiMaggio, Arthur Miller, et Kennedy le Queutard en personne. Ils hurlaient. La bouche de Marilyn les emprisonnait. Ils étaient reconnaissables. Lowell avait bien travaillé les détails. Des clefs musicales brisées se déversaient de l'oreille droite de Marilyn. Des lettres de Scrabble se déversaient de la gauche. On pouvait déchiffrer « une vie en dissonance ». Des crocs acérés jaillissaient au sommet de son front. Lowell l'avait scalpée. Des gélules de Nembutal formaient une perruque jaune vif.

Le tableau était à vendre. Cinquante dollars, une affaire. J'en ai filé cent à la vendeuse. Elle a failli tomber dans les pommes.

J'étais fébrile, nerveux, surexcité. Le tableau me turlupinait. La correspondance des gants en caoutchouc me turlupinait plus encore. J'ai roulé jusqu'à l'est de Sunset et obliqué au nord dans Benedict Canyon. Je voulais rôder autour de l'appart 208 du Tiki-Torch Village.

J'ai projeté des flash-back sur l'écran de mon cerveau :

Samedi, 19/5/1962. Je file Monroe jusqu'à la Valley. Je foire la filature. Je note les numéros de plaque des voitures garées et je perds la liste. Je la retrouve tardivement et je découvre *ceci* :

Gwen Perloff a garé sa bagnole à deux blocs du Tiki-Torch. Monroe, idem. *Revenons au 19/5/1962. Au même moment de la journée.*

Coupure. Passons au :

4/8/1962. Monroe meurt. Gwen Perloff est enlevée. *On la retrouve. Dans l'immeuble du Tiki-Torch.*

J'ai traversé Mulholland et je suis descendu dans la Valley. La chaleur et l'humidité ont monté en flèche. Les thurnes de style ranch ont cédé la place à des piaules d'échangistes. Je me suis garé devant le Tiki-Torch. La cour était illuminée. Il y avait des piaillements et des bruits d'éclaboussure. Sur le trottoir, l'air empestait le chlore.

Le portail n'était pas verrouillé. Je suis entré d'un pas tranquille. J'ai fait l'impasse sur les sports nautiques et le bar tiki au bord de la piscine. J'ai pris l'escalier extérieur jusqu'à l'appartement 208.

J'adorais le Tiki-Torch. Ce repaire du péché aspirait au chic. La vue sur la piscine était un atout. Le 208 était un épatant perchoir pour pervers.

J'ai décollé le ruban de scène de crime du shérif et trifouillé la serrure avec un crochet numéro 4. Deux petits coups à droite, deux petits coups à gauche. La porte s'est ouverte.

Je suis entré et j'ai refermé derrière moi. Le salon empestait le détergent. J'ai actionné un interrupteur mural. Un éclairage sur rail encastré a projeté une faible lueur. La pièce avait été vidée. Restait un tapis violet à poils longs.

Il faisait chaud comme dans un four. J'ai mis la clim pour faire circuler de l'air froid. Un registre d'entrée et de sortie était placé sur un porte-bloc près de la porte. C'était la règle pour les délits graves. Le personnel de police indiquait son heure d'arrivée et de sortie.

J'ai pris le bloc-notes. Il n'y avait qu'une feuille. Une seule entrée était indiquée. Le sergent Michael J. Bayless a noté la durée de sa visite. Il était ici de 14 h 15 à 15 heures/le dimanche 5/8/1962.

Anomalie. Incohérence. J'avais lu le rapport du shérif sur l'enlèvement. L'équipe du labo et l'équipe photo étaient venues. La liste des tâches effectuées reflétait le boulot chiant qui est exigé pour la forme en cas d'enlèvement. La mission avait fait *pschitt.* La grande question est la suivante : a-t-elle fait *pschitt* par manque de pistes ou pour maquiller quelque chose ?

Davantage de flics auraient dû se balader dans le coin. Des patrouilleurs curieux. Des flics menant l'enquête de voisinage et cherchant à fuir la chaleur. Des flics chauds-bouillants pour reluquer les nanas et leur sortir le grand jeu.

J'ai éclairé la thurne et parcouru la thurne. C'était du chic de pacotille. Les murs avaient été nettoyés de leurs empreintes. Le rapport l'indiquait. Les ravisseurs connaissaient leur boulot. J'ai vérifié le placard où les tocards avaient planqué Gwen P. Gwen a dit qu'ils avaient placé un tuyau d'air conditionné sous la porte pour la garder au frais. J'ai vu des entailles au bas du chambranle. Le tuyau aurait parfaitement pu s'y loger.

L'histoire du placard n'était qu'à *moitié* crédible. Ça faisait *presque* inventé par les flics. J'ai vérifié les deux chambres. Elles étaient impeccables. J'ai vérifié la salle de bains numéro 1. Elle était impeccable. La salle de bains n° 2 l'était un peu moins.

Dans l'armoire à pharmacie. Sur la troisième étagère. Il y a un petit couteau de précision. Et de la fibre violette collée sur la lame.

La fibre correspond au tapis violet à poils longs. D'autres fibres agglutinées correspondent à un sous-tapis gris.

C'est un oubli. Les flics chargés de vider les lieux ont zappé ce couteau. Quelqu'un a farfouillé sous le tapis du salon.

Je suis retourné dans le salon. J'ai soulevé le tapis et tiré les quatre coins au centre de la pièce. J'ai vu un trou creusé en plein milieu. Quelqu'un avait bricolé en vitesse une cachette.

J'ai tendu la main. Mes doigts ont effleuré du métal chaud. J'ai sorti deux clés de cadenas. Elles avaient le poinçon : « 208/stockage ».

On a des apparts donnant sur une cour intérieure avec piscine. Il y a un garage souterrain. Les casiers de rangement ne pouvaient être que…

Là-bas.

J'ai essayé de ne pas courir. J'ai reverrouillé la piaule et je me suis dirigé vers l'escalier principal. J'ai descendu les marches trois par trois. La cage d'escalier donnait directement sur un garage empli de gaz d'échappement.

Il faisait une chaleur à crever. Les Tikitiens privilégiaient les bagnoles tape-à-l'œil. Corvette, Ford Thunderbird, Chevrolet à moteur de 409 avec pot d'échappement sur le côté et pneus de course. Tout pour plaire aux huissiers. Des tuyaux qui fuyaient laissaient suinter un liquide sombre. Ils éclaboussaient les peintures couleur cerise.

La voici. Sur le mur côté nord. Une porte en acier sur laquelle est écrit STOCKAGE.

Je me suis glissé entre les rangées de voitures en esquivant le liquide qui gouttait. La grande clé a ouvert la grande porte. Un interrupteur mural m'a permis d'éclairer les lieux. J'ai repéré quatre murs avec deux rangées de casiers chacun. Le 101 était juste sur ma gauche. Les numéros pairs se trouvaient en haut, les impairs en dessous. J'ai foncé vers les 200 et j'ai compté jusqu'à huit.

La petite clé correspondait. La porte s'est ouverte en grinçant. J'ai vu une grosse pile de journaux.

C'est tout. Il n'y a rien d'autre. Qu'est-ce que c'est que ce bordel ?

J'ai commencé par le haut de la pile. Que des *Herald*. Le *Herald* était le torchon de Hearst à L.A. Il n'était pas épais comparé au *Times*. J'ai sorti les trois premiers du tas. Ils étaient datés du mercredi/jeudi/vendredi/–1/8, 2/8, 3/8/1962.

C'était la montée en puissance de la convergence overdose de Monroe/enlèvement. J'ai scruté les trois numéros. J'ai vérifié toutes les pages. Je me suis mis à rêver de messages en micropoints et de boîtes aux lettres mortes. Résultat : des infos datées et plein d'encre sur les mains.

J'ai extrait l'exemplaire du bas de la pile. Il était daté du 1/5/1962. Ça m'a filé des méga-frissons. Le 208 a été loué ce jour-là. Une dame obèse l'a loué. Elle a aussi loué la thurne de secours au croisement de la 6e et de Dunsmuir.

J'y ai vu la *convergence/la confluence/un schéma bien visible.* J'ai scruté toutes les pages du journal du 1/5. Il ne contenait ni gribouillis ni griffonnages. Il était dépourvu de tout truc louche lié aux boîtes aux lettres.

J'ai sorti les *Herald* et j'ai tout lu jusqu'à la mi-mai. Les journaux étaient empilés dans l'ordre chronologique et n'étaient pas annotés. D'accord – mais stockés dans quel but ?

J'ai lu jusqu'au samedi 19/5/1962. Ce jour-là, j'ai suivi Monroe jusqu'ici. Elle a fait foirer ma filature. Elle s'est tirée d'ici pour attraper un vol charter à midi direction New York. Son concert au Madison Square Garden était prévu le soir même. Elle devait chanter *Happy Birthday* au Grand Jack.

Je suis passé à la page deux. Le *Herald* publiait un article complaisant sur le président et sa poulette d'anniversaire. Je suis passé à la demi-page suivante et j'ai vu *ceci* :

Un cœur griffonné au rouge à lèvres. Une flèche rouge qui le transperce. *« MM est là aujourd'hui !!! »* gribouillé à l'intérieur. C'est un gribouillis androgyne. Peut-être un type qui se la joue artiste/peut-être une camionneuse. De minuscules trous d'épingle perçaient le cœur. Il s'écoulait du sang à l'encre rouge de stylo-bille.

Je suis retourné en ville. J'étais complètement défoncé par la fatigue et en même temps totalement survolté. Une longue journée, ça déclenche toujours une longue bobine de flash-backs.

Les 459 de Beverly Hills. Danforth/Dawes/Dewhurst, acoquiné avec le Satyre. Les données des gants en caoutchouc/les pistes de la criminalistique qui se croisent. Les divorcées. L'appartement 208 du Tiki-Torch. Les casiers de stockage. Les gribouillis dans les journaux. Cela prouve *ceci* :

Monroe a participé à cette histoire d'enlèvement.

Convergence/confluence/conspiration.

Il était 1 heure du matin. Je me suis garé dans le parking du Bureau central de la police et j'ai pris l'ascenseur jusqu'au labo. L'espace de travail de Ray Pinker était baigné de lumière. Sa table faisait cinq mètres sur cinq et était éclairée par une lampe fluorescente. Il avait étalé les preuves que je demandais. Ça couvrait plusieurs champs d'étude et était exclusivement lié au Satyre.

J'ai scruté de gauche à droite. J'ai vu les messages en lettres de magazines laissées dans les baraques des divorcées. J'ai vu le message laissé par le Satyre dans la baraque de Monroe. Plus des flacons d'échantillons de colle et des classeurs remplis d'exemples de polices de caractères et de papiers. Plus sept agrandissements photo de cellules d'éjaculat masculin.

Ray est entré. Il a dit : « Tout ça, c'est un seul type. C'est un sécréteur du groupe AB, on a donc une info sur son sang. C'est un groupe rare, ça devrait t'aider à éliminer de potentiels suspects. Les permis de conduire californiens contenaient le groupe sanguin et des empreintes de pouce jusqu'en 1956, ça devrait te permettre d'éliminer ou de confirmer certaines pistes. Le support en papier a été fabriqué entre 1946 et 1950, une texture bon marché, traitée chimiquement pour adhérer à la reliure des magazines masculins bon marché de l'époque. Les lettres découpées ont été prélevées dans *Les Aventures de Musclor, L'Homme sauvage, Le Digest du dangereux macho, et L'Homme sauvage présente les Femmes fatales du cinéma*. La colle ayant servi aux sept messages est l'actuelle colle multi-usage Elmer, qui était aussi largement utilisée à l'époque. Le magazine sur les femmes fatales n'a eu que deux numéros, mais les deux comportaient un article sur Carole Landis. Le message que le Satyre a laissé à Monroe se sert des lettres d'un numéro contenant une double page sur le suicide de cette pauvre Carole. »

40

(LOS ANGELES, 10 H 00, SAMEDI 1/9/1962)

Morty Bendish a balancé la sauce. J'ai joué au livreur de journaux.

Les Hats et moi avons organisé un coup d'État. On a pris le contrôle du poste de West L.A. Le lieutenant de la brigade était parti jouer au golf. On s'est installés dans son bureau et on a piqué son carafon personnel. Seize inspecteurs nous ont jeté des regards noirs. Ils ont scruté les journaux que j'avais posés sur leurs bureaux.

« Le Satyre rôde dans le Westside. !!! » « Une Unité de choc chargée de l'enquête !!! » « La Voluptueuse Victime Marcia Davenport ressemble à Monroe la Salope Sexy !!! » « Les flics songent à un lien pervers avec Monroe !!! »

Le *Mirror-News* a balancé la sauce. C'est le quotidien populaire de la dynastie Chandler. Le petit frère mongolien du puissant *L.A. Times.* La rubrique en dernière page de Morty s'intitule « Morty Matraque ». Elle est sous-titrée « Les Consternantes Coutumes de notre Quotidien ». Le rédac-chef a fait remonter Morty en page trois. Bill Parker a fait jouer ses relations.

Les titres étaient percutants. Le texte cancanait sur l'« alcôve d'allumeuse » de Marilyn dans le quartier de « Brentwood-Balance-la-Bite ». Il décrivait la divorcée numéro 1 comme un « séduisant sosie ». Il parlait de l'effraction numéro 1, sans l'astiquage de poireau et les sous-vêtements couverts de foutre. Il usait de tactiques d'intimidation.

« Le Westside va-t-il dépérir et se transformer en quartier chaud de Tijuana ? Le Klubb Satan et ses spectacles siphonnés avec des ânes sont-ils pour bientôt ? Le Satyre est-il le cerbère messager d'horribles événements à l'horizon ? Le Westside est un refuge réconfortant pour les divorcées déprimées mais toujours appétissantes et affriolantes. Les ennuis se profilent – mais si le lieutenant du procureur Freddy Otash et le hardi Hat Squad du LAPD mettent la main sur le Satyre, le Westside restera sûr et sain d'esprit !!!!! »

Les flics de la salle de garde ont lu l'article. Les flics de la salle de garde ont ricané et nous ont jeté des regards mauvais. Sid Leffler avait l'œil mauvais, J. T. Meadows avait l'œil mauvais. Max a fermé la porte du bureau d'un coup de pied.

« Bon, on a l'avis de Ray Pinker. C'est un seul et même bonhomme. »

Red a dit : « Bon sang, et le Satyre faisait des 459 avec Richie Danforth, ou quel que soit son nom. Toute cette affaire est un merdier géant, mais Freddy a trouvé des empreintes de gants en caoutchouc dans les deux affaires. »

J'ai allumé une clope. « Phil Irwin m'a appelé il y a une heure. Il était dans sa grue de surveillance, tôt ce matin. Il a vu Mike Bayless remonter Miller Drive, dans sa voiture personnelle, pour aller droit chez Gwen Perloff. Bayless voit Phil, qui est un ancien du shérif, et passe devant lui sans s'arrêter. Il est mouillé dans l'histoire, et il est mouillé avec Perloff dans la mission enlèvement. »

Max a dit : « Cette affaire est de plus en plus bizarre. *Confer* les journaux que Freddy a trouvés hier soir. »

Eddie a lancé : « J'ai oublié de parler de cette coiffeuse de la Fox. On lui paye le déjeuner au Ships. C'est elle qui a coiffé Marilyn sur le plateau de *Got to Give,* et elle dit qu'elle lui a fait la dernière coupe à la mode. Elle a aussi dit que la femme qu'on a chopée chez Bev est une *puta,* et qu'elle ne veut rien avoir à faire avec elle, à part la coiffer. »

Le carafon du bureau a tourné. On a tous fait glou-glou.

Harry a dit : « Revenons au Satyre. On a vingt-sept fiches d'enquête sur le terrain à passer en revue, et on doit recommencer à interroger des gens. Même chose pour les délinquants sexuels enregistrés que Leffler et Meadows ont convoqués. »

J'ai dit : « J'ai lu les déclarations des délinquants sexuels enregistrés et j'ai vérifié leurs casiers et leurs photos d'identité judiciaire. Ils sont tous trop jeunes, à mon avis. Je pense que le Satyre est plus âgé. Il devait être – au moins – ado à la fin des années 40, quand sa perversion sexuelle s'est déclarée. Les vieux magazines, sa fixation sur Landis, tout ça. *Et puis,* il y a *forcément* des écrits concernant Landis *quelque part.* Je veux savoir s'il y a quoi que ce soit qui indique qu'elle a été harcelée par des voyeurs, des appels anonymes ou des fans psychopathes. »

Red a fait *Niet.* « Ses dossiers chez les flics ont été nettoyés. Tous les poulets parasites de la planète ont fourré leur nez dans les dossiers et piqué des souvenirs. Trois de nos divorcées ont reçu des appels anonymes après l'effraction de leur baraque, et elles ont toutes raconté à Leffler et Meadows que le type, à sa voix, n'avait pas l'air d'un môme qui s'astiquait. »

J'ai dit : « Monroe a blablaté sur le pervers au téléphone avec plusieurs de ses amis. À mon avis, c'était une pure invention. »

Max a allumé un cigare. « Dans la série comme-je-suis-malheureuse. »

Harry a joué avec le carafon. Qui a discrètement atterri sur ses genoux.

« Je ne suis pas trop pour qu'on trinque au Satyre, pour la forme. Songez aux emmerdes qu'on a récoltées avec Richie Danforth. Songez à celui qui cherche à nous coincer pour ça. »

*

Edna Medina était ravie de pouvoir jacasser. Elle avait quarante-cinq ou quarante-six ans. Elle portait une robe hawaïenne à imprimé floral et des baskets blanches.

Max et moi avons payé le repas. Harry, Red et Eddie sont retournés au bureau des inspecteurs. Ils bâtissaient un nouveau dossier sur le Satyre. Le boulot allait durer. Ils y passeraient la nuit.

On a squatté un box d'angle. La circulation devenait dingue sur La Cienega. Edna a penché la tête et souri à Max. Elle avait plus envie de cancaner que de bouffer.

Max a dit : « Il s'agit pour nous de poursuivre la conversation téléphonique que vous avez eue avec l'agent Benson, madame. Vous lui avez dit que vous aviez coiffé Marilyn Monroe pour *Something's Got to Give*. Je suis sûr que vous vous souvenez de cette conversation. »

Edna a pioché dans la corbeille à pain. « Oui. Je lui ai dit que Miss Monroe était gentille, mais qu'elle était *loca*. Et qu'elle parlait sans arrêt, ce qui était *loca mas*. »

J'ai dit : « Comment ça ?

– Ben, c'est une actrice. Alors elle joue pour son public. Elle voit que je suis mexicaine, alors elle commence à me faire du plat. Elle me dit que le Mexique est son pays préféré. Je lui réponds : "Essayez d'y vivre, pour voir", et elle me dit qu'elle fait passer en douce des bons au porteur, et qu'elle travaille avec un réformateur bien connu pour reconstruire l'économie mexicaine. Je vous l'ai dit : *loca mas*. »

Max m'a fait signe : *Vas-y, relance.*

J'ai dit : « Et vous avez répondu quoi ? »

Edna a dit : « Je lui ai dit que cette histoire de bons était une arnaque, et qui est ce "réformateur", on dirait un trafiquant de drogue. À ce moment-là, Miss Monroe rit et répond : "C'est bien le cas." Elle dit qu'elle se déguise pour y aller et qu'une vieille dame russe lui fournit des faux papiers, et qu'ensuite elle fait passer des bons et parfois de la drogue, mais la drogue devrait être légale au Mexique et aux États-Unis, pour qu'elle puisse enchanter les gens et les transformer en révolutionnaires qui font la chasse aux fascistes. Je vous l'ai dit, *loca mas.* »

Le réformateur est José Bolaños. La faussaire est sans doute Natasha Lytess. Elle m'a probablement menti. Elle a dit que Monroe n'était plus dans sa vie. Gwen Perloff fourgue des bons au porteur. C'est un fait établi. Elle bosse comme une pro. C'est la seule. Elle copine avec des amateurs qui se bercent d'illusions – y compris Marilyn Monroe.

Max a dit : « Miss Monroe vous a-t-elle donné le nom du réformateur ? »

Edna a bu un peu de café. « José Bolaños. Elle a dit qu'il avait un gros *chorizo.* »

J'ai dit : « OK. Vous avez dit qu'elle était "*loca mas*". Je suis sûre qu'elle vous a raconté des histoires encore plus dingues. »

Edna a pioché dans la corbeille à pain. « Elle a dit qu'elle en connaissait des bonnes sur le président Kennedy, et elle a dit qu'elle allait l'obliger à divorcer de Jackie et à l'épouser. Elle a dit qu'une autre femme et elle étaient en train de négocier un accord pour reprendre la Fox, pour que le studio ne fasse plus que des films rendant gloire aux vraies gens. J'ai dit : "Donc vous allez m'augmenter ?" Miss Monroe a dit : "Non, mais vous serez payée en actions de préférence Mar-Gwen, plus précieuses que le platine pur". Comme je l'ai dit, *loca mas.* »

Mar-Gwen. Nous y voilà. La confluence augmente.

La balancelle a grincé. Les étoiles brillaient bas dans le ciel. La salade de homard se fanait dans nos assiettes. Notre conversation à bâtons rompus s'est arrêtée. Nos jambes se sont entremêlées et posées sur le chariot du service de chambre.

On était vautrés sur la balancelle. Lois et moi, on fonctionne par télépathie. Elle tourne à la même vitesse vertigineuse que moi.

J'appelais la convergence « Tout Ça ». Elle déchiffre mes ondes cérébrales.

« Je sais ce que tu trafiques. Les gens ne demandent rien d'autre que de se confier, tu sais. Et j'ai fini par dénicher une source. »

J'ai dit : « Qui ?

– Pat Lawford. Devine à qui elle se confie ? Tu as dit qu'ils se racontaient tout. Comme ils sont frère et sœur, cela ne me choque pas. »

Le sol s'est affaissé. Le ciel s'est effondré. Les lumières de l'autre côté de Wilshire sont devenues aveuglantes.

« Où as-tu rencontré Pat ?

– Elle était assise sur ton porche. J'ai débarqué exactement dans le même but. On a reconnu le pathétique de la situation, et on a fait connaissance. »

J'ai levé les yeux au ciel. « Elle t'a vue dans *La Chatte sur un toit brûlant*. Tu l'as reconnue. Bobby la tient informée. Je n'ai plus aucun secret. La moitié du monde sait ce que je fais. »

Lois a allumé une cigarette. « On va à la messe demain et puis on brunche ensemble. »

J'ai fait semblant de grogner et je me suis blotti contre elle. On a entrelacé nos doigts et frappé de biais une étoile basse. J'ai aperçu un scénar de *Soirée twist sous surveillance* posé sur une chaise longue. Annoté par Lois. Presque à chaque page.

« Sid Leffler. Tu l'as rencontré ?

– Il y a deux jours. Il est prêt à tout et doucereux, et pas aussi futé qu'il l'imagine. Il m'a invitée au lycée de Palisades pour voir son spectacle d'"Agent Sid". Tu veux venir ? »

J'ai dit : « Oui.

– Il m'a dit qu'il te connaissait. »

J'ai souri. « Parle à ta source, ou lis le *Mirror* du jour. Tu sauras tout sur Sid Leffler et moi. »

Lois a dit : « J'ai rencontré Pat, et cela te met mal à l'aise. Il n'y a pourtant pas de quoi – étant donné que nous sommes toutes les deux mariées, et pas toi. »

Des feuilles de service étaient entassées près du script. J'en ai pris une. Lois a dit : « On tourne dans le studio 6 de la Fox, et puis on s'installe dans une maison de Palisades. Maury veut y tourner les scènes de la soirée. »

J'ai parcouru la feuille. Il y avait douze « danseuses de la soirée ». Danseuse numéro 4 : Georgia Lowell Farr.

41

(LOS ANGELES, 22 H 00, DIMANCHE 2/9/1962)

La soirée échangiste. Ça commence *MAINTENANT.*

On échange nos femmes et pis encore ce soir. On est les nouveaux dépravés. On est des tordus prêts pour un enchantement bon marché. On est la flicaille. On parasite la soirée pour la pilonner.

West Hollywood. Havenhurst, au sud de Sunset. Un grand complexe de style hispanique avec jardin. La fête est de l'autre côté de la cour. Le 216 est un duplex sublime. On est au 423. Il était vide et proposé à la location. Il est à nous pour la soirée. Bill Parker a fait jouer ses relations.

On est dix. On est venus pour infiltrer, espionner, et grappiller des pistes.

Il y a Babs Payton et moi. Plus Harry Crowder et sa « femme » Lila Leeds. On prend nos aises dans le 423 et on profite de la belle vue sur le jardin. Phil Irwin est équipé d'un appareil à infrarouge. Il se concentre sur la porte du 216. Il fait des photos avec un zoom. Daryl Gates a ses jumelles rivées sur la porte. Il prend des notes sur les invités.

Quatre hommes couvraient l'extérieur. Nat Denkins, Red Stromwall, Eddie Benson et Max Herman. Ils relevaient les numéros de plaques et photographiaient les arrivants avec un Minox. Tout le monde se démène dans un seul but. Identifier les libertins alliés à la Fox et les entrepreneurs se faisant du fric facile.

Identifie-les/arrête-les/presse-les comme des citrons. Monroe/l'enlèvement/les 459 de Beverly Hills. Le Satyre et tous les éléments reliés les uns aux autres.

Lila et Babs fumaient et tétaient la flasque de gnôle. Elles portaient leur tenue de serveuse, sans les patins. Ce sont des stanislavskiennes. Ce sont des prolétaires. Elles affirment leur style. Elles jouent leur propre rôle. Ce sont d'anciennes figures du monde du cinéma réduites à fourguer des hamburgers et des whiskys. Harry et moi, on sent à plein nez la maison poulaga. Pas grave. Je suis ici en ma qualité d'Aimant à merdes.

J'avais les nerfs en pelote. Bill Parker et Pete Pitchess ont fait leur déjeuner mensuel aujourd'hui. Daryl Gates a glissé un micro de contact sous leur table chez Mike Lyman. J'ai écouté la bande. Pitchess a passé à Parker un film tourné par les BITES. Je l'avais déjà vu.

On est au début du mois de mai de cette année-ci. Il y a une grande manif musulmane devant le Bureau central de la police. Des agents d'élite réagissent de manière excessive.

Parker a filé trois mille balles à Pitchess. Parker a balancé la question :

« Pourquoi un responsable des BITES serait-il transféré à toute vitesse au commissariat de West Hollywood juste à temps pour résoudre l'affaire de l'enlèvement de Perloff, avant d'être immédiatement renvoyé à son service d'origine, en laissant une affaire de crime grave en suspens et non résolue ? »

Pitchess a dit : « J'en sais rien et je m'en fous. C'est une mission pourrie, on le sait tous les deux, et je ne veux pas voir Freddy O. et les Hats se faire alpaguer pour avoir envoyé valser ce type – même si ça file la trique à Miller Leavy de les démolir. Motel Mike Bayless est un électron libre, et j'ai supposé qu'il avait été transféré à West Hollywood parce qu'il avait une petite amie dans le coin. »

En plein dans le mille, Pete. La petite amie s'appelle Gwen Perloff. Motel Mike a commandité l'enlèvement. Aucun doute là-dessus maintenant.

Gates est venu nous voir. « Vous devriez y aller, avec Harry et les nanas. Le Chef vous fait dire que cela peut prendre un tour inattendu, et que dans ce cas, il compte sur vous pour improviser. »

J'ai lancé un clin d'œil. Gates a répondu par un clin d'œil. J'ai attrapé Babs. Harry a attrapé Lila. Elles portaient des corsaires de serveuses et des hauts blancs moulants. Plus des casquettes à visière de style nazi avec le logo du Stan's Drive-In. De la haute couture hyper tendance, de la tête aux pieds.

On est sortis du 423 et on est descendus par l'ascenseur. On s'est mis bras-dessus, bras-dessous tous les quatre et on a tranquillement marché jusqu'au 216. La porte entrouverte laissait filtrer de la lumière. Un grand type gérait les réservations et récoltait le fric. On s'est approchés de lui. J'ai lâché nos pseudonymes : Freitag et Crawford, plus deux personnes. Il a parcouru sa liste et a fait *OK*. Je lui ai filé quatre billets de cent. Il a reluqué Lila et Babs. Il a dit : « Très chouettes, ces tenues. Vous allez trouver ça bizarre, mais j'ai toujours préféré les serveuses de drive-in aux hôtesses de l'air. »

Cela a suscité quelques rires. Les filles ont fait la révérence. De la samba s'échappait de la pièce. Une mélodie relax. De la musique pour faire son pervers. On est entrés ensemble avant de partir chacun de notre côté.

Votre femme ou la mienne ? Vous entrez si vous échangez.

J'ai fait un petit tour. J'ai zieuté le salon. Il était meublé à l'économie. Des meubles bon marché en contreplaqué. Des fauteuils poire de chez Akron. Des branchements hi-fi, à l'étage et en bas. Les mélodies se télescopaient. Stan Getz et Astrud Gilberto. Le saxophone baryton de Gerry Mulligan. De la musique pour couvrir les conversations et favoriser la culbute-turlute.

De la fumée de cigarette. Un bar. Deux barmen philippins. Une population de la fin des années 30/début des années 40. Ils étaient vaguement beaux. Ils étaient minces. Gros lards interdits !!!! Voilà le public choisi. Je suis entouré de ringards modérément riches. Des types de l'industrie du cinéma. Des cadres et des ouvriers trop payés. Aucun bouseux/aucun pouilleux/personne de la Valley.

J'ai reconnu des gens que j'avais vus dans le studio de la Fox. J'ai remarqué que deux Foxeux me reconnaissaient. J'ai vu un mec à voile et à vapeur qui se tapait Roddy McDowall. Et puis… je l'ai vue.

Gwen Perloff. Seule. Sur une terrasse fermée par une balustrade. Ses lunettes sur le nez. À fumer une cigarette. Écluser un martini. Dans la robe noire que Phil Irwin l'a vue acheter.

J'ai marché droit vers elle. Elle s'est retournée et m'a vu. Avec ses talons, elle faisait ma taille. Elle n'était pas maquillée. Elle était dans le contrôle absolu. Ses mains étaient aussi grandes que les miennes et ses yeux tout aussi sombres. Elle avait la peau très blanche. Ses cheveux châtain foncé frisaient le noir. Sa coupe dégradée lui allait bien. Ses rares cheveux blancs lui allaient encore mieux.

Je me suis senti pris de court et pas assez élégant. J'ai résisté à l'envie de me presser contre elle pour la mettre mal à l'aise. Elle a ouvert la bouche en premier.

« Passons les présentations. Je sais qui vous êtes, vous savez qui je suis. Je sais pour la descente chez Bev, et je me doutais que vous vous pointeriez ici. Vous avez surveillé mon appartement, nos regards se sont croisés une fois, et ça n'avait rien de romantique. Vous avez balancé un type du haut d'une falaise le mois dernier, et ne vous imaginez pas que je ne vous en suis pas reconnaissante. C'est bon comme ça, pour les politesses ? »

Un moyen de briser la glace. Lance une remarque inoffensive. Voyons si elle rit.

« J'ai vu *Créatures atomiques* en 1956. Depuis, je suis fan de vos films. »

Elle a éteint sa clope dans son martini. Elle a balancé le verre dans un buisson.

« Vous avez vu *Créatures atomiques* au Wiltern. Je sais que vous m'avez surveillée. »

Elle n'a pas bougé. Je n'ai pas bougé. On maintenait entre nous une distance de sécurité. Mes jambes ont tremblé. J'ai cédé le premier.

« J'ai entendu votre voix sur une écoute téléphonique, il y a quelques mois. Vous vous faisiez passer pour une serveuse de réception du nom d'Eleanora. Vous avez appelé Peter Lawford et vous l'avez cuisiné pour obtenir des infos sur un serveur nommé Rick Dawes. Vous avez dit que c'était peut-être une tarlouze qui tapinait, ou un cambrioleur. Marilyn Monroe connaissait Rick Dawes. J'ai son nom sur un bout de papier, écrit par elle. J'ai poussé un suspect d'enlèvement nommé Richie Danforth du haut d'une falaise le soir où Marilyn est morte, et son visage correspondait à une photo d'identité judiciaire prise au poste de Beverly Hills, celle d'un certain Ronnie Dewhurst. »

Elle s'est approchée de moi. Sa robe a bruissé. J'ai senti son souffle sur mon visage.

« C'est à ça que vous voulez jouer ? »

J'ai répondu : « Oui. »

Elle a dit : « Je suis venue ici pour voir du monde et pour discuter de certaines choses avec certaines personnes. Nous devrions aller ailleurs discuter de certaines choses, et nous devrions feindre un sentiment d'extase en sortant d'ici. »

Le Glenarms Motor Hotel. Bien plus à l'est, dans Pasadena. Le portier nous a filé la clé. Il était admiratif. On était les premiers échangistes à quitter les lieux.

On a roulé l'un derrière l'autre. Je suis arrivé le premier et j'ai cherché s'il y avait des micros. La suite était nickel. La déco était médiévale bas de gamme. Des fauteuils en forme de trône et des armoiries clouées aux murs. J'ai fermé la porte de la chambre. Un mini-bar payant proposait des martinis en canettes. J'en ai pris deux. Je les ai versés dans des verres à eau. Gwen Perloff est entrée.

J'ai verrouillé derrière elle. Elle a pris son verre posé sur la télé et a redisposé les fauteuils. En laissant un mètre cinquante entre nous. Je lui ai tendu un cendrier et j'en ai gardé un pour moi.

Elle a dit : « Qu'est-ce qui vous intéresse dans toute cette histoire ?

– "Tout Ça", c'est ainsi que je désigne cette histoire. Ça fait gagner du temps. J'enquête sur les agissements de Marilyn Monroe dans les mois ayant précédé sa mort, sur votre enlèvement, sur une série de cambriolages dans Beverly Hills, peut-être imputables à Ronnie Dewhurst, que vous avez peut-être connu sous le nom de Rick Dawes. Il y a eu quelques effractions bizarres à Brentwood et Palisades entre la fin de 1961 et le début de cette année. C'est ça, "Tout Ça". »

Elle a croisé les jambes. Ses genoux étaient couverts de manière décente. Elle ne m'allumait pas. Je ne l'ai pas reluquée.

« Vous allez devoir entrer dans les détails. »

J'ai dit : « *Cléopâtre*. La Fox est dans la merde. Des ragots que j'ai chopés sur la même ligne que celle dont je me servais quand je vous ai entendue incarner "Eleanora". Un mélange d'arnaques sexuelles, d'échanges de bonds au porteur et d'affaires de drogue. Des factions distinctes au sein d'une confluence générale, dont une seule – Foxtone Services – a été identifiée pour l'instant. Selon la rumeur, vous feriez passer des bons au porteur au Mexique, sans doute pour les échanger contre des devises étrangères et ainsi financer le trafic de stupéfiants. »

Elle a bu une gorgée de son verre. C'était un vrai tord-boyaux. Elle n'a pas bronché.

« Échanger des bons au porteur contre du liquide n'est pas à proprement parler illégal, mais le trafic de stupéfiants, oui. »

J'ai allumé une clope. « Je pense que l'affaire de l'enlèvement découle de l'atmosphère générale de criminalité qui règne à la Fox, mais comme quelque chose de plus maîtrisé, de plus sophistiqué, de plus… »

La porte s'est fracassée. Elle est sortie du montant d'un seul coup et a arraché tous les gonds. Elle s'est écrasée sur le sol. Dans un bruit de dingue. Eddie Chacón est entré en trombe. Trois flics de la Justice se pressaient derrière lui. Ils se sont jetés sur nos deux sièges en forme de trônes et nous ont poussés par terre.

Ils nous ont fourré un mouchoir dans la bouche et nous ont menottés dans le dos. Ils nous ont traînés hors de la pièce. Deux bagnoles des fédéraux attendaient devant la porte, moteur au ralenti. Les portières arrière étaient ouvertes. Ils m'ont jeté dans la bagnole de tête. Ils ont jeté Gwen dans la suivante. Phares en code 3 et sirènes hurlantes.

Ils l'ont traînée sur le sol. J'ai vu du sang là où ses jambes avaient frotté contre le béton.

Les fédéraux m'ont filé une bonne petite cellule. Une couchette robuste. Avec un matelas, un oreiller, une couverture. Des graffitis amusants sur les murs : *Chuey a chopé la chtouille* et *Mondo y Yolanda por vida*. Eddie Chacón m'a poussé à l'intérieur en me lançant un clin d'œil.

J'étais le seul imbécile dans la taule des hommes. Gwen était au-dessus, dans le secteur des femmes. Cette arrestation était une ruse. Cette arrestation était une manœuvre d'intimidation. Bill Parker et Bobby le Pourri ont comploté tout ça. Eddie et ces larbins de fédéraux sont en train de foutre la pression à Gwen en ce moment même.

J'ai essayé de pioncer. Mon cerveau a scruté tous les angles de *Tout Ça*. J'ai décousu et revu mes points de connexion. J'ai fait un petit tour à Hollygrove en 1937 et je suis revenu à aujourd'hui. Tout n'était que conjectures et hypothèses. J'avais filé à Ray Pinker des pistes sur le Satyre/Monroe. J'ai retourné la piste Satyre/Rick

Dawes/gants en caoutchouc. Le *cambriolage* était omniprésent. Le *cambriolage* se répandait de manière irréfutable.

Eddie Chacón s'est pointé. Il a ouvert ma porte. Il a dit : « Rentrez chez vous, *Señor* Freddy. » Il m'a tendu une télécopie.

J'ai lu le message. Eddie est reparti d'un pas tranquille. Le message disait : « *Continuez à improviser avec Miss Perloff. Bien cordialement, WHP.* »

Je suis sorti de la taule et je suis allé à l'étage. On était lundi, 1 heure du matin. L'immeuble des fédéraux était désert. J'ai nonchalamment traversé les bureaux et le hall d'entrée. Un gardien de nuit a ouvert la porte.

La nuit était claire. Gwen Perloff se tenait devant le bâtiment. Elle fumait une clope et comptait les étoiles basses dans le ciel.

Elle a dit : « J'ai besoin d'un verre. Emmenez-moi quelque part. »

La Pagode chinoise de Kwan. Les flics font la loi ici. Je nous ai obtenu un box dans le fond, plongé dans la pénombre.

Il faisait sombre. Le box du fond nous faisait un abri. On a bu des Mai Tai. Gwen faisait tourner son ombrelle en papier.

J'ai dit : « Comment ils l'ont joué avec vous ? Qu'est-ce que vous leur avez dit ?

– Ils ont posé des questions sur ce que vous appelez "Tout Ça". Ils voulaient savoir qui je connaissais et si l'enlèvement avait vraiment eu lieu.

– Qu'est-ce que vous avez répondu ? »

Gwen m'a regardé, m'a transpercé de son regard…

« Je n'en dirai pas plus. »

Elle avait pigé. Ça pourrait me faire gagner du temps.

« On reprend. "Gwen, voici Freddy. Freddy, voici Gwen." Géniale, cette petite fête, non ? Est-ce qu'ils échangent vraiment leurs femmes ? J'aime bien la samba. On danse ? »

Gwen est restée impassible. « Ils m'ont relâchée, mais ils reviendront. Je sais pourquoi ils me harcèlent. Je sais qu'ils vous harcèlent au sujet de l'enlèvement et de ce que les Hats et vous avez fait à Richie Danforth, mais j'ai besoin de savoir jusqu'où vous êtes impliqué dans le reste de cette histoire. »

J'ai dit : « J'avais pour mission de mettre sur écoute Marilyn, votre vieille copine de Hollygrove. Depuis avril jusqu'à sa mort. J'ai entendu des trucs, et j'ai fait des rapprochements. Elle avait une réserve de monnaie, pour passer des coups de fil dans des cabines. Vous en avez une dans votre bagnole. Il y a un truc entre vous et Motel Mike Bayless. Dans mes bons jours, j'ai les idées très claires. Pour reprendre vos mots, "Je n'en dirai pas plus". »

Gwen s'est levée. Elle a dit : « Je suis sûre qu'on se reparlera », et elle est partie.

42

(LOS ANGELES, 15 H 10, LUNDI 3/9/1962)

Pat est là. On est chez moi. On est sous les draps. Il y a beaucoup de monde là-dessous. Je reçois de la visite.

Lois critique Pat. *Elle est mariée, et elle ne t'aime pas vraiment. Les Kennedy n'aiment pas les gens, ils se servent d'eux et empochent les bénéfices.* Gwen Perloff est là mais elle se tait. Elle cachera son jeu tout autant la prochaine fois qu'on se verra.

Pat a dit : « Tu es à dix mille lieues d'ici, et ce depuis que j'ai franchi ta porte. Tu as vu Lois samedi soir, alors je veux bien que tu sois un peu distrait, mais là, c'est trop. »

J'ai fait semblant de bâiller. Cela lui tapait toujours sur les nerfs.

« Parle-moi de la messe et du brunch. Lois et toi, je n'arrive toujours pas à y croire. »

Pat a viré les draps d'un coup de pied et s'est étirée. J'ai embrassé son aisselle et ça l'a fait rire.

« On est allées à Saint Michael, à Santa Monica. On a plus parlé que prié, parce qu'on est ce genre de filles. On a plus bu que mangé pendant le brunch, et on a parlé de toi un petit moment. Non, nous n'en avons tiré aucune conclusion. »

J'ai allumé une clope. « Je ne sais jamais ce que tu penses, ni à quelle conclusion tu arrives. Je sais que Bobby finira par taper du poing sur la table, un jour ou l'autre. "Pat, tu ne crois pas que ça suffit comme ça ?" »

La clim s'est enclenchée et la pièce est devenue glaciale. Pat s'est réfugiée sous les draps.

« J'ai commencé à tenir un journal, juste après t'avoir rencontré. Le lendemain du jour de la Victoire sur le Japon. C'est la nuit qu'on a passée ensemble qui m'a donné l'élan, et j'ai écrit tout ce que j'ai vu, fait et pensé, jusqu'au 19 février 1951. Il vaut vraiment le coup d'être lu, et tu as clairement pimenté mon texte, du moins pendant quelque temps. »

J'ai dit : « Tu me laisseras le lire ? »

Pat a dit : « Peut-être. »

Son ton m'a agacé. Tout comme le contexte. On était des gamins à l'époque. J'ai des responsabilités maintenant.

« Bobby est souvent à L.A. Il passe plus de temps avec moi que je ne le mérite, étant donné qu'il a Eddie Chacón pour prendre soin des employés. »

Pat s'est hérissée. « Je sais presque tout, voire tout, alors je comprends pourquoi le procureur général et le président souhaitent surveiller tes agissements. »

Je l'ai taquinée. « Quand Bobby ne me dit pas ce qu'il faut faire ou ne me menace pas d'une assignation à comparaître, il est vraiment très sympa avec moi, comme s'il me tapotait la tête parce que je franchis mes cerceaux comme un bon chien-chien. »

Pat m'a renvoyé la balle. « Pour un homme qui a extorqué de l'argent au futur président des États-Unis en 1955, tu ne t'en sors pas si mal en 1962. »

J'ai ri. La pique me blessait. Elle avait raison. Ils font chier, ces Kennedy.

« Rentre chez toi. C'est bientôt l'heure de pointe. Dis-moi que tu m'aimes, que tu le penses ou non, et retourne t'occuper de ta couvée. »

Pat s'est redressée. Le drap a glissé sous ses seins.

« Merde, je viens de me rappeler quelque chose que tu devrais savoir. J'ai… j'ai espionné Bobby au téléphone avec Eddie Chacón. Ils parlaient d'"écouler" des bons au porteur, et à la façon dont ils en discutaient, je suis sûre que c'était en lien avec ta mission actuelle. »

J'ai haussé les épaules. « Ça paraît logique. Les bons au porteur sont partout dans cette histoire. »

Pat a serré un oreiller contre elle. « Voici ce dont je viens juste de me souvenir. Peter a l'habitude de reluquer une bande d'hôtesses de l'air qui jouent au volley le samedi matin, à deux maisons de chez nous sur la plage. Il y a toujours quelques hôtesses en uniforme qui les regardent jouer. La semaine dernière, je l'ai vu se focaliser sur une grande blonde en tenue de la Mexicali. Il lui a donné une liasse de billets, et elle lui a tendu une petite enveloppe en papier kraft. Je lui ai demandé ce que c'était. Il a dit : "Des bons au porteur. C'est le nouveau truc d'avenir". »

Une hôtesse de la Mexicali. Une grande blonde. Ingrid Irmgard. Elle avait un tatouage – El Manny et des gants de boxe disposés en croix. Le Mexique, la combine des bons au porteur, la came. José Bolaños. Edna Medina qui cite la diatribe de Marilyn sur la contrebande nécessaire pour faire advenir le bien. La carte de la Foxtone dans le sous-sol de Marilyn. La descente chez Bev. « Votre épouse ou la mienne ? » « Opportunités financières. »

43

(LOS ANGELES, 11 H 10, MARDI 4/9/1962)

Les Hats roupillaient dans mon box. Ils méritaient bien une petite sieste. Ils ont été bombardés de paperasses hier soir. Voyez mon bureau, les étagères, le sol. Un raz-de-marée en papier vient de déferler.

Retours du Service des immatriculations/messages par téléscripteur/casiers judiciaires du Bureau des informations générales. Retours du Centre fédéral du renseignement criminel sur les crétins présents lors de la descente au Standard de Bev. Un document sur les vérifications de plaques lors de la soirée échangiste.

Les Hats portaient des masques pour dormir : des pages grandes ouvertes du *Mirror-News* d'aujourd'hui. Morty B. a livré la deuxième partie de son feuilleton. Les gros titres étaient terrifiants :

« Le Satyre lancé dans un Second Assaut Sauvage !!! » « La Divorcée est un Sosie Sexy de Monroe !!! » « Le Satyre profane son foyer et marque son triomphe avec un rituel bestial !!! »

Le *Mirror-News* corsetait Morty. Il n'avait pas le droit d'écrire « foutre », « juter », « sperme », « se branler », « gicler ». Il a choisi « preuves dégouttant de sa lubricité ». Sid Leffler et J. T. Meadows recevaient de grands bravos. C'était eux les premiers agents chargés de l'enquête. J'ai dit à Morty de bien les mettre en valeur. On risque d'avoir besoin d'eux pour jouer les fouines.

J'étais inquiet. L'avocat d'Albie Aadland a rejeté la demande d'entretien faite par Miller Leavy. Dorothy Denton Lowell a rejeté la demande faite par Miller que je m'entretienne avec Lowell. Son message de refus jouait la montre : « Peut-être, quand le premier semestre battra son plein, et que les notes de Lowell se seront améliorées. »

Inquiétude/frustration. J'ai demandé à Phil d'arrêter de surveiller Gwen Perloff. Elle me contactera d'ici peu. J'en suis sûr. Elle voudra conclure un marché pour se sortir de cette histoire. Elle voudra échapper aux poursuites judiciaires et récupérer du pognon. Ma stratégie de grand jury garantirait tout ça.

J'ai pris mon petit déjeuner avec Daryl Gates. Eddie Chacón et lui avaient cuisiné Gwen dans le bâtiment des fédéraux. Daryl m'a résumé la scène.

Gwen a tenu bon. Je ne sais rien de l'enlèvement. J'ai bien été kidnappée. Oui, j'ai connu Marilyn à Hollygrove. Oui, j'ai connu Paul Mitchell Grenier. Non, je ne l'ai pas vu depuis des lustres. Des fraudes liées à l'argent, émanant de la Fox ? J'ignore de quoi vous parlez.

Daryl lui a décrit la ruse. La ruse menaçait Gwen Perloff et laissait entendre que nous étions au courant de Tout Ça. Elle suggérait que Tout Ça était une histoire de grande ampleur. Elle soulignait l'imbrication de divers éléments et leur portée politique. Elle insinuait que nous n'avions pas de preuves concrètes et que nous manquions de pistes sur les gens de la Fox qui étaient impliqués. Gwen les a laissés parler. Elle a tressailli une seule fois. Eddie a mentionné mon boulot dans l'opération Jimmy Hoffa, et Gwen a eu un regard *OK je comprends !* Elle venait de piger pourquoi un agent fédéral *ET* un flic de la ville la mettaient sous pression. C'était en lien avec les guignolades Hoffa/Bobby K. Leur querelle était vraiment plus que notoire.

J'ai regardé les Hats dormir. L'inquiétude/la frustration suintaient par tous les pores de ma peau. Il fallait que je trouve Paul Mitchell Grenier et que je lui fasse cracher la vérité à coups de tatane. Agitation/frustration. Je voulais coincer le Satyre et le stimuler à coup de Pentothal. Les pervers deviennent toujours de vrais moulins à paroles grâce à la came et la contrainte.

Daryl Gates s'est pointé. J'ai montré du doigt les Hats en faisant *chuuut*. On s'est repliés sur la salle de garde. Tous les flics du Renseignement lisaient le dernier article de Morty. La plupart rigolaient franchement.

Gates m'a tendu une enveloppe scellée. Portant l'inscription « Procureur général R. F. Kennedy ». À son poids, elle devait contenir six ou sept pages.

« Le Chef a écrit ce texte. C'est un long compte rendu de l'enquête sur le Satyre, et un rapport détaillé sur nos efforts pour découvrir la vérité au sujet de la mort de Miss Monroe. Le Chef poursuit en faisant l'éloge de votre stratégie de grand jury, et livre un laïus d'avocat à avocat sur son efficacité. Le Chef conclut par une prière. Il demande au procureur général Kennedy de ne pas solliciter de mise en examen pour vous et vos hommes concernant l'opération Hoffa, et il lui demande de contraindre Miller Leavy à vous lâcher les basques, à vous et aux Hats. Il fait valoir que des mises en examen dans ces affaires entacheraient les conclusions de notre grand jury, et il a raison. Le procureur général est chez les Lawford. Le Chef veut que vous lui remettiez cette note en main propre et que vous le regardiez la lire. »

William Henry Parker III. N'acceptez pas qu'il soit remplacé.

J'ai coupé par le nord sur la Pacific Coast Highway. J'ai perçu le bruit sourd d'un hélico sur ma gauche, côté plage. Des amateurs de bronzage et des surfeurs indolents ont pointé le doigt en mode *regardez là-haut*. Deux hélicos ont surgi en vol stationnaire. Ils volaient bas dans le ciel. J'ai vu le sceau du président des États-Unis. Jack regagne la Baraque de Jack. Son arrivée fait sensation.

Les gens ont couru jusqu'à l'eau. Ils poursuivaient les hélicos. Ils agitaient la main et poussaient des cris. Deux femmes ont retiré leur haut de bikini pour montrer leurs nichons. Les hélicos ont poursuivi leur route et disparu dans le lointain. J'ai entendu scander *« Vive Jack et Jackie »*. Le niveau sonore est monté d'un cran avant de s'atténuer.

Trois berlines noires m'ont doublé à toute vitesse. Les services secrets, évidemment. Elles fonçaient vers le côté terre de la route. J'ai repéré une Impala de 1961, garée devant moi à flanc de falaise. Les berlines l'ont cernée. Des agents ont bondi des véhicules et placé des cônes de signalisation tout autour de la bagnole.

Le trafic était dense et m'a poussé vers la droite. Les voitures des services secrets sont reparties en trombe, direction le nord. Impossible de s'insérer dans le flux de circulation. J'ai freiné et je me suis garé derrière l'Impala.

Eddie Chacón est sorti de l'habitacle. Il m'a fait signe de venir. Je me suis faufilé à l'extérieur côté passager et je l'ai rejoint. Eddie tenait sa portière ouverte. Je me suis glissé sur le siège avant.

Jack Kennedy a dit : « Freddy, espèce de fils de pute. »

Il portait un pantalon beige et un polo, de vieilles chaussures bateau et des lunettes de soleil. Il a allumé un cigare et m'a soufflé la fumée au visage.

J'ai dit : « Salut, Jack. Ça boume, mon pote ? »

Il a dit : « Un peu de respect. Tu m'as rackетté, espèce d'enculeur de chameau. Je devrais lâcher une bombe A sur Beyrouth juste pour te remettre à ta place. Tu as de la veine que mon frère ait du travail à te filer – parce que, crois-moi, ça aurait pu se passer autrement. »

J'ai allumé une clope. Jack a souri. Ses accès de colère duraient six secondes. Je lui ai filé l'enveloppe en papier kraft.

« C'est une mise à jour de notre boulot du moment. De la part de Bill Parker au procureur général. »

Jack s'est raclé la gorge et a craché par la fenêtre. Il était trop maigre, il avait l'air frêle, il mesurait 1,83 mètre et pesait 65 kilos, grand maximum.

« J'ai un rencard. Peter l'a organisé. Vous l'avez vue à la télé. Elle a joué dans *Perry Mason* et *La Cité sans voiles*. Eddie a proposé l'échange de voiture. Il prendra ce tacot, et on ira quelque part dans sa voiture à elle. »

J'ai dit : « Je vous souhaite bonne chance. »

Jack a dit : « Je n'ai pas besoin de chance. Je n'ai pas besoin de davantage de pouvoir ni de davantage de femmes. J'ai besoin d'aller dans un endroit sûr où personne ne peut me faire chier. »

OK, mon pote.

Jack a soufflé des ronds de fumée. « J'aime bien ce type, le Satyre. Il me rappelle Eddie Chacón. Bobby est attiré par les psychopathes. Ça explique sa tolérance pour Eddie et toi. Peut-être que Bobby enverra le Satyre à la fac de droit et lui obtiendra un poste à la Justice. »

J'ai ri. Jack s'était lancé dans une impro. Engagez-le au Losers – il fera venir les foules.

« J'aime bien la fille qui a été enlevée, Gwen machin-truc. J'ai vu un film d'horreur dans lequel elle jouait, à l'époque où j'étais sénateur. J'ai demandé à Harry Cohn de me la présenter. Harry a répondu : "J'ai entendu dire qu'elle était dans la merde jusqu'au cou". »

Une femme s'est approchée de la voiture. Jack avait raison : je l'avais déjà vue. Deux agents l'escortaient. Ils se sont collés le long de la falaise et se sont dirigés droit vers le président.

Jack a dit : « Le maire Yorty m'en a raconté une bonne. "Un lion baise un zèbre. Le zèbre regarde par-dessus son épaule et dit : Eh merde, chéri – mon mari arrive ! Vite, fais semblant de me tuer !" »

44

(LOS ANGELES, 5/9-8/9/1962)

J'ai eu droit à cinq minutes avec le Grand Manitou. Pas de quoi en faire un plat. Bobby le Pourri a lu le message de Bill Parker. Pas de quoi en faire un plat. Il a dit : « Continuez comme ça sur tous les fronts. » Il a dit : « Oui, la comédie du grand jury de Freddy a l'air toujours aussi intéressante. » Il a dit : « Non – j'envisage toujours la possibilité d'intenter une action contre Freddy et ses gros bras. »

Le Pourri a évoqué mon manque de preuves. La soirée échangiste était un fiasco sur ce plan-là. La chasse aux documents a donné que dalle. Rien côté vérification de plaques. Rien côté casiers. Aucun appel téléphonique suspect. Rien côté vérification d'emplois. Aucun d'eux ne travaillait à la Fox. Les échangistes et les pervers alliés au studio gardaient leurs distances. Je savais pourquoi. Ma foirade des cartes Foxtone placées sous le pare-brise les avait dissuadés.

Les Hats travaillaient sur le dossier Satyre. Ils ont achevé leur réorganisation. Morty Bendish en est à trois divorcées dans ses sextravagances sur le Satyre. Il en fait des tonnes avec sa prose palpitante, ses manœuvres d'intimidation, sa paranoïa percutante. Il use de nombreux euphémismes pour *sperme*. Il martèle la

« ressemblance » des divorcées avec Marilyn Monroe. Je suis le rédac- chef de Morty. Je lui dis quoi écrire. Entretiens le suspense, Morty. Ce n'est qu'une mise en jambes jusqu'à ce que le Satyre refroidisse Marilyn.

Le *Mirror* a publié des doubles pages de photos qui dépotent. Des meubles renversés. Des objets de famille tailladés. Des armoires à pharmacie en miettes. Des gélules de Sécobarbital et de Pentobarbital jetées sur le sol des salles de bains. J'ai corrigé les articles, j'ai relu attentivement les articles, j'ai réfléchi en les lisant. J'ai dit à Morty d'accentuer l'angle « divorcée ». Le mot suggérait l'envie de sexe et l'ennui. C'étaient des nymphos. Elles vivaient dans des niches de nymphos haut de gamme. Marilyn vivait dans une niche de nympho. J'ai réfléchi à cette idée de divorcée nympho. J'ai admis l'hyperbole. J'ai réfléchi aux dénominateurs communs. Ces femmes se connaissaient-elles ? *Comment le Satyre avait-il découvert l'existence de ces femmes-là en particulier ?*

Le *Mirror a* enregistré un bond de seize pour cent de sa diffusion. Tout ce cinéma sur le Satyre avait de l'audience. Des appels le concernant ont submergé le standard de la brigade de West L.A. Les cul-serrés du Westside étaient scandalisés et effrayés. Ils exigeaient une protection policière renforcée. Nat Denkins flagelle le Satyre pendant son émission de radio nocturne. La Satyromanie ronge Los Angeles. L'animateur télé et radio George Putnam attise la peur. « Inexorablement, la lubricité du Satyre nous rapproche toujours plus de Marilyn Monroe. »

Sans déconner, Sherlock.

L'enquête sur le Satyre se poursuit. C'est elle qui rythme les affaires Monroe/enlèvement/cambriolages à Beverly Hills. Je bosse sur Tout Ça. C'est un boulot de filature et de réflexion. Je cherche Paul Mitchell Grenier. Il est noctambule. Ce qui veut dire travail de nuit. Je fais turbiner mes méninges dans mon box. J'y passe huit heures par jour. Je regarde longuement mes panneaux d'affichage et les fiches de mes dossiers et je *cogite*. Je regarde longuement les photos de mes dossiers et je *cogite*. Je raccorde des lignes théoriques, je rapproche les dossiers comme des dominos. Je ne cesse de relire le dossier du poste de Beverly Hills. J'ai mémorisé les notes Dewhurst/Dawes/Danforth rangées à l'intérieur. La police de Beverly Hills a surveillé Caviar Catering. Ils ont demandé au Bureau des informations générales d'effectuer des vérifications concernant les jeunes hommes et jeunes femmes douteux qui y travaillaient. Ronnie Dewhurst n'avait rien à se reprocher. Un flic a quand même pris des photos d'identité judiciaire.

« *Balance-le, Freddy.* » La longue chute, l'atterrissage fracassant. Ronnie Dewhurst dans le rôle de Richie Danforth.

La série de cambriolages à Beverly Hills. Cinq en tout. Deux jeux d'empreintes de gants en caoutchouc dans toutes les baraques. Un type aux gros doigts, un autre aux petits doigts. Des coutures de gants presque identiques sur les empreintes des affaires Satyre et Cambriolages.

À l'œil, les correspondances sont parfaites. Mais pas tout à fait valables devant un tribunal. Les avocats de la défense pourraient les remettre en cause de dix manières différentes. Et alors ? Cette affaire n'ira pas au tribunal.

Relie les lignes transversales. Relie les dossiers comme des dominos.

Prenons les agissements du Satyre. Les projecteurs sont braqués sur les empreintes de gants et les taches de sperme. On connaît son groupe sanguin. C'est un sécréteur du groupe AB négatif. Harry Crowder a passé un coup de fil aux autorités de l'État en charge des prisons et de la réinsertion. Il récupère des données sur des cambrioleurs en liberté conditionnelle, en remontant cinq ans en arrière. Idem pour les tordus ayant la masturbation dans leur mode opératoire. Max et moi, on passe en revue toutes les fiches d'entretien sur le terrain pour toute la période satyroïde. On partira de là. On étendra notre enquête à tous les rôdeurs/traînards/voyous nocturnes qui ne semblent *pas nets.* On lira tout le fichier des flics sur les cambrioleurs appréhendés et on verra qui ne semble *pas net.* On refera une enquête de voisinage sur les six lieux du Satyre, en gardant en tête *ceci* :

Le Satyre est-il un gars de Palisades ou de Brentwood ? Vit-il dans la zone qu'il cible et convoite-t-il des femmes qu'il voit régulièrement ? Est-ce un type friqué de Palisades/Brentwood ? A-t-il accès aux archives des actes de propriété/ aux archives des successions/aux archives des divorces ? A-t-il fantasmé une communauté de femmes solitaires le rapprochant toujours plus d'un apogée satyroïde avec Marilyn Monroe ?

Tout Ça. Tous les dominos de l'affaire mènent à Marilyn Monroe.

J'ai fait coller sur un passe-partout et encadrer le portrait de Monroe par Lowell Farr. Il est désormais accroché au mur côté nord de mon box. Lowell représente sa copine Marilyn sous forme de désordre et de disjonction purs et simples. Les yeux de Marilyn sont les siens. Ils se retournent vers Marilyn et la jugent folle. Le tableau reflète l'esthétique un peu perverse du Berlin de Weimar et le penchant de Monroe pour la photographie de monstres urbains. Lowell est perspicace. Elle voit clair dans le jeu de Monroe à présent. Je l'avais repérée en train d'appliquer de la peinture à la va-vite sur le mur du salon de Monroe. Ce portrait-là était l'ébauche de ce portrait-*ci*. Ce portrait-*ci* m'a ramené aux six divorcées du Satyre.

J'avais déjà épié les divorcées 1, 2 et 3. Je suis passé devant les maisons des 4, 5 et 6 par des soirées d'été sans lune. Le Satyre se déplace vers l'est. Il est à Brentwood maintenant. Il a planifié des rendez-vous galants avec Arden Jane Brownleigh/Lorraine (pas de deuxième prénom) Smith/Dorothy Dilys Trent. Son cas s'aggrave. Il a cassé une photo sous verre de Brownleigh et son ex-mari. Il leur a planté des épingles dans le visage. Il a laissé un mot à Lorraine Smith : « Tu es comme Cap Canaveral. Tu es ma rampe de lancement vers de plus grands objectifs. » Il a laissé à Dorothy Trent une photo de Carole Landis prise à la morgue.

J'ai extrapolé. C'était le 12/3/1962. Monroe venait d'emménager à 5th Helena. Trent était un galop d'essai de la photo de morgue destinée à Monroe.

J'ai observé Brownleigh, Smith et Trent. Brownleigh cultivait l'allure insipide de Monroe. Pas Smith et Trent. J'ai surpris les trois femmes seules chez elles. Elles semblaient solitaires et perturbées. Elles fumaient et buvaient trop. Elles tentaient de regarder la télé et de lire des livres coquins. Elles balançaient les livres et passaient des matchs de base-ball aux sitcoms. Les comptes rendus Leffler-Meadows n'ont pas révélé de liens entre les six femmes. Comment le Satyre en est-il venu à se focaliser sur ces six femmes-*là* ? Dans sa tête, c'était des substituts de stars de cinéma. Landis et Monroe étaient les deux piliers de sa folie. Les divorcées incarnaient une sexualité morne et l'échec du mariage. Elles n'étaient pas totalement choisies au hasard, mais n'étaient pas si essentielles que cela à ses yeux. Leur statut de divorcée a fait vibrer une corde sensible chez lui. Il les a vues et a eu un coup de cœur. Il les a épiées pendant un moment et a développé un désir obsessionnel. Il ne s'est pas interrogé sur la corde sensible qu'elles faisaient vibrer en lui. Landis et Monroe étaient des stars de cinéma. Elles faisaient vibrer tout le monde. *Elles étaient plus sûres.* Le Satyre ignorait pourquoi il faisait toutes ces conneries. Les divorcées l'entraînaient plus loin. Il ne s'en rendait pas compte.

Je regarde longuement mes tableaux d'affichage. Je regarde longuement le portrait de Marilyn par Lowell. Je réfléchis. Je réfléchis à ces femmes. Aux divorcées. À Lowell, Pat et Lois. Et surtout, à Gwen Perloff.

Elle ne m'a pas contacté. Je veux qu'elle se trompe sur mon compte et qu'elle ait l'impression que je ne pense qu'au fric. Je veux qu'elle soit ma guide à travers la Fox pressurisée et qu'elle m'explique la logique de Tout Ça.

Il faut que j'interroge José Bolaños. Il se planque au Mexique. C'est peut-être impossible pour l'instant. Il faut que j'interroge Lowell Farr. J'ai un fort pressentiment la concernant. Où se trouvent le courrier quelconque/les lettres d'amour/les lettres de fans/les autres messages du Satyre que Marilyn Monroe planquait quelque part ? Elle ne les a pas mis dans un coffre à la banque. Ils n'étaient pas dans son sous-sol. Son avocat n'avait aucune idée sur la question. Ils ne figuraient pas dans l'inventaire de son domicile du Bureau du médecin légiste. Je pense qu'elle les a donnés à Lowell Farr.

Il faut que je réinterroge Ingrid Irmgard. Elle m'a menti. Elle a vendu des bons au porteur à Peter Lawford. Son petit ami Juan Manuel Salas a déjà été arrêté pour cambriolage. Il s'est fait prendre en 1954. Il était à Chino en même temps que Paul Mitchell Grenier. Il y a une plainte abandonnée pour un 459 en 1957. Son agent de probation pense qu'il est propre. C'est un as de la réparation de télés en ce moment.

Il faut que je réinterroge Natasha Lytess. Il faut que je réinterroge Del Kinney, Roddy McDowall et Timmy Berlin. Je dois les aborder comme *ça* :

Dites-moi ce que je dois faire pour trouver Paul Mitchell Grenier. Je veux foutre la pression à ce sac à merde psychopathe. Je veux qu'il mette certains éléments au clair.

Nat Denkins et Phil Irwin ne quittent pas Deedee Grenier d'une semelle. Elle va au terrain de golf de Rancho Park, aux soirées défonce de Jeanne Carmen, et au Petit Chalet de Linda. Elle évite le Nid de Norm. Elle se tient à l'écart de Paul Mitchell.

J'ai passé un temps fou au Klondike, à la Tanière du Faucon, au Jaguar, au Charpentier. Personne n'a vu Paul Mitchell. Alors, je *cogite*. Alors, je *lis*. Mon nouvel auteur préféré ? Paul De River.

J'ai lu huit fois *The Sexual Criminal*. Le Doc a inspiré la dernière immersion imbécile de Monroe. Je sais qu'il donne une conférence au Wilshire Ebell dans trois jours. J'y serai. Je disséminerai mes gars au milieu du public et j'amènerai une équipe de tournage du Renseignement. On sèmera la peur et la consternation. On secouera le vieux charlatan.

Sid Leffler a étudié avec De River. Il a écrit dans des revues bas de gamme sur les affaires criminelles. Il s'est promené dans les six maisons des divorcées et a enregistré sa description des lieux. Il a livré des détails physiques et formulé des critiques verbeuses sur les motivations du Satyre. La prose tarabiscotée de Leffler imite celle de De River. Leffler : sans doute obsédé par De River. Monroe : assurément obsédée par De River.

Mon cerveau est à bout de souffle vers 3 heures du matin. Alors je fais défiler dans ma tête des visages de femmes. Lois, Pat, Gwen. J'imprime des détails jusqu'à ce que leurs traits se mêlent et que mon esprit se mue en écran noir.

45

(LOS ANGELES, 20 H 00, SAMEDI 8/9/1962)

Le postlude de l'été. Il règne une chaleur tropicale à L.A. C'est le « Samedi des Saturnales » au Charpentier. Ce qui veut dire boissons à moitié prix et une sacrée ambiance. Les garçons projettent des péplums sur un drap accroché au mur. Rires gras et sifflements admiratifs s'ensuivent.

Les garçons me connaissent maintenant. Je suis ce crétin d'inspecteur. Je file des billets de dix et je cherche Paul Mitchell Grenier. Ils détestent Paul Mitchell. Il discrédite l'imprimatur du métier de tapineur. Ils reniflent les billets de dix et m'assaillent dès que j'entre dans le bar.

Ce soir, j'ai distribué des billets de vingt. Les garçons ont fait *ooh* et *aah*. L'un d'eux a dit : « Il est peut-être en train de faire un film. »

J'ai dit : « Où ? Dans quel studio ? Quel genre de film ? »

Un des types a dit : « Paul Mitchell a son propre studio, mais je ne sais pas où il se trouve. C'est le genre de type à vivre au jour le jour, avec les moyens du bord. Et connaissant Paul Mitchell, il y tourne des pornos. »

Ils me filaient des infos sans valeur. J'ai déjà entendu tout ça. J'ai quitté le Charpentier et roulé vers l'ouest. J'avais envie de retourner à Brentwood et Palisades. Non loin de l'air marin. Dans le quartier des délicieuses divorcées et des pervers en chasse.

Je suis un pervers. J'épie aux fenêtres pour l'argent et le plaisir. J'ai filé vers l'ouest. La température a baissé. Je suis passé devant le 5th Helena et la baraque Lytess. La baraque Monroe était plongée dans le noir. Celle de Lytess était éclairée. La vieille Ford de Natasha encombrait l'allée.

J'ai filé vers Palisades. J'ai tourné en rond dans des rues résidentielles tranquilles au nord et au sud de Sunset. Le Satyre rôdait dans le coin. Il connaissait ce quartier. Ses 459 ont commencé à Palisades. Il se préparait peu à peu à Brentwood. Monroe était son dénouement. Palisades le protégeait. Il le savait. C'était là qu'il convoitait des femmes. Il s'est préparé aux 459 avec volonté de nuire. Tout a commencé ici.

J'ai parcouru des rues au hasard. En quête de cette maison moderne. Monroe l'a dessinée en juin 1948. J'ai obliqué sur Capri Drive. J'ai longé la baraque dans laquelle Carole Landis est morte. Elle est morte en juillet 1948. Dans un gros manoir de style ranch. Landis avait épousé un rupin. Le petit mari numéro 4 était désormais l'unique propriétaire de la demeure.

Carole Landis, une divorcée. Marilyn Monroe, une divorcée. Un mariage quand elle était encore au lycée. Et d'un. Plus Joe DiMaggio et Arthur Miller. Et de trois.

Westside L.A. La récurrence de l'année 1948. Cette scansion cérébrale me rendait complètement dingue. J'ai viré vers l'est et déniché une cabine téléphonique sur Bundy.

Un annuaire pendait au bout d'une chaîne. J'ai cherché Del Kinney. Il vivait au 1081 South Orlando. Juste à côté d'Olympic. J'ai cherché Timmy Berlin. Il vivait dans Charleville à Beverly Hills.

Kinney m'intriguait davantage. C'était un homme méditatif et célibataire. C'était un flic de L.A. professionnel. Il connaissait tout le monde. Il rendait des services. Il a rencontré Gwen Perloff en 1937. Il y a vingt-cinq ans.

L'adresse était un duplex en stuc couleur pêche. Kinney avait le rez-de-chaussée. J'ai sonné. On était samedi, 22 h 14.

Kinney a ouvert. Il portait un pantalon en toile des gars du Shérif, aux couleurs délavées et dépourvu d'insignes. Ses grosses pattes de flics pendaient au bout de ses bras ballants. Il avait quelques verres dans le nez. Il sentait l'alcool.

Il a dit : « Le lieutenant Otash. Il est tard, et il a des questions. Vous noterez que je n'ai pas bafoué votre rang ni votre nomination si opportune. »

Il a dit ça d'un ton amical et m'a fait signe d'entrer. Le salon avait été décoré avec des affiches montrant la nature et des sièges pliants de réalisateur de cinéma. Il m'en a indiqué un. Je me suis assis et j'ai attrapé un repose-pieds. Kinney s'est dirigé vers un buffet et a préparé deux verres. J'ai pris le mien. Il s'est affalé face à moi. Il a approché de lui son propre repose-pieds.

Il connaissait la chanson. C'est un papotage informel/interrogatoire. Qui oscille entre les deux.

J'ai dit : « Bill Parker m'a appelé cet après-midi. Il m'a dit de laisser tomber le studio de la Fox. La combine que j'ai montée avec les cartes Foxtone s'est retournée contre moi. »

Kinney a fait craquer ses doigts. « Absolument, tenez-vous à l'écart du studio. Je sais pertinemment qu'il y a des cabales fomentant de scandaleux complots dans l'espoir de contourner le désastre *Cléopâtre*, mais en aucun cas je ne livrerai de noms ni de détails. »

J'ai bu une gorgée. Du bourbon, très vieux et très fort.

« Vous devriez vous tirer d'ici et commencer une nouvelle vie. Vous avez des pensions de retraite à la pelle, et je suis sûr que vous avez des économies. »

Kinney a siroté son whisky. « On m'a proposé un poste fort intéressant. Vous m'imaginez en shérif du comté de Monroe, dans le Wisconsin ? »

J'ai dit : « Acceptez. Partez d'ici. Recommencez à zéro dans un endroit moins pourri.

– Pensez-vous que Gwen Perloff pourrait s'adapter à ce déménagement et être heureuse en tant que femme de shérif ? »

Ça m'a pris complètement au dépourvu. « C'est ça, l'idée ?

– De mon côté, oui. »

J'ai allumé une clope. « Je ne peux pas vous conseiller dans ce domaine. Elle est dans la merde, et en aucun cas je ne livrerai de noms ni de détails. »

Kinney a allumé une clope. « Je vais devoir me contenter de votre réponse, dans ce cas. Je sais que vous mourez d'envie de parler de Gwen, alors allons-y. »

J'ai dit : « Je n'arrête pas de penser à Hollygrove, à l'époque où vous l'avez rencontrée. Elle y a fait la connaissance de Marilyn Monroe et de Paul Mitchell Grenier, à peu près à l'époque où sa petite sœur a disparu. »

Kinney a fermé les yeux. J'ai reluqué la pièce. J'ai vu une image pieuse encadrée. Des mains en prière et *« l'Éternel qui me voit »*.

« En vérité, les vies de Marilyn et de Gwen n'ont cessé de se croiser. Elles se sont rencontrées au Grove – et Grenier y était avec elles, c'est vrai. Puis Gwen est retournée en famille d'accueil, elle a suivi des cours au collège Le Conte et au lycée de Hollywood. Marilyn est allée vivre chez des parents à elle un peu timbrés, et elle a fréquenté des écoles de Westwood et de la Valley. »

J'ai toussé. J'ai compté jusqu'à dix. Kinney était du genre à ne pas aimer se sentir agressé. Il a gardé les yeux fermés. Je me suis fait tout petit.

« Rien de ce que vous me direz ne sortira de cette pièce, monsieur. J'ai appris que Gwen et Marilyn se sont revues à la fin des années 40 et qu'elles ont travaillé ensemble comme call-girls. Elles sont tombées sous l'emprise d'un psychiatre bien intentionné, mais dangereux…

– Sheldon Mandel. Un informateur de longue date du ministère des Finances, domicile inconnu. C'était un spécialiste des maladies vénériennes. C'est ainsi qu'il a pu approcher toutes sortes de jolies jeunes femmes. Vous vous souvenez de l'épidémie de ces maladies après la guerre ? Mandel parlait franchement avec les filles et leur évitait bien des soucis, même si, de toute évidence, c'était un pervers dans l'âme. »

J'ai dit : « À savoir ? »

Kinney a ouvert les yeux. Il a chaussé des lunettes à monture métallique et m'a regardé en clignant des paupières.

« Doc Shelley frayait avec le monde culturel. Selon moi, il s'imaginait que ses bonnes actions l'autorisaient à céder à ses penchants mauvais. Il traînait dans les endroits où on faisait la fête, où on jouait de la musique, où on baisait, où se rendaient les call-girls de luxe, et il donnait de la pénicilline et des kits prophylactiques aux filles. En y ajoutant un examen physique des parties intimes, gratuit. Cela lui laissait plus de temps pour papoter avec les jeunes femmes. »

J'ai bu une gorgée de bourbon. C'était de la bombe. Il devait titrer au moins 70°.

« N'est-ce pas Mandel qui a inventé ce qu'on appelle le "jeu de baise" et en a fait une opportunité financière ? »

Kinney a siroté son bourbon. Des gouttes de sueur ont perlé au sommet de son front. Son breuvage était de la bombe. Il avait envie que ça lui explose la tête très vite.

« J'ai entendu cette rumeur, mais Gwen me l'aurait dit si Marilyn et elle avaient choisi d'y participer. Et je préfère qu'on change de sujet, si cela ne vous dérange pas. »

J'ai dit : « Mitzi Perloff. J'aimerais que vous me résumiez l'affaire. »

Kinney a fait craquer ses pouces. « Toute l'enquête et les recherches se sont focalisées sur Hollywood, près du lycée Immaculate Heart et de Ferndell Park, où la pauvre petite aimait cueillir des fleurs. Dès le début, on s'est dit que le corps avait été abandonné quelque part. Un témoin oculaire nous a indiqué le contraire, mais cette piste n'a jamais rien donné. Mitzi a été vue dans un bus de Wilshire allant vers l'ouest le jour où elle a disparu. C'est la ligne qui commence à Hollywood, coupe vers le sud jusqu'à Wilshire, et remonte vers le nord à travers Westwood Village jusqu'à la plage. »

Encore une fois le Westside. Le Westside est omniprésent dans Tout Ça.

Kinney a dit : « Gwen n'avait pas tout à fait onze ans, mais elle a arpenté Ferndell Park aux côtés de mes adjoints. Je n'ai jamais vu un tel courage ni un tel sang-froid. Elle a trouvé une petite poupée que Mitzi avait fait tomber ou que quelqu'un avait jetée, et elle n'a pas faibli, pas une seconde. »

Charleville se trouvait à un bloc au sud de Wilshire. Le domicile de Timmy Berlin était juste à côté de Linden Drive. C'était un triplex en forme de mini-mosquée. Avec des minarets et des flèches recouverts d'une peinture aux paillettes dorées.

Berlin occupait le logement du bas. Il était 23 h 40. Les lumières étaient allumées, les stores relevés, les portes-fenêtres grandes ouvertes.

J'ai frappé deux fois. Le clapet du judas s'est relevé. Quelqu'un a défait les verrous et ouvert la porte.

C'était Timmy Berlin. Il était habillé des pieds en cap. Pantalon, chemise cubaine et sandales à semelle en pneu. Il avait des ciseaux à la main. Une Moviola était fixée à une commode basse. Il faisait le montage d'un film.

J'ai dit : « Je sais qu'il est tard. »

Berlin a reculé d'un pas. J'ai fait un pas à l'intérieur. Les quatre murs du salon étaient couverts de Monroe. Des affiches de *Niagara/La Rivière sans retour/Le Prince et la Danseuse/Arrêt d'autobus*. Berlin avait l'air mortifié.

« Je ne peux pas lui échapper, et je ne le souhaite pas. Cela m'apporte davantage de joie que de souffrance. Freddy Otash frappe à ma porte à minuit, cela ne peut être qu'au sujet de Marilyn. Il y a du café dans la cuisine, et j'étais sur le point de faire une pause. »

Je l'ai suivi. La cuisine était en chrome futuriste. Je me suis glissé dans le coin petit déjeuner et j'ai avalé deux Dexédrine.

Berlin a manœuvré un engin en métal martelé et en a sorti deux expressos.

Il s'est glissé dans le coin petit déj' « OK, c'est au sujet de Marilyn. Quelle surprise. La question est : "Marilyn et qui ?" »

Je me suis enfilé mon expresso d'un seul coup. Histoire de faire passer la gnôle maison de Del Kinney.

« Commençons par Natasha Lytess. Je suis confronté à deux versions des faits. Miss Lytess m'a dit qu'elle n'avait pas vu Marilyn depuis 1956. Un témoin secondaire a déclaré qu'une vieille Russe avait fourni à Marilyn de faux papiers pour voyager, tout récemment. Ce témoin n'a aucune raison de mentir. Il n'est pas sûr qu'on puisse en dire autant de Miss Lytess. »

Berlin a dit : « Natasha a menti. Elle a le cancer et elle va bientôt claquer, alors elle a bien le droit. Et puis, elle était désespérément amoureuse de Marilyn. Je veux bien l'excuser, par pure empathie. »

Son petit numéro disait *Caresse-moi dans le sens du poil.* J'ai lancé un appât.

« Darryl Zanuck et Marilyn ont traité Miss Lytess de manière assez sordide. Ils ont mis fin à ses fonctions et l'ont virée de la Fox. Elle a loué une maison près de chez Marilyn. Elle cherchait une sorte d'apaisement avant de mourir. »

Berlin a dit : « Natasha était un crampon. M. Z. déteste les crampons, et Marilyn détestait qu'on se cramponne à elle. Croyez-moi, je le sais. Mais, pour en revenir à votre question, elle a menti. J'ai vu Marilyn et Natasha déjeuner chez Frascati, début avril. Je les ai vues, mais j'étais assis derrière un panneau à claire-voie, elles ne m'ont pas repéré. »

Je l'ai caressé dans le sens du poil. « Et elles parlaient en faisant semblant de chuchoter, comme les gens du cinéma ont tendance à le faire ?

– Oui. Marilyn demandait avec insistance à Natasha à lui filer des astuces pour être moins attirante et se fondre dans la foule. Natasha a recommandé des injections de collagène dans le visage, pour qu'elle ait l'air plus dodue. Et puis elles ont parlé faux papiers. Marilyn savait que Natasha s'était servie de faux papiers pour fuir l'Allemagne et émigrer, en 1938 ou 1939. Les frères Aadland ont fait sortir en douce beaucoup de Juifs d'Europe à cette époque – ce qui, selon moi, fait pencher leur balance karmique du bon côté. Marilyn a dit à Natasha qu'elle avait besoin de documents diplomatiques pour pouvoir faire des allers-retours au Mexique sans être fouillée, dissimulée sous un déguisement. Natasha a dit qu'elle appellerait Hersh Aadland pour lui en parler. À dire vrai, je pense que Natasha la faisait marcher. »

Les Dexiés faisaient effet. J'ai tranché et jugé sans réfléchir davantage.

Une « femme asthmatique » appelle Darryl Zanuck et lui balance l'histoire de l'enlèvement. C'est Lytess. Natasha, la couturière. Monroe déguisée pendant des manifs pour les droits civiques. L'autopsie a révélé des dépôts de collagène sous l'un de ses lobes d'oreille. Lytess, une fois de plus. Voici le jugement qui tranche : Lytess a façonné l'immersion finale de Monroe.

J'ai allumé une clope. « Paul De River. Son bouquin, *The Sexual Criminal.* Marilyn était-elle fan de De River ? Est-ce qu'il a été son psy ? »

Berlin a fait *Oh, que oui.* « De fait, c'était une inconditionnelle de De River. Elle a lu tous ses livres et monographies, et elle n'arrêtait pas de me dire qu'elle voulait entrer en contact avec lui pour des séances de psy. »

Berlin était entre mes mains et surexcité à l'idée de pouvoir balancer des ragots. Il prenait son pied.

« Albie Aadland. Vous le connaissez ? Si c'est le cas, que pouvez-vous me raconter sur lui ?

– Albie ? Il n'y a pas grand-chose à en dire, ou alors *plein de trucs,* selon à qui on s'adresse. C'est le frère le plus jeune, et de loin, et le seul qui n'est pas un truand. Tout le monde s'accorde à le dire. Il vit seul dans une grande baraque à Cheviot Hills, et il n'a ni vie amoureuse ni vie sexuelle. C'est un fait accepté comme parole d'évangile. On dit qu'il s'essaye à la chimie, à la pharmacologie et à la psychologie dite radicale, mais je ne sais pas dans quelle mesure la rumeur est fondée. »

OK, je suis prêt à te croire. Ne me raconte pas de conneries sur les frangins. Que leur philanthropie aille se faire foutre. Albie Aadland est de leur famille et tout aussi pourri qu'eux.

« Vous titillez ma curiosité concernant Albie, Monsieur Berlin. Que pouvez-vous me dire de plus ? »

Timmy Berlin a grimacé. Il joue au type qui réfléchit intensément. Il a envie de déblatérer.

« Il a vécu un petit moment à Hollygrove avec Marilyn et Paul Mitchell Grenier. Et je viens de lire dans *Variety* que Gwen Perloff y était aussi à l'époque. Vous connaissez Gwen, n'est-ce pas ? La fille qui a été enlevée récemment et qui fréquente M. Z. en secret ? »

Oh, que oui. Je connais Gwen.

« Poursuivez, je vous en prie. Je n'avais jamais entendu parler de cette histoire de Hollygrove. »

Berlin a allumé une clope. « Je traîne dans les studios de la Fox depuis 1950, et j'ai appris pas mal de trucs. Les parents d'Albie étaient morts depuis des années. Ses frères s'occupaient de lui et lui filaient des boulots de larbin. Ils en ont fait un « pilote d'essai » pour des mélanges de drogues concoctés par des chimistes véreux, dans les années 30. Les flics l'ont découvert, et ils ont placé Albie à Hollygrove. Il est devenu proche de Marilyn, de Paul Mitchell Grenier, et d'un jeune Mexicain qui vivait dans ce quartier pourri du sud de Hollywood, près du Grove. Ce garçon appartenait à ce qu'on appelait le "bataillon benjamin" du gang des Noctambules – une bande de jeunes gars qui cambriolaient des baraques. Paul Mitchell m'a dit qu'Albie et lui avaient participé à "plusieurs descentes" avec ces types. »

Déflagration de bombe. Le caoua, les cachetons, le baratin de la balance…

« J'ajoute que je viens tout juste d'apprendre que Gwen était aussi au Grove, en lisant l'article sur *Née sous une mauvaise étoile*. Marilyn m'a dit qu'avec Albie, Paul Mitchell et un garçon mexicain qui n'était pas au Grove, elle avait l'habitude de grimper sur un grand arbre d'El Centro et de regarder le tournage des films de la RKO et de la Paramount. Marilyn a dit que c'était le début d'une "grosse fixation sur les actrices" pour elle et l'autre fille. »

Une bande de gamins. Monroe. Gwen Perloff. Albie Aadland. Paul Mitchell Grenier. Qui est le jeune Mexicain ?

« Vous savez, Freddy… Quand Marilyn et moi avons échappé aux autres andouilles et à vous, pendant le "Raid sur la Mauvaise Porte", Marilyn s'est mis dans la tête qu'elle pouvait être une criminelle aussi bien que n'importe quel homme. C'est à ce moment-là qu'elle m'a dit que Paul Mitchell voulait faire un film cochon sur le raid, avec elle dans son propre rôle. »

Je fumais comme un pompier. Le sang gonflait mes veines. *Soudain, TOUT ÇA s'est résumé à Hollygrove et la bande de gamins.*

« Pendant votre relation, qu'est-ce que vous faisiez avec Marilyn pour passer du bon temps, à part le sport en chambre ? »

Berlin a écrasé sa cigarette. « En général, on lisait le courrier de ses admirateurs et on les psychanalysait. Elle disait qu'ils étaient prévisibles, et qu'on observait toujours une dégénérescence des béguins de fans. Des barjos commençaient par craquer pour Carole Landis, puis pour Jane Russell, et finissaient par craquer pour elle. »

Landis a précédé Monroe. Elle a connu le succès au début des années 40. Russell et Monroe ont connu le succès à peu près au même moment. Landis s'est suicidée en 1948. Le Satyre a découpé des lettres dans des magazines des années 40. Il utilisait du papier des années 40. « Dégénérescence des béguins de fans ». Le Satyre s'est servi d'accessoires de l'époque Landis pour perturber Monroe en 1962.

Berlin a dit : « À quoi vous pensez ? »

J'ai dit : « J'ai un mal de chien à retrouver Paul Mitchell. Vous avez un tuyau à me filer ?

– Eh bien, il y a son soi-disant studio. C'est un petit appart sur Kerwood, près de la Fox. Il y a surtout des caddies de Hillcrest qui vivent dans l'immeuble. Je crois que Paul Mitchell y passe la nuit de temps à autre. »

Je me suis levé. Timmy Berlin a eu l'air déçu. Il aurait pu passer la soirée à moucharder.

Il était 1 h 12 du matin. J'ai quitté Olympic en virant à gauche et j'ai descendu Kerwood à petite allure. C'était une impasse miteuse. La Fox et le Hillcrest Country Club étaient pile au sud. J'ai repéré le Belleview Appartments. Il n'y avait que deux étages et huit logements au maximum.

L'immeuble se trouvait juste à l'angle de l'impasse. Les caddies des country clubs sont des crapules. De vrais pros de la bouteille, de la came et des trottoirs à tapin. Ce devait être là.

Je me suis garé à six taudis au nord du Belleview. L'impasse était noire comme un four et plongée dans le silence. Deux lampadaires projetaient une faible lueur.

J'ai sorti ma lampe-stylo et ma trousse à indices. J'ai pris des gants en caoutchouc. Peut-être qu'il est là. Dans ce cas, je l'arrête. Peut-être qu'il est sorti. Dans ce cas, je passe sa thurne au peigne fin.

Je me suis approché de l'immeuble et j'ai éclairé la boîte aux lettres avec ma lampe-stylo. Elle indiquait sept hommes vivant seuls. Plus « PMG Studios, Ltd. » dans l'appartement six.

J'ai compté les logements. C'est sans doute à l'étage. 1,2,3 – en bas. 5,6,7,8 – en haut. Aucune fenêtre n'est éclairée. Le Belleview dort pour se remettre de ses excès.

J'ai déboutonné ma veste pour pouvoir accéder au matos accroché à ma ceinture. J'ai trimballé ma trousse à indices à l'étage et j'ai coincé ma lampe-stylo entre mes dents. J'ai compté les plaques jusqu'à la sixième porte.

J'ai frappé. De tendres tapotis. Grenier, le rôdeur nocturne. Il reçoit des visiteurs tard le soir. Sans doute frappent-ils à la porte ainsi.

Pas de réponse. J'ai attendu une longue minute et j'ai renouvelé mes tendres tapotis. Pas de réponse. J'ai sorti un crochet nº 3 et j'ai débloqué la serrure. Je suis entré et j'ai verrouillé derrière moi.

L'endroit empestait. J'ai identifié le remugle. Eau de Cologne de mâle viril et sueur. J'ai parcouru les pièces à la lampe-torche. C'était étroit et encombré. J'ai posé ma trousse et j'ai examiné les lieux.

Caméras/Moviola/micros pour perches/lampes à arc. Quatre cartons remplis de préservatifs à picots, de godes et d'accessoires sado-maso. Un matelas crasseux appuyé contre un mur. Un tableau en liège cloué à un mur. Un bout de papier épinglé dessus. Notez le griffonnage bien lisible.

« Le Raid sur la Mauvaise Porte !!!! Une production de Paul Mitchell Grenier pour adultes avertis et raffinés. Avec Marilyn Monroe dans son propre rôle et Paul Mitchell Grenier dans celui de Freddy Otash, le roi des privés de Hollywood. Les acteurs jouant Frank Sinatra, Joe DiMaggio, Phil Irwin, Timmy Berlin et la Vieille Dame seront choisis bientôt. Le tournage commence le 10 octobre 1962. Première seulement sur invitation. Le jour même de la sortie de ce navet de *Cléopâtre*. »

Une cuisine était contiguë au mur côté nord. Je l'ai examinée sous tous les angles avec ma lampe-torche – un vrai tour à trois cent soixante degrés. Elle était répugnante et deux fois plus encombrée que le reste. J'ai vérifié le compartiment du congélateur. Il était rempli de vodka bas de gamme et de poppers au nitrite d'amyle. Des toilettes trônaient à la vue de tous. Ainsi qu'une pomme de douche sans rideau et une armoire à pharmacie. J'ai ouvert le battant et vu *ceci* :

Quatre étagères couvertes de prothèses dentaires. La collection d'un mordeur de chair. Un dentier avec les crocs de Dracula.

Trois prothèses supérieures avec des dents en lame de rasoir. Une prothèse avec « PMG » en relief. Des dentiers avec des étiquettes pour les identifier : « Panthère », « Jaguar », « Tigre du Bengale », « Chacal », « Grizzly ».

Un bout de papier était coincé sous les dents du Chacal. Je l'ai sorti et j'ai lu *ceci* :

« Non. Demande plus de $. Ce n'est qu'une première salve. Arrête de croire que c'est une mission unique. L'avenir de Mar-Gwen en dépend. »

J'ai reconnu l'écriture. Marilyn Monroe a écrit ce mot.

Les battements de mon cœur se sont accélérés en flèche. J'ai dépassé les sept mille tours par minute.

Je me suis frayé un chemin dans le dépotoir. Je l'ai mitraillé avec ma lampe-stylo, un centimètre après l'autre. J'ai vu un exemplaire de *The Sexual Criminal,* coincé derrière une pile de bobines de film. Les pages étaient mordues et rongées. Des hachoirs prothétiques avaient mutilé et massacré le livre.

Grenier a indiqué au stylo les dentiers qu'il portait : « Jaguar », « Chacal », « Tigre du Bengale ». Il a mordu les photos d'Harvey Glatman et de Stephen Nash, des maniaques sexuels notoires. Il a glissé des clichés de l'immeuble du Raid sur la Mauvaise Porte entre les pages et les a mordus avec ses dents PMG.

J'ai ouvert ma trousse à indices. J'ai sorti mon petit aspirateur et j'ai manipulé mes outils de relevés d'empreintes. J'ai passé l'embout entre les caméras et les lampes jetées par terre et j'ai collecté la poussière du tapis. Le sol de la cuisine était en lino écaillé. J'ai aspiré des cochonneries innommables et la poussière de sol. J'ai vidé le butin du sac de l'aspirateur dans un sachet en plastique que j'ai déposé dans ma trousse.

Pense aux preuves. Pense aux empreintes latentes. Repère les surfaces de contact potentielles. Ce matériel de cinoche sert tes projets. Il offre plein de surfaces de contact.

J'ai sorti mon pinceau et mes bandes de transfert d'empreintes. J'ai épousseté les longs supports des lampes à arc et les Moviola.

J'ai obtenu des taches/des traces/des empreintes partielles et une latente de main gauche. J'ai transféré les empreintes sur le ruban adhésif et je les ai collées sur une fiche en carton noir. Poudre rouge, carton noir. Le contraste faisait ressortir les empreintes. J'ai pris deux polaroïds et je les ai mis dans ma trousse.

J'ai fouillé dans des débris de caméra et j'ai attrapé un long trépied. Rien que de la surface de contact. J'ai versé de la poudre sur un pied, deux pieds, trois. J'ai bossé avec minutie. J'ai repéré quelque chose près des boulons en haut du trépied.

Des empreintes de gants en caoutchouc. Un jeu complet de main droite. Un jeu complet d'une *petite* main. Il *a l'air* familier, il *semble* familier, il *pourrait bien* être familier et faire sonner toutes les cloches.

Plisse les yeux. Regarde-le à l'œil nu. Étudie les boucles et les verticilles. Il y a cette couture de gant familière. Il y a les marques de pression.

Compte les points de comparaison. Obtiens une identité valable devant le tribunal.

J'ai lentement fait le décompte. J'en ai obtenu vingt-quatre. J'ai repéré des boucles, des spirales et des arcs. J'en ai prélevé le double de ce qui était requis, voire plus.

Il y a correspondance. Le jeu correspond à ceux de la petite main des effractions à Beverly Hills. Le jeu correspond à ceux des effractions chez les divorcées. Le Satyre était dans cette pièce. Le Satyre a touché le matériel de tournage de Grenier.

J'ai frissonné. J'ai eu chaud, puis froid. Je suis resté dans le noir à inspirer à grands coups. J'ai entendu un bruit de clé dans la serrure. La porte s'est ouverte en grand. J'ai vu le Monstre qui Mord, éclairé à contre-jour.

Je me suis jeté sur lui. J'ai sorti ma matraque et je l'ai frappé à la tête. Il a poussé un cri perçant. Je lui ai filé un coup dans les jambes pour le faire tomber et j'ai fermé la porte d'un coup de pied. Il a heurté le sol. J'ai posé ma godasse sur son cou pour l'empêcher de bouger.

Il a dégluti et a cessé de piailler. J'ai appuyé sur un interrupteur mural et Grenier s'est retrouvé en pleine lumière. Il portait un jean et une veste en jean. Il portait des bottes de pédé à bout pointu. Des bottes contenant un cran d'arrêt. Ne t'approche pas trop près.

J'ai réduit la pression sur son cou. Il a levé les yeux vers moi. Je l'ai projeté d'un coup de talon dans un tas de caméras et de supports d'éclairage. J'ai sorti mon arme et je l'ai pointée sur lui.

Il a frotté son crâne entaillé par la matraque. Il a dit : « Au moins, tu as épargné mes dents. »

J'ai dit : « Commençons par les polaroïds cochons que j'ai vus. Marilyn et toi, avant que tu marques sa chair. Je pense que ce sont des photos non conservées d'un jeu de baise. Dis-moi si c'est le cas ou pas. »

Grenier a fait *Comme ci, comme ça.* « Oui et non, chéri. Et d'une, les jeux de cartes étaient un phénomène d'après-guerre, et Marilyn et moi on a fait ces photos pendant l'année 1959. J'ai bien songé à faire un jeu de baise, mais ça n'intéressait plus personne à ce moment-là. Je dois reconnaître cependant que Marilyn était là au commencement des jeux de baise. »

J'ai dit : « Avec Shelley Mandel ? »

Grenier s'est frotté le cou. J'avais pressé fort et laissé des empreintes de talon. Un filet de sang coulait.

« C'est un secret, chéri.

– L'enlèvement. Balance le personnel. »

– Pas ce soir, sahib. »

J'ai dit : « Le Satyre. Tu as lu le *Mirror*, tu sais qui c'est. Il a laissé des empreintes de gants ici même, et il envoyait à Marilyn des messages et des photos de barjos, juste avant sa mort. »

Grenier a passé la main sur la plaie causée par la matraque et a léché le sang sur ses doigts. Grenier s'est caressé l'entrejambe et s'est mis à bander.

« J'ai lu le *Mirror*, mais je ne sais pas de quoi tu parles. Et Marilyn, c'est du passé. Ma nouvelle salope du jour, c'est Barbara

Bouchet. Tu sais comment je le sais ? À chaque fois que j'ai envie de violer et de tuer une actrice, elle devient connue. »

J'ai dit : « Le Dr Paul De River ? »

Grenier a dit : « Je suis bouddhiste-existentialiste. Je ne crois pas en la médecine.

– J'ai vu le message de Marilyn. "*Ce n'est qu'une première salve. Arrête de croire que c'est une mission unique.*" Qu'est-ce qu'elle voulait dire par là ? Cela renvoie-t-il à une demande de rançon ? »

Grenier a dit : « C'est qui, Marilyn ? » Grenier a sorti un popper de nitrite d'amyle. Il l'a agité, l'a ouvert et a inhalé à fond.

Son visage est devenu rouge cerise. Il s'est levé d'un coup, prêt à bondir. Il a pris quelque chose dans la poche de sa veste et se l'est fourré dans la bouche. Un grondement-rugissement sourd est sorti de sa gorge.

Des dents de tigre. Son dentier de rechange. De grands crocs et des dents du bas plates pour ronger la viande. Il a grondé-rugi et s'est jeté sur moi.

J'ai tiré à bout portant. Je lui ai explosé la bouche et le cou. Une oreille arrachée a volé. Ses dents de tigre ont explosé. Ma poudre lui a cramé les yeux jusqu'aux orbites. La flamme du canon a mis le feu à ses cheveux.

SEPTIÈME PARTIE

RÊVE DE CAMÉ

(9 septembre 1962)

46

(LOS ANGELES, 6 H 40, DIMANCHE 9/9/1962)

L'opium.

Ma paillasse chez Kwan. La boulette, la pipe, l'allumette. Je suis un chinetoque. Je suis tombé de mon chameau et j'ai atterri à Kowloon. Il y a deux longues rangées de paillasses. Mes compatriotes chinetoques cherchent l'enchantement. Je suis ici pour conjurer Tout Ça dans un refuge à came sans danger.

Personne n'a entendu les coups de feu. Quelqu'un a entendu les coups de feu. Je suis foutu ou je vais m'en sortir sans emmerdes. J'ai ramassé les douilles. J'ai mis le message de Monroe dans ma trousse à indices. J'ai volé l'exemplaire mordillé de *The Sexual Criminal.* J'ai volé la petite annonce pour le film de cul épinglée sur le tableau en liège. J'ai versé des solvants pour nettoyer les pellicules de film sur le tapis. Ils ont rongé les taches de sang et à moitié dissous le plancher. J'ai coupé un grand bout du tapis et j'ai roulé Grenier dedans. Je l'ai traîné jusqu'à ma voiture et je l'ai jeté dans le coffre. Personne ne m'a vu, le monde entier sait ce que j'ai fait.

J'ai pris la San Diego Freeway et la Ridge Route direction le nord. J'ai enterré Grenier sous un tas de pierres non loin de la U.S. 99. À huit cents mètres de la route. J'ai laissé tomber de grosses pierres sur son corps. Elles l'ont frappé violemment. Les os se sont brisés dans un craquement sonore. J'ai tourné les talons et je suis rentré à L.A.

Il m'a fallu cinq heures pour me débarrasser du corps. Je suis en sécurité ici maintenant.

Je vais peut-être faire un rêve.

LA CAMÉRA HUMAINE

Enregistrer/Mémoriser/Rembobiner

J'ai vu des visages, j'ai vu des micros, j'ai entendu des démentis qui se superposent. Des salles de commissions enfumées. Bobby le Pourri harcèle Jimmy Hoffa. Gwen Perloff fait la réclame des maillots de bain Jantzen. Gwen et Motel Mike sortent du Tiki-Torch. Tout cela est synchrone.

Le Satyre. Visage inconnu. C'est un être protéiforme vêtu de noir. Il a fait des 459 avec Dewhurst/Danforth/Dawes. « Balance-le, Freddy. » Mon Seigneur bien-aimé, je me repens.

Une camionnette de la poste a déversé des lettres sur mes genoux. J'ai lu des inscriptions illisibles. Monroe, Bolaños, Ingrid Irmgard. Des passeurs de came. Natasha Lytess, intermédiaire pour faux papiers.

Une enveloppe est tombée sur mes genoux. Un flash m'a éclairé. Lowell a les lettres de fans de Marilyn. L'image est semblable au fait.

J'ai vu Hollygrove. J'ai cadré des plans larges d'El Centro et de Vine. J'ai ajouté des bagnoles des années 30 et des figurants de l'époque. J'ai fait remonter le temps aux acteurs clés et je les ai vus enfants. Marilyn, Gwen, Albie Aadland. Paul Mitchell Grenier, ressuscité. Qui est le petit Mexicain ? C'est un benjamin du gang des Noctambules…

Faux raccord. Je sors de ma transe. Ces putains de cambriolages imprègnent toute l'histoire.

J'ai fumé de l'opium. J'ai vu Lois et Pat nues. Je les ai vues à la messe. Elles ont prié pour moi et allumé des cierges. Seigneur, je me repens.

Faux raccord. Scènes de rue du L.A. d'après-guerre. Hollywood Boulevard la nuit. Je travaillais sur la parade de Santa Claus Lane. Carole Landis était pressentie pour en être le grand maréchal. La parade avait lieu en novembre. Elle est morte en juillet.

Des mots en C comme « calomnieux » m'assaillaient. Conjecture/ confluence/coïncidence/convergence/ conspiration.

J'ai vu des modèles de jeux de baise. Joyeux Noël. Shelley Mandel a des ordonnanciers à mettre dans VOS chaussettes !!! Marilyn et Gwen bossent dans le circuit des call-girls. Marilyn dessine une maison. Marilyn a des ragots sur le futur président Jack. Le L.A. d'après-guerre devient libertin. Maladies vénériennes, be-bop, jeux de baise, baisodromes, époque prospère, ville prospère, quelque chose a eu lieu juste avant que Carole Landis ne gobe ces…

Une machine à écrire est tombée sur mes genoux. Il y avait une feuille vierge sur le cylindre. J'ai entendu quatre touches claquer. J'ai vu 1, 9, 4, 8.

HUITIÈME PARTIE

INFRAROUGE

(10-16 septembre 1962)

47

(LOS ANGELES, 10 H 15, LUNDI 10/9/1962)

C'était un bon rêve. Il m'a renvoyé en 1948 et m'a dit *Regarde là*. C'était une bonne sieste. Je me sentais bien requinqué. C'était une bonne purge. J'ai tué Paul Mitchell Grenier et je me suis enfui de sa maison des horreurs. Grenier était l'incarnation de Satan. Il fallait qu'il meure, point.

Je savais que je m'en tirerais. Je suis allé au commissariat de West L.A. et j'ai parcouru les dossiers des bastons de la nuit de samedi à dimanche. Il n'y avait ni coups de feu ni dénonciations pour tapage sur ce secteur. Du gâteau, sur toute la ligne.

Je me suis trituré les méninges dans mon box. Je contemplais le tableau de Lowell Farr toutes les demi-secondes. Red Stromwall avait raison. Le dossier de Landis avait été pillé. J'ai découvert un dossier dans le tiroir étiqueté « Suicides/1948 » à la police criminelle. La biographie était quasiment vide. Mais j'en connaissais la plus grande partie.

Ses débuts remarqués : *Qui a tué Vicky Lynn ?* en 1941. Tourné par la Fox. *Soirs de Miami*, 1941, à nouveau par la Fox. Produit par le vieux Zanuck. Résurgence de la Fox. Ubiquité de la Fox. Elle reste par intermittence à la Fox pendant les années de la guerre. Elle glisse ensuite vers des rôles de séries B. Elle a écrit son autobiographie, *Four Jills in a Jeep*. Une resucée de ses activités à l'USO. Il a été repris en feuilleton dans le *Saturday Evening Post*. La Fox l'a tourné en 1944. Le film a fait de l'argent. Elle s'est mariée quatre fois. Le dernier mari était friqué. Il a acheté la grosse baraque sur Capri Drive.

J'ai posé la fiche biographique. Rien de neuf. En sirotant mon café, j'ai griffonné quelques notes.

Qui est le jeune Mexicain ? Il habitait près de Hollygrove en 1936-1937.

Shelley Mandel. Obtenir de Bill Parker qu'il mette la pression au Bureau des narcotiques. Où est ce connard ?

Choper Albie Aadland. Re-choper Ingrid Irmgard. Mettre au point une stratégie. Obtenir l'accès à Hollygrove aujourd'hui.

Interroger Jane Russell. Notamment sur les fans barjos, dans les années 50.

Je suis retourné à Landis. J'ai repris le blabla de la bio. On arrive au 5 juillet 1948. La bonne se pointe. Le mari est parti pour affaires. « Sexy Rexy » Harrison se pointe. Il entre dans la maison et trouve le corps. Landis a laissé une lettre. Tentative de suicide numéro 4, qui a réussi. Rexy est l'une des vedettes de *Cléopâtre*, en ce moment même.

La Fox, encore là. La Fox, péniblement monotone. La Fox, qui me tarabuste.

J'étais fébrile. Paul Mitchell Grenier a fait irruption dans mon cerveau. J'ai senti l'odeur des produits détergents et de sa matière cérébrale. Les Hats diraient *Ben t'étais où ?* Il fallait que je concocte un bon mensonge. Gwen Perloff a fait irruption dans mon cerveau. Je l'ai appelée quatre fois aujourd'hui, sans succès. J'ai appelé Nat et lui ai dit de se bouger le cul pour retrouver Grenier. C'était un simple subterfuge.

J'ai appelé Miller Leavy. Il m'a dit qu'Albie Aadland avait embauché Grant Cooper pour le représenter. Cooper était le meilleur dans son domaine. Il y a une réunion demain. À 11 heures dans le bureau de Miller.

J'ai siroté mon café et je suis retourné à Landis. Je suis tombé sur une liste de « fréquentations connues » longue d'une page.

Nom, profession et relation à Landis. Il y avait dix-sept personnes. La plupart étant des hommes. Des « acteurs », des « amis », des « ex-maris ». Je suis arrivé vers la fin. Je ne reconnaissais aucun nom. Sauf le numéro 14, qui m'a sauté aux yeux.

Marcia Maria Davenport/Femme blanche/née le 12/6/1919. Divorcée deux fois, vit seule. Elle était « l'assistante personnelle » de Carole Landis vers 1947-1948. Elle est la victime divorcée numéro 1, en date du 18/11/1961. Le Satyre a commencé sa série avec elle.

Je me suis cassé pour aller au poste de West L.A. Ça turbinait dans la salle de garde. Les gars de la patrouille de jour me connaissaient, maintenant. J'ai eu droit à quelques regards en coin, pas plus. Les Hats et J. T. Meadows travaillaient à leurs bureaux. Ils m'ont balancé des regards genre *Ben t'étais où ?* J'ai approché une chaise.

Ils étudiaient des fiches d'enquêtes sur le terrain. J. T. m'en a filé une pile. Je les ai parcourues. Les profils habituels. Des hommes seuls à pied. Des interpellations avec fouille. Entre 22 heures et 3 heures du matin. De Palisades Village à Brentwood Village. Des types louches. Qui traînent. Des types débraillés. Des types avec des adresses dans l'ouest défavorisé. Des gars sous le coup de mandats d'amener. Avec des délits bidon. Non-paiement de pensions alimentaires, conduite en état d'ivresse, ivresse sur la voie publique.

Ils « avaient juste envie de se balader ». Ça, c'est le couplet habituel des voyeurs quand ils sont de sortie. De la racaille. Qu'on remarquait forcément dans les quartiers de Palisades et Brentwood. Hé, play-boy. Qu'est-ce que tu fiches ici ?

J. T. a fait passer une fiche. Elle était datée du 19/1/1962. Je l'ai parcourue. Elle correspondait bien au cambriolage chez la Divorcée numéro 4. La victime est Arden Jane Brownleigh/10116 Mandeville Lane, Brentwood. L'interpellé est :

Preston Winslow Fong/Chinois de sexe masculin/né le 11/8/1924. Adresse : le Beachglade Motel, Pacific Coast Highway. Caddie au Riviera Country Club. Arrêté à 22 h 49 à l'angle de Wilshire et Barrington. C'est à un kilomètre et demi de chez Arden Jane Brownleigh. Fonk était pété comme un coing. Il a dit qu'il était « sorti se balader pour s'amuser ». Les flics ont passé un appel radio au Bureau des informations générales pour en savoir plus sur lui. Pas d'avis de recherche, pas de mandat. Les cellules de dégrisement à West L.A. étaient pleines. Les flics ont dit à Fong de se casser. Chope le bus sur Wilshire et rentre chez toi.

J. T. a dit : « Sid et moi, on l'a interrogé le lendemain. Il nous a donné l'impression d'être inoffensif. Son permis de conduire était californien et remontait à 1954. Le groupe sanguin indiqué était O positif, ce qui l'excluait de la liste des suspects. On a creusé au Bureau des informations générales, et il s'est révélé qu'il a été soupçonné de cambriolages de bijouteries, au début des années 50. Soi-disant, il tirait des montres de prix, que soi-disant il refilait aux golfeurs et aux caddies du Riviera. »

Max a dit : « On devrait lui mettre la pression. Jusqu'à ce qu'il lâche quelque chose. »

Red a dit : « Ces fiches me fatiguent. Il n'est pas du bon groupe sanguin. Ce n'est pas le Satyre, alors pourquoi se donner cette peine ? »

Harry a dit : « Je passe du temps avec Lila Leeds. Cette soirée échangiste aura au moins servi à quelque chose. »

J'ai dit : « Lila est à voile et à vapeur. »

Eddie a dit : « Elle n'est pas le Satyre, alors on s'en fout. »

J. T. a dit : « Je crois que Fong a vu quelque chose cette nuit-là, mais il refuse de l'avouer. Selon moi, ça justifie un deuxième interrogatoire. »

J'ai allumé une clope. « J'ai dégoté une liste de fréquentations connues de Carole Landis à la brigade criminelle. La divorcée numéro 1 était son assistante, en 1947-1948. »

Les gars ont lancé un cri de victoire.

On a tiré à la courte paille pour l'interrogatoire. J. T., Max et moi, on a gagné. Red, Harry et Eddie sont restés sur le carreau. Ils bossent sur les relevés téléphoniques. Ils cherchent des indices chez les agents immobiliers et les greffiers des juges de divorces. Comment le Satyre a-t-il mis le grappin sur ces six femmes ?

Marcia Davenport a récupéré sa baraque lors du divorce numéro 2. Super belle véranda hawaïenne. Avec du teck, des petites cascades, de l'art topiaire. On s'est garés et on est allés jusqu'à la porte. J'ai sonné. Une chansonnette hawaïenne a résonné à l'intérieur.

Marcia Davenport a ouvert. Son regard nous a traversés, Max et moi, et s'est focalisé sur J. T. Elle se souvenait de lui. Il l'avait interrogée. J. T. attrapait dans ses filets les tapineuses sur leur lieu de travail et aussi très souvent les femmes seules. Max et moi avons sorti nos insignes. Miss Davenport a eu un geste pour dire qu'elle s'en fichait et a ouvert grand sa porte.

On est entrés. L'intérieur était sensass. Trois marches pour descendre au salon, meubles en teck, aquariums pleins de poissons tropicaux. J'ai remarqué une photo accrochée au mur. Miss Davenport portait une tenue de golf. Elle y posait avec trois autres femmes. Elles se trouvaient devant le club-house au Riviera.

Elle nous a proposé des fauteuils inclinables. On s'est assis. Les coussins moelleux ont fait *swiiiish*. Elle a dit quelque chose à propos de boissons et est sortie de la pièce. J. T. s'est tapoté le torse. *Je lui plais/Je mène l'entretien.*

Elle s'est absentée quatorze secondes. Elle est revenue avec un plateau sur lequel trônaient des verres réfrigérés. Elle portait son plateau comme une serveuse sur patins à roulettes. Elle bossait dans un drive-in quand elle était jeune. Les boissons étaient déjà prêtes. Elle a le gosier en pente. Le type même de la femme désœuvrée. J'ai fait signe à J. T. : *Laisse-moi commencer.*

J'ai regardé les poissons tropicaux onduler et nager. Miss Davenport a distribué les verres. Elle était inconvenante. Elle abreuvait des flics d'alcool à midi. Elle était chaude. J. T. l'hypnotisait. Elle nous ignorait, Max et moi. C'était grossier. J'ai adopté la perspective du Satyre. *Elle est mon genre de femme. Je vais commencer ma série avec elle. Je vais massacrer sa belle baraque. Je vais la traumatiser à vie.*

Elle s'est assise à côté de J. T. J'ai dit : « On n'est pas censés boire pendant le service, vous savez. »

Max a pris la balle au bond. « Mais il se trouve que nous sommes corruptibles. »

J. T. a pris la balle au rebond. « Elle nous a corrompus, Sid et moi, la première fois qu'on l'a interrogée. Et à la porte, elle nous a demandé de l'appeler "Marcia". »

Elle a dit : « C'était exactement ce que j'allais dire à vos collègues. » Elle avait un accent nasillard. Texan, assurément.

J. T. a ouvert le feu. « Voici le lieutenant Otash et le sergent Herman, Marcia. Nous avons quelques questions supplémentaires sur le cambriolage, si cela ne vous ennuie pas.

– Ça ne m'ennuie pas. Ça n'ennuie pas le *Mirror News* non plus, apparemment – vu les profits qu'ils se font sur mon malheur. *Vraiment*, ce M. Bendish. Comment pouvait-il honnêtement déclarer que je ressemble ou que je m'efforce de ressembler à Marilyn Monroe ? »

On a ri à point nommé. C'est une belle du Sud. Elle nous faisait son numéro. Et on lui répondait sur le même mode.

J. T. a dit : « Vous avez magnifiquement restauré votre intérieur, Marcia. C'est comme si le cambriolage n'avait jamais eu lieu.

– Vous êtes trop chou de dire ça. Et trop beau, en plus. »

J. T. a rougi. Max a ri. Je suis intervenu, sèchement.

« Marcia, est-il sensé de considérer que vous êtes une habituée du Riviera Country Club ? Vous jouez au golf, aux cartes, allez aux concerts classiques ?

– Eh bien… je ne dirais pas une "habituée". Le Riviera n'est pas exactement un club de toxicos, vous savez.

– J'avoue que je connais mieux les clubs de toxicos que les country clubs. »

Marcia a avalé la moitié de son verre. « Vous êtes impayable, Lieutenant. Vraiment. »

Max a siroté sa boisson. « Le lieutenant a en tête une question essentielle, Marcia. Les autres femmes qui ont été cambriolées. Est-ce que vous les connaissez grâce au club ? »

Marcia a acquiescé d'un *mmm.* « Leona, Wanda Jean, Arden, Lorraine, Dorothy et moi, nous sommes toutes sœurs dans la désolation, mais je ne les ai pas rencontrées au club. Elles sont membres, mais je ne joue pas au golf ni aux cartes avec elles, et ce ne sont pas des amies avec lesquelles je passe du temps. Je crois que l'agent J. T. et l'agent Sid ont fait fausse route de la même manière la première fois qu'ils m'ont interrogée. »

Le Riviera. Des femmes divorcées. C pour *constellation.* Le caddie Preston Fong. Innocenté parce qu'il n'est pas du bon groupe sanguin. Il est peut-être relié de manière indirecte.

J'ai dit : « Mettons de côté pour l'instant votre interrogatoire initial et le feuilleton calomnieux et intrusif du *Mirror News.* Je me demande si vous vous rappelez un événement ou une occasion où les cinq autres femmes et vous, vous avez été proches et auriez pu permettre à cet ignoble individu de bien vous regarder, toutes les six ? »

Marcia a fini son verre et allumé une cigarette. Marcia a pris une pose suggérant la réflexion intense.

« Le bal des Joyeuses Divorcées au club. L'idée est venue de quelques conversations que nous avions eues entre filles malheureuses en amour, et de plaintes sur la manière dont les dirigeants du club nous manquaient de respect. À Leona, Wanda Jean, Arden, Lorraine, Dorothy et moi. On est toutes allées au bal et on s'est super bien amusées. Je peux même vous dire à quelle date il a eu lieu. C'était le 9 octobre 1961. J'ai gardé mon carton marque-place en souvenir. »

Des coups d'œil entendus ont été échangés entre Max, J. T. et moi. Les cambriolages avaient commencé le mois suivant.

« Confirmez-moi que j'ai bien compris, s'il vous plaît. Un groupe de femmes divorcées a eu l'idée de ce bal, et la nouvelle s'est répandue. Des membres, hommes et femmes, se sont inscrits, et une équipe de serveurs, cuisiniers et garçons de cuisine du Riviera ont assuré la soirée. C'est bien cela ?

– Exactement. Et je vais vous dire, le concept a attiré pas mal de monde. »

Des signes de connivence sont passés entre J. T., Max et moi. Marcia a glissé quelque chose dans la poche de J. T. Eh merde – c'est son numéro de téléphone. *Appelle-moi, mon chou.*

« J'ai remarqué la manière dont vous teniez le plateau avec les verres, Marcia. Je parie que vous étiez serveuse dans un drive-in, à une époque.

– En plein dans le mille. Je bossais au Simon's sur Wilshire et Fairfax, pendant la guerre.

– C'était avant que vous ne vous mettiez à travailler pour Carole Landis ? »

Marcia a été prise d'une quinte de toux. Mon brusque changement de sujet a fait mouche.

Elle a éteint sa cigarette. « Pauvre Carole. Je n'ai pas pensé à elle depuis des lustres.

– Le Satyre a laissé une photo d'elle prise à la morgue sur le site du cambriolage de Dorothy Trent. »

J. T. est intervenu aussitôt. « Marcia, nous aimerions avoir vos impressions sur Miss Landis. Cela nous aiderait beaucoup. »

Marcia a dit : « Elle était presque trop gentille, assez intelligente, et faisait une fixation sur les hommes d'une manière franchement écervelée. Elle se fichait pas mal de ses vœux de mariage, sa carrière partait en sucette, elle prenait des cachetons et écumait les soirées, et elle me disait qu'elle allait dans un genre de "bar clandestin" où il y avait toujours une fête. Elle a laissé entendre que cet endroit devenait parfois agité, mais en même temps, elle l'était pas mal, agitée. Oh, et voici un éclairage intéressant sur sa vie. Lors d'une de ces fêtes, elle a rencontré deux jeunes filles qui cherchaient des maisons à garder en l'absence de leurs propriétaires. L'une était Norma Jean Baker, qui est devenue ensuite Marilyn Monroe. L'autre était cette actrice qui a été enlevée il y a quelques mois. »

48

(LOS ANGELES, 11 H 05, MARDI 11/9/1962)

Albie Aadland. Le petit frère couille-molle. Hersh, Ira et Meyer étaient costauds et brutaux. Albie était de taille moyenne et mince. Il portait un blazer bleu marine et un pantalon gris. Il avait la dégaine d'un épouvantail.

Le procureur a fait libérer sa salle de conférences. Nous nous sommes assis à une grande table en chêne. Nous étions face à face. J'étais avec Miller Leavy. Albie et Grant Cooper de l'autre côté.

Leavy a lancé les hostilités. « Nous sommes ici pour parler de l'enlèvement, le 4 août, d'une actrice appelée Gwen Perloff, ainsi que d'une série de complots peut-être liés entre eux relevant de délits financiers, de trafic de stupéfiants et d'affaires de mœurs émanant des studios de la 20th Century-Fox, peut-être collatéraux à la mort par overdose de Marilyn Monroe. Le lieutenant Otash sera mon principal collaborateur. Le lieutenant, M. Cooper et moi-même avons passé du temps ensemble au tribunal, M. Aadland. Nous sommes justes, mais durs. Voilà ce que je tenais à dire en préliminaire. »

Cooper a souri. Il était carrément beau, et carrément fûté.

« Le lieutenant Otash, récemment réintégré. Autrefois connu comme le “Cerbère ayant tenu Hollywood en Otage”. Bonjour Freddy. »

J’ai dit : « Bonjour Grant. Re-bonjour à vous, M. Aadland. »

Aadland a souri. Il imitait tout ce que nous faisions, Cooper et moi. J’ai adopté sa perspective. Son sourire était étudié. Il avait appris la bonhomie masculine de ses frères. C’est ce que font les hommes brusques.

« Bonjour Lieutenant. C’est un plaisir de faire enfin votre connaissance. »

Cooper a dit : « Posez des questions précises, s’il vous plaît. »

Leavy a dit : « Allons-y, commençons. »

Je me suis penché en avant. Albie a retiré ses coudes de la table.

« Avez-vous participé à l’enlèvement de Perloff ? »

Cooper a dit : « Mon client refuse de répondre. »

J’ai dit : « Gwen Perloff, Marilyn Monroe, Paul Mitchell Grenier et vous, vous avez fait connaissance à Hollygrove. Qui était le Mexicain – votre pote, qui était externe ? »

Cooper a dit : « Mon client refuse de répondre.

– Êtes-vous impliqué dans le trafic de films pornographiques monté par M. Grenier ? »

Albie a tressailli. Cooper a dit : « Mon client refuse de répondre.

– Connaissiez-vous feu Richard Danforth ? M. Danforth était également connu sous les noms de Ronald Dewhurst et Rick Dawes. »

Cooper a dit : « Mon client refuse de répondre. »

J’ai allumé une clope. Cooper a allumé une clope. Albie Béni-Oui-Oui l’a imité. Sa main droite tremblait. Il avait du mal à tenir sa cigarette. Il lui a fallu trois allumettes pour l’allumer.

« Êtes-vous impliqué dans la transmission de bons au porteur, réels ou faux, et dans l’échange de bons au porteur contre de l’héroïne et d’autres drogues mexicaines, avec ou sans la coopération d’un Mexicain appelé José Bolaños ? »

Albie a tressailli et a serré ses doigts croisés. Cooper a dit : « Mon client refuse de répondre. » J'ai lancé un regard en biais. Miller Leavy m'observait.

« Les entreprises criminelles précédemment mentionnées sont actuellement menées par des cliques séparées et distinctes employées par la 20th Century-Fox. Le désastre inévitable du film *Cléopâtre* a donné l'impulsion. Ces cliques ont pour projet de provoquer une révolte boursière et de renverser la direction actuelle du studio. Avez-vous entendu parler de Mar-Gwen Productions, sous-entendu Marilyn et Gwen ? »

Albie a tordu les mains. Il s'est repris et les a posées bien à plat sur la table. Cooper a dit : « Mon client refuse de répondre. » Il a fusillé son client du regard. J'ai bien compris. Il est en train de se dire : *Il se passe un truc sacrément tordu, là.*

« Vos frères, des criminels notoires, sont-ils les cerveaux derrière les entreprises criminelles précédemment mentionnées ? »

Cooper a dit : « Mon client refuse de répondre. » Il me laisse les coudées franches. Je lui donne une amorce pour son affaire criminelle présumée. Leavy me laisse les coudées franches. Il a catalogué Albie comme un pervers. Il hait les pervers. Albie est sous les projecteurs. Leavy le fan de la chambre à gaz adore ça.

« Vos frères, des criminels notoires, sont-ils de mèche avec Jimmy Hoffa dans les entreprises criminelles précédemment citées ? »

Cooper a dit : « Mon client refuse de répondre.

– À quel genre de comportement anormal vous êtes-vous livrés, avec Mr Grenier, Miss Monroe et Miss Perloff, pendant vos années à Hollygrove ? »

Albie fatigue. Cooper l'a regardé, sans ouvrir sa gueule. Il me tend la perche.

« Qui était le garçon mexicain que vous fréquentiez ? Il était soi-disant dans le bataillon benjamin des Noctambules. Au départ, c'était un gang de cambrioleurs, et Paul Mitchell Grenier et vous auriez participé à des "entraînements de cambriolages" avec eux pendant les premières années de votre adolescence. Je pourrais ajouter que Danforth/Dewhurst/Dawes était un cambrioleur, lui aussi. Qu'est-ce que vous répondez à ça, Monsieur Aadland ? »

Albie a replié ses coudes. Albie a posé ses mains sur ses genoux. Ses jambes agitées de soubresauts cognaient contre la table.

« Est-ce que vous lisez le *Mirror* ? Avez-vous lu des articles sur le Satyre et ses cambriolages ? »

Tremblement des genoux – le cendrier d'Albie a glissé sur la table.

Chope-le. Broie-le maintenant. Il en a marre/tu as assez de confirmations/Cooper et Leavy vont bientôt mettre un terme à l'entretien/IL sait que TU sais.

« Avez-vous entendu parler d'un psy taré appelé Paul De River ? Êtes-vous homosexuel ? Êtes-vous au courant de l'engouement pour les cartes de cul de la fin des années 40 ? Savez-vous que c'est votre cousin Shelly Mandel qui a inventé les jeux de baise ? Tant que j'y suis, pourriez-vous nous donner des informations sur l'enlèvement et le probable meurtre de Mitzi Perloff en février 1937 ? »

Albie s'est levé. Sa chaise est tombée avec fracas. Il avait tellement serré les doigts que ses mains étaient cramoisies. Il m'a lancé un regard haineux et s'est dirigé vers la porte d'un pas saccadé. Cooper lui a emboîté le pas. Il est l'avocat/le meilleur pote. Il a emmené Albie dans le couloir.

Leavy s'est balancé en arrière sur sa chaise. « Tu as donné à Grant une cargaison de munitions pour le tribunal. J'aurais dû t'arrêter, mais j'étais trop absorbé par la scène. »

J'ai dit : « Ça n'ira pas jusqu'au tribunal.

– Je vais faire comme si je n'avais pas entendu ce que tu viens de dire. »

J'ai dénoué ma cravate et je me suis étiré. Leavy a dit : « Il est mouillé, ça, c'est sûr. »

Sans déconner, Dick Tracy.

Daryl Gates a fait monter la sauce. J'ai demandé qu'il me rende des services aussitôt. Il a obtempéré. Je savais pourquoi.

Bill Parker a de nouveau joué au con. Il s'est déchaîné contre « les agitateurs des droits civiques » et « les sympathisants cocos au sein des mili-chieurs des droits civils ». Il a fait une conférence au Jonathan Club. Il était à moitié bourré. Un journaliste du *L.A. Times* était présent. La colère de Whiskey Bill a fait la page trois.

Le marché pour la direction du FBI remontait à quarante jours. Bobby le Pourri a lu les journaux et mes synthèses. Elles étaient sincères. J'y avais omis l'assassinat de Paul Mitchell Grenier et rien d'autre. Le Pourri comprenait les différents niveaux de mon enquête par ailleurs légitime et les saloperies publiées par Morty Bendish. Il était complice. Il comprenait que le LAPD soutenait activement à la fois les saletés de Bendish *et* mon enquête. Ma mission était d'étouffer les rumeurs Monroe/Kennedy. Le bonus, c'était la nomination de Bill Parker à la tête du FBI. Le Pourri pouvait revenir sur sa parole en un claquement de doigts.

J'ai dit à Gates qu'on devrait mettre les bouchées doubles. J'avais besoin de cinq flics du Renseignement pour des corvées téléphoniques, *tout de suite*. J'avais besoin d'infos sur le gang des Noctambules et leur bataillon benjamin, *tout de suite*. Nos fouines devraient aller voir les vieux du commissariat de Hollywood et leur sonner les cloches. J'ai besoin d'infos précises sur le meurtre de Mitzi Perloff. Et j'en ai besoin maintenant. Le meurtre de Mitzi se retrouvait au centre de la convergence 1937 du point de vue chronologique. Gates a dit qu'il comprenait et a convoqué ses troupes.

Je suis allé me vautrer dans mon box. L'interrogatoire d'Albie m'avait lessivé. Albie était mouillé jusqu'au cou. Mais comment, quand, et avec qui ? Et jusqu'à quel point ? Il était à Hollygrove en 1937. Il fait peut-être aussi partie de la convergence de 1948. Les révélations de Marcia Davenport définissaient cette convergence. Marilyn et Gwen. Qui avaient gardé la maison de Carole Landis. Voilà ce que je flaire : elles organisaient leurs activités de call-girls depuis la baraque en l'absence de Carole et de son petit mari. Plus le bal des divorcées. Qui offrait un nouveau champ d'investigation pour identifier le Satyre :

Le Riviera Country Club. Des pervers partout chez les membres et/ou les employés.

L'épuisement m'est tombé dessus. J'ai somnolé dans mon fauteuil. Les fouines ont appelé et m'ont réveillé. Avec des résultats proches de zéro.

Les Noctambules jouaient la dissimulation. Le mouvement était très peu documenté. Rien sur leur bataillon benjamin. Les arrestations de mineurs et les comptes rendus d'audiences étaient soit sous scellés soit effacés. Les fouines n'ont découvert aucun nom de membres du gang. Les Noctambules ont frappé du milieu des années 30 au début des années 40. Leur territoire allait de Beverly à Melrose, de Vine à Van Ness. Hollygrove se trouvait sur sa frontière ouest. Les Noctambules étaient soupçonnés d'une douzaine de cambriolages dans le sud de Hollywood. Tous ces gamins étaient originaires du sud de Hollywood, *todos*.

Les fouines se sont occupées de Mitzi. En fouillant les dossiers des retraités et en secouant de vieux ex-flics qui avaient travaillé sur l'affaire. J'ai eu quatre confirmations du petit jeu de Del Kinney. Mitzi a été repérée à bord d'un autobus en direction du sud sur Wilshire, précisément le jour où elle a disparu.

Voilà la nouvelle piste majeure :

Un compte rendu détaillé d'un témoin oculaire de la présence de Mitzi à bord du bus. Ce témoin inconnu déclare *ceci* :

Apparemment, deux garçons accompagnaient Mitzi. Pendant que le bus descendait Sunset Boulevard vers l'ouest, ils l'ont asticotée. Un des garçons avait environ treize ans. L'autre était un peu plus âgé. Pas de description plus précise. Je ne pouvais pas remonter cette piste.

Des enfants morts. *Los* Noctambules. Je suis retourné d'un bond à la question essentielle – qui est le garçon mexicain ?

Il habitait près de Hollygrove, on le sait. Il faisait partie de la clique Monroe/Perloff/Grenier/Aadland, on le sait. Je carbure aujourd'hui. Super séance de grillage de bulbe.

Les Renseignements généraux avaient des répertoires inversés dans leurs archives. J'y suis allé et j'ai pris les volumes des années 1935, 1936 et 1937. De retour dans mon box, j'ai parcouru les adresses et les noms. J'ai listé les noms à consonance latino. Martinez, Salazar, Sanchez, Arredondo, Guttierez, García, Abado, Contreras, et d'autres. J'ai trouvé la correspondance entre les noms et les adresses. J'ai repéré Gower, El Centro, Van Ness, Ridgewood, Wilton, Gramercy, Saint Andrews. J'ai repéré Lemon Grove Avenue – et d'autres.

J'ai déniché vingt-sept noms. C'était des noms datant des années 30. Autrement dit, ça remontait à loin. Peu de chance que ça donne quelque chose. J'allais devoir sillonner des kilomètres de trottoir à pied. Putain de merde.

Je portais mes chaussures à semelles crêpe et j'avais pris un carnet. J'ai commencé par El Centro et j'ai marché vers l'est. Ramon Ramirez sur Gower était parti depuis longtemps. Idem pour Gus Mora sur Waring. J'ai tourné vers le sud. Bobby Gomez et Luis Chasco étaient partis depuis longtemps. J'ai pris la direction du nord jusqu'à l'Orbit Lounge et je me suis rafraîchi. J'ai dragué une serveuse et lui ai demandé son numéro de téléphone. Elle m'a dit d'aller me faire foutre.

Je suis reparti, vers l'est. J'ai enchaîné six absents et six mines ahuries. *Mec, j'étais même pas né. C'était à l'âge de pierre, vieux.*

J'avais mal aux pieds. J'avais déjà frappé à seize portes. Il m'en restait onze. Et si on ajoutait ceux qui n'étaient pas chez eux, ça faisait dix-sept.

J'ai frappé à la porte d'une maison en bois sur Lemon Grove et Saint Andrews. Un homme en uniforme de chauffeur de bus m'a ouvert. J'ai remarqué une affiche de boxe sur le mur du fond.

Le 16 mars 1952. Hollywood Legion Stadium. Des talents de la région. Juan Manuel « El Manny » Salas face à El Tigre Flores – prodigieuse empoignade entre poids welters !!!

J'ai mis mon insigne sous le nez du mec. Il l'a joué blasé. Je lui ai demandé depuis quand il habitait cette maison. Il a dit que son père l'avait achetée dans les années 20. Son père était machiniste à la Paramount. Juste là, un peu plus loin. Son père gagnait bien sa vie.

J'ai désigné l'affiche. J'ai balancé le surnom « El Manny ». Le gars a dit que Manny avait grandi dans cette maison. Il était un *vato loco*. Et le fils de son cousin Hector.

49

(LOS ANGELES, 9 H 34, MERCREDI 12/9/1962)

Je suis entré bardé de tous mes insignes. Les flics de l'aéroport ont coopéré. Mes références les intimidaient. Ils m'ont prêté une voiturette à bagages et autorisé l'accès à une salle de fouille dans le hall international. Vol Mexicali 291, de Guadalajara à L.A.

Salut Ingrid. Vous vous souvenez de moi ? J'ai été gentil avec vous la première fois. Depuis, j'ai trouvé des témoins pour corroborer mes théories.

L'avion s'est approché en roulage. C'était un turbopropulseur. Des sombreros d'apparat étaient dessinés sur le fuselage. Je me suis perché sur ma voiturette, bien visible. Des techniciens ont approché l'escalier de la porte. Elle a été ouverte de l'intérieur. Une hôtesse aux cheveux noirs a sécurisé la passerelle.

Des touristes *gringos* sont sortis. Ils étaient hâlés, presque cramés. Il faisait chaud à L.A. Il faisait encore plus chaud au Mexique. Les hôtesses les avaient copieusement abreuvés et calmés. Le chariot à margarita *mucho mas* avait dû arpenter le couloir sans arrêt.

Le débarquement a pris vingt minutes. Les *turistas* avançaient en zigzags en traînant leur bagage à main vers la porte des Douanes. J'ai collé mon insigne sur mon revers gauche et adopté un regard dur. Je la verrais, elle me verrait, je scruterais sa réaction. Elle saurait qu'elle était coincée.

Elle a été la troisième à descendre, après le pilote et le copilote. Elle portait une housse à vêtements sur l'épaule et un grand sac à main en daim noir. J'ai sauté dans la voiturette et j'ai foncé. Je me suis campé en bas de l'escalier. J'ai fait signe au pilote et au copilote de dégager. Je me suis planté pile devant elle. Elle a serré son sac contre elle et s'est immobilisée sur la dernière marche.

Je l'ai attrapée par le bras et je l'ai obligée à venir sur le tarmac. Elle laissait traîner ses pieds, serrait son sac, et a fini par monter maladroitement dans la voiturette. J'ai fait demi-tour et je nous ai amenés devant la porte des Douanes.

Les *turistas* se délectaient du spectacle. Deux douaniers en uniforme nous ont escortés. On a doublé tout le monde au contrôle des passeports et des visas et on a pris à droite. Un lieutenant des Douanes est arrivé au petit trot et nous a ouvert la porte.

J'ai fait entrer Ingrid et je l'ai assise devant la table. Elle serrait son sac contre elle. Je le lui ai arraché des mains et je l'ai balancé sur la table. J'ai fermé la porte d'un coup de pied et j'ai mis en route le ventilateur. Il a diffusé de l'air frais.

Je me suis assis à califourchon sur l'autre chaise. J'ai allumé une clope et lui ai tendu le paquet. Ingrid en a pris une et je la lui ai allumée.

« Vous avez été vue à un match de volley sur la plage. Vous vendiez des bons au porteur à votre amant passager et fournisseur du Catalogue de Filles, Peter Lawford. Votre principal amant, Manny Salas, semble avoir pris part à un enlèvement le mois dernier. Vous m'avez dit qu'une serveuse genre "reine des abeilles" avait eu l'idée du Catalogue de Filles. C'était un mensonge. Je vous ai demandé si vous transportiez de la came entre le Mexique et les États-Unis. Vous avez nié. Vous avez nié vendre des bons au porteur. Je parie que c'était aussi des mensonges. »

Ingrid fumait et tripotait son cendrier. J'ai enfoncé un doigt dans son sac à main et j'ai fait *hi-hi*.

Je lui ai mis sous le nez une photo d'identité judiciaire de Ronnie Dewhurst. Ingrid a secoué la tête. Je lui ai mis sous le nez une photo de tournage de Gwen Perloff. Ingrid a secoué la tête. Je lui ai mis sous le nez une photo d'identité judiciaire de Paul Mitchell Grenier. Ingrid a secoué la tête.

Elle ment. Elle tremble maintenant. C'est bien. Elle serre son sac super fort.

« Les cambriolages sont omniprésents dans l'affaire sur laquelle je travaille. Manny s'est fait arrêter pour cambriolage en août 1954. Il est allé à Chino. Là-bas, il a rencontré un violeur appelé Paul Mitchell Grenier. Je dirais qu'ils sont devenus potes. Je dirais qu'ils sont restés potes après leur libération. Manny s'est fait choper pour cambriolage en 1957. Vous avez dit que c'était des foutaises, mais je ne le crois pas. Je crois que vous faites des repérages de maisons à cambrioler pour Manny, quand vous ne transportez pas de la drogue et des bons au porteur et que vous ne posez pas pour des photos cochonnes. »

Ingrid tremblait. Ingrid serrait son sac contre elle. Je le lui ai arraché et je l'ai vidé sur la table.

Du maquillage, un portefeuille, des clés de maison, des clés de voiture, des cigarettes, des allumettes, de la monnaie. J'ai fouillé le portefeuille. Elle avait quarante-deux dollars sur elle. El Manny et son regard lubrique dans les pochettes transparentes. Permis de conduire, carte professionnelle de la Mexicali, et glissé derrière la photo de Manny numéro 4, un petit bout de papier.

Je l'ai déplié. Des caractères imprimés à l'encre bleue. Une liste de six adresses et de numéros à huit chiffres, tous sur la même ligne. « *Avenida* » et « *Calle* » : le Mexique, donc. Les bons au porteur américains comportaient huit chiffres. Facile : Ingrid avait un itinéraire pour ses livraisons.

Ingrid avait la gorge serrée, Ingrid tremblait, Ingrid fumait clope sur clope. J'ai fouillé le sac, attentivement. J'ai senti une bosse dans la doublure et j'ai sorti mon couteau de poche. Ingrid pleurnichait et couinait.

J'ai entaillé la doublure. Je suis tombé sur une cachette. Un petit sachet en papier cristal était fourré à l'intérieur. Il contenait de la poudre blanche. J'ai ouvert le sachet et goûté la poudre. De la cocaïne, top qualité.

J'ai refermé le sachet et je l'ai glissé dans ma poche arrière. Je l'ai tapoté. J'ai brandi la liste.

« La came part avec moi. Cette liste confirme que vous transportez des bons au porteur, et mon code de l'honneur m'oblige à en informer les Douanes et la police mexicaine. Je vous donne deux heures avant de les appeler. N'allez pas vous planquer ni vous enfuir, parce que ça ne fera que compliquer encore plus votre vie. »

Ingrid pleurnichait. « Je sais quelque chose sur les cambriolages. Ça concerne la fille qui a été kidnappée, Gwen, mais c'était il y a longtemps. Si les types de Douanes apprennent que je collabore, ils y iront peut-être mollo avec moi. »

J'ai dit : « Racontez-moi. Si ça me plaît, je ferai passer le message. »

Ingrid fumait clope sur clope. « C'était il y a longtemps, mais il y a un lien avec les stars de cinéma. Cette Gwen connaissait Marilyn Monroe, de l'orphelinat où elles étaient ensemble. Plus tard, elles sont devenues des call-girls complètement déchaînées. Elles gardaient des maisons pour des gens riches, et elles faisaient des repérages. »

J'ai souri. « C'est Manny qui vous a raconté ça ?

– Non.

– Vous l'avez entendu quelque part ? Ça vous a été transmis par radio moquette ? »

Ingrid a hoché vigoureusement la tête – *oui, oui, oui*. Ingrid a caressé les ailes d'avion qu'elle portait sur la poitrine.

« J'aime bien l'info, mais je sais sans le moindre doute que vous l'avez eue par Manny. »

Ingrid a fait la moue. « Qu'est-ce que vous allez faire avec la *coca* ? »

J'ai dit : « Je la snifferai, ou je la vendrai. J'ai pas encore décidé. »

J'attendais Gwen. Elle avait choisi le restaurant. Elle avait appelé mon service de messagerie trois heures plus tôt. « Villa Frascati/ Beverly Hills/19 heures ce soir. »

Je suis arrivé en avance. Je portais mon plus beau costume à rayures tennis et j'ai dégoté un box intime. Gwen serait à l'heure.

J'ai sniffé la *coca grande*. Ça m'a déclenché une frénésie de travail. J'ai appelé les Douanes et je les ai briefés sur Ingrid. Ils ont programmé l'arrestation pour 17 heures précises. J'ai appelé Morty Bendish et lui ai donné des instructions par téléphone. Il bossait sur la Divorcée numéro 3 : Wanda Jean D'Allesio. Je lui ai dit de forcer sur la tactique d'intimidation, à fond. Mets bien l'accent sur l'obsédé beau gosse Donald Keith Bashor. Il a zigouillé deux femmes en 1955 et 1956. Il a été exécuté en 1957. Va piocher dans la morgue photographique du *Mirror*. Publie des photos de sa victime Karil Graham, morte. Mets une GRANDE photo de Bashor attaché sur la chaise électrique.

Accentue la connexion avec Monroe. Monroe a fait une overdose de Pentobarbital. Le Satyre a répandu le stock de Pentobarbital de Wanda Jean dans son cabinet de toilette. Vas-y crescendo, dans l'ordre. On en est à la Divorcée numéro 3. Il en reste trois. Ensuite, on arrive au 4 août – et au rendez-vous torride du Satyre avec Marilyn Monroe.

Morty a promis de bosser fissa. *Jawohl, Herr Freddy !* J'ai appelé Nat et Phil. Je leur ai dicté leurs scripts pour la sauterie de Doc De River au Wilshire Ebell, le lendemain. Le Renseignement filmerait tout. George Putnam passerait le film le soir même dans son émission de télé. Putnam était le baratineur de droite préféré du Chef.

J'ai écrit ma synthèse du jour et je l'ai transmise. Le Chef/Daryl Gates/les Hats et Bobby le Pourri l'ont reçue. Les pistes sur El Manny/Ingrid leur plairaient.

J'ai zieuté la descente des Douanes. Je me suis garé en face, un peu plus bas que la thurne de l'hôtesse Ingrid. J'ai vu le camion de réparateur télé d'El Manny garé le long du trottoir.

La *coca grande* stimulait mon activité cérébrale. J'ai eu une décharge intéressante. J'ai échafaudé la théorie suivante :

Manny avait sa propre station d'écoute de Monroe. Il était le technicien de la clique de l'enlèvement de Gwen. J'ai trouvé des supports de micros lors de mon intrusion du 4 août 1962. El Manny les avait installés et effectuait les écoutes. Il surveillait cette écervelée de Monroe – à l'instigation de Bayless et Gwen P.

J'ai appelé Bob Kennedy. Je l'ai supplié de coller un mandat fédéral au cul d'El Manny. El Bobby a dit : « Peut-être. » Mon plan ? Exécuter le mandat et emmener El Manny dans un endroit isolé. Le tabasser pour lui faire cracher toute l'histoire.

L'opération a commencé à 17 h 02. Trois véhicules fédéraux/six agents en tout. Ils ont remonté l'allée d'un bon pas et l'ont redescendue du même bon pas avec Ingrid menottée. El Manny les accompagnait. Les bagnoles des fédéraux sont reparties en trombe. Manny a envoyé un gros baiser à sa poupée.

Un maître d'hôtel accompagnait Gwen. Elle portait un ensemble gris perle moulant. Je me suis levé. Le maître d'hôtel a tiré la chaise pour Gwen. Son allure lui ouvrait toutes les portes. Elle avait l'air tellement convenable. Elle inspirait l'obséquiosité.

Je me suis rassis et je suis allé droit au but.

« J'ai fini par comprendre quelque chose. Voilà où j'en suis de mon hypothèse. Sentez-vous libre de vous exprimer sur la validité de ce qui va suivre. Un : Motel Mike, Albie, Paul Mitchell Grenier, Manny Salas et vous avez monté votre enlèvement. Richie Danforth et Buzzy Stein étaient impliqués de manière marginale. Marilyn faisait le coursier et apportait un petit charme supplémentaire. Deux : Marilyn et vous avez été call-girls ensemble. Vous faisiez des repérages pour des cambriolages, autrefois, en 1948. Il y a eu une embrouille avec vous deux et Carole Landis – mais je ne sais pas ce qui s'est passé. »

Gwen a allumé une cigarette. « Paul Mitchell Grenier adore les chats. Il a une chatière aménagée dans sa porte de derrière et il laisse toujours de la nourriture et de l'eau pour les chats du quartier. Depuis plusieurs jours, j'appelle et je laisse des messages auprès de son service de messagerie – depuis des téléphones publics, bien sûr. Paul ne m'a pas rappelée. J'ai ma clé, alors j'y suis allée pour nourrir les chats. »

J'ai serré mes doigts autour de mon verre à eau. Il a tremblé et a failli exploser.

« La maison a été retournée. Certains documents ont été volés. J'ai vu des traces de sang là où quelqu'un a utilisé du détergent pour dissoudre certaines taches. J'ai trouvé un pinceau de relevé d'empreintes derrière une machine de montage, et j'ai demandé à un ami de consulter votre dossier au LAPD. Vous avez suivi un cours de criminalistique en 1946, et vous savez comment prélever, stocker et identifier des empreintes digitales. Vous avez cherché Paul Mitchell de manière assez insistante. Je crois qu'il vous a surpris pendant votre fouille, et que vous l'avez tué. »

Le verre a explosé. L'eau s'est répandue sur la table. J'ai retiré un gros tesson de verre de ma main.

Gwen s'est levée. Elle a dit : « Je suis sûre qu'on se reparlera. »

Elle a attrapé son sac à main et elle est sortie. Toutes les têtes se sont tournées sur son passage.

50

(LOS ANGELES, 14 H 00, JEUDI 13/9/1962)

Le Wilshire Ebell. Qui accueille des récitals de musique de chambre et des réunions de lycéens friqués autour d'un thé. Plus des groupes de travail du Moral Rearmament et de la philosophe Ayn Rand.

Huit cents places. Une estrade équipée d'un pupitre. La Hancock Park Ladies Guild invite des conférenciers. Aujourd'hui, c'est Paul De River qui est programmé.

Son sujet : « La conscience criminelle de notre société. »

J'ai pris un siège près de l'allée. Nat, Phil et Morty Bendish en soutien. Nat avait amené Kareem, son petit frère chahuteur. J'ai payé une douzaine de poivrots pour venir marmonner et roter.

Le but : faire passer le message. C'est peut-être précipité. Albie Aadland sait que nous savons. Ingrid Irmgard sait que nous savons. De River saura – s'il est conscient et s'il joue le jeu. Gwen Perloff sait que nous savons. Elle a invalidé mes hypothèses. Elle sait que j'ai tué Paul Mitchell Grenier.

L'équipe du Renseignement était prête. Trois cameramen et deux preneurs de son préparaient les bobines au fond de la pièce. La clim a claqué. La salle est devenue une fournaise. Quatre cents coincés se tortillaient sur leur chaise. Ils avaient l'âge de retraités et ils s'ennuyaient ferme. Je suis là pour fournir de la distraction.

Une mémé s'est approchée du pupitre. Elle a présenté « le Dr De River, un homme érudit et brillant ». Elle a égrené son CV et a vanté son dévouement aux personnes « psychologiquement ravagées » et aux « initiés de Californie du Sud ». Ce vieux croulant de De River est monté sur scène. J'entendais ses os craquer depuis ma place au sixième rang. Il a promis une conférence rapide et un temps pour poser des questions ensuite. Il s'est éclairci la voix et a glavioté dans un mouchoir. Il avait besoin d'aller chez le coiffeur. Il avait besoin d'un petit coup de balayette. Des pellicules saupoudraient sa veste.

De River s'est lancé. Son accent faussement français s'entendait par moments. Des grands mots à profusion. Les poivrots sirotaient des T-birds et manifestaient leur impatience. De River s'écartait de son sujet. La conférence a tourné à l'autoapitoiement. Le LAPD m'a viré/le conseil des médecins m'a censuré/mon éditeur japonais me doit de l'argent. Je défends la stérilisation pour les criminels récidivistes et les attardés mentaux. Ne prenez pas cet air choqué. Je ne veux pas dire couic-couic, on vous les coupe.

Le Doc a tellement poussé le bouchon qu'il a perdu son auditoire. La maîtresse de cérémonie a paniqué. Elle a brandi un panneau marqué APPLAUDISSEMENTS !!! Les clap-clap étaient tièdes. Une vieille dame a arpenté les allées armée d'un micro. Morty Bendish l'a fait venir.

Il s'est emparé du micro. « Doc, votre couplet sur la conscience criminelle manque de panache. Intéressons-nous au sujet bouillant de la criminalité à L.A. aujourd'hui. Je veux parler du Satyre, qui a violé les habitations de six divorcées séduisantes dans l'ouest de la ville. J'ai écrit des articles là-dessus dans le *Mirror-News*, et mon feuilleton commence à faire sensation, ici, dans le Sud. Je suis fier d'ajouter que mon beau-frère, l'agent Sid Leffler, a rassemblé les éléments de l'affaire du Satyre, et selon lui c'est le psychopathe le plus dangereux depuis Jack l'Éventreur. Hé Doc, vous connaissez Sid, hein ? Il a suivi vos cours dans les années 40. Et vous savez, Doc – je suis presque sûr que c'est le Satyre qui a zigouillé Marilyn Monroe. »

Le public a poussé des cris, a gloussé, a rugi. Les poivrots ont crié et applaudi. De River a rougi. Il a tressailli en entendant « Leffler ». Sid mentait. Il disait qu'il avait suivi ses cours. C'était tout. Il avait aussi dit qu'il ne connaissait pas bien De River. Morty prétendait qu'ils étaient proches. Morty devait savoir. Maintenant, De River est tout crispé, *mucho* tendu.

Nat s'est rapproché de Morty. La dame au micro a froncé les sourcils. Morty a passé le micro à Nat. Nat a déroulé mon script.

« J'ai entendu dire que les Black Muslims avaient mis un contrat sur la tête du Satyre, parce qu'ils savent qu'il pourchasse les femmes noires. »

Encore des cris, des gloussements, des ovations, des pieds qui tapent, des acclamations…

Kareem a crié : « Le Satyre est pote avec le Klan et la John Birch Society ! Je prédis qu'il va y avoir des actions de justiciers autoproclamés partout dans le sud de la ville ! »

Phil s'est rapproché de Morty. La dame au micro était hagarde. Phil a pris le micro des mains de Nat. À nouveau des pieds qui tapent, des sifflets, des cris…

« Doc, un flic très malin appelé Jack Clemmons m'a dit que le Satyre est le coupable à cent pour cent du meurtre de Monroe, et que Monroe elle-même était impliquée dans des activités criminelles d'envergure. »

La maîtresse de cérémonie a fait quitter la scène à De River. En coulisses, une douairière lui a collé un masque à oxygène sur la figure.

*

Le parking des caddies était contigu à la baraque des caddies. Il était entouré de chemins de terre et de bosquets d'eucalyptus. Le club-house donnait sur le terrain de golf. Il était du genre inspiration espagnole de luxe des années 20. Capri Drive se finissait en cul-de-sac au Riviera. Connexion directe : la baraque de Landis se trouvait à six blocs de là, plein nord.

Je me suis garé entre deux vieux tacots de caddies. Max et J. T. n'étaient pas encore là. Preston Fong était sur le terrain de golf. Il aurait bientôt fini.

J'ai essayé de piquer un roupillon. Max et J. T. étaient en retard. J'avais déjà interrogé le patron de la cuisine et du restaurant. Il se rappelait bien le bal des Joyeuses Divorcées. Il ne connaissait pas de Satyre. Le gérant du restaurant hésitait. Je lui ai dit de sortir ses dossiers sur les larbins qui travaillaient ce soir-là. Trouvez-moi leur groupe sanguin. Allez, au trot. Il a dit qu'il le ferait.

Je somnolais. Un abruti a tapé sur mon pare-brise. J'ai ouvert les yeux. J. T. Meadows a grimpé dans la bagnole.

Il vient de se faire une nana. Je connais les signes. Il souriait, l'air niais. Tout va bien dans le meilleur des mondes.

« Essuie ces traces de rouge à lèvres. Marcia Davenport portait la même couleur il y a trois jours. »

Il a sorti un mouchoir et s'est frotté frénétiquement le visage. Il s'est regardé dans le rétro et a souri bêtement.

« J'ai récupéré des pistes, en plus du reste. Marcia a dit que Monroe et Perloff n'avaient aucun sens des limites. Elles arpentaient la maison, essayaient les vêtements de Landis. Des bijoux ont disparu, ou peut-être qu'ils ont été seulement égarés. Monroe et Perloff avaient des goûts de luxe. Elles piochaient dans le caviar et le foie gras mais ignoraient le gratin de pâtes au thon. »

Max est arrivé. Il est sorti de sa bagnole et s'est étiré le dos. J. T. et moi, on l'a rejoint. Max a dit : « C'est qui le gugusse, déjà ? »

J. T. a dit : « Preston Fong. Il est chinois, environ trente-cinq ans. Mis hors de cause par son groupe sanguin. Techniquement, il est propre, mais il casse les devantures des bijouteries et choure les montres exposées en vitrine. Dans son casier, une arrestation sans poursuites, mais ça remonte aux années 50. Sid et moi, on l'a interrogé. Je crois qu'il a vu quelque chose cette nuit-là.

– Cette nuit-là. » Genre, celle du 19 janvier 1962. Leffler et Meadows l'ont chopé le 20 janvier. Fong était un oiseau de nuit et un artiste du voyeurisme. Frère Fong et moi. Nous sommes *Kameraden*, dans le fond.

Le gugusse s'est dirigé vers nous. Il portait un pantalon de golf de seconde main et un polo Banlon rose. Il devait mesurer 1,75 mètre et peser 65 kilos. Cheveux en brosse. Il avait l'air vif.

On s'est approchés. J. T. le connaissait. Il a lancé les hostilités.

« Preston, voici le lieutenant Otash et le sergent Herman. »

Fong a dit : « Où est le petit comique, Sid ? Ce type était un vrai sketch. »

J. T. a souri. « Preston, vous n'avez pas été totalement sincère quand on vous a interrogé en janvier. »

Fong a haussé les épaules. « C'était il y a des mois. Je vous l'ai dit, j'étais bourré. Qu'est-ce qui se passe ? J'ai lu toutes ces conneries sur le Satyre dans le *Mirror.* »

Max a allumé un cigare. « L'agent Meadows pense que vous avez quelque chose à vous reprocher, mais personne ne croit que vous êtes le Satyre. »

J. T. a dit : « Je crois que vous avez peut-être vu quelque chose dont vous ne nous avez pas parlé. »

Max lui a soufflé la fumée en pleine figure. « Donc, on est revenus vous interroger une nouvelle fois. Vous savez comment ça marche. On vous harcèle jusqu'à ce que vous nous disiez ce qu'on a envie d'entendre. »

Fong a levé les yeux au ciel. Quel toupet. Je lui ai enfoncé mon index dans le thorax – fort.

« Écoute-moi bien, papa-*san* – tu volais des montres il fut un temps, et si tu as repris du service, on s'en contrefout. On ne s'intéresse qu'au Satyre, et à ce que tu as peut-être vu cette nuit-là. »

Fong a frotté ses semelles par terre. Ses chaussures de golf à crampons ont soulevé de la poussière.

« OK. J'étais bourré, et je cherchais à retourner à San Vincente. Il y avait autrefois un bijoutier près de l'église sur Bundy, alors je me suis dit que j'allais faire un peu de lèche-vitrines. J'étais bourré, et je me suis trompé de chemin quelque part. J'ai vu un type qui essayait d'ouvrir l'une des fenêtres à guillotine d'une super chouette maison. C'était sur Gretna Green, une baraque style ranch. Un grand type blond, et je savais qu'il voulait la cambrioler. »

51

(LOS ANGELES, 10 H 30, VENDREDI 14/9/1962)

La chaleur a diminué brusquement. L'automne arrivait vite. Pat a frissonné sous les draps fins.

Je lui ai jeté une couverture. Elle s'est enroulée dedans et a pris son café sur la table de nuit.

« Jack s'inquiète à propos du Congrès. Il ne parle que de ça. »

J'ai fait semblant de bâiller. « Je m'inquiète que ton frère me mette en examen. Je ne pense qu'à ça.

– Lois et moi on va à la messe et puis prendre un brunch. L'office de dix heures à St Michael's ce dimanche. Je te donnerai des nouvelles. »

Le lit s'est affaissé. Il contenait Pat, Lois et moi. Plus Gwen Perloff. Oubliez l'église. *Elles* sont ma *mal-Sainte* Trinité. Je devrais virer Pat et Lois. Elles n'ont rien à voir avec Tout Ça. J'ai besoin que Gwen me raconte des trucs.

Pat a jeté un coup d'œil à sa montre. « Le médecin a dit à Jackie qu'elle aurait des jumeaux la prochaine fois. Elle ne veut pas se laisser distancer par Bobby.

– J'essaie de ne pas me laisser distancer par Bobby. J'ai besoin d'un mandat d'arrêt fédéral, et du feu vert pour tabasser un type. »

Pat m'a tabassé à coups d'oreiller. J'ai couiné. J'ai imité un suspect de viol en train de cracher ses dents.

« Laisse-moi lire ton journal. Tu peux me regarder faire. J'essaie d'entretenir ce qu'il y a entre nous. Ça nous donnera un sujet de conversation – en dehors des exploits de Jack et Bobby, de ton mariage merdique, et de toute la merde dans laquelle je me trouve. »

Pat a ri. « C'est la troisième fois que tu me demandes. Je crois que tu cherches quelque chose de particulier, en relation avec un dossier personnel sur lequel tu bosses. »

Elle a raison. Jack s'est retrouvé dans la merde, en 1948. Monroe était au courant. Le journal de Pat couvre cette année-là. Je pédale dans la choucroute. Je suis une fouine qui a plein de pistes et pas de conclusion.

*

Cet histrion d'agent Sid. Il joue un spectacle. Il travaille son spectacle. Il éteint les lumières de l'auditorium et projette des diapos. Sid occupe le pupitre. Morty B. est à califourchon sur une chaise, tout près. Il est « mon beau-frère, le journaliste ». C'est un petit numéro de juifs ashkénazes.

Le lycée de Palisades. La salle est pleine de mamans, de papas et de gamins. J'ai pris place près de Lois. Lowell Farr se trouve trois rangées devant, sur le côté.

Elle a les lettres de fans de Monroe. Ce qui veut dire, des lettres du Satyre. Nous sommes mi-juillet. Marilyn et Lowell. Elles traficotent dans le sous-sol de Marilyn. Elles en sortent toutes sales. Lowell range quelque chose dans son sac à main. Ce sont ces lettres. Forcément.

Sid montre des photos d'accidents de voiture. Décès multiples/des mômes éjectés/des colonnes de direction enfoncées dans des poitrines. Le public est effaré. Sid conseille vivement le port de la ceinture de sécurité et la conduite à vitesse modérée. Des décapitations dans des accidents de moto. Les *hiiiii* et les *hoooo* rebondissent en échos. Sid continue sur les gamins et la came.

J'ai pris Morty entre quatre yeux avant ce petit spectacle. J'en ai *re*-mis une couche sur Sid et Doc De River. Morty a *ré*-affirmé : ils sont super proches. Sid fournit au Doc des rapports du LAPD depuis des années.

Sid a passé des photos avant et après. Des adolescentes en Kodachrome. Avant la dope et après, dans les affres de l'addiction. C'était de jolies filles. Elles portaient des bikinis échancrés. Elles étaient séduisantes dans les premières, ravagées dans les deuxièmes. De la santé éclatante à la déliquescence. Les yeux vitreux et les membres rachitiques. La peau qui pend et les cheveux brillants qui tombent par touffes. Des filles en bikini. Toujours des filles en bikini. Comme sur les photos d'horreur dans *The Sexual Criminal.* Comme sur les photos de la période de Weimar que Marilyn Monroe avait planquées chez elle.

Les lumières se sont allumées. Des lycéens en teddy se sont mis à scander : « Le Satyre ! Le Satyre ! Le Satyre ! »

Sid a invité Morty à prendre le pupitre. Morty s'est approché. Il a dit : « Voici un avant-goût du prochain épisode de mon feuilleton. J'ai bénéficié de consultations sérieuses avec un éminent psychiatre vivant ici, dans la Cité des anges déchus, et il m'a dit que le Satyre est en train de vivre une « dégénérescence de ses béguins de fan », autrement dit, il a eu le coup de foudre pour Carole Landis, puis pour quelqu'un comme Jane Russell, avant de passer à l'objet de tous les béguins de notre époque – feue Marilyn Monroe. »

Les pom-pom girls de Palisades se sont mises à scander : « Deux, quatre, six, huit ! C'est lui qu'on adore haïr ! Le Satyre ! Le Satyre ! Le Satyre ! »

« Dégénérescence de ses béguins de fan. » *Timmy Berlin a dit que Marilyn avait inventé le concept. Elle a cité Landis et Russel. « L'éminent psychiatre » est Paul De River. Le Doc partage le concept avec Leffler. Sid l'Acide le transmet à Morty. Ce qui confirme une chose. De River a suivi Monroe alors qu'elle fricotait avec Timmy Berlin. De là, on déduit les intentions criminelles de De River.*

Un môme a levé la main. Morty a pointé un index vers lui. Le gamin a dit : « Est-ce que ces cambrioleurs pervers passent souvent au stade de meurtriers ? »

Morty a dit : « Sans aucun doute, jeune homme. Le Satyre a assassiné Monroe. "*Easy come, easy go*", comme la chanson – n'est-ce pas ? "*That's the way, if love must have its day*". En général, les profils comme le Satyre n'assassinent que par jalousie – s'ils sentent que l'objet de leur toquade les a trahis avec un ami proche ou un amant. »

Sid s'est incliné. Morty s'est incliné. La salle s'est enthousiasmée. Elle a gratifié le Sid and Morty Show d'une ovation debout. Des fans ont pris l'estrade d'assaut en agitant le *Mirror* du jour. Le titre était : *« La Satyro-Manie déferle sur L.A. !!!! Les flics enquêtent sur un lien avec un meurtre !!! »*

Lois a dit : « Quel ramassis de conneries. »

J'ai scruté la scène. Sid Leffler distribuait des cartes de visite. Pas à des adultes ni à des élèves garçons. Aux lycéennes exclusivement. Il se penchait trop près pour leur parler. Il effleurait leurs cheveux à chaque fois.

Un petit boulot m'est tombé dessus. Le retour d'Eddie Fisher au Losers. Quatre sets, par intermittences. Sur invitation uniquement. Le club avait nommé Eddie « Loser émérite ». Richard Nixon avait refusé la distinction.

Nat et Phil ont fini de gérer la foule et ont filé. Je leur ai dit de ne pas quitter El Manny Salas d'une semelle et de me faire un rapport trois fois par jour. Eddie était sensass. Il a chanté ses grands succès et a dévidé son habituel couplet de détestation de lui-même. Liz gobe de la queue sur la Via Veneto. Liz et Dick attendent un bâtard mongoloïde. Toute la salle était pliée en deux.

Il était tard. Eddie et moi, on bavardait dans le foyer des artistes. Bo Belinsky farfouillait dans les cachetons. Il avait besoin d'un petit somme. Prends un rose et un vert, Bo. Tu roupilleras pendant seize heures. Tu te réveilleras frais comme un gardon. Prends un rouge et un bleu, alors. Tu seras tout revigoré.

Bo a pris un rose et un vert. Il a dit : « J'en pince vraiment pour Liz. Allez, Eddie. Donne-moi une permission d'une nuit. »

Eddie a avalé un rouge et un bleu. Eddie les a fait descendre avec du Vat 69.

« C'est de ma femme que tu parles, là. Elle est la Grande Prostituée de Rome, et *Cléopâtre* est le Sac de Rome, et quand la Fox aura fini la production, l'économie italienne va s'effondrer. »

Liz me turlupinait. Je me suis souvenu de vieux ragots de Roddy McDowall. Ça figurait dans la pile des chantages que *Confidential* n'a finalement pas publiés.

Fin des années 1940. La star ado Liz. Roddy était plus âgé. Il introduisait Liz dans tous les endroits chauds de L.A. Des spectacles avec des ânes et plus. Des sextravagances entre Blancs et Noirs. La jeune Liz voit des trucs déments. Plus, *ceci* :

Liz connaît peut-être des trucs déments sur la Fox et ses contraintes.

Bo a dit : « Freddy cogite et complote. Il est en transe. »

Eddie a dit : « Freddy est un comploteur. C'est comme ça qu'il a survécu si longtemps. »

Bo s'est endormi. Eddie l'a recouvert de son manteau en cachemire.

« Il joue aujourd'hui. À 14 heures. Les Angels contre les Orioles. Il ne se réveillera pas pour le match. »

J'ai siroté du Vat 69. « J'ai besoin de Liz pour un chantage et d'infos dont elle est peut-être au courant. Elle est à L.A., en transit – et je veux l'amener dans le lit de Bo. Il lui tirera les vers du nez, il la baisera, et je filmerai en infrarouge. C'est une *mitzvah*, Eddie. Le film fournira une preuve d'adultère. Cela fera considérablement baisser ta pension alimentaire. »

Eddie a dit : « J'en suis. Le Loser émérite s'est assez fait marcher dessus. »

Je me suis garé devant le portail de la Fox. Il était presque 2 heures du mat'. Je voulais foutre la pression à Roddy McDowall. Bill Parker m'avait ordonné de rester loin des studios. Del Kinney l'avait confirmé. Roddy fouillait dans les costumes au rebut. Il cherchait des tenues pour sa parodie porno de *Cléo*. Il serait là. J'avais des questions. Il avait besoin d'oseille pour son film. Je payais bien pour de bons tuyaux.

Le courrier de fan de Monroe. Crache le morceau. Donne-moi le numéro de téléphone de Jane Russell. « Dégénérescence des béguins de fans. » Est-ce que Monroe t'a exposé son baratin là-dessus ?

Je me suis approché de la guérite du gardien. Une DeVille d'un modèle récent s'est arrêtée devant moi. Trois grands types en sont sortis.

Ils ont cligné les paupières et mis la main sur leurs yeux. Manquait plus que ça. Les frères Aadland.

Immobilisés dans mes phares. Hersh, Ira et Meyer. Des rouquins aux yeux bleus. Des versions balaises et méchantes d'Albie A.

J'ai coupé mes phares et je suis sorti de la voiture. Les Aadland se sont approchés. Ils portaient des costards ajustés Sy Devore. Ils mesuraient au moins 1,90 mètre et devaient peser 115 kilos. Le style Devore ne leur allait pas du tout.

Meyer a dit : « Vous êtes en train de bâtir un portrait à charge de la pauvre Marilyn. Ce n'est pas vraiment un secret, vous savez. »

Ira a dit : « Il y a des conséquences que notre ami Jimmy H. aimerait éviter. »

Hersh a dit : « On aime bien M. Hoover. On serait pas contents que Bill Parker lui pique son poste. »

Meyer a dit : « Votre portrait à charge pour Parker et les Kennedy ressemble fort à celui que Jimmy vous a demandé de créer. »

Ira a dit : « S'il vous plaît, cessez. S'il vous plaît, laissez Albie tranquille et tenez-vous éloigné des studios – Bill Parker lui-même vous l'a ordonné. »

Ils étaient d'un rouge scléreux. Tout chez eux respirait la mauvaise santé.

Meyer a dit : « Est-ce qu'une grosse somme d'argent pourrait vous convaincre ? »

J'ai dit : « Non. »

Ira a dit : « Puis-je savoir pourquoi ? »

J'ai dit : « J'ai de grosses emmerdes. Je ne suis pas à vendre sur ce coup-là. »

52

(LOS ANGELES, 12 H 30, SAMEDI 15/9/1962)

Déjeuner à Palisades. Chez le Roi de Canton. Lowell Farr, Lois et moi. J'ai zappé l'autorisation parentale. Lois et Lowell étaient copines de tournage. Lois a échafaudé mon personnage et organisé la rencontre.

J'étais un lieutenant du procureur. Ce qui est vrai, pour l'instant. Mes questions portaient sur Marilyn Monroe. Lois a amadoué Lowell et l'a attirée dans ses filets.

Nous buvions du thé vert. Lois et Lowell critiquaient *Soirée twist sous surveillance*. Je scrutais Lowell et rongeais mon frein.

Elle portait une robe chemise en madras et des mocassins. La demande des frères Aadland me rendait nerveux. Gwen P., c'était une impasse. Phil et Nat filaient Manny Salas. Il a passé neuf appels d'une cabine ce matin. Preston Fong a examiné des tas de photos d'identité judiciaire au Bureau des enquêteurs en ville. Le cambrioleur blond était un suspect plausible. Lowell était bien plus grande que Lois. Elle devait mesurer facile 1,80 mètre. La piste du bal des Divorcées partait en sucette. Ray Pinker a vérifié les groupes sanguins des serveurs et des aides en cuisine qui travaillaient ce soir-là. Leur groupe sanguin les innocentait. Aucun d'eux n'était blond. Ils étaient propres selon le Bureau des informations générales et la base de données fédérale. Daryl Gates m'a obtenu un rendez-vous téléphonique avec Jane Russell. Salut Jane – c'est quoi, ce truc de « dégénérescence des béguins de fans » ?

On nous a apporté nos plats. Lois et Lowell ont attaqué. J'ai repoussé mon assiette.

Lowell a dit : « Ma mère pense que j'ai inventé mon amitié avec Marilyn. Aucun de mes amis ne croit que je la connaissais. Vous deux et l'agent Sid, vous me croyez, mais essayez donc de convaincre ma mère. »

Lois a dépiauté une crevette. « Les lycéens semblent adorer Sid. »

Lowell nous a observés, Lois et moi. Elle passait son temps à scruter les gens. Monroe était comme ça.

« Il mendie de l'affection. Je trouve ça inconvenant. C'est un cabotin, mais il manque d'assurance. »

J'ai dit : « Diriez-vous qu'il a la main baladeuse ? Diriez-vous qu'il a un penchant pour les très jeunes filles ? »

Lowell a tripoté sa cuillère. « Je dirais qu'il est limite indécent. Il demande aux filles leur taille de soutien-gorge et quand a commencé leur puberté. Une élève de terminale que je connais dit qu'il se masturbe probablement trop. »

Lois a avalé sa soupe de travers. Elle s'est jetée sur sa serviette pour étouffer un haut-le-cœur. J'ai ri, Lowell a ri. Lois s'est penchée vers moi. Lowell a noté le geste. Je vois clair en elle. Elle pense qu'on couche ensemble.

J'ai dit : « Lowell, est-ce que Marilyn vous a donné un paquet de lettres de fans, ce fameux jour où vous creusiez dans le sous-sol ? »

Elle en a été estomaquée. Elle a marqué un long temps d'arrêt.

« Eh bien, oui. Comment vous avez su…

– Et à qui en avez-vous parlé ?

– Seulement à l'agent Sid. C'est le seul. J'ai dit que je ne les avais pas lues – et il a paru soulagé de l'apprendre. Puis il a dit que je devais les lui confier, ce que j'ai fait. »

Lois a dit : « Qu'est-ce qu'il avait l'intention de…

– Il a dit qu'il projetait de les vendre, et il a dit qu'il utiliserait l'argent pour financer un fonds de recherche pour aider les enfants atteints de cancer. »

Lois a levé les yeux au ciel. J'ai dit : « Est-ce qu'il vous a dit à qui il avait l'intention de vendre ces lettres ?

– Non, mais il m'a dit qu'il connaissait un “psychiatre sans scrupules”, qui était son mentor, et que cet homme-là les trouverait peut-être intéressantes comme matériau de recherche. »

Psy sans scrupules : De River/Sid, espèce de sale…

Lowell a dit : « Il y a autre chose. J'ai entendu l'agent Sid parler à M. Bendish le jour de la conférence dans l'amphi. M. Bendish a qualifié son feuilleton sur le Satyre de “pompe à fric”, surtout s'il y intègre Jack Clemmons pour lui donner un “tour politique”. Vous comprenez de quoi il s'agit ? »

Morty sait reconnaître les bonnes occasions. Moi aussi. C'est moi qui ai inventé l'expression : « les bonnes occasions, c'est de l'amour. »

Bo vivait à Ravenswood. Sur Rossmore, juste à côté de Melrose. Sa maison offrait une vue panoramique. Vine Street la nuit, un éblouissement. La baraque, éblouissante. Salon, deux chambres, deux salles de bains. Meubles en cuir noir et papier peint violet à effet velours. Lampes à lave et reproductions de Kandinsky dingues.

On avait de la chance. Bernie a trouvé un espace entre deux cloisons. Il se situait entre le salon et la suite parentale. Un panneau articulé donnait sur un couloir. Le réduit faisait quatre mètres de long et un mètre de large. Il était plein de paquets de fils électriques et de prises. Le mur de la chambre était tendu de velours. Bo nous avait envoyé quelques photos. Nous pouvions installer le judas et avoir une bonne vue sur le lit.

C'était un boulot pour quatre, une journée entière. Bernie a déconnecté les paquets de fils. On a soudoyé le gérant et monopolisé le monte-charge. Huit allers-retours avec une benne pour monter tout le matos. Bernie a dénudé les fils. Nat et Phil ont fait des polaroïds des points de raccordement. Bernie a restauré l'installation électrique dans le réduit. On portait des masques pour se protéger de la sciure. J'ai installé des micros sous les abat-jour des lampes de chevet et sous le papier peint aux reflets fluorescents. Nat et Phil ont construit une boîte pour la caméra avec un plateau tournant dans le sol. J'ai percé et évidé un trou dans le mur de la chambre jusqu'au réduit.

On a installé la caméra qu'on a équipée d'une pellicule infrarouge. Le plateau tournant nous donnait un peu de latitude par rapport au cadre statique. On a transformé le réduit en cocon. On a installé des panneaux insonorisés pour atténuer les sons. J'ai fixé un miroir sans tain dans la cloison de la chambre. L'objectif de la caméra était braqué sur le pieu. Un verre teinté spécial nous permettrait d'agrandir la scène. Liz et Bo en Fuck-O-Scope sur grand écran.

On a travaillé. J'ai bossé comme un âne, avec mes mains et ma tête. J'ai parlé à Jane Russell ce matin. J'ai exposé l'affaire du Satyre et la théorie de la « dégénérescence des béguins de fans » de Monroe. Miss Russell a dit ceci :

Il lui est arrivé quelque chose comme ça. C'était en 1951. Elle tournait Scandale à Las Vegas *dans la ville du même nom. Quelqu'un a mis à sac sa suite au Flamingo. Les meubles avaient été renversés et déplacés. Elle a reçu un message anonyme par la poste. Le mec avait collé des lettres découpées dans des magazines sur un bout de papier grossier. Il exprimait son amour profond. Il la sermonnait pour qu'elle ne prenne pas le chemin de Carole Landis.*

Jane Russell accuse le Satyre. C'est une bonne piste. Voici le fruit de mes réflexions :

« Dégénérescence des béguins de fans. » Prétendument un concept de Marilyn. Elle en a parlé à Timmy Berlin, aux alentours de 1954.

Marilyn Monroe n'était pas assez maligne pour inventer une chose pareille. Elle n'était pas extra-lucide. Elle n'avait pas les neurones nécessaires pour appliquer le concept à Landis et Russell. Le Satyre n'a commencé à s'intéresser aux substituts de Marilyn qu'en 1961. Il n'a pas épié les diverses baraques de Monroe avant 1962. « Dégénérescence des béguins de fans », c'est du pur De River. Ce qui signifie ceci :

Monroe bavassait avec De River et l'admirait. La relation initiale a été brève ou longue. Elle a commencé en 1954 et a recommencé cette année.

Natasha Lytess. Elle est de mèche avec Docteur Paul. Le Doc a eu une attaque quand j'ai cité son nom. Elle a fait à Monroe les injections de collagène. Ça l'aidait à mieux s'immerger dans son rôle de grosse. Elle a encouragé le gang des kidnappeurs. Marilyn a fait ses débuts d'obèse lors de manifestations politiques. On a des images du LAPD. « Dégénérescence des béguins de fan. » Cette théorie a été échafaudée par Paul De River au milieu des années 50. Cela signifie peut-être qu'il connaissait personnellement ou connaissait l'existence du Satyre des années avant les cambriolages du Satyre chez les divorcées et les agissements délictueux de Marilyn Monroe à la fin de sa vie.

On a fini l'installation. On a parfaitement nettoyé les lieux. On a remballé notre matos et on s'est douchés dans les salles de bains de Bo. On a mis des vêtements propres.

L'évacuation des débris nous a pris deux heures. Monroe/Lytess/De River. J'en étais encore tout secoué.

Je suis retourné au Renseignement. Je voulais visionner d'autres films de surveillance de Monroe. Ses immersions. Reconstituons-les en remontant dans le temps. Les injections de collagène. Tâchons de cerner la chronologie du lien Monroe-De River.

On s'activait dans la salle commune. Preston Fong regardait des photos d'identité judiciaire. Les Hats et J. T. Meadows faisaient parler des faux témoins. La série du *Mirror* attirait des nuées de parasites en tous genres. Les gars de West L.A. ont interrogé la première fournée. À la deuxième fournée, ils étaient débordés. Le Renseignement a récupéré le trop-plein. J'ai scruté les visages. Aucun des types n'était grand et blond. Aucun ne correspondait au profil concernant l'âge, entre trente et quarante ans.

Je suis allé me planquer dans la salle de projection et de stockage des bobines. J'ai libéré Nat et Phil de leur filature de Manny Salas et je leur ai dit de sonder les étudiantes. Faites le tour. Le lycée de Palisades, de Santa Monica, l'université et le lycée Alexander Hamilton. Cernez les agissements de l'agent Sid Leffler. Nat m'a appelé il y a une heure. Imaginez : Sid pelotait la moitié des filles du club des pom-pom girls de Santa Monica.

J'ai mis la clim en route et rafraîchi la pièce. J'ai dépanné le projecteur et parcouru des yeux les bobines et les boîtes. J'ai examiné les panneaux d'affichage. Il y avait une liste datée réservée à Monroe. J'ai repéré quelque chose, immédiatement.

La liste des bobines. Normalement, trente-deux pages en interligne simple. Elle n'en fait plus que quatorze maintenant. Les étagères correspondant à Monroe avaient été à moitié vidées.

J'ai vu un ajout au crayon. « Couverture de la manifestation des Black Muslims/devant le Bureau central de la police/30/04/1962. » Cela correspondait à la période de la mission Hoffa. Ça m'a turlupiné. Je me suis repassé mon emploi du temps de ces jours-là. Monroe n'a pas été filée ce jour-là.

J'ai examiné les étagères et j'ai trouvé la bobine. Je l'ai sortie de sa boîte pour l'installer sur le projecteur. J'ai fixé l'extrémité du film dans la bobine vide et baissé les lumières. Début de la séance.

Le film était en noir et blanc. Voilà Los Angeles Street et le Bureau central de la police, en gros plan. L'image me donnait des chiffres approximatifs. À peu près deux cents abrutis à pancartes sur le trottoir. Aucun bruit. Les manifestants agitent des pancartes. La caméra zoome. Ils crient et gesticulent. C'est troublant. Des bouches grandes ouvertes il ne sort aucun son.

La caméra passe en pano, du nord au sud. Je scrute les pancartes : LIBERTÉ TOUT DE SUITE !/MORT AUX FLICS !/ FINI, LE FASCISME BLEU ! Je scrute les gens. Des beatniks, des prêtres et des bonnes sœurs noirs, des étudiants en goguette. J'ai plissé les yeux. J'ai cherché des silhouettes obèses. J'ai vu trois hommes grassouillets et…

J'ai reconnu une ample robe hawaïenne à fleurs. Je l'avais vue dans le placard de sa chambre. C'est *elle*. Elle s'est déguisée en dadame XXL. Elle agite une pancarte MORT AUX FLICS ! Elle a reçu des injections. Ça saute aux yeux.

Elle se dirige vers un homme. Il est grand. Il est en costard. Rien à voir avec un manifestant. Il n'a ni doléance ni pancarte. Il boite. Une légère claudication. De la jambe *gauche*. Marilyn lui fait la bise et lui parle. C'est Motel Mike Bayless.

Caméra humaine. Brusque saut dans le temps. Retour au 4 août 1962.

Marilyn est morte. J'entre dans la maison. Je remarque les traces de pas laissées sur le tapis et je les photographie. Ray Pinker fait un portrait d'après les empreintes. Un homme/1,85 mètre/85 kilos/ grands pieds/légère claudication à gauche. C'est Motel Mike, c'est sûr. Il baratine Marilyn, le 30 avril 1962. Il est dans sa baraque la nuit où elle meurt, le 4 août 1962.

Chez Kwan, il régnait une fraîcheur et une lumière tamisée de grotte. J'y ai passé deux heures. J'ai siroté de la ginger ale et j'ai griffonné. J'ai noté des noms et dessiné des flèches pour les relier. J'ai ajouté des points d'interrogation. Je n'ai pas extrapolé, supposé ou conjecturé. Je suis sorti et je suis retourné à pied au Bureau central de la police. J'ai vu une bagnole de fédéraux garée devant.

Eddie Chacón était planté à côté. Il m'a fait signe et a entrouvert la portière arrière. Je suis monté. Bobby le Pourri m'a donné une enveloppe.

« C'est une citation à comparaître devant le grand jury fédéral pour Juan Manuel Salas. Je vous suis dans vos réflexions, mais je ne suis pas encore prêt à constituer le jury. »

J'ai reniflé l'enveloppe. Elle sentait bon. *Une bonne occasion, c'est de l'amour.*

« Max Herman et moi, on va arrêter Salas, dans les jours qui viennent. On lui mettra la pression et on le fera parler. »

Le Pourri a roulé un cigare entre ses doigts. « Je n'en attendais pas moins de vous. »

J'ai dit : « Les frères Aadland m'ont chopé hier soir. Ils m'ont dit de me retirer, m'ont proposé de l'argent, m'ont interdit l'accès aux studios, et ils ont dit que Jimmy apprécierait beaucoup que je me soumette. Je leur ai dit non. »

Le Pourri a allumé le cigare. « Vous avez ma parole que je ne vous collerai pas de mise en accusation, à vous et à vos hommes, pour l'opération Hoffa. Je prépare d'autres pièges pour Jimmy, et ils n'incluent pas son incursion dans l'affaire Monroe. De plus, j'ai dit à Miller Leavy de ne pas engager de poursuites contre vous et les Hats pour votre mésaventure avec Richard Danforth. »

J'ai dit : « Merci Monsieur. »

Le procureur général m'a donné un cigare. « De quoi d'autre avez-vous besoin dans l'immédiat ?

– J'ai besoin d'Eddie pour une opération sous couverture concernant Paul De River. Il est mouillé jusqu'au cou dans toute cette affaire.

– Où en êtes-vous, précisément ?

– Jack et vous êtes blancs comme neige. Le Satyre a tué Marilyn Monroe. C'est la version officielle. Le grand public la gobera facilement. Les vagues rumeurs d'appels téléphoniques désespérés et d'adultère à la Maison-Blanche n'ont pas la moindre chance de prendre. »

Le Pourri m'a soufflé de la fumée au visage. Je suis sorti de la voiture.

Les bobines manquantes sur Monroe me tarabustaient. Je suis allé direct dans le bureau de Daryl Gates. Gates a désigné une chaise. J'ai fermé la porte et je me suis assis.

« La liste des films sur Monroe a été amputée, d'au moins cinquante pour cent. J'ai besoin de savoir ce que vous savez. »

Gates a poussé sa corbeille de courrier et a posé ses pieds sur son bureau. Il s'est penché en arrière sur sa chaise et a joint les mains sur sa nuque.

« C'est un pacte avec le Bureau du shérif. Pete Pitchess veut que son département soit couvert si toute cette publicité sur Monroe prend de l'ampleur, si le feuilleton de Morty Bendish fait un flop, et si le public commence à exiger de nouvelles réponses. Pete veut que ce soit *son* département qui révèle que Monroe était coco, pour pouvoir muscler sa posture anti-rouges et faire croire qu'il était au courant des agissements subversifs de Marilyn depuis le début. »

J'ai dit : « Je pige, mais il n'y a pas que ça. »

Gates a dit : « Effectivement, mais laissez-moi commencer par un avertissement. Je ne chercherai en aucune façon à faire échouer le pacte du Chef pour sa nomination à la tête du FBI, ni le marchandage de la police autour de votre incursion dans le dossier Monroe-Kennedy. Ceci étant dit, je soutiens Pitchess pour le poste de chef du FBI. »

J'ai tressailli. Pendant une demi-seconde. C'est là que la vision d'ensemble m'est apparue.

Gates a soupiré. « Bill Parker est en perte de vitesse. Je ne pense pas qu'il tiendra encore bien longtemps. La picole, les problèmes de palpitant, la façon dont il a fait foirer l'affaire des Black Muslims, la façon dont il n'arrête pas d'ouvrir sa grande gueule. Je pense qu'il ne survivra pas jusqu'à la réélection de Kennedy. Pour couronner le tout, Sam Yorty lui cherche des noises maintenant. Le Chef a ordonné au Renseignement de filmer tous les faits et gestes du maire Sam sans se cacher. Il va déconner une fois de trop et Sam m'a promis son poste si le Chef meurt, ou obtient le

FBI, ou s'il fait quelque chose de si scandaleux que le Conseil municipal votera sa mise à l'écart. »

Je me suis signé. Bill Parker, pris dans un double jeu. Bill Parker, complice de lui-même. Bill Parker – je lui étais redevable et je le tenais en estime, ce que Gates savait pertinemment, bordel de merde.

« Je veux que vous ne disiez pas un mot de tout ceci. »

Gates a dit : « OK.

– Les Hats et moi. Il faut qu'on mette une trempe à Sid Leffler. Il est pourri jusqu'à l'os. »

Gates a dit : « OK.

– Quand le moment sera venu, je veux que Pete Pitchess mette Mike Bayless en garde à vue au LAPD. »

Gates a dit : « OK. Mais qu'est-ce qu'on en retire, de tout ça ? »

J'ai allumé une cigarette. « Bobby K. a promis de ne pas me poursuivre pour l'opération Hoffa. Il a dit à Miller Leavy de lâcher l'affaire concernant Richie Danforth. Il me suit sur le grand jury. Témoignage à huis clos, tout le bazar. On va enterrer tout ça. »

Gates a applaudi des deux mains. « En voilà de bonnes nouvelles. Mais ça laisse supposer que Jack et Bobby sont mouillés dans Tout Ça, parce que les Kennedy ne se préoccupent que d'eux-mêmes. »

53

(LOS ANGELES, 22 H 03, DIMANCE 16/9/1962)

Le réduit était étouffant. Bernie et moi étions en slip. Bo et Liz dînaient à La Scala. Bo a composé son propre numéro de téléphone il y a dix minutes. Il a laissé sonner trois fois. Ça signifiait *Nous sommes en route.*

Il a mémorisé son script. Il sait quoi rechercher. On va tout filmer en Fuck-O-Scope. La caméra est chargée en pellicule infrarouge et braquée sur le lit. Le miroir sans tain améliore l'image. On a testé les micros cinq fois. On est *à fond.*

Un quart d'heure avant le coup d'envoi. Nos tourtereaux sont en route. De Beverly Hills à Hollywood. Faible circulation du dimanche soir. De Beverly à Rossmore puis plein nord. Bo conduit vite – il roule dans une Corvette de 1961.

Bernie a fait : « *Oy.* » On ne pouvait pas fumer. On dégoulinait de sueur sur la caméra et le trépied.

J'ai entendu grincer la porte d'entrée. J'ai entendu un bruit de clé. J'ai entendu *des pas lourds – boum, boum, boum, boum.* Ils se sont débarrassés de leurs chaussures. Les micros amplifiaient le son. Par la porte de la chambre, on a vu un peu de lumière provenant du couloir. J'ai jeté un œil dans le viseur. La scène baignait dans une lueur rose-rouge.

Bo : « Je n'arrive pas à croire ce qui est en train d'arriver. »

Liz : « Relax, chéri. C'est Kennedy le président, tu n'es pas au courant ? On a le droit de s'éclater. »

Ils sont entrés dans la chambre. Les fermetures Éclair ont fait *ziiiiip.* Des pieds se sont approchés du lit. Ils sont apparus dans le champ. Bo a allumé une lampe de chevet. Ça a éclairci la lueur rose-rouge. Bernie a ajusté le zoom. Leurs visages de stars sont apparus – hyper identifiables.

Ils se sont agrippés l'un à l'autre. Ils ont retiré leurs fringues debout près du lit. Ils sont à poil. Ils se laissent tomber sur le matelas. Les ressorts font *scouic-scouic*

Bernie a dézoomé. Il a cadré le lit entier. Les préliminaires ont eu lieu sur une housse de couette tuftée. Ils gémissaient et disaient des trucs débiles comme « Putain », « Oh, mon chou ». Les préliminaires traînaient. Partout des jambes, des dos, des seins, et des culs rose-rouge. Bernie a dirigé l'objectif vers le haut. Il a chopé des super images des visages.

Les *Oh, mon chou* sont montés en puissance. Les voilà en position du missionnaire. Les *putain* et les *Oh mon chou* se sont mêlés, intensifiés, puis sont devenus monotones. Le matelas grinçait en rythme. J'ai chronométré la partie de jambes en l'air sur ma montre. Dix-sept minutes et quatorze secondes.

Silence. Liz allume une cigarette. La cigarette dégage des volutes rose-rouge. Ils sont allongés sur le lit. Ils prennent la pose façon Nouvelle Vague française. La langueur post-coït.

Liz retrouve de la vigueur. Elle se met à bavasser. Des bavardages diffamatoires. Richard Burton en a une minuscule. Il ne la lave jamais. Joe Mankiewicz est un cryptopédé. Lassie va la remplacer dans le rôle de Cléopâtre. Tu te rends compte, chéri – la vraie chienne, c'est moi.

Engouffre-toi dans la brèche, crétin – elle vient de t'en ouvrir une belle.

Bo : « Je sais que la Fox est dans la merde et qu'il y a des rumeurs qui circulent. La Fox est devenue un vrai nid de frelons, avec toutes ces histoires de cul et les délits financiers en perspective. Tu vois, les gens là-bas essaient de se protéger et de se constituer des bas de laine au cas où la Fox se casserait la gueule. »

Liz : « Ouaip, et avec “histoires de cul”, tu es bien loin de la vérité. Tu vas voir. Des séjours échangistes de deux semaines à la Jamaïque, avec des vols charters bon marché pilotés par des types sans permis de vol. La compagnie s'appelle “Fox Tail Airlines” parce qu'il y a des hôtesses à poil qui portent une fausse queue de renard, alors tu peux tirer dessus quand tu veux un autre cocktail ou plus de cacahuètes. Si c'est pas trop ta came, que dirais-tu de week-ends entre mecs à Tijuana, avec visites au Chicago Club pour assister au spectacle de l'âne, plus tous les cachetons que tu peux avaler, et escortés tout du long par la police mexicaine. Un autre ragot que tu vas adorer. Le type qui a monté tout ça est un Mexicain bien gaulé qui s'appelle José Bolaños, qui n'est pas seulement un communiste mais aussi l'amant de feue Marilyn Monroe. »

Bo : « Ouah ! L'amant de Marilyn Monroe ? »

Liz : « *Es la verdad*, chéri. José est un sacré numéro. Il est soi-disant lié à la mafia, ici aux États-Unis. À savoir, avec Jimmy Hoffa et les frères Aadland, qui ont toujours une sacrée influence à la Fox. »

Bo : « Ouah, Marilyn Monroe, donc ? Elle avait une liaison avec ce latino, José ? »

Liz : « Roddy McDowall m'a tout raconté. Marilyn était l'esclave de José. Elle transportait de l'héroïne entre le Mexique et les États-Unis pour lui, déguisée – avec de faux passeports, tout le toutim. »

Bo : « J'ai toujours entendu dire que Marilyn n'était pas très futée. Elle a dû se faire aider pour les papiers et les déguisements. »

Vas-y, Bo, vas-y ! Liz la Prolikze est prête à parler !

Liz : « T'as vu juste, chéri. Marilyn avait toujours une clique de lèche-bottes, de fayots et de charlatans qui prenaient les décisions pour elle, et lui disaient qu'elle était un génie. Elle était accro à ce psy complètement escroc, qui était pote avec l'autre gouine, sa prof de théâtre, et ils lui ont injecté plein de collagène pour lui donner un visage rondouillard. La prof s'est installée dans une maison à côté de chez Marilyn, pour la superviser. Je jure que c'est vrai ! Marilyn l'a raconté à Roddy, et Roddy me l'a répété ! »

On a la confirmation. Doc De River et Natasha Lytess – de mèche.

Bo : « Ouah. Ce Roddy a l'air d'être un sacré numéro. »

Liz : « J'adore Roddy. On était enfants-stars ensemble, il y a longtemps. Il s'est fait rouler sur *Cléopâtre*, mais maintenant, il tient sa revanche. Les frères A. financent une série de films pornos gay que Roddy réalise. Et devine, ils sont tous sur le thème de *Cléopâtre*, avec d'authentiques costumes du film ! »

Bo : « Ouah ! Toutes ces histoires d'escroqueries aux studios sont vachement intéressantes. »

Liz : « Attends, c'est pas fini. Il y a ce comptable à la Fox – en fait, c'est un Aadland – qui est en train de monter des voyages sexuels guidés à Haïti et en République dominicaine. Les frères A. ont des liens avec les dictateurs là-bas, alors tout est bordé, et ils seront chaperonnés par les Tontons Macoutes et les gros bras de la police dominicaine. »

Bo : « Ouah ! Et tu es au courant de ce trafic de bons au porteur dont j'ai entendu parler ? »

Liz : « Tout est vrai ! Cette actrice à deux balles, Gwen quelque chose, connaît des faussaires qui fabriquent des bons dont les numéros se suivent qui ressemblent beaucoup aux vrais, et la feinte n'est découverte que plus tard, quand les crétins essayent de les vendre. C'est dément ! J'ai acheté deux bons, juste pour rigoler. »

Bo : « Ouah ! Ces frères A. sont soi-disant vachement influents à la Fox. Moi, je suis un gars de la côte Est, alors les voyous m'ont toujours intrigué. »

Liz : « Ils traînent à la Fox depuis les années 30. S'il s'y passe des choses illégales, ils sont mouillés jusqu'au cou. »

Bo : « J'ai un cousin qui est réglo, lui. C'était le médecin de mon oncle Sol, dans les années 40. Shelley Mandel. Mon père disait que c'était un type bien. »

Liz : « Le Dr Shel était pourri de chez pourri. Le Bureau fédéral des narcotiques le surveille depuis la fin des années 40, pour avoir prétendument vendu sous le manteau de la pénicilline illégale, alors qu'en fait, il la distribuait à toutes ces call-girls qui l'obsédaient, et à ces impitoyables Israéliens. Il a fait sa part pendant la grande épidémie de maladies vénériennes, et punaise, il prescrivait à tour de bras ! C'est Shel qui m'a fourni mes premiers cachetons de Benzédrine et de Demerol. »

Bo : « Il a l'air d'avoir fréquenté tout le monde. Qu'est-ce qu'il fait maintenant ? »

Liz : « Il vit en ermite. Il se planque dans une espèce de labo de chimie sur la plage. Le Bureau des narcotiques continue à suivre ses faits et gestes, mais pas très assidûment. »

Bo : « Il a fréquenté trop de monde pendant trop longtemps. »

Liz : « Shel était un type de la renaissance de Hollywood, et il était très lié aux frères A. Ils possédaient tout un ensemble de baisodromes dans les années 30 et Shel leur a racheté celui de West L.A. après la guerre. Et un détail croustillant : Roddy m'y a emmenée, quand j'avais à peu près seize ans. Tout était permis, chéri. Je n'en croyais pas mes yeux de jeune vierge. Ça devait être à l'été 1948, parce que Carole Landis avait été vue là-bas juste avant de se suicider. »

Tilt/bingo/le jackpot avec les trois paires de cerises

Bo : « Vous étiez vraiment jeunes à l'époque, Roddy et toi, et on dirait que ce baisodrome était assez glauque. J'espère que tu avais quelqu'un qui connaissait les ficelles pour t'introduire dans les lieux. »

Liz : « On avait deux membres de la SA qui nous chaperonnaient. De vrais gestapistes. Un flic à moto nommé Norm Krause et un jeune type nommé Jack Clemmons, qui s'était fait recruter par le LAPD. Tu veux savoir le plus ironique de l'histoire ? C'est lui qui a reçu l'appel quand on a découvert le corps de Marilyn Monroe ! »

Bo : « Eh ben. Quelle ironie, en effet. »

NEUVIÈME PARTIE

SOUS COUVERTURE

(17-28 septembre 1962)

54

(LOS ANGELES, 1 H 06, LUNDI 17/9/1962)

Surveillance de nuit.

J'étais banni. Je n'avais pas d'accès à la Fox. Je me suis garé à l'extérieur du parking côté nord et j'ai épié le studio.

Il était tard. Roddy travaillait tard. Une seule voiture garée, sa Skylark de 1954. Il travaillait sur le plateau numéro 22. Les portes grandes ouvertes laissent passer la lumière et faisaient entrer de l'air frais.

Roddy avait accès à tout le studio. Les frères A. tiraient les ficelles. Roddy bossait pour eux maintenant. Roddy, le grand manitou du film de cul.

Roddy connaissait la chanson. Je filais plein de pépettes contre plein de potins. Ce serait pas la première fois. Je connaissais son mode opératoire. Les bars fermaient à 2 heures. Il partirait bientôt, ou alors il travaillerait toute la nuit.

Il a déboulé à 1 h 12. Il a cadenassé le plateau 22 et actionné la commande à distance du portail nord. Je me suis élancé juste derrière lui. Il roulait à fond dans sa Skylark. Il a pris Olympic vers l'est puis viré au nord sur Crescent Heights. J'étais juste derrière lui. Roddy a faim. Ce sera le Jaguar ou le Charpentier, ce soir.

J'ai laissé un peu de distance. Je suis resté relax et j'ai gardé mes phares pas loin de son pare-chocs arrière. Il a coupé à l'est sur Santa Monica et a fait demi-tour jusqu'au Jag.

Le Jag était un bar à gros durs. Roddy a bondi de sa bagnole pour s'engouffrer dans ce nid de perdition. J'ai compté les secondes sur ma montre et je l'ai suivi à l'intérieur.

C'était une soirée cinéma d'antan. Un drap faisait office d'écran. Le projecteur délivrait un film tremblotant. Des images granuleuses et des voix allemandes révélaient l'intrigue. C'est un film nazi tourné dans un baraquement. Des types à l'allure de Boches se pavanaient en moule-burnes et se lançaient dans un numéro de strip-tease.

Les garçons étaient en caleçon et se prélassaient sur des sacs de couchage. Soirée pyjama – les chaudards allaient reluquer et se marrer jusqu'à midi.

Roddy était au bar. Il m'a vu et a fait *Je t'aime, toi.* Il a frotté son pouce contre son index et a fait *Combien ?* J'ai dit « Beaucoup. » Il a glissé ses doigts dans la boucle de ma ceinture et m'a entraîné en tortillant du cul jusqu'à la ruelle.

La température a baissé d'un coup. On s'est adossés à une vieille V-Dub et on a allumé des clopes.

« Je veux mettre du pognon dans ta série de parodies de *Cléopâtre*. Si les frères Aadland investissent, c'est sans doute un truc rentable. »

Roddy a soupiré. « Qui t'a dit ça ? À quel centurion bien gaulé as-tu extorqué cette info ? »

J'ai dit : « C'est Liz Taylor qui m'en a parlé.

– Cette grosse gourdasse. Je regrette le temps que je lui ai consacré, pendant *toouutes* ces années. »

J'ai sorti ma liasse. J'en ai extrait vingt billets de cent et les ai déployés en éventail. Roddy m'a broyé les mains et en a extirpé les billets.

Il a dit : « C'est juste pour commencer, tu en as conscience. Je vais mettre en vente des titres de Dirty Cleo Productions, mais je te donne cette opportunité d'investissement avant les autres, au vu de notre camaraderie de longue date. »

J'ai jeté ma clope. « Crache le morceau. Tu emmenais Liz visiter des endroits chauds de la ville, vers 1948. J'ai besoin de savoir comment Carole Landis et Shelley Mandel pourraient être liés à tout ça. Appuie-toi sur ce que je vais te dire. Des baisodromes, des jeux de baise, deux flics servant d'escorte nommés Norm Krause et Jack Clemmons, et deux call-girls nommées Monroe et Perloff qui traînent dans les parages et qui gardent la maison de Carole Landis, alors au beau milieu de sa chute finale. »

Roddy le Lubrique. Il a fourré la main dans la poche de mon pantalon et en a extrait mes cigarettes. Il en a allumé une et a exhalé des ronds de fumée vers le ciel.

« Carole était aux abois, déprimée, et partait complètement en vrille. Combien de fois peut-on se marier sans s'apercevoir de la vacuité fondamentale de cet acte ? Elle a posé pour un jeu de cartes avec l'extraordinaire "Capitaine Crochet". C'était une légende du porno d'après-guerre. Les images ont été prises dans le baisodrome de Shelley, à la limite entre Palisades et Brentwood, même si je ne me rappelle plus à quoi ressemblait la baraque, ni où elle se trouvait exactement. C'était Orson Welles qui photographiait. Ce jeu était destiné aux *cinéastes*, dans le monde entier. J'en ai gardé un exemplaire, pour mon portefeuille d'investissement. »

J'ai dit : « Plus sur Landis. Grouille-toi – tu traînes en longueur.

– La remémoration est un art, et je refuse d'être bousculé. Mais je vais tenter de me montrer bref sur le sujet.

– Roddy…

– OK, j'ai compris. Carole en était à son quatrième mari, tout en étant amoureuse de Rex Harrison et d'un type de la Junior League. Elle passait son temps à tomber amoureuse et à tenter de se ranger – mais comme beaucoup d'entre nous, dès qu'elle commençait à s'ennuyer, elle recherchait le petit frisson. Krause et Clemmons ? Ils chaperonnaient les huiles des studios et les notables venus s'encanailler à L.A. dans des bars gays, des bals de travestis, des lieux de rencontre interraciaux, des baisodromes, des repaires à came, et les spectacles de cul de Tijuana. Krause était bien vu du chef Worton – le type qui a fait l'intérim entre C.B. Horrall et ton pote Bill Parker. »

J'ai fait tourner mon index. *Allez/ Je te paye/Accélère la cadence.*

« OK. *Oui*, je savais que Marilyn et Gwen gardaient la maison de Carole. *Oui*, mais n'oublie pas que Gwen n'a jamais été rien d'autre qu'une criminelle – donc si *elle* faisait du gardiennage, il y avait forcément une histoire de pognon derrière tout ça. »

Une Chrysler de 1957 oscillait comme une dingue sur sa suspension. Quatre pieds masculins dépassaient de la vitre arrière.

J'ai dit : « Shelley Mandel. »

Roddy a haussé les épaules. « Je l'ai toujours bien aimé. Je pense qu'il s'est retrouvé mêlé de trop près aux affaires des Aadland, et que ça l'a un peu perturbé. Aux dernières nouvelles, il s'était retiré dans le centre de cure pour toxicos de Terry Lux. Il y a son propre labo, et il fait mumuse avec des microscopes et des cellules sanguines. »

La Chrysler a oscillé encore plus vite. Les pieds nus s'agitaient dans tous les sens. Le film sado-maso beuglait du Wagner. Les garçons du Jaguar avaient du goût.

55

(LOS ANGELES, 16 H 00, LUNDI 17/9/1962)

Terry Lux. Un célèbre chirurgien plastique. Son centre de cure marchait bien. Son centre de cure cachait et soignait des nazis en fuite et des grands noms du cinéma. Terry charcutait de riches Japonais pour qu'ils aient l'air chinois et les sauvait de la détention pendant la Seconde Guerre mondiale. Terry traitait des maladies rares et rendait sobres des rupins imbibés jusqu'à l'os. Certains vivaient dans sa clinique. Terry satisfaisait les besoins des xénophobes/des immigrés entretenus par leur famille/de ceux qui fuyaient les commissions gouvernementales.

Le centre était gardé et patrouillé par des hommes de main en voiturette de golf. Accompagnés de méchants mastiffs. J'ai tourné à l'est de la Pacific Coast Highway et suis monté vers les falaises de Malibu. Un gardien m'attendait devant le portail. J'avais appelé avant de venir. J'ai donné mon nom et celui de Hersh Aadland. Ça a marché. Le gardien m'a dit de me garer. Le reste du trajet s'est fait en voiturette.

Il m'a mené dans un tunnel éclairé par des ampoules nues. On est passés sous la Pacific Coast Highway. Les bagnoles vrombissaient à plus d'un mètre au-dessus de nos têtes. On est sortis côté plage. On a pris une route goudronnée et on a longé deux guérites. J'ai vu des pavillons au loin.

On les a dépassés. J'étais fébrile. Lois m'avait donné une bobine de *Soirée twist sous surveillance*. C'est Sid Leffler, « réalisateur seconde équipe », qui l'a tournée. Je l'ai projetée au Renseignement.

C'était postsynchronisé. Les filles du lycée de Palisades tournoyaient au rythme des « Révolutionnaires du twist ». Elles portaient des bikinis ras la touffe. Elles ondulaient de manière suggestive sur le *Twist des Accros au sexe*. Selon Lois, c'est Sid qui a écrit la chanson. Lowell Farr se tortillait au milieu d'elles. Le haut de son bikini bâillait sous ses tétons.

Ça m'a tapé sur les nerfs. Ça a tourné en boucle dans ma tête. Ça m'a rendu dingue.

Puis Gwen a appelé à mon bureau. Elle s'est montrée péremptoire. « Chez Frascati, 20 heures. »

On a dépassé les pavillons. On a obliqué vers une voie de desserte ombragée par des palmiers dattiers. J'ai senti l'odeur de substances chimiques qui mijotaient. J'ai vu deux petites bâtisses en stuc. Une résidence et un labo. Des têtes de mort étaient peintes au pochoir sur les deux.

J'ai bondi de la voiturette. Doc Shel se tenait sur son porche. Il avait cinquante-cinq ans. Il était grand, dégingandé, et brûlé par le soleil. Il portait une blouse de chimiste et un bermuda.

Je suis monté sur le porche. La voiturette a fait demi-tour et foutu le camp.

Doc Shel a dit : « Fédéral ou municipal ? J'ai de la visite de temps à autre. »

J'ai dit : « Municipal.

– Et c'est à quel sujet ?

– Pas de quoi se mettre les nerfs en pelote. Je sais que vous n'avez jamais vendu de pénicilline au marché noir. Vous l'avez offerte à de charmantes jeunes femmes, ce dont je vous félicite.

– N'oubliez pas Israël. J'en ai donné l'essentiel à Israël. Je suis un fils de la diaspora, et mes efforts humanitaires en faveur d'Israël compensent largement mes efforts pour courtiser ces "charmantes jeunes femmes". »

J'ai souri. « Israël et les femmes. Vous prêchez un converti. »

Doc Shel m'a fait entrer. Son salon avait le kitsch d'un motel de plage. Une porte ouverte derrière lui donnait sur un bureau lambrissé de bois.

« Vous n'êtes pas des Mœurs ? Vous n'allez pas m'embarquer pour avoir inventé un certain genre de jeu de cartes ? Pour avoir possédé un jour une demeure connue de manière plutôt inconvenante comme un "baisodrome" ? »

Je suis passé à l'attaque. « Non, mais j'aimerais que vous me donniez son adresse. »

Doc Shel a dit : « 11868 Pavia Place. Une adresse chic où ont eu lieu quelques activités vulgaires, je le concède. »

Pavia Place croise Capri Drive. Carole Landis a vécu sur Capri. Le Riviera Country Club est contigu à Capri. La maison de Landis et le baisodrome sont à cinq cents mètres l'un de l'autre.

« Allez, Doc. Vous étiez un jeune homme à l'époque. Vos bonnes actions ont plus que compensé vos frasques. »

Doc Shel m'a fait entrer dans son bureau. Une vraie parodie de bureau. Les murs en pin noueux. Les photos des fans en noir et blanc sur papier glacé. Toutes dédicacées à ce « Cher Dr Shelley ». Toutes le créditant ainsi :

« Merci pour la qualité de votre travail qui m'a aidé à surmonter le mal trop embarrassant pour être nommé. »

Des textes identiques. Des visages familiers. Des politiciens locaux, des vedettes de cinéma, des sportifs. Beaucoup de séduisantes jeunes femmes anonymes.

Ainsi que :

Jeanne Carmen, Lila Leeds, Barbara Payton, Deedee Grenier. Pas de Carole Landis, pas de Marilyn Monroe.

Doc Shel a ri. « Je leur ai demandé à tous d'écrire le même texte hypocrite et banal. Je déteste voir les gens se compromettre. »

J'ai dit : « Je ne vois ni Marilyn Monroe ni Carole Landis.

– C'est parce qu'elles n'étaient pas malades de la même manière. »

J'ai tourné les talons et je suis retourné dans le salon. J'ai vu deux photos sans dédicace. Elles étaient posées sur un poste de télé. Elles étaient mises en avant/à l'écart des autres.

Robert F. Kennedy et Gwen Perloff. Quand ils avaient une vingtaine d'années.

« Voyez-vous ça. Notre nouveau procureur général, et une femme absolument charmante. Je suppose qu'ils n'étaient pas malades, eux non plus. »

Doc Shel m'a regardé d'un air impassible. J'ai senti Tout Ça se contracter et se dilater.

J'ai descendu Pavia Place à deux à l'heure et j'ai trouvé la baraque. C'était une maison de style colonial espagnol qui datait des années 20. Un sacré baisodrome en 1948. Une maison pour petite famille de cul-serrés à présent.

Des cages à écureuils et des toboggans aquatiques encombraient la pelouse. Un panneau était planté dans le gazon devant la baraque. Il annonçait le tournage sur les lieux de *Soirée twist sous surveillance*.

11868 Pavia Place.

Marilyn Monroe a dessiné cette maison. Elle a signé le croquis et l'a daté : 22/6/1948.

Je suis arrivé en avance chez Frascati. J'ai pris place dans *notre* box. Dans *notre* coin privé. J'ai réexaminé dans ma tête les deux photos. Je ne leur ai pas attribué de signification. Cela aurait foutu en l'air toute signification antérieure.

J'étais lessivé. J'avais passé des coups de fil dans mon bureau trois heures d'affilée. J'ai appelé Lois pour lui demander qui avait choisi Pavia Place pour le tournage de *Soirée twist*. Lois a dit :

« Sid Leffler ». J'ai appelé Morty Bendish et je l'ai tenu au jus concernant Sid, *sotto voce*. Morty en a remis une couche :

Doc De River file à Sid toutes ses intuitions de flic intello. De River file à Sid tous ses topos intellos sur le Satyre. Sid et le Doc se parlent au moins une fois par jour.

J'ai appelé Red Stromwall. Red s'est plaint des fausses confessions qui déferlaient au Bureau central de la police. La série de Morty dans le *Mirror* a déclenché une avalanche. Preston Fong continue à éplucher les photos d'identité judiciaire. Il y en a quarante-six registres en tout au bureau des inspecteurs du centre-ville.

Harry et Eddie *re*-mettent la pression sur les délinquants sexuels enregistrés. J. T. les aiguille. C'est un travail ingrat. Ils ont déjà blanchi ces blaireaux. C'est ce qu'on fait de pire dans le genre boulot chiant.

J'ai appelé Del Kinney. Je lui ai dit de contacter ses vieux potes de la Commission de contrôle des alcools. Je veux faire une descente au Nid de Norm. Ça sent le rade ultra-pourri. Les Grenier frère et sœur y faisaient chanter des petits maris infidèles. Norm Krause et Jack Clemmons sont pourris. Ils sont liés au Bünd du Chien blanc, ces tarés de droite. Del s'est montré sceptique. J'ai sorti le grand jeu et je l'ai frappé en plein cœur.

« J'étudie des moyens de sortir Gwen de ce merdier lié à l'enlèvement, et écraser Krause et Clemmons en fait partie. »

Del a dit : « OK, Freddy. Je vais faire au mieux. »

Ce soir, elle arborait un tailleur en sergé gris. Ainsi que de nouveaux cheveux blancs et de nouvelles lunettes en écaille. J'ai mémorisé les données de son permis de conduire. J'étais âgé de quatre ans, deux mois et cinq jours de plus qu'elle.

Je me suis levé. *Notre* serveur a tiré sa chaise pour qu'elle puisse s'asseoir. Il a fait signe au type chargé des boissons. Il a apporté les martinis.

On les a bus lentement. On a allumé des clopes. J'ai repensé aux photos de Doc Shel.

Gwen a dit : « J'ai parlé à Del il y a quelques heures. Il m'a dit qu'il y avait peut-être une chance que certaines personnes impliquées dans ce que vous appelez "Tout Ça" en sortent blanchies.

– J'y viens. Mais d'abord, j'avais une question.

– À quel sujet ?

– Votre parcours de criminelle. »

Gwen a écrasé sa cigarette. « C'est brutal, mais allons-y. Je tiens une liste des délits, et je calcule le jour exact où la prescription est de mise. »

J'ai dit : « Par exemple ?

– Par exemple, je me suis occupée d'un cambriolage à domicile le 11 juin 1948. La prescription est tombée le même jour, sept ans plus tard. »

Landis. Le boulot de gardiennage. Elle me mettait la puce à l'oreille de manière indirecte.

« Continuez.

– J'ai organisé un braquage de la paye du personnel le 9 février 1950. Et je m'arrêterai là pour l'instant. »

Je me suis penché vers elle. Mon bras a effleuré le sien. Gwen n'a pas bronché.

« Vous pourriez sortir de l'affaire de l'enlèvement et de tout ce dans quoi vous êtes impliquée. Cela vaut aussi pour vos complices – à condition qu'ils n'aient pas franchi certaines limites que les fédéraux et Bill Parker ne peuvent tolérer. »

Gwen s'est penchée vers moi. Ses doigts ont effleuré les miens. J'ai réprimé un frisson.

« C'est vous qui avez franchi la limite. Avec Richard Danforth et Paul Mitchell. Je peux tolérer Danforth, mais Paul Mitchell, c'est une autre paire de manches.

– Pourquoi Danforth ? Qu'aviez-vous à lui reprocher ? »

Gwen a dit : « Je ne vous le dirai pas. »

J'ai toussé. « Je vais vous expliquer en quoi consiste l'accord. Il n'y aura ni coup tordu ni surprise.

– Dites-moi. Et dites-moi pourquoi vous avez évoqué les fédéraux quand vous avez abordé le sujet. »

J'ai dit : « Vous aviez raison, depuis le début. C'est une opération de rachat lancée par Bob Kennedy et Bill Parker – et elle inclut le scandale du Satyre dévoilé dans le *Mirror*. Le but est d'étouffer les rumeurs sur Marilyn et Jack, et le fiasco de votre enlèvement, et toutes les escroqueries de la Fox se sont retrouvées dans ce bordel, ainsi que ma boulette avec Danforth. Le projet initial était d'enterrer toute l'histoire avec une comédie de grand jury fédéral, de témoignages sous le sceau du secret, d'immunité des témoins, et de lourdes mesures punitives pour toute divulgation publique de témoignages sous serment. Mais – à l'heure actuelle –, je pense que le procureur général se contentera d'exiger des témoins potentiels un témoignage sous serment et à huis clos, sans comparution devant le tribunal. »

Elle n'a pas cillé. Ni à « fédéral ». Ni à « Bob Kennedy ».

Gwen a dit : « Je vais y réfléchir. »

J'ai dit : « Je connais une femme. Je passe mon temps à lui demander si elle m'aime. Elle me répond toujours : "Je vais y réfléchir". »

Gwen a presque souri. Je me suis penché vers elle.

« J'ai lu le dossier de votre sœur, au commissariat de Hollywood. J'ai trouvé une déclaration d'un témoin oculaire qui corrobore les éléments, et je doute que Del Kinney l'ait vue.

– Dites-moi.

– Deux garçons étaient avec Mitzi dans le bus. Ils la taquinaient. L'un avait environ treize ans, l'autre était un peu plus âgé. »

Gwen s'est levée. Elle a dit : « Je suis sûre qu'on se reparlera », et elle est partie.

56

(LOS ANGELES, 21 H 10, MARDI 18/9/1962)

On attendait Leffler. Max l'avait appelé pour organiser la rencontre. Phil et Nat ont fait leur compte rendu. Sid est inculpé. On l'a eu pour atteinte sexuelle sur mineur et fellation forcée. Nat et Phil ont déniché dix-neuf plaignantes. Ils ont postulé une centaine de chefs d'accusation pour délit grave. Sid se comportait comme un gros dégueulasse avec les filles du Westside depuis les années 50 et quelques.

Le May Company dans le centre. Croisement 10e et Broadway. Le parking de derrière. Harry et Eddie ont choisi l'emplacement. Red a aménagé les lieux.

Une réserve abandonnée. Située tout près de la porte. Une chaise et une ampoule bien brillante. *On a quelques questions, Sid.*

On a pris des gants lestés de plomb. Avec des chevrotines cousues à l'intérieur, pour les rendre plus lourds. J. T. Meadows était chez lui, avec sa femme et ses gosses. Ou parti baiser avec Marcia Davenport. J. T. et la Divorcée numéro 1. Il y avait un truc entre eux.

Leffler s'est pointé. Il est arrivé par Broadway et a allumé ses feux de route. Red a relevé le volet roulant d'un coup sec. Leffler s'est approché au ralenti. On est entrés dans le faisceau de ses phares.

En effet. On est cinq. Tu croyais que Max viendrait seul.

Red et moi on s'est occupés de la porte. Leffler avait l'air pétrifié d'une lapine prise dans les phares. Red l'a sorti de sa bagnole. J'ai pris son flingue dans son holster et j'ai viré les cartouches. Il s'est débattu. Je lui ai fait une clé de bras et je l'ai emmené de force à l'intérieur.

Harry a fermé la porte. Eddie l'a menotté à la chaise. J'ai dit : « Tu as des relations louches. On est ici pour en parler. Tu as un long passif avec les jeunes filles, Sid. C'est pour ça qu'on t'a amené ici. »

Leffler s'est mis à suer. Ses lunettes ont glissé sur son nez. On restait plantés tout autour de lui. Max et Eddie ont donné des coups de pied dans les lattes de la chaise. On a enfilé nos gants. Leffler s'est pissé dessus. Notez la flaque à l'entrejambe.

Je lui ai filé un petit coup. La tête de Leffler a fait un bruit sec. Il s'est mordu la lèvre et s'est mis à saigner. J'avais mis la double dose dans mes gants. Chevrotines *et* roulements à billes. Ça doublait le poids.

Max a dit : « On va te soumettre quelques noms. Tu entends le nom, tu le reconnais, tu nous dis ce que tu sais. C'est ça qu'on te demande. Des réponses rapides t'éviteront de morfler. »

J'ai dit : « Marilyn Monroe. »

Leffler a dit : « Star de cinéma morte. Tuée par le Satyre, si j'en crois les articles feuilletonesques de mon beau-frère. »

Je lui ai filé un coup léger. Sa tête a fait un bruit sec. La beigne lui a salement fait tinter les oreilles. Leffler a poussé un cri et s'est mis à chialer.

« Fais pas le malin. Quand tu entends un nom, tu as deux façons de répondre. Tu dis : “J'en sais pas plus que vous” ou tu dis : “J'ai des infos”. »

Leffler a fait *Oui oui oui.* « Ce que je sais, vous le savez déjà. Allez, quoi, c'est *Marilyn Monroe.* »

J'ai dit : « Gwen Perloff ? »

Leffler a fait *Oui.* « Je n'en sais pas plus que vous. Je ne l'ai jamais rencontrée, je n'ai jamais eu affaire à elle dans le cadre du boulot, j'ai lu des trucs à son sujet et c'est tout. »

Red a dit : « Richard Danforth. Alias "Ronnie Dewhurst" et "Rick Dawes".

– Même réponse, bande de sadiques. Vous êtes en train de frapper un collègue – et les gars comme vous finissent toujours par le payer. »

Je lui ai filé un bon gros coup. Leffler a poussé un cri perçant. Je lui ai déchiré l'arcade sourcillère. Du sang a coulé dans ses yeux.

Leffler a *hurlé.* « Non, non, non. Je ne sais pas. »

Eddie a dit : « Juan Manuel Salas ? Alias "El Manny" ?

– Je ne le connais pas. Je n'en sais pas plus que vous. »

Il a dit ça en pleurant comme un veau. Il s'est mordu les lèvres et sa bouche s'est teintée de rouge.

J'ai dit : « Paul Mitchell Grenier. »

Leffler a fait *Oui oui oui.* « Lui, je le connais. Mais c'est juste une petite frappe que j'ai vue traîner autour de la Fox. Sa frangine Deedee est venue signaler sa disparition hier. C'est une tarlouze, et un type pas fiable. »

Harry a dit : « Albie Aadland ? »

Leffler a craché du sang et s'est tortillé sur sa chaise. Ses menottes étaient serrées. Les cliquets des bracelets lui entaillaient les poignets.

« Albie aime les types musclés. Il collectionne les durs à cuire comme un type ordinaire collectionnerait les cartes de base-ball. Le grand frisson, pour lui, c'est d'aller rendre visite aux taulards de Chino. »

J'ai dit : « Tu as bossé comme agent de sécurité pour les Aadland dans les années 30 et après la guerre. Tu étais un habitué des baisodromes. File-nous des infos là-dessus.

– Qu'est-ce qu'il y a à vous filer ? C'était en mode "tout est permis". La plupart du temps, je gardais les yeux fermés et la tête baissée. »

Max a allumé un cigare. « Carole Landis, Shelley Mandel, Norm Krause et Jack Clemmons. Plus une flopée d'arnaques à la Fox, en ce moment même. »

Leffler a toussé. « Bande de crétins, vous avez balancé de la falaise un suspect d'enlèvement, et ça barde pour vous maintenant. Je connais le mot *rachat* aussi bien que n'importe qui. À votre avis, combien de temps Morty va pouvoir continuer son feuilleton bidon avant que les gens en aient marre ? *Der Führer* Parker ne se rend pas compte que son pacte avec Bob Kennedy n'est qu'un secret de polichinelle ? Il est trop vieux, il est trop bourré, sa santé est trop pourrie… »

Je lui ai filé une baffe. Je lui ai fendu les lèvres et déchiré une narine. Les points de couture de mon gant ont sauté. Des chevrotines et des roulements à billes ont jailli dans tous les sens.

Leffler a hurlé comme un goret. Je ne l'avais pas loupé. Il a donné des coups dans les barreaux de sa chaise. Ses jambes ont convulsé.

Eddie a dit : « Les lycéennes. On a dix-neuf plaignantes. Elles te dénonceront comme obsédé sexuel. »

J'ai dit : « Lois Nettleton et Lowell Farr m'ont dit que tu avais un genre préféré. Lowell a dit que tu avais choisi avec soin les actrices de ton film de twist. »

Leffler a eu un bêlement moqueur. Une dent déchaussée est tombée sur ses genoux.

« Je n'ai pas besoin de ramper pour obtenir des petites chattes, et je n'ai pas besoin d'enfreindre la loi. Je suis dans l'Industrie du cinéma, *bubi*. J'ai carte blanche. J'exige toujours de voir une pièce d'identité. Montre-moi que tu es majeure, petite. Je suis policier, et je connais la loi. »

J'ai allumé une clope. « Cette baraque à Pavia Place. Pourquoi l'as-tu choisie comme lieu de tournage ?

– C'était un baisodrome il y a des lustres, mais je savais que les nouveaux propriétaires la louaient pour des tournages. Je fais des films. Je connais mon boulot. Je suis un pro dans un monde rempli d'amateurs, alors… »

Harry l'a coupé. « Paul De River. Fais-nous un topo sur ce charlatan. »

Leffler a craché du sang. Qui a atterri sur les godasses de Harry. Leffler la jouait kamikaze. Il la jouait fanfaron façon voyou.

« Il vaut dix fois mieux et il est vingt fois plus futé que vous autres, espèces de brutes fascistes. On était déjà proches avant que la police ne le vire. Je lui refile les meilleurs ragots de mes dossiers. Il me paie deux fois mon salaire, et il me vénère. »

Je lui ai filé un coup dans le ventre. J'ai entendu des côtes craquer. Leffler a poussé un cri perçant.

« C'est Lowell Farr elle-même qui le dit. Monroe lui a donné son courrier de fans pour qu'elle le mette en lieu sûr, mais tu l'en as dissuadée. Tu as dit que tu avais l'intention de le vendre – alors, à qui tu l'as vendu ? »

Leffler a toussé. Il a vomi deux dents et un bout de langue.

« Je l'ai vendu à son psy, Ralph Greenson. Je n'ai même pas lu ces lettres. Mon ami le Dr Paul est son psy radical. Il a dit qu'il n'en voulait même pas. Il connaissait déjà le Satyre, et il supposait que la moitié de ces putains de lettres étaient de lui. »

Des côtes cassées transperçaient sa chemise. Du sang presque noir s'en échappait à gros bouillons.

Échange de regards. Entre les Hats et moi. *Il n'en peut plus. Balançons-le à Georgia Street.*

Max lui a retiré les menottes. Harry et Eddie l'ont mis sur ses pieds. Il titubait et gerbait de la bile.

Red a dit : « Tu es viré. Message de *Der Führer* en personne. »

57

(LOS ANGELES, 9 H 00, MERCREDI 19/9/1962)

Le grand jury est constitué. Rien que de gens qui approuvent les yeux fermés. Ils veulent Manny Salas *MAINTENANT.*

Ils veulent « Tous les outils et objets électriques, tout l'équipement et les appareils électriques, tels qu'ils ont été prélevés sur le lieu de travail de M. Salas. Ainsi que tout le matériel électrique qui pourrait s'avérer efficace pour se livrer à de la surveillance illégale. »

Assignation de témoin/mandat de perquisition. Max et moi, on travaillait pour le Pourri maintenant. Manny pointait toujours à 9 h 15. On s'est vautrés dans une voiture banalisée et on a reluqué la porte de service.

L'atelier Repair King. Le seul et unique de Brentwood. Sur San Vicente, juste à côté de Bundy. C'est à huit cents mètres de 5th Helena. Manny a géré le poste d'écoute. C'est une présomption valable. Manny était l'homme à coincer *maintenant.* Il reliait Hollygrove en 1937 à Brentwood *maintenant.* C'était un cambrioleur. Gwen a organisé un 459 le 11/6/1948. Je pense que c'est Manny qui a fait le boulot.

On surveillait la ruelle et la porte de service. On gardait un œil sur la place de parking de Manny. On était complètement claqués.

On a rendu Sid Leffler plus présentable et on l'a emmené au Queen of Angels. On a raconté des salades sur ses blessures aux toubibs des admissions. J'ai appelé les Douanes et la police mexicaine. Ingrid Irmgard était toujours en garde à vue. Les agents des Douanes ont étudié sa liste de livraison et chopé six ressortissants mexicains munis de faux bonds au porteur. La police de l'État a émis un avis de recherche concernant José Bolaños. Ils ont ratissé toute la Basse-Californie. José s'est évaporé. Les flics mettaient les bouchées doubles et continuaient à chercher.

Max somnolait. Je somnolais. Tout à coup, l'une des phrases de Leffler m'a sorti de ma torpeur. Leffler, parlant d'Albie Aadland : « Le grand frisson, pour lui, c'est d'aller rendre visite aux taulards de Chino. »

Manny s'est garé. Il s'est arrêté deux places plus loin que nous. On est sortis lentement et on a bondi rapidement. Il a senti l'odeur de roussi et a fait volte-face. On lui a filé une torgnole. J'ai frappé sa tête sur le rebord du toit. Il s'est écroulé, les genoux en avant. Max lui a donné un coup de pied dans les couilles et lui a passé les menottes dans le dos. J'ai couru jusqu'au magasin.

Je suis passé par la porte de service. Je suis entré en trombe dans l'atelier. J'ai repéré l'espace de travail de Manny – fastoche. Il avait punaisé des photos d'Ingrid Irmgard à poil au-dessus de son établi.

Un vendeur s'est précipité vers moi. Je lui ai foutu le mandat sous le nez et un coup de pied au cul. J'ai tiré des tiroirs, j'ai renversé des tiroirs, j'ai renversé une caisse à outils. Voilà le matos, OK…

Là.

Supports de micros/micros à condensateur/fils d'écoute emmêlés. Manny a mis sur écoute le 5th Helena. Ce matériel est le même que dans la baraque Monroe. C'est une trouvaille valable aux yeux du tribunal. Le Pourri allait jouir dans son froc.

La table, les chaises, le miroir sans tain habituel. L'équipement des fédéraux imitait celui du LAPD.

Manny est désormais un témoin fédéral. Il se montre nonchalant. Il devrait être plus effrayé que ça.

J'ai tapé du pied dans sa caisse à outils. « C'est une preuve, Manny. Vous avez monté une station d'écoute dans le sous-sol du Repair King. Vous avez espionné Marilyn Monroe, et je me demande pourquoi. »

Manny a gratté le tatouage de son bras droit : *Manny y Ingrid por Vida.*

« Tout le monde a envie de copiner avec Marilyn, non ? J'avais l'intention de lui offrir un rôle dans mon prochain film. Il parle de l'époque où j'étais un poids welter pas très doué, avant de suivre une formation de réparateur de télés et d'apprendre un métier. »

Max a allumé un cigare. « Vous avez des points communs avec Marilyn, pour sûr, puisque vous avez grandi à moins d'un kilomètre de Hollygrove. Vous, Marilyn, Albie, et Paul Mitchell Grenier. Vous formiez une petite bande très soudée. »

Manny a mimé une branlette. « C'est vous qui le dites. Moi, je dis que j'ai appris un métier. Si j'avais eu envie de téléphoner à Marilyn, je l'aurais fait. Je n'aurais pas eu besoin de mettre sa thurne sous surveillance. »

J'ai allumé une clope. « Vous étiez à Chino avec Grenier. Entre 1954 et 1956. Vous y étiez pour un cambriolage et lui pour viol. Albie Aadland aimait bien venir se balader à Chino. Je suppose qu'il vous a rendu visite, à vous et à Paul Mitchell. Dans vos souvenirs, y avait-il quelqu'un d'autre qu'il allait voir là-bas ?

– Il me rendait visite, ainsi qu'à Paul Mitchell. Je n'en sais pas plus. »

Max a tambouriné contre la table. « Les écoutes de Monroe. Donnez-nous des détails. »

Manny a répondu : « Pas de commentaire, et ne pensez pas que vous pouvez me faire le coup de l'annuaire, parce qu'il y a ce fédéral *cubano* qui se tient devant la porte. »

J'ai fait *tut-tut.* « Ta copine Ingrid, José Bolaños, des arnaques aux bons au porteur, de la came, des petites virées au Mexique à la pelle. »

Manny a sorti son peigne. Il avait des cheveux incroyables. Ils étaient épais et coiffés en arrière. Il a dégainé une résille et l'a posée sur sa tête. Max s'est marré comme une baleine.

« Chino. Paul Mitchell et vous y êtes au même moment. Albie vient vous rendre visite. Filez-nous quelques infos. »

Manny a tapoté sa chevelure abondante. Il portait un pantalon beige et une chemise Sir Guy. La tenue standard des *vatos locos.*

« Chino, c'était le pied. Paul Mitchell et moi, on buvait du jus fermenté et on se tapait des tarlouzes. Albie nous rendait visite et s'imprégnait de l'ambiance. Ça le faisait bander de parler à des psychopathes et à des voyous. C'était un trouillard, vous pigez ? Il n'était pas méchant et engagé dans des coups tordus comme ses frangins. C'est tout ce que vous obtiendrez de moi, alors ne m'emmerdez pas avec vos histoires d'enlèvement, de Marilyn ou d'arnaques de la Fox, parce que j'en sais foutre rien, et que je ne balancerais rien même si c'était le cas. »

J'ai soupiré. Je suis l'Oncle Freddy, plein d'indulgence. Tu es dans la mouise, fiston. J'ai envie de t'aider.

« Voilà ce qu'on vous propose. Vous, Gwen, Paul Mitchell, Albie et Motel Mike, vous pourriez sortir de cette histoire. À savoir, vous témoignez à huis clos devant un grand jury fédéral, ou vous faites une déposition par écrit. Vous bénéficiez d'une immunité absolue. Il y a un certain embarras au niveau officiel, et plusieurs types influents préféreraient ne pas être embarrassés. *Mais* – il y a un hic. Le cambriolage est omniprésent dans cette histoire, et vous êtes un cambrioleur repenti. C'est pourquoi j'aimerais que vous fassiez remonter votre mémoire loin dans le temps, quand le délai de prescription de certains 459 n'avait pas encore expiré. *Comprende ?* Filez-nous un vieux truc, qu'on puisse dire au président du jury : "Vous voyez, El Manny connaît au moins une partie des gens impliqués dans cette affaire". »

El Manny s'est peigné les sourcils. Les lampes fluorescentes bousillaient sa coiffure. Elles faisaient fondre sa gomina.

« Vous vous souvenez de cette autre bombasse blonde qui s'est suicidée ? Carole Landis ? Ça devait être en 1948, dans ces eaux-là. Marilyn et Gwen gardaient la baraque de Carole, et Gwen m'a rencardé sur des bijoux planqués dans un coffre-fort mural. Bon, j'ai trouvé la combinaison dans un tiroir du bureau et j'ai chouré les bijoux. La nénette n'a jamais déclaré le vol, parce qu'elle était foldingue, et puis elle s'est suicidée. La bonne blague dans tout ça, c'est que j'ai trouvé un jeu de baise dans le coffre, mais je ne l'ai pas pris. C'était Carole et ce type à la grosse queue, le Capitaine Crochet, dans cinquante-deux positions différentes. Marilyn et Gwen étaient là, et Marilyn avait ce regard enchanté. Elle a dit quelque chose comme "Ouaouh, c'est génial comme instrument de chantage. Si on est prêt à poser soi-même, si on trouve le bon pigeon, et si on est prêt à attendre." »

58

(LOS ANGELES, 13 H 30, JEUDI 20/9/1962)

Greenson m'a reçu dans son bureau. J'avais envoyé un message et sollicité un entretien. En expliquant pourquoi. Il a répondu sur-le-champ.

J'ai pris place dans la salle d'attente. Jack et Jackie rayonnaient dans *Vogue*. Ils étalaient leurs vacances d'été. Jackie trouvait Biarritz délicieuse. Ils étaient bronzés. Le régime pamplemousse/amphètes leur permettait de rester minces. Ils portaient des vêtements de plage *c'est bon*[1].

La secrétaire m'a fait signe d'y aller. Je connaissais le chemin. Greenson était assis à son bureau. Il a dit « Lieutenant » et a désigné une chaise Saarinen. Je me suis assis. Il a démarré le chronomètre. Top départ pour l'heure de cinquante minutes.

« En effet, j'ai acheté les lettres de Marilyn. J'ai été tenté de les lire, mais j'ai résisté à l'envie. Leur provenance m'a un peu intrigué – de Marilyn à la jeune Lowell, puis à l'agent Leffler. Mais l'agent m'a donné l'impression d'être un homme instable ayant un objectif en tête, alors je me suis dit qu'il valait mieux brûler ces lettres et en finir avec tout ça. »

---

1. En français dans le texte original.

Je l'ai cru. « Instable » colle bien avec Leffler. *Prêt à tout* colle encore mieux. Il adorait balancer le nom de gens connus. Sur ce point, il rivalisait avec Monroe. Le nom qui revenait le plus souvent dans sa bouche était celui de Paul De River.

J'ai dit : « Ça fait un bon moment que je suis sur cette affaire, et je suis parvenu à la conclusion que Marilyn a rencontré Paul De River, et qu'il a cherché à la façonner, à la manière des nombreux psychopathes dont il avait la charge. »

Greenson a tiré sur ses boutons de manchette. « Ils se sont rencontrés au début des années 50, je crois. La copine d'orphelinat de Marilyn, "Gwen" – une criminelle, pour le dire franchement – l'a présentée à De River. Au fil des ans – de manière sporadique au début, puis de façon beaucoup plus prononcée quand elle est entrée sans le savoir dans la dernière phase de son existence –, Marilyn en est venue à croire qu'elle pouvait utiliser ses talents innés d'actrice pour développer un personnage complètement différent – à la manière de Gwen, qui était beaucoup plus solide qu'elle, et que Marilyn idolâtrait par-dessus tout. Marilyn n'a divulgué que très peu d'informations sur sa nouvelle "métamorphose en criminelle", mais elle a passé une grande partie de nos séances à analyser la personnalité de Gwen, et à s'émerveiller de la façon dont celle-ci – qui avait souffert du même manque d'attention et des mêmes privations qu'elle – était devenue quelqu'un de déterminé, de lucide, et capable de vivre dans le monde réel avec beaucoup plus de grâce qu'elle-même ne l'avait jamais fait. De surcroît, Gwen poursuivait ses objectifs avec une incroyable opiniâtreté – ce que Marilyn admirait plus que tout. »

Ce petit couplet sur Gwen-Marilyn m'a ramené en arrière. Marilyn la camée me perturbait. De 1948 à 1962. Quatorze années. L'addiction aux cachetons de Marilyn. Elle a barré « Norma Jean Baker » sur un flacon de barbis en 1948. Elle a barré « Marilyn Monroe » sur un flacon de barbis en 1962. La constellation de Tout Ça est née en 1948. Les pilules jetées à la poubelle me turlupinaient. Quatorze années se sont écoulées. Marilyn agit aujourd'hui comme elle agissait à l'époque.

J'ai dit : « Docteur, où Marilyn a-t-elle obtenu les pilules qui l'ont tuée ?

– Je n'en sais rien. Elle avalait les pilules que je lui prescrivais, ou elle les jetait, comme elle le faisait avec celles prescrites par son généraliste. Elle m'a dit que son amie Jeanne Carmen lui donnait aussi des cachets, elle faisait probablement pareil avec ceux-là. »

J'ai pesé et soupesé ses propos. J'ai trituré mes méninges dans tous les sens.

59

(LOS ANGELES, 10 H 20, VENDREDI 21/9/1962)

Jeanne Carmen. Elle refourguait des pilules au monde underground de L.A. et la jouait toujours à la loyale. Du bureau de Greenson à l'appart de Jeanne, il n'y avait que dix minutes.

J'ai pris Wilshire jusqu'à Doheny et j'ai coupé vers le nord. Je me suis rejoué la surveillance mobile de Manny Salas.

Red nous a fait le topo. La surveillance a commencé hier soir. Les fédéraux ont relâché Manny. Il a pris un taxi. Harry et Eddie l'ont filé jusqu'à la baraque d'Albie Aadland. Ils ont poursuivi la surveillance. Albie et Manny ont brûlé des piles de papiers dans le barbecue du jardin de derrière.

J'étais fébrile hier soir. Je suis resté collé près du téléphone à espérer que Gwen appelle. Elle ne l'a pas fait. J'ai roulé jusque chez Frascati et je me suis assis dans notre box. Gwen n'est pas venue.

J'ai parlé à Max, il y a une heure. Il m'a dit que le boulot sur le Satyre traînait. Les délinquants sexuels enregistrés ont été blanchis. Ceux qui ont apporté des faux témoignages aussi. Preston Fong continue à éplucher les registres de photos d'identité judiciaire. Morty en est au cinquième chapitre de son feuilleton.

Il attend le prochain coup de fil du rédac-chef Freddy. Les vérifications de casiers ont fini en eau de boudin.

Je me suis garé dans Elevado et je suis sorti de ma bagnole. J'ai franchi les marches d'un bond et j'ai sonné chez Jeanne. Elle a crié : « C'est ouvert ! » Je suis entré. Le salon servait aussi de practice de golf. Jeanne puttait des balles dans une tasse à café.

« Salut, Freddy. Qu'est-ce qui t'amène, mon chou ? »

J'ai dit : « Quel est le plus grand collectionneur de jeux de baise à ton avis ? »

Jeanne a réussi un long putt. « Soit Roddy McDowall, soit Sam Yorty.

– Mettons de côté Greenson et les divers médecins que Marilyn a pu sucer. À ton avis, qui aurait pu lui fournir des pilules ? »

Jeanne a dit : « Le Père Noël. »

J'ai dit : « Quoi ? »

Jeanne a pris appui sur son putter. « L'un de ses fans anonymes. Il lui laisse du Nembutal, quel que soit l'endroit où elle habite. Pour le Nouvel An, Pâques, Thanksgiving et son anniversaire. Marilyn les enterre dans son jardin, à son domicile du moment, et ne les déterre que lorsqu'elle est aux abois. »

Je suis reparti. Jeanne a crié : « C'était trop court, mon cœur ! »

J'ai atteint 5th Helena en un temps presque record. Je me suis garé derrière la maison et j'ai sauté par-dessus la clôture. J'ai foncé vers le jardin et j'ai gratté le sol meuble. J'en ai sorti deux flacons de pilules vides. Il n'y avait aucune indication dessus. Cela m'a surpris. J'ai pensé *ceci* :

Elle a emménagé en mars. Avant Pâques. Son anniversaire était le 1/6/1962.

Je me suis remis à creuser. J'ai trouvé six capsules jaunes. Ça ressemblait à du Nembutal. Elles *ne portaient pas* la marque du fabricant. J'ai ouvert une capsule et goûté la substance. Quelque chose clochait. J'ai examiné l'enveloppe en plastique de la gélule.

On y avait tamponné à la main « TCS Pharmacy ». Ça sentait le faux médoc.

Fais confiance à ton instinct. Tires-en une conclusion. Tu tiens une piste.

Le Satyre. Il a un labo. Il prépare sa propre came. C'est un fou qui a appris tout seul. Un chimiste sans scrupule – délirant et autodidacte.

60

(PRÈS DE LOS ANGELES, 9 H 20, SAMEDI 22/9/1962)

Chino. La taule sympa. Elle accueillait des délinquants primaires et des bons à rien de carrière. À soixante-cinq bornes au sud-est de Los Angeles. Elle est paumée au milieu de collines broussailleuses et de zones résidentielles en toc. Des dortoirs à la place des rangées de cellules. Des clôtures en barbelé à la place des hauts murs. Les bâtiments de style Federal Art Project bordent le terrain.

Le bâtiment administratif numéro 2 abritait une salle des archives. J'ai coupé par l'aire de pique-nique et je l'ai repéré. J'ai organisé ce petit voyage hier. J'ai papoté avec un directeur adjoint et je lui ai résumé ma demande. Il a dit qu'il sortirait les dossiers Grenier et Salas.

Il a vérifié sa liste de visiteurs : Paul De River n'avait jamais mis les pieds à Chino. Contrairement à Albert Aadland. Venu avec une organisation quaker. Ses visites ont commencé en 1949. Elles ont cessé dès que Salas et Grenier se sont vu accorder la liberté conditionnelle.

Je me suis garé près du bâtiment et je suis entré. Un détenu bénéficiant d'un régime de faveur m'a orienté vers la salle des archives. Le directeur adjoint avait tenu parole. Il m'avait installé une chaise et une table. Elle était couverte de dossiers, de crayons, de blocs-notes. Plus un Thermos/coin café.

Les dossiers s'empilaient du sol au plafond. Ils débordaient d'étagères courant d'un mur à l'autre. Le sous-sol avait une chaudière à vapeur. J'ai retiré la veste de mon costard et je me suis mis au boulot.

J'ai parcouru les registres des visiteurs dans les années 50. J'avais apporté ma fiche d'enquête sur le terrain/liste de délinquants sexuels enregistrés. Je l'ai comparée aux registres et je n'ai trouvé aucune correspondance. Albie est venu dix-sept fois à Chino avec les Quakers. Ces visites ont eu lieu entre l'automne 1949 et le printemps 1954. Salas est arrivé en juin de l'année 1954. Grenier est arrivé en août. Albie leur a rendu visite en tant qu'« ami proche ». Ses visites se sont poursuivies jusqu'à leur libération conditionnelle fin 1956.

Albie était ici. Salas et Grenier étaient ici. Le Satyre est-il passé par ici ? A-t-il été enfermé ici ? Est-ce que Salas et Grenier le connaissaient ? Albie lui a-t-il rendu visite ici ?

Neuf cents cambrioleurs et obsédés sexuels étaient passés par Chino entre la fin des années 40 et 1956. Les noms commençaient par Aquino et s'achevaient par Ziegler. Le groupe sanguin rare du Satyre était un moyen d'identification désormais inutile. Il me faudrait parcourir neuf cents dossiers de l'infirmerie. Ce qui prendrait au moins deux putains de semaines.

J'ai lu en entier les dépôts de plaintes contre Salas et Grenier. Manny s'enfilait du jus fermenté et tabassait de malheureux détenus. Paul Mitchell a mordu une tapette de son dortoir et en a fait son esclave.

Un gardien vétéran est passé par là. Je lui ai servi une tasse de café. Il a dit : « C'est vous, le lieutenant qui s'intéresse à ce drôle d'oiseau d'Albie A. ? »

J'ai acquiescé. Les paperasses m'avaient cramé les yeux. Je voyais tout en triple.

« Voyez-vous, je travaille au service des visiteurs depuis la guerre, et je ne me souviens pas des gens qu'Albie venait voir, à part ses copains Grenier et Salas ; mais je me souviens très bien qu'il trimballait toujours des textes de psychologie, qu'il filait aux taulards de petits questionnaires et prenait des notes, et qu'il n'agissait pas du tout comme les autres Quakers. Il n'arrêtait pas de parler d'un psy nommé De River. Il était fasciné par ce type, c'est clair. »

J'ai extrapolé. J'ai conjecturé.

De River. Albie constituait un vivier de talents pour De River. IL RECRUTAIT pour De River. Il cherchait des cobayes à envoyer à des séances perverses...

Le gardien a dit : « Il y a une autre chose.

– Quoi ?

– J'ai toujours pensé qu'Albie était pédophile. Vous savez, on a des visites en plein air ici, et je l'ai toujours vu lancer des regards bizarres aux petites filles. »

61

(LOS ANGELES, 22 H 30, DIMANCHE 23/9/1962)

Le raid est lancé.

On s'est retrouvés devant le Nid de Norm. Del Kinney a manigancé pour obtenir le FEU VERT. Trois hommes de la Commission de contrôle des alcools ont pris des fusils de chasse. Max et moi, on est venus avec des armes de poing et des matraques. Del était avec nous. Il a pris mon fusil à pompe Ithaca. Red, Harry et Eddie se sont tapis près de la porte de service. Deux fliquettes du shérif se sont planquées dans le parking de derrière.

La surveillance pré-raid est terminée. Nous savons qui se trouve à l'intérieur. Norm Krause, Jack Clemmons et Deedee Grenier. Le groupe qu'on vise, et personne d'autre. Del a donné le signal. Il a soufflé dans un appeau à canard – coin-coin-coin.

C'est parti.

Del a fait sauter la porte d'entrée. Il a tiré une salve au centre du battant et l'a abattu d'un seul coup. Dans un grand boum. Un boum plus fort que la musique de péquenaud émanant du juke-box. Ce qui a sidéré Norm, Jack et Deedee. Ils ont renversé leurs boissons et fait tomber leurs tabourets de bar.

On est entrés en courant. Les fliquettes ont attrapé Deedee. Elle a dégainé un peigne à tige et a visé leurs yeux. Elles lui ont cisaillé les jambes et elle s'est étalée face contre terre. Max et Red ont attrapé Norm Krause. Il l'a joué flegmatique et n'a manifesté aucune résistance. J'ai attrapé Jack Clemmons. Il avait un pistolet à la ceinture et une matraque plate. Je l'ai fouillé et je les ai jetés derrière le bar. Jack avait peur de moi. Il a obtempéré, doux comme un agneau.

C'est allé vite. Tout en force brute et violence sonore. Deedee a planté ses yeux dans les miens. Elle a dit : « Je sais ce que tu as fait. »

La Commission de contrôle des alcools avait une antenne à Burbank. Salle de réunion/salle de garde/salles d'interrogatoire/prison.

J'ai emmené Jack Clemmons en salle d'interrogatoire. Max et Red se sont occupés de Norm Krause. Harry et Eddie ont géré Deedee Grenier. Les fliquettes sont restées pour jauger Deedee en vue d'une fouille au corps.

Jack et moi avons tété la flasque à tord-boyaux. Je l'avais corsé. Rhum à 75,5°/gros bouts de hashish/*coca grande* de la réserve d'Ingrid I.

« Vous connaissiez Mike Bayless avant la mort de Marilyn Monroe. Il vous a foutu dans un pieu avec Gwen Perloff et vous a forcé à renoncer au poste de shérif. Voici ma question. Vous a-t-il prévenu que vous alliez recevoir un coup de fil intéressant au commissariat, dans la soirée du 4 août ? »

Jack était un petit gars de Géorgie. Un expert en bière artisanale. Mon mélange l'a bien secoué.

« J'ai pensé que c'était en lien avec l'enlèvement. Quelque chose comme une intervention. Un grand rassemblement pour chercher la fille, vous voyez. »

Il faisait très chaud. J'ai lancé la clim. De l'air froid s'est déversé dans la pièce.

« Le raid était une mise en scène. Rien de plus qu'un coup de semonce. Norm et toi, vous serez pas emmerdés pour toutes les conneries que vous avez pu faire récemment. Je ne m'intéresse qu'à Norm et toi en 1948. Vous faisiez faire le tour des tripots du Westside à de gros bonnets et des gens du cinéma. »

Clemmons a bu un peu de cocktail explosif. « C'était le boulot de Norm, davantage que le mien. Je n'ai commencé à travailler pour la police qu'en 1950. Norm et moi avions les mêmes intérêts politiques, alors on est devenus potes. Quelqu'un – au LAPD, au Bureau du procureur, ou un équivalent – s'inquiétait de voir des mômes naïfs bossant dans le cinéma s'attirer des ennuis dans les bars homos, les repaires à came, les baisodromes et autres, si bien qu'on nous a payés, Norm et moi, pour les chaperonner. »

J'ai bu une gorgée de gnôle. J'avais des picotements dans le crâne. Je me suis répété la phrase de Deedee : « *Je sais ce que tu as fait.* »

« Y avait-il d'autres flics sur ce genre de mission ? »

Clemmons a roté. Il portait une chemise à manches courtes. Ses tatouages du Bünd du Chien blanc me faisaient marrer. De méchants bull-terriers qui grognent.

« Sid Leffler, c'est tout. Il passait jeter un œil au baisodrome de Pavia Place, et je savais qu'il était lié à cet endroit, dix ou onze ans plus tôt, parce que les frères A. et cet imbécile de Doc Shel possédaient la maison, et qu'il disait toujours que cette baraque était hantée, sans jamais préciser pourquoi. »

J'ai frissonné. À cause du cocktail explosif. C'était pas désagréable. On a une suée et un coup de froid dans la même seconde.

« Parlez-moi des gros bonnets et des gens du cinéma que vous avez escortés. »

Clemmons a dit : « Eh bien, Orson Welles. Il passait son temps à prendre des photos cochonnes et à tourner des films de cul. Et puis Sam Yorty, à l'époque où il était membre du Congrès. Il collectionnait des jeux de cartes lubriques, et je crois que c'était Welles qui prenait les photos. »

J'ai allumé une clope. « Roddy McDowall et Elizabeth Taylor ? »

Clemmons a haussé les épaules. « Je ne sais plus trop. J'étais défoncé la plupart du temps, j'ai vécu cette période dans le brouillard. Demandez à Norm. Il a meilleure mémoire que moi. »

Clemmons a foutu le camp. Krause l'a remplacé. Il s'y connaissait, en cocktails explosifs. Il a pris quelques gorgées prudentes et s'est léché les lèvres.

« Jack a dit que vous lui aviez posé des questions sur Liz Taylor et Roddy McDowall. OK, on leur a fait visiter le coin. Et alors ? Tout ça c'est de l'histoire ancienne, pourquoi ça vous obsède autant ?

– Vous avez chopé le contrôleur des finances de l'État, Tom Kuchel, en train de baiser un gamin. C'était en 1949. Vous avez tenté de faire du chantage à Kuchel, après que le capitaine du commissariat a enterré le dossier. D'une façon ou d'une autre, vous avez réussi à éviter une condamnation pour extorsion. Je pense que quelqu'un vous devait un service, un flic haut placé ou un homme politique influent. Vous pourriez peut-être m'en dire un peu plus ? »

Krause s'est essuyé le visage. Son mouchoir était trempé de sueur. Il avait des yeux d'un bleu glacial. Qui balançaient du cinquante mille volts.

« J'ai rendu service au Chef Horrall, avant que le grand jury ne le foute à la porte. J'ai rendu quelques services à l'arrivée de Bill Worton. J'ai sorti deux ou trois huiles de la merde au cours de l'été 1948, et Worton s'en est souvenu quand je me suis retrouvé dans ce bordel avec Kuchel. Et je t'en dirai pas plus, espèce de sale métèque. »

Cette descente était un fiasco. Krause se montrait inflexible. Clemmons, confus et aphasique. Deedee a été foutue dehors rapidement. Elle est partie d'un pas tranquille.

J'ai traversé le parking de la Commission de contrôle des alcools. J'étais claqué. Il était 2 h 16.

Quelque chose a surgi derrière moi. Quelque chose m'a martelé le dos. Quelqu'un a approché une cigarette allumée de mon visage. J'ai entendu *« Tu as tué mon frère »/« Ça ne peut être que toi »/« Tes hommes m'ont suivie »/« Qui d'autre cela pourrait-il être »/« Tu as tué mon… »*

C'était Deedee. Elle a approché sa cigarette. Elle a manqué mes yeux et m'a brûlé le cou. Elle m'a griffé le dos. Elle a déchiré ma chemise de ses ongles et m'a fait saigner. J'ai tenté de l'attraper, elle a reculé, je l'ai attrapée par les cheveux et plaquée contre une voiture garée. C'est là qu'elle a craqué. Elle s'est laissée tomber sur le sol et elle s'est mise à sangloter.

62

(LOS ANGELES, 20 H 00, LUNDI 24/9/1962)

Frascati.

Gwen ne m'a pas appelé. Je suis venu quand même. Je me suis fait beau pour manger seul. Autrefois, ici, les gens m'évitaient. Ils s'imaginaient que j'avais mis les tables sur écoute. Des amants secrets me repéraient. Ils partaient chacun dans une direction opposée.

J'ai pioché dans la corbeille à pain et enchaîné les clopes. Je réfléchissais au journal de Pat et à sa baraque vide en ce moment.

Son journal intime, de 1945 à 1951. Ce qui inclut l'été 1948. Elle mentionne sûrement ses frères et sœurs. Les Kennedy sont très soudés.

La baraque est vide. Pat, Peter et le personnel sont à Laguna. L'effraction est facile. Et ce ne serait pas la première fois.

Gwen est arrivée. Elle a évité le maître d'hôtel et foncé vers moi. Elle portait un tailleur moucheté de brun-roux.

« J'ai oublié de téléphoner. J'ai supposé que vous seriez ici. »

J'ai souri. Un serveur a apporté deux martinis. J'ai cherché une réplique intelligente, sans succès.

« Vous faites peur à certains de mes amis. »

J'ai dit : « C'est une porte de sortie pour vous tous – à moins que Parker, Leavy et le procureur général n'apprennent quelque chose sur votre bande de mômes qu'ils ne puissent pas laisser passer. »

J'ai lâché « procureur général » pour la faire tilter. Elle n'a pas tilté.

« Je suis plus prudente que les “autres mômes”. Et je ne peux pas répondre de leurs agissements criminels à l'époque lointaine que vous semblez explorer. Et j'ai toujours du mal à vous imaginer comme le représentant de personnalités aussi puissantes. »

J'ai dit : « Une cause commune nous unit. Je cherche à éviter des mises en examen et à leur épargner des situations gênantes. Les missions de rachat se déroulent toujours de cette façon. »

Gwen a bu une petite gorgée de son verre. « Sans reconnaissance de ma part d'une quelconque forme de complicité active ou de lien complice, comment les supposés délits financiers et affaires de mœurs supposément manigancés à la Fox seront-ils traités sur le plan juridique ? »

J'ai allumé une clope. « Par le biais d'injonctions de cesser émises par des organismes municipaux, locaux et fédéraux, sous peine d'un audit interne dans tout le studio et d'audits individuels du Service des impôts pour tous les comploteurs impliqués. »

Gwen a allumé une clope. « Cela me perturbe que vous enquêtiez sur la mort de ma sœur.

– On gère des convergences. 1937. Votre sœur disparaît, et vous rencontrez les gamins à Hollygrove. Et j'ai appris des trucs que je tourne et retourne dans ma tête en attendant que vous vous décidiez enfin à m'expliquer ce qu'ils signifient. »

Gwen a dit : « Pas maintenant. »

J'ai dit : « Parlez-moi de *Née sous une mauvaise étoile.*

– Il n'y a rien à en dire. J'ai écrit un scénario minable, je suis une actrice minable, et j'ai rompu avec Darryl, alors il a tout arrêté. Je ne suis en vérité qu'un appât à la retraite qui réfléchit aux possibilités qui lui restent, alors si vous avez des idées, n'hésitez pas à m'en faire part. »

J'ai effleuré son bras. « Ne faites rien et laissez-moi assembler certaines pièces du puzzle. »

La maison n'avait pas la même odeur. Son immense chambre n'avait pas la même odeur. Son placard sentait les bâtons de bois de santal réaspergés de parfum ou remplacés. Les journaux étaient là. Pat l'avait dit. Ils n'étaient pas en évidence. Une opération d'effraction, c'est à la fois tactile et olfactif. Les fragrances rehaussent les couleurs. Elles décuplent mes capacités à travailler dans le noir.

Sept volumes. De 1945 à 1951. Reliés en cuir rouge. C'était là qu'elle gardait notre photo du jour de la Victoire sur le Japon. Pourquoi les journaux intimes ne sont-ils pas dans ce placard ?

J'ai senti une odeur de cirage. Je l'ai sentie sur le sol et sur le meuble à chaussures. Cette senteur particulière était logique. J'ai eu un déclic et perçu une fragrance sous-jacente. Une odeur de cire ancienne. J'ai passé la main derrière le meuble et sorti le premier tome.

Le voici. Le cuir rouge a été ciré et poli. Pat a marqué sur son dos : « *P.K., 1945* ».

J'ai éclairé les pages à la lampe-stylo. La période du 1er janvier au 15 août était totalement vide. Elle a commencé son journal le jour où elle m'a rencontré. Elle a tracé un cercle autour de « F.O., Premier Maître dans la Marine ». C'est une grande ado qui écrit au stylo Montblanc de luxe. Douze lignes de petits cœurs suivaient. Ils représentaient nos deux journées. Ils s'arrêtaient juste avant l'adresse de l'école de la police de Los Angeles et le numéro de téléphone du service des recrues.

J'ai fait défiler d'autres pages blanches. J'ai mis le premier tome de côté. J'ai cherché à tâtons et sorti le quatrième tome. Au dos était inscrit « *P.K., 1948* ».

J'ai coincé ma lampe-stylo entre mes dents. J'ai survolé cent pages sur la deuxième campagne de Jack pour entrer au Congrès. Janvier, février, mars, avril, mai. « *Jack semble passer beaucoup de temps à L.A.* » On arrive à la fin juin 1948. Pat écrit : « *Où est Jack ? Papa et maman sont inquiets.* »

Je suis passé à juillet. Je suis arrivé au 3/7/1948. Pat écrit : « *Bobby. Brusque départ pour L.A.* » Le 3/7/1948, encore. Pat écrit : « *Réserver voiture à l'aéroport.* » Je suis arrivé au 5/7 et au 6/7/1948. Pat écrit : « *Le chef Worton a aimablement fourni une escorte* » et « *Bobby dit qu'il souffre énormément* ».

Je n'étais ni choqué ni surpris. J'avais vu le Mur de la Honte de Shelley Mandel.

63

(LOS ANGELES, 11 H 10, MARDI 25/9/1962)

Bobby le Pourri a dit : « Bonjour, Lieutenant. »

Je me suis levé. « Bonjour, monsieur. »

Eddie Chacón m'a convoqué, à l'improviste. Il a dit que le patron avait besoin de me parler dix minutes. Allez au Bureau du procureur des États-Unis. L'administration au pouvoir vous appelle. Soyez ponctuel. Les Kennedy l'exigent.

Bobby a fait *Assis !* Je me suis juché sur une chaise d'écolier. Bobby s'est vautré dans le fauteuil inclinable du procureur des États-Unis.

Mes coups de fil de ce matin ont porté leurs fruits. J'ai harcelé des sous-fifres de compagnies aériennes et de boîtes de location de voitures. Ils m'ont filé des infos sur les vols et locations de bagnoles à l'aéroport de l'été 1948. *J'en suis sûr à 76,8 % maintenant.*

Le Pourri a dit : « J'ai longuement réfléchi à tout cela. J'ai lu vos synthèses, et j'ai décidé d'opter pour des dépositions à huis clos et des documents confidentiels. »

J'en suis sûr à 83,4 % maintenant.

« Bien, monsieur. Cela me semble prudent.

– Eddie se demande si vous avez choisi une date pour mettre en œuvre vos opérations sous couverture. »

J'ai dit : « Demain soir, monsieur.

– Bien. Je le dirai à Eddie. Oh, et pendant que j'y suis. J'organise un dîner pour quelques membres de l'Assemblée de l'État. J'ai besoin de réserver une salle de restaurant agréable et à l'abri des regards. Je songe à Beverly Hills, disons à 19 h 30. Avez-vous un lieu à me recommander ? »

J'ai dit : « Rien ne vaut Frascati, sur Wilshire. Je connais un type là-bas. Il pourra vous organiser ça. »

*

Du pur enfantillage de ma part. Ils ne se croiseront pas. Je me suis quand même installé chez Frascati. Gwen n'a pas proposé qu'on se revoie. Elle pourrait se pointer, ou pas. Le procureur des États-Unis est un type ponctuel. Le destin décidera.

J'ai maté la porte d'entrée. J'ai siroté du Old Crow et gobé de la Dexédrine. J'avais passé l'après-midi au pieu avec Lois. Elle m'a demandé qui m'avait brûlé le cou. J'ai dit : « Une joueuse de golf pro lesbienne et furax. »

Lois a dit : « Pourquoi ? »

J'ai dit : « Elle pensait que j'avais tué son frère. »

Lois a dit : « Et c'est *vrai* ? »

J'ai dit : « Oui. »

Lois a fait « Aïe aïe aïe ». Lois s'est vite remise de la nouvelle.

« Bobby a dit à Pat de te larguer, et elle me l'a répété. Il a dit que les gens commençaient à cancaner. Ta date de péremption est arrivée, et c'est le moment maintenant de couper les ponts. »

J'ai dit : « Je parie que tu resteras amie avec elle. Et, pour ce que ça vaut, elle n'a jamais été ce que tu es pour moi. »

Lois a serré ma main très fort. « Tu m'aimes ? »

J'ai dit : « Je vais y réfléchir. »

Pat, Lois, Gwen. Ma mal-Sainte Trinité.

J'ai surveillé la porte. Le maître d'hôtel a noté la réservation pour 19 h 30 précises. Il était 19 h 28.

La porte s'est ouverte et refermée. Le procureur des États-Unis est entré. Il courbait le dos et tentait de ne pas se faire remarquer. Les gens le mataient en douce et tentaient de ne pas le dévisager.

Je l'ai vu. Il ne m'a pas vu. Comme je l'avais prévu.

Gwen est entrée.

Elle a vu Bobby. Il l'a vue. Ils ont échangé *le regard qui tue.* Leurs mains se sont tendues et se sont effleurées. Un contact bref, mais intense. Je l'ai vu. Moi et moi seul.

64

(LOS ANGELES, 23 H 30, MERCREDI 26/9/1962)

Opération sous couverture.

On était planqués dans une camionnette de surveillance des fédéraux. On se parlait avec les mains et on revérifiait les infos.

Dix jours de surveillance préalable. *OK*. De River quitte son bureau à dix-huit heures tapantes. *OK*. Il n'y a pas de gardien sur place. *OK*. L'adresse n'est pas équipée d'une alarme silencieuse. Elle n'est pas reliée au commissariat de Hollywood. Phil Irwin l'a vérifié cinq fois.

Nat et Phil sont sortis se promener dans le quartier. Ils sont équipés de radios bidirectionnelles. Pas de conversation louche sur les ondes. Ils couvrent un vaste périmètre. De Oakwood à Fountain/de La Brea à Fairfax et retour.

On s'est garés en face de l'immeuble de De River. Les voisins du rez-de-chaussée étaient partis pour Saint-Tropez. On a vérifié notre attirail :

Perceuses électriques. Pieds-de-biche. Dissolvant. Diables. Lampes de poche. Lampes-stylos. Rossignols. Rouleaux de mousse acoustique. *OK* – huit fois de suite.

Notre matériel est rangé dans des sacs en toile renforcés. Vérifie *ça* deux fois.

Le salon de De River jouxte sa salle des archives. Une porte blindée permet d'y accéder. Le trésor est là. Ses dossiers sont peut-être codés. Ils seront rangés dans des cartons. Ça va nous prendre sacrément du temps.

Eddie a apporté de la nitro liquide. Il savait préparer des explosions sans risque. De River avait un coffre à narcotiques. On a décidé de le faire sauter et de se partager son contenu. Il avait l'intention de donner sa part au comité anti-castriste. J'avais l'intention de fourrer ma part au fond de mes narines.

On a sorti les sacs en toile de la camionnette. On les a rapidement transportés de l'autre côté de la rue et en haut des marches. On est partis en reconnaissance sur le palier de l'étage. Eddie a farfouillé dans la serrure avec des crochets. *Merde* – aucun ne convenait.

J'ai sorti une perceuse électrique et j'y ai inséré un foret adapté à l'acier. J'ai creusé le trou de la serrure et déréglé le mécanisme de verrouillage interne. La porte d'entrée s'est ouverte. On a raté notre tentative d'intrusion indécelable.

On est entrés fissa. On a fermé la porte. Le bruit du forage était minime. On a coincé nos lampes-stylos entre nos dents. On s'est dirigés jusqu'à la porte plaquée d'acier et on a braqué nos lampes.

La chambre forte a l'air imprenable. Ça promet d'être coton.

La porte laminée s'emboîte sur deux pivots. Il y a une charnière à gauche et une charnière à droite. Il va falloir deux poussées puissantes.

J'ai pris la gauche. Eddie a pris la droite. On a créé un bouclier anti-bruit. On a découpé des bandes de mousse acoustique et on les a collées sur les murs voisins. On a appliqué à la va-vite quatre grosses couches de mousse. On a momifié l'enceinte de la chambre forte. On a continué avec des perceuses et des pieds de biche et on a abattu la porte.

Il a fallu vingt-sept minutes et douze forages du côté gauche et du côté droit. Je n'ai pas envisagé la présence d'un système d'alarme interne. Les dossiers étaient sans doute tous délictueux.

De River ne prendrait jamais le risque d'un contrôle par la police ou une entreprise de sécurité.

La porte a *bougé.*

La porte a *vibré.*

La porte a *cédé.*

Elle a penché vers nous. On s'est glissés sous elle et on l'a soutenue de tout notre poids. On l'a fait descendre tout-doux tout-doux jusqu'au sol.

On est entrés dans la salle au trésor. Elle fait entre deux et trois mètres de profondeur. Il y a des étagères couvertes de boîtes d'archivages. Elles tapissent les murs jusqu'à hauteur d'épaule.

J'ai repris mon souffle. J'ai dit : « Cherche un code simple de chiffrement par substitution. » Eddie a fait *Sí – yo comprende.*

On a sorti des boîtes des étagères. J'en ai vérifié trois pour établir des distinctions prototypiques. Les boîtes avaient des appellations de sept ou de quatorze lettres. Ce qui signifiait « Séances » ou « Correspondance ». Ce qui signifiait des boîtiers de bandes sonores pour les « Séances » et des enveloppes ou des chemises pour la « Correspondance ». Les numéros du chiffrement par substitution seraient inscrits au-dessus. Indiquant les noms des patients.

Ma théorie s'est confirmée. « Séances » : bobines d'enregistrement à l'intérieur. « Correspondance » : lettres ou documents imprimés à l'intérieur. Les boîtes d'archivage étaient identifiées et empilées sans soin. Par exemple « Boîte 1 de 3, 4, 19, 12 », etc.

On a sorti des boîtes des étagères. J'ai cherché des prénoms à sept chiffres et des noms à six chiffres. Ils désigneraient « Marilyn Monroe ». Les *M* devaient être remplacés par deux chiffres 13. Le M était la treizième lettre de l'alphabet. Eddie a travaillé de la même manière sur « Albert Aadland ». Six lettres, sept lettres, toujours le chiffre 1 en premier et en deuxième.

On a sorti des boîtes des étagères. On se donnait à fond. Le temps s'étirait. J'ai gagné le pompon au bout de quatre heures et sept minutes :

« Marilyn Monroe/Séances/Boîte 1 de 3 ». Eddie a gagné le pompon neuf minutes plus tard :

« Albert Aadland/Correspondance/Boîte 1 de 4 ».

On a rassemblé les sept cartons de notre butin et on les a placés sur des diables. On a tout rangé dans nos sacs en toile. On a passé l'appartement au peigne fin. Le coffre à narcotiques était planqué derrière un panneau mural coulissant.

Eddie l'a sorti de sa cachette. On a enfilé des masques de protection et bossé avec des gants en amiante. On a barbouillé de nitro liquide les points de jonction des charnières et la molette. On a enveloppé le coffre d'une quadruple épaisseur d'isolant acoustique et placé la charge au niveau du cadran. On a activé la charge et on a reculé. La porte s'est ouverte. Le coffre a tangué. On a rempli quatre sacs en papier de la meilleure came du monde.

On a déchargé notre matos et les boîtes d'archives. On a fait trois voyages jusqu'à la camionnette. À 6 h 04, on avait décampé.

65

(LOS ANGELES, 8 H 05, JEUDI 27/9/1962)

J'ai travaillé chez moi.

Ce boulot de déchiffrement me contrarie. Je l'ai étudié quand j'étais dans les Marines. Cela m'a laissé perplexe à l'époque et me laisse perplexe encore aujourd'hui. J'ai tapé dans ma réserve et préparé un cocktail de Demerol en poudre et de bourbon. Ça m'a fouetté les neurones et m'a aidé à me concentrer.

J'ai tenté le chiffrement par substitution de mots et les codes de la Bible et je n'ai pas réussi à faire le lien avec les textes sacrés. Il n'y avait pas d'enregistrement de séance dans les cartons Monroe. Rien que des transcriptions écrites. J'ai lu en diagonale des pages de texte. J'ai parcouru rapidement les boîtes Monroe et Aadland. Je n'ai pas pu déchiffrer un seul mot.

J'ai travaillé sur le sol de mon salon. J'ai dressé des listes de noms propres et extrait des mots susceptibles d'apparaître de manière phonétique. Ce n'était que du charabia. Je n'ai pas pu repérer un seul nom.

On a planqué la camionnette et notre matériel dans le garage de Phil. Nat et Phil surveillaient le cabinet de De River. Ils seront là quand Pépé découvrira le bazar. Ils se marreront bien en observant la réaction du vieux tocard.

J'ai élaboré un code fondé sur les versets de la Bible. Ça s'est retourné contre moi. Le moindre verset de l'Ancien ou du Nouveau Testament me torturait. Ils condamnaient ma vie de pécheur. Ils m'appelaient à me repentir. Ils prophétisaient mon pourrissement éternel en enfer.

On a sonné. Je me suis mis debout et j'ai entrebâillé la porte. C'était Max Herman et J. T. Meadows. Ils tremblaient et ils étaient pâles. J. T. flageolait sur ses jambes.

Max a dit : « Lowell Farr est morte. Deux patrouilleurs l'ont trouvée dans des buissons. On l'a balancée dans un petit parc, au nord de Palisades Village. Elle s'est pris quatre balles. »

*

On a foncé dans Sunset. Je ne me souviens pas du trajet. J'ai vu des gargouilles et entendu des enregistrements faits d'injonctions de l'Ancien Testament. J'ai vu Lowell vivante et le tableau de Monroe peint par Lowell. Ils tournaient en boucle dans ma tête.

On s'est retrouvés dans des bouchons à la lisière du Village. Max est monté sur le trottoir côté nord et a klaxonné pour signaler aux piétons de dégager. On a pris vers le nord au coin de la rue et tourné à droite.

On est arrivés à Linda Place. Le trottoir était ponctué de petits bancs. Des arbustes se massaient derrière eux. Il y avait un petit groupe de flics. Des flashes de Polaroïd. Des lampes à arc entrecroisées projetaient une lumière aveuglante. La rue était remplie de voitures de patrouille. Leurs gyrophares tournaient à plein régime.

Les lumières étaient en place, le ruban était tendu, quatre patrouilleurs viraient les badauds. Max et moi on s'est faufilés au milieu de la foule. On est parvenus à jeter un premier coup d'œil. En plan très rapproché.

Lowell était allongée sur le dos. Elle portait une robe verte à impression cachemire et des chaussures plates marron. Un sac en cuir brun était posé à côté d'elle. Des plaies causées par des balles à gros calibre avaient roussi le tissu vert et l'avaient imbibé de rouge sombre.

Une vingtaine de flics s'agitaient autour d'elle. J. T. a réuni une équipe pour l'enquête de voisinage. Max et moi on s'est rapprochés pour examiner la scène.

Le cadre était trop pittoresque. Linda Place était un parc minuscule et une enclave champêtre dans la ville. Des bancs, des feuillages, des eucalyptus. Une douce brise marine.

Deux patrouilleurs jacassaient. Le sac de la fille a été fouillé. Ils ont trouvé le talon d'un billet pour les films d'hier soir au Bay. *Sayonara* et *Deux Farfelus au régiment.* Maman et papa étaient partis en ville. Ils sont allés au Mike Lyman Grill et à l'Orchestre philharmonique. Ils sont rentrés à 1 heure du matin. La porte de la chambre de Lowell était fermée. Ils ont pensé qu'elle dormait.

Max et moi avons échangé un regard. On savait, pour les rendez-vous galants. Les garçons et les filles du lycée de Palisades se planquaient pour se peloter au Bay. Lowell l'a dit à Marilyn. Je l'ai appris grâce à mes écoutes. Le Bay était « la version pour ados d'une chambre de motel ».

Des dates de rendez-vous *programmées à l'avance.* Lowell a décrit la scène. Elle se prêtait au jeu. Elle s'est confiée à Monroe. J'ai espionné leur conversation téléphonique.

Le Satyre l'a tuée. C'est forcément lui. Ce n'était pas Sid Leffler. Il est au Queen of Angels avec la gueule défoncée.

Max a dégagé un espace. On s'est plantés près du corps et on a récupéré l'enquête à cet instant précis. J'ai fouillé dans le sac de Lowell. J'ai trouvé ses clés de voiture. Elles se trouvaient sur une pile bien nette de bric-à-brac de sac à main – maquillage, peigne, portefeuille, brosse à cheveux. Les clés de chez elle étaient coincées au fond du sac. Quelque chose clochait, avec ses clés de maison. J'ai pensé *ceci* :

Lowell passe devant Linda Place. Le Satyre l'alpague et lui tire dessus. Il la balance dans les buissons. Il prend ses clés et va chez les Farr. Il s'introduit dans la maison. Il veut les lettres des admirateurs de Monroe. Il pense que Lowell les a. Il ne sait pas que Lowell les a vendues à Sid Leffler. Il fouille la chambre de Lowell. Il ne trouve pas les lettres. Il retourne là où il a abandonné le corps et fourre les clés au fond de son sac à main.

J'ai distingué une tache claire sur l'avant de la jupe de Lowell. Je me suis agenouillé et je l'ai examinée de près. J'ai identifié la tache :

Il s'agissait d'une petite motte d'étoupe. *Cela* voulait dire *ceci.* L'arme était équipée d'un modérateur de son.

Je suis passé en mode flash-back. Je suis allé direct au petit spectacle de Sid au lycée de Palisades. Morty Bendish partage la vedette avec lui. La séance de questions-réponses donne lieu à un véritable tollé autour du Satyre. Sid et Morty paraphrasent Doc De River :

Les pervers passifs montent parfois d'un cran et tuent. Si l'objet de leur béguin développe un sentiment amoureux ou une amitié profonde dans la vraie vie. Le Satyre a repéré le lien naissant entre Lowell et Marylin. Ça lui a fait péter les plombs.

J'ai dit : « Tout le merdier que ce salopard a déjà créé, et voilà qu'il tue une jeune femme. C'est forcément lui. »

Max a dit : « Leffler a vendu les lettres de Monroe à Doc Greenson, non à De River. Si De River connaissait déjà ce Satyre et supposait que la moitié du courrier reçu par Monroe venait de lui, pourquoi payer les yeux de la tête un tas de lettres ne contenant aucune info nouvelle ? »

Le lieutenant de la salle de garde s'est pointé. Il a réuni une équipe de fouines et a décrit son passage chez les Farr. Il a parlé aux parents de Lowell. Il a feuilleté le carnet d'adresses de Lowell. Il était rempli de noms de garçons de son lycée. Certains étaient soulignés par des cœurs et des flèches. La mère de Lowell a dénigré la coutume Bay Theater/« rendez-vous pour se bécoter ».

Une voisine lui a fait un petit topo là-dessus. Lowell ne ferait *jamais* une chose pareille.

J'ai secoué la tête. Le lieutenant était un vrai moulin à paroles.

« On a installé un poste de commandement dans l'auditorium du lycée. Lowell avait onze rendez-vous galants de prévus dans son agenda, y compris celui d'hier soir. On a besoin d'équipes de deux pour choper ces mômes et les amener au lycée. On les interrogera l'un après l'autre, dans le gymnase des garçons. Ça va nous prendre toute la journée et une bonne partie de la soirée. »

Max a dit : « C'est le Satyre. Toute cette agitation pour des gamins qui ont la trique est inutile. »

J'ai dit : « Je suis du même avis. »

Max a dit : « Qu'est-ce qu'on fait maintenant ? »

J'ai dit : « On reprend comme avant. On tente d'identifier le Satyre. »

*

Les flics ayant interrogé le voisinage et ceux de la salle de garde se sont dispersés. Les types de la morgue ont recouvert d'un drap le corps de Lowell. Je suis resté près de la civière et j'ai heurté du pied les roues comme par accident. J'avais scruté la scène de crime. J'avais vu des traces de gros godillots. De la boue et du sang coincés dans les crampons des talons. Ce n'était pas des bottes de flics du LAPD.

Les empreintes de crampons se dirigeaient vers le nord. Elles atteignaient du ciment bien propre et s'éloignaient de Linda Place et de la scène de crime. Elles allaient plein nord. Dans la direction du Will Rogers Park et des collines de Santa Monica.

J'ai vu des caractères bibliques. J'ai vu mes gribouillis de codes. J'ai tété du bourbon au Demerol. J'ai vu Lowell se faire tirer dessus quatre fois. Les silencieux artisanaux éclataient et laissaient échapper de la bourre. J'ai vu son sang arroser les empreintes de talons. Il avait des reflets bizarres. Il glougloutait. Il nous profanait, Lowell et moi. Il démentait la parole la Bible. Ça voulait dire qu'elle n'aurait pas dû mourir.

J'ai fouillé dans une voiture de patrouille et j'ai attrapé un fusil à pompe de calibre 12. *Plan large* : les empreintes de bottes qui s'éloignaient de la scène de crime.

C'était facile. *Zoom* ulcéré *:* le sang de Lowell prenait d'autres teintes bizarres.

J'ai suivi les empreintes jusqu'à une rue commerçante. Je suis entré dans le parc. La température a chuté. Des arbres ont poussé de nulle part. Ils avaient l'air faux et sentaient faux. Une brise a agité les branches. Un cri strident a résonné en écho. Cela a refait surgir Lowell. L'odeur de son sang s'est mêlée aux senteurs du parc.

J'ai mis une cartouche dans la chambre et j'ai visé le son. J'ai tiré dans le son, déchiqueté des branches, bousillé des troncs d'arbres. Quelqu'un a crié derrière moi. J'ai fait volte-face et balancé une salve. Un homme a hurlé : « *Hé !* ». Un homme a hurlé : *« Merde, qu'est-ce que… »*

Des bruissements et des bruits de pas se sont approchés de moi. Je les ai détruits à coups de fusil. De jeunes pousses se sont volatilisées. Quatre malabars ont foncé sur moi et m'ont attrapé. Ils m'ont soulevé et porté au-dessus de leurs têtes. Ils ont fouillé mes poches. Ils m'ont fourré des barbis dans la bouche et m'ont forcé à les avaler. J'ai vu Lowell vêtue d'une blouse maculée de peinture.

Je suis revenu à moi en position debout. Les Hats étaient agglutinés autour de moi. Harry et Eddie me tenaient fermement par les bras. J'étais flageolant et défoncé. J'ai cru voir Lowell. J'ai vu une photo de Marilyn et Lowell, posée sur une table basse.

C'était la chambre de Lowell. Les techniciens des empreintes couvraient de poudre des enveloppes éparpillées sur le sol.

Max a dit : « C'est le Satyre. Ray Pinker a trouvé un bout de gant déchiré à la couture dans le tiroir à courrier de Lowell. Il était donc sur les scènes des cambriolages de Beverly Hills, les scènes des baraques des divorcées, et ici. Cela signifie qu'il est bon pour la chambre à gaz. »

Je me sentais léger au niveau de la taille. Les gars m'avaient piqué mon arme, ma matraque, mes coups-de-poing américains. Max a dit : « Tu nous as foutu les jetons, fiston. »

J'ai ouvert ma veste en grand. Max a remis en place mon matos. Harry et Eddie sont entrés dans le salon et ont gentiment interrogé les Farr. Dorothy Farr a rabâché que l'amitié de Lowell avec Marilyn Monroe était bidon. Eddie l'a gentiment rabrouée. Lowell était de toute évidence la meilleure amie de Miss Monroe au cours des derniers mois de sa vie.

Dorothy Farr a sangloté. J'ai balayé la chambre du regard. Des croquis de Marilyn tapissaient les murs. J'ai compris d'où venait le tableau que je possédais maintenant.

Une fresque montrait l'investiture de la présidente Monroe. C'était un travail de collage. Lowell avait découpé une grande double page de *Life*. Elle avait décapité JFK et collé le visage de Monroe à la place. Des discours parodiques se moquaient de ce faux président.

C'était de l'humour de dingo. La présidente Monroe se lâchait.

Elle livrait le nom des membres de son nouveau cabinet. Dave le Gros Dard s'occupera de ses besoins charnels et dirigera la Cour suprême. Peter Lawford sera ministre du Cul. Lois Nettleton dirigera la Fondation nationale pour les arts.

Red Stromwall est arrivé. « On est attendus au lycée de Palisades. Daryl Gates interroge les mômes des séances pelotage. »

J'étais encore à moitié défoncé et flageolant. Max et Red m'ont pris par les bras et entraîné à l'extérieur. Ils m'ont balancé à l'arrière de leur caisse. J'ai senti la crise de larmes se profiler à l'horizon.

Le trajet jusqu'à Temescal Canyon a pris cinq minutes. Onze gamins étaient massés sur les gradins du terrain de basket. Daryl Gates allait d'un garçon à l'autre et posait des questions polies. Il savait que sur le fond, c'était de la foutaise. Le but était de calmer papa-maman.

Je me suis assis sur un banc au bord du terrain et j'ai observé la scène. Les garçons m'ont tuyauté sur quelques-uns de leurs derniers moments avec Lowell. Ils ont loué son caractère déchaîné, mais gentil. Elle était « excentrique », « farfelue » et « géniale ». Mais elle était toujours prête à récupérer leur distribution de journaux au pied levé. « J'avais peur de l'inviter au bal de fin d'année, parce qu'elle était beaucoup plus grande que moi. » « Elle m'a raconté tous ces mensonges sur Marilyn Monroe. Je lui ai dit : "Lowell, tu es la pire menteuse du monde", mais je l'aimais quand même. »

J'en pouvais plus. J'ai filé hors du gymnase et je me suis assis contre le mur du fond. Une brise fraîche m'a transpercé. J'ai frissonné. Lowell courait dans le parc avec moi. Je savais qu'elle était au ciel. Elle est redescendue pour être sûre que j'allais bien.

Je tremblais et je sanglotais. Quelqu'un m'a jeté un mouchoir au visage.

J'ai levé les yeux. Max Herman a dit : « Arrête tes conneries. Allez, on le retrouve et on le bute. »

Je suis resté dans ma thurne. J'ai cessé de puiser dans ma réserve de narcotiques. J'ai joué avec des chiffrements par lettres, des chiffrements par livre, et des chiffrements par substitution de mots. Lois m'a appelé. Je n'ai pas décroché.

Je suis retourné à la Bible. J'ai lu tout l'Ancien et le Nouveau Testament. J'ai cherché des clés de décryptage et trouvé des prières pour Lowell à la place.

J'ai projeté des scènes de danse de *Soirée twist sous surveillance*. Je l'ai fait juste pour voir Lowell vivante. J'ai vu Lowell à moitié nue. Ça m'a torturé. Dieu m'a réprimandé. J'ai balancé le projecteur contre le mur.

66

(LOS ANGELES, 11 H 00, VENDREDI 28/9/1962)

Les Hats et Freddy O. On s'est fait plaisir en brandissant notre pavillon. Dorénavant, tout était étalé au grand jour. On a décidé de clôturer cette histoire.

On a programmé une séance de « Trouvons le Satyre » au Renseignement. Gates connaissait des experts du déchiffrement. Je lui ai demandé de me laisser une dernière chance. Laissez-moi tenter une dernière fois. Et après, je retournerai à un travail cent pour cent cérébral.

On s'est entassés dans une bagnole de patrouille. On est d'abord allés chez El Manny à Echo Park. Manny n'était pas chez lui. On a coupé vers l'ouest et longé la propriété d'Albie Aadland à Cheviot Hills. La grosse Mercedes d'Albie était garée dans l'allée.

On est sortis de la voiture et on s'est postés devant. Max a activé la radio bidirectionnelle. J'ai monté le volume. Elle a craché des parasites.

Albie est sorti de chez lui. Il portait une mallette. Il est passé devant nous et est monté dans sa Mercedes. J'ai dit : « Albie, c'est fini. »

Motel Mike déjeunait quotidiennement chez Kwan. Toujours en compagnie de belles nanas. Motel Mike et une brune épatante dégustaient un potage à une table de la salle à manger. On a approché des chaises. D'un coup, l'atmosphère « déjeuner sympa » a disparu. J'ai dit : « Mike, c'est fini. »

Mike s'est levé. Il a levé le poing droit et l'a balancé dans la gueule de Red. Qui l'a esquivé et a attrapé Mike par la nuque. Il lui a écrasé la tronche dans son bol de soupe et l'y a maintenue. Mike a gargouillé pour reprendre son souffle. La brune a attrapé son sac et foutu le camp.

On a regagné le parking. Max a dit : « Allons foutre la pression à Gwen Perloff. »

J'ai dit : « J'aime autant pas. »

Harry a dit : « C'est la cheville ouvrière de toute l'affaire. »

J'ai bafouillé et traîné des pieds. Eddie a dit : « Freddy est amoureux. »

*

Les Hats et Freddy O. On a fait du boulot chiant au Renseignement. J. T. Meadows a calé un bureau supplémentaire dans un coin. Le Satyre passe au meurtre avec préméditation. Cela exige un réexamen. Ça signifie qu'on doit tout relire et tout remettre à plat.

On avait du boulot en retard. Quarante tarés prêts à faire des aveux encombraient les couloirs. Le feuilleton de Morty sur le Satyre s'emballait. Le *Mirror* faisait tout un battage médiatique autour de son nouveau pic des ventes. *« Le Satyre a assassiné une lycéenne de Palisades !!!! C'est le danger public n° 1 !!!! »* Nat Denkins présentait une émission « Spéciale Satyre » sur KKXZ ce soir-là.

On s'est réunis. On a fait du boulot chiant.

J. T. était bougon. Marcia Davenport lui causait du souci. Elle voulait qu'il divorce et l'épouse. Les Hats et moi, on avait la fièvre. On ne pouvait pas passer à côté de quelque chose. On a lu des fiches des indics et on a vérifié notre armement. On a chargé des fusils de chasse avec des chevrotines et des balles de *gros* calibre.

Daryl Gates est entré dans mon box. Il brandissait un télex.

« Le type qui gère la salle à manger du Riviera vient de m'appeler. Il a dit qu'il s'était trompé sur les hommes qu'il a employés au Bal des divorcées, et que ce type venait en fait d'une agence d'intérim. Il s'agit de Charles Douglas Schoendienst, né le 12/6/1923, blond, 1,88 mètre, 86 kilos. Je me suis renseigné sur lui, et il a un joli casier de pervers. Il y a deux affaires de cambriolage dans l'Utah, une plainte pour viol rejetée à Santa Clara, *et* il est AB négatif. »

Je me suis levé. « Preston a une piaule dans un motel de la Pacific Coast Highway. Allons lui demander ce qu'il pense de tout ça et tentons de trouver une correspondance. »

Max, J. T. et moi sommes montés dans la bagnole. Le trajet jusqu'à la plage nous a pris une heure. Le coucher de soleil était saturé de breaks de surfeurs et d'amateurs d'auto-stop. Ils ont vu la voiture de flics pleine de gros costauds bien couillus et nous ont discrètement fait un doigt d'honneur.

Le Beachglade se trouvait côté terre. C'était un motel en forme de fer à cheval, qui datait de 1935 et quelques. Preston pieutait au 121. On s'est garés et on a frappé à sa porte. Il a ouvert sans tarder.

Et puis tout est allé très vite.

J'ai vu les étagères. J'ai vu les montres et la table. J'ai vu les bacs et les béchers. J'ai vu la balance graduée et la poudre répandue. J'ai vu les faux Pentobarbital. J'ai vu les gros titres :

L'Homme sauvage présente : Les Femmes fatales du cinéma.

J'ai vu Manny Salas. Il sortait d'une pissotière dans le fond.

J'ai dégainé mon flingue. Preston a dégainé son flingue. On est restés groupés et on a senti l'air vibrer. Max a dégainé son flingue. Preston a tiré sur J. T. Meadows. Il lui a tiré deux fois dans le ventre et lui a explosé les côtes. J'ai tiré sur Preston dans le visage et dans le cou. Manny Salas a sorti un flingue et a mitraillé l'embrasure de la porte. Des copeaux de bois ont volé dans les airs. Max lui a tiré dessus trois fois. Je lui ai tiré dessus quatre fois. On lui a sectionné le bras droit et on l'a expédié à travers le mur du fond.

DIXIÈME PARTIE

JEUX DE BAISE

(29 septembre-12 octobre 1962)

67

(LOS ANGELES, 29/9/1962 – 2/10/1962)

Max et moi. On l'a fait. On a explosé le Satyre Preston Fong et Manny Salas. Fong a tué J. T. Meadows. « *TROIS MORTS LORS D'UNE FUSILLADE DANS UN MOTEL EN BORD DE MER !!!* »

Les journaux y allaient à fond. Le *Mirror* en tête. Bill Parker a fourni à Morty Bendish des infos de première main. L'histoire enflammait la télévision locale et nationale. Des agences auxiliaires de la police se sont occupées du reste.

Des équipes des Douanes américaines et mexicaines ont formé une unité opérationnelle. Ils sont allés au bout. Ils ont mis au jour toute l'étendue de Tout Ça. Ils sont partis de mes théories. Ils ont fourni la validation que je n'avais pas réussi à obtenir.

Preston Fong n'était pas Preston Fong. C'était un homme d'origine chinoise et philippine appelé Terry Jay Aquino. Le nom me disait quelque chose. Il figurait sur une liste de cambrioleurs libérés sous caution que j'avais vue à Chino. Aquino avait purgé une peine en même temps que Paul Mitchell Grenier et Manny Salas. Le gardien à qui j'ai parlé à Chino avait vu la photo d'Aquino dans le *Herald*. Il m'avait rappelé en me disant : « Albie Aadland venait voir *ce type-là*, en plus de Grenier et Salas. C'était à lui qu'il consacrait le plus de temps. »

Aquino a quitté les Philippines en 1943. Il avait dix-neuf ans. Il a émigré au Mexique. Il avait déjà un diplôme en chimie de l'Institut Polytechnique. Ray Pinker a passé au peigne fin la chambre d'Aquino au Beachglade. Ray a comparé les composants de son Nembutal avec les substances du « Père Noël » que j'avais trouvées dans le jardin chez Marilyn Monroe. La composition était identique.

Terry Jay Aquino est coupable des 459 de Beverly Hills. Il s'est acoquiné avec Rick Dawes/Ronnie Dewhurst/Richard Danforth. Les Hats et moi, on a tué Dawes/Dewhurst/Danforth. Ray a trouvé les gants en caoutchouc à la couture craquée qu'Aquino portait lors des cambriolages de Beverly Hills et pour toutes les intrusions chez les six divorcées. Ils correspondaient parfaitement aux empreintes relevées sur ces scènes. Ils correspondaient parfaitement aux empreintes de coutures déchirées trouvées dans la chambre de Lowell Farr et sur la boîte aux lettres du Standard de Bev.

J'ai lu le dossier du LAPD sur l'accusation de cambriolage contre Manny qui avait été abandonnée en 1957. On avait trouvé les mêmes empreintes de gants en caoutchouc à la couture déchirée dans la maison. Manny avait été accusé de violation de domicile et cambriolage. Ce qui signifiait *ceci* :

Terry Jay et El Manny faisaient équipe depuis longtemps. Cela expliquait la présence de Manny au Beachglade Motel.

Les agents de la Douane mexicaine ont établi *ceci* :

La mère de Terry a divorcé de son père en 1945. Le père de Terry s'est mis à envoyer à sa mère des messages obscènes faits de lettres découpées dans des magazines. Terry regardait son père préparer les messages. Le père de Terry le poussait à éjaculer dans la lingerie de sa mère pour lui jeter un Sort Sexuel Maléfique. Ce Sort assurerait à Terry et son père qu'ils auraient droit à plein

demandait : « *Est-ce que les abstinents volontaires qui résistent aux avances des femmes adultes ont plus de chance de devenir des agresseurs-tueurs d'enfants que d'autres hommes ?* »

Deux autres lettres banales suivaient. Albie était un suiveur. Il chantait les louanges du violeur au couteau Otto Stephen Wilson et se demandait qui avait tué le Dahlia noir. Puis Albie a écrit *ceci* :

Une lettre très décousue sur la « Maison hantée » dont ses frères et leur cousin médecin possédaient un pourcentage. Elle avait au départ été un bar clandestin à l'époque de la prohibition. Il accueillait les « connaisseurs » de l'ouest de la ville. Albie qualifiait cet endroit de baisodrome « précurseur ». Il a coulé en 1938 et il est ressuscité après la guerre, sur « la même parcelle exactement » dans l'ouest de la ville. Il attirait « des célébrités qui voulaient s'encanailler », « des zazous », « des musiciens de jazz » et « toute personne ayant de l'esprit, de la gouaille et assez de bon sens pour ne pas dévisager les gens célèbres qui se livraient à ce que le monde conformiste considère comme des actes méprisables ».

Les lettres sont ensuite redevenues banales. Elles le sont restées pendant plusieurs années. Rien d'autre que des élucubrations lubriques et du papotage psy. The Redlight Bandit, Caryl Chessman : « Il parvient toujours à repousser son exécution. » Ce qui permet de dater cette lettre de 1953 ou 1954. Aquino/Fong est à Chino, maintenant. Et *maintenant*, Albie pose à De River de petites questions abruptes :

Elles sont en rapport avec « Notre Protégée ». Elles sont en rapport avec « J.R. ». Comme dans « Jane Russell ». Elles sont en rapport avec M.M. Comme dans… *devinez ?*

Les questions brusques s'enchaînent. Albie lèche les bottes de De River et l'interroge sur :

Des 459/des repérages de baraques. « Notre » système de surveillance et « votre » système de surveillance. La *GRANDE* question d'Albie : « Est-ce que les psychopathes guidés par leurs valeurs personnelles ou les normes extérieures peuvent également être guidés par une troisième force ? »

Je crois *ceci* :

C'est à ce moment-là qu'ils sont devenus prudents. Ils ne révélaient rien par écrit. Ils sont passés à des communications entre des téléphones à pièces impossibles à mettre sur écoute. Tout comme Marilyn et Gwen. Tout comme Qui D'autre en 1962 ?

J'ai terminé la lecture de mon dossier sur Albie. Une question me tarabustait. Comment et quand Aquino/Fong avait-il fait la connaissance de Dawes/Dewhurst/Danforth, son futur complice de cambriolages ?

J'ai décidé que je devais commencer par Gwen Perloff. Nous revoici en 1937. Gwen a presque onze ans. Elle fait des siennes dans sa famille d'accueil à l'angle de De Longpre et Wilton. Elle vole des vêtements dans des boutiques de Hollywood et les revend à des gamins du collège Le Conte. C'était juste une intuition, MAIS…

Je suis allé à Le Conte et j'ai fichu mon insigne sous le nez du principal. L'homme m'a laissé parcourir les albums de l'année scolaire 1937-1938. *Et…* le voilà, âgé de treize ans.

Roger Alan Denfrey. Il est élève de la classe B-9. C'est un de ces jolis garçons avec un côté voyou. Il deviendrait un cambrioleur et un faux kidnappeur.

Je l'ai tué. Je l'ai tué sur un coup de tête cautionné par les flics.

J'ai passé au crible les archives du LAPD. J'ai passé au crible les dossiers de la police dans tous les États. Roger Alan Denfrey. Pas d'avis de recherche, pas de mandats, pas de casier. Est-ce que Gwen Perloff le rencontre en 1937 ? La probabilité est définitivement OUI.

Passons à Marilyn. Les comptes rendus codés de ses séances sont lisibles. J'ai entre les mains la transcription verbatim de leurs questions-réponses. Les séances ont été enregistrées et transcrites en code par De River en personne. Marilyn l'a consulté de 1952 jusqu'au milieu de l'année 1954. De River a inventé la formule

« Dégénérescence des béguins de fans » à cette époque-là. Avant la relation de Marilyn avec Timmy Berlin et sa récupération de la formule. De River a utilisé Carole Landis comme exemple d'un « béguin de concupiscent débutant ». Marilyn a dit : « Oh, je connaissais bien Carole. J'aurais pas mal d'histoires à vous raconter. »

De River parlait d'un ton pompeux. Il a cité l'immense courage nécessaire aux personnes créatives pour s'investir dans le monde en se soumettant à ses fonctionnements cruels et surmonter l'auto-chouchoutage propre à l'artiste. Il a parlé de l'importance du travestissement, du fait de se débarrasser délibérément de sa beauté, de mettre en place des moyens de communication secrets. Il a cité les maîtres du théâtre russe qui vivaient leurs propres versions des pratiques sectaires et criminelles sous la menace des procès staliniens et de la volonté capricieuse du chef des Rouges de commettre des massacres. La perpétration de l'art révisionniste conduisait à la censure officielle, la torture et la mort. Les artistes américains étaient vernis. Cultiver leur côté criminel leur faisait du bien – mais seulement s'ils commettaient des crimes véritablement audacieux.

De River réprouvait MM. Il la considérait comme superficielle, vaniteuse, impétueuse, péremptoire, capricieuse, avide, et motivée par un exhibitionnisme puéril. La seule manière dont elle pourrait réussir à concevoir et élaborer un personnage totalement nouveau serait qu'elle devienne anonyme et cultive le risque dans le monde réel. Et qu'elle savoure le risque d'être éventuellement percée à jour et punie. Marilyn citait son amie Gwen, « l'actrice des petits rôles ». Elle avait réussi exactement cela.

Gwen avait l'âge de Marilyn. Elles partageaient une chambre à Hollygrove. Gwen s'était lancée dans des activités illicites. Elles jouaient à des jeux de filles détectives au Grove. Gwen disait que ça signifiait s'intégrer. Elle faisait des repérages pour des cambriolages et décrochait des rôles de salope séductrice dans des films. Elle fréquentait des voleurs, des cambrioleurs armés et des escrocs en tous genres. Elle a commencé à voler jeune. Sa petite sœur avait été enlevée et certainement tuée. Cela l'a *poussée* à s'intégrer.

De River a dit à Marilyn qu'il connaissait déjà Gwen. Elle lui avait été envoyée à son Bureau des délits sexuels au LAPD. Elle s'était engagée dans des thérapies de groupe sous sa supervision.

De River commençait à *lasser* Marilyn. De River se focalisait sur l'audacieuse Gwen au détriment de la cupide Marilyn, pas très fute-fute. Marilyn a vanté les mérites de Gwen. Elle était son alter ego, son double et sa secrétaire. Gwen portait le poids symbolique et métaphysique que Marilyn ne pouvait pas supporter sur ses frêles épaules. N'y allons pas par quatre chemins. De River s'est entiché de Gwen et a classé Marilyn dans les « denrées périmées ». Elle émettait une puanteur rance de peur désespérée et mettait son succès artistique personnel au-dessus de toute considération morale. Elle ne pouvait endosser d'autre rôle que celui d'elle-même, au risque de se mettre gravement en péril sur le plan psychique. Sa première tentative de thérapie radicale a fini en eau de boudin. Elle est revenue voir De River plus tôt cette année. Elle a dit qu'elle avait repris contact avec de vieux amis. Ils organisaient une virée. Elle avait besoin de développer ses capacités d'imposture et ses techniques de survie. Il lui fallait du maquillage et une garde-robe. De River lui a recommandé leur amie commune, Natasha Lytess. Marilyn a répondu : *« Ooohhh, j'adoooore Natasha !!! »*

C'était tout. De River a cessé d'enregistrer ses séances avec Marilyn. Désormais, il dispensait des conseils tangibles pour devenir criminel. De psy, il est devenu chef de gang. Il était *forcément* le vieux mentor de Preston Fong/Terry Jay Aquino. Albie Aadland a commencé à traîner avec sa vieille copine Marilyn et ses vieux potes Manny, Paul Mitchell et *La* Gwen. C'est eux qui ont monté le scénario du faux enlèvement.

Puis Jimmy Hoffa a fait son apparition et a commencé ses magouilles. Jimmy et ses copains les frères A. Ils avaient un lien profond et délirant avec la bande Mar-Gwen. Puis j'ai balancé un type du haut d'une falaise.

Deux cérémonies se sont enchaînées. Sam Yorty avait prévu les choses comme ça. Ça plaisait à la presse et ça entretenait le suspense. James Thornton Meadows et Georgia Lowell Farr. 1929-1962 et 1945-1962. Votre vie a été bien trop courte, les jeunes.

Des cérémonies protestantes. Sur des coteaux voisins au Forest Lawn Glendale. Celle pour Meadows en premier. C'était des grands adieux de la police. Avec des joueurs de cornemuse et des hélicos de la Navy qui lâchaient des chrysanthèmes. J. T. était en service, d'où ce tralala. Lois était à mes côtés les deux fois. Elle refusait de me toucher et de me regarder. Elle m'a expliqué pourquoi en arrivant.

« C'est ta faute, Freddy. J. T. et Lowell. Tu pensais que tu pouvais gagner la partie, alors tu as échafaudé un plan. Tu as réuni un groupe de potes, et voilà le résultat. »

Bill Parker s'est pointé pour Meadows. Daryl Gates, idem. Toute la division du Renseignement s'est pointée. Miller Leavy aussi. Des rangées de flics en uniforme d'apparat. Le LAPD avait déployé plus de mille hommes. Parker a consolé la veuve et les trois enfants de Meadows. J'ai consolé une Marcia Davenport à moitié bourrée. La cérémonie touchait à sa fin. Le soleil descendait. Parker a donné le signal de la fin au bout d'une heure et quinze minutes. Sa séance de serrage de louches a duré deux fois plus longtemps que la cérémonie.

La cérémonie de Farr se déroulait pas loin. Facile pour ceux qui le souhaitaient de passer de l'une à l'autre. Le nombre des endeuillés était restreint. La famille, des amis et quelques camarades du lycée. Le Hat Squad, Nat et Phil. Des haut-parleurs crachaient le morceau de jazz préféré de Lowell – le Gerry Mulligan Quartet qui jouait *My Funny Valentine*. Le pasteur a lu des extraits de l'Ancien Testament.

« Je sais que mon rédempteur est vivant, Et qu'il se lèvera le dernier sur la terre. Quand ce corps sera détruit, je verrai Dieu. Je le verrai. Mes yeux le verront et non ceux d'un autre. »

Lois m'a planté là au moment de la mise en terre. J'ai piqué une photo souvenir. Lowell portait son béret rouge. Elle le portait la nuit où elle avait peint Marilyn Monroe, alors que je la regardais.

68

(LOS ANGELES, 3 H 14, MERCREDI 3/10/1962)

Je me suis réveillé dans la peur. Quelque chose m'oppressait à l'intérieur. J'ai avalé du café froid avant d'attraper le téléphone.

J'ai appelé Gwen. Son service de messagerie a pris l'appel. J'ai laissé un message : « Appelez-moi. »

J'ai appelé Lois à son hôtel. Le réceptionniste m'a dit qu'elle avait quitté l'établissement la veille au soir. J'ai appelé Maury Dexter sur le plateau de *Soirée twist.* Maury a dit que Lois s'était retirée du film. Trop perturbée par l'histoire de la jeune Farr.

Gwen ne m'a pas rappelé. Gwen n'avait pas appelé. J'ai mangé seul chez Frascati, quatre soirs de suite. Les dépositions sont prêtes à partir. Morty Bendish a conclu son feuilleton sur le Satyre. Tout Ça repose sur des échafaudages théoriques sans aboutir à une solution.

J'ai appelé l'infirmière de nuit du Queen of Angels. Elle m'a débriefé sur Sid Leffler. Il est sous traitement lourd. La douleur est vive. Il parle dans son sommeil. Il fulmine contre une maison hantée.

J'ai appelé Del Kinney. Del a décroché, à la première sonnerie. J'ai dit : « Ici Otash. J'ai pensé à quelque chose. »

Del a fait *oh-oh*. J'ai dit : « Chez Ollie Hammond, dans une heure. Viens. On ne dort pas, ni toi ni moi.

– J'y serai, mais c'est toi qui offres le petit déjeuner. »

Chez Ollie, c'était carrément le désert. Le service était rapide. On s'est fait un gueuleton de T-bones et de galettes de pommes de terre.

J'ai allumé une clope. « Je cogite sur Mitzi. J'ai trouvé de vieux dossiers, et j'ai dégoté un deuxième témoin oculaire qui a vu Mitzi dans le bus. »

Del a bu du café. « Je connais cette piste. Gwen m'a dit que tu lui en avais parlé. Mitzi est dans le bus, et ce témoin oculaire dit qu'elle se faisait baratiner par deux garçons. L'un avait environ treize ans, l'autre était un peu plus âgé.

– C'est exact. Et la grande question est : est-ce que tu as le nom de ce témoin ?

– Non. Et cette piste remonte à plus d'un quart de siècle. »

Del a reluqué mon steak. « Eh bien, voilà. Les enquêteurs du poste de Hollywood étaient tous vieux en 1937, alors je suis presque sûr qu'ils sont tous morts maintenant. Je sais que les agents de West L.A. ont suivi tous les trajets des bus sur ce tronçon entre Hollywood et la plage pendant deux bonnes semaines, après avoir eu ce premier indice. Tu sais comment ça marche. Ils ont interrogé les usagers réguliers sur Mitzi et les gens avec qui elle était, et sur l'arrêt auquel elle était descendue. Rien n'en est sorti, ou j'en aurais entendu parler. S'il y a des notes dans un dossier quelconque, elles devraient se trouver dans le débarras au commissariat de West L.A.

– Qui dirigeait l'équipe des connards de West L.A. ? Tu peux me donner un nom et un CV ? »

Del a répondu : « Arthur McCall. Il est à mort à Guadalcanal, mais c'était un bon enquêteur quand il était en poste, tu peux me croire. Sa veuve est toujours en vie. Elle habite à Glendale, et j'ai son adresse. On ne sait jamais. Elle a peut-être gardé certains des vieux carnets de notes d'Arthur. »

J'ai fermé les yeux. Je manquais de sommeil. Il était quatre heures du matin. Et une quantité astronomique de boulot chiant m'attendait.

« "Cogiter sur Mitzi", ça veut dire "cogiter sur Gwen". Ne tombe pas amoureux d'elle, Freddy. Si elle appartient à quelqu'un, c'est à moi. »

Le débarras. De vieux dossiers, des dossiers classés, des non-dossiers. Des bouts de papier épars. Des crottes de rat pétrifiées. De vieux cartons entassés depuis des années, tout cabossés.

De 1940, on remonte à 1916. Pas de carton 1937. Ce carton-là manquait. J'ai passé au peigne extrafin toute la pièce. La conclusion m'a claqué au visage. Le carton 1937 avait été piqué.

Un flic particulièrement lève-tôt me regardait. Il avait une tronche de fouille-merde. J'ai dit : « Je cherche le carton correspondant à 1937. Je ne le trouve nulle part. »

Le gars se curait les dents. « Monsieur Propre a piqué une crise, il y a environ un mois. Il a dit : "Vingt-cinq ans sont passés, alors on va virer tous ces vieux trucs." »

J'ai dit : « Qui est Monsieur Propre ? »

Il a dit : « Sid Leffler. Je sais que vous le connaissez, et je sais que vous et les Hats l'avez mis au tapis. »

Je lui ai balancé un carton vide. Il a ri et m'a envoyé paître.

*

Mme McCall taillait des haies le long de son allée. Je me suis garé devant et me suis approché. Elle a vu la boîte de confiseries que je lui apportais et a tapoté ses cheveux.

Elle avait dans les soixante ans. Elle était en forme. Elle m'avait percé à jour d'un seul regard.

« Je n'ai pas besoin que vous me fassiez un dessin, si c'est ce que vous pensez. Vous avez de meilleures manières que la plupart des flics, et vous êtes trop jeune pour avoir travaillé avec Arthur.

Je suis sûr qu'il s'agit soit d'une affaire ancienne soit des vieux carnets d'Arthur. Je vous en prie, ne me dites pas que je me fourvoie complètement. »

Je lui ai tendu la boîte. Elle l'a ouverte aussitôt et a enfourné un nougat. J'ai pris un chocolat tout simple et je l'ai bouffé.

« Ce sont les vieux carnets, n'est-ce pas ? Allons dans le garage. Arthur était méticuleux dans tout ce qu'il faisait. Il rangeait tout dans des cartons avec la date et l'année. »

Nous sommes allés au garage. Les boîtes étaient regroupées sur une étagère au-dessus des outils de jardin.

Elles étaient marquées au crayon gras. J'ai examiné l'étagère. La voilà : « 1936-1937 ».

Je l'ai descendue et posée sur mon genou. Mrs McCall avalait des chocolats et m'observait. Le carton était plein de dossiers. Le méticuleux McCall. Il organisait les contenus par mois. J'ai fait défiler les onglets jusqu'à celui marqué *« 17/2/1037, Perloff, Mitzi. »* J'en ai sorti un calepin.

Il était intitulé :

« Enquête de voisinage sur l'itinéraire du bus, du 4/3 au 7/3/1937. »

J'ai feuilleté les pages. 1, 2, 3, 4, 5, 6, 7, 8. Des noms, des adresses, des mentions biffées au crayon. Je suis arrivé à la page 9 et j'ai vu *ceci* :

« Mme Bernice Rhoden/Femme blanche/née le 2/11/1892. 11892 Temescal Canyon/GL-8992. Déclare qu'elle ne se rappelle pas la date, mais la fille (supposément MP) est descendue à l'arrêt Mandeville Canyon. Confirme que des garçons tournaient autour de MP et qu'ils sont descendus du bus au même arrêt. N'a pas entendu ce qu'ils lui disaient mais a bien senti qu'ils l'asticotaient. Description des garçons : entre douze et quatorze ans, un grand, un petit. Le plus grand des deux avait les cheveux "plus clairs". Le plus petit, peut-être plus jeune, portait des lunettes rondes genre Harold Lloyd. »

J'avais un bon pressentiment. J'ai fait un détour par le collège Le Conte et le Renseignement et je suis reparti vers l'ouest. J'ai consulté d'anciens annuaires téléphoniques et les nouvelles pages blanches. Mme Rhoden avait soixante-neuf ans aujourd'hui. Elle vivait toujours à Temescal Canyon. Je l'ai appelée et je me suis présenté. J'ai dit que j'aimerais bien passer la voir pour lui montrer des photos. Elles étaient en lien avec la fille disparue et les deux garçons dans l'autobus. Mme Rhoden se rappelait bien l'incident. Elle m'a dit de venir.

Hollygrove n'était pas loin de Le Conte. Certains gamins du Grove allaient à l'école au Grove, d'autres allaient à Le Conte. Ils me connaissaient à Le Conte maintenant. J'avais identifié Dawes/Danforth/Dewhurst comme Roger Alan Denfrey. J'avais l'intuition qu'un lien existait entre le Grove et Le Conte.

Le principal m'a fait plaisir une nouvelle fois. Il m'a laissé profaner les albums des années 1935 à 1937. J'ai arraché des photos de Roger Denfrey et d'un garçon avec des lunettes à la Harold Lloyd.

Je suis allé au Bureau central de la police et je me suis rendu dans la salle du Renseignement. J'ai plongé dans une pile de photos de délinquants juvéniles. J'ai repéré six individus qui ressemblaient à Roger Denfrey et six autres avec des lunettes. J'ai collé les photos sur un grand carton et ajouté les photos des albums du lycée. J'ai bricolé un panneau de douze photos d'identité judiciaire. Mme Rhoden pourrait les examiner et dire oui ou non.

Les photos couvraient deux feuilles de carton. J'ai filé à Temescal Canyon. Mme Rhoden habitait dans une jolie maison Craftsman. Elle était installée sur son porche.

Je me suis immobilisé contre le trottoir. Je suis allé la rejoindre à grandes enjambées. Mme Rhoden a examiné les photos d'identité judiciaire et celles de l'album. Elle n'a pas louvoyé. Elle n'a pas essayé de gagner du temps ni bafouillé. Elle a désigné immédiatement Roger Denfrey et Albie Aadland.

69

(LOS ANGELES, 10 H 30, JEUDI 4/10/1962)

Miller Leavy m'a convoqué. Il m'a fait asseoir. Il a dit : « Ouvrez votre mallette. » Miller ne se sent plus pisser. Bill Parker m'a dit pourquoi.

J'ai ouvert ma mallette. Miller a étalé quatre citations à comparaître devant un grand jury. Des assignations fédérales. Elles visaient Natasha Lytess, Sidney Leffler, Michael J. Bayless et Gwen Perloff. J'ai fait *Accouchez*.

Leavy a posé les documents. Il a accroché ses pouces dans les emmanchures de son gilet. Il se la pétait grave.

« Le procureur général m'a désigné. Je suis officiellement "Conseiller occulte" maintenant. C'est peut-être votre idée géniale à l'origine, mais c'est moi qui suis chargé de sa mise en œuvre.

– Félicitations, patron. Vous êtes l'homme parfait pour cette tâche. »

Leavy s'est posé dans son fauteuil. Il a collé ses pieds sur son bureau et les a agités sous mon nez.

« Bill Parker veut que vous vous chargiez de mener un entretien avec Mike Bayless dans une salle d'interrogatoire du LAPD. Pour ce privilège, il refile des dossiers du Renseignement à Pete Pitchess. Max et Red vont l'escorter du Bureau du shérif au hall du Bureau central de la police. La presse sera là. Le maire Yorty a prévu d'y être. »

J'ai ri. « Dites-moi la vérité, patron. Tout ça va au moins vous rapporter un poste de juge fédéral.

– Et vous et les Hats, vous allez éviter une accusation de meurtre au premier ou second degré, ou tout autre chef d'accusation que j'aurais pu soutirer. Ne jouez pas les désinvoltes, mon petit. Je suis trop fort pour vous. »

J'ai dit : « Il n'y a pas d'assignation pour Albie Aadland. »

Leavy a toussé. « Eh bien… c'est un Aadland… et il est représenté par Grant Cooper. Cela mérite qu'on en tienne compte. »

J'ai ajusté mon nœud de cravate et tiré sur mes manchettes. J'ai pris le temps de me pomponner. Ça m'a pris au moins cinq secondes.

« J'ai longuement réfléchi, patron. Vous n'avez pas eu une bonne affaire de meurtre depuis une éternité. Je veux dire, un vrai candidat à la chambre à gaz. »

Leavy a grogné. « Je ne vous le fais pas dire. Et j'ajouterais que je meurs d'envie d'en avoir un. »

J'ai allumé une cigarette. « Je suis en train de travailler sur quelque chose. C'est une agression sexuelle avec meurtre par un mineur, qui remonte à vingt-cinq ans. C'est une affaire sans cadavre, comme votre dossier Ewing Scott.

– J'en salive d'avance. Victime de sexe féminin ? Dites-moi que nous avons cette chance. Les femmes éveillent le plus de compassion. »

J'ai fait un clin d'œil. « Je vous en dirai plus, une fois qu'on aura réglé la question de ces dépositions. Triomphe médiatique assuré. »

Ils n'ont rien épargné à Motel Mike. Ils l'ont malmené. Ils l'ont exposé au ridicule. Ils lui ont fait traverser tout le centre-ville de L.A.

Voici l'itinéraire : du palais de justice au Bureau central de la police. Temple direction est et sud sur L.A. Street. Cela fait presque un kilomètre. Menotté dans le dos. Il est serré de près par Max Herman et Red Stromwall. Ils le font avancer. Il touche à peine le sol.

Trois hommes en promenade. Les journalistes et les camions de la télévision les suivent. Ils se font canarder par les éclairs des flashes. Des curieux suivent le cortège. Ils se paient la tête de Motel Mike. Ils se répandent en invectives méprisantes.

Je n'en ai pas manqué une miette. Les piétons ont dégagé de la place sur le trottoir. Max et Red avançaient d'un pas décidé. Motel Mike vacillait et zigzaguait entre eux. Ils sont arrivés au hall du Bureau central de la police. Le nombre de flashes a augmenté de manière exponentielle. Le hall était archi-bondé. Max et Red, les bras tendus, contenaient les politicards et les flics sur le côté. L'ascenseur vers les cellules s'est ouvert en grand. Ils ont fourré Motel Mike dans la cabine.

J'ai vu Sam Yorty. Il m'a fait signe de le rejoindre. On s'est frayé un chemin jusqu'à un petit coin près du vendeur de cigares. Le bruit de la foule couvrait nos paroles. On était obligés de crier.

Le maire Sam s'est rapproché. « Parker a une tendance à la méchanceté. Imposer à un type sensass comme Mike un truc comme ça, c'est pas réglo. »

Je lui ai passé un bras sur les épaules. « Il a du lourd sur Mike, et véridique en plus, croyez-moi sur parole.

– Quand Mike se sera sorti de tous ces ennuis, il aura besoin de travailler. Je vais l'embaucher comme garde du corps personnel. »

J'ai ri. Le niveau sonore dans le hall a baissé d'un cran. J'ai balancé un missile super risqué.

« Monsieur le maire, à votre avis, qui a la plus belle collection de jeux de baise, Roddy McDowall ou vous ? »

Le maire Sam a fait *ooooh-la-la.* « Roddy me bat question nombre, mais moi, j'ai le top du top, le meilleur jeu pour la provenance et le potentiel de revente. Les participants sont la crème de la crème et c'est Orson Welles qui a pris les photos. Cinquante-deux "poses", avec l'as de pique portant trois autographes.

– Vous l'avez acheté à qui ?

– Un flic ripou du nom de Norm Krause. C'était le dévoué spécialiste des coups tordus de l'ancien Chef Worton, du temps où les hommes avaient des couilles. »

Je me suis marré. Le maire Sam a aperçu le procureur McKesson et a foncé droit sur lui. Je suis allé jusqu'à l'escalier et je suis descendu d'un étage.

Les journalistes se pressaient au comptoir de l'accueil. J'ai discrètement filé vers les salles d'interrogatoire. La salle B n'attendait plus que moi.

Je suis entré. *Mike, tu l'as mérité. Tu ne resteras pas longtemps. Tu sais que je bosse pour la galerie.*

Les gardiens ont installé une petite table. Plus deux chaises en bois. La déco de table était *canon*. Ils avaient posé une bouteille d'Old Crow et deux petits verres. *Mike, je n'ai aucun souci avec toi.*

Max et Red l'ont amené et lui ont enlevé ses menottes. Ils ont fait volte-face et sont ressortis aussitôt. Motel Mike s'est frotté les poignets. J'ai ouvert la bouteille et versé deux shots. J'ai posé l'assignation sur la table.

« Pas de déposition. Rien ne sera rendu public. Tu témoignes devant moi et quelques autres. Tu es exhorté au silence, sous menace de poursuites. Tu as l'immunité à partir de maintenant. Aucune agence d'État, municipale ou locale, ne peut te toucher. Tu sors indemne de tous tes méfaits. »

Motel Mike a retourné sa chaise et s'est assis face au dossier. Motel Mike a avalé le shot numéro 1.

« Gwen m'a dit que quelque chose comme ça se préparait, alors de qui je dois me moquer ? Tu connais Gwen, hein ? Tu es l'homme qui sait tout et connaît tout le monde, alors je serais surpris que tu ne la connaisses pas. »

J'ai descendu le shot numéro 1. « Parker te libérera dans deux heures. Tu ne fais plus partie du Bureau du shérif, mais tu gardes ta retraite. Tu témoigneras dans un salon privé chez Ollie Hammond. Devant Daryl Gates, Parker, Miller Leavy et moi.

– Tu fais comité d'accueil, c'est ça ? J'ai droit à la démonstration de force, et M. Extorsion en personne vient me passer de la pommade. »

J'ai descendu le shot numéro 2. « Tu étais dans la baraque de Marilyn Monroe la nuit où elle est morte. C'est une overdose, et je n'essaie pas de prouver quoi que ce soit d'autre. Le labo t'a identifié à partir de traces de pas. J'ai une question. Qu'est-ce que tu faisais là-bas, cette nuit-là ? »

Motel Mike a tripoté la bouteille. « L'enlèvement avait foiré. Natasha Lytess, qui gérait la garde-robe de Marilyn, a commencé à devenir fébrile quand les premières annonces à la radio sont tombées. Elle savait où Richie Danforth et Buzzy Stein se planquaient et elle a appelé son pote Darryl Zanuck, qui était sur le point de recevoir une demande de rançon de deux cent mille dollars. Elle a cafté sur le deal, et Zanuck a appelé Bill Parker. Et c'est là que toi et les Hats venez tout fiche en l'air. »

J'ai dit : « *Et ?*

– Et le gang de l'enlèvement était composé du défunt Manny Salas, du disparu et peut-être défunt Paul Mitchell Grenier, et du timoré et effacé Albie Aadland. Manny dirigeait la station d'écoute reliée à la baraque Monroe. Marilyn était complètement cinglée et elle déblatérait sur des tas de sujets imprudents devant sa nouvelle pote Lowell Farr. Marilyn avait besoin d'être sous surveillance et Manny s'en occupait. Il le faisait depuis le magasin de téléviseurs où il travaillait. Il était branché ce soir-là et il a entendu chez Marilyn, à la radio, un reportage sur l'enlèvement et sur les Hats et toi qui aviez bazardé Richie Danforth. Elle a tout déballé par téléphone à la fille Farr, complètement folle, à moitié incohérente, et lui a balancé toutes ces conneries sur ce mec dont elle avait causé la mort. Manny écoutait, il m'a appelé et m'a dit d'aller chez Marilyn et de la calmer. Les appels de Brentwood à Pacific Palisades sont gratuits, alors vous n'avez jamais pu trouver trace des appels à la fille sur les factures de Marilyn. OK, donc je suis allé chez Marilyn, je suis entré par effraction, et j'étais sur le point d'arracher les supports de micros quand j'ai trouvé Marilyn, morte. Ensuite Peter Lawford s'est pointé, et je suis ressorti discrètement par la fenêtre. Ensuite, toi tu t'es pointé, alors que j'étais à un demi-bloc de là, en train de te regarder rappliquer avec ta trousse à indices et prendre ton pied. »

Caméra humaine. Flash-back immédiat. Je me suis rappelé ce moment-là, cette nuit-là.

« La radio était juste à côté du lit. Je l'ai allumée. Elle était calée sur la fréquence d'une chaîne d'infos en continu. Un journaliste a dit qu'il y avait déjà eu un reportage sur l'enlèvement. Sans doute celui que Marilyn a entendu. Il citait le suspect mort, son nom. Il citait les Hats et moi, nos noms. Ensuite elle a appelé Lowell, ensuite elle a pris les cachetons. »

Motel Mike s'est penché en avant. Il a souri, tout content. Il a tapoté ma tête deux fois. *M. Extorsion. Tout le monde sait que t'es un rapide.*

« Ça y est, tu as pigé. Tu as tué un mec, et Marilyn est devenue toute triste. La jeune Lowell n'a pas réussi à la consoler. Marilyn pleurnichait même les bons jours, mais là, putain, c'était trop. Alors, c'est qui le coupable dans l'histoire ? À toi de me dire. »

70

(LOS ANGELES, 8 H 40, VENDREDI 5/10/1962)

Distributeur d'assignations. Garçon de courses. Homme à tout faire.

Je suis allé à Brentwood. J'ai acheté un bouquet de fleurs à trois dollars pour Natasha Lytess. L'accusation de Motel Mike me trottait dans la tête.

Boulot téléphonique. J'ai passé la soirée d'hier à me taper des coups de fil. J'ai regardé longuement des photos de Lowell Farr et Mitzi Perloff parues dans des journaux. Nat et Phil m'ont fait leur rapport. Nat a dit qu'un camion s'était pointé chez Doc De River. Quatre ouvriers avaient enlevé toutes les archives du Doc et les avaient chargées derrière. Phil a pris le camion en filature jusqu'à un incinérateur. Un ouvrier a refilé au patron de la déchetterie une liasse de billets provenant du Doc. Les ouvriers ont déchargé les cartons et les ont balancés dans le bûcher. Phil les a regardés prendre feu.

Ce qui signifiait *ceci* :

Pas de preuve pour De River. Pas d'éléments supplémentaires au sujet d'Albie Aadland.

J'ai ma correspondance entre Albie et De River. Je la garde par-devers moi avec des intentions meurtrières. Je veux que Miller

Leavy l'utilise. Je veux qu'il la déploie comme lui seul sait le faire. Je veux qu'il ait la peau d'Albie.

J'ai conçu un plan. Un plan à double détente. Je mettrai Albie et Miller dans une salle d'interrogatoire. Les miroirs sans tain et les haut-parleurs diffuseront la séance. Gwen Perloff sera à côté de moi.

Eddie Chacõn m'a appelé. Il m'a rapporté *ceci* :

José Bolaños a disparu quelque part au Mexique. Les *pendejos* sur la liste des bons au porteur d'Ingrid Irmgard ont refusé de porter plainte. Les Douanes ont libéré Ingrid. Elle est de retour à L.A. « Hé, *Señor* Freddy – Max et vous, vous avez fait sauter la tête à son *puto* de jules ! »

Max et Red s'occupent des assignations secondaires. Ils s'attaquent à Norm Krause et Jack Clemmons aujourd'hui. Dont on prendra ou pas les dépositions. Harry Crowder et Eddie Benson suivent Albie Aadland comme son ombre. La surveillance a un seul but. Mettre Albie mal à l'aise.

Bobby le Pourri m'a téléscripté. Il m'a dit de faire *ceci* :

Produisez-moi une synthèse définitive. Elle doit reprendre et mettre en avant les assignations émises et les dossiers qui les sous-tendent. Exposez vos actions depuis le 9 avril 1962 jusqu'à aujourd'hui. J'attends et j'exige la plus grande franchise. Ce document demeurera dans un espace étanche entre vous et moi exclusivement.

J'ai téléscripté une réponse. J'ai affirmé mon respect et j'ai promis une exécution rapide. J'ai promis une absolue franchise. J'ai ajouté que j'inclurais des notes détaillées sur les embrasements de 1937 et 1938 qui avaient déclenché ces explosions en chaîne.

Je me suis garé derrière la vieille Ford de Natasha. Je l'ai entendue tousser – tout au fond du jardin. J'ai commencé à contourner la maison, lentement. J'ai toussé moi aussi. Histoire de m'annoncer et de lui laisser le temps de se donner une contenance.

Elle était assise dans son fauteuil. Elle profitait des doux rayons du soleil matinal. J'ai toussé à nouveau. Par jeu, cette fois-ci. Elle a dit : « Ah non, vous n'allez pas vous y mettre vous aussi. »

Ses yeux étaient comme des têtes d'épingle. Elle avait encore maigri. Elle sirotait du thé ; elle m'a désigné l'autre siège. Je l'ai rapproché du sien. Elle m'a pris des mains le mandat et le bouquet.

« Gwen m'a appelée. Elle m'a dit de me préparer à votre visite, et elle a joué sur ma vanité. Elle a dit que la déposition orale aurait lieu dans une salle privée d'un bon restaurant. Que pourrait demander de plus quelqu'un d'aussi délabré que moi ? »

J'ai dit : « Donnez-moi un avant-goût. Dites-moi comment vous avez fait la connaissance de Paul De River, et comment vous avez tous les deux mis en scène la performance de Marilyn. »

J'ai assisté à une performance théâtrale pleine d'entrain et une prouesse sans égal dans la maîtrise de la respiration et des effets de scène. Elle avait anticipé mon unique question et mémorisé son texte à l'avance. Elle était déterminée à ne pas aller au-delà des instructions de son metteur en scène et ne s'est jamais écartée de son sujet. L'essentiel n'était pas son amour vain pour Marilyn Monroe. Il s'agissait de quelque chose de bien plus sinistre.

Les studios de la Fox, en 1949 et 1950. De River était consultant technique sur le polar à la con d'Otto Preminger, *Mark Dixon, détective*. Il briefait l'auteur Otto et la star Dana Andrews sur les motivations des personnages. Elle était conseillère spéciale pour les dialogues sur le tournage. Ils étaient tous les deux mordus de théâtre russe et de psychopathologie criminelle. De River considérait les acteurs comme une race moralement déficiente. Elle était d'accord, totalement. Elle a assisté à quelques séances de thérapie de groupe au Bureau des délits sexuels de De River au LAPD. La vieille amie et secrétaire de Marilyn, Gwen Perloff, faisait partie du groupe. Sa participation lui évitait une peine de prison pour racolage. Miss Lytess a appris que Miss Perloff était camarade d'orphelinat de l'actrice émergente Marilyn Monroe. Miss Lytess avait rencontré Marilyn sur le tournage de *Quand la ville dort*. Miss Perloff était une dangereuse criminelle. Miss Perloff voulait devenir actrice. Marilyn Monroe possédait des talents multiples bien que rudimentaires. Miss Perloff n'en avait aucun. Marilyn était veule au dernier degré. Miss Perloff était forte au plus haut degré. Et Marilyn voulait devenir une criminelle.

Passons de 1951 à 1952. Marilyn a commencé à énoncer des fantasmes criminels bizarres. Elle a commencé une thérapie avec le Dr Paul, entre 1953 et 1954. Elle y a mis fin de manière abrupte. C'était trop rigoureux. Elle était trop dispersée. Elle avait succombé à l'idée idiote d'être Marilyn Monroe, star de cinéma et phénomène mondial. Elle soignait son amitié avec Gwen Perloff. Elles étaient très fortes pour se passer des coups de fil à l'improviste au milieu de la nuit. Marilyn s'est mise à étaler sa folie au grand jour. Gwen Perloff ne semblait pas s'en formaliser. Elle racontait à Marilyn des histoires criminelles véridiques. Marilyn lui servait en retour de drôles d'élucubrations criminelles. Marilyn considérait que ses histoires étaient réelles et ne tolérait aucune contradiction. Elle croyait qu'elle était la reine du monde mais elle n'était pas complètement de ce monde, et elle vivait dans cette dissociation périlleuse. Le fantasme criminel la consumait. Elle s'est mise en quête d'un conseiller expert en criminalité et a repris sa thérapie avec le Dr Paul au début de cette année. Il a suggéré qu'elle passe encore plus de temps au téléphone avec Gwen Perloff. Le Dr Paul a contacté Miss Lytess. Il lui a dit que Marilyn avait besoin de son aide pour mettre au point un personnage de criminelle dans la vie réelle – et qu'il y aurait une bonne rémunération hebdomadaire pour ce travail.

C'est ainsi que :

Miss Lytess a rencontré Motel Mike Bayless, Manny Salas, Paul Mitchell Grenier et Albie Aadland. Elle a repris contact avec Gwen Perloff, au sang-froid extraordinaire, et a transféré toute la force de son béguin tortueux pour Marilyn sur Gwen.

La clique a décidé de mettre en scène un enlèvement pour se faire de la pub. Et peut-être investir une petite partie de l'argent dans les escroqueries qui se répandaient dans les studios de la Fox.

La folie de Marilyn suivait le rythme de ses peurs par rapport à la mauvaise posture de la Fox. Elle s'est projetée à fond dans son personnage de tête pensante d'entreprises criminelles. Elle concoctait un plan après l'autre, tous plus ridicules les uns que les autres, jusqu'à imaginer la reprise des studios par les Productions Mar-Gwen.

Gwen Perloff livrait de temps en temps des bons au porteur. Elle transportait de vrais bons et des faux, fabriqués par des acolytes des grands frères d'Albie Aadland. Gwen a mis en relation Marilyn avec un homme appelé José Bolaños. La Conspiration des Rackets de la Fox est née et a implosé aussitôt.

Elle n'aurait pas dû. C'est la folie des grandeurs de Marilyn qui a provoqué l'implosion. C'était censé être un faux enlèvement. Une entreprise ponctuelle. Avec une demande de rançon raisonnable et une répartition équitable de l'argent. Gwen voulait sa part. Elle voulait abandonner sa carrière d'actrice et quitter L.A. pour toujours. Motel Mike voulait sa part. Il voulait mettre de l'argent de côté pour les études de ses mômes. Albie voulait se montrer audacieux et impressionner ses grands frères. Manny voulait sa part. Il voulait monter sa propre affaire de réparation de télés. Paul Mitchell voulait sa part. Il voulait se lancer comme réalisateur de films pornos classieux dont Marilyn serait la star. Le plan de l'enlèvement aurait pu fonctionner, mais Marilyn voulait PLUS.

Gwen a essayé de contrôler Marilyn. Miss Lytess et Doc De River ont mis au point son personnage de fille-plantureuse-au-vu-de-tous. Marilyn l'a incarné avec adresse. Elle a transporté des bons au porteur et de la drogue avec courage et efficacité. Elle vivait pleinement son camouflage. Elle compensait ainsi le rôle de star de cinéma foldingue qui la tuait à petit feu.

Cette conspiration a connu un répit. De courte durée. La Fox a débarqué Marilyn de *Got to Give*. Marilyn est partie dans un délire anti-Kennedy. Elle disait qu'elle prévoyait de faire chanter le président. Il divorcerait de Jackie et l'épouserait. Marilyn a perdu la tête. Définitivement. Miss Lytess le savait. Manny et Paul Mitchell ont perdu la tête. Paul Mitchell a même mordu Manny une fois. Miss Lytess craignait pour la sécurité de Marilyn. Elle a appelé Darryl Zanuck et a cafté sur l'enlèvement.

Elle s'est interrompue et a toussé. Elle a bu du thé et avalé deux anti-douleurs.

« On avait tous un goût prononcé pour le dramatique, au point d'y laisser notre âme. Même Paul Mitchell et Manny étaient dingues de cinéma. Gwen décrivait le cinéma comme un "enchantement idiot". Comment se fait-il donc que les plus conscients d'entre nous n'aient pas vu à quel point c'était mal ? On était tous si puérils. Toutes nos idées prétendument arty n'étaient que de l'ignorance et de l'arrogance pures. Voilà ce qui me consterne le plus. »

71

(LOS ANGELES, 1 H 40, SAMEDI 6/10/1962)

Nuit blanche, blafarde, harassante.

Bobby le Pourri exige une synthèse. J'en suis à deux cent quatorze pages. J'ai focalisé sur mon été dingue de 1962. J'ai avoué le meurtre de Roger Denfrey et fait porter le chapeau aux Hats. J'ai avoué le meurtre de Paul Mitchell Grenier et donné les indications nécessaires aux fédéraux pour qu'ils retrouvent son corps.

Cela fait neuf heures sans interruption que je suis dessus. J'ai fait des pauses pour appeler les pharmacies autour de L.A. et examiner leurs ventes de l'été 1948. J'ai trouvé deux ordonnances de pénicilline signées du Dr Shelley Mandel. Cela confirmait mes hypothèses clés sur l'été 1948.

Je me suis ensuite concentré sur Sid Leffler. Daryl Gates a apporté à Leffler son assignation hier soir au Queen of Angels. Ce matin, j'ai déniché des fichiers du Bureau des délits sexuels dans une pièce de stockage des Mœurs. J'ai sorti les feuilles de présence aux groupes de thérapie entre 1949 et 1952. Leffler a assisté à une vingtaine de séances auxquelles Gwen Perloff était présente aussi. Les séances étaient menées par l'ami proche de Sid, Paul De River.

Leffler. Sid, la cheville ouvrière. Sid, le vétéran. Sid fréquentait les frères Aadland au milieu et à la fin des années 30. Il jouait les coursiers et balançait des boules puantes pour eux. Il marmonne « *maison hantée* » dans son sommeil. Quatre infirmières de garde l'ont confirmé. La maison hantée est très probablement le baisodrome de Pavia Place. Il a été fermé en 1937 ou 1938 et a rouvert après la guerre. Les frères Aadland et le cousin Shelley Mandel y avaient des intérêts financiers.

Leffler faisait des boulots débiles au baisodrome dans les années 30. *Pourquoi a-t-il fermé ?* Leffler était le portier-larbin du lieu après la guerre. Leffler a menti à propos d'Albie Aadland. Il a dit qu'il avait aperçu le jeune Albie seulement lors de bastons liées à des grèves aux studios de la Fox. Leffler a balancé le carton des fichiers de 1937 stocké au poste de West L.A.

Leffler a craqué sous la pression. Il a dit qu'il avait essayé de vendre les lettres de Marilyn Monroe à Paul De River. De River a refusé son offre. De River a dit à Leffler qu'il connaissait déjà le Satyre et a affirmé que la moitié des lettres provenaient certainement de lui. Avant que j'aie lu les lettres codées d'Albie à De River, Leffler a révélé *ceci* : le Satyre était un habitué du baisodrome de l'après-guerre. Leffler lui a sûrement fait des remarques désobligeantes là-bas.

À 9 heures, j'irai préparer avec Leffler sa déposition. Je taperai à la machine une liste de questions et insérerai des espaces pour ses réponses manuscrites. Sa signature authentifiera sa négociation de peine avec Miller Leavy. Leffler est accusé d'une bonne centaine d'agressions sur mineures et fellations forcées. Les dix-neuf plaignantes sont toutes des lycéennes du Westside.

J'ai regardé le salopard dormir. J'ai piqué une carte de vœux de bon rétablissement au bureau des infirmières et j'y ai glissé ma feuille de questions. Je l'ai posée à côté du verre d'eau de Leffler.

La chaise pour les visiteurs me faisait mal au cul. Je fumais comme un pompier et me grattais les couilles comme un malade. Leffler qui fait la grasse mat' – il était 9 h 29.

Je l'ai vu bouger. Il ne pouvait pas me voir. J'avais disposé les rideaux pour qu'il ne puisse pas me voir.

Il a bougé et s'est étiré. Il a attrapé son verre. Il a vu la carte et a sorti la liste de questions.

J'ai dit : « Salut. T'as du mal à émerger, on dirait. »

Sid Leffler a hurlé.

Miller Leavy a établi un protocole. Leffler dénoncerait Albie Aadland dans un cadre légal précis. Sa peine de trois à cinq ans pour délits sexuels serait suspendue. À la place, il se retrouverait avec un blâme bidon de l'administration publique. Le lieutenant Freddy O. enregistrerait un échange précis de questions-réponses. Leffler répondrait à mes questions et noterait ses réponses par écrit. Nous allions tous les deux parapher les réponses. Seuls deux individus liraient ces confessions-révélations. Leavy et Gwen Perloff.

Leffler feignait d'être malade au Queen of Angels. Il exploitait au maximum ce temps de repos avant de retourner à sa vie complètement foirée. Il s'était pris une belle branlée, mais pas au point de justifier ce répit à rallonge. On ne l'avait pas tapé jusqu'à ce qu'il perde connaissance. Il s'en était bien sorti.

Il a travaillé depuis son lit. J'étais assis sur ma chaise qui me faisait mal au cul. Il parlait et ensuite transcrivait ses réponses à mes questions. La chambre était silencieuse. Un climatiseur fixé à la fenêtre bourdonnait. Sur mon enregistreur portable, la bande défilait. Nous annotions la transcription après chaque question-réponse. Le document final donne *ceci* :

FO/Q : Quand et où avez-vous fait la connaissance de Gwen Perloff ?

SL/R : En 1950, au Bureau des délits sexuels du LAPD.

FO/Q : Dans quel contexte spécifique ?

SL/R : Pendant une thérapie de groupe. Gwen s'était fait arrêter pour racolage, et elle devait suivre ces séances pour éviter la prison. Doc De River menait les groupes. Il en pinçait pour Gwen, ça se voyait.

FO/Q : Quels aspects personnels Miss Perloff abordait-elle le plus souvent pendant ces séances ?

SL/A : La disparition de sa petite sœur, Mitzi, en février 1937. Tout le monde pensait qu'un agresseur d'enfants l'avait tuée. Gwen était convaincue qu'un collégien de Le Conte appelé Roger était le coupable. C'était un gamin méchant et il se vantait de tuer des petites filles.

FO/Q : Où travailliez-vous en février 1937 ?

SL/A : Au... disons... les frères Aadland possédaient une maison de plaisir, sur Pavia Place, à Palisades. Je servais les boissons et je jouais les coursiers.

FO/Q : Est-ce qu'un garçon de Le Conte appelé Roger Denfrey et Albie Aadland – le plus jeune des frères Aadland – fréquentaient cet établissement ?

SL/A : Oui.

FO/Q : Et un soir de février, est-ce que Roger Denfrey vous a transmis des informations troublantes concernant Albie Aadland ?

SL/A : Oui. Il a dit qu'Albie avait peloté Mitzi sous les gradins du stade de Le Conte, à Hollywood, et qu'il l'avait convaincue d'aller à la plage en bus avec eux... et... ils l'ont charriée dans le bus, et ils l'ont amenée à la maison de plaisir, et il a disparu avec elle dans une chambre à l'étage, et Roger est monté pour voir ce qui se passait, et il les a vus nus, et Albie était en train d'étrangler Mitzi et lui enfonçait un gant de toilette dans la bouche.

FO/Q : Qu'est-ce que vous avez fait ?

SL/A : Je suis monté et j'ai vu le corps et ensuite, j'ai appelé Hersh Aadland et je lui ai raconté ce qui s'était passé.

FO/Q : Qu'a fait Hersh Aadland ?

SL/A : À ton avis, connard ? Il a emballé le corps et l'a balancé quelque part.

FO/Q : Est-ce que Roger Denfrey a participé au meurtre ?

SL/A : Non. Il écoutait une émission de radio en bas quand ça s'est produit.

Je surveillais l'immeuble de Gwen. J'étais dans ma voiture et je vérifiais précisément l'heure.

Il était 21 h 34. Gwen était chez elle. Les lumières de son salon étaient allumées. J'ai vu sa voiture rangée à sa place attribuée sur le parking. J'avais glissé la feuille de questions-réponses sous sa porte. À 20 h 34. J'y avais ajouté un message personnel :

« Lisez. Dites-moi ce que vous voulez que je fasse. »

Ses volets étaient hermétiquement clos. Les lumières du salon étaient allumées derrière. La porte d'entrée n'a pas bougé. Le temps s'est dilaté. J'ai attendu que Gwen me propose d'entrer.

J'avais parlé à Miller Leavy, quatre heures plus tôt. Il a lu le compte rendu des questions-réponses et a révoqué l'accord d'immunité d'Albie. Il a dit qu'il n'avait pas l'intention d'informer Bobby le Pourri de la ramification Leffler/Mitzi de nos affaires. Il a dit qu'il avait l'intention d'accuser Albie de meurtre au premier degré et de le convoquer devant un tribunal pour adultes. Le 17 février 1937, c'était il y a vingt-cinq ans, sept mois et dix-neuf jours.

Le temps s'est dilaté. Je restais dans ma voiture et je trépignais. Je gardais mes vitres baissées. La nuit était presque chaude. C'était bien beau d'entendre, mais je voulais voir – à moins que…

J'ai entendu un son aigu. Il provenait d'en haut, à droite. Il est passé du gémissement au hurlement de femme. J'ai entendu des bruits sourds et un fracas du côté droit. J'ai vu trembler des rideaux opaques à des fenêtres et j'ai entendu du verre se briser.

Je suis sortie en trombe et j'ai couru. J'entendais tous les bruits en même temps et au volume maximal. Je suis monté à l'étage et je me suis immobilisé. J'ai vu que l'encadrement n'était pas très solide et j'ai enfoncé la porte d'un coup d'épaule. Je suis entré en trébuchant et j'ai vu *ceci* :

Gwen. Elle jette des objets contre le mur côté sud. Des chaises en bois, des chaises capitonnées, des étagères en verre, n'importe quoi. Tout s'entasse au pied du mur. Elle a enfoncé la cloison, éclaté la peinture et les panneaux d'isolation, et tout ça sans cesser de *hurler…*

J'ai trébuché à nouveau. Je suis arrivé près d'elle par-derrière et je me suis jeté sur elle. Je l'ai ceinturée et je l'ai éloignée du mur. Nos têtes se sont cognées et on est tombés sur le côté. On a accroché des étagères, on s'est pris les pieds dans les tapis et on est tombés sur un canapé en cuir tandis qu'elle se débattait.

Nos têtes se sont tournées. Son visage était sec et couvert de taches rouge foncé. Il n'y avait pas de larmes.

On n'a pas bougé. On a repris notre souffle. Elle ne tremblait pas. Elle ne sanglotait pas. Elle se mordait les lèvres. On s'est immobilisés à nouveau. Et je l'ai embrassée.

On s'est laissés aller et le temps s'est arrêté. J'ai posé ma montre retournée sur la table de nuit. On n'a pas remis nos vêtements. Personne n'a dénoncé de tapage. Aucun agent ne s'est pointé pour tambouriner à la porte. Le temps est parti faire un tour ailleurs. On est restés l'un contre l'autre. On a dit des choses. On ne voulait pas rompre cet accord parfait. Gwen a dit : « Il faudrait que je te raconte d'abord. Je ne veux pas dire tout ça dans une salle pleine d'hommes et de sténographes et perdre le fil parce qu'on n'aura pas répété avant. »

C'était une affirmation. Pas une question. Elle est allée dans le salon et elle est revenue avec un enregistreur. Elle l'a branché et l'a posé sur les draps.

D'accord. Raconte-moi.

Il s'agissait du Grove, encore et toujours. Gwen et Norma Jean Baker, la Marilyn naissante. La bande. Gwen et Marilyn regardaient de haut Albie, Paul Mitchell, et leur copain de l'extérieur, Manny Salas. C'était des gamins dingues de cinéma. Des *petits* gamins, onze, douze, treize ans. Ils passaient de longues journées perchés dans cet arbre sur El Centro. Le Grove offrait une large vue dégagée. Ils observaient les studios Paramount et RKO. Il y avait des figurants en costume et des stars de cinéma qui défilaient.

Ils étaient des petits gamins avec beaucoup d'imagination. Au début, Gwen et Mitzi vivaient dans une famille d'accueil à l'angle de De Longpre et Wilton. On voyait déjà les adultes que ces gosses deviendraient. Paul Mitchell était méchant. Il aimait mordre et frapper. El Manny était cambrioleur et boxeur amateur. C'était un benjamin chez les Noctambules et il adorait bricoler avec des trucs électriques. Albie était studieux et renfermé. Il collectionnait des images cochonnes. Ses grands frères l'obligeaient à commettre des délits mineurs et à tester des drogues. Marilyn était ambitieuse et gentille, jusqu'à un certain point. Gwen était d'un autre calibre. Elle calculait tout à fond.

Mitzi a disparu. Les agents du shérif et de la police de L.A. ont enquêté. Gwen se dévergondait de plus en plus. Elle piquait des fringues dans les boutiques de Hollywood et les revendait aux gamins du collège de Le Conte. Albie allait à Le Conte et rentrait le soir au Grove. Gwen a fait la connaissance d'un élève de Le Conte appelé Roger Denfrey. Roger se pavanait dans les belles fringues que Gwen volait pour lui.

La famille d'accueil a mis Gwen à la porte. Elle était trop dissipée, intenable. Elle a eu de la chance et a été envoyée au Grove. Gwen et Marilyn jouaient aux enquêtrices. Elles échafaudaient des tonnes d'hypothèses pour expliquer le meurtre de Mitzi. Gwen soupçonnait Roger Denfrey. Il disait aux gamins de Le Conte qu'il voulait devenir maquereau et violer et tuer des petites filles. Il rabâchait ça à longueur de journée.

Fin des années 30. Premières années de la guerre. La bande atteint la majorité.

Manny Salas part dans un lycée technique. Manny se bat en tant que boxeur pro. Paul Mitchell se bat et mord et devient un pédé prédateur à la prison pour mineurs de Georgia Street. Albie fréquente l'Occidental College. Marilyn enchaîne les familles d'accueil. Elle supporte de vivre chez de lointains parents et se retrouve mariée à seize ans. Gwen devient voleuse quasi-professionnelle dans les magasins et mannequin de lingerie pour post-adolescentes. Elle a gardé le contact avec Manny. Elle cire les pompes de mecs riches et couche avec eux parfois. Elle transmet leur adresse à El Manny pour qu'il prépare ses 459.

La guerre se termine. On entre dans les années désinhibées d'après-guerre à L.A. El Manny est devenu cambrioleur de domiciles. Paul Mitchell est machiniste, un peu acteur, et fait la pute à temps partiel. Marilyn et Gwen sont des starlettes à la manque et des call-girls débutantes. Elles hantent les bureaux de casting et grappillent des petits rôles.

On arrive à 1948. Marilyn et Gwen se relancent dans le circuit de la vie nocturne à L.A. Gwen a entendu parler d'un établissement génial sur Pavia Place. C'est au fin fond de Palisades. C'est une maison de plaisir. Ces endroits sont couramment appelés des « baisodromes ».

Il y a des hommes et des femmes – tous beaux. Il y a des gens élégants du cinéma et des culs-serrés de créatifs qui veulent SE LÂCHER. Il y a de l'alcool et de la came. *Oh la laaa*, il y a des mélanges exclusifs et la meilleure came sur ordonnance de l'époque. Il y a le Dr Shelley Mandel. Avec ses distributions généreuses d'ordonnances et ses couplets de prévention contre les maladies vénériennes et sa pénicilline donnée à tour de bras.

Orson Welles devient un habitué du baisodrome. Des célébrités de passage viennent faire un tour. Gwen voit Roddy McDowall et Liz Taylor à plusieurs reprises. Marilyn et Gwen deviennent des habituées du baisodrome. Le Dr Shelley devient le médecin attitré de Marilyn. Des gamins friqués s'y montrent aussi. Et des hommes politiques connus. Ils sont souvent escortés par un flic de L.A. appelé Norm et un presque-flic appelé Jack.

Le baisodrome, c'est de la BOMBE. Des zarbis en tous genres y pointent leur nez. Un virtuose de la trompette inconnu. Ce Chinois bizarre qui vend des montres et qui peut-être fabrique de la drogue. Un flic appelé Sid Leffler s'occupe de la sécurité. Il est depuis longtemps un larbin des Aadland.

Il y a des soirées jazz. Des groupes qui font des bœufs et des séances improvisées de photos de cul. Orson Welles est carrément passionné de photographie. Il y a des orgies qui se déroulent au vu et au su de tous. Et, il y a l'invention de Doc Shelley – les jeux de baise.

À savoir :

Prenez votre pied. Posez cinquante-deux fois. Orson est fan des cartes de cul. Tout comme la Reine du Baisodrome :

Carole Landis. Vraie star/peut-être sur le retour/mariée pour la quatrième fois. Elle a une grande maison quatre blocs plus loin sur Capri Drive.

Carole a fait un jeu de baise avec un corniste de jazz appelé « Capitaine Crochet ». Il était doté d'un zob incurvé de trente centimètres de long. Carole est mariée. Et alors ? Carole a une relation avec la coqueluche britannique Rex Harrison. Carole zieute le jeune élu au Congrès John F. Kennedy. Il adore passer par L.A. et grappiller du cul bizarre.

Marilyn en pince pour Jack Kennedy. Gwen le voit bien. Marilyn *déteste* Carole. Carole a tout ce que Marilyn n'a pas.

On arrive à la fin du mois de juin 1948. Gwen, Carole, Marilyn et Jack Kennedy sont là. Une fille appelée Marcia Davenport travaille comme assistante de Carole. Elle embauche Gwen et Marilyn pour garder la maison de Carole quand l'actrice et son petit mari quittent la ville. Gwen et Marilyn vivent temporairement dans le luxe. Gwen rencarde Manny Salas sur un coffre plein de bijoux. Il cambriole la baraque de Carole et donne à Gwen une fraction de l'argent du butin.

On est le 28 juin 1948. Carole est en voyage. Marilyn et Jack Kennedy sont confortablement installés dans le baisodrome. Ils sont dans un trip d'opium et cocaïne. Ils sautent le pas et signent pour le jeu de baise. Orson Welles les prend en photo dans cinquante-deux positions torrides. Orson, Jack et Marilyn signent au dos des photos développées. Doc Shelley effectue le boulot technique et fait transformer les photos en prototype de jeu de cartes.

Qui a le jeu en sa possession ? Personne ne sait.

On arrive au 4 juillet 1948. Jack K. est à une beuverie au baisodrome. Il est dans une chambre du fond, comateux. Carole est revenue en ville. Elle a entendu les rumeurs : Jack et Marilyn ont signé pour le jeu de baise. Carole est désespérée. Rex Harrison refuse de quitter sa femme. Sa carrière d'actrice est dans les choux. Son quatrième mari est un détraqué. Jack Kennedy est un bon à rien sans cœur.

Gwen et Marilyn raccompagnent Carole chez elle. C'est à quelques blocs seulement. Le Chinois bizarre a l'air de les suivre. Il écoute le couplet que Marilyn sert à Carole : Aucun homme ne vaut les emmerdes que tu t'imposes. J'ai des Sécobarbital et des Pentobarbital. Rentre, dors un peu et appelle ton psy demain matin.

Carole est rentrée. Elle a pris les cachets de Marilyn et s'est donné la mort. Jack K. était toujours HS au baisodrome. Norm le flic et Jack le presque-flic sont à la recherche d'un éminent homme politique dans le baisodrome. Ils sont pris de panique devant l'état de Jack K.

Norm a appelé le chef Worton. Le chef Worton a appelé Robert Kennedy à Boston. Le jeune Robert avait vingt-deux ans. Il avait des projets de voyage dans les tuyaux. Il voulait aller voir de près l'Europe d'après-guerre et se former au be-bop et à l'existentialisme. Il a laissé tomber et pris l'avion pour L.A.

Le chef Worton a demandé à Norm le flic et Jack le presque-flic d'aller récupérer le représentant du Congrès John F. Kennedy au baisodrome. Bobby K. a protégé les arrières de l'opération de sauvetage. Bobby a rencontré Gwen Perloff dans un petit parc du côté de Pavia Place. Il était excédé par les coucheries suicidaires de son frère Jack. Gwen était excédée par le suicide de Carole et le discours de Marilyn sur le mode « va donc t'allonger, chérie ». Leur envoûtement réciproque a duré six jours. Bobby et Gwen. Six jours en juillet 1948. Gwen lui a filé la chaude-pisse. Doc Shelley a prescrit de la pénicilline. Il y a des archives dans les pharmacies. Auprès des compagnies aériennes. Le jeu de baise Jack-Marilyn existe *encore* quelque part.

Bobby et Gwen ont rompu. Au terminal de l'aéroport, c'était terminé. Ils le savaient tous les deux. Gwen a filé de la pénicilline à Robert F. Kennedy. Bobby a dit qu'il lui pardonnait. Gwen ne l'a pas cru. Bobby a ramené Jack à Washington. *Gwen et Bobby ?* Cole Porter a eu la meilleure formule : « *It was just one of those things* », ça arrive, c'est tout.

Brèche dans l'espace-temps. Marilyn s'est transformée en MARILYN MONROE. Gwen s'est jetée dans le monde interlope. Elle magouillait des trucs et s'est fait gauler pour racolage en 1950. Un juge l'a condamnée à effectuer un suivi au Bureau des délits sexuels de Paul De River. Elle assistait à des séances de thérapie de groupe. Tout le discours criminel lui prenait la tête. Elle était obsédée par l'idée que Roger Denfrey était l'assassin de Mitzi. Elle a revu Sid Leffler aux séances de groupe. En mode « Salut Sid », « Salut Gwen », rien de plus. Elle a fait la connaissance d'un jeune flic auprès du shérif appelé Mike Bayless. Il assistait aux séances pour suivre ce qui s'y passait. Gwen est devenue sa maîtresse et son informatrice au long cours. Motel Mike s'est engagé dans une recherche de Roger Denfrey au long cours.

Denfrey n'avait pas de casier. *Nulle part.* Mike le considérait comme un marginal. Il était *peut-être* très dangereux. Mike n'a pas pu le coincer pour des délits sexuels précis. Gwen a dit qu'elle *savait.* Elle était plus forte que Mike. Elle a dit à Mike de le trouver et de la laisser le tuer. Mike a promis.

Nouvelle brèche dans l'espace-temps. Gwen est allée au Pasadena Playhouse. Elle a tourné des pubs pour des maillots de bain et signé des contrats avec Universal et la Fox. Marilyn est devenue encore plus *Marilyn Monroe*. Marilyn a commencé à se dégrader et se déliter. Gwen a dégoté des rôles où elle partageait l'affiche de films d'horreur. Elle croisait Paul Mitchell et Albie à la Fox. Parfois accompagnés de Manny. Elle croisait Marilyn à la Fox. Elle dînait avec Marilyn, Paul Mitchell, Manny et Albie deux ou trois fois par an. Elle les a présentés à Mike Bayless. Il était *toujours* à la recherche de Roger Denfrey. Mike et Marilyn ont eu une liaison. Mike pigeait sa fixette sur les trucs criminels et a cafté ça à Gwen. Paul Mitchell et Manny étaient d'anciens taulards de Chino. Albie l'intello était obsédé par le crime. Gwen a couché avec Darryl F. Zanuck et s'est débrouillée pour que leur liaison dure. Gwen a joué dans des films de série B et trimballé des bons au porteur pour Zanuck, Hersh Aadland et d'autres gros bonnets des studios. Mike courait après Roger Denfrey. Marilyn a commencé à insister pour qu'ils se fassent de la pub avec un faux enlèvement. Marilyn a ensorcelé Mike Bayless. Elle l'a envoyé se mettre en chasse du jeu de baise MM/JFK. Aucune véritable piste, même faible, n'est jamais apparue.

Marilyn a revu le sénateur Jack en 1954. Il n'a pas fait le lien avec sa copine de l'époque pour le jeu de baise. *Franchement*. Elle était donc *si facile à oublier* ? Marilyn et Jack se retrouvaient pour un petit coup vite fait une fois l'an, jusqu'à son investiture comme président et après. Marilyn voulait *récupérer* ce jeu de cartes. Il serait peut-être utile. Elle déciderait peut-être de remplacer cette snob coinços de Jackie comme Première dame.

Marilyn s'enfonce. Elle boit beaucoup plus. Elle avale plus de cachetons et s'envoie de plus en plus de pompistes et de livreurs de pizzas. Elle manigance une reprise de la 20th Century-Fox. Les studios croulent sous les ennuis financiers à cause du roi des navets, *Cléopâtre*. Albie Aadland répète à ses frères et à Jimmy Hoffa le projet délirant de Marilyn de reprendre les studios. Ils trouvent l'idée pas mal du tout et demandent à Albie de rester en contact avec elle tandis que les problèmes *Cléopâtre* s'accumulent.

Mike Bayless annonce à Gwen qu'il a retrouvé la trace de Roger Denfrey qui se fait appeler Rick Dawes. « Rick Dawes » est serveur intermittent dans des réceptions et peut-être cambrioleur de maisons à Beverly Hills. Gwen décroche un contrat de serveuse et commence à pister Dawes/Denfrey elle-même. Manny a une petite amie chaudasse qui est hôtesse de l'air, Ingrid Irmgard. Elle livre des bons au porteur pour les frères A. Qui veulent récupérer le projet de reprise de la Fox de Marilyn. Gwen surprend Manny et le Chinois bizarre du baisodrome. Ils sont en train d'étudier les plans d'une baraque en prévision d'un cambriolage. Elle les repère dans un petit resto près de la Fox. Gwen et Mike montent un plan. Ils vont attirer Roger Denfrey dans leur petite bande de ravisseurs. Ils vont l'embobiner et le piéger de manière à ce que Gwen puisse le tuer. La patiente en analyse Marilyn raconte ses projets criminels à Paul De River. Il fait entrer en piste Natasha Lytess. Elle se fait recruter comme professeur d'art dramatique et costumière en chef. Marilyn veut transporter de la drogue et des bons au porteur ? Natasha lui fournira les déguisements appropriés et la motivation. Mike trouve Roger Denfrey et le soudoie pour le faire entrer dans le gang. Mike rapporte à Gwen ce que Roger lui a dit. Il a commis une série de 459 à Beverly Hills avec un Chinetoque appelé Preston Fong. Les combines financières délirantes prolifèrent à la Fox. Jimmy Hoffa embauche Freddy O. pour son projet délirant d'écoute de Marilyn/Jack.

Gwen a actionné le bouton OFF. Le défilement de la bande s'est arrêté net. Elle a fait *Alors ?* J'ai répondu : « Dis-moi ce que tu veux faire. »

Elle a effleuré ma cuisse. Elle a dit : « Laisse-moi y réfléchir. »

72

(LOS ANGELES, 7/10-9/10/1962)

J'ai travaillé chez moi. Je suis resté assis à la table du salon et j'ai attendu que Gwen m'appelle. J'ai tapé ma synthèse à l'attention de Robert F. Kennedy. Des copies carbone partiraient chez Bill Parker, Daryl Gates, Miller Leavy et chez les Hats.

Je supprimerais le passage du récit de Gwen sur les manigances autour du jeu de baise. Il ne viendrait pas entacher les copies carbone. Bobby le Pourri était mouillé dans l'histoire depuis le début. *Lui* seul connaissait l'histoire scabreuse de A à Z.

Il le méritait. Je le méritais. Gwen le méritait. Personne d'autre.

J'ai souligné le récit par Sid Leffler du meurtre de Mitzi. Je suis remonté et j'ai souligné mon récit de la mort de Paul Mitchell Grenier. Maintenant, vous savez où j'ai balancé son corps. Il devait disparaître, point. C'est la seule justification qui tienne.

J'ai fait des pauses et j'ai bu du café sur le porche. J'étais obsédé par Gwen. Elle appellerait peut-être, ou pas. On n'était pas parvenus à une conclusion. Quand je m'étais réveillé, j'avais constaté qu'elle était partie. Elle avait remis de l'ordre dans son salon. Il était nickel. J'avais dormi tout du long.

Elle m'a fait réfléchir. J'ai pensé au président et au procureur général et au printemps 1955. J'avais sorti Jack d'un merdier où il s'était fourré avec une call-girl. J'avais présenté la facture. Jack m'avait pris de haut. Cinquante mille dollars, ç'aurait été la grande classe. Vingt mille auraient été chouettes. Les K. Boys sont mesquins. Voilà ma conclusion sur les frères Kennedy.

Ma synthèse faisait quatre cent vingt et une pages. J'ai emporté les copies carbone en ville. J'ai dit à Eddie Chacón de la faxer au procureur général. J'ai déposé des exemplaires au Bureau central de la police et au Bureau du procureur. Je suis rentré chez moi pour pioncer.

Gwen n'a pas appelé. Parker et Gates ont appelé. Je leur ai mis la pression au nom de Gwen. Ne l'obligez pas à témoigner. Laissez-la lancer l'enregistrement, plutôt. Ils ont accepté. On s'est demandé comment finir la partie et on a imaginé *ça* :

Leavy met en accusation Albie pour meurtre au premier degré. Aucun risque de condamnation à mort. Albie était mineur en 1937. Il n'y a pas de corps. Tout ce qu'on a, ce sont les aveux d'un ex-flic violeur. Que Miller provoque Albie en duel.

Arrêtez-le et retardez l'appel de son avocat. Mettez Albie dans une salle d'interrogatoire avec Miller. Peut-être que Miller pourra lui faire cracher des aveux ou provoquer un effondrement psychique. Peut-être qu'il pourra obtenir une condamnation à perpète plus quatre-vingt-dix-neuf ans ou quelque chose d'aussi brutal.

Parker et Gates ont bien aimé. Parker a dit qu'il allait en parler à Miller. Gates a dit qu'il inviterait les Hats. J'ai dit que j'inviterais Gwen.

Miller m'a appelé deux heures plus tard. Il a dit que c'était parti. Max et Red étaient prêts à arrêter Albie. Astiquez la glace sans tain et réglez les haut-parleurs. Avec Albie, on tient notre champion.

Les dépositions se sont poursuivies. On les a planifiées, une par soir. On a pris celle de Natasha Lytess dans un salon privé de la Pagode chinoise de Kwan. Natasha a minaudé comme une reine de beauté et a fait son numéro de charme à Parker, Leavy et Gates. Elle était maladive, agonisante. Sa dernière mission auprès de Monroe était abjecte. La dame a suscité l'admiration de quatre hommes bien remontés. On a dîné et picolé jusqu'à 3 heures du mat'. On s'est éclatés.

Motel Mike Bayless a fait sa déposition dans une salle privée du Ollie Hammond's Steakhouse. Il a péroré avec franchise et confirmé à cent pour cent la déclaration enregistrée de Gwen. Il a exprimé de la surprise sur un point. Terry Jay Aquino/alias Preston Fong/alias le Satyre. *Ce* salopard, complice des 459 de Manny Salas *et* Roger Denfrey ?

J'ai dit : « Tout cela remonte à Albie et aux trois convergences. Le baisodrome en 1937 et 1948, et Chino en 1954. Albie est à la charnière de tout. »

On a pris la déposition de Sid Leffler dans sa chambre d'hôpital. C'était détestable. Le regard de Miller Leavy ? On n'a jamais vu plus méprisant.

Les déclarations de Leffler m'ont laissé un sale arrière-goût. Je suis rentré et j'ai imaginé Lowell Farr et Mitzi Perloff, vivantes et adultes. J'ai commencé à devenir fébrile et j'ai appelé Roddy McDowall.

On a papoté dix secondes. Roddy m'a incité à venir faire un tour chez Jeanne Carmen. Je lui ai demandé s'il avait le jeu de baise Monroe/JFK. Il a dit non ; ce qu'il avait de mieux, c'était Carole Landis et le Capitaine Crochet. Il était fauché comme les blés et il avait vendu le jeu de baise suprême à Sam Yorty.

Voilà qui n'est pas trop mal. Le maire Sam m'a toujours bien aimé.

Gwen a appelé à 4 heures le lendemain matin. Elle a dit : « Oui » et a raccroché.

73

(LOS ANGELES, 10 H 20, MERCREDI 10/10/1962)

L'image dans le miroir sans tain était floue. Leavy et Albie étaient tordus dans le cadre. Les couleurs étaient déformées. Le costume de Miller et les cheveux d'Albie avaient une teinte criarde.

Les haut-parleurs fonctionnaient nickel. Miller s'est éclairci la voix pour annoncer le coup d'envoi. Gwen a sursauté et m'a effleuré. Bill Parker a fait *Ouah*. Daryl Gates et les Hats ont tressailli.

Gwen. Je connaissais sa garde-robe maintenant. Elle avait déjà porté ce tailleur gris. Il allait bien avec ces premiers cheveux gris. Ses lunettes à monture noire formaient un contraste frappant sur son visage.

Elle s'était montrée poliment cassante. Nous avions fait les présentations en six secondes. Max et Red étaient allés chercher Albie et l'avaient emmené en ville dans sa propre Mercedes. Une équipe du labo fouillait son carrosse dans le garage au sous-sol. Une autre équipe fouillait sa maison. Ils trouveront que dalle. Albie et El Manny ont cramé tous les documents.

Miller a toussé et s'est lancé. Gwen s'est rapprochée et a effleuré mes doigts.

« Vos complices dans l'enlèvement ont reçu l'immunité, Monsieur Aadland. La vôtre a été révoquée. Vous avez facilité les agissements criminels de Terry Jay Aquino, également connu sous le nom de Preston Fong, également connu comme le Satyre. Vous avez rencontré Aquino à Chino en 1954, et vous l'avez ensuite embarqué dans des entreprises criminelles, encouragées par le Dr Paul De River. Le Satyre a ensuite fini par tuer une jeune fille, Georgia Lowell Farr, et un policier du nom de J. T. Meadows. J'ai l'intention de vous faire mettre en accusation comme complice. »

Albie fumait et tripotait ses manchettes. Max pense qu'il a avalé des tranquillisants chez lui avant de partir. Albie a dit : « C'est de la foutaise, ce que vous projetez. » Sa voix était éraillée comme si elle contenait du gravier.

Miller a dit : « Qui plus est, vous avez tué une mineure du nom de Mitzi Perloff en février 1937. Vous étiez vous-même enfant à l'époque. L'unique témoin oculaire, Roger Denfrey, est mort. Mon seul témoin vivant, Sid Leffler, est un ex-flic en totale disgrâce. Le manque de témoins et l'absence de preuve physique n'empêcheront pas le grand jury du comté de L.A. d'agir. Il produira un acte d'accusation pour meurtre au premier degré. Au procès, j'appellerai à la barre vos trois frères et Paul De River. Ils décriront parfaitement vos perversions et vos activités criminelles quand vous étiez jeune, dans le but d'éviter pour eux-mêmes des mises en accusation. »

Albie a dit : « *Et alors ?* J'ai Grant Cooper avec moi. Il est meilleur que vous. Il recevra un appel téléphonique d'ici moins d'une heure. "Grant, ici Albie. Ils me détiennent au Bureau des enquêteurs. Ils ne m'ont pas encore cogné, mais ça risque d'arriver. Rappliquez, vous voulez bien ?" »

Miller a feint un rire. On arrive au tournant. Miller nous l'a exposé avant l'interpellation. Les regards en biais se sont multipliés. De Parker à Gates aux Hats et à moi.

Gwen regardait droit devant elle. Sa mâchoire était crispée d'une manière nouvelle. J'avais envie qu'elle me touche. Elle était cramponnée au rebord du miroir.

Miller a dit : « Je vais maintenant vous poser une série de questions hypothétiques, qui ne pourront être admises devant le tribunal. J'espère acquérir une connaissance théorique de l'unique meurtre que nous savons avoir été commis par vous, et que ces connaissances serviront à atténuer ma position absolutiste devant la cour. »

Albie a dit : « Vous êtes un cuistre. Toujours les grands mots, mais vous serez battu à plates coutures. »

Miller a dit : « Oui ou non, Monsieur Aadland ? Je sais que vous êtes impatient d'appeler M. Cooper. »

Albie a soupiré. « On m'a appris à me montrer accommodant, alors je vais jouer le jeu jusqu'à ce que j'en aie marre. »

JML/Q : « S'il s'avérait que vous avez tué Mitzi Perloff, quelle aurait été votre motivation ? »

AA/R : « Le sexe, j'imagine. Elle était petite, et elle n'était pas aussi canon que sa grande sœur. Mais elle avait quelque chose, et les goûts, ça ne se discute pas. Par ailleurs, je suis altruiste. Si j'avais fait ce que vous dites, ce serait pour la débourrer pour le malchanceux qu'elle épouserait par un jour de malheur. »

Gwen a serré ma main et l'a pressée contre sa cuisse. Les Hats ont fait circuler une flasque.

JML/Q : « Est-ce que vous avez obtenu ce que vous vouliez, dans cette chambre à l'étage – en supposant que vous ayez obtenu quelque chose ? »

AA/R : « Si je l'ai fait, si je recherchais quelque chose, c'était d'échapper un moment à mon statut d'Aadland qui n'arrivait pas à se faire une place au soleil, qui se faisait envoyer bouler et qui devait tester de nouvelles drogues qui me foutaient le cerveau en vrac. À savoir que le viol vidange les tuyaux d'un bonhomme et lui permet de trouver un rôle à jouer dans ce monde compétitif de merde qui est le nôtre. »

JML/Q : « Est-ce que l'acte lui-même a été agréable ? »

AA/R : « Pas vraiment. C'était plutôt du genre on fait avec ce qu'on a, même si c'est pas génial. Je suis quelqu'un de sensible, et tout ce sang et ces excrétions m'ont mis dans un état de déprime post-coïtale. Vous voyez, comme dans ces films frenchy où les amants s'attardent au lit à fumer des clopes et à discuter du destin forcément tragique de la vie. »

Avec les autres, on n'avait pas besoin de se parler pour se comprendre. Albie a marqué une pause et allumé une cigarette. Cela a donné aux spectateurs un moment pour s'éloigner et aller respirer de l'air frais. Parker/Gates/les Hats. Ils se sont éloignés de Gwen et moi. Ils se sont dirigés vers la salle de garde.

Gwen. Avec les larmes maintenant. Qui remplissent ses yeux derrière ses lunettes.

Je l'ai prise par le bras et je l'ai emmenée vers le palier de l'escalier. On a franchi la porte. On s'est arrêtés sur une volée de marches métalliques que personne n'empruntait jamais. À notre gauche : les salles d'interrogatoire. À notre droite : la porte de communication vers les ascenseurs.

On est restés là. À attendre. J'ai fourré mon mouchoir dans la fente de la porte voisine. Qui donnait sur la salle d'interrogatoire numéro 3. J'ai pris Gwen dans mes bras et je lui ai retiré ses lunettes. Elle a frotté son visage sur ma chemise et épongé ses larmes.

Brèche dans l'espace-temps. Je l'ai tenue ainsi appuyée contre le mur de l'escalier. Ses spasmes augmentaient à mesure que le temps passait. L'attente a duré presque une heure. La fente dans la porte nous permettait d'avoir un aperçu.

Miller et Albie sont sortis de la salle d'interrogatoire numéro 3. Ils se sont éloignés de nous et se sont dirigés vers la salle de garde.

Gwen connaissait la marche à suivre. Elle s'est écartée du mur et m'a précédé. On a franchi la porte qui conduisait aux ascenseurs.

Les portes de l'ascenseur étaient fermées. Les flèches rouges se sont allumées. J'ai appuyé sur le bouton. Les portes se sont ouvertes. On est entrés dans la cabine. J'ai appuyé sur le bouton du sous-sol. Après une secousse, l'ascenseur est descendu direct. On est arrivés dans le garage.

La Mercedes d'Albie. Elle était deux rangées plus loin. Les gars du labo étaient partis. J'ai désigné un poteau de soutènement. Gwen s'est dirigée vers lui sans m'attendre. J'ai actionné un ventilateur en appuyant sur un interrupteur placé à hauteur de mes yeux. Un vrombissement a envahi le sous-sol.

Gwen a enfilé des gants en tissu. Je m'étais introduit dans la maison d'Albie la veille au soir. J'avais volé un .357 Magnum. Albie est gaucher. Il va démarrer la voiture de la main droite. Il posera son bras gauche sur le rebord de la vitre. C'est une posture naturelle pour un…

La porte du monte-charge s'est ouverte avec un bruit métallique. On a entendu un petit bip. Gwen et moi, on était cachés derrière le poteau. Albie a marché jusqu'à la Mercedes et a ouvert la portière du conducteur. Son bras gauche se trouve exactement là où il doit être.

Gwen s'est approchée de la voiture. Elle a sorti le Magnum de son sac et a laissé à Albie une seconde de répit.

Il a vu le pistolet et a compris. Je le sais. Gwen a posé l'arme contre sa tête et elle a appuyé sur la détente. Albie a convulsé. La balle à front plat l'a transpercé. Elle a arraché la moitié de son crâne et défoncé la garniture de la portière passager.

Gwen a lâché l'arme. Je connais les retours de manivelle suicidaires. Je lui avais dit exactement où la laisser tomber. La ventilation étouffait les bruits.

Gwen a rebroussé chemin pour me rejoindre.

74

(LOS ANGELES, 8 H 00, JEUDI 11/10/1962)

Je fixais mon téléphone. Personne n'a appelé hier soir. L'événement n'a pas été mentionné aux infos, ni à la télé ni à la radio. Rien non plus dans les journaux du soir hier ni dans ceux de ce matin.

Hier j'ai ramené Gwen chez elle. Elle m'a dit qu'elle se tirait de L.A. pour de bon le lendemain soir. Del Kinney avait accepté le poste de shérif dans le Wisconsin. Ils allaient se marier. Elle passerait peut-être chez Jeanne Carmen pour lui dire au revoir.

Cet échange a tenu lieu d'adieux. On l'avait fait. On n'en a pas parlé. On en connaîtrait le prix plus tard aujourd'hui.

On l'avait fait. Parker et Gates savaient qu'on l'avait fait. Miller Leavy savait qu'on l'avait fait. Ils allaient peut-être nous coincer. Peut-être qu'ils nous feraient plaisir et nous laisseraient tranquilles. Ils transmettraient peut-être l'information à Bob Kennedy pour le laisser décider. Tout cela pouvait se terminer de vingt façons différentes. On prenait le risque. On en connaîtrait le prix plus tard aujourd'hui.

J'ai fixé mon téléphone. Gwen n'a pas appelé. Elle préparait ses bagages pour se tirer de L.A. pour toujours. Leavy n'a pas appelé. Parker non plus, Gates non plus. Pas un flic n'est venu frapper à ma porte. J'étais carrément sous pression. J'étais à moitié fou/franchement flippé.

J'ai fixé mon téléphone. Je le suppliais de sonner et il restait sourd. J'ai fumé trente cigarettes. Eddie Chacón a appelé à 16 h 20. Il m'a donné des nouvelles.

« Il revient au *Señor* Bob de décider de votre sort et de celui de Miss Perloff. Il n'a pas encore pris sa décision. »

Eddie a raccroché. Je me suis forcé à manger la moitié d'un sandwich. Je l'ai dégueulée dix minutes plus tard. J'ai avalé une lampée d'Old Crow et décidé que c'était fini, l'alcool.

Gwen n'a pas appelé. Aucun journaliste n'a appelé. Pas d'équipes de télévision assemblées dehors. Pas de flics à ma porte.

Eddie a rappelé à 17 h 18. J'ai sauté sur le téléphone.

« Le *Señor* laisse filer. Le *Señor* Leavy était hors de lui mais le *Señor* Bob l'a remis à sa place. Ce *puto* de Leavy veut vous accuser de meurtre au second degré pour *la Gran Puta* Grenier. Une fois de plus, le *Señor* l'a emporté. »

Je suis allé à une soirée. Quelque chose me tourmentait de plus en plus à l'intérieur. C'était grand et laid, sale et bizarre. Je voulais me changer les idées. Je voulais me défoncer la tronche pour le tenir en laisse.

Del Kinney a fait passer le message à la Fox. C'était sa dernière mission officielle. Il a arrosé tout le personnel des studios.

Ce merdier criminel cesse immédiatement. Le procureur va effectuer un audit de la totalité des studios et des audits personnels sur tous vos comptes bancaires. La direction générale des impôts étudie en ce moment même vos déclarations fiscales fédérales. Mise en demeure à effet immédiat. Vous êtes mis à pied, dès maintenant.

Roddy McDowall a eu droit à une exonération. Un des gars de Del a vendu la mèche à Roddy en avance. Roddy pouvait tourner son film parodique de cul inspiré de *Cléopâtre*. D'où la fête de ce soir.

Le salon de Jeanne était bondé. Tout le monde interlope du cinéma était là. Babs Payton, Lila Leeds et les voisines petites actrices/call-girls. Nat et Phil se sont pointés. Des gars du Bureau du shérif sont venus. Eddie Fisher et Bo Belinsky ont fait une entrée remarquée. Eddie rayonnait d'une joie totale. Liz avait divisé par deux la pension alimentaire qu'il lui devait. Il avait mis la pression à Liz avec le film de sa soirée culbute-turlute avec Bo.

Gwen n'était pas là.

La soirée était presque douce. J'ai entrouvert la porte pour pouvoir surveiller si Gwen allait débarquer. J'ai mangé deux morceaux de pizza et je ne les ai pas vomis. J'ai reconnu le livreur de pizzas. C'était l'ancienne conquête de Monroe, « Dave le Gros Dard ».

Jeanne possédait un projecteur bas de gamme et un écran escamotable. Roddy avait doublé les images du vrai *Cléopâtre* avec des dialogues gaguesques. J'ai attrapé une chaise et je me suis installé à un endroit d'où je pouvais avoir un œil sur la porte. Un gars du shérif a baissé les lumières. Roddy a lancé « Lâchez-vous ! ». Jeanne a lancé la projection.

C'était un film sonorisé. Roddy est parti dans un prologue théâtral :

« Saluez tous le trépas d'un studio de cinéma autrefois grand !!! Parce que ce film est le plus grand navet et le plus grand nanar de tous les temps !!! »

Les jeunes ont hurlé. Ça a commencé par des plans ennuyeux de processions romaines. La caméra a soudain quitté le plateau. Panoramique sur un centre commercial typique des années 60, en banlieue de Rome. Des *bambini* mangeaient des cônes glacés. Des mères débraillées traînaient des sacs de courses.

Les jeunes ont rigolé et applaudi. Roddy enchaînait brusquement avec une série d'images prises dans la salle du trône de Cléo. Les images sont devenues des gros plans. Richard Burton et Liz Taylor doublés échangeaient des traits d'esprit roddyesques.

Le Richard doublé a dit : « Donne-moi de la chatte, jolie petite pute égyptienne ! »

La Liz doublée a dit : « J'espère que tu es bon brouteur parce que j'ai entendu dire que t'avais une pine d'alouette. »

Les jeunes ont *re*-rugi de rire. La bonne blague. J'ai décroché, rapidement. J'ai regardé dehors. Des gens passaient sur le trottoir. Pas un seul n'était elle.

Le film a continué. La bobine s'est enrayée et la projection s'est arrêtée à mi-chemin. Les jeunes ont soupiré à outrance. Lila Leeds a appuyé sur l'interrupteur. L'éclat des lampes m'a brûlé les yeux.

Ce truc bizarre dans mon ventre a enflé d'un seul coup. J'étais plié en deux de douleur et mes yeux me brûlaient. Je me suis essuyé le visage et j'ai pigé d'où ça venait. C'était une brusque vague d'amour pour Robert F. Kennedy.

La soirée tirait en longueur. Assis sur ma chaise, j'ai parlé aux gens. Je regardais dehors. La soirée battait son plein. Mon attente avait un goût de planque nocturne. C'était ma dernière tentative. Je ne pouvais pas abandonner la surveillance.

Je n'ai pas noté l'heure.

Tout à coup elle est apparue.

Encadrée dans la porte, éclairée à contre-jour par les lumières extérieures.

Elle a fait un clin d'œil et m'a soufflé un baiser. En silence elle a articulé *Je t'aime* et elle est sortie du cadre.

75

(LOS ANGELES, 9 H 00, VENDREDI 12/10/1962)

Le maire Sam m'a accordé dix minutes. On s'est affalés dans des grands fauteuils verts. Sa secrétaire nous a servi des cocktails pour nous réveiller. Elle confectionnait des mimosas à la vodka titrant à 50°. Ils faisaient l'admiration de tout le personnel de la mairie.

Le maire Sam a dit : « Motel Mike a accepté de devenir mon garde du corps. Un petit plan enlèvement entre amis, quelle importance ? »

J'ai ri et j'en suis venu au fait. Ne prolongeons pas l'entretien. Le maire Sam pouvait devenir cassant.

« Les jeux de baise. Je sais que vous avez le meilleur, et je suis prêt à payer. »

Le maire Sam n'a pas bronché. Il a frotté ses doigts les uns contre les autres et il est allé droit au but.

« Vingt mille. C'est le prix. En dessous, c'est *sayonara*, mon cher. »

J'ai dit : « Dix mille et un film pris en douce de Liz Taylor et Bo Belinsky. Infrarouge haute définition, et bande-son de bonne qualité. »

Le maire Sam a dit : « Putain, ça me va. »

La plage manifestait tous les signes. Des voitures garées en triple file sur la Pacific Coast Highway en direction du sud. Des abrutis sautant sur leur capot pour espérer apercevoir quelque chose. Des fans massés sur le sable, de la rue jusqu'à l'eau. J'ai entendu : « *Les voilà !* » et « *Le voilà !* » et « *Peut-être qu'on verra Jackie !* ».

Eddie Chacón m'a laissé un message. Il m'a dit de me grouiller et de me garer sur la place de Mme Lawford dans le garage. La porte était ouverte et la Bonneville de Pat n'était pas là. Je suis entré directement dans le garage.

Je suis sorti de ma voiture et j'ai contourné la maison. Je sentais l'odeur de son cigare. Il était au bord de la piscine. J'ai rapproché un transat du sien.

Il portait des lunettes de soleil. Ça m'a fait marrer. Il voyageait incognito. J'ai étouffé un rire.

« Bonjour Monsieur Kennedy. »

Il a retiré ses lunettes. Le soleil vif lui a fait plisser les yeux.

« Bonjour Freddy. Eddie a dit que vous aviez quelque chose pour moi. »

Je lui ai tendu le jeu de baise du maire Sam. Il était emballé dans du papier kraft. Ce truc atroce. Je n'y avais même pas jeté un œil.

Il m'a lancé un sac en papier. Il était lourd. Des têtes passaient par-dessus la clôture. « *Oh, mon dieuuuu – j'ai vu Bobby !* »

« Cinquante mille. Jack vous remercie. Il concède qu'il vous a arnaqué en 1955, mais il vous donne aujourd'hui une compensation. »

J'ai dit : « Ce qui signifie que c'est terminé.

– C'est exact.

– Et que ce n'était qu'une stratégie de dissimulation depuis le début. »

Il m'a lancé un cigare. Qui a rebondi sur mon torse avant de rouler vers la piscine.

« Je savais que vous iriez au bout. 1948 aurait dû suffire, mais vous êtes remonté jusqu'à la petite sœur de Gwen, et vous avez bien fait. J'en ai parlé à Jack, c'est pour ça qu'il vous file tout ce pognon. »

J'ai dit : « Des questions restées en suspens. Vous vouliez que je les repère et que j'y mette fin. Jack est le patron et vous prendrez sa place quand il quittera ses fonctions. »

Il a dit : « Bien vu, quoique direct. Je voulais aussi voir qui d'autre vous alliez attraper dans vos filets et jusqu'où vous iriez dans vos découvertes.

– Hoffa ? Les Aadland ? »

Il soufflait des ronds de fumée. Deux mémères ont sauté assez haut pour apparaître au-dessus de la clôture et lui faire un signe. Il leur a aussitôt répondu.

« La mission Hoffa était une autre tentative de dissimulation. C'est pourquoi il y a mis un terme aussi rapidement quand Marilyn est morte. Il s'est servi de vous comme appât à la Fox, pour voir ce que vous pouviez détecter sur les escroqueries dans lesquelles les Aadland et lui mettaient des fonds. Vous êtes un enquêteur remarquable, et Jimmy un abruti. Il a gobé toutes les idées délirantes de Marilyn et il a pensé qu'elles rapporteraient de l'argent. Le pouvoir des stars. Il voulait de l'enchantement, et il s'est laissé prendre. Eddie va choper les frères Aadland demain. Il en fera des informateurs. Ils témoigneront contre Hoffa dans mon affaire de corruption de jury au Tennessee. »

J'ai ri. « Bill Parker. Il aura sa promotion au FBI ?

– Non. Il ne sait pas se tenir et il boit trop. Pete Pitchess est à peine mieux. Jack et moi, nous nous intéressons à John Doar. C'est un avocat du barreau et un défenseur des droits civiques. Il a un côté Nouvelle Frontière intéressant. »

J'ai attrapé mon sac en papier et je me suis levé. Kennedy s'est levé. Nous avons échangé une poignée de main virile. Il a grimacé le premier.

« Vous n'êtes plus aussi nuisible qu'autrefois, Freddy. Vous pouvez en être fier. »

J'ai filé en ligne droite vers l'est. Il n'y avait rien à faire, pas d'endroit où aller. Il n'y avait personne à extorquer ou à intimider. Pas de bonnes occasions déguisées en amour.

Des questions en suspens.

La ligne droite vers l'est.

J'ai fait demi-tour sur Sunset. J'ai aperçu le lycée de Palisades, où vivaient les Dolphins. J'ai vu la maison des Farr et le Bay Theater. Une petite virée vers le nord m'a conduit du côté de 5th Helena. Une petite virée vers le sud m'a ramené à Sunset et vers l'est jusqu'au Strip. L'appartement de Gwen était vide. Le salon avait subi de gros dégâts. La dévouée épouse du shérif enverrait un chèque. Je suis passé devant le Chapman Park Hotel et suis revenu sur mes pas. Je suis passé devant Hollygrove et j'ai contemplé le grand arbre.

Je suis allé jusqu'à la maison délabrée de Dunoon. La Ford déglinguée de Natasha n'était pas là. Elle est à la pharmacie ou à l'épicerie. Elle ne se déplace plus ailleurs.

J'ai une mémoire photographique. Je vois des choses et j'imprime des choses que personne d'autre ne voit. La porte d'entrée de Natasha comporte une fente à courrier. Elle est longue et large. J'avais noté les dimensions la première fois que j'étais venu.

Une petite pluie s'est mise à tomber. Je suis allé jusqu'au porche. J'ai glissé les cinquante mille de Jack et une carte lui souhaitant bon rétablissement dans la fente.

DRAMATIS PERSONAE

QUI SONT LES ENCHANTEURS ?

FREDDY OTASH : Ex-flic corrompu, détective privé défroqué, camé, et extorqueur en free-lance. Le héros-narrateur des *Enchanteurs.*

MARILYN MONROE : Star de cinéma et criminelle en herbe. L'idée fixe des *Enchanteurs.*

ROBERT F. KENNEDY : Procureur général des États-Unis. L'homme de main de Jack Kennedy. Une présence menaçante dans *Les Enchanteurs.*

WILLIAM H. PARKER : Chef du LAPD. Ivrogne. Avocat brillant. Un gros bonnet dans *Les Enchanteurs.*

LOIS NETTLETON : Comédienne et actrice de télévision très appréciée. Freddy O. est amoureux d'elle. Une présence lumineuse dans *Les Enchanteurs.*

JOHN F. KENNEDY : Président des États-Unis. Qui risque gros sur le plan moral dans *Les Enchanteurs.*

PATRICIA KENNEDY LAWFORD : La sœur de Bob et Jack. L'amour perdu de Freddy O. Mariée à l'acteur Peter Lawford. Plombée par les privilèges des Kennedy dans *Les Enchanteurs.*

PETER LAWFORD : Acteur et larbin de la famille Kennedy. Complètement défoncé dans *Les Enchanteurs.*

DARYL GATES : Lieutenant du LAPD. Futur chef du LAPD. Un ajout futé aux *Enchanteurs.*

ROBBIE MOLETTE : Sbire duplice de Freddy O. Une présence reptilienne dans *Les Enchanteurs.*

ELIZABETH TAYLOR : Star de cinéma qui se la joue diva. Par sa faute, le budget de *Cléopâtre* explose. On se moque d'elle dans *Les Enchanteurs.*

DARRYL F. ZANUCK : Magnat du cinéma furieux et impuissant. Il perd énormément d'argent dans *Les Enchanteurs.*

PETE PITCHESS : Shérif du comté de Los Angeles assoiffé de pouvoir. Une figure de l'ombre agitée dans *Les Enchanteurs.*

CAROLE LANDIS : Starlette des années quarante. Se suicide en 1948. Elle livre la clé de nombreux mystères dans *Les Enchanteurs.*

BERNIE SPINDEL : Le pro de la surveillance électronique. Il pose des micros dans *Les Enchanteurs.*

HERSHEL « BUZZY » STEIN : Un voyou à deux balles. Une énigme dans *Les Enchanteurs.*

EDDIE FISHER : Crooner célèbre, quatrième mari de Liz Taylor. Il est absolument hilarant dans *Les Enchanteurs.*

DEEDEE GRENIER : Golfeuse professionnelle, informatrice de la police, criminelle de bas étage. Elle est employée de façon douteuse dans *Les Enchanteurs.*

PAUL MITCHELL GRENIER : Ex-taulard, mordeur de chair psychopathe dans les bars sado-masos. Un déluge de fange dans *Les Enchanteurs.*

SAM YORTY : Maire de Los Angeles. Il raconte des blagues et apparaît de-ci de-là dans *Les Enchanteurs.*

JACK CLEMMONS : Sergent du LAPD. Taré d'extrême droite. Apporte une touche d'actualité aux *Enchanteurs.*

NATASHA LYTESS : Professeur d'art dramatique d'origine russe. Bêtement amoureuse de Marilyn Monroe. Elle respire la clairvoyance dans *Les Enchanteurs.*

MAX HERMAN : Inspecteur combatif du LAPD. Membre du célèbre Hat Squad. Il met de sacrées branlées dans *Les Enchanteurs.*

RED STROMWALL : Inspecteur combatif du LAPD. Membre du célèbre Hat Squad. Il met de sacrées branlées dans *Les Enchanteurs.*

HARRY CROWDER : Inspecteur combatif du LAPD. Membre du célèbre Hat Squad. Il met de sacrées branlées dans *Les Enchanteurs.*

EDDIE BENSON : Inspecteur combatif du LAPD. Membre du célèbre Hat Squad. Il met de sacrées branlées dans *Les Enchanteurs.*

RICHIE DANFORTH/RICK DAWES/RONNIE DEWHURST/ROGER DENFREY : Son aura maléfique est omniprésente dans *Les Enchanteurs.*

MARCIA MARIA DAVENPORT : Divorcée victime d'un cambriolage. Un pervers la traque dans *Les Enchanteurs.*

LEONA JENKS HAGEDOHM : Divorcée victime d'un cambriolage. Un pervers la traque dans *Les Enchanteurs.*

ARDEN JANE BROWNLEIGH : Divorcée victime d'un cambriolage. Un pervers la traque dans *Les Enchanteurs.*

DOROTHY DILYS TRENT : Divorcée victime d'un cambriolage. Un pervers la traque dans *Les Enchanteurs.*

WANDA JEAN D'ALLESIO : Divorcée victime d'un cambriolage. Un pervers la traque dans *Les Enchanteurs.*

LORRAINE SMITH : Divorcée victime d'un cambriolage. Un pervers la traque dans *Les Enchanteurs.*

SHELDON MANDEL : Docteur en médecine : un as des maladies vénériennes dans les années quarante. Un être énigmatique et ambigu dans *Les Enchanteurs.*

RAY PINKER : Le légendaire chimiste de la criminalistique au LAPD. Il rassemble des éléments scientifiques cruciaux dans *Les Enchanteurs.*

J. MILLER LEAVY dit « CHAMBRE À GAZ » : Procureur percutant de L.A. Il apporte une note de probité aux *Enchanteurs.*

MILT CHARGIN : Ventriloque de boîte de nuit de bas étage. Il témoigne du sens de l'humour gras et tapageur de L.A. en 1962 dans *Les Enchanteurs.*

INGRID IRMGARD : Bombasse scandinave, hôtesse de l'air désinhibée, passeuse de came. Elle prépare un sale coup dans *Les Enchanteurs.*

MAURY DEXTER : Baron des films de série B. Il prête sa sensibilité populiste aux *Enchanteurs.*

NORM KRAUSE : Ex-flic à moto du LAPD, extorqueur, taré d'extrême droite. Son être répugnant infiltre *Les Enchanteurs.*

PAUL DE RIVER : Docteur en médecine : psy corrompu et corrupteur. Ne vous approchez pas de son divan ! Un côté sinistre des *Enchanteurs.*

JOSÉ BOLAÑOS : Communiste et trafiquant de drogue qui profite de la folie de Marilyn Monroe. Survivra-t-il aux *Enchanteurs ?*

SID LEFFLER : Agent de police du LAPD, dépourvu d'avenir. A un côté pervers. Il suscite la colère de Freddy O. dans *Les Enchanteurs.*

GWEN PERLOFF : Copine de Marilyn Monroe à l'orphelinat. Criminelle endurcie. Freddy finit par tomber amoureux d'elle dans *Les Enchanteurs.*

« MOTEL MIKE » BAYLESS : Inspecteur du shérif. Chargé du renseignement. Les femmes raffolent de son joli petit cul dans *Les Enchanteurs.*

« NASTY NAT » DENKINS : L'homme de main numéro 1 de Freddy O. Il est fidèle à lui-même dans *Les Enchanteurs.*

PHIL IRWIN : L'homme de main numéro 2 de Freddy O. Il est fidèle à lui-même dans *Les Enchanteurs.*

JIMMY HOFFA : Patron de syndicat lié à la mafia. Tente d'échapper à Bob Kennedy dans *Les Enchanteurs.*

HANS MASLICK : Agent de la police criminelle dans le Berlin de Weimar. Chemise brune à temps partiel. Drogué à plein temps. Un visionnaire de la police scientifique. Freddy déploie la vision de Maslick dans *Les Enchanteurs.*

BO BELINSKY : L'as des lanceurs des L.A. Angels, super bien gaulé. Il aide Freddy à piéger Liz Taylor dans *Les Enchanteurs.*

EDGAR CHACÓN : Avocat-enquêteur du ministère de la Justice. L'homme de main favori de Bobby K. VRP des exilés cubains. Il se montre très actif dans *Les Enchanteurs.*

J. T. MEADOWS : Policier de West L.A. Traque un cambrioleur-obsédé sexuel. Un flic tenace classique dans *Les Enchanteurs.*

MORTY BENDISH : Sale scribouillard du sordide *L.A. Mirror-News.* Une voix talentueuse dans les tabloïds des *Enchanteurs.*

GEORGIA LOWELL FARR : Élève du lycée de Palisades. Copine de Marilyn Monroe. Une artiste en devenir. Elle annonce l'ébullition des années soixante dans *Les Enchanteurs.*

LILA LEEDS : Actrice à temps partiel, serveuse de drive-in à temps partiel, appât à temps partiel. Elle donne une touche de réalisme d'époque aux *Enchanteurs.*

JEANNE CARMEN : Vendeuse de cachetons, véritable artiste des coups vicieux au golf, ancienne call-girl. On adore ses soirées « cachetons-polochons » dans *Les Enchanteurs.*

RALPH R. GREENSON : Docteur en médecine : le principal psy de Marilyn Monroe. Regardez Monroe l'exploiter tandis qu'il se nourrit d'elle dans *Les Enchanteurs.*

RODDY McDOWALL : Acteur connu du cinéma et de la télévision. Tarlouze exubérante à la ville. Réalisateur de films de cul underground. Roddy n'est j*aaaaa*mais coupé au montage dans *Les Enchanteurs.*

HERSHEL AADLAND : Mafieux. Facilitateur corrompu du travail dans les studios. Esclavagiste, briseur de crânes, méchant jusqu'à l'os. Il rôde dans *Les Enchanteurs.*

MEYER AADLAND : Le frère de Hersh. Mafieux. Facilitateur corrompu du travail dans les studios. Esclavagiste, briseur de crânes, méchant jusqu'à l'os. Il rôde dans *Les Enchanteurs.*

IRA AADLAND : Le frère de Hersh et Meyer. Facilitateur corrompu du travail dans les studios. Esclavagiste, briseur de crânes, méchant jusqu'à l'os. Il rôde dans *Les Enchanteurs.*

ALBIE AADLAND : Le frère beaucoup plus jeune de Hersh, Meyer et Ira. Il livrera les clés de nombreux secrets dans *Les Enchanteurs.*

JUAN MANUEL SALAS/ALIAS « EL MANNY » : Ancien poids welter. Désormais réparateur de télévisions. Amant d'Ingrid Irmgard. Est-il un complice de l'enlèvement ? Découvrez-le dans *Les Enchanteurs.*

BARBARA PAYTON : Ancienne actrice, ancienne call-girl, actuellement serveuse de drive-in. Elle fournit à Freddy de bons tuyaux sur le Los Angeles de l'après-guerre dans *Les Enchanteurs.*

TIMMY BERLIN : Amant de Marilyn Monroe vers 1954. En pince toujours pour elle dans *Les Enchanteurs.*

DOROTHY DENTON LOWELL FARR : La mère de Georgia Lowell Farr. Elle n'arrive pas à croire que sa fille et Monroe sont des amies proches. Elle le découvre dans *Les Enchanteurs.*

DEL KINNEY, JR : Ancien shérif, ancien flic chargé du contrôle des boissons alcoolisées. Actuel chef de la sécurité à la 20th Century-Fox. Il fait alliance avec Freddy O. dans *Les Enchanteurs.*

BEV SHOFTEL : Elle gère une entreprise de boîtes aux lettres pour les types glauques de Hollywood. Ces types abondent dans *Les Enchanteurs*.

EDNA MEDINA : Elle coiffe Marilyn Monroe et l'entend rabâcher ses délires. Monroe met sa patience à rude épreuve dans *Les Enchanteurs*.

PRESTON FONG/TERRY JAY AQUINO : Caddie au Riviera Country Club. Chimiste véreux. Collectionneur de montres de luxe. Se promène pour s'amuser dans *Les Enchanteurs*.

GLOSSAIRE DES TERMES, CODES ET ABRÉVIATIONS DE LA POLICE ET DE LA JUSTICE

211 : Désigne le vol à main armée dans le Code pénal californien.

459 : Désigne le cambriolage dans le Code pénal californien.

ABC : The California State Office of Alcoholic Beverage Control. Commission de contrôle des alcools.

AD VICE : The LAPD's Admnistrative Vice Division. Brigade des mœurs du LAPD.

ADW : Assault with a Deadly Weapon. Le chef d'accusation d'agression à main armée.

AID : The LAPD's Accident Investigation Division. Bureau d'enquête sur les accidents du LAPD.

APPÂTS : Jeunes femmes engagées par des avocats louches spécialisés dans les divorces et des patrons de studios corrompus pour piéger des maris infidèles et/ou attirer des clients potentiels.

BNDD : The Bureau of Narcotics and Dangerous Drugs. Bureau des narcotiques.

CCW : Carrying a Concealed Weapon. Chef d'accusation de port d'arme cachée.

CODE 3 : Une directive radio bidirectionnelle incitant les flics à actionner leurs gyrophares et leurs sirènes.

DB : Detective Bureau, headquarters or divisional. Bureau des inspecteurs, dans les commissariats ou au siège.

DR #A : LAPD classification of Divisional Records. Désigne la classification des archives divisionnaires au LAPD.

FI CARDS : Field Interrogation Cards. Fiches d'enquête sur le terrain. Les patrouilles de flics arrêtent les piétons suspects, vérifient s'il y a un mandat contre eux, et établissent des fiches sur les f… de p…

GREEN SHEETS : feuilles téléscriptées de couleur claire détaillant les infractions pénales d'un individu. Traduit par « casiers ».

LE HAT SQUAD : Brigade de répression des vols du LAPD, 1949-1962. Max Herman, Red Stromwall, Harry Crowder, Eddie Benson. Les quatre malabars portent des costumes gris perle et des fédoras blancs. Ils poursuivent la lie de l'humanité. Faut pas les emmerder.

HUAC : les agences fédérales et les agences des différents États chargées d'enquêter sur les personnes et les organisations subversives. Traduit par les commissions des activités anti-américaines.

INTEL : The LAPD's Intelligence Division. Le bureau du renseignement du LAPD.

KA SHEETS : Known Associate Sheets. Fiches sur les fréquentations connues des criminels présumés.

THE LOSERS CLUB : Une boîte de nuit de West Hollywood vers 1962. Des vedettes s'y produisent. C'est assez glauque dans ladite boîte. Les humoristes y parlent de sujets d'actualité. Un panneau sur la façade indique le « Loser de la semaine ». C'est le début des années soixante, chéri. Les losers sont cool.

NCIC : The National Crime Information Center. La base de données judiciaires fédérales.

PAB : The Police Administration Building. Bureau central de la police, à l'angle de la 1st et de Los Angeles Street.

R&I : The LAPD's Records and Information Division. Le Bureau des informations générales du LAPD.

SHIT : l'acronyme de the Sheriff's Handpicked Intelligence Team. Traduit par les BITES : acronyme de Brigade d'Information des Traqueurs d'Élite du Shérif.

LE « RAID SUR LA MAUVAISE PORTE » : Un merdier de novembre 1954. Avec pour participants Freddy Otash, Marilyn Monroe, Joe DiMaggio, Phil Irwin et Frank Sinatra. Ce mini-scandale a alerté l'Assemblée de l'État de Californie sur les pratiques corrompues des magazines à scandale et des détectives véreux qu'ils engageaient – au premier chef, Freddy Otash.

pca
cmb
édition pré-presse
livres numériques

44400 Rezé

Achevé d'imprimer en juin 2024
sur les presses de Normandie Roto Impression s.a.s.
à Lonrai (Orne)
pour le compte des Éditions Payot & Rivages
60/62, avenue de Saxe -75015 Paris
N° d'impression : 2402228
Dépôt légal : juillet 2024

Imprimé en France